Ullste

ÜBER DAS BUCH:

Aurora Greenway, Heldin dieses ebenso zärtlich komischen wie bittersüßen Romans, ist eine Frau, der das Leben mit hundertprozentiger Sicherheit immer dort begegnet, wo sie es gerade nicht haben will: Ihr Geliebter, ein beinahe 90jähriger, aber durchaus noch sehr lebendiger General, leidet unter chronischer Impotenz. Die Therapie, die sie aus Frust darüber mit einem smarten Analytiker beginnt, droht in eine Affäre umzukippen. Ihr Enkel Tommy sitzt wegen Mord an seiner Freundin im Knast, und nichts deutet darauf hin, daß er daran irgend etwas ändern wollte. So ist in ihrem Leben also fast alles so gekommen, wie sie es garantiert nicht haben wollte, doch Aurora ist nicht die Frau, die den Kopf in den Sand steckt. Mit Mut und Witz sucht sie nach einem Weg, sich zu arrangieren mit der eigenen drohenden Midlife-crisis, mit ihren Kindern und Kindeskindern, um der Welt am Ende doch ein verschmitztes Lächeln abzutrotzen.

DER AUTOR:

Larry McMurtry, am 3. Juni 1936 in Wichita Falls (Texas) geboren, zählt zu den großen amerikanischen Schriftstellern der Gegenwart. Viele seiner Romane dienten als Vorlagen für Kino- und Fernsehfilme, u. a. *Zeit der Zärtlichkeit* und *Texasville*. Für sein Western-Epos *Lonesome Dove* wurde er 1986 mit dem Pulitzer-Preis ausgezeichnet.

Larry McMurtry

THE EVENING STAR

Jahre der Zärtlichkeit

Roman

Aus dem Amerikanischen
von Benno F. Schnitzler

Ullstein

Ullstein Buchverlage GmbH,
Berlin
Taschenbuchnummer: 24108
Titel der Originalausgabe:
The Evening Star
Aus dem Amerikanischen von
Benno F. Schnitzler

Deutsche Erstausgabe
2. Auflage April 1997

Umschlaggestaltung:
Vera Bauer
unter Verwendung des Filmplakats
von Buena Vista

Die Veröffentlichung erfolgt mit freundlicher Genehmigung
der Irving Paul Lazar Agency
Beverly Hills, California

Printed in Germany 1997
Gesamtherstellung:
Ebner Ulm
ISBN 3 548 24108 5

Vom selben Autor
im Ullstein Taschenbuch:
Desperado (22937)
Jagd durch Texas (23624)

Gedruckt auf alterungs-
beständigem Papier mit
chlorfrei gebleichtem Zellstoff

Die Deutsche Bibliothek –
CIP-Einheitsaufnahme

MacMurtry, Larry:
The evening star : Roman / Larry McMurtry.
[Aus dem Amerikan. von Benno F. Schnitzler]. –
Dt. Erstausg., 2. Aufl. – Frankfurt/M ; Berlin :
Ullstein, 1997
(Ullstein-Buch ; 24108)
ISBN 3-548-24108-5
NE: GT

Für
Grace David,
Myrtle Boone
und Curtis

I

KINDER UND MÄNNER

1.

Bei ihrem monatlichen Besuch im Gefängnis lenkte Aurora den Wagen auf dem Hinweg und Rosie auf dem Heimweg. Das hatte inzwischen schon Tradition, und aus gutem Grund: Der Anblick ihres Enkels hinter Gittern, der sie wieder einmal daran erinnerte, daß er eine Frau getötet hatte, und ihr deutlich machte, daß sie ihn aller Voraussicht nach für den Rest ihres Lebens in solchen Verhältnissen sehen würde, erschütterte Aurora dermaßen, daß man sie erst gar nicht ans Steuer eines Wagens ranlassen durfte – vor allem nicht an diesen alten klapprigen Cadillac, den sie einfach nicht in Zahlung geben wollte. Selbst in bester Verfassung war Auroras Fahrstil sprunghaft, und ein Besuch bei Tommy im Gefängnis trug nicht gerade dazu bei, sie in eine gute Stimmung zu versetzen.

Rosie und alle anderen, die Aurora kannten, waren fest davon überzeugt, daß dieser Cadillac eines Tages ihr Tod sein würde, aber es wäre gewiß nicht klug gewesen, diese Befürchtung auf der Rückreise von Huntsville auszusprechen, auf der Aurora ohnehin schon nichts sehnlicher wünschte, als auf der Stelle tot umzufallen.

Aurora, die von einem heftigen Weinkrampf geschüttelt wurde, griff nichtsdestoweniger nach oben und drehte den Rückspiegel in ihre Richtung, um ihre Verzweiflung zu betrachten. Das war eine alte Gewohnheit: Wenn Leid und Schmerz sie überkamen, wie es mittlerweile regelmäßig der Fall war, dann packte sie den nächstbesten Spiegel in der Hoffnung, Leid und Schmerz allein durch Eitelkeit von ihrem Weg abbringen zu können, bevor sie bei ihr allzuviel Schaden anrichteten.

Doch diesmal klappte es nicht, nicht nur, weil sie so heftig weinte, daß sie sich überhaupt nicht zu sehen vermochte, sondern weil Rosie – eine Frau, die so klein war, daß sie den Verkehr vor sich kaum erkennen konnte, ganz zu schweigen von dem, der ihnen folgte –, weil Rosie also den Spiegel sofort packte und wieder für sich zurechtrückte.

»Laß das, meine Liebe, ich muß den Spiegel haben«, sagte Rosie, die in Panik geriet, weil sie das Dröhnen eines gewaltigen Lastwagens hörte, der ihnen näher rückte, sie jedoch keine Ahnung hatte, wie dicht er schon herangekommen war.

»Da sitzt uns ein fünfachsiger Sattelschlepper im Nacken – wenn der Hund uns überrollt, werden wir zermatscht wie Suppe in der Dose«, fügte sie hinzu und wünschte sich, bereits in Conroe zu sein, damit Aurora endlich damit aufhörte, zu heulen, zu zittern und überall im Wagen ihre Kleenextücher zu verstreuen.

Das Gefängnis, in dem Tommy eine Strafe von fünfzehn Jahren bis lebenslänglich verbüßte, befand sich in Huntsville, Texas. Conroe, Texas, zweiunddreißig Meilen südlich davon an einem Interstate-Highway gelegen, auf dem es von fünfachsigen Sattelschleppern nur so wimmelte, war der früheste Punkt, an dem man erwarten konnte, daß Aurora ihre Emotionen wieder in den Griff bekam. Bis dahin blieb Rosie nichts anderes übrig, als sich von der Überholspur fernzuhalten und um ihr Leben zu fahren.

»Ich wünschte nur, du würdest ein einziges Mal in deinem Leben etwas tun, worum ich dich bitte, uns nämlich einen Datsun Pick-up zu kaufen«, sagte Rosie. »Auf dieser Rennpiste hier hätten wir viel bessere Chancen, wenn wir ein Auto hätten, aus dem ich richtig rausschauen kann.«

Zu ihrer Erleichterung bemerkte sie, daß der Sattelschlepper sie zügig links überholte. Aurora gab keine Antwort. Sie war mit ihren Gedanken noch ganz bei Tommy, dem blassen, stillen Jungen im Gefängnis. Er war von Anfang an der klügste der drei Kinder ihrer verstorbenen Tochter gewesen. Seine Zeugnisnoten waren stets hervorragend, ganz im Gegensatz zu den Zeugnissen ihrer anderen Enkelkinder, Teddy und Melanie, deren schulische Leistungen derartig schwankend waren, daß man sie wirklich kaum als »Schüler« bezeichnen konnte.

»Wir sind schon fast in Conroe«, sagte Rosie, unklugerweise in der Hoffnung, Aurora würde vielleicht ein wenig früher als sonst mit ihrem Geheule aufhören.

»Es interessiert doch einen Scheiß, wo wir sind!« schrie Aurora in einem kurzen Moment heftiger Erregung, bevor sie weitere Tränenströme vergoß.

Rosie war so erschrocken, daß sie fast auf einen Toyota Suburban auffuhr. Nur drei- oder viermal während ihrer langen Bekanntschaft hatte sie ihre Arbeitgeberin dieses spezielle Wort ausstoßen hören.

Kurz danach, als sie gerade an der ersten Ausfahrt nach Conroe vorbeisausten, beruhigte Aurora sich ein wenig.

»Rosie, ich bin kein Roboter«, sagte sie. »Ich muß nicht mit Weinen aufhören, bloß weil wir zufällig an Conroe vorbeifahren.«

»Ich wünschte, ich hätte nichts gesagt«, antwortete Rosie. »Ich wünschte, ich wäre nie geboren worden. Und noch mehr wünschte ich, wir hätten einen Datsun Pick-up – der Sitz dieses Autos hier ist so durchgesessen, daß man völlig in ihm versinkt, und wenn der sich weiter durchsitzt, kann ich außer dem Tacho bald überhaupt nichts mehr sehen. Vermutlich wird uns dann ein fünfachsiger Sattelschlepper überrollen und uns wie eine Dosensuppe zerquetschen.«

»Dieses Auto ist keine Dose, und wir werden nicht wie Suppe zerquetscht«, verkündete Aurora schniefend. »Du hast dir eine schlechte Figur ausgesucht.«

»Ja, ich hatte noch nie viel Busen, aber das habe ich mir nicht ausgesucht. Gott hat mir das verpaßt«, antwortete Rosie und fand es komisch, daß Aurora in einem solchen Moment auf ihren von Natur aus kleinen Busen anspielte.

»Ach, ich meine doch stilistisch gesehen«, sagte Aurora. »Natürlich hast du dir deinen Busen nicht selbst ausgesucht. Ich wollte damit lediglich sagen, daß an uns beiden nichts wie Suppe ist. Wenn du zermatscht wirst, dann wie Pommes frites, denn genauso siehst du aus.«

Aurora fühlte sich keineswegs besser, glaubte jedoch, genug geweint zu haben, und fing an, sich die Wangen mit Kleenex abzutupfen. Sie hatte bereits mehrere feuchte Tücher auf dem Sitz verstreut. Die sammelte sie jetzt ein, preßte sie zu einem klatschnassen Ball zusammen und warf sie aus dem Fenster.

»Meine Liebe, du sollst doch nichts wegwerfen«, ermahnte Rosie sie. »Dieser Highway ist voll von Schildern, auf denen steht, daß man hier in Texas keine Schweinerei anrichten soll.«

»Ich richte so viel Schweinerei in Texas an, wie ich will«, sagte Aurora. »Mir hat es ja auch jede Menge Schweinereien verpaßt.«

Als sich ihr Blick ein wenig aufklärte, bemerkte sie, daß ein Strom von Autos und Lastwagen an ihnen vorbeizog. Sie warf einen Blick nach hinten und stellte dabei fest, daß ein gewaltiger Lastwagen sie praktisch zu schieben schien.

»Rosie, hast du das richtige Tempo drauf?« fragte sie. »Wir liegen nicht gerade in Führung.«

»Ich fahre fünfundfünfzig«, antwortete Rosie.

»Dann ist es ja kein Wunder, daß der Truck hinter uns so ungeduldig aussieht«, sagte Aurora. »Jedesmal, wenn wir hier vorbeikommen, sage ich dir, daß die erlaubte Geschwindigkeit hier fünfundsechzig ist und nicht fünfundfünfzig. Du solltest jetzt wohl besser das Pedal voll durchtreten, wenn man das so sagen kann.«

»Das Pedal ist schon längst voll durchgetreten, anderenfalls würden wir uns überhaupt nicht vorwärts bewegen«, antwortete Rosie. »Warum liege ich dir wohl die ganze Zeit wegen eines Datsun Pick-up in den Ohren? Bei dieser alten Mühle könnte ich das Pedal noch durch den Kühler treten, und wir würden immer noch nicht mehr als fünfundfünfzig Sachen machen. Außerdem beträgt die Geschwindigkeitsbegrenzung in Städten fünfundfünfzig, und wir fahren gerade durch Conroe.«

»Sei doch nicht so pedantisch, wenn ich traurig bin«, sagte Aurora. »Versuch halt, etwas schneller zu fahren.«

In einem waghalsigen Manöver versuchte Rosie, den lahmen Toyota vor sich gerade in dem Moment zu überholen, als ein Lastzug hinter ihnen ebenfalls die Spur wechselte, um ihren Cadillac zu überholen. Der LKW-Fahrer hupte, Rosies Arm schoß durchs Fenster und zeigte ihm den Stinkefinger. Damit noch nicht zufrieden, steckte sie tatsächlich den Kopf zum Fenster hinaus und starrte den Fahrer an.

Völlig unbeeindruckt hupte der LKW-Fahrer erneut, während Rosie, das Pedal auf dem Blech, zentimeterweise an dem weißen Suburban vorbeikroch.

»Na ja, an Mumm fehlt's dir ja nicht – hat es dir ja niemals gefehlt, sonst hätte ich dich persönlich zermatscht«, sagte Aurora.

Der Trucker, wütend, vielleicht aber auch amüsiert, drückte jetzt alle paar Sekunden auf die Hupe, was Rosie, die keineswegs amüsiert war, dazu veranlaßte, den Arm erneut aus dem Fenster zu strecken und ihn auch da zu lassen, den Mittelfinger die ganze Zeit nach oben gereckt.

Der Anblick ihres Dienstmädchens, das eine schmutzige Handbewegung machte, während es sich buchstäblich unter den Rädern eines riesigen Trucks befand, brachte Aurora zum Lachen. Eine verirrte Woge der Heiterkeit stieg plötzlich in ihr auf, aber kaum hatte sie ein einziges, winziges Lächeln hervorgebracht, da brach eine Sturmflut der Traurigkeit über ihr zusammen, die die Heiterkeit überrannte, so wie ihr Cadillac kurz davorstand, von dem Sattelschlepper überrannt zu werden.

»Ich hoffe, der bringt uns um, dann ist alles vorbei!« schrie sie, während sie weinte.

»Ich komme aus Bossier City und lass' mich von keinem Sattelschlepper herumschubsen«, sagte Rosie. Sie schätzte, daß sie inzwischen einen handbreiten Vorsprung vor dem Toyota herausgeholt hatte, und schob sich näher heran, um ihn auf die rechte Spur zu zwingen.

Als Aurora sich zum zweitenmal beruhigte, waren sie längst an der Abfahrt zum Flughafen vorbei – im sommerlichen Dunst konnte sie die Wolkenkratzer der Innenstadt von Houston erkennen.

»Ich kann mittlerweile nicht mehr lachen, ohne anzufangen zu weinen«, sagte sie und drehte ihr Fenster runter. Sie fuhr fort, mit weiteren fünfzehn bis zwanzig Kleenextüchern eine Schweinerei in Texas anzurichten.

»Du hast ja gar nicht richtig gelacht«, sage Rosie, »du hast hauptsächlich geheult.«

2.

»Das Unerträgliche daran ist, daß er sich im Gefängnis befindet«, sagte Aurora und verdrückte gerade ihr zweites Pig-Stand-Sandwich.

In den düsteren Stunden nach einem Besuch bei Tommy hatten die beiden es sich angewöhnt, beim alten Pig-Stand-Imbiß auf der Washington Avenue eine Pause einzulegen, in der Hoffnung, ein kleiner Imbiß würde sie wieder aufmuntern.

Rosie blieb ihrer vor kurzem angenommenen vegetarischen Lebensweise treu, von der sie hoffte, sie würde ihr dazu verhelfen, mindestens hundert Jahre alt zu werden, und wählte einen Salat. Aurora bestellte zwei Pig-Stand-Sandwiches und eine Extraportion Zwiebelringe.

»Du wärst nicht die erste, die mit fettem Essen Selbstmord begeht«, belehrte Rosie sie.

»Ernsthaft«, antwortete Aurora, »ich glaube, Tommy gefällt es, im Gefängnis zu sein.«

»In Wirklichkeit gefällt es ihm überhaupt nicht«, meinte Rosie. »Ich bezweifle, daß irgend jemand gerne in Huntsville ist.«

»Nein, aber er ist lieber dort als draußen«, sagte Aurora. »Das ist tragisch, aber wahr. Er ist lieber dort als draußen, und das bedeutet, daß du und ich bei ihm völlig versagt haben.«

»Vielleicht, aber du mußt aufhören, dauernd darauf herumzukauen«, sagte Rosie. »Darauf herumzukauen ist schlimmer, als Schweine-Sandwiches zu essen. Wir haben getan, was wir konnten, und mehr kann man ja wohl auch nicht machen.«

Aurora, die sich der biologischen Greueltat bewußt war, auf einen Schlag drei Schweine-Sandwiches zu verdrücken, rief trotzdem die Kellnerin herbei und bestellte ein drittes.

»Na und? Ich fühle mich schwach und ausgemergelt«, sagte sie zu Rosie. »Im Vergleich zu mir bist du doch nur ein Strich in der Landschaft. Ich kann jedenfalls nicht von trokkenen Salatblättern leben.«

Während sie auf ihr Sandwich wartete, ließ Aurora in ihrer Erinnerung noch einmal Tommys Leben an sich vorüberzuziehen und wurde sich schmerzlich bewußt, eigentlich noch nie einen wirklich glücklichen Ausdruck auf seinem jungen Gesicht gesehen zu haben.

Dennoch hatte sie eine gewisse Klugheit in seinen Zügen entdeckt und gehofft, er würde sich in irgendeiner Weise intellektuell auszeichnen, eine Hoffnung, die vermutlich durch eine einzelne Gewehrkugel in einem Vororthaus in Austin zunichte gemacht worden war. Tommy hatte auf einen konkurrierenden Rauschgifthändler geschossen und dabei die Freundin dieses Mannes in den Kopf getroffen. Das Mädchen, das Julie geheißen hatte, stammte aus einer Soldatenfamilie aus San Antonio und war Tommys erste richtige Freundin gewesen, was auch immer das in der heutigen Zeit bedeuten mochte.

»Wenn er dieses Mädchen doch nur niemals kennengelernt hätte«, sagte Aurora und ärgerte sich darüber, daß ein solches Mäuschen ein so hartes und bitteres Los über sie alle bringen konnte. Die Tatsache, daß man 134000 Dollar und ein halbes Kilo Kokain in ihrem Schrank gefunden hatte, versteckt unter ihrer umfangreichen Sammlung von Plüschtieren, schien allerdings zu zeigen, daß Julie vielleicht doch mehr als nur ein dummes Mäuschen gewesen war.

Obwohl auch Rosie im Innersten ihres Herzens unter

Tommys Schicksal litt, glaubte sie doch, diesem Schmerz gegenüber eine stoische Haltung einnehmen zu müssen, um zu vermeiden, daß Aurora stundenlang Trübsal blies, was sie sich überhaupt nicht leisten konnte. Tommy war keineswegs das einzige Problem, mit dem sie sich auseinanderzusetzen hatten.

»Ich habe auch nicht besonders viel von Julie gehalten, aber was soll's, sie ist tot, soll sie in Frieden ruhen«, sagte Rosie. »Tommy war Rauschgifthändler. Solche Sachen passieren Rauschgifthändlern nun mal.«

»Wenn du mich fragst, wir können froh sein, daß er nicht zwei oder drei Leute totgeschossen hat«, fügte sie hinzu. »Seit dem Tod seiner Mutter hat Tommy einen Haß auf die ganze Welt.«

Sie überlegte einen Moment, dann revidierte sie ihre Aussage. »In Wirklichkeit ist es so, daß Tommy schon mit Haß auf die Welt gekommen ist«, sagte sie. »Er ist einer von den Menschen, die mit Haß geboren werden, und es hat überhaupt keinen Zweck, nach dem Warum und Wieso zu fragen, weil es nämlich kein Warum und kein Wieso gibt.«

»Dank dir für deinen Ratschlag, du Quelle der Weisheit«, sagte Aurora und ließ ihren Blick über die Pasteten streifen, die in langer Reihe auf einer glitzernden Theke ausgestellt waren. Irgendwie schien ein magischer Beleuchtungstrick, der die Theke erstrahlen ließ, die Verlockung der Pasteten noch zu steigern. Sie wußte, daß diese keineswegs so gut sein konnten, wie sie aussahen, was aber nicht bedeutete, daß sie nicht gut genug waren, um gegessen zu werden. Sie winkte Marge und bestellte Hackfleischpastete mit Pistazien-Eiscreme.

Rosie schaute voll stummer, strenger Mißbilligung zu, wie Aurora die Pastete und die Eiscreme vertilgte, in der sicheren Gewißheit, daß sie selber nur sechsundneunzig Pfund wog, wohingegen die anderen Kunden des Pig-Stand, eine typische Ansammlung menschlichen Treibguts, deren größter Teil von einer Art Müdigkeit überwältigt zu sein schien, jedoch nicht an Neugier mangelte, sich lediglich wunderten, wieso Aurora, eine Frau, die so aussah, als habe sie genug Geld, um anderswo essen zu können, immer wieder im Pig-Stand auftauchte, und zwar in Begleitung einer kraushaarigen, kleinen, alten Dame, die nach scharfsinniger Einschätzung wie ein vertrockneter Louisiana-Cracker aussah.

Wie die meisten Bewohner der nördlichen Bezirke Houstons tendierten auch die Pig-Stand-Kunden dazu, das Leben gemächlich und langsam anzugehen. Ein paar dickliche Don Juans in grellen Hawaii-Hemden brachten genug Energie auf, um mit Marge oder einer der anderen Kellnerinnen zu flirten, und ein paar LKW-Fahrer und Verkaufsfahrer kamen herein, aßen einen Cheeseburger oder ein paar Eier und gingen wieder. Doch die Mehrzahl der Kunden hatte es nicht besonders eilig; aufgrund langer Erfahrung wußten sie, der beste Weg, um mit der Houstoner Luftfeuchtigkeit fertig zu werden, war, immer nur einen Schritt zu tun oder nur einen Gedanken auf einmal zu fassen.

Aurora war noch immer nicht dazu bereit, ihren Zorn auf die hinterhältige Julie zu begraben. Zu ihrer größten Ernüchterung hatte Tommy jedoch keinerlei Interesse an ihrem Ärger gezeigt und auch keine Reaktion, wenn die Rede auf Julie kam.

»Julie war ein kleines Eichhörnchen«, hatte er gesagt, und das war auch schon alles.

»In Soldatenfamilien gibt es häufig Probleme«, bemerkte Aurora. Sie hatte ihre Pastete aufgegessen und holte einen Taschenspiegel hervor, konnte jedoch nicht genügend Interesse für ihre äußere Erscheinung aufbringen. Es war, wie es war – vielleicht für immer und ewig, aber zunächst mal, bis sie zu Hause waren.

»Der General stammt ebenfalls aus einer Soldatenfamilie«, rief ihr Rosie ins Gedächtnis. »Er allein macht soviel Probleme wie fünf oder sechs Soldatenfamilien zusammen, ich glaube aber nicht, daß er deshalb auch nur eine Sekunde Schlaf in seinem Leben verpaßt hat.«

»Völlig falsch«, antwortete Aurora. »Ich habe dafür gesorgt, daß er Tausende von Sekunden Schlaf verpaßt hat. Eine der wenigen Kräfte, die ich noch besitze, ist die Fähigkeit, Hector so aufzuregen, daß er so lange hellwach bleibt, bis ich bereit bin, ihn losschnarchen zu lassen.«

General Hector Scott, Auroras Liebhaber »für zu Hause« – eine Gattung, die nicht mit der Stellung mehrerer auswärts wohnender Aspiranten verwechselt werden durfte –, war sechsundachtzig und keineswegs glücklich darüber; noch viel weniger glücklich war er angesichts der Tatsache, daß er es erst vor drei Wochen sämtlichen bekannten physikalischen Gesetzen zum Trotz geschafft hatte, unter einen Golfwagen zu geraten, wobei er sich beide Beine und eine Hüfte gebrochen hatte. Er befand sich zwar auf dem Weg der Besserung, aber für seinen Geschmack entschieden zu langsam, da oben auf der im ersten Stock ihres Hauses gelegenen glasverkleideten Terrasse.

Daß er de facto in der ersten Etage eingesperrt war, war ein weiterer Umstand, über den er nicht glücklich war. Trotz seiner heftigen, fast schon leidenschaftlichen Proteste hatte Aurora ihn nach oben schaffen lassen. Die Jungs, die ihn mit dem Krankenwagen nach Hause brachten, ahnungslos, daß er einmal ein Vier-Sterne-General gewesen war, erhielten ihre Befehle von Aurora und ignorierten die Püffe, die er ihnen versetzen wollte.

General Scott kam sofort zu dem Schluß, daß Aurora nur einen einzigen Grund haben konnte, ihn auf der ersten Etage einzusperren: daß sie nämlich die Absicht hatte, es im Erdgeschoß mit ihren anderen Freiern nach Gutdünken zu treiben, wo er sie weder sehen noch hören und auch nicht stören konnte, was immer sie da im Sinn haben mochte.

Der Gefährlichste unter den anderen Freiern war ein kleiner Franzose namens Pascal, Attaché beim französischen Konsulat. Der General konnte Pascal nicht ausstehen und machte auch keinerlei Geheimnis daraus – Tatsache war, General Scott machte aus fast gar nichts mehr ein Geheimnis, seit ein paar Monaten nicht einmal mehr aus gewissen

Teilen seiner Anatomie, Teile, die Aurora und Rosie allerdings viel lieber mit dem Mantel des Geheimnisses bedeckt gesehen hätten.

Diese neue Neigung des Generals war es, die die Gedanken beider Frauen beschäftigte, als sie den Pig-Stand-Imbiß verließen und den alten Cadillac in Richtung Heimat prügelten, zu den wohlgepflegten Wäldern von River Oaks.

»Hat er sich neuerdings noch mal entblößt?« fragte Aurora. »Wenn ich auch eine Sünderin bin, so hätte ich doch niemals geglaubt, so viele Sünden begehen zu können, um einen Enkelsohn im Knast und einen Exhibitionisten auf meiner Terrasse zu verdienen.«

»Ja, er hat sich heute morgen entblößt«, sagte Rosie. »Und dann hatte er auch noch die Stirn, sich über seine Frühstückseier zu beklagen.«

»Wie genau hat er sich denn entblößt?« fragte Aurora. »Für einen alten Menschen auf Krücken hat er ein breites Repertoire entwickelt.«

»Seine Schlafanzughose stand offen«, sagte Rosie. »Ich glaube, wenn er diesen Trick noch einmal versucht, dann kippe ich ihm ein Glas Eiswasser in die Hosen oder heißen Tee oder so was.«

»Ja, mach das«, stimmte Aurora zu. »Immerhin hat er den Krückentrick nicht versucht, den er jedesmal probiert, wenn ich in seiner Nähe bin.«

»Was ist denn der Krückentrick?« fragte Rosie.

»Er stemmt sich auf seinen Krücken hoch und schafft es, daß sein Bademantel sich öffnet«, sagte Aurora. »Dann steht er nur da und grinst. Er sieht aus wie eine Mumie auf Krükken.«

»Na ja, er ist immerhin sechsundachtzig«, sagte Rosie in leicht versöhnlichem Ton.

»Was spielt das für eine Rolle?« wollte Aurora wissen. »Du bist ja schließlich auch kein junges Ding mehr, aber du stehst nicht da und läßt alles aus deinem Bademantel raushängen.«

»Mein Busen ist zu klein, da gibt es nichts, was raushängen könnte«, sagte Rosie. »Wir sind vielleicht keine Küken mehr, aber so alt wie der General sind wir nun auch wieder nicht.«

Aurora warf ihr einen fragenden Blick zu. »Ich fürchte, ich verstehe nicht, was du meinst, falls du überhaupt etwas meinst«, sagte sie. »Gibt es einen Grund, warum man von den Alten nicht erwarten sollte, sich so gut zu benehmen wie die Leute mittleren Alters?«

»Mittleren Alters?« wiederholte Rosie. »Glaubst du, wir wären noch mittleren Alters?«

»Nun, sind wir das vielleicht nicht?« fragte Aurora. Sie öffnete das Handschuhfach und wühlte hoffnungsvoll darin herum; sie hatte die vage Vermutung, irgendwann einmal etwas Geld dort versteckt zu haben.

»Du machst dir doch selber etwas vor«, ließ Rosie sie wissen. »Wir sind schon seit zwanzig Jahren nicht mehr mittleren Alters.«

Zu ihrer Freude entdeckte Aurora genau das, was sie erhofft hatte – vierundzwanzig Dollar, verborgen in einem Stadtplan.

»Ha, da sind ja meine vierundzwanzig Dollar, halte bitte am nächsten Blumengeschäft«, sagte sie. »Was das mittlere Alter betrifft, da liegst du völlig falsch. Es gibt eine Kategorie namens ›Mittleres Alter‹, die keine festen zeitlichen Grenzen hat. Ich glaube, wir beide befinden uns noch mittendrin – vor allem ich.«

»Der ganze Hinterhof steht voller Blumen, warum willst du noch mehr kaufen?« fragte Rosie. Sie hatte keine Lust, am Blumenladen anzuhalten.

»Du hast recht, fahr nach Hause – Blumen sind Pascals Sache«, meinte Aurora. »Ich rufe ihn an und sage ihm, er soll für vierundzwanzig Dollar Blumen mitbringen, wenn er nächstesmal aufkreuzt.«

»Und was ist, wenn er nicht will? Pascal ist nicht gerade reich, wie du weißt«, meinte Rosie.

»Nein, aber ich finde es nicht übertrieben, ihn zu bitten, mir für vierundzwanzig Dollar Blumen mitzubringen, denn das ist genau der Betrag, den ich in meinem Handschuhfach gefunden habe«, sagte Aurora grinsend. »Wie könnte jemand dieser Logik widersprechen?«

Die Logik war Rosie egal – Aurora hatte zum erstenmal gelächelt, seitdem sie das Gefängnis verlassen hatten. Wenn Pascal das vierundzwanzig Dollar kostete, so war es das wert.

Dennoch war sie noch nicht ganz fertig mit ihren Bemerkungen über den General und sein neu erwachtes Interesse am Exhibitionismus. Das war das eine Thema, doch dies hing eng mit einem zweiten Thema zusammen, das Rosie im höchsten Maße interessierte – nämlich, ob Aurora und der General immer noch Sex miteinander hatten.

Offensichtlich war der General reichlich geil im Kopf, aber das bedeutete ja nicht unbedingt, daß er auch an anderen Stellen geil war, und überhaupt sagte das nichts darüber aus, wie Aurora zu dieser Frage stand. Und Aurora, die weder prüde noch ein Feind deutlicher Ausdrucksweise war, hatte längst aufgehört, sich in irgendeiner Form über diesen Aspekt ihres Zusammenlebens mit dem General zu äußern.

Rosie wollte es jedoch unbedingt wissen, teils aus Neugier, teils aber auch, weil sie sich von dieser Frage Hilfe für ihr eigenes Dilemma erwartete – ihr Freund, C. C. Granby, einst ein scharfer Hahn, schien seine hahnenscharfen Neigungen in alarmierendem Tempo zu verlieren. Rosie wußte nicht, ob das ihr oder sein Fehler war, und brachte es auch nicht so ganz fertig, Aurora zu diesem Thema um ihre Meinung zu fragen.

»Als ich vorhin meinte, der General würde seine Schlafanzughose nicht zuknöpfen oder seinen Bademantel aufgehen lassen, wollte ich lediglich sagen, daß wir alle älter werden, und ich denke, auch ältere Leute haben ein Recht auf ihren Spaß«, sagte sie nervös. Gerade waren sie in die Einfahrt zu Auroras Haus eingebogen. Rosie verbarg ihre Nervosität, indem sie sich auf das schwierige Unternehmen konzentrierte, den Cadillac vor das enge Garagentor zu manövrieren. Der Wagen war fast genauso breit wie das Garagentor, rechts und links waren gerade mal ein paar Zentimeter Spielraum – ein weiterer Grund, warum Rosies Automobilträume so sehr um einen Datsun Pick-up kreisten. Aurora, die eigentlich so gut wie überhaupt nicht fahren konnte, setzte den Cadillac jedesmal auf Anhieb in die Garage, wohingegen Rosie, die sich starrköpfig weigerte, ihren grauen Star behandeln zu lassen, kaum die Ausmaße des Fahrersitzes erkennen konnte und immer schreckliche Angst davor hatte, einen Kotflügel zu zerkratzen oder die Wagentür zu zerschrammen, was zweifellos zur sofortigen Entlassung geführt hätte, trotz der treuen Dienste, die sie seit mehr als vierzig Jahren leistete.

»Halt!« kommandierte Aurora und sah ihre Angestellte mit scharfem Blick an.

Rosie befand sich gerade am vorderen Rand der Einfahrt; sie bevorzugte es, den Cadillac so auszurichten wie ein Golfspieler bei einem langen Putt, bevor sie sich auf eine Spur setzte, auf der es nicht klappen konnte.

»Ich kriege ihn schon richtig rein und werd' auch nichts ankratzen«, versicherte sie Aurora und bewegte sich minimal nach links auf die Garage zu.

»Du bleibst stehen!« befahl Aurora. »Ich möchte mit dir reden, und zwar sofort. Meinen Wagen kannst du mir später kaputtfahren.«

Rosie hielt an, saß da und betrachtete Auroras hübsches Haus im spanischen Kolonialstil. Sie hatte nun schon so lange dazu beigetragen, es in Schuß zu halten, daß sie es irgendwie auch als ihr Haus ansah. Im Augenblick wünschte sie sich nichts sehnlicher, als im Inneren des Hauses zu sein; der Ausdruck in Auroras Augen ließ darauf schließen, daß ihre Bemerkungen über die Alten und deren Spaß nicht besonders gut aufgenommen worden waren.

»Eigentlich sollte ich wissen, wann ich den Mund zu halten habe, möchte man meinen«, sagte sie und hoffte, die Wucht des bevorstehenden Angriffs ein wenig abschwächen zu können.

»Ach, hör doch auf, dich zu winden«, sagte Aurora. »Vielleicht solltest du mal darüber nachdenken, deine Frisur zu verändern. Im Moment ist dein Haar viel zu kraus.«

»Ich wünschte, ich wäre glatzköpfig und hätte eine Perücke«, antwortete Rosie. »Ich habe jede Art von Frisur ausprobiert, die man überhaupt ausprobieren kann, und was ist dabei herausgekommen? Sieh es dir doch an! Perücken sind viel schöner als meine Frisur, aber ich weiß nicht . . ., ich glaube, ich bin einfach nicht der Typ für Perücken. Jedesmal, wenn ich eine aufprobiere, fange ich an zu lachen.«

»Ich stimme dir zu, daß du vermutlich kein Perückentyp bist, aber es gibt immer wieder neue Frisuren, mit denen man es mal versuchen kann«, sagte Aurora. »Ich selber habe verschiedene ausprobiert. So, was war das, was du mich da über mein Sexualleben gefragt hast?«

Rosie seufzte tief, gab aber keine Antwort. Sie mochte nicht zugeben, daß sie Aurora über ihr Sexualleben ausgefragt hatte.

»Im Sprichwort heißt es, Neugier bringt die Katze um«, sagte sie schließlich.

»Großer Gott, Rosie«, sagte Aurora. »Wir kennen uns nun schon seit mehr als vierzig Jahren. Ich werde dich schon nicht zerfleischen, weil du mich über mein Triebleben aushorchst. Ehrlich gesagt, ich dachte schon, du würdest mich überhaupt nicht mehr danach fragen.«

»Ich frage ja, was ist denn nun damit?«

»Das ist eine kurze Geschichte – Hektor bringt's nicht«, sagte Aurora.

»Oh«, sagte Rosie.

Schweigend saßen sie eine Weile da, während sich die Schatten der großen Bäume auf das Haus und den Hof zu bewegten.

»Ich wußte doch, daß das ganze Zeug, was man in Zeitschriften liest, nichts als Schwindel ist«, meinte Rosie.

Aurora schaute sie kühl an. »Was für Zeug?«

»Daß Männer es machen können, bis sie fünfundneunzig oder hundert sind«, sagte Rosie.

»Ja, wir haben die gleichen Zeitschriften gelesen«, meinte Aurora. »Um genau zu sein, die, die ich im Abonnement beziehe. Diese Berichte vermitteln tatsächlich ein ziemlich irreführendes Bild männlicher Fähigkeiten, jedenfalls, soweit ich das aus meiner eigenen Erfahrung beurteilen kann.«

»Glaubst du, du wärst die einzige, die Probleme hat? C. C. ist gerade mal achtundsechzig und versucht es noch nicht mal«, berichtete Rosie. »Ihn zu irgendeiner Aktion zu bewegen, ist, als wollte man versuchen, einen Luchs in die Ecke zu treiben. Manchmal möchte ich am liebsten einfach Schluß machen.«

»Darüber habe ich auch schon nachgedacht«, gestand Aurora.

»Ja, aber du hast richtige Liebhaber«, erinnerte Rosie sie. »Du hast Pascal und dann noch Louis und Junior und Cowboy Bill.«

Jetzt war Aurora an der Reihe, Seufzer auszustoßen. »Die deprimieren mich schon, wenn ich nur ihre Namen höre«, gab sie zu. »Es gab Zeiten, da verfügte ich über ein ansehnlicheres Sortiment. Pascal mag ich eigentlich ganz gerne, ich muß allerdings zugeben, daß er mehr redet als tut.«

»Ich glaube, er hat Angst vor dem General«, sagte Rosie.

»Ich fürchte, in Wirklichkeit hat er Angst vor mir«, meinte Aurora. »Natürlich lassen sich meine Liebhaber davon entmutigen, daß Hector hier wohnt. Unglücklicherweise erregt die Tatsache, daß sie sich mittlerweile ein bißchen zu bereitwillig entmutigen lassen, meine Verachtung. Vielleicht werfe ich den ganzen Verein eines Tages hinaus, einschließlich Hector.«

»Vielleicht befindet der General sich nur in einer Krise«, spekulierte Rosie. »Heute gibt es allerhand neue Heilmittel für die Drüsen. Stopf ihm doch davon eine Handvoll rein und warte ab, was passiert.«

Die Schatten hatten jetzt den Wagen erreicht, Auroras Stimmung änderte sich. Sie dachte wieder an Tommys Gesicht, so jung und so verschlossen; und sie erinnerte sich wieder an die sturen Wärter, die ihn wegführten.

»Bring den Wagen rein, es wird dunkel – sonst fährst du mir noch meine Garage über den Haufen«, sagte sie.

Rosie, die den gleichen Gedanken gehabt hatte, fuhr im Schneckentempo vorwärts und korrigierte ihren Kurs millimeterweise, je dichter sie an die Garage herankam.

»Ich sollte über solche Dinge nicht nachdenken«, sagte Aurora. Ihre Stimmung sank rapide. »Ich bin alt und vertrocknet, was soll's also?« fragte sie. »Du bist jünger als ich und solltest dir durchaus Sorgen um C. C. machen. Doch ich habe einen Enkel im Gefängnis, einen anderen, der in psychiatrischen Kliniken ein und aus geht, und eine Enkelin, die schwanger ist und nicht mal sagen kann, wer der Vater ist. Warum sollte ich mir Sorgen um männliche Leistungsfähigkeiten machen oder um sonst irgendwas Männliches? Am besten vergesse ich das ganze Zeug einfach.«

Der Wagen schob sich behutsam in die Garage.

Rosie, die genau ein Jahr jünger war als ihre Chefin, griff hinüber und drückte Auroras Hand.

»Meine Liebe, du mußt ab und zu auch mal an dich selber denken«, sagte sie. »Du bist ein menschliches Wesen wie jeder andere. Hin und wieder mußt du wirklich mal an dich selber denken.«

»Ich denke nur, es wäre schön, du würdest gegen diese Säule fahren, damit die ganze Garage über mir zusammenbricht und mir ein Ende bereitet«, sagte Aurora. Sie klaubte ihre Handtasche und die Kleenex-Schachtel zusammen und stieg rasch aus dem Wagen.

3.

»Das schlimme an Hectors Zustand ist auch, daß ich mittlerweile Angst habe, meine eigene Treppe hinaufzugehen«, sagte Aurora. Sie hatte sich von einem weiteren Weinkrampf so gut wie erholt und saß jetzt in ihrer Küche und trank Tee.

Rosie, die sich in ihren reiferen Jahren – ein Ausdruck,

den man den gleichen Zeitschriften entnehmen konnte, wie diese merkwürdigen Mitteilungen über die männliche Potenz – zum Nachrichten-Freak entwickelt hatte, starrte durch ihre Kontaktlinsen ihr Idol Tom Brokaw an. »In Litauen sieht es gar nicht gut aus, ich hoffe nur, Gorby weiß, was er macht«, sagte sie.

Aurora hatte für Rosies spät erblühtes Interesse an der Weltpolitik nur wenig Geduld übrig. In ihren Augen war Rosie weniger ein Nachrichten-Freak als vielmehr das Groupie eines Fernsehmoderators und hatte, was alles nur noch schlimmer machte, ihre Zuneigung auf den falschen Moderator fixiert. Sie selber zog jedenfalls den weltmännischen Peter Jennings vor.

»Litauen muß selber sehen, wie es zurechtkommt, es ist ja sowieso Trumans Fehler«, sagte sie. »Wenn man General MacArthur freie Hand gelassen hätte, wären diese ganzen Kommunisten schon vor langer Zeit aus dem Weg geräumt worden.«

»Laß bloß General Scott nicht hören, wie du über General MacArthur sprichst«, warnte Rosie sie. General Scott war in früheren Zeiten einmal General MacArthurs Untergebener gewesen. Seinen Erzählungen nach keine besonders glückliche Zeit, und Rosie hatte ihn sehr häufig davon erzählen hören.

»Was auch immer zwischen Hector und MacArthur passiert sein mag, ich habe keinerlei Zweifel daran, daß es allein Hectors Schuld war«, antwortete Aurora. »Außerdem war er eifersüchtig.«

Zum Glück verbreitete die Gumbosuppe, die sie sich zum Abendessen machten, einen angenehmen Duft. Sie trank ihren Tee und freute sich über den leckeren Geruch. Sie hatte schon immer ihre Küche geliebt, früher hatte sie sogar ihr ganzes Haus geliebt. Inzwischen schien die Küche der einzige Ort zu sein, an dem sie sich wohl fühlen konnte. Es war die Küche, in die sie sich zurückzog, wenn sie ihre Lebensgeister zurückgewinnen mußte.

Früher war die Fensterecke in ihrem Schlafzimmer immer

der rettende Hafen dafür gewesen. Doch die war inzwischen auch nicht mehr das, was sie mal gewesen war. Sie war zu unsicher geworden, denn bei Hector Scott mußte man jederzeit damit rechnen, daß er herangehumpelt kam und alle zarten Ansätze aufblühender Lebensgeister im Keim erstickte.

»Wenn ich so darüber nachdenke, ist eigentlich alles Schlechte, was in diesem Haus passiert, Hectors Schuld«, sagte Aurora in einem Anfall von Bitterkeit. »Früher ging ich gerne meine Treppe hinauf, aber jetzt habe ich Angst davor, weil ich nie weiß, was mich am oberen Ende erwartet. Selbst wenn Hector beschließt, sich nicht zu entblößen, ist er ärgerlich, weil ich weggegangen bin und ihn allein gelassen habe.«

Sie nippte an ihrem Tee. »Alte Männer sind so schrecklich egoistisch, und man kann so gut wie nichts dagegen tun«, bemerkte sie. »Man kann sie ja nicht einfach loswerden wie einen alten Hund.«

»Egoistisch oder nicht, am besten du gehst rauf und redest mit ihm«, sagte Rosie. Sie wartete geduldig, daß die NBC wieder Tom Brokaw einsteuerte. Sie selber war noch nie in Litauen gewesen, überhaupt noch nie weiter als bis Las Vegas gekommen, wohin C. C. sie für ein turbulentes Wochenende entführt hatte, als ihre Beziehung noch ganz frisch war, aber soweit sie es beurteilen konnte, bestand das Leben in Litauen hauptsächlich darin, daß Menschenmengen vor dem Regierungssitz oder anderen offiziellen Gebäuden standen und für mehr Freiheit und eine bessere politische Führung demonstrierten.

Tatsächlich schien das Leben im größten Teil der Welt, soweit sie das beurteilen konnte, wirklich aus dem Herumstehen in solchen Menschenansammlungen zu bestehen und aus Demonstrationen für mehr Freiheit und eine bessere Regierung. Eine Ausnahme bildete Israel – vielleicht war es auch Palästina; sie war sich über die Unterschiede nicht so ganz im klaren – wo Jugendliche mit Tüchern vor dem Gesicht mit Steinen nach Soldaten warfen, die dann mit Tränengas antworteten.

Rosie hatte schon vor längerer Zeit beschlossen, falls die amerikanische Regierung jemals ihre Freiheit bedrohen oder auch nur noch ein einziges Mal die Steuern erhöhen oder überhaupt irgendwas machen würde, was sie nicht mochte, sich einer solchen Gruppe von Protestierenden anzuschließen und mal zu schauen, ob das etwas bewirkte, oder wenn nicht, wenigstens Spaß machte.

Soweit sie es beurteilen konnte, schienen diese Proteste alle ziemlich gleich auszusehen. Sie war immer froh, wenn Tom Brokaw wieder ins Bild kam und einem sagte, wie die Sache mit den Demonstranten denn so lief.

Aurora dachte darüber nach, ob sie nach oben gehen und Hector davon in Kenntnis setzen sollte, daß er gehen müsse. In den letzten ein, zwei Jahren hatte sie sich mehrmals eine kleine Rede zu diesem Thema zurechtgelegt, und einmal hatte sie sogar einen vorsichtigen Vorstoß in diese Richtung gewagt, indem sie ihn fragte, was er denn machen würde, wenn sie plötzlich tot wäre.

Wenn Aurora über ihr eigenes Ableben nachdachte, ging sie eigentlich immer davon aus, daß plötzlich der Tod sie erwischen würde. Sie hatte kein Interesse daran, lange in einem Krankenhaus herumzuliegen, wie ihre geliebte Tochter Emma es getan hatte. Die arme Emma hatte viele Monate gebraucht, um zu sterben, Aurora hatte jedoch nicht die Absicht, es ihr in diesem Punkte gleichzutun. Irgendwas, von dem sie nichts wußte, würde passieren, und dann wäre sie eben einfach dahin.

Eines Nachmittags hatte sie Hector ein solches Szenario angedeutet. Er hatte erschrocken dreingeblickt, sein Adamsapfel zitterte eine ganze Weile. Er sah sie an, als hätte sie den Verstand verloren. Einen Moment lang schien es, als fange er an zu weinen; aber er weinte nicht, sagte allerdings auch nichts. Er hatte sich gerade ein Golfturnier angeschaut und wandte sich wieder dem Fernsehgerät zu.

»Hector, wir sollten wirklich einmal darüber nachdenken«, beharrte Aurora. »Irgendwann sterbe ich, könnte ich mir vorstellen. Solltest du da nicht mal über Vorkehrungen nachdenken? Ich weiß, es gibt da ein paar nette Militärheime für hochrangige ehemalige Soldaten wie dich. Da könntest du mit deinesgleichen zusammensitzen und über die Schlacht an der Somme oder so was reden.«

»Aurora, ich war ganze acht Jahre alt, als die Schlacht an der Somme stattfand«, sagte der General. »Du solltest das mit den Weltkriegen mal auf die Reihe kriegen. Es hat zwei gegeben. Die Schlacht an der Somme war im Ersten, ich habe im Zweiten gekämpft.«

»Du mußt natürlich pedantisch werden, wenn ich versuche, über etwas Ernsthaftes mit dir zu reden«, antwortete Aurora. »Wir haben nicht davon gesprochen, in welchem Weltkrieg du gekämpft hast, wir sprachen über mein vorzeitiges Ableben.«

»Ich habe aber nicht über dein gottverdammtes Ableben gesprochen«, sagte der General. »Ich habe mir mein Golfturnier angeschaut. Wer sagt denn überhaupt, daß du vorzeitig stirbst? Du bist keine junge Frau mehr, wußtest du das schon?«

»Mir ist durchaus klar, daß ich mich in den mittleren Jahren befinde«, antwortete Aurora. »Nichtsdestoweniger, mein Tod wird immer vorzeitig sein, egal, wann er eintritt.«

Einen Moment dachte sie an die arme kleine schwangere Melanie, an Teddy und sein Lithium und an Tommy in seiner Gefängniszelle.

»Ich weiß, ich darf mich nicht beklagen«, bemerkte sie. »Emmas Ableben, das war wirklich vorzeitig, und schau dir nur das Leid an, das es verursacht hat.«

»Den Ruin ihrer Kinder, den hat es verursacht«, sagte der General. »Ich habe es versucht, du hast es versucht, und Rosie hat es auch versucht, aber es hat alles nichts geholfen. Der eine ist verrückt, der zweite ein Krimineller, und eine ist schwanger. Ich sage nur eines – Gott sei Dank, daß nicht noch mehr davon da sind.«

»Ich weigere mich, Teddy als Verrückten zu betrachten«, gab Aurora zurück. »Es fällt ihm lediglich ziemlich schwer, zu sich selber zu finden.«

Auch der General wurde traurig beim Gedanken an Teddy, ein Junge, für den er immer eine Schwäche gehabt hatte, obwohl ihm seine eigenen Schwächen oft genug Kummer machten.

»Nein, und der wird auch nie zu sich selber finden, solange er eine Apotheke findet und noch mehr Pillen bekommt«, sagte der General. »Der Junge ist vollkommen gesund – ich bin gegen all diese Pillen. Ich wünschte nur, er hätte meinen Rat befolgt und wäre zur Armee gegangen. Die Armee hätte ihn in Null Komma nichts zurechtgebogen.«

»Nein, die Armee hätte ihn kaputtgemacht – er ist sowieso schon mehr oder weniger kaputt«, antwortete Aurora verbittert.

Ihr Tonfall alarmierte den General. Einen Moment lang dachte er, sie mache ihn dafür verantwortlich, daß Teddy so kaputt war.

»*Ich* war es nicht, der ihn kaputtgemacht hat«, beharrte er. »Ich liebe Teddy. Ich habe ihn zum Fischen mitgenommen, erinnerst du dich?«

»Ja«, sagte Aurora, »daran erinnere ich mich.«

»Ich weiß nicht, warum es so schwierig geworden ist, mit dir zu reden, Hector«, sagte sie, nachdem sie sich wieder ein bißchen gefangen hatte.

»Na ja, ich bin alt und hinfällig«, antwortete der General. »Ich kann nichts dafür. Ich wünschte, ich wäre wieder jung, aber das werde ich nie mehr sein. Diese Erkenntnis macht mich erst recht hinfällig.«

»Also, gesetzt den Fall, ich kippe tot aus den Latschen«, begann Aurora. »Darüber habe ich versucht, mit dir zu reden. Dann gibt es keinen mehr, der sich um dich kümmert – außer Rosie, aber Rosie hat alle Hände voll zu tun mit meinen Enkelkindern und ihren eigenen. So schwierig wie du auch sein magst, ich möchte doch sicher sein, daß sich jemand richtig um dich kümmert, wenn ich den Löffel abgebe. Meinst du nicht, du solltest dich mal um die Möglichkeit kümmern, in ein nettes Soldatenheim zu ziehen?«

Der General schaltete den Fernseher aus und betrachtete

sie mit einem Blick, der gelegentlich so durchdringend war, wie man es von einem General erwartet.

»Jetzt verstehe ich, worauf du hinauswillst«, sagte er. »Du willst mich loswerden. Du willst mich in ein Heim für ehemalige Soldaten abschieben.«

»Wie üblich liegst du völlig falsch«, sagte Aurora ärgerlich. »Ich habe einzig und allein an dein Wohlergehen gedacht. Ich bin sicher, daß einige dieser Heime Golfplätze haben. Du könntest mit deinen Kameraden Golf spielen, anstatt hier vor diesem blödsinnigen Kasten zu kleben.«

»O ja, meine Kameraden von der Schlacht an der Somme«, sagte der General. »Es ist ganz offensichtlich, daß du keine Ahnung von Soldatenheimen hast. Dieser Idiot von MacArthur hätte vors Kriegsgericht gehört für all den Blödsinn, den er über ehemalige Soldaten gesagt hat.«

»Hector, ich bin entsetzt«, antwortete Aurora. »Was auch immer dein Problem mit General MacArthur gewesen sein mag, ich bin sicher, das Kriegsgericht hat er nicht verdient.«

»Doch, weil er gesagt hat, ehemalige Soldaten stürben nicht, die schwänden einfach dahin«, beharrte der General. »Selbstverständlich sterben ehemalige Soldaten. Die meisten von ihnen sterben in dem Moment, in dem sie entlassen werden, oder ein paar Tage später. Ich habe keine alten Kameraden, Aurora. Die sind alle gestorben.«

»Hector, nun übertreib mal nicht. Du weißt ganz genau, daß du in Kalifornien ein paar Kameraden hast. Wir haben sie sogar besucht.«

»Das stimmt, zwei Kameraden«, sagte der General. »Joe hält sich in Pebble Beach immer noch auf den Beinen, aber sie lassen ihn nicht mehr auf den Golfplatz, weil er Kautabak kaut und das Grün versaut, wenn er ausspuckt. Was Sammy betrifft, ich denke, der lebt noch. Unten in Rancho Mirage. Alles, wofür Sammy sich jemals interessierte, waren Strichjungen. Ich sagte ihm, er solle nach Las Vegas ziehen, aber er behauptet, in Rancho Mirage fände er jede Menge Stricher.«

»Ich bin sicher, daß du in den besseren Soldatenheimen

eine andere Kategorie von ehemaligen Soldaten findest«, sagte Aurora und fragte sich, wieso sie eigentlich eine derartig unergiebige Unterhaltung in Gang hielt. Hector hatte ganz eindeutig nicht die Absicht, Verhandlungen mit einem Soldatenheim aufzunehmen.

»Du hörst mir nicht zu«, sagte Hector. »Ich will dir gerade klarmachen, daß es in Soldatenheimen *keine* ehemaligen Soldaten gibt. Die ehemaligen Soldaten sind alle tot. Es gibt nur noch *Witwen* von ehemaligen Soldaten – erzähl mir nichts vom ewigen Leben. Einige dieser Krähen sehen aus, als wären sie dreihundert Jahre alt. Ich habe sie mit eigenen Augen gesehen. Von wegen Schlacht an der Somme – nichts da, ein paar von denen sehen aus, als hätten sie Napoleon gekannt.«

»Hector, ich bin sicher, das kann gar nicht sein«, sagte Aurora. Doch plötzlich verschwand ihre Vision, in der sie Hector beim Golfspiel mit ein paar herausgeputzten Ex-Offizieren sah; an deren Stelle trat die schon weniger angenehme Vorstellung, wie Hector mit einer Gruppe lebenslustiger Witwen Bridge spielte.

»Außerdem sind das die geilsten Frauen der Welt«, sagte der General. »Erstens waren ihre Ehemänner ohnehin nie viel zu Hause, und dann sind sie gestorben – diese Frauen suchen ihre Chance, etwas nachzuholen. Die werden sich wie die Raubtiere auf mich stürzen – ich halte das keine vier Wochen durch.«

Dann erinnerte sich der General an eine bestimmte Witwe, die er einmal in Washington kennengelernt hatte, und sofort verschwand auch in seinem Kopf die Vision alter Krähen. Diese bestimmte Witwe, eine lebhafte Blondine aus dem Süden, hatte ihn auf der Stelle verführt, ohne auch nur mit einem Wort vorzuschlagen, er solle seine Frau verlassen und sie heiraten. »Zum Teufel, Hec«, hatte sie gesagt, kaum daß sie ihr Apartment betreten hatten. »Wir wollen uns ein bißchen amüsieren.«

Seit Jahren hatte der General nicht mehr an diese Frau gedacht – sie hatte Lily Sowieso geheißen. Seitdem war viel

Zeit vergangen, doch schien es ihm, als hätten sie sich damals ganz ordentlich amüsiert. Es war die müheloseste Verführung seines Lebens gewesen, er hatte sich lediglich ausziehen müssen. Aurora zu verführen hatte ihn annähernd fünf Jahre gekostet, und was hatte es ihm gebracht außer fortwährender Schikanen?

Im Kopf des Generals bildete sich wieder die Vision eines Lebens im Heim für ehemalige Soldaten, nur war es diesmal eine viel angenehmere Vision, denn Lily kam drin vor. Damals war sie nicht besonders alt gewesen. Vielleicht lebte sie ja noch, vielleicht hatte sie immer noch Interesse daran, sich zu amüsieren. Und wenn nicht – was machte das schon? Es gab bestimmt andere attraktive Witwen in diesen Soldatenheimen.

Er mußte lächeln bei dieser Vorstellung, was Aurora nicht entging. Ihr wurde klar, daß ihre Vorstellungen von den Bewohnern der amerikanischen Soldatenheime – ausschließlich Colonels in guter Verfassung; die einzige Art von Colonels, an der sie möglicherweise interessiert gewesen wäre –, daß also ihre Vorstellungen vielleicht ein wenig beschränkt waren. Da würde es bestimmt auch Witwen geben, von denen die eine oder andere vielleicht auch noch in guter Verfassung war. Vielleicht waren einige sogar ausgesprochen attraktiv. Hector dachte ganz offensichtlich so, sonst würde er nicht grinsen wie ein Idiot. Ihre Stimmung begann zu sinken, der General bemerkte dies.

»Ha«, sagte er. »In der eigenen Falle gefangen, wie? Du warst schon bereit, mich abzuschieben, aber du hast einen wichtigen Punkt übersehen – Frauen leben länger als Männer.«

»Normalerweise magst du wohl recht haben, obwohl es nicht viele geschafft haben, dich zu überleben«, sagte Aurora. »Deine liebe Frau zum Beispiel. Sie hat nicht so lange gelebt wie du, und es ist unwahrscheinlich, daß ich das tue, wenn man sich vor Augen hält, wieviel Spaß du daran hast, mir das Herz zu brechen.«

»Der Vorschlaghammer muß erst noch gemacht werden,

der dir dein gottverdammtes Herz brechen könnte«, sagte der General lebhaft. »Ich hatte schon einmal eine Affäre in einem Soldatenheim, solltest du wissen. Ich sage dir das, damit dir klar ist, daß ich nicht nur auf dem Golfplatz rumhänge, wenn du mich abschiebst. Wenn du deine Drohung wahr machst, werde ich mir innerhalb einer Woche eine Freundin suchen.«

Es war, so entsann Aurora sich, ein völlig erfolgloses Gespräch gewesen. Aber das schlimmste war Hectors Lächeln. Jeden Tag zeigte sie sich ihm in ihrem besten Licht, schenkte ihm ihre Fröhlichkeit, ihren Optimismus, ihren Übermut, ihre Freude. Ihr erschien es durchaus als erhebliche Leistung, in ihrem Alter immer noch Übermut und Freude zu verbreiten, wenn man an all das Leid dachte, das sie mit ihren Enkelkindern erlebt hatte.

Doch sie brachte diese Kraft auf und bekam dafür dennoch kein Lächeln von Hector, obwohl ein kleines Lächeln von Hector alles war, worauf sie wirklich wartete.

»Warum lächeln Männer nicht, wenn man sich wünscht, daß sie lächeln?« fragte sie Rosie. »Wenn man es sich am meisten wünscht, dann lächeln sie so gut wie nie.«

Rosie hing immer noch an Tom Brokaws Lippen, obwohl er jetzt über etwas sprach, das er »die Europäische Gemeinschaft« nannte, ein Thema, das sie nicht besonders interessierte.

»Du sprichst nur für dich«, antwortete sie. »Meiner hat genau das entgegengesetzte Problem. Alles, was C. C. kann, ist grinsen. Er hat mich nicht nur einmal angegrinst, er hat mich millionenmal angegrinst.«

»Ich habe bemerkt, daß C. C. Schwierigkeiten zu haben scheint, den Mund über die Zähne zu kriegen«, sagte Aurora. »Es muß tödlich sein, Tag für Tag mit nichts anderem als mit Zähnen konfrontiert zu sein.«

»Ich sage ihm fortwährend, daß man in diesem Leben auch Spaß haben kann, ohne dauernd zu grinsen«, antwortete Rosie und stand auf, um nach der Gumbosuppe zu sehen. »Möchtest du noch etwas Tee?«

Auroras Gedanken waren beim General. Er saß da oben, wie er immer da oben saß, und wartete, daß sie raufkam und ihn unterhielt. Die Hoffnung, ihn in guter Stimmung anzutreffen, war sehr gering. In der Stunde vor dem Abendessen schien ihn sein Alter am meisten zu belasten.

»Wenigstens brauche ich ihn nicht vom Tablett zu füttern«, sagte sie.

Sie hatten einen Tisch im Innenhof aufgestellt, mit Tischdecke, Platzdeckchen und Kerzen. Es gab noch ein paar Dinge, die sie nicht aufgeben wollte. Sie selber hatte keineswegs die Absicht, vom Tablett zu essen, Hector ebenfalls nicht, obwohl das für sie und Rosie viel Schlepperei bedeutete.

Das Telefon klingelte, Rosie ging an den Apparat. Sie hörte einen Moment zu, schaute dann Aurora an und zuckte die Schultern.

»Schätzchen, hör mit dem Geheule auf und mach, daß du herkommst«, sagte sie. »Ich kümmere mich um Bruce, wenn er vor dir hier ist. Ich werde schon dafür sorgen, daß er sich wünscht, woanders zu sein, zum Beispiel im Knast, bevor ich mit ihm fertig bin.«

Sie hörte noch ein bißchen weiter zu.

»Wir essen Gumbo«, sagte sie. »Paß auf die roten Ampeln unterwegs auf; das Kleine braucht ja keinen Unfall mitzukriegen.«

»Das war Melly«, sagte sie, als sie den Hörer einhängte. »Bruce hat sie schon wieder herumschikaniert.«

»Wär' ich niemals drauf gekommen«, bemerkte Aurora.

4.

Als die Abendnachrichten zu Ende waren, spülte Aurora ihre Teetasse aus und zwang sich, nach oben zu gehen und sich umzuziehen. Rosie, die sie mit Platitüden quälte, sobald ihre Stimmung auf ein bedrohliches Maß absank, hatte sie dazu gedrängt.

Rosie wußte, daß sie diese Platitüden größtenteils aus eigenem Interesse losließ, denn wenn Auroras Lebensgeister versiegten, zogen sie nur zu oft ihre eigenen mit sich in die Tiefe. Früher oder später gewannen Auroras Lebensgeister wieder die Oberhand, während ihre eigenen dazu neigten, tagelang im Keller zu bleiben.

»Das Leben muß weitergehen«, bemerkte sie, während Aurora ihre Teetasse spülte.

»Es scheint in der Tat weiterzugehen, aber das heißt noch lange nicht, daß meine Stimmung mit von der Partie ist«, sagte Aurora. »Hätte ich Pascal doch bloß nicht zum Dessert eingeladen, ich bin jetzt überhaupt nicht in der richtigen Stimmung für ihn.«

»Ein Franzose braucht nicht lange fürs Dessert«, meinte Rosie.

»Nein, aber dieser Franzmann braucht immer so lange, mir den Hof zu machen«, antwortete Aurora. »Ich wünschte, Trevor wäre nicht gestorben. Trevor bevorzugte immer die kürzeste Entfernung zwischen zwei Punkten, und es gab auch nur zwei Punkte, die ihn interessierten, soweit es menschliche Wesen betraf.«

»Welche zwei Punkte?« fragte Rosie. Neben ihrem Interesse an der Frage, ob Aurora und der General noch Sex miteinander hatten, war sie auch neugierig, was das sexuelle Verhalten von Auroras früheren Freunden anbelangte.

»Welche zwei könntest du dir denn vorstellen?« fragte Aurora. »Man hätte dich besser Naseweis nennen sollen als Rosie.«

»Du hast meine Frage noch nicht beantwortet«, wies Rosie sie zurecht.

»Der männliche Punkt und der weibliche Punkt«, erläuterte Aurora und begab sich nach oben. Trevor war Sportsegler gewesen – ganz alte Schule. Nach vierzig Jahren Seglerleben erstickte er an einem Stück Hummer, während er mit seiner achtzehnjährigen Freundin in einem New Yorker Restaurant dinierte. Aurora hätte ihn seinerzeit beinahe geheiratet; manchmal dachte sie darüber nach, ob eine Ehe mit Trevor, insgesamt betrachtet, ihr Lebensschicksal erleichtert oder erschwert hätte.

Sie wäre die erste gewesen, die zugab, daß ihr Lebensschicksal bei weitem leichter gewesen war als das anderer Leute, vermutlich leichter als das Schicksal der meisten Menschen überhaupt. Nichtsdestoweniger wog es schwer genug. Trevor war charmant und zärtlich gewesen, aber, wie seine sechs Ehen und zahllosen Romanzen andeuteten, nicht gerade bekannt dafür, die Last anderer Menschen allzu lange mit zu tragen. Er zog es bei weitem vor, über die sieben Meere zu schippern und hier und da einen Hafen anzulaufen, um sich opulenten Mahlzeiten und leichten Abenteuern hinzugeben.

Dennoch vermißt Aurora Trevor, und das Wissen, daß er nie mehr aufkreuzen würde, ihr ein opulentes Mahl bestellen und sie mit spielerischer Leichtigkeit verführen würde, trug nicht gerade dazu bei, ihren Schritt zu beflügeln, als sie sich jetzt nach oben schleppte.

Auf seine Krücken gestützt, erwartete General Hector Scott sie am oberen Ende der Treppe. Zu ihrer Überraschung stellte sie fest, daß er tatsächlich voll angezogen war. Er trug ein sauberes Hemd und seine knallrote Fliege. Einen kurzen Moment hatte Aurora das starke Gefühl eines Déjà-vu-Erlebnisses – war dies nicht etwas, was sie vor langer Zeit einmal am oberen Ende der Treppe erlebt hatte?

»Meine Güte, Hector, du bist ja aufgestanden«, sagte sie. »Du bist angezogen. Ich glaube, du hast dich sogar rasiert. Das ist ja das reinste Wunder.«

»Das ist überhaupt kein Wunder«, antwortete der General. »Ich bin es satt, mich alt und häßlich zu fühlen. Ich versuche, mich zu ändern. Als erstes habe ich beschlossen, mich anzuziehen. Wie war es bei Tommy?«

»O Hector«, sagte Aurora, und bevor sie wußte, was ihr geschah, weinte sie schon wieder. Jeder Gedanke an Tommy trieb ihr die Tränen in die Augen. Der General breitete seine Krücken aus und nahm sie in die Arme. Ihr Heulanfall war nur von kurzer Dauer.

»Ich darf dir dein Hemd nicht ruinieren, jetzt, wo du eins trägst«, sagte sie, lehnte ihre feuchte Wange aber trotzdem dagegen.

»Mein Hemd ist ersetzbar«, meinte der General. »Ich weiß, wie es dir geht, wenn du Tommy siehst. Ich dachte, ich sollte mich mal ein bißchen anstrengen für dich. Schien er okay?«

»Nein, er sah aus wie immer«, antwortete Aurora. »Er sieht immer gleich aus. Am liebsten möchte ich ihn rütteln und schütteln. Ich fürchte allerdings, daß das nichts ändern würde. Was immer man auch tut, ihn berührt rein gar nichts.«

Sie trat etwas zurück und schaute den General an. Obwohl er sich äußerlich zu seinem Vorteil verändert hatte, wirkte er bedrückt.

»Hector, du siehst einfach wunderbar aus«, sagte sie. »Aber irgendwie bist du heute anders.«

»Nein, normalerweise bin ich schlecht gelaunt«, antwortete der General. »Aber heute bin ich nicht schlecht gelaunt. Ich gebe mir besondere Mühe.«

»Normalerweise würde ich das als gutes Zeichen betrachten«, sagte Aurora. »Ich weiß aber nicht, ob es gut für dich ist, deine starke Vorliebe für schlechte Laune zu unterdrücken. Was ist, wenn dich der Schlag trifft?«

»Mich trifft nicht der Schlag«, sagte der General. Er wollte Belohnungen, keine Fragen, aber er bekam nur Fragen zu hören und konnte sich nur mit Mühe zurückhalten, in seinen normalen Zustand der schlechten Laune zurückzufallen.

»Ich will nicht abgeschoben werden, so einfach ist das«, sagte er. »Ich habe beschlossen, mich etwas herauszuputzen, damit du mich hier wohnen läßt. Ich habe ferner beschlossen, nicht mehr schlechter Laune zu sein. Ich will in kein Heim für ehemalige Soldaten. Da würde ich es kein Jahr aushalten. Ich würde sterben vor lauter Sehnsucht nach dir.«

Aurora war zutiefst getroffen.

»Jetzt hast du den einzigen schönen Augenblick des heutigen Tages kaputtgemacht«, sagte sie und machte sich abrupt von ihm los. »Bin ich vielleicht die Art von Frau, die ihren Lebensgefährten einfach so abschiebt, nachdem sie es zwanzig Jahre lang mit ihm ausgehalten hat?«

»Na ja, ich weiß, daß du mit dem Gedanken spielst«, antwortete der General. »Du hast da neulich solche Andeutungen gemacht. Auch ich habe meinen Stolz, solltest du wissen. Ich will nicht irgendwo bleiben, wo man mich nicht mehr haben will.«

»Auf einen Stolz wie deinen folgt meistens ein Schlag in die Fresse – oder sollte es zumindest«, sagte Aurora, deren Zorn wuchs. »Ich habe dir gegenüber ein Heim für ehemalige Soldaten lediglich nur ein einziges Mal *erwähnt*, Hector, und, wenn du dich korrekt erinnern würdest, nur im Zusammenhang mit meinem unseligen Ableben.«

Der General, der sich in der Hoffnung herausgeputzt und rasiert hatte, er und Aurora würden wenigsten mal einen Abend ohne Zankerei hinter sich bringen, stellte zu seiner Ernüchterung fest, daß sie geradenwegs auf einen Krach zusteuerten.

»Deinen Tod, meinst du«, sagte er. »Hör doch auf, von deinem Ableben zu sprechen.«

»Ja, mein Tod, Hector«, sagte Aurora. »Ich verstehe nicht, wieso ich nicht meine eigene Ausdrucksweise dafür wählen sollte. Ableben, Hinscheiden, Tod – mir doch egal. Falls du versuchst, dich zu ändern, vergiß es, du scheiterst. Kaum komme ich meine eigene Treppe rauf, fängst du schon an, auf mir herumzuhacken.«

Der General hatte wie üblich das Gefühl, sich den Mund verbrannt zu haben. Trotz seiner heftigen Bemühungen, immer nur das Richtige zu sagen, stellte sich grundsätzlich alles, was er sagte, als falsch heraus.

»Wenn *ich* gehe, dann sterbe ich ganz einfach«, sagte er lahm. »Ich werde nicht dahinscheiden.«

»Ja, aber das betrifft nur dich«, sagte Aurora, die sich wieder etwas beruhigte. »Hector Scott, einfacher Soldat. Natürlich stirbst du bloß, obwohl ich vermute, daß du von Amerika einen zwanzigschüssigen Salut erwartest oder was die angemessene Zahl von Kanonen ist für einen Mann deines Alters und deiner Leistungen.«

»Oh, das machen sie kaum noch«, antwortete er. »Ich glaube nicht, daß sie überhaupt auf die Idee kommen, das für mich zu machen. Die lassen mich einfach in die Grube fallen, und das war's dann auch schon.«

Der Gedanke, daß sein Begräbnis bar jeder Feierlichkeit sein würde, brachte den General dazu, sich selber zu bedauern. Er hatte wirklich angenommen, er würde eine Bestattung mit militärischen Ehren und einem einundzwanzigschüssigen Salut bekommen. Tatsache war jedoch, er hatte zu lange gelebt – selbst überragende Gestalten, wie zum Beispiel Eisenhower, konnten von Glück reden, wenn ihnen heutzutage so was zuteil wurde. Er selber war keine so überragende Gestalt gewesen und konnte deshalb auch nicht viel erwarten.

»Hector, wir müssen mit dieser Zankerei aufhören«, sagte Aurora. »Das regt uns zu sehr auf vor dem Essen. Jetzt streiten wir uns schon ums Sterben, während es eine offensichtliche Tatsache ist, daß im Augenblick keiner von uns stirbt, ablebt, dahinscheidet oder sonst irgendwo hingeht. Wir werden ewig leben und uns jeden einzelnen Tag streiten. Ich weiß genau, wenn es so was wie ein Leben nach dem Tod gibt, dann bist du zuerst da und liegst im Hinterhalt, um auf mich zu warten. Du lauerst mir auf, so wie heute abend, und dann streiten wir uns weiter.«

Sie ging in ihr Schlafzimmer, trat zum Fenster und versuchte, ihre Emotionen in den Griff zu bekommen. Hector hatte die irritierende Eigenschaft, sich gleichzeitig von seiner besten und seiner schlechtesten Seite zu zeigen. Während ihrer zwanzigjährigen Beziehung hatten seine beste Seite und seine schlechteste Seite unzählige Male nur wenige Sekunden auseinandergelegen. Gerade als sie sich ihm zuneigte, weil er sie in die Arme genommen und ihr gestattet hatte, wegen Tommy zu weinen, hatte er sich beleidigend darüber geäußert, daß sie ihn loswerden wolle.

Der General humpelte hinter ihr ins Schlafzimmer und

fühlte sich innerlich ziemlich miserabel. Er bedauerte seine Angewohnheit, Aurora zu ärgern, die sich auch dann zeigte, wenn er sich besondere Mühe gab, sie bei guter Laune zu halten. Besondere Bemühungen schienen ihm in seinem Leben nicht gerade viel eingebracht zu haben, resümierte der General. Wenn man durch besondere Bemühungen mal ein bißchen Grund und Boden gewonnen hatte, dann war es kaum jemals Grund und Boden, den man länger als ein paar Sekunden halten konnte, und danach fing der Grabenkrieg wieder von vorne an. Mit ihrer zufälligen Bemerkung über die Schlacht an der Somme hatte Aurora ja nicht das Leben beschrieben, das er vielleicht in einem Soldatenheim führen würde. Sie hatte das Leben beschrieben, das er mit ihr führte. Morast, Stacheldraht und ein plötzlicher Tod waren wahrscheinlich sein Schicksal.

Er humpelte zum Fenster und blieb stumm neben ihr stehen. Er wußte nicht, was er sagen sollte.

Auf dem Bordstein unten, direkt unter der Straßenlaterne, saßen zwei Eichhörnchen sich so gegenüber, als sprächen sie miteinander.

»Glaubst du, diese beiden Eichhörnchen sind glücklicher als wir?« fragte der General. Aurora liebte Tiere und konnte manchmal dadurch von einem Thema abgelenkt werden.

Aurora wußte, daß er seine verletzende Bemerkung wiedergutmachen wollte, fühlte sich jedoch immer noch verletzt und hatte nicht die Absicht, sich in eine Diskussion über das Glücklichsein von Eichhörnchen hineinziehen zu lassen.

»Es ist ja nicht mein Fehler, daß ich jünger bin als du, Hector«, sagte sie. »Das ist doch der Grund, warum du auf mich wütend bist, nicht wahr? Das ist das, was die Leute heutzutage als ›Grundlinie‹ bezeichnen. Ich bin jünger als du und werde immer jünger sein als du. Ich habe gute Chancen, dich zu überleben. Ist es das, worüber du wütend bist?«

Es stimmte, obwohl der General im Moment eigentlich nicht wütend war.

»Ich weiß, daß ich Glück habe«, sagte er. »Du bist zwanzig

lange Jahre wunderbar zu mir gewesen. Wenn du die Wahrheit hören möchtest – du bist der beste Teil meines Lebens gewesen. Du warst besser als der Soldatenberuf, und mit dir war es viel besser, als mit Evelyn verheiratet zu sein. Es macht mich rasend zu denken, daß alles einmal zu Ende gehen muß.«

»Selbstverständlich ist das keineswegs dein Fehler«, fügte er hastig hinzu. »Das passiert eben so. Es ist das Spiel von Leben und Tod.«

Aurora stieß die Luft in einer Art resigniertem Seufzer aus. Das machte den General nervös. In zunehmendem Maße wurde ihr Zusammenleben von Auroras langen, resignierten Seufzern begleitet. Der General mochte das nicht. In seinen zwanzig Jahren mit ihr hatte Aurora zahlreiche Stimmungen durchlebt, manche davon hundertemal, doch die einzige Stimmung, die sie üblicherweise ausließ, war Resignation. Sie konnte lebhaft sein, sie konnte traurig sein, vielleicht war sie auch rasend, aber resigniert war sie noch nie gewesen.

Doch jetzt hatte sie angefangen, ihren neuen Seufzer zu seufzen – für den General war das ein klares Zeichen von Resignation. Mehr als einmal hatte er ihr sagen wollen, sie solle mit dem Seufzen aufhören, aber er hatte zuviel Angst. Sie könnte es ja vielleicht falsch auffassen. Über die Jahre hinweg hatte er viele Dinge gesagt, die sie falsch aufgefaßt hatte – tatsächlich so viele, daß er nicht verstand, warum sie ihn nicht schon längst vor die Tür gesetzt hatte.

Während sie so zusammen am Fenster standen, bog unten ein kleines Auto in die Einfahrt; Melanie, Auroras Enkeltochter, stieg aus. Sie war rundlich, ihr kurzes Haar kam ihm zu seinem Ärger grün vor.

»Hat sie grüne Haare?« fragte er Aurora. »Ich dachte, es sei rosa.«

»Vorher war es rosa, jetzt ist es grün«, antwortete Aurora. »Müssen wir uns denn darüber auch noch streiten?«

»Es ist nur, weil ich mich jetzt endlich daran gewöhnt hatte, daß es rosa ist«, sagte der General. »Jetzt muß ich mich erst wieder daran gewöhnen, daß es grün ist. Davor war es orange. Mir dreht sich alles im Kopf.«

»Melanies Haar war wunderschön – damals, als es noch blond war«, fügte er hinzu.

Auroras Gedanken gingen in die gleiche Richtung. Als Melanie noch ein kleines Kind war, hatte ihr glänzendes, blondes Haar jeden begeistert, der es sah. Melanie begeisterte überhaupt jeden, der sie sah. Sie war erst drei gewesen, als ihre Mutter starb, und während der nächsten Jahre sorgten ihre Lebhaftigkeit, ihr Charme und ihr Selbstbewußtsein dafür, daß niemand den Kopf hängen ließ. Während dieser Jahre war es unmöglich, trübselig zu sein, solange Melanie in der Nähe war. Sie hatte jedem Widerstand getrotzt, vor allem Auroras Widerstand, dem einzig ernsthaften Widerstand, mit dem Melanie zu kämpfen hatte, während sie durch ihre frühen Kinderjahre hüpfte und flitzte. Bei neun von zehn Gelegenheiten behielt sie die Oberhand.

Doch dann kamen die Teenager-Jahre, und fast zum gleichen Zeitpunkt verlor Melanie ihre Lebhaftigkeit, ihren Charme und ihr Selbstvertrauen; nur ihr Trotz blieb ihr erhalten. Vorher schlank und beweglich, verwandelte sie sich jetzt in ein rundliches und träges Mädchen; sie trödelte endlos und verpaßte fast jeden Morgen den Schulbus. Mit dreizehn verschwand sie stundenlang aus der Schule; mit vierzehn wurde sie amphetaminsüchtig und verbrachte den größten Teil des Sommers in Entziehungs-Camps. Rosie war die einzige, die noch einen gewissen Einfluß auf sie hatte. Aurora hatte zu dieser Zeit schon so viele Auseinandersetzungen mit Melanie verloren, daß sie mehr oder weniger einfach aufhörte, lange Diskussionen mit ihr zu führen, aus reiner Erschöpfung. In der Reihe von Melanies männlichen Freunden löste ein reicher Tölpel den andern ab, allesamt unerträglich, wenigstens nach Auroras Meinung. Einer von ihnen schwängerte sie; Rosie überredete sie zu einer Abtreibung. Kurz darauf lief sie zum erstenmal von zu Hause fort, wenn auch nur zu einem Freund, der nach Dallas umgezogen war. Als sie siebzehn war, hatte sich der Streß im Haus derartig gesteigert, daß Aurora zustimmte, ihr ein Apartment zu suchen. Sie machte früh ihren Schulabschluß und meldete sich zu einem Medienlehrgang an der University of Houston an, brach aber ab und jobbte in zahlreichen Fast-food-Restaurants. Dann flippte sie aus und schmiß ihren Job hin. Sie war schon wieder schwanger, eine Tatsache, die sie ihnen erst in der vergangenen Woche mitgeteilt hatte. Aurora plädierte für eine weitere Abtreibung, aber Rosie – selbst Mutter von sieben Kindern und Großmutter von derzeit sechs – wollte, daß sie das Baby austrug: Eine Abtreibung war in Ordnung, zwei allerdings nicht. Außerdem war Rosie eindeutig verrückt nach Babys und immer noch ziemlich verbittert, daß sie selber nicht ein paar mehr bekommen hatte.

»Sollten wir Melanie nicht heraufbitten?« fragte der General. »Vielleicht hat sie Schwierigkeiten.«

Aurora seufzte wieder. »Laß sie noch eine Weile bei Rosie«, sagte sie. »Sie kommt ohnehin nur, um Rosie zu sprechen.«

»Langsam kriege ich richtig Hunger«, gestand der General. »Ich bin den ganzen Nachmittag über nervös gewesen. Ich werde immer nervös, wenn du zum Gefängnis fährst. Wenn du dann endlich wieder da bist, kriege ich Hunger.«

Aurora, die immer noch ihre drei großen Sandwiches vom Pig-Stand-Imbiß und ein großes Stück wunderbare Fleischpastete verdaute, setzte sich auf ihr Bett. Ihr war jetzt nach einem Schläfchen zumue, aber sie wußte, daß dafür jetzt nicht der richtige Zeitpunkt war.

»Es gibt eine hervorragende Gumbosuppe«, ließ sie ihn wissen. »Und für mich Pascal zum Dessert.«

Als der Name Pascal fiel, sah der General rot.

»Was bekommst du?« fragte er. Er sah nicht nur rot, er wurde auch rot. Selbst im schwach beleuchteten Schlafzimmer konnte Aurora erkennen, daß er rot anlief.

»Entschuldige bitte, ich bekomme Pascal *zu Besuch*«, fügte sie hinzu. »Ich selber habe mir eben am Pig-Stand-Imbiß ein herrliches Stück Hackfleischpastete gegönnt.

Nimm du dich mal besser zusammen. Nach allem, womit ich mich heute herumärgern mußte, glaubte ich kaum, daß ich dein Eifersuchtstheater wegen Pascal auch noch ertragen kann.«

Eine Weile blieb der General stumm, er strengte sich aufs äußerste an, seinen Eifersuchtsanfall unter Kontrolle zu halten. Aurora sah erschöpft und deprimiert aus, und ein Anfall zum jetzigen Zeitpunkt würde alles nur noch viel schlimmer machen.

»Du könntest ihn nett finden, wenn du dich bemühen würdest«, sagte Aurora. »Nach und nach hast du ja auch meine anderen Boyfriends nett gefunden – leider sind sie jetzt alle tot.«

»Na ja, Boys waren sie ja eigentlich nicht mehr so ganz«, erinnerte der General sie. »Einige davon waren fast so alt wie ich.«

Aurora begann, ihre Ringe abzustreifen. Sie wollte jetzt unter die Dusche; das brauchte sie, um sich wieder frisch zu fühlen.

»Sie waren vielleicht nicht mehr jung, aber dafür hatten sie jungenhafte Eigenschaften, die du, wie ich fürchte, niemals besessen hast, Hector«, sagte sie. »Bei dir ist kaum etwas Jungenhaftes übriggeblieben.«

»Wie denn auch, ich bin sechsundachtzig«, erläuterte der General in einem Tonfall, den er für vernünftig hielt. »Außerdem habe ich Männer in die Schlacht geschickt. Solche Dinge lassen einen altern.«

Tatsache war, daß er sich nur gelegentlich an Schlachten erinnern konnte, in die er Männer geschickt hatte, aber er liebte es, Aurora immer wieder zu erzählen, daß er Soldat gewesen war. Kein einziger ihrer Boyfriends hatte Männer in den Tod geschickt.

»Ja, die haben dich altern lassen, und jetzt hast du dir in den Kopf gesetzt, das gleiche mit mir zu tun«, sagte Aurora. »Ich wünschte, ich hätte Charlie wieder zurück und Trevor und Vernon und Alberto. Du bist immer so unhöflich zu Pascal, daß er nicht mal zum Kartenspielen hierbleiben will. Ich bin sicher: Wenn wir ein paar meiner Boyfriends zum Kartenspielen hier hätten, würden wir uns nicht so oft zanken.«

»Ich würde Pascal ja mögen, wenn er kein Franzose wäre«, bemerkte der General. »Du weißt, daß ich in Frankreich gekämpft habe. Die Frauen dort sind hübsch, aber die Männer entschieden zu zimperlich. Die ganze Zeit sagen sie ›Vive la France!‹ Falls du nichts dagegen hast – ich habe dieses ›Viva la France!‹ mehr als genug zu hören bekommen.«

»Wen interessiert es, ob ich was dagegen habe? Ich nehme jetzt eine Dusche«, verkündete sie und erhob sich mit Hilfe einer der Generalskrücken.

»Ich hoffe, du bist nicht böse auf mich«, sagte der General. »Vielleicht könnte ich bei Pascal eine besondere Anstrengung unternehmen. Solange er nicht ›Vive la France!‹ sagt, könnte ich ihn vielleicht mögen.«

»Nun, wir werden sehen, Hector«, sagte Aurora und knipste das Licht in ihrem Badezimmer an. An der Tür blieb sie einen Moment stehen und betrachtete den General, der das Gefühl hatte, sich insgesamt heftig, aber erfolglos bemüht zu haben, soweit es Aurora betraf. Wieder fing er an, sich ein wenig selber zu bemitleiden.

»Ich habe gesagt, ich würde mir besondere Mühe geben«, wiederholte er.

»Ja, mein Lieber, ich habe es gehört«, sagte Aurora. »Ich glaube, ich habe dich den Ausdruck ›besondere Mühe‹ ein halbes dutzendmal sagen hören, seitdem ich raufgekommen bin. Ich will ja nicht undankbar erscheinen, aber es gibt Zeiten, da machen deine ›besonderen Bemühungen‹ mehr Probleme, als sie wert sind. Es gibt Zeiten, da würde ich sie gerne allesamt gegen ein gutes Kartenspiel eintauschen.«

»Du bist wirklich undankbar«, antwortet der General. »Ich gebe mein Bestes. Es ist nicht dein Fehler, daß du jünger bist, und gleichzeitig ist es nicht mein Fehler, daß deine Boyfriends vor mir gestorben sind. Ich weiß genau, daß du dir wünschst, daß ich vor dir sterbe, damit du dir einen jüngeren Mann als Lebensgefährten suchen kannst, aber ich bin nun mal halsstarrig und bin noch nicht gestorben. So läuft der Hase nun mal.«

Zu seiner Ernüchterung schaute Aurora ihn an und seufzte wieder ihren Seufzer – das war der letzte Ton, den sie von sich gab, bevor sie die Badezimmertür hinter sich schloß. Nach ein paar Sekunden hörte der General die Dusche rauschen. Für ihn gab es nichts mehr zu tun, als zur Terrasse zurückzuhumpeln und aufs Abendessen zu warten.

Während er durchs Haus humpelte, dachte er darüber nach, daß er den Nagel auf den Kopf getroffen hatte, als er zu Aurora sagte, sie würde sich wünschen, daß er vor ihr stürbe. Schließlich war er ein verbrauchter, alter Mann – jede jüngere Frau würde einen Mann mit mehr Vitalität vorziehen, vor allem mit jener Art von Vitalität, die man im Schlafzimmer zu schätzen wußte.

Da steckte ganz ohne Zweifel der Nagel, und den hatte er ganz ohne jeden Zweifel mitten auf den Kopf getroffen. Das Problem war nur, daß es bei Aurora nicht unbedingt ratsam war, die Nägel mitten auf den Kopf zu treffen. Aber was war denn eigentlich ratsam? Erwartete sie von ihm, daß er den roten Teppich für seinen Nachfolger ausrollte? Seinen Rivalen den Weg zu ebnen, war noch nie seine Sache gewesen, weder in der Liebe noch im Krieg.

Aurora, die unter der Dusche stand, verspürte heftige Gewissensbisse. Hector hatte sich tatsächlich besondere Mühe gegeben, aber aus irgendeinem Grund hatte das bei ihr einen Anflug von Grausamkeit hervorgerufen. Normalerweise sang sie Arien unter der Dusche, auch wenn sie müde war, doch der anhaltende Anflug von Grausamkeit Hector gegenüber ließ diesmal jede Arie stumm bleiben. Sie konnte sich noch so sehr anstrengen, dankbar zu sein, Tatsache war, daß Hector sie bei solchen Gelegenheiten unsäglich ärgerte, das war schon immer so gewesen. Ihr war, als sei ihre Grausamkeit früher, als sie beide noch jünger waren und

Hector sich besser verteidigen konnte, sogar noch häufiger und heftiger ausgebrochen als heutzutage.

Der schreckliche Gedanke überfiel sie, daß sie aufgrund gewisser Perversionen ihres Charakters Hector nur dann liebte, wenn er zänkisch war. Zu seinen schlimmsten Zeiten war er mit Sicherheit so zänkisch gewesen, wie sie grausam war, und dennoch hatte sie ihn zu ihrem Liebhaber gewählt, während sie statt dessen verschiedene andere Männer hätte wählen können, die im Vergleich zu ihm lammfromm waren – ihre Boyfriends, die, die alle schon längst tot waren.

Nach ihrem Gefängnisbesuch hatte sie sich bereits so gründlich ausgeheult, daß sie jetzt wegen ihrer verstorbenen Jungs nicht allzu sentimental werden oder sich vormachen konnte, daß ihre Sammlung von Liebhabern eine besonders außergewöhnliche gewesen wäre. Charlie Norris, ihr letzter Verlust, war Cadillac-Verkäufer gewesen; ihr gegenseitiges Umwerben hatte aus zahlreichen Testfahrten in glänzenden, neu riechenden Autos bestanden, die Charlie ihr zu verkaufen hoffte. Er hatte ihre Zuneigung vor allem durch seine ununterbrochenen Schmeicheleien gewonnen, sie war allerdings nicht so groß gewesen, daß sie bereit gewesen wäre, Zehntausende von Dollars für eines seiner Autos auszugeben. Der General konnte Charlie gut leiden, weil er Golf spielte, und hatte tatsächlich neben Charlie gestanden, als der seinen letzten Schlag führte und an einer Herzattacke starb, noch bevor der Ball zu Boden fiel.

Vor Charlie hatte es Trevor, Alberto und Vernon gegeben. Trevor erstickte an einem Hummer, Alberto, einst ein brillanter Tenor, starb an einem Gehirntumor, und Vernon, ihr hilfsbereiter, wenn auch hoffnungslos gehemmter Öltyp, starb beim Absturz eines Buschflugzeugs in Alaska – jedenfalls nahm man das an. Von dem Flugzeug, dem Piloten oder von Vernon wurde nie wieder eine Spur gefunden.

Von ihren vier dahingeschiedenen Freunden hatte sie

allein Vernons Tod wirklich traurig berührt; oder, richtiger, mehr sein Leben als sein Tod, oder die Abwesenheit eines wirklichen Lebens. Trevor hatte seine Yachten und seine Frauen gehabt, Alberto seine großartige Stimme und seinen frühen Ruhm; selbst Charlie hatte seine hochglanzpolierten neuen Autos und eine gewisse attraktive Jovialität.

Doch Vernon hatte nur seine Einsamkeit gehabt, und all ihr Charme – damals, als sie noch jede Menge Charme hatte – vermochte ihn nicht dazu zu bewegen, seine Einsamkeit aufzugeben. Er war der hilfsbereiteste Mann gewesen, den sie jemals gekannt hatte, und kam immer wieder zu ihr, um sie aus ihren Schwierigkeiten zu retten oder ihr zu helfen, ihre Krisen zu überwinden; aber kaum waren die Probleme gelöst und die Krisen bewältigt, da fuhr Vernon wieder ab. Sein nächster Anruf kam möglicherweise aus einem Hotel in Riyadh oder einer Holzhütte an der North Slope: interessiert, freundlich, manchmal sogar weise – und doch immer distanziert.

»Ich habe folgenden Entschluß gefaßt, Hector«, sagte sie, als sie nach der Dusche herauskam – erfrischt, wiederhergestellt und zum Abendessen angekleidet.

Der General hatte auf der Terrasse gesessen, aber ohne die Lampen anzuzünden. Er fühlte sich zu bedrückt, um Lampen anzuzünden. Obwohl er es immer wieder versuchte, konnte er Auroras Stimmungen einfach nicht ignorieren. Sie hatte Hunderte von Stimmungen. Er wußte, daß es Unsinn war, auf jede einzelne reagieren zu wollen. Und überhaupt, in seinem Alter kam es auf eine weibliche Stimmung mehr oder weniger auch nicht mehr an! Wenn es denn allzu schlimm wurde, konnte er immer noch sterben.

Aber er war nicht gestorben und fuhr fort, auf Auroras Stimmungen zu reagieren. Wenn sie in schlechter Stimmung war und sich im Badezimmer einschloß, dann saß er tief beunruhigt da, bis sie wieder herauskam.

Dem Klang ihrer Stimme, mit der sie verkündete, sie habe einen Entschluß gefaßt, entnahm er, daß sie jetzt besserer Stimmung war, was seine eigene Stimmung ebenfalls verbesserte, obwohl er keine Ahnung hatte, um was es bei ihrem Entschluß ging; er konnte sich nicht mal daran erinnern, worüber sie gesprochen hatten, als sie sich im Badezimmer einschloß.

»Meine Güte, kannst du dir nicht mal mehr selber die Lampen anmachen?« fragte sie und zündete ein paar davon an.

»Ich sitze lieber im Dunkeln, wenn ich deprimiert bin«, sagte der General. Gerade war ihm wieder eingefallen, wovon sie gesprochen hatten, bevor Aurora sich ins Badezimmer einschloß.

»Ich war deprimiert, weil du meine besonderen Bemühungen nicht zu schätzen scheinst«, sagte er. »Immer piesackst du mich wie ein Dachs, etwas zu unternehmen, und wenn ich es dann tue, gefällt es dir nicht.«

»Hector, vergleichst du mich mit einem Dachs?« fragte Aurora energisch. »Wir essen gleich. Ich möchte doch hoffen, daß du meine Verdauung nicht störst, indem du mich mit einem Nagetier vergleichst.«

Jetzt war der General an der Reihe zu seufzen. Nach erfolgtem Seufzer packte er sein Wörterbuch und schlug unter Dachs nach. In letzter Zeit stritten sie sich so oft über die Bedeutung von Worten oder über die Beschaffenheit von Dingen, daß er jetzt immer sein Wörterbuch griffbereit hielt.

»Ein Dachs ist kein Nagetier«, informierte er sie. »Er ist mit dem Bären verwandt.«

Manchmal waren seine Augen nicht besonders gut, und das Wort Dachs hatte er im Wörterbuch überhaupt noch nicht gefunden, aber er war sich ziemlich sicher, daß der Dachs aus der Familie der Bären stammte, deshalb entschied er sich, sie zu bluffen.

»Machst du das alles nur, um meinen Entschluß nicht hören zu müssen?« fragte Aurora, die sich über ihn ärgerte. Nichts ärgerte sie mehr, als zu sehen, wie Hector Scott sich in ein Wörterbuch flüchtete.

»Nein, ich hatte deinen Entschluß vergessen«, sagte er einfach. »Ich bin froh, daß du besserer Stimmung bist.«

»Zu schade für dich, denn jetzt bin ich es nicht mehr«, antwortete Aurora, obwohl der Gedanke an die leckere Gumbosuppe und ein angenehmes Abendessen und die Tatsache, daß sie umgezogen war und hübsch aussah, sie in bessere Laune versetzte, als sie bereit war zuzugeben.

»Du hast meinen Entschluß nicht verdient, aber ich sage ihn dir trotzdem«, fügte sie hinzu. »Mein Entschluß lautet wie folgt: Wenn wir uns in Zukunft übereinander ärgern, dann prügeln wir uns so lange, bis einer von uns umfällt.«

Jetzt, da er überzeugt war, daß sie guter Stimmung war, hatte der General kein besonderes Interesse mehr an ihrem Entschluß.

»Du meinst, wir sollen Faustkämpfe machen?« fragte er sanft. »Wie bist du denn auf diese Idee gekommen?«

»Siehst du, du nimmst mich überhaupt nicht ernst«, sagte Aurora. »Zufälligerweise nehme ich dich auch nicht ernst. Ich neige dazu, deine besonderen Bemühungen zu ignorieren, und habe es auch gerade tatsächlich getan. Aber du bist nicht weniger ignorant, was meine zärtlichen Gefühle anbelangt.«

»Deine was?« fragte der General erschrocken.

»Meine zärtlichen Gefühle«, wiederholte Aurora. »Sitz doch nicht da und tu so, als hättest du mich nicht gehört. Ich habe sehr häufig zärtliche Gefühle, besten Dank.«

»Nun, und ich gebe mir ebenfalls sehr häufig besondere Mühe«, antwortete er. »Vielen Dank zurück.«

»Siehst du, diese Diskussion beweist, daß ich recht habe«, erklärte Aurora. »Deine besonderen Bemühungen beeindrucken mich nicht, und meine zärtlichen Gefühle beeindrucken dich nicht. Also weshalb machen wir uns überhaupt die Mühe? Von jetzt an hast du meine Erlaubnis, so zänkisch zu sein, wie du willst, und ich bin so schwierig, wie ich nur kann. Auf diese Weise wissen wir beide, wo wir stehen.«

»Du meinst wohl, wo *du* stehst«, sagte der General. »Ich kann ohne meine Krücken überhaupt nicht stehen.«

»Unterbrich mich nicht«, sagte Aurora. »Ich bin mit meinem Entschluß noch nicht am Ende, das Überraschendste kommt erst. Bist du bereit, dich überraschen zu lassen, Hector?«

»Aber sicher, jeder Tag ist ein neuer Tag«, meinte der General.

»Ich fürchte, in diesem Punkt sind wir entgegengesetzter Meinung«, fing Aurora an. »Wenn man mit dir zusammenlebt, so wie ich es zu tun scheine, dann ist jeder Tag genau wie der andere. Wir zanken uns, und dann schmollst du. Es ist diese Eintönigkeit der Tage, die mich zu meinem Überraschungs-Entschluß geführt hat. Ich denke, wir sollten zu einem Therapeuten gehen und eine Therapie machen.«

Der General hatte geglaubt, Aurora durch und durch zu kennen, und hatte nicht erwartet, daß ihn irgendeiner ihrer Beschlüsse noch überraschen könnte. Er war davon so sehr überzeugt, daß er es für einen Hörfehler hielt, als sie sagte, sie sollten sich einer Therapie unterziehen. Obwohl er zugegebenerweise ein wenig schwerhörig war, hatte er deutlich das Wort »gehen« verstanden und nahm an, sie plane, ihn auf einen Trip zu irgendeiner lächerlichen Insel in einem Teil der Welt mitzuschleppen, den er nicht mochte.

»Wo ist das?« fragte er.

»Wo ist was, Hector?« meinte Aurora, die über seine ausbleibende Reaktion verblüfft war.

»Der Ort, den du erwähnt hast«, sagte der General. »Ich denke, du hast den Namen falsch ausgesprochen. Liegt er nicht auf den Malediven oder da irgendwo?«

»Ich habe das Wort durchaus korrekt ausgesprochen – es ist kein schwieriges Wort«, sagte Aurora. »T-h-e-r-a-p-i-e. Therapie. Und das ist nicht auf den Malediven, sondern im Medical Center.«

»Ah so, Therapie«, sagte der General.

Dann begann er zu kapieren, und ihm fiel die Kinnlade runter. »Therapie?« fragte er. »Du meinst, wir sollten einen Therapeuten aufsuchen?«

»Korrekt«, sagte Aurora. »Ich habe mir in der Tat überlegt, ob wir es nicht mal mit einer Psychoanalyse versuchen sollten. Es würde mich nicht wundern, wenn ein bißchen Psychoanalyse gute Auswirkungen auf unsere Zankerei hätte.«

»Du hast den Verstand verloren«, sagte der General. »Ich bin sechsundachtzig Jahre alt. Was zum Teufel soll dabei herauskommen, wenn ich jetzt zur Psychoanalyse gehe?«

»Zum ersten ist es sehr gut für das Gedächtnis«, sagte Aurora. »Ich bin kürzlich zu dem Schluß gekommen, daß wir Probleme mit dem Gedächtnis haben. Die Hälfte unserer Streitereien passiert, weil unsere Meinungen in Gedächtnisfragen auseinandergehen. Ich erinnere mich korrekt an Dinge, und du erinnerst dich falsch an Dinge, und schon sind wir mitten im Streit. Psychoanalyse kann dich dazu bringen, dich korrekter zu erinnern, als du das jetzt tust, und deshalb sehe ich keinen Grund, warum wir das nicht mal versuchen sollten.«

»Ich soll mich falsch an Dinge erinnern?« wiederholte der General. »Wer ist es denn, der ewig vergißt, wo die Wagenschlüssel sind oder die Ohrringe? Du hast bestimmt schon tausend Ohrringe verloren in all den Jahren, die ich dich kenne.«

»Hector, ich sitze hier nicht, um mir deine Übertreibungen anzuhören«, sagte Aurora. »Du hast meine Beschlüsse gehört, ich bin gewillt, sie in die Tat umzusetzen. Ich habe die feste Absicht, uns so rasch in die Psychoanalyse zu bringen, daß dir der Kopf wegschwimmt.«

»Das wäre für mich nichts Neues«, sagte der General. »Du sorgst jeden Tag dafür, daß mir der Kopf wegschwimmt.«

»Entschuldige bitte, Hector, du weißt, wie sehr ich es hasse, mich auf leeren Magen zu streiten.« Während des Duschens hatte sich in ihrem Magen ein Gefühl der Leere ausgebreitet, sie konnte es kaum erwarten, die Gumbosuppe zu probieren. Ohne Hector Scott auch nur die Chance zu geben, weitere Einwände vorzubringen, flitzte sie nach unten, um das Abendessen nach oben zu bringen.

5.

Während der General und Aurora oben diskutierten, hatte Rosie in der Küche versucht, Melanie dabei zu helfen, sich in den Griff zu bekommen. Als erstes machte sie ihr einen Schokoladenmilch-Shake und schlug ein paar rohe Eier hinein. Wenn Melanie sich selbst überlassen war, schien ihre Diät vor allem aus Kartoffelchips und Diätpepsi zu bestehen, nicht gerade die Ideal-Ernährung für eine werdende Mutter. Rosie ergriff jede sich bietende Chance, diesem Zustand abzuhelfen.

»Waren Bruces Eltern nicht beide Trinker?« fragte sie. Melanie saß oder hing vielmehr am Tisch, rauchte und schaute gottserbärmlich unglücklich drein.

»Sie gehen zu den Anonymen Alkoholikern«, sagte sie. »Bruce wohnt ja auch gar nicht mehr bei ihnen. Jetzt wohnt er bei seiner neuen Freundin.«

»Über die würde ich mir nicht allzuviel Sorgen machen«, meinte Rosie. »Die Tatsache, daß er überhaupt eine hat, ist vielleicht Glück im Unglück.«

»Du hast leicht reden, du hast ja einen Freund«, sagte Melanie ärgerlich. Fortwährend sagten ihr irgendwelche Leute, sie solle sich doch freuen, daß sie Bruce los sei.

»Ich habe tatsächlich C. C., aber das heißt doch noch lange nicht, daß du nichts Besseres finden kannst als Bruce«, meinte Rosie. »Von einer Person, die eine schwangere Frau zusammenschlägt, sollte man sich fernhalten, wenn du mich fragst.«

»Er hat mich gar nicht richtig zusammengeschlagen, er hat mich nur geschubst, und dabei bin ich über einen Stuhl gefallen«, antwortete Melanie. »Ich war einfach nur aufgeregt, als ich dir sagte, er hätte mich geschlagen.«

Obwohl sie Bruce im Moment haßte, mochte sie es nicht, daß Rosie ihn kritisierte. Weder Rosie noch ihre Großmutter verstanden etwas von ihrer Art zu leben, es ärgerte sie, wenn sie deren Kritik anhören mußte.

»Geschubst zu werden könnte der erste Schritt zum Verprügeltwerden sein«, sagte Rosie. Sie war nicht in der Stimmung, nachsichtig zu sein, soweit es Bruce betraf. »Wenn Männer erst mal anfangen, einen herumzuschubsen, wissen sie nicht mehr, wann sie aufhören müssen.«

»Hat dein Mann dich verprügelt?« wollte Melanie wissen. Sie konnte sich nur schwach an Rosies Mann erinnern, der etwa zur gleichen Zeit gestorben war wie ihre Mutter. Am besten konnte sie sich an den Bauch des Mannes erinnern, denn der war gewaltig gewesen.

»Nie im Leben hätte der das getan«, antwortete Rosie. »Während wir verlobt waren, habe ich ihm gesagt, wenn er jemals die Hand gegen mich erheben würde, dann würde ich ihn umbringen. Er hat mich nur ein einziges Mal geschlagen, und das aus Notwehr.«

»Notwehr?« fragte Melanie interessiert. Ihrer Erinnerung nach war der Mann fast ein Riese gewesen – jedenfalls war sein Bauch so umfangreich wie bei einem Riesen. Warum hatte der aus Notwehr eine schmächtige Frau schlagen müssen?

»Jaaa, ich hatte herausgefunden, daß er es mit einem Flittchen trieb«, berichtete Rosie. »Ich habe versucht, ihn mit einem Schlachtermesser zu erstechen. Er wehrte mich ab, und dann hat einer seiner Freunde ihn mit einem Schlachtermesser abgestochen – damals wäre Royce fast gestorben.«

»Warum hat sein Freund ihn denn abgestochen?« wollte Melanie wissen. Vor ein paar Minuten noch hatte sie sterben wollen, sie war fest davon überzeugt gewesen, niemals attraktiv oder glücklich zu werden, und daß niemand sie so liebte, wie Bruce sie geliebt hatte, als sie sich kennenlernten. Sie überlegte, ob sie Rosie um einen weiteren Milk-Shake bitten sollte.

»Der Freund, der ihn abgestochen hat, trieb es mit dem gleichen Flittchen«, konstatierte Rosie.

»Vielleicht sollte ich sie nicht Flittchen nennen«, fügte sie nach einem Moment des Nachdenkens hinzu. »Sie hat Royce im Krankenhaus besucht – vielleicht war sie wirklich ganz verrückt nach ihm. Als er starb, rief sie an und fragte, ob sie zum Begräbnis kommen dürfe.«

»Hast du sie gelassen?«

»Ja, hab' ich«, sagte Rosie. »Ich hielt es für eine freundliche Geste, daß sie anrief und fragte, obwohl sie Royces und meine Ehe zerstörte.«

»Ich kann mir nicht vorstellen, daß du deinen Mann wirklich erstochen hättest«, sagte Melanie. »Kann ich bitte noch einen Milk-Shake haben?«

»Nur weil ich klein bin, heißt das noch lange nicht, daß ich auch harmlos bin«, versicherte Rosie ihr. »Ich hätte Royce damals mitten im Schlafzimmer abgestochen, wenn er mir nicht eins auf die Schnauze gegeben hätte.«

Melanie versuchte, sich vorzustellen, wie Rosie ihren fetten Ehemann mit einem Schlachtermesser abstach, aber es gelang ihr nicht. Dann versuchte sie, sich vorzustellen, wie sie selber Bruce mit dem Schlachtermesser abstach, weil er beschlossen hatte, mit Beverley zu leben, einem Mädchen, das einmal ihre beste Freundin gewesen war.

Doch es funktionierte nicht. Rosie und ihre Großmutter bekamen es nicht in ihre Köpfe, daß sie Bruce immer noch liebte. Als er zu Beverley gezogen war, hatte sie eine Woche lang geweint, aber deshalb hatte sie ihn noch lange nicht abstechen wollen. Sie hörte nicht mal auf, ihn zu lieben, vor allem, weil sie den Verdacht hatte, daß er Beverley so doll nun auch wieder nicht liebte. Das eigentliche Problem war, daß Beverleys Eltern zu reich waren. Sie waren so reich, daß sie Beverley zum Geburtstag einen Ferrari geschenkt hatten.

Bruces große Leidenschaft waren Sportwagen. Bevor Beverley den Ferrari bekam, hatte er kaum zwei Worte mit ihr gesprochen, aber eine Woche danach lebten sie schon miteinander. Bruce war keiner von der Sorte, der sich die Chance, einen Ferrari zu fahren, entgehen ließ. Unglücklicherweise war er kein so guter Sportwagenfahrer, wie er zu sein glaubte, und hatte ziemlich schnell einen Unfall gebaut. Im Grunde war der Unfall nur ein mittlerer Blechschaden, aber Beverleys Eltern flippten auf der Stelle aus – sie konnten Bruce ohnehin nicht ausstehen und hatten Beverley strikt verboten, ihn ans Steuer des Ferrari zu lassen. Sie fingen an, Bruce anzuschreien. Sie schrien, er habe einen Achtzigtausend-Dollar-Wagen ruiniert und müsse jeden Cent des Schadens zahlen oder in den Knast gehen. Bruce hatte damals nicht mal einen Job, wie hätte er einen Achtzigtausend-Dollar-Wagen bezahlen können oder auch nur einen kaputten Kotflügel? Hinzu kam, daß Beverley total verwöhnt war und von Bruce erwartete, daß er sie mindestens fünf- oder sechsmal pro Woche zum Tanzen ausführte oder in schicke Restaurants. Bruce fühlte sich durchaus wohl, wenn er nur Pizza zu essen bekam, und hatte nicht das Geld, Beverley jeden Abend auszuführen. Die einzige Möglichkeit, an Geld zu kommen, war der Job als Drogenkurier und jede Menge Stoff nach Fort Worth oder Dallas zu schaffen; aber Bruce wollte eigentlich gar kein Drogenkurier sein, weil er Angst hatte, erwischt zu werden, im Gefängnis zu landen, dort vergewaltigt zu werden und an AIDS zu sterben.

Er war damals in ihr Apartment gekommen, um sich zwanzig Dollar von ihr zu leihen, aber Melanie wußte genau, daß er die für Beverley brauchte, und das war der Grund, weshalb sie so wütend geworden war. Sie rastete aus und fing an, ihn anzuschreien, was ihm derartige Angst einflößte, daß er sie gegen den Stuhl schubste. Bruce war bei weitem nicht der harte Bursche, der er immer vorgab zu sein.

»Nicht, ich bekomme doch ein Kind«, hatte Melanie gesagt. Das hatte gereicht, Bruce wieder zu besänftigen. Der Schubs war wirklich keine große Sache, mittlerweile tat es ihr leid, daß sie Rosie überhaupt etwas davon erzählt hatte.

Außerdem, sie hatte gar keine so große Wut auf Bruce; Wut hatte sie auf Beverleys Eltern. Konnten die sich nicht denken, daß ein Ferrari große Anziehungskraft besaß? Beverley selbst machte sich nicht besonders viel aus Autos, aber sie hatte kleine Brüste und wußte sehr genau, daß ein Ferrari es ihr erleichtern würde, Jungs kennenzulernen.

Wäre der Ferrari nicht gewesen, grübelte Melanie, hätte Bruce sie niemals verlassen, und sie hätte ihre Selbstachtung nicht eingebüßt. Wenn sie ihr Selbstbewußtsein nicht eingebüßt hätte, wäre sie weder mit Koko noch mit Steve ins Bett gegangen. Koko war jahrelang ihr bester Freund gewesen; er war ein ganz süßer Thai-Junge, einfach ein toller Kumpel, einer, der in Notfällen und bei Problemen immer da war, ein prima Kerl, mit dem man toll Musik hören oder rumalbern konnte, wenn es keine Notfälle und Probleme gab. Es war nicht so ganz in Ordnung gewesen, mit ihm zu schlafen, so stark fühlte sie sich nun auch wieder nicht zu ihm hingezogen, Koko allerdings schon, und jetzt war er ganz verrückt nach ihr. Außerdem hatte das zu der Verwirrung beigetragen, mit wessen Kind sie denn nun schwanger sei. Daß Steve gerade in dem Moment aus dem College heimkehrte, als sie stimmungsmäßig auf dem absoluten Tiefpunkt angekommen war, steigerte die Verwirrung nur noch zusätzlich. Steve war einfach ein bis ins Mark verwöhntes Yuppie-Balg. In der High-School war Melanie ein oder zwei Monate mit ihm gegangen. Er tauchte in genau dem Augenblick in der Stadt auf, als sie tief unten im Loch saß; sie war so verzweifelt auf der Suche nach der Gesellschaft eines anderen Menschen, selbst wenn's nur für fünf Minuten war, daß sie auch mit Steve schlief.

Allein schon das Nachdenken über die Misere, in der sie steckte, machte Melanie müde, so müde, daß sie eine ganze Woche hätte schlafen können. Häufig verschlief sie tatsächlich den größten Teil der Woche, tiefe Schlafperioden, die zehn oder zwölf Stunden an einem Stück dauerten. In ihren Augen gab es keinen Grund, nicht zu schlafen – sie hatte keinen Job, und ihr Medien-Studienprogramm hatte sie abgebrochen, weil sie zu fett war und nicht hübsch genug, um Moderatorin zu werden – Moderatorin zu werden war jahrelang ihr geheimer Traum gewesen –, und Bruce kam auch nur zu ihr, wenn er sich mit Beverley gestritten hatte oder Geld brauchte oder nur einfach mit seiner alten Freundin einen Joint rauchen wollte.

»Hörst du jemals etwas von deinem Vater?« fragte Rosie. Wenn es ein Kind gab, das die Zuwendung seines Vaters brauchte, dann war es Melanie, aber Rosie gab sich keinen Illusionen hin, daß Flap Horton, Melanies Vater, ihr jemals viel Zuwendung, viel Geld oder viel irgendwas zukommen lassen würde. Flap lehrte Englische Literatur in Riverside, Kalifornien; Melanie verehrte ihn und hatte mehrmals gehofft, in Riverside zur Schule gehen und vielleicht sogar bei ihrem Vater wohnen zu können, aber das waren halt Dinge, die niemals passierten. Neuerdings, jedenfalls soweit Rosie das sagen konnte, ließ Flap Melanie überhaupt keinerlei Ermutigung mehr zukommen – nur sehr schwache Lichtstrahlen kamen aus seiner Richtung.

In den ersten paar Jahren nach Emmas Tod hatte Flap sich ernsthaft darum bemüht, Melanie und den Jungen ein guter Vater zu sein; aber dann heiratete er wieder und hatte auf einmal drei Stiefkinder; mit seiner neuen Frau hatte er ein weiteres Kind, und da war Flaps Aufmerksamkeit dahingeschwunden, entfernte sich weiter und weiter von den Kindern, die er mit Emma gehabt hatte.

In gewissem Maße war Rosie nicht gewillt, ihn allzu heftig zu kritisieren. Niemand konnte allem und jedem die Aufmerksamkeit zukommen lassen, die ihm gebührte; auch sie selbst war keine perfekte Mutter gewesen. Zwei oder drei ihrer Kinder hatten nicht die Aufmerksamkeit bekommen, die sie gebraucht hätten, das wußte sie. Aber wenigstens hatte sie sich ihnen in Notfällen oder in schwierigen Zeiten zugewandt. Melanie befand sich gegenwärtig in einer solchen Phase, aber Flap, so schien es, brachte keinerlei Zuwendung zustande.

»Er ruft mich niemals an«, sagte Melanie verbittert. »Er sagte, er würde mir bei den Zahlungen für mein Auto helfen, hat aber nie einen Cent geschickt. Teddy spielte mit dem Gedanken, in diesem Semester wieder zur Schule zu gehen, aber Daddy hat auch ihm nie einen Cent für die Schule geschickt.«

»Ich bin sicher, deine Großmutter würde die Kosten für

Teddys Schule übernehmen«, sagte Rosie. »Für Teddy und für dich. Sie würde sich darüber freuen, wenn ihr Kinder wieder in der Schule wärt.«

»Ich weiß, aber Daddy sagt, er macht was, und dann macht er doch nichts«, antwortete Melanie. »Es klingt immer so, als meine er es ehrlich, aber die Post bringt nie etwas von ihm. Er liebt uns jetzt auch nicht mehr, er denkt nur, wir machen nichts als Probleme. Er hat Tommy noch nicht ein einziges Mal besucht, seitdem er im Gefängnis ist.«

»Aus den Augen, aus dem Sinn«, sagte Rosie und stellte sich vor, wie nett es wäre, wenn Tommy jetzt hier bei ihnen am Tisch sitzen könnte. Tommy beschäftigte sie mehr als irgendeines der anderen Kinder von Emma, sein Schicksal belastete sie so stark, daß sie selbst den wehmütigen Tagträumen, in denen er erschien, nur selten gestattete, sich in ihr Bewußtsein zu schleichen. Sie konnte sich solche Tagträume nicht leisten – ihnen würden schon bald viele traurige, schuldbewußt Gedanken folgen. Obwohl sie Aurora treuherzig zum Gefängnis begleitete, um die Rückfahrt zu übernehmen, konnte sie sich nur selten psychologisch soweit aufbauen, sie in den kahlen Besucherraum zu begleiten und Tommy zu sehen. Die meiste Zeit saß sie im Auto und kam sich wie eine kranke, feige Ratte vor. Sie fühlte, daß sie beide, Aurora und Tommy, schmählich im Stich ließ. Schließlich haßte es Aurora genauso hinzufahren und kam jedesmal am Boden zerstört wieder heraus; trotzdem, jedesmal, Monat um Monat, ging Aurora in dieses Gefängnis, während Rosie sich ganze zwei- oder dreimal im Jahr seelisch dazu aufraffen konnte, obwohl sie Tommy kein bißchen weniger liebte als Aurora.

»Daddy mochte mich, als ich noch klein war«, sagte Melanie. »Er gab mir Bücher zu lesen. Jetzt schickt er mir nie mehr Bücher. Nie schickt er mir irgend etwas. Ich wünschte, meine Mama wäre nicht gestorben.«

Melanie konnte sich nur schwach an ihre Mutter erinnern, entsann sich allerdings, daß ihre Mutter ihr das Haar gekämmt hatte, und glaubte sich auch daran zu erinnern, daß ihre Mutter ihr Lieder vorgesungen hatte. Vor allem aber erinnerte sie sich daran, daß sie und ihre Brüder sich nie einsam gefühlt hatten, als ihre Mutter noch lebte – aber jetzt fühlten sie sich einsam.

Rosie mußte schlucken und sich die Nase putzen. Sie drehte sich zum Spülbecken und fing an, einen Teller zu spülen, der vollkommen sauber war, nur, um ihrer Gefühle wieder Herr zu werden. Emma Horton, die Mutter der Kinder, Auroras Tochter, war Rosies Liebling gewesen, und in gewisser Hinsicht hatte sie diese mehr geliebt als ihre eigenen extrem schwierigen Kinder. Melanie sah fast genau so aus, wie Emma als Teenager ausgesehen hatte; manchmal genügte schon ein einziger Blick auf Melanie, um bei Rosie eine plötzliche, so starke Trauer hervorzurufen, daß sie schlucken und sich die Nase schneuzen mußte und daß sie vollkommen saubere Teller spülte, bis sie sich wieder gefangen hatte.

Sie wußte ganz genau, daß sie und Aurora ihr Bestes für Emmas Kinder gegeben hatten; sie dachte sogar, ihr Bestes sei um sehr vieles besser als das Beste anderer Leute – und trotzdem wußte sie auch, daß es nicht genug gewesen war. Tommy und Teddy waren Krüppel, wenn auch auf verschiedene Weise, und Melanie war traurig.

Dennoch, traurig war etwas anderes als gebrochen, überlegte sie. Melanie war nicht gebrochen. Sie würde bald ihr Baby bekommen, und ein nettes, dickes Baby konnte eine große Veränderung in Melanies Leben bedeuten.

»Wir sollten das Abendessen nach oben bringen«, sagte sie, als sie sich an ihre Aufgaben erinnerte. »Deine Großmutter und der General müssen pünktlich essen. Immer wenn sie hungrig sind, geraten sie sich am heftigsten in die Haare.«

Kaum hatte sie das gesagt, da marschierte Aurora in die Küche. Sofort heftete sich ihr Blick auf Melanies Zigarette.

»Melly, ich wünschte, du würdest das Rauchen aufgeben«, sagte sie. »Das kann nicht gut sein für den kleinen Andy.«

Melanie warf Rosie einen schuldbewußten Blick zu und drückte ihre Zigarette aus.

»Ich war nervös«, sagte sie. »Muß ich ihn denn wirklich Andy nennen, wenn es ein Junge wird?«

»Nein, mein Liebes, natürlich nicht, du kannst ihn Plato oder Aristoteles nennen, wenn du das möchtest«, sagte Aurora und umarmte ihre traurige Enkeltochter. »Es ist nur, weil ich mir immer einen Andy in der Familie gewünscht habe, aber nie einen bekommen habe.«

In Wirklichkeit liebte Melanie den Namen, sie hatte nur gehofft, sie selber wäre darauf gekommen anstatt ihre Großmutter. Ihre Großmutter drängte sich immer in den Vordergrund, für alle anderen blieb nur noch sehr wenig Raum übrig.

»In der letzten Zeit habe ich von Zwillingen geträumt«, bemerkte Rosie. »Vielleicht werden es ja Zwillinge. Wäre das nicht großartig, wenn Zwillinge durchs Haus tollten?«

»Vielleicht wird es aber auch nur ein Mädchen«, meinte Melanie. »Wenn es ein Mädchen wird, möchte ich es nach Mama nennen.«

»Oh«, sagte Aurora. Sie hatte gerade die Gumbosuppe vom Herd genommen – der Gedanke, daß es wieder eine Emma geben könnte, traf sie so hart, daß sie fast den Kessel fallen gelassen hätte. Rosie konnte ihn gerade noch auffangen.

»Gefällt dir das nicht, Großmutter?« fragte Melanie. »Wär' das nicht toll?«

»Ja, Liebes«, sagte Aurora, aber mit einer völlig anderen Stimme, als sie geplant hatte. Der Gedanke, daß sie vielleicht bald eine Urenkelin hatte, die den Namen ihrer Tochter trug, versetzte ihrem Herzen einen Stoß; sie hatte Angst, noch etwas zu sagen, weil sie fürchtete, ihre Stimme könne wie die einer alten Frau klingen.

»Oh, nun ja, ich liebe Überraschungen«, sagte Rosie. Auroras Schrecksekunde war ihr nicht entgangen. »Ich nehme einen Andy oder eine Emma, wie's eben kommt.«

»Ich selbstverständlich auch«, fügte Aurora hinzu, die

sich gefangen hatte. »Ein wirklich guter Gedanke, Melly, sehr angemessen. Ich denke, den sollten wir uns zu eigen machen. Wenn es ein Mädchen wird, werden wir es Emma nennen.«

»Wie geht es dem General?« fragte Melanie und stand auf, um das Essen tragen zu helfen.

»Sehr mäkelig, wie üblich«, sagte Aurora. »Könntest du die Gumbo nehmen? Du bist die jüngste und kräftigste. Rosie und ich humpeln mit dem Rest hinterher.«

»Sicher, mach' ich. Hast du eine Pepsi?« fragte Melanie, als Rosie anfing, das Brot zu schneiden.

6.

Nach dem Abendessen saßen Rosie und Melanie noch eine Weile mit dem General zusammen und spielten beim Lärm von CNN Domino. Von Rosie angesteckt, hatte sich der General ebenfalls zu einem Nachrichtenfreak entwickelt. Mit Rosie zusammen die Nachrichten zu verfolgen, verschaffte ihm die Möglichkeit, ihr sein überragendes Wissen über das Weltgeschehen zu demonstrieren; überragend nicht nur im Vergleich zu Rosies Wissen, sondern selbstverständlich auch im Vergleich mit einer ganzen Reihe von Reportern und Analytikern, die allabendlich über Dinge dozierten, von denen wesentlich mehr zu verstehen der General felsenfest überzeugt war.

»Ja, die Kriegswolken ziehen sich zusammen«, bemerkte er, nachdem er ein Stück seines Walnußkuchens verzehrt hatte. »Rußland geht ganz sicher, und ich glaube, China geht auch.«

»Geht wohin, Hector?« fragte Aurora. Er redete immerzu davon, daß sich die Kriegswolken zusammenzögen – eine Ausdrucksweise, die sie aus irgendeinem Grund ärgerte.

»China ist ein ziemlich bevölkerungsreiches Land«, fügte sie hinzu. »Wohin sollte es wohl gehen?«

»Nun, ein Bürgerkrieg könnte ausbrechen«, sagte der General. Er hatte eigentlich ganz automatisch geredet und bereute es inzwischen schon wieder. Er glaubte selber nicht daran, daß China irgendwohin gehen würde, vielleicht tat es das aber doch, und überhaupt, was wußte denn Aurora schon von solchen Dingen? Sie waren gemeinsam in China gewesen, und außer ein paar kunsthistorischen Höhepunkten hatte Aurora das Land kaum wahrgenommen. In Peking hatte sie sich über die Massen von Fahrrädern beklagt, die sie nicht aufhalten konnte, wenn sie über die Straße wollte; ihre Stimmung hatte sich erst verbessert, als sie wieder in Hongkong waren, wo sie den ganzen Tag einkaufen konnte.

Aurora hatte ihre Ringe mit einer Serviette poliert, während Rosie und der General häppchenweise Spekulationen darüber austauschten, was an den Brennpunkten der Welt passierte. Das lief jetzt jeden Abend so, und zwar derartig regelmäßig und derartig eintönig, daß sie schon fast ihre Entscheidung bedauerte, Rosie auf Dauer im Gästehaus im Hinterhof wohnen zu lassen.

Sicher, ihre Entscheidung hatte Rosie vor einer gewalttätigen Nachbarschaft in Denver Harbor gerettet, wo sie den größeren Teil ihres erwachsenen Lebens nur unter Einsatz von Klauen und Zähnen hatte überleben können. Es bedeutete aber auch, daß sich ihre abendliche Tafel in ein politisches Seminar verwandelte, das ihre Hausdame und ihr eigener Freund abhielten.

Sie war gerade im Begriff, die beiden mittels einer unmißverständlichen Bemerkung davon zu unterrichten, was sie mit China machen konnten, von Litauen ganz zu schweigen, als es an der Tür klingelte.

»Gott sei Dank, das ist mein Freund, genau im richtigen Moment, wenn ich ihn am meisten brauche«, sagte sie, während sich ihr Gesicht aufhellte. »Letzte Gelegenheit für Walnußkuchen.«

Der General ignorierte ihre Bemerkung über ihren Besucher und schnitt sich hastig noch ein Stück Kuchen ab. In der gleichen Sekunde packte Aurora die Kuchenplatte und ging nach oben.

»Ich weiß nicht, warum ich mir das eigentlich gefallen lasse«, sagte er, sobald er Aurora außer Hörweite wußte. »Rosie, du bist dran.«

»Großmutter flirtet eben leidenschaftlich gern«, sagte Melanie. »Dich liebt sie am meisten.«

Der General gluckste. Er wußte sehr wohl, daß beide, Rosie und Melanie, es ihm hoch anrechneten, daß er sich Auroras launenhaftes Verhalten gefallen ließ.

»Wenn sie mich am meisten liebt, dann möge Gott dem Rest der Menschheit gnädig sein«, sagte er. »Spiel, Rosie. Du bist der einzige Mensch, den ich kenne, der beim Dominospielen einen Taschenrechner braucht.«

»Seine Batterien lassen nach, deshalb flackert er so«, antwortete Rosie. »Ich habe das dritte Schuljahr geschwänzt, vermutlich ist das der Grund, daß ich beim Addieren nicht so gut bin.«

Melanie gähnte. Sie überlegte, ob sie nicht mal für eine Weile zu Teddy rübergehen sollte. Das Apartment, in dem er und Jane lebten, war nur ein paar Blocks von ihrem eigenen entfernt. Teddy und Jane waren immer auf und studierten Sanskrit oder irgendeine andere Sprache.

Aurora hatte für Pascal einen kleinen Imbiß zubereitet – eine Birne, eine Mango, ein wenig vom Walnußkuchen, etwas Camembert und eine halbe Flasche Burgunder. Sie arrangierte alles auf einem kleinen Tisch in ihrem Wohnzimmer im Erdgeschoß, bevor sie sich anschickte, die Tür zu öffnen und Pascal hereinzulassen. Während der Jahre hatte sie gelernt, daß es besser war, Pascal ein wenig Zeit zur Beruhigung seiner Nerven zu geben, bevor sie ihn hereinließ – anderenfalls konnte es passieren, daß er sie in seinem Eifer, ihr seine Zuneigung zu bekunden, geradezu ansprang. Er war gerade mal ein Meter sechzig groß; wenn er aufgeregt war, zeigte er den sprunghaften Charakter eines kleinen französischen Hundes.

Pascal Ferney stand mit sinkendem Mut draußen vor der Tür und überlegte, ob dies der Abend sei, an dem Aurora ihn überhaupt nicht ins Haus lassen würde. Bei jeder anderen Frau hätte er wie ein Wilder alle paar Sekunden an der Tür geklingelt, aber das hatte er zu früheren Zeiten ein einziges Mal getan, und da hatte Aurora mit einem solchen Wutanfall reagiert, daß er inzwischen seinen Mut aufs äußerste zusammennehmen mußte, um auch nur einmal zu klingeln. Was, wenn er zu heftig auf die Klingel drückte und sie stekkenblieb? Was würde sie dann mit ihm anstellen?

»Meine Güte, Pascal, genau rechtzeitig«, sagte Aurora, öffnete die Tür und umarmte ihn, alles in einer einzigen, raschen Bewegung. Pascal zu umarmen war ebenfalls ein gutes Mittel, ihn davon abzuhalten, sie anzuspringen. Sie schaute über seinen Kopf hinweg und bemerkte, daß die Lichter seines verbeulten Peugot wie üblich voll brannten.

»Bin ich zu spät oder zu früh?« fragte Pascal. »Ich verliere jedes Zeitgefühl, wenn ich dich besuche.«

»Du bist mehr oder weniger pünktlich, aber du hast mal wieder das Licht brennen lassen«, sagte Aurora. »Ich hoffe bloß, daß sie nicht kaputt sind. Ich wünschte, du könntest daran denken, sie auszuschalten, Pascal. Der Rest der Menschheit denkt daran, das Licht auszuschalten, und ich bin sicher, du könntest das auch, wenn du dich konzentrieren würdest. Es wird meinem Ruf schaden, falls es das nicht schon längst getan hat, daß meine Liebhaber darauf bestehen, herzukommen und dann sämtliche Lichter brennen lassen.«

»Oh, *merde*!« sagte Pascal – es ärgerte ihn, daß er mal wieder vergessen hatte, das Licht auszuschalten. Er rannte quer über den Rasen, knipste es aus und warf die Tür krachend hinter sich zu. Dann raste er wie der Blitz über den Rasen zurück zu Aurora. Ermutigt durch die Tatsache, daß sie ihn – wenigstens verbal – in die Kategorie Liebhaber eingeordnet hatte, versuchte er, ihre Umarmung zu wiederholen, allerdings ohne jeden Erfolg. Aurora packte ihn lediglich am Arm und zerrte ihn ins Haus.

»Ich verliere jedes Gefühl für Zeit, wenn ich dich besuche«, wiederholte Pascal. Von seinem zweifachen Spurt über den Rasen war er noch ein wenig außer Atem.

»Ich verliere das Gefühl für alles, wenn ich dich besuche«, fügte er hinzu. »Alles gerät – außer Band und Rand, ist das richtig so?«

»Rand und Band«, korrigierte Aurora ihn amüsiert. Bei all seinen Fehlern, Pascal hatte blitzende Augen und eine gewisse Unverwüstlichkeit; wenn man ihn tausendmal niederschlug – dieses Blitzen in seinen Augen kehrte immer wieder zurück; Männern mit blitzenden Augen hatte sie noch nie so richtig widerstehen können. Im Gegensatz zu ihm mußte General Scott sein erstes Blitzen erst noch produzieren, jedenfalls das erste in ihrer Gegenwart. Sie hatte ihn schon häufig deswegen ausgescholten, jedoch ohne Erfolg.

Aurora hielt Pascal fest am Arm gepackt, bis sie ihn auf seinen Platz im Wohnzimmer dirigiert hatte; wenn man ihn unbeaufsichtigt herumwandern ließ, mußte man damit rechnen, daß er in einem mißgeleiteten Anfall von Geselligkeit für eine Minute nach oben sauste. Einmal dort, war zu erwarten, daß er allerhand Sprüche losließ, die mehr oder weniger ein Äquivalent seines »Vive la France!« waren. Sein plötzliches Erscheinen erschreckte Rosie und Hector gleichermaßen; keiner wußte, was er sagen sollte. Einmal hatte Rosie ihn in einem Moment der Peinlichkeit gebeten, eine Partie Domino mit ihnen zu spielen, eine Einladung, die den Abend für alle Beteiligten ruinierte. Pascal hatte so viel geschwätzt, daß weder der General noch Rosie, noch ihr Taschenrechner in der Lage gewesen waren, korrekt zu addieren, was dazu führte, daß der General die Nerven verlor und davonstampfte, um zu Bett zu gehen. Das war natürlich zu einer Zeit gewesen, als er noch stampfen konnte.

»Was machen die da oben?« fragte Pascal, der einen raschen Blick zur Treppe warf, als Aurora ihn ins Wohnzimmer bugsierte.

»Oh, kümmere dich nicht darum, du weißt ja, wie ernsthaft sie bei der Sache sind«, antwortete Aurora. »Sie regeln das Schicksal Litauens oder vielleicht auch des Libanon.«

»Dann sollten sie besser mit mir reden«, sagte Pascal. »Ich habe mal drei Jahre in Vilnius gelebt.«

»Ich möchte das Wort Litauen heute abend von dir nicht hören, Pascal«, warnte Aurora ihn. »Wenn ich es noch ein einziges Mal höre, dann fliegst du raus. Setz dich hierhin und iß! Ich möchte etwas Klatsch über Madame Mitterrand hören, wenn du welchen weißt, und falls nicht, dann Klatsch über Catherine Deneuve.«

»Madame Mitterrand ist eine sehr ernsthafte Frau«, sagte Pascal vorsichtig. Er hatte das Gefühl, jetzt sei es an der Zeit, besonders vorsichtig zu sein. Am besten wäre, das zu sagen, was Aurora hören wollte, aber er hatte nicht den Schimmer einer Ahnung, was das wohl sein könnte.

»Ich weiß nicht, ob Catherine Deneuve so ernsthaft ist«, fügte er hinzu.

»Du stammst doch immerhin aus Frankreich, Pascal«, bemerkte Aurora. »Wie kommst du auf die Idee, ich interessierte mich dafür, ob sie ernsthaft sind oder nicht? Mit wem gehen sie ins Bett? Mit wem schlafen sie alle? Hier sitze ich, begierig auf ein wenig Klatsch, und du sagst mir nichts. Ich glaube, es ist gar nicht so einfach, wie ich immer dachte, eine lüsterne alte Frau zu sein.«

Pascal war so erschrocken, daß er beinahe seine Birne fallen ließ. Aurora hatte einen gefährlichen Ausdruck in den Augen. Sie wollte über Kinostars oder die Frauen von Präsidenten reden, die mit anderen Leuten ins Bett gingen. Sie hatte eben sogar angedeutet, ihr würde es nichts ausmachen, eine lüsterne alte Frau zu sein. Sollte das etwa heißen, daß sie ihn »anmachen« wollte?

Er beobachtete sie scharf und kam zu dem Schluß, daß dies genau das war, was sich hier abspielte – wieso war er deswegen überrascht? Er hatte schon immer vermutet, und so manches Mal hatte es sich bestätigt, daß alle Frauen ihn haben wollten – Aurora hatte einfach nur länger als die meisten gebraucht, ihn das merken zu lassen. Er trank einen Schluck Wein und ergriff ihre Hand. Er rechnete damit, daß dieser erste Vorstoß zurückgewiesen würde, aber nichts passierte. Aurora ließ ihn ihre Hand festhalten.

»Wenn du lüstern sein möchtest, dann sollten wir nach oben gehen«, sagte Pascal lächelnd. »Die anderen gehören nach unten – über Litauen kann man überall reden. Oben könnten wir die ganze Nacht lüstern sein.«

»Die ganze Nacht? In deinem Alter?« sagte Aurora, die sich dessen bewußt war, daß die Wünsche zweier ihrer Freier gerade miteinander in Konflikt gerieten. Pascal versuchte, seinen Camembert zu verzehren, während er ihre Hand fest umschlossen hielt – ein wenig zu fest für eine Verführung. Sie spürte, wie eine altbekannte Lust in ihr wach wurde – es war ohne jeden Zweifel ziemlich unmoralisch von ihr, diesen kleinen Mann anzumachen, aber sie tat es trotzdem, wie sie es schon so oft in ihrem Leben getan hatte, mit großen und kleinen Männern, nur um zu sehen, was passieren würde. Würde Pascal Ferney sich endlich durch ihren Spott hindurchkämpfen, oder würde er sich zu Käse und Wein zurückziehen?

»Wenn wir oben wären, stünde dir eine Überraschung bevor«, sagte Pascal. »Nicht alles an mir ist alt.«

»Und ich bin nicht völlig auf den Kopf gefallen«, antwortete Aurora. »Wie du richtig bemerkt hast, können die Leute überall über Litauen reden, aber ich glaube kaum, daß das alles ist, was man überall tun kann. In meiner Jugend kannte ich Leute, die in der Lage waren, lüsternes Benehmen an überraschend unterschiedlichen Orten an den Tag zu legen. Tatsächlich habe ich selber dergleichen getan – im ganzen Haus, sogar draußen, wenn ich dafür in Stimmung war. Wenn ich das mal so sagen darf, Pascal, die Behauptung, fleischliche Handlungen von längerer Dauer könnten nur in einem Schlafzimmer im ersten Stock meines Hauses stattfinden, ist nicht gerade typisch gallisch, oder? Irgendwie habe ich mir den Mythos zu eigen gemacht, die Franzosen könnten immer und überall. Wie schade, daß das nur ein Mythos ist.«

Pascal war wie vom Donner gerührt. Da er der festen Überzeugung war, daß alle Frauen ihn wirklich haben wollten, und zwar wie wild, traute er seinen Ohren nicht. Diese

Frau, die ihm noch nie mehr als einen Kuß und dann und wann eine schnelle Umarmung gegönnt hatte, beschuldigte ihn, in Sachen Sex zu konventionell zu sein.

»Außerdem betreiben wir hier kein Armdrücken«, sagte sie, bevor er seine Gedanken ordnen konnte. »Hör sofort auf, meine Hand so fest zu drücken. Mir die Finger brechen zu lassen entspricht nicht meiner Vorstellung von Vorspiel.«

Pascal wurde rot im Gesicht und ließ ihre Hand fallen, versuchte aber sofort, sie wieder zu ergreifen. Auroras Arm zuckte zurück. Pascal hatte in dieser Sekunde einen Schluck Wein trinken wollen, doch durch Auroras zurückzuckenden Arm schwappte der Wein aus dem Glas und bekleckerte Pascals Krawatte. Während der ganzen Zeit schaute Aurora ihn mit einem gefährlichen Blick an, wie er es bisher noch nie bei ihr bemerkt hatte. Er kam sich wie ein Feigling vor – mit diesem Blick schaffte sie es, daß er sich wie ein Feigling fühlte.

»Pascal, du scheinst ja direkt vor meinen Augen auseinanderzufallen«, sagte Aurora. Jetzt setzte sie alles aufs Spiel, jetzt war sie in der Stimmung, ihn am Boden zu zerstören, da ja sonst nichts passierte. »Jetzt hast du es also schon geschafft, meinen Wein zu verplempern und deine Krawatte zu ruinieren, alles in einer einzigen Bewegung. Ist das nicht die Krawatte, die ich dir in Paris gekauft habe?«

Pascal, rasend vor Wut, sprang auf. »Ich werfe dich auf die Couch«, stieß er hervor. »Dann wirst du schon sehen, was passiert!«

»Pah, nichts als leeres Gerede«, antwortete Aurora. »Ich glaube keine Sekunde daran, daß du mich irgendwo hinwirfst oder sonst irgendwas Interessantes anstellst.«

Pascal spürte, wie blinde Wut ihn übermannte. Er kam um den Tisch herumgeschossen, in der Absicht, Aurora an der Kehle zu packen und ihr das gnadenlose Maul ein für allemal zu stopfen. Er packte sie tatsächlich an der Kehle, aber bevor er mit seinen Versuchen, sie zu erwürgen, fortfahren konnte, sagte eine junge Stimme dicht neben seinem Ellenbogen: »Hey, was fällt dir eigentlich, ein? Benimm dich gefälligst, Pascal.«

Zu seinem Entsetzen sah er Melanie neben sich stehen, die eine silberne Suppenschüssel in der Hand hielt.

Sofort ließen seine Hände Auroras Kehle los.

»Oh, Mademoiselle, Gott sei Dank, daß Sie genau im richtigen Moment gekommen sind«, sagte er. »Ich wußte nicht mehr, was ich tat.«

»Du hast ganz genau gewußt, was du tatest – du hattest die Absicht, mich zu erwürgen«, sagte Aurora und rieb sich den Nacken. Im großen und ganzen war sie sehr zufrieden damit, wie die Dinge liefen. Sie zog beide Augenbrauen hoch und grinste Melanie zu.

»O nein, nein, das war nur ein kleiner Anfall«, sagte Pascal schwächlich. »Das war *amour fou*.«

»Das brauchst du meiner Enkelin nicht zu erklären«, sagte Aurora. »Sie weiß, wie brutal die Männer sein können; vor kaum einer Stunde ist sie von einem von denen brutal zusammengeschlagen worden.«

»Ach, Granny«, sagte Melanie. »Ich bin nicht brutal zusammengeschlagen worden, man hat mich doch nur gegen einen Stuhl geschubst. Was hast du gemacht, daß Pascal so wütend wurde?«

»Das, was sie immer macht!« rief Pascal. »Spott und Hohn – sie kann immer nur über mich spotten. Sie meint es überhaupt nicht ernst. Ich liebe sie, aber was soll's, wie ihr Kinder sagt.«

»Es ist nur, weil mich der Teufel geritten hat und mich dazu antrieb, diesen unvorsichtigen Franzmann mit einem Biß zu verschlingen«, sagte Aurora. »Pascal, der Kuchen ist exzellent – ich denke, wir sollten das Thema Leidenschaft noch ein wenig aufschieben. Ich schlage vor, du gehst ins Badezimmer und läßt etwas kaltes Wasser über die Krawatte laufen, die du dir gerade mit Wein versaut hast. Wenn du dir zur gleichen Zeit etwas Wasser über den Kopf schütten möchtest, so ist das deine Sache, aber ich denke, es würde dir nicht schaden. Danach kommst du zurück und ißt deinen Kuchen.«

Zu peinlich berührt, um antworten zu können, verdrückte Pascal sich ins Badezimmer.

»Mein Gott, Granny, worum ging es denn eigentlich?« fragte Melanie. Sie wußte, daß das Leben voller Überraschungen steckte, sie hatte jedoch nie damit gerechnet, eines Tages nach unten zu kommen und zu sehen, wie ihre Großmutter im Wohnzimmer gewürgt wurde.

»Nur ein kleiner, unglücklicher Zufall, ein sehr kleiner«, antwortete Aurora. Sie griff über den Tisch und trank, was von Pascals Wein übriggeblieben war. »Ich habe doch nur versucht, ihn dazu zu bewegen, mich auf der Couch zu lieben. In meinen besten Tagen hat man mich tausendmal auf einer Couch geliebt, und vermutlich hatte ich nur den Gedanken im Kopf, es einfach noch mal zu versuchen. Zu meinem Bedauern zog Pascal es jedoch vor, mich zu erdrosseln.«

Sie trank einen Schluck Wein. Jetzt, nachdem ihr Ärger vergessen war, fühlte sie sich doch ein wenig mutlos.

»Eine Lehre, die du dir hinter die Ohren schreiben solltest«, sagte sie und betrachtete ihre dickliche Enkelin.

»Welche Lehre?« fragte Melanie. Der Gedanke, daß ihre Großmutter offenbar bereit gewesen war, Pascal auf der Couch im Wohnzimmer zu bumsen, machte sie sprachlos. Sie wußte zwar, daß ihre Granny exzentrisch war, aber sie hätte niemals vermutet, daß sie *derartig* exzentrisch sein konnte.

»Wenn sie die Wahl haben«, stellte Aurora fest, »neigen Männer häufiger dazu, einen zu ermorden, als einen zu lieben. Es gibt natürlich Ausnahmen, aber die sind selten.«

»Granny!« sagte Melanie nochmals. »Du wolltest es tatsächlich hier auf dieser Couch treiben, mit Pascal? Was wäre wohl passiert, wenn der General nach unten gekommen wäre und euch erwischt hätte?«

»Ich wäre sehr ärgerlich gewesen«, antwortete Aurora. »Hector kennt mich gut genug, um zu wissen, daß es Zeiten gibt, in denen er mich allein lassen muß. Das führt mich zu einer weiteren Lehre, welche lautet, daß es unklug ist, sich mit einem Mann einzuschließen, der fünfzehn Jahre jünger ist. Ich habe es getan, und jetzt muß ich das Beste daraus machen, und soviel ich weiß, ist Pascal vielleicht das Beste daran. Laß dir das mal eine Weile durch den Kopf gehen«, sagte sie in lebhafterem Ton. Sie bemerkte, daß ihre Enkelin erhebliche Mühe hatte, diverse schockierende Details zu verarbeiten.

»Daran werde ich noch Jahre zu kauen haben«, antwortete Melanie, als Pascal wieder ins Zimmer trat. Er wirkte untröstlich, seine Krawatte war tropfnaß.

»Ich kann es nicht fassen«, sagte Aurora. »Als ich dich anwies, kaltes Wasser über deine Krawatte zu gießen, nahm ich selbstverständlich an, du würdest sie vorher abnehmen. Ich dachte, ihr Franzosen verfügt über eine gewisse Geschicklichkeit? Was ist mit deiner passiert, mein Lieber?«

»Es war ein sehr merkwürdiger Abend«, bemerkte Pascal. »Im Moment bin ich nicht ich selbst.«

Er setzte sich wieder hin und widmete sich seinem Walnußkuchen.

Melanie trug die Suppenterrine in die Küche. Sie kam kurz ins Wohnzimmer zurück, gab ihrer Großmutter einen Kuß und verließ das Haus. Sie konnte es kaum erwarten, Teddy und Jane zu erzählen, was sie gerade miterlebt hatte – da soll noch einer davon reden, den Verstand zu verlieren!

»Gute Nacht, meine Liebe«, sagte Aurora. »Denk an den kleinen Andy und gib das Rauchen auf.«

Pascal verzehrte stumm seinen Kuchen, während die Krawatte auf seine Hose tropfte. Aurora beobachtete ihn schweigend – sie schien nicht ärgerlich zu sein, war es auch bei seiner Ankunft nicht gewesen, und dennoch – innerhalb von zehn Minuten hatte sie ihn dazu gebracht, beinahe ein Verbrechen der Leidenschaft zu begehen.

»Was ist denn jetzt mit dir los?« fragte sie. »Ich hoffe, du hast nicht vor, brummig zu sein oder zu heulen oder irgendein anderes Theater aufzuführen. Dafür bin ich nicht in der richtigen Stimmung.«

»Warum kommst du nicht in mein Apartment?« fragte Pascal. »In meinem Apartment wären wir ungestört.«

»Das ist sicher richtig«, stimmte Aurora zu und lächelte ihn an. »Andererseits, in deinem Apartment würde ich vor lauter Geruch und Gestank ohnmächtig werden. Du mußt zugeben, daß dir gewisse häusliche Qualitäten abgehen – neben deiner fehlenden Geschicklichkeit und verschiedenen anderen Dingen.

Aber vielleicht ist es ja genau das, was du möchtest«, fügte sie hinzu und trat ihm unter dem Tisch leicht gegen das Bein. »Du willst, daß ich ohnmächtig werde. Dann hättest du einen passiven Körper vor dir, an dem du dich auslassen könntest. Aber so wird es nicht laufen, wenn es denn überhaupt passiert.«

»Ich will, daß es passiert!« rief Pascal. »Ich will, daß es passiert.«

»Nun, falls es tatsächlich passiert, denk dran, daß es kein passiver Körper ist, den du betrachtest«, sagte Aurora. »Niemand bekommt seinen Spaß, ohne daß ich auch etwas davon habe.«

»Ich werde mir eine Haushälterin nehmen«, verkündete Pascal. Er wohnte in einem kleinen Studio-Apartment in der Nähe des Zoos. Tatsache war, daß er es über die Jahre ziemlich schmuddelig hatte werden lassen. Bei ihrem einzigen Besuch dort hatte sie sich die ganze Zeit die Nase zugehalten. Es ist schwer, eine Frau zu verführen, die sich entschlossen die Nase zuhält.

»Ich werde es auf Hochglanz bringen! Auf Hochglanz!« verkündete er – seine in Kürze anzustellende Haushälterin würde das Apartment auf Hochglanz bringen, und dann würde Aurora zu ihm kommen. Er fühlte sich schon bei dem bloßen Gedanken daran besser und griff nach der Weinflasche.

»Du wirst schon sehen«, sagte er. »Ich werde sogar neue Bettlaken anschaffen. Du wirst es erleben.«

»Neue Bettlaken, Pascal?« fragte Aurora. »Ich weiß nicht, ob ich soviel Geschicklichkeit überhaupt verdiene.«

Er redete immer noch von seiner Haushälterin und sein in Kürze auf Hochglanz zu bringendes Apartment, als sie ihn in seinen Peugeot verfrachtete und nach Hause schickte.

7.

Teddy und Jane lernten sich kennen, als sie beide Patienten in einem psychiatrischen Krankenhaus in Galveston waren. Kurz nachdem sie sich ineinander verliebt hatten, wurden sie entlassen – beide am gleichen Tag. Sie betrachteten dies als ein glückliches Omen und überlegten mehrere Monate lang, ob sie heiraten sollten, entschieden sich dann aber dagegen. Dann dachten sie über die noch schwierigere Frage nach, ob sie Kinder haben wollten, und entschieden, eines haben zu wollen – vielleicht aber auch zwei. Ein gutes Jahr nach dieser Entscheidung wurde Jonathan geboren. Inzwischen war Jonathan fast zwei Jahre alt und hatte es noch vor sich, sein erstes Wort zu sprechen – oder, um es genauer auszudrücken, sein erstes englisches Wort. Eines der Dinge, die Teddy und Jane davon überzeugt hatten, daß sie füreinander bestimmt waren, war der Umstand, daß sie beide klassische Sprachen als Hauptfach gewählt hatten, als irgend etwas in ihren Köpfen schiefzulaufen begann. Jane war am Bryn Mawr College gewesen, Teddy hatte an der University of Texas studiert. Janes Eltern und Teddys Großeltern wohnten in Houston, und das war dann auch der Ort, wohin sie sich zurückzogen, als sie alles hinter sich abbrachen. Nach ein paar Monaten, in denen sie immer verrückter im Kopf wurden, hatten sie beide der Einweisung in das psychiatrische Krankenhaus in Galveston zugestimmt.

Der Umstand, daß Jonathan, dessen Spitzname Bump lautete, noch nie ein einziges Wort in einer wiedererkennbaren Sprache von sich gegeben hatte, machte Aurora erhebliche Sorgen, ließ Teddy und Jane indes völlig kalt. Zum einen konnte er Teile des griechischen Alphabetes in sein Malbuch schreiben, zum anderen begann er neuerdings, auch Interesse an der kyrillischen Schrift zu zeigen.

»Mir ist es gleich, wieviel Alphabete er aufmalen kann«, sagte Aurora. »Ich will, daß er etwas sagt, was ich verstehen kann.«

»Vielleicht wartet er nur, bis er etwas Interessantes zu sagen hat«, mutmaßte Teddy. »Wittgenstein hat auch erst gesprochen, als er schon vier war.«

»Wittgenstein war aber auch nicht mein Enkelkind«, antwortete Aurora. Jonathan war ein hübsches Kind, er hatte blondgelocktes Haar, ganz anders als seine Mutter, deren Haar zwar blond, aber glatt war, und machte einen glücklichen Eindruck. Er hatte Buchstabenklötzchen der verschiedensten Alphabete zum Spielen, die aus einem Spezialgeschäft in Cambridge, Massachusetts, stammten, und wenn er sich damit nicht beschäftigte, dann spielte er kompliziert aussehende Videospiele auf einem Fernsehgerät, das nur zu diesem Zweck benutzt wurde – Teddy und Jane verabscheuten amerikanische Fernsehgeräte, und zwar weil sie nicht hochauflösend waren und deshalb Bilder visuell minderwertig produzierten. Sie waren der Überzeugung, von amerikanischen Fernsehgeräteherstellern für dumm verkauft zu werden, da sie sehr leicht hochauflösende Geräte hätten herstellen können, wenn sie es wirklich gewollt hätten.

Aurora hatte auch etwas gegen Jonathans Spitznamen Bump einzuwenden. Sie fand, dies sei ein sehr unzutreffender Spitzname für ein so hübsches Kind.

»Bump bedeutet soviel wie Beule«, meinte Aurora. Manchmal kam sie nachmittags zu Besuch, saß eine Weile auf dem Sofa in dem kleinen Apartment und betrachtete Jonathan, der sich mit seinen Buchstabenklötzchen vergnügte. Nicht daß er ein in sich zurückgezogenes Kind gewesen wäre – er liebte es, über seine Großmutter zu krabbeln oder bequem auf ihrem Schoß zu sitzen, wenn sie ihm Geschichten vorlas. Er gab zustimmende oder ablehnende Geräusche von sich, er kicherte, lachte, schrie und weinte so wie andere Kinder auch. Er lehnte es lediglich ab zu sprechen. Eine von Auroras Theorien über diesen beunruhigenden Umstand lautete, dies sei Jonathans stiller Protest gegen seinen Spitznamen.

»Warum sollte er mit Leuten reden, die ihn Bump nennen?« fragte sie eines Tages. »Daß er all diese Alphabete malen kann, deutete darauf hin, daß er ein gutes Gefühl für Sprache hat. Vermutlich haßt er seinen Spitznamen. Wenn ihr anfangen würdet, ihn bei seinem richtigen Namen zu nennen, würde er vermutlich in ein paar Tagen das Blaue vom Himmel herunterreden. Spitznamen können sehr gefährlich sein. Absolut liebenswürdige Leute bekommen einen schrecklichen Spitznamen verpaßt, manchmal für ihr ganzes Leben. Was wäre, wenn er Präsident werden möchte und die Leute ihn immer noch Bump nennen?«

Teddy und Jane hielten diese Möglichkeit für zu gering, um sie ernst zu nehmen. Jane war schon eher geneigt, die Dinge ernst zu nehmen – gelegentlich sogar zu sehr –, machte sich aber keine Sorgen, daß Jonathans politische Karriere durch seinen Spitznamen behindert werden könnte.

»Er sah eben wie eine Beule aus«, sagte Jane, »schon als er noch in meinem Bauch war. Er hat keine sechs Pfund gewogen, als er geboren wurde.«

Jane war eine sehr stille Frau, sehr still, aber auch sehr smart. Aurora mochte sie und brachte ihr großes Vertrauen entgegen. Jane war bescheiden, gab kein Geld für Fummel aus, redete wenig, versorgte Teddy und Bump auf bewundernswerte Weise, hielt die Wohnung in Ordnung und schien eine kompetente und verantwortungsbewußte junge Frau zu sein.

Tatsache war, Aurora fühlte sich von Jane ein wenig eingeschüchtert. Schon ihr ganzes Leben hatte sie sich ein wenig eingeschüchtert gefühlt von Leuten, die kompetent und verantwortungsbewußt waren. Sie hätte niemals geglaubt, einmal eine solche Person in ihrer Familie zu haben, obwohl Patsy Carpenter, die beste Freundin ihrer Tochter, ihr zu ihrem Leidwesen etwas in dieser Art prophezeit hatte.

»Teddy spielt vielleicht ab und zu verrückt, aber wenn es

um eine Lebensgefährtin geht, wird er bestimmt die richtige Wahl treffen«, hatte Patsy mal gesagt, als sie mit Aurora darüber diskutierte, daß sie beide ja keine besonders gute Arbeit bei ihrer Partnersuche geleistet hatten.

»Wie kommst du auf den Gedanken?« fragte Aurora.

»Weil alle seine Freundinnen sehr nett gewesen sind«, antwortete Patsy. »Alle seine Freundinnen sind viel netter gewesen als die Leute, zu denen sich meine Kinder hingezogen fühlen.«

Patsy hatte drei Kinder, einen Sohn und zwei Töchter aus mehreren Ehen. Sie waren etwa im gleichen Alter wie Emmas Kinder, und keines von ihnen beherrschte die Kunst, die richtige Wahl zu treffen. Ihr Sohn Davey war bereits zweimal verheiratet gewesen und von zwei oberflächlichen, reichen Girls geschieden worden, während ihre Töchter, die sich selber eine Zeitlang für Maoisten hielten, eine starke Vorliebe für tolpatschige Typen aus der Arbeiterklasse zeigten.

Patsy war sich völlig im klaren darüber, daß sie selber die Kunst der erfolgreichen Partnersuche ebensowenig beherrschte. Jim, ihr erster Ehemann, war ein harmloser, nicht besonders brillanter Yuppie-Schwachkopf gewesen – ein Yuppie-Schwachkopf, lange bevor dieser Ausdruck geprägt wurde –, der es geschafft hatte, sein komplettes, umfangreiches Vermögen im Computer-Busineß zu verbraten, während andere, etwas hellere Yuppie-Schwachköpfe im Computer-Busineß Millionen verdienten.

Tomas, ihr zweiter Mann, schien erheblich mehr zu versprechen und war tatsächlich eine gewisse Zeit lang sehr erfolgreich gewesen. Er war ein sehr eleganter, himmelschreiend arroganter, halb spanischer Architekt, dessen verrückte, finstere Häuser ungefähr zehn Jahre lang in Los Angeles und den etwas betuchteren Beachtowns sehr in Mode gewesen waren. Die beiden hatten zwei aufgeweckte, lebhafte Töchter gezeugt, bevor Patsy Tomas dabei erwischte, wie er sich im Badehaus von einer sechzehnjährigen Gärtnergehilfin einen blasen ließ. Patsy war gerade vierzig geworden und durchaus keine Landpomeranze – sie und Tomas hatten mehr als zehn Jahre lang in der Hollywood-Schickeria mitgemischt, und während dieser Zeit hatte sie einiges mitgemacht und erlebt. Es hatte sie erschreckt, mitten in diese Sexszene zu platzen, aber bei weitem nicht so wie die ungeheuerliche Tracht Prügel, die Tomas ihr verpaßte, weil sie es gewagt hatte, seine sexuellen Lustbarkeiten zu unterbrechen.

Es waren finstere Zeiten für ihre Ehe, denn Tomas entdeckte, daß er es entschieden lustiger fand, sie zu verprügeln, als sie zu lieben. Nach diesem Zwischenfall verprügelte er sie häufig und kunstreich, bis sie sich eines Tages die beiden Mädchen schnappte und auf und davon lief.

Zwei Jahre später, noch bevor die Rechtsanwälte die sehr komplizierten Vermögensverhältnisse auseinanderdividiert hatten, stand Tomas zittrig und geschwächt vor ihrer Tür, ein sterbender Mann. Ein paar Monate später wurde er der erste prominente Architekt in Los Angeles, der an AIDS starb. Während seiner letzten Monate kümmerte Patsy sich um ihn, obwohl sie in seinen Augen lesen konnte, daß er sie am liebsten verprügelt hätte, wenn er die Kraft dazu hätte aufbringen können.

Das war der Zeitpunkt, zu dem Patsy nach Houston zurückkehrte und die Fäden ihrer alten Beziehung zu Aurora Greenway und Emmas Kindern wieder aufgriff. Ihr sexuelles Selbstbewußtsein, wie es auch immer gewesen sein mochte, war in die Brüche gegangen; sie war so sehr davon überzeugt, keine richtige Partnerwahl mehr treffen zu können, daß sie die Partnersuche ganz und gar aufgab. Obwohl sie ein großes Herz für die fette, kleine Melanie hatte, war Teddy das Kind von Emma, das ihr am nächsten stand. Er behandelte Patsy wie eine heißgeliebte Tante, und selbst dann, wenn er selber mehr oder weniger neben der Kappe war, schaffte er es immer wieder, sie zu besänftigen, wenn sie es brauchte.

Ohne Hoffnung, daß sie oder ihre Kinder es jemals schaffen würden, sich gut zu verheiraten, konzentrierte sie all ihre Erwartungen auf Teddy, und der enttäuschte sie auch nicht; zusätzlich war es ihr ein besonderes Vergnügen, darauf hinzuweisen, daß sie in Teddy etwas gesehen hatte, was Aurora entgangen war.

Teddy und Jane verdienten sich ihren Lebensunterhalt, indem sie zu unterschiedlicher Zeit im 7-Eleven-Imbißstand auf der Westheimer Avenue arbeiteten. Aurora, Rosie und Patsy waren sämtlich entsetzt gewesen, daß sie sich einen so gefährlichen Arbeitsplatz ausgesucht hatten; wie allerorts waren auch in Houston die Angestellten von Imbißständen ein bevorzugtes und häufiges Ziel von Überfällen, aber Teddy und Jane übergingen diese Proteste einfach.

»Deshalb arbeiten wir ja zu unterschiedlicher Zeit«, erklärte Jane Aurora. »Wenn einer von uns umgebracht wird, ist der andere noch da, um sich um Bump zu kümmern.«

»Ja, aber für Jonathan wäre es viel besser, wenn ihr beide da wärt, um euch um ihn zu kümmern.«

Der 7-Eleven-Imbißstand war nur zwei Blocks von ihrer Wohnung entfernt und gehörte einem freundlichen Vietnamesen, der Frühlingsrollen und leckere Suppen als Snacks verkaufte – ein Umstand, der Teddy und Jane gefiel. Häufig bereitete Jane die Suppen selbst zu. Mr. Wey, der Vietnamese, brachte ihr die vietnamesische Küche bei. Normalerweise übernahm Teddy die Nachtschicht von Mitternacht bis acht Uhr morgens; er war zweimal überfallen worden und hatte ein paar weitere heikle Situationen erlebt, doch insgesamt gesehen gefiel Teddy und Jane ihre Arbeit in dem Imbißstand in ihrer Nachbarschaft. Sie kannten fast alle ihre Kunden und hatten das Gefühl, in der Gemeinde eine wichtige Rolle zu spielen – das heißt, in der Gemeinde der Unteren Westheimer Avenue. Es war schon ein bißchen gefährlich, aber weniger schlimm, als verrückt zu sein, glaubten sie. In ihrem schlimmsten Jahr hatte Jane drei Selbstmordversuche unternommen; Teddy hatte es in seinem schlimmsten Jahr zweimal versucht. Die Geburt von Bump hatte diesen Versuchen ein Ende gemacht – beide liebten ihr Kind sehr.

Aber keiner von ihnen hatte vergessen, wie sie sich an jenem Tag fühlten, an dem sie hatten sterben wollen, und leisteten ihre Arbeit im 7-Eleven mit einer Hingabe und Ernsthaftigkeit, die sich nur mit der Ernsthaftigkeit von Mr. Wey vergleichen ließ, der Vietnam auf einem Boot verlassen hatte, das in einem Sturm sank und seine Frau und zwei seiner drei Kinder in die Tiefe riß. Er lebte jetzt mit seiner überlebenden Tochter, einem Mädchen namens Nani, zusammen, die in Houston auf die High-School gegangen war, ohne mehr als nur ein paar Worte Englisch zu können, und die sich keine vier Jahre später in Princeton immatrikulierte.

Teddy und Jane waren der Auffassung, das Glück habe ihnen in Mr. Wey den perfekten Chef geschenkt. Er schätzte ihren Fleiß und ihre Freundlichkeit; während er Jane in die Geheimnisse der vietnamesischen Küche einführte, half er Teddy, die Sprache zu erlernen. Während der Jahre hatten sich Teddys linguistische Interessen immer mehr nach Osten verlagert – vom Griechischen zum Farsi, dann zum Hindi und schließlich zum Sanskrit. Teddy selber rechnete damit, daß sie sich noch weiter ostwärts ausrichten würden, und war begeistert, daß er für einen Mann arbeitete, der ihm einen Einstieg ins Vietnamesische ermöglichte.

Es war noch nicht Zeit für Teddy, zur Arbeit zu gehen, als Melanie die Treppe hinaufgestürmt kam und sie mit der Nachricht überfiel, Pascal Ferney habe soeben versucht, ihre Großmutter zu erwürgen. Bump, einen ausgestopften Waschbär im Arm, lag fest schlafend mitten auf dem Fußboden. Teddy las ein paar Seiten Horaz – er wollte seine Lateinkenntnisse nicht schleifen lassen –, während Jane ihr langes blondes Haar kämmte und sich fragte, ob eine Tasse Tee sie wach halten würde.

»Er hat was?« fragte sie, als Melanie mit den Neuigkeiten über den Versuch, Aurora zu erwürgen, hereinplatzte. Im ersten Moment klang das wirklich ein bißchen zu verschroben, um wahr zu sein.

»Ich habe ihn doch gesehen!« beharrte Melanie. »Er hatte seine Hände an ihrer Kehle und würgte sie.«

»Und was passierte dann?« wollte Teddy wissen. Irgend etwas Außergewöhnliches mußte ja passiert sein, denn so aufgeregt hatte er Melanie schon seit Monaten nicht mehr gesehen. Sie war richtig aufgeputscht, was in Teddys Augen nur von Vorteil war. Eines von Melanies größten Problemen war der Verlust ihrer Fähigkeit, sich aufzuregen, gewesen, als sie vierzehn war – zum Beispiel ihr Verlust jeglichen Interesses an ihrem mathematischen Talent. In der Grundschule war Melanie eine der drei Stadtbesten von Houston in Mathematik gewesen – ihr hätte buchstäblich jedes College im ganzen Land offengestanden. Aber plötzlich hörte sie unvermittelt auf, etwas aus ihren Kenntnissen zu machen. Teddy hingegen war leidenschaftlich davon überzeugt, man müsse seine Fähigkeiten vervollkommnen, einer der Gründe dafür, daß er Horaz las. Natürlich liebte er Horaz auch, genauso, wie Melanie Differentialrechnung liebte, aber mittlerweile schien Melanie überhaupt nichts mehr besonders zu lieben, noch nicht mal ihren blöden Lover, oder früheren Lover, Bruce.

»Was dann passierte, war, daß ich ihm sagte, er solle gefälligst mit dem Scheiß aufhören«, antwortete Melanie.

»Und? Ließ er dann von ihr ab?« fragte Jane, die aufstand, um Tee zu machen. Es sah ganz so aus, als würde sie noch eine Weile aufbleiben müssen.

»Ja, er hörte auf, sie zu würgen«, sagte Melanie. »Alles war ihm fürchterlich peinlich, und dann ging er zur Herrentoilette und ließ Wasser über seine Krawatte laufen. Ich glaube, er ist ganz einfach ausgeflippt oder so.«

»Aurora liebt es, die Leute aufzustacheln«, bemerkte Jane. »Vielleicht hat sie Pascal diesmal ein bißchen zuviel aufgestachelt.«

»Das ist ja noch gar nicht das Interessanteste an der ganzen Geschichte«, sagte Melanie. »Als Pascal das Zimmer verließ, fragte ich Granny, was eigentlich los sei, und sie sagte, sie sei gerade dabeigewesen, ihn dazu zu bringen, sie auf dem Sofa zu bumsen.«

Teddy und Jane nahmen diese Information mit Gelassenheit auf, für Melanies Geschmack ein wenig zu gelassen. Teddy und Jane legten großen Wert darauf, sich durch nichts schockieren zu lassen – das konnte einen schon ein wenig irritieren. Als Teddy hörte, was passiert war, hob er Bump vom Boden auf und legte ihn in sein Bett, das ungefähr drei Schritt entfernt war. Ihr Apartment war nicht groß. Bump wachte weder auf, noch lockerte er seinen Griff um den Waschbären.

»Findest du das nicht auch sehr komisch, Teddy?« fragte Melanie. »Unsere eigene Großmutter versucht, irgend jemanden dazu zu bewegen, sie auf dem Sofa zu bumsen. Dabei ist der Betreffende nicht mal ihr Hauptfreund.«

»Vielleicht ist ihr richtiger Boyfriend mittlerweile zu alt, um es noch zu bringen«, vermutete Jane. »Ich hoffe nicht ... ich mag Hector, aber ich glaube auch, daß er langsam alt wird.«

»Sie ist ja auch heute zu Besuch bei Tommy gewesen«, erinnerte Teddy sie. »Sie verliert ein bißchen den Verstand, wenn sie Tommy besucht, und daraus kann man ihr nicht mal einen Vorwurf machen. Auch ich verliere immer den Verstand, wenn ich rausfahre und Tommy besuche – wie jeder von uns.«

»Das liegt daran, daß Tommy zu traurig ist«, sagte Melanie und erinnerte sich, daß sie sich nach ihrem letzten Besuch im Gefängnis so durcheinander und aufgeregt gefühlt hatte, daß sie ihr Auto am liebsten nach Norden gewendet hätte und tagelang durch die Gegend gefahren wäre, bis sie in Wisconsin oder sonstwo gelandet wäre. Was sie so furchtbar aufregte, war, daß Tommy sich noch nicht mal bemühte, nicht so traurig zu sein. Er lehnte es ab, sich überhaupt über oder auf etwas zu freuen, zum Beispiel auf eine Strafminderung oder sonstwas. Natürlich würde das erst in mindestens fünf oder sechs Jahren der Fall sein können, aber immerhin, fünf oder sechs Jahre waren nicht die ganze Ewigkeit; er hätte einen kleinen Hoffnungsschimmer zulassen können, aber leider tat er das nicht.

»Ihr beide seht das viel zu kompliziert«, sagte Jane. »Vielleicht wollte sie mit Pascal einfach einen Schritt weiterkommen.«

»Einen Schritt weiterkommen«, sagte Teddy, »ist eine von diesen Phrasen, die es mir kalt den Rücken runterjagen. Sag doch einfach, daß sie mit ihm bumsen wollte. Warum die Sprache überstrapazieren?«

»Tut mir leid«, sagte Jane leise. »Ich vergesse immer, daß du diesen Ausdruck nicht leiden kannst.«

»Was ich hasse, ist, daß du solche Ausdrücke nicht haßt«, sagte Teddy.

»Ich sehe keinen Grund, diesen Ausdruck zu hassen«, sagte Jane. »Ist doch bloß so ein Ausdruck.«

»Ich kriege den Gedanken nicht aus dem Kopf, daß Großmutter es auf dem Sofa treiben wollte«, gestand Melanie. »Glaubt ihr, daß alte Leute sich küssen?«

Weder Teddy noch Jane schienen ein ausgeprägtes Interesse an der Frage zu haben, ob alte Leute sich küssen.

»Was passiert, wenn sie sich küssen und einem von ihnen dabei das Gebiß herausfällt?« fragte Melanie. »Igitt.«

Jane lachte. Sie lachte nicht häufig, besaß aber ein tiefes, herzhaftes Lachen, das sofort den ganzen Raum erfüllte, sobald sie damit anfing. Leute, die Jane lachen hörten, hatten sofort den Eindruck einer herzlichen, fröhlichen Frau, und wenn sie dann mit Jane allein waren, dann warteten sie erneut darauf, daß Jane lachte. Manchmal mußten sie lange warten. Jane war nicht der Mensch, dem man albernes Gekicher hätte nachsagen können. Sie lachte entweder richtig, oder sie lachte überhaupt nicht.

»Du solltest Schriftstellerin werden, Melly«, sagte Jane. »An solche Dinge denkt nur ein Schriftsteller. Ich bezweifle, daß Aurora sich durch falsche Zähne vom Küssen abhalten lassen würde, wenn sie es darauf anlegt zu küssen.«

»Nein, und du auch nicht«, sagte Teddy und schaute Jane an. »Du würdest ihn einfach küssen, nicht wahr – sie oder ihn.«

Jane gab Melanie eine Tasse Tee.

»Darauf kannst du Gift nehmen«, antwortete Jane und

warf Teddy einen scharfen Blick zu – einen von der Art, der »Paß bloß auf, Bursche« zu sagen schien. Es war Teddys Art, manchmal Dinge zu sagen, die ein bißchen zu weit gingen. Über Bruce hatte er auch schon eine Reihe von Bemerkungen gemacht, die ein wenig zu weit gingen. Jane lebte mit Teddy zusammen – es war vermutlich gut, daß sie ihn mit einem bösen Blick strafen konnte, wenn seine Bemerkungen übers Ziel hinausschossen.

»Vielleicht sollte ich besser nach Hause gehen«, sagte Melanie.

»Nein, nimm noch eine Tasse Tee«, antwortete Jane. »Teddy muß in fünf Minuten zur Arbeit.«

Ein paar Minuten später ging Teddy dann auch los. Er besaß einen alten grünen Schal, den er sich um den Hals wickelte, wenn er aus dem Haus ging. Teddy neigte zu Halsschmerzen – er litt unter zahlreichen Allergien und brauchte eigentlich ein besseres, trockeneres Klima als das in Houston, aber er weigerte sich, die Stadt zu verlassen.

»Wenn ich dir zu Weihnachten einen neuen Schal schenken würde, würdest du ihn dann auch tragen?« fragte Melanie. »Diesen roten da trägst du schon seit der Grundschule – den hast du bekommen, als wir noch in Nebraska wohnten. Willst du keinen neuen Schal haben?«

»Doch, ich möchte schon«, gab Teddy zu. Er schien ein wenig launisch zu sein, ein wenig schlechter Stimmung. Wenn er in schlechter Stimmung war, tat Teddy nur selten etwas Dramatisches – er hatte keine Anfälle mehr und verschwand auch nicht mehr für einige Tage –, aber man konnte mühelos an seinem Gesicht erkennen, ob er deprimiert war. Melanies Meinung nach war Janes böser Blick daran schuld, aber andererseits, warum hätte Jane ihn auch nicht böse anschauen sollen? Schließlich hatte er vorsichtig angedeutet, Jane sei bisexuell. Natürlich waren Teddy und Jane ein ziemlich fortschrittliches Paar, aber Melanie hatte nie auch nur einen Gedanken daran verschwendet, Jane könnte bisexuell sein, bis Teddy jetzt diese Bemerkung machte, nach der Jane ein Mädchen genauso gerne küssen würde wie einen Jungen. Melanie schaute Jane an und überlegte, ob etwas Wahres dran sein könnte.

»Ihm brauchst du keinen neuen Schal zu schenken«, sagte Jane. »Schenk mir einen. Ich trage ihn. Teddy hat die Absicht, diesen grünen bis an sein Lebensende zu tragen. Er liebt keine Veränderungen.«

»Du mußt zugeben, daß Veränderungen auch nachteilig sein können«, sagte Teddy. »Ich denke, ich werde Granny morgen mal besuchen. Vielleicht kann ich herausfinden, was zwischen ihr und Pascal los ist.«

Es war richtig, daß ihre Großmutter Teddy Dinge erzählte, die sie nie jemand anderem erzählte, nicht mal Rosie. Als Teddy noch an der University of Texas war, hatte er einmal an einem Kursus für Gedächtnistraining teilgenommen, und dann hatte er ihrer Großmutter von den Techniken erzählt, die er erlernt hatte – Speichern und Abrufen und andere Sachen, von denen Melanie, die keinen Kurs in Gedächtnistraining gemacht hatte, nichts verstand.

Aus irgendeinem Grund hatte das Zeug, das Teddy ihrer Großmutter über Gedächtnistraining erzählt hatte, Aurora die abwegige Idee in den Kopf gesetzt, sich an jeden einzelnen Tag ihres Lebens zu erinnern. Sie nannte es ihr »Memory-Projekt« und verkündete, sie habe die ernsthafte Absicht, keinen einzigen Tag dabei zu vergessen. Über der Garage ließ sie ein Zimmer herrichten, in dem sie ihr Memory-Projekt durchziehen wollte, und hatte sogar Leute angeheuert, die unters Dach klettern und ganze Kartons voller Verabredungskalender, Babyalben, die Schreibtischkalender ihres Mannes und dergleichen herunterholen mußten. Sie besaß sogar noch Kalender und Tagebücher und Schreibhefte ihrer Mutter und ihrer Großmutter, vielleicht sogar von ihrer Urgroßmutter. Aurora schien tatsächlich zu denken, wenn sie sich mal hinsetzte und all diese Kalender und Tagebücher sortierte, dann würde sie eine vollständige Chronik ihres Lebens erstellen und sich an jeden einzelnen Tag erinnern können. Und all das fing an, weil Teddy zufällig als Wahlfach einen Kursus über Gedächtnistraining belegt hatte.

Unmittelbar bevor Teddy zur Tür hinausging, um zur Arbeit zu gehen, trat Jane zu ihm, gab ihm einen Kuß und knabberte an seinem Ohr. »Verkauf viele, viele Frühlingsrollen«, sagte sie.

»Wiedersehen, Melly«, sagte Teddy. Seine Augen wirkten ein bißchen glasig. Von seiner Frau einen zärtlichen Biß ins Ohr zu bekommen, schien ihn nicht gerade besonders aufzumöbeln.

»Teddy ist komisch«, sagte Melanie, sobald er draußen war. Ihr kam plötzlich der Gedanke, Jane und Teddy könnten sich eines Tages trennen; andere Paare gingen auch auseinander, vielleicht auch Jane und Teddy. Falls das passierte, würde Jane wohl Bump zu sich nehmen. Während sie Tee trank, fing Melanie an, auf ihren Fingernägeln herumzubeißen. Wenn Teddy und Jane sich trennten, würde sich eine schlechte Situation nur noch verschlimmern.

»Teddy ist in Ordnung; hör auf, auf deinen Fingernägeln herumzubeißen.«

»Glaubst du, du würdest dich eines Tages mal von ihm trennen?« fragte Melanie – sie konnte diese Frage einfach nicht zurückhalten. Teddy und Jane waren für sie sehr wichtig. Neben Rosie waren sie die beiden einzigen Leute, zu denen sie gehen konnte, wenn sie richtig tief unten war. Koko natürlich nicht mitgerechnet, der ihr tausendmal durch Zeiten des absoluten Tiefs geholfen hatte, doch ihre Beziehung zu ihm war von dem Moment an kompliziert geworden, als sie zum erstenmal mit ihm schlief.

»Nimm dich zusammen«, sagte Jane ruhig. »Daß er sich wegen meiner Kußgewohnheiten ein bißchen angestellt hat, heißt noch lange nicht, daß wir uns trennen wollen. Könnte sein, daß ich wieder schwanger bin. Wir wollen noch mindestens ein Kind haben.«

»Dann braucht ihr aber eine größere Wohnung«, sagte Melanie und strahlte. Das war eine tolle Neuigkeit – Teddy und Jane wollten noch weitere Kinder haben.

Doch als Jane anfing zu gähnen und Melanie sich verabschiedete und durch den spätabendlichen Nebel zu ihrem Drecksloch von Apartment in der Nähe der Fairview Street fuhr, fühlte sie sich nicht gerade besonders ruhig und gelassen. Sie hatte Teddy schon einmal abstürzen sehen – vielleicht stürzte er ein weiteres Mal ab. Rosie hatte Jane für verrückter gehalten als Teddy, als sie sich damals kennenlernten. Bei Jane verbarg sich *wirklich* etwas Unheimliches unter der Oberfläche. Für Bump würde es ganz schrecklich sein, wenn sein Vater und seine Mutter wieder abstürzten.

Melanie parkte vor ihrem Apartment und suchte ihre Sachen zusammen, um reinzugehen – aber dann tat sie es doch nicht. Sie zögerte den Moment hinaus. Wenn sie ihr Apartment betrat, rief sie normalerweise irgend jemanden an, um sich davon abzulenken, was für ein Saustall ihr Apartment war; aber der einzige Mensch, den sie zu so später Stunde anrufen konnte, war Koko, und wenn sie den anrief, wollte er bestimmt sofort rüberkommen. Wenn sie das erlaubte, würde sie es vielleicht nicht schaffen, ihn wieder in die Rolle des guten Kumpels zurückzuweisen.

Außerdem, wenn sie erst mal im Apartment war, dann war sie endgültig zu Hause; solange sie sich aber noch im Wagen befand, war die Situation nicht ganz so endgültig; sie konnte sich einbilden, sie ginge noch irgendwo anders hin, selbst wenn es nur das 7-Eleven auf der Westheimer Avenue war, um bei ihrem Bruder eine Packung Zigaretten zu kaufen.

Rein technisch gesehen war ihr schon klar, daß es wirklich nicht besonders sicher war, die Nacht im Auto zu verbringen – irgendein Vergewaltiger oder Mädchenkiller konnte jederzeit vorbeikommen und sie entdecken. Trotzdem, bei dem dichten Nebel, der den Wagen einhüllte wie ein Kokon, fühlte sie sich in ihrem Wagen sicherer als in ihrer Wohnung. Dieser dichte Nebel war etwas ganz Tolles an Houston. Man konnte eine Kassette einwerfen und in dem Kokon aus dichtem Nebel einfach zuhören. Melanie legte eine Kassette einer ihrer Lieblingsgruppen ein – *Pump*

Up the Volume. Sie drehte nicht besonders laut auf, sie wollte ja nicht, daß ein Vergewaltiger sie in ihrem Kokon entdeckte. Sie holte ihren alten Poncho vom Rücksitz, wickelte ihn um sich und ließ sich von der Musik und dem Nebel und dem kleinen roten Lämpchen am Recorder in einen schlafähnlichen Zustand versetzen. Es war kein richtiges Schlafen, aber für Melanie war es erholsamer, als oben in diesem Misthaufen zu sein. Wenn sie nach oben ging, würde sie vielleicht anfangen, Bruce zu vermissen; vielleicht würde sie anfangen, zu weinen und zu lange weinen, oder vielleicht würden haßerfüllte Gedanken über Beverley und ihren blöden Ferrari in ihr aufsteigen. Vielleicht würde sie aber auch die ganze Nacht wie aufgedreht im Bett liegen und sich Sorgen machen über Leute, die abstürzten. Insgesamt gesehen war es einfach besser, im Wagen unter ihrem Poncho zu dösen, Musik zu hören in ihrem Kokon aus Nebel, der ihr ein Gefühl von Sicherheit und Gemütlichkeit vermittelte.

8.

Nachdem sie Pascal abgewimmelt hatte, ging Aurora in ihre Küche und entdeckte dort Rosie, die CNN schaute. Zu Auroras Ärger schien sie den Walnußkuchen verputzt zu haben.

»Ja, ich habe ihn in einem Anfall von Nervosität aufgegessen«, gestand Rosie. »Wir haben immer noch das Stück gefüllte Pastete, das du für Notfälle vom Pig-Stand-Imbiß mitgebracht hast. Erinnerst du dich?«

»Selbstverständlich erinnere ich mich – wer hat sie denn schließlich gekauft?« antwortete Aurora. »Ich war nur einfach mehr in der Stimmung für Walnußkuchen, aber diese Stimmung ist ja nun total frustriert worden, wie all meine anderen Stimmungen heute abend.«

»Tut mir leid«, sagte Rosie. »C. C. hat schon seit zwei Tagen nicht mehr angerufen, deshalb bin ich so nervös geworden, daß ich den ganzen Kuchen aufgegessen habe. Vielleicht hat er mich sitzenlassen.«

»Unsinn, warum sollte ein Mann dich sitzenlassen?« fragte Aurora. »Eher lassen die meisten mich sitzen.«

»Na ja, wir haben beide das gleiche Mundwerk«, meinte Rosie. »Die scharfe Sorte.«

»Muß ich jedesmal, wenn ich in meine Küche komme, die Nachrichten hören?« fragte Aurora und holte die gefüllte Pastete aus dem Kühlschrank. Jetzt, wo sie sie in der Hand hielt, wirkte sie ebenso einladend wie der Walnußkuchen.

»Ein ganzer Berg ist auf eine kleine Stadt in Südamerika gestürzt«, informierte Rosie sie. »Ein kleines Dorf, in dem nur arme Leute, wirklich arme Leute wohnten, und jetzt ist es weg und unter Schlamm begraben, außer einem einzigen Baby, das sie rausgeholt haben. Es ist schrecklich.«

»Das ist es ganz gewiß, aber ich schaue mir das nicht an«, sagte Aurora. »Das ist ein Leid, gegen das ich völlig machtlos bin, und ich weigere mich, in meiner eigenen Küche mit solchen Sachen konfrontiert zu werden. Es gibt schon genug Leid, für das ich mich verantwortlich fühle und das ich zu lindern versuchen muß – herabstürzende Berge und plattgewalzte Dörfer sind mehr, als ich leisten kann.«

Rosie schaltete das Gerät sofort aus. Es war ganz klar, daß sie selber auch nicht so ganz in der Stimmung für Nachrichten war.

»Ich habe ausgeschaltet«, sagte sie entschuldigend. Aurora hatte schon den Mund voller Pastete.

»Das ist es, was ich am Fernsehen so hasse«, sagte Aurora, die bei der Hälfte der Pastete innehielt und sich wünschte, sie hätte zwei davon mitgebracht anstatt nur eine.

»Was ist es, was du so haßt?« fragte Rosie, als kein Kommentar folgte. Aurora saß da, hielt die Gabel in der Hand und schaute frustriert und unglücklich drein.

»Was ich daran hasse, ist, daß es mir jedes leiderfüllte Gesicht der ganzen Welt mitten in die Küche bringt«, sagte Aurora. »Ich will aber kein chinesisches Leid sehen, kein rumänisches, kein palästinensisches und auch keines aus Südamerika oder sonst irgendein Leid. Ich stehe hier zu Hause schon bis zum Hals im Leid – du hast ja gesehen, wie Melly aussah. Ich versuche, mit meinem eigenen Pensum fertig zu werden, aber ich werde hier nicht sitzen und mich für China oder Rumänien oder sonst ein Land verantwortlich fühlen.«

»Das ist die größe Pastetenportion, die ich dich jemals an einem einzigen Tag habe essen sehen«, bemerkte Rosie. »Drei Pasteten, und dann noch dieses Stück Schokoladencreme, das du heute morgen gegessen hast, bevor wir zum Gefängnis fuhren.«

»Ja und? Das ist die einzige Lust, die ich selber befriedigen kann«, schnauzte Aurora. »Weder Männer noch männliche Organe sind daran beteiligt. Nur ich und meine Pastete.«

»Oh«, sagte Rosie. »Hat der General sich wieder vor dir entblößt, oder was ist los?«

»Nein«, antwortete Aurora. »Pascal hat kaltes Wasser über seine Krawatte laufen lassen, ohne sich die Mühe zu machen, sie vorher abzunehmen, und dann hat er versucht, mich zu erwürgen. Ich bin derartig enttäuscht von ihm, daß ich heulen könnte, und das täte ich auch, wenn ich nicht bereits ausgeheult wäre.«

»Ich weiß, was du meinst«, sagte Rosie. »Ich stehe kurz davor, mit C. C. Schluß zu machen. Ich würde ja auch Schluß mit ihm machen, aber der nächste Typ, der um die Ecke biegt, ist vielleicht ein noch größerer Waschlappen, als er es ist.«

Aurora gab keine Antwort, deshalb stand Rosie auf und ging. Sie liebte es, die Küche absolut makellos sauber zurückzulassen, aber jetzt hätte der Wunsch nach einer makellosen Küche bedeutet, zu warten, bis Aurora mit ihrer Pastete fertig war, dann den Teller zu spülen und ihn in das richtige Tellerregal zu stellen. Rosie beschloß, das doch lieber nicht zu riskieren. Aurora machte nicht den Eindruck, als fände sie es gut, wenn man ihr den Pastetenteller aus der Hand riß und spülte.

»Gute Nacht, meine Liebe«, sagte Rosie und ging zur Hintertür hinaus. Sobald sie ihr Häuschen im Hinterhof betreten hätte, würde sie CNN wieder anstellen und schauen, ob die in Südamerika noch weitere Babys aus dem herabgestürzten Berg gerettet hatten.

Aurora wußte genau, daß Rosie ihr liebend gerne den Pastetenteller weggerissen hätten; sie war darauf vorbereitet, sie in Stücke zu reißen, wenigstens verbal, falls Rosie es versucht hätte. Aber als Rosie ging, war ihr kämpferischer Mut wie weggeblasen und ihr Appetit so rasend schnell geschrumpft, daß sie die Pastete nur mit Mühe schaffte. Tatsache war, daß sie sogar ein Stück Kruste auf dem Teller zurückließ, etwas, was so gut wie nie vorkam. Fast tat es ihr leid, daß sie Rosie rausgeekelt hatte. Wenn sie zusammen waren, erzeugten sie beide genügend menschliche Energie, um sich zu zanken, aber es gab Zeiten, da schien das Zanken mit Rosie immer noch mehr zu bringen, als alleine gar nichts zu tun.

Aber Rosie war weg, die Pastete verputzt und ihr unwiderruflich trauriger Enkel pflichtschuldigst besucht worden, Hector war gemein gewesen, Melanie deprimiert, und Pascal hatte seine Nation entehrt. Es gab Zeiten, da glaubte sie, eines schönen Tages mit Pascal Ferney eine lebendige, mehr oder weniger erfüllte Beziehung aufbauen zu können, doch diese Augenblicke waren selten und kamen in großen Abständen. Und doch, wenn nicht mit ihm, mit wem hätte sie denn sonst eine lebendige, mehr oder weniger erfüllte Beziehung aufbauen können?

Ernüchtert legte sie den Teller ins Spülbecken und warf einen kurzen Blick in den Kühlschrank, in der Hoffnung, irgendwo einen besonders einladenden Rest zu entdecken, der ihren Appetit wiederbelebte. Die Leute wiesen sie pausenlos darauf hin, daß sie ausdauernd essen würde, und da war auch etwas Wahres daran; aber Essen war wenigstens ein richtiges Vergnügen, und es schien auch nicht mehr wichtig zu sein, ob sie Gewicht zulegte oder nicht. Sie war nie richtig dünn gewesen, und jetzt, da sie älter war, spürte sie, daß Gewichtsprobleme etwas waren, worüber sie sich keine Gedanken zu machen brauchte.

»Ich bin lieber kräftig als dünn«, hatte sie gesagt, als Rosie und Melanie sie wegen ihrer Esserei neckten. Zum Glück war Hector Scott klug genug, sie niemals deswegen zu nekken, und außerdem fühlte er sich schon seit langer Zeit zu Frauen hingezogen, die einen gewissen Umfang hatten, so wie sie.

Sie schlurfte in ihr Schlafzimmer und zog die Vorhänge zurück. Hector machte sie regelmäßig zu, und genauso regelmäßig machte sie sie wieder auf, denn ihr gefiel der Anblick der Straßenlaterne am Ende der Straße, die Kreise in den Nebel zeichnete – Kreise, die wie kleine Monde aus Licht aussahen. Hector, dessen Kreislauf mittlerweile derartig schlapp geworden war, daß er sich angewöhnt hatte, in Socken, Handschuhen und Nachtmütze zu schlafen, schnarchte vor sich hin. Sie zog es vor, Socken und Handschuhe zu ignorieren, aber es war schwer, auch die Nachtmütze zu ignorieren, in der er doch allzusehr einer Romangestalt von Dickens glich – Ebenezer Scrooge oder Silas Marner oder sonst jemandem.

Aurora wusch sich das Gesicht, zog ihr Nachthemd an und kroch ins Bett. Sie fühlte sich nicht müde; sie fühlte sich leer, abwesend, unausgefüllt – als habe sie sich in einen Bereich des Lebens verirrt, den sie nicht ganz zu dem ihren hatte machen können. Oft las sie den größten Teil der Nacht, Kriminalromane und solche Sachen. Sie hatte einen letzten Versuch mit Proust unternommen, aber wenn sie sich so abwesend fühlte, konnte sie sich nicht richtig auf Proust konzentrieren. Gelegentlich amüsierte sie sich mit alten Filmzeitschriften, aber neuerdings hatten die auch nicht mehr dieselbe Wirkung auf sie wie früher. Die Stars schienen heutzutage lächerlich jung zu sein, ihre Mätzchen und die romantischen Verwicklungen, in die sie sich hineinmanövrierten, kamen ihr auf eine Weise erwachsen vor, die sie langweilig machten. Selbst ihre Schönheit hatte aufgehört, interessant zu sein; sie wußte auch nicht, warum das so war. Vielleicht lag es daran, daß körperliche Schönheit in ihrem Leben nie mehr eine Rolle spielen würde; es war schon ziemlich ernüchternd, zu sehen, daß ein endloser Nachschub davon in Hollywood herumzulaufen schien und sich schlecht benahm.

Als sie ins Bett ging, bewegte sich Hectors Körper sofort auf sie zu, in einer Art Tropismus, ausgelöst durch ihren Umfang und ihre Wärme. Sein Körper machte das jede Nacht. Aurora setzte sich im Bett auf und betrachtete die Straßenlaterne und den kleinen Mond aus Helligkeit, der sie umgab. Sie spürte, wie Hectors Hand nach ihrer Hand tastete. Jede Nacht tastete er nach ihrer Hand. Aurora zog ihm den Handschuh aus und warf ihn auf den Boden, bevor sie ihm gestattete, ihre Hand zu nehmen, wobei er, zu ihrem Bedauern, wach wurde.

»Wo ist mein Handschuh abgeblieben?« fragte er.

»Den habe ich dir abgezogen, Hector«, sagte Aurora. »Ich habe keine Lust, Händchen mit einem Handschuh zu halten, wenn du nichts dagegen hast.«

»Ja, aber du hast es auch nicht gerne, wenn meine Hand kalt ist«, antwortete der General. »Mich erwischt's, egal, was ich mache.«

»Dich erwischt es nicht mehr als mich, verstehst du«, sagte Aurora. »Entweder halte ich Händchen mit einem Handschuh oder lasse mich von einer eisigen Klaue betatschen. Es ist sehr ernüchternd, daß das Leben auf diese Art enden muß.«

»Enden?« wiederholte der General. »Welch ein Unsinn. Dein Leben endet gar nicht. Mein Leben ist dem Ende viel näher als deines. Ich kann von Glück reden, wenn ich es noch fünf Jahre schaffe, und ich schätze, du hast mindestens noch zwanzig.«

»Das sind doch nur Zahlen«, antwortete Aurora. »Es ist die Art, wie das Leben endet, und ich habe jedes Recht, enttäuscht zu sein, wenn nicht sogar entrüstet.«

»Ist irgend etwas mit dem Franzmann passiert?« fragte der General. Er stellte betrübt fest, daß Aurora niedergeschlagen wirkte. So schwierig sie auch war, wenn sie nicht niedergeschlagen war, er mochte es überhaupt nicht, wenn sie es war, was jetzt immer häufiger vorzukommen schien. Es war nichts Ungewöhnliches für sie beide, mitten in der Nacht wach und niedergeschlagen zu sein. Nach Meinung des Generals lag auch das nur am Sex. Wenn er nicht so nachgelassen hätte, dann hätten sie schon etwas zu tun mitten in der Nacht, wenn sie zufällig beide wach waren. Vielleicht wäre es nicht ganz das, was es einmal war, vielleicht aber immer noch genug, damit sie nicht so niedergeschlagen war.

»Nun, er kam und aß und benahm sich wie ein Narr«, sagte Aurora. »›Irgend etwas‹ ist ein weites Feld, Hector. Wenn du mich fragst, ob ich seine Liebenswürdigkeiten ertragen habe, ja. Andererseits, wenn du an irgend etwas Schlimmeres denkst, nein, nichts passiert.«

»Nun, zu schade, finde ich«, sagte der General.

»Zu schade, findest du?« gab Aurora schroff zurück. Sie riß ihm die Nachtmütze vom Kopf und warf sie dorthin, wo schon der Handschuh lag.

An ihrem giftigen Ton merkte der General, daß er aller Wahrscheinlichkeit nach den Mund zu weit aufgemacht hatte, aber er war gerade erst wach geworden und hatte seine Sinne noch nicht beisammen. Er wußte, daß es unvernünftig war zu reden, wenn er seine Sinne noch nicht beisammen hatte, vor allem, wenn Aurora sie beisammen hatte – was bei ihr meistens der Fall war –, aber manchmal schaffte er es nicht, rechtzeitig den Mund zu halten. Das führte ganz besonders dann zu Schwierigkeiten, wenn Aurora in dem Moment niedergeschlagen war, in dem er sein Maul aufriß.

Zusätzlich zu ihrem giftigen Tonfall riß sie auch noch ihre Hand weg, ein sicheres Zeichen dafür, daß sie verstimmt war, oder Schlimmeres. Der General entschloß sich, so zu tun, als habe er lediglich eine ganz allgemeine Bemerkung ohne besonderen Hintergedanken gemacht. Vielleicht klappte es nicht, aber es war wohl die einzige Chance, die er überhaupt noch hatte.

»Ich habe nur gemeint, es sei zu schade, daß du keinen

angenehmeren Abend verbracht hast«, sagte er, und dann fing er an, irgendein patriotisches Lied vor sich hin zu summen, etwas, das er sich in zunehmendem Maße in Streßsituationen angewöhnt hatte. Nachdem nun neuerdings fast immer Streßsituationen vorlagen, stellte er fest, daß er ganz schön häufig vor sich hin summte.

In diesem Augenblick war es die patriotische Melodie »There's a Star-Spangled Banner Waving Somewhere«, eine Melodie, die er mit dem Zweiten Weltkrieg in Verbindung brachte, obwohl es ihm so vorkam, als habe er sie auch ziemlich oft während des Koreakrieges gehört.

»Hör mit dem idiotischen Gesumme auf, Hector«, sagte Aurora. »Jedesmal, wenn du alles verpatzt, fängst du neuerdings an, diese unidentifizierbaren Melodien aus deiner längst vergangenen Jugend vor dich hin zu summen. Mir wäre es lieber, wenn du ganz einfach zugibst, daß du alles verpatzt hast, wie auch jetzt wieder. Das Gesumme, das du von dir gibst, wird dir auch nicht helfen, deine Patzereien wiedergutzumachen.«

»Das war keine unidentifizierbare Melodie«, protestierte der General. »Das war ›There's a Star-Spangled Banner Waving Somewhere‹.«

»Schluß mit dem blöden Song«, kommandierte Aurora. »Hast du nicht soeben angedeutet, daß du dir wünschtest, ich hätte mit Pascal geschlafen?«

»Natürlich habe ich das nicht angedeutet«, antwortete der General. »So eine gottverdammte Sache habe ich nicht im geringsten angedeutet.«

Ihm war, als habe er es vielleicht doch angedeutet, aber wenn das stimmte, was hatte er davon, wenn er es zugab?

»Dann sag mir doch mal, was du gemeint hast, als du sagtest, es sei zu schade, daß heute abend zwischen mir und Pascal nichts Schlimmeres passiert sei«, sagte Aurora. »Was war es, wovon du meintest, es sei zu schade – daß er mich nicht umgebracht hat?«

»Aurora, ich bin gerade erst wach geworden«, antwortete

der General. »Ich weiß nicht, was ich gemeint habe. Vermutlich habe ich irgendwas Blödsinniges gesagt. Wir zanken uns schon genug während des Tages – müssen wir uns jetzt auch noch die ganze Nacht zanken?«

»Weg da, Hector«, sagte Aurora. Er schien zu versuchen, sich unter sie zu schieben, wieder eine dieser neuen Angewohnheiten.

»Und hör auf zu schwindeln«, fügte sie hinzu. »Meine Hörfähigkeit hat sich noch nicht verabschiedet, besten Dank, ich habe sehr deutlich aus deiner Bemerkung herausgehört, daß es mir jetzt freisteht, wahllos meine Verehrer zu verführen, und ferner, daß ich mit deinem Mitgefühl rechnen darf, wenn einer mich fallenläßt, um es mal so auszudrücken.«

»Ich dachte, ich hätte immer mitfühlend zu sein, egal, was dir passiert«, sagte der General. »Die ganze Zeit beklagst du dich über meinen Mangel an Mitgefühl, aber kaum zeige ich Mitgefühl, gehst du schon auf mich los. Mich würde schon mal interessieren, wie die Regeln eigentlich lauten. Soll ich jedesmal, wenn irgendein Narr dich enttäuscht, vor lauter Schadenfreude darüber glucksen?«

»Jawohl, das ist genau das, was ich von dir erwarte«, sagte Aurora. »Du hast mich mit deinen Eifersüchteleien so oft gequält, daß ich mich an Einzelheiten kaum mehr erinnern kann, und jetzt erlaube ich dir nicht, dich da einfach rauszuschummeln.«

»Rauszu – was?« fragte der General.

»Rausschummeln, kneifen«, erläuterte Aurora. »Etwas, worüber Melanie sich des öfteren beklagt. Jetzt, wo es mir selber passiert ist, empfinde ich die Bezeichnung als äußerst gelungen.«

»Und was soll das jetzt heißen?« wollte der General wissen.

»Es bezeichnet ein Versagen im Bereich männlichen Verhaltens«, sagte Aurora.

»Ach so, Impotenz«, antwortete der General. »Da wären wir mal wieder beim Thema. Wenn's das ist, worüber du dich beklagst, warum nennst du das Kind dann nicht beim Namen?«

»Weil es nicht das war, worüber ich mich beklagt habe, Hector«, sagte Aurora. »Ich sprach von einem gewissen Überbordkippen von Prinzipien, soweit es mich betrifft. Auch wenn deine Prinzipien schon immer lästig waren, so erwarte ich trotzdem, daß du ihnen Ausdruck verleihst. Du bist kein Franzose, nicht wahr, und du hast keine Veranlassung, meinen Seitensprüngen gegenüber eine französische Haltung einzunehmen. Wenn ich mich schlecht benehme, erwarte ich Zorn und keine Sympathie.«

»Deine was?« fragte der General, der sich plötzlich im Bett aufrichtete. »Ich wußte gar nicht, daß du irgendwelche gottverdammten Seitensprünge gemacht hast. Ich dachte, du hättest gesagt, es sei nichts passiert.«

»Das stimmt auch, aber nur, weil Pascal so ein Narr ist«, sagte Aurora und beobachtete ihn, um zu sehen, welche Reaktion er zeigte, falls überhaupt.

»Ich weiß, daß er ein Narr ist; das erzähle ich dir seit fünf Jahren«, sagte General Scott. »Was hat das mit dem zu tun, worüber wir sprechen?«

»Nur so viel, daß ich die volle Absicht hatte, ihn auf dem Sofa zu verführen«, bemerkte Aurora leichthin.

»Du hattest was?« sagte der General. Trotz der hitzigen Diskussion, in der er sich befand, fühlte sich sein Kopf kalt an, und er lehnte sich aus dem Bett und versuchte, mit einer seiner Krücken seine Nachtmütze zu erreichen, um sie in Reichweite zu ziehen, aber unglücklicherweise hatte Aurora sie halb ins Badezimmer gefeuert.

»Nun, du konntest schon immer gottverdammt unverschämt sein«, bemerkte er. »Jetzt ist mir der Kopf kalt geworden. Vielleicht bekomme ich eine Lungenentzündung und sterbe, in welchem Falle ich keinerlei Zweifel daran hätte, daß du auf der Stelle irgendeinen europäischen Fatzke bumst, genau hier, wo ich jetzt liege. Du brauchst dir keine Gedanken über Sofas zu machen, wenn ich eine Lungenentzündung bekomme und sterbe.«

Aurora zog sich in ein distanziertes Schweigen zurück, ihre bevorzugte Form von Schweigen.

»Entschieden gottverdammt zu unverschämt«, wiederholte der General. Er wollte seine Nachtmütze haben, aber aus dem Bett, welches jetzt von Auroras Körper angenehm erwärmt war, wollte er sich deshalb nun auch wieder nicht erheben, aber er wollte sie auch nicht fragen, ob sie ihm die Nachtmütze holen könnte. Sie zu fragen, ob sie ihm seine Nachtmütze holen könnte, gehörte zu jenen Dingen, die er lieber vermied.

»Wie lange hast du diese kleine Verführung schon geplant?« fragte er. »Ich fand schon, daß du dich merkwürdig verhieltst, hätte aber nie gedacht, daß du so weit gehen würdest, wo Melly und ich doch nur eine Treppe höher waren.«

»Ich habe überhaupt nichts geplant«, sagte Aurora. »Mein Dämon hat mich dazu getrieben. Ich versichere dir, schon vor langer Zeit habe ich die Nutzlosigkeit jeder Art von Planung begriffen, die Männer betrifft. Man kann planen, bis man umfällt, und zieht doch aller Voraussicht nach eine Niete.«

Bei dem Gedanken an all die Nieten, die sie schon in ihrem Leben gezogen hatte, fühlte Aurora sich überwältigt. Sie seufzte ihren Seufzer und bedeckte das Gesicht mit den Händen.

»Was soll's?« sagte sie. »Alles, was ich jemals getan habe, ging schief.«

Der General beharrte nicht weiter auf seiner Nachtmütze. Er haßte es immer, Aurora traurig zu sehen, aber er haßte es ganz besonders, wenn sie in diese Alles-was-ich-jemals-getan-habe-ging-schief-Stimmung geriet, was ihm jetzt immer häufiger der Fall zu sein schien. Vermutlich war das sein Fehler. Vermutlich war überhaupt immer alles sein Fehler. In dem Moment, in dem er ihn nicht mehr hochkriegte, hätte er sofort zur Masters-and-Johnson-Klinik in St. Louis gehen sollen; exakt das hatte er Aurora vorgeschlagen, aber damals wollte sie nichts davon hören. Sie sagte, es sei viel besser für sie beide, in Ruhe das Alter zu genießen, als sich mit Sex-Doktoren einzulassen. Aber nach anderthalb Jahren genossen sie das Alter keineswegs in Ruhe – statt dessen zankten sie sich Tag und Nacht, und Aurora verbrachte die halbe Zeit mit Seufzen oder damit, ihr ganzes Leben als einen einzigen Fehlschlag zu betrachten, oder mit Weinen oder mit Schmollen, jedenfalls damit, eine andere Frau zu sein als die lebenslustige, die er schon so lange kannte. Vermutlich war alles sein Fehler; er hätte sie einfach übergehen und beim ersten Anzeichen von Problemen zu Masters und Johnson gehen sollen. Sammy, sein Freund in Rancho Mirage, war zu irgendeinem dieser Sex-Ärzte gegangen, als er anfing schlappzumachen, und der hatte ihn vollkommen zurechtgebogen und es ihm ermöglicht, auch weiterhin hinter den Bimbos herzusein.

»Ich wußte, daß ich zu Masters und Johnson hätte gehen sollen«, sagte der General. »Sieh dich an, eine vergleichsweise junge, lebhafte Frau, festgekettet an einen komischen Kauz, der eine Nachtmütze tragen muß. In meiner Jugend gab es diese Ziegendrüsen-Operationen – sie wurden in der Werbung als Gorilladrüsen verkauft, aber ich glaube, es waren nur einfache Ziegendrüsen. So viele Gorillas hätten sie überhaupt nicht fangen können, das steht schon mal fest. Mein Onkel Mike hat sich einer dieser Ziegendrüsen-Operationen unterzogen – er mußte nach Mexiko gehen, um das machen zu lassen –, aber es muß geholfen haben. Anschließend heiratete Onkel Mike mehrmals. Wenn er nicht schon tot wäre, würde ich ihn anrufen und ihn danach fragen. Bei all diesen Transfers und Transplantationen, die sie heutzutage machen, würde es mich nicht wundern, wenn sie die Ziegendrüsen-Operation inzwischen perfektioniert hätten.«

»Hector, leg dich schlafen, bevor ich dich erwürge, wie Pascal es bei mir versucht hat«, sagte Aurora und nahm die Hände vom Gesicht. »Wie kommst du auf die Idee zu glauben, ich könnte daran interessiert sein, den Saft fremder Drüsen zu empfangen?«

»Das wäre vielleicht besser, als überhaupt keinen Saft zu empfangen«, sagte der General. Er dachte darüber nach, wie nett es sein würde, für ein paar Tage nach Mexiko zu gehen – Mexiko hatte er immer schon geliebt – und potent wiederzukommen. Diese Vorstellung begeisterte ihn so stark, daß er eine Weile brauchte, um Auroras Aussage, Pascal habe versucht, sie zu erwürgen, richtig in sich aufzunehmen.

»Hast du gerade gesagt, er habe versucht, dich zu erwürgen?« fragte er. »Hat versucht, dich zu erwürgen?«

»Mit bloßen Händen, Hector, eine weitverbreitete Methode«, sagte Aurora, die froh war, daß die Drüsensache erledigt zu sein schien. Schon während der Monate von Hectors zunehmender Impotenz war dieses Thema immer wieder aufgekommen. Offenbar mußte sein Onkel Mike einen großen Eindruck auf ihn gemacht haben, obwohl mehrere Eheschließungen ihrer Auffassung nach eher ein Beweis für das Scheitern der Methode als für ihren Erfolg waren.

»Laß mich deinen Nacken anschauen«, sagte der General und schaltete die Nachttischlampe an. Er mußte die Brille aufsetzen, um ihn richtig sehen zu können, aber als er das getan hatte, konnte er weder an ihrem Hals oder Nacken noch an ihrem Busen, knapp eine Handbreit darunter, etwas Außergewöhnliches entdecken. Jetzt, wo er die Brille aufhatte, zog er es vor, den Busen in Augenschein zu nehmen.

»Er scheint aber nicht viel Schaden angerichtet zu haben«, sagte er.

»Nein, er hat schmale, französische Hände – als Würger ist er die reinste Katastrophe«, sagte Aurora. »Ich wünschte, du würdest aufhören, mich anzustarren.«

»Und? Warum hat er es getan?« fragte der General, der widerstrebend die Nachttischlampe ausmachte.

»Als ich merkte, daß er dabei war, meine Pläne zu durchkreuzen, wurde ich absolut gnadenlos«, sagte Aurora. »Wie du aus eigener Erfahrung bestätigen kannst, kann ich es schlecht ertragen, wenn mir jemand einen Strich durch die Rechnung macht.«

»Vermutlich hat es ihn aber aufgestachelt«, sagte der General. »Er ist viel jünger als ich. Ich glaube nicht, daß er so weit gegangen wäre, dich zu würgen, wenn er nicht heftig unter Dampf gestanden hätte.

Ich wünschte, du könntest den Mittleren Westen bessser leiden«, sagte er; seine Gedanken waren immer noch bei Masters und Johnson. Es war eine Schande, daß Aurora nichts vom Mittleren Westen hielt. Wenn es eine Chance gäbe, sie für St. Louis oder vielleicht sogar für Chicago zu gewinnen, könnte er vielleicht ein paar Besuche bei Masters und Johnson einschließen. Vielleicht reichten ja ein paar Besuche schon – jetzt, wo die Wissenschaft praktisch jeden Tag einen Schritt nach vorne machte, war es vielleicht eine ganz einfache Sache, ihn wieder auf Vordermann zu bringen. Offensichtlich konnte Aurora an den Ziegendrüsen keinen Geschmack finden; vielleicht gab es ja jetzt Injektionen oder Tabletten oder so was.

Während er noch darüber nachdachte, welche Sehenswürdigkeiten des Mittleren Westens Aurora möglicherweise interessieren könnten – den Gateway-Arch hatte er schon gestrichen, immer, wenn er den erwähnte, gähnte sie –, wurde er müde und schlief aufrecht sitzend ein, den Mund weit geöffnet.

Aurora fühlte sich erleichtert – sich mit Hector mitten in der Nacht über Sex oder den Mangel an Sex zu streiten, entsprach nicht ganz ihren Vorstellungen von dem, was man zu dieser zeit machen konnte. Da war es schon besser, Proust zu lesen oder einfach nur im Dunkeln dazusitzen, durch das Fenster den Mond über den Straßenlaternen zu betrachten und darüber zu spekulieren, wann Tommy wohl aus dem Gefängnis käme, ob Teddy und Jane wieder in die Schule gingen, wann Melanie endlich glücklich verheiratet wäre. Wenn auch nur eine einzige dieser Phantasien wahr würde, dann könnte sie nachts gut schlafen, anstatt die halbe Nacht vor sich hin zu starren und sich zu ärgern.

Aber sie wurden nicht wahr, und außerdem war Hector ja auch noch da. Wenn er schlief, wurde sie sich bewußt, daß sie gelegentlich freundliche Gefühle für ihn hegte, selbst dann, wenn er mit offenem Mund schlief. So kauzig und nervig er auch war, er war immerhin da, hier neben ihr, und hielt gewissermaßen den Kurs – kein leichter Kurs, das war ihr klar, und keiner, den allzu viele Männer gerne gehalten hätten. Das war zumindest etwas, und es rührte sie immer noch, wenn sie darüber nachdachte.

Sie stand auf, ging ums Bett herum, holte die Nachtmütze und schaffte es, sie ihm wieder über den Kopf zu ziehen. Dann zog sie die Bettdecke fort und fing an, ihn in eine liegende Position zu bringen; das war schwer, aber dennoch erforderlich. Hochaufgerichtet sitzend war er eingeschlafen – diese militärische Haltung, die sie einst so faszinierend gefunden hatte, war mittlerweile eine Art Bürde – je nachdem, in welche Richtung er umkippte, konnte er leicht aus dem Bett fallen, und wenn es eines gab, was Aurora zu dieser Nachtstunde genau wußte, dann, daß sie beide keine gebrochenen Knochen mehr gebrauchen konnten.

9.

In Hunterville, in seiner Zelle, sah Tommy, daß Joey, sein Zellengenosse, endlich eingeschlafen war, holte sein Notizbuch unter der Matratze hervor und fing an, an seinem Code zu arbeiten. Teddy, sein Bruder, war der einzige Mensch, der wußte, daß Tommy einen Code entwickelte für ein Buch, das er über das Leben im Gefängnis schreiben wollte und das die Welt umhauen würde.

»Warum ein Code?« hatte Teddy gefragt, als Tommy seinen Plan erstmals erwähnte. Tatsächlich war Teddy begeistert, daß Tommy offenbar genug Interesse am Leben hatte, um auch nur darüber nachzudenken, etwas so Kompliziertes wie einen Code zu entwickeln.

Etwa seit Tommys fünfzehntem Lebensjahr bestand seine einzige Ambition darin, keinerlei Ambitionen zu haben. Seine beste Methode, er selbst zu sein, war es, sich zu weigern, irgend etwas zu tun, was die Gesellschaft als sinnvoll betrachtete. Teddy hielt Tommy für den hellsten Kopf, den er kannte – er war sogar heller als Jane, und Jane hätte summa cum laude am Bryn Mawr College abschließen können, wenn sie nicht ein Semster vor dem Abschluß verrückt geworden wäre. Doch trotz seines hellen Köpfchens hatte Tommy nur mit Mühe den Abschluß der Mittelschule geschafft und sich geweigert, länger als ein paar Wochen auf dem College zu bleiben. Er versuchte es erst gar nicht – er spürte, daß sämtliche Ambitionen auf Kooperation angewiesen waren und daß Kooperation korrupt war. Irgendwann einmal hatte Teddy Tommy in Gespräche über Ambitionen und Korruption und das kapitalistische System verwickelt, wie auch über alle Möglichkeiten, etwas auszuprobieren, und war fest davon überzeugt, daß die Gesinnung seines Bruders absolut klar war, was bedeutete, daß er nie irgend etwas ausprobieren würde. Teddy war das einzige Mitglied seiner Familie gewesen, das nicht schokkiert war, als Tommy Julie erschossen hatte. Obwohl Teddy niemandem gegenüber auch nur die leiseste Andeutung seines Verdachts gemacht hatte – auch nicht Jane gegenüber –, glaubte er eigentlich nicht an den offiziellen Bericht, der besagte, daß Tommy bei einem Streit über Drogen die Nerven verloren und versehentlich Julie erschossen hatte anstelle des Drogenhändlers, mit dem sie damals zusammenlebte. Teddy hatte Tommy noch niemals so die Nerven verlieren sehen, daß er bei einem Streit die falsche Person hätte erschießen können. Nach Teddys Meinung hatte Tommy Julie vermutlich deshalb erschossen, weil sie das Ideal, das sie damals, am Anfang ihrer Beziehung, gemeinsam hatten oder wenigstens zu haben schienen – das Ideal, keinerlei Ambitionen zu haben –, verraten hatte. Julie war nicht ehrlich, sie war irgendwie hinterhältig. Sie wollte Geld, und zwar viel Geld. Teddy hatte sie nie leiden können und bedauerte ihr Ende nicht – sie war halt einfach nicht gut genug gewesen für einen Menschen, der sich so wie sein Bruder Tommy dem Schweigen und dem Nichts verschrieben hatte. Sie hätte wissen müssen, daß

Tommy sie umbringen würde, wenn sie sich ihm in den Weg stellte. Tommy versuchte zwar nicht, Anhänger seiner Ideale heranzuziehen, aber er war natürlich auch nicht in *sämtlichen* Bereichen des Lebens erfahren und gewandt – er war bereits mehr als einmal von Mädchen in die Mangel genommen worden.

Tommy hatte fast zehn Jahre, die letzte Phase seines Erwachsenwerdens, damit verbracht, so gut wie nichts zu unternehmen, was ihn in der Welt einen Schritt voran gebracht hätte. Zweimal war er in Hungerstreik getreten, und zwar so weit, daß er ins Krankenhaus geschafft und zwangsernährt werden mußte. Er gestattete sich nur solche Handlungen, die er als durch und durch terroristisch empfand – zum Beispiel, Rauschgift an die Kinder der oberen Mittelklasse zu verhökern. Tommy hielt die weißen Kinder der oberen Mittelklasse für den Kehricht des Planeten; denen zu helfen, sich selber umzubringen, hielt er für ein erstrebenswertes Ziel. Er war kein rabiater Umweltschützer, kein besonders guter Freund des Planeten, aber er war der Auffassung, reiche, weiße Kids in hirnlose Süchtige zu verwandeln sei eine Aufgabe, die man nicht geringschätzen sollte.

Tommy liebte es, mitten in der Nacht an seinem Code zu arbeiten, wenn das ganze Gefängnis schlief. Teddy, der mehr als hundert Wörterbücher und Grammatiken besaß, hatte Tommy mit Fotokopien zahlloser Alphabete und zwanzig oder dreißig Sprachlehrbüchern versorgt, aus denen er eine Grundlage für seinen Code erstellen konnte.

In Wirklichkeit hatte Tommy kein echtes Interesse daran, einen hochkomplizierten Code zu entwickeln, für dessen Entzifferung man Hunderte von Jahren benötigen würde. Als er ungefähr zwölf war, hatte sein Vater, Professor für englische Sprache, all seine Kinder nach England geschleppt und sie gezwungen, all die stinklangweiligen literarischen Denkmäler zu besuchen, die er selber immer hatte sehen wollen. Das einzige literarische Denkmal, das Tommy interessierte, befand sich in der Bodleian Library. Es war ein Tagebuch von Samuel Pepys, geschrieben in einer sehr merkwürdigen Kurzschrift. Ein Teil des Tagebuchs war zufällig am Tag ihres Besuches ausgestellt. Tommy hatte noch nie etwas von Samuel Pepys gehört, und als er wieder nach Hause kam und versuchte, das Tagebuch zu lesen, kam bei ihm auch kein richtiges Interesse dafür auf. Das einzige, was er an Mr. Pepys interessant fand, war, daß er seine Kurzschrift selber entwickelt hatte. Von dem Moment an, an dem er das Fragment des Tagebuches in einer Glasvitrine in der Bodleian Library gesehen hatte, spürte Tommy den Wunsch, irgendeine Form von Geheimschrift zu entwickeln. In der High-School, als er noch gerne las, hatte er einige Bücher über Codes und Geheimschriften gelesen. Er las über die Brontës und ihr geheimes Manuskript und über die großen Codemeister und -knacker des Zweiten Weltkrieges, von denen einige, das mußte er zugeben, durchaus supersmarte Burschen gewesen waren. Offensichtlich mußte man allerhand im Kopf haben, um solche Sachen machen zu können.

Doch dann, etwa zu der Zeit, als er sich erstmals halbtot hungerte und der lächerlichen Zwangsernährungsroutine unterworfen wurde, hörte er auf zu lesen. Es war einfach zu sehr das Thema seines Vaters; seit Jahren hatte ihn sein Vater immer wieder gedrängt, dieses oder jenes Buch zu lesen, zum Beispiel *Nostromo*. Sein Vater schien der Meinung zu sein, das Leben würde eine Wende zum Besseren nehmen und völlig in Butter sein, wenn er doch nur *Nostromo* lesen würde, also setzte Tommy sich an einem Wochenende hin und las es wirklich. Dann nahm er eine Papierschere, zerschnitt das Buch in Millionen Schnipsel und schickte es in einem Schuhkarton an seinen Vater zurück. Keine Notiz dabei, nur ein zerschnippelter Joseph Conrad. Nach diesem Ereignis verlor sein Vater kein einziges Wort mehr übers Lesen; tatsächlich sprach sein Vater so gut wie überhaupt nicht mehr – jedenfalls nicht mit Tommy. Er war zu beleidigt darüber, daß man seinen großen Klassiker in Konfetti verwandelt hatte. Das war etwa zu der Zeit, als Tommy sich zum zweitenmal zwangsernähren lassen mußte, anschließend machte er Schluß mit dem Hungern. Wenn die Gesellschaft es ihm noch nicht einmal erlaubte, die Kontrolle über seinen eigenen Verdauungstrakt zu behalten, dann war die Zeit gekommen, um auf eine etwas aggressivere Art zurückzuschlagen.

Nachdem er Julia erschossen hatte und ins Gefängnis gesteckt worden war, weigerte er sich, andere Bücher als die von Autoren zu lesen, die selber im Gefängnis gewesen waren. Trotz dieser Einschränkungen hatte er eine größere Menge Bücher. Jane und Teddy ließen sich eine Liste solcher Titel zusammenstellen und kauften die Bücher für ihn. Er wußte, es war der Traum dieser beiden, daß er seinen Kopf benutzte und so gute Sachen schrieb wie Dostojewski oder Cervantes oder Defoe oder Genet oder sonstwer, aber Tommy hatte nicht die Absicht. Er wollte seinen Code nur dazu benutzen, seine Gedanken über Mord und Rebellion zu entwickeln und darzustellen, und er hatte auch nicht vor, Teddy und Jane seinen Code zu erklären. Er spürte, daß die wahre Rebellion nur im absoluten Alleingang unternommen werden konnte; sobald du anfängst, deinen Plan mitzuteilen oder Gesinnungsgenossen um dich zu scharen, bist du schon dabei, Gesellschaft zu bilden, wie gehabt. Er wollte seine Rebellions-Pläne ausschließlich in seinem eigenen Kopf zu behalten, weil sein eigener Kopf der einzige Kopf war, dem er trauen konnte. Schließlich hatten sogar seine Eingeweide mit dem System kollaboriert; sie hatten den Dreck verarbeitet, den man ihm während seines Krankenhausaufenthaltes reinzwang.

Er fand es aufregend, jede Nacht ein wenig an seinem Code zu arbeiten. Das war *sein* Werk, und kein Mensch – außer ihm – wußte, was er zu bedeuten hatte. Die Klapsdoktoren im Gefängnis, die sich die Köpfe darüber zerbrachen, sich Dinge auszudenken, die ihn vielleicht motivieren könnten, hatten keine Ahnung davon, daß er seine eigene Arbeit hatte, die er mit großer Disziplin jeden Abend erledigte.

Sein Zellengenosse Joey, Mexikaner, der seinen Bruder und seinen besten Freund in einem Anfall von Raserei umgebracht hatte, wachte natürlich von Zeit zu Zeit auf und sah, wie Tommy etwas in sein Notizheft kritzelte, doch Joey hatte an nichts anderem Interesse als an Sex und Autos und hatte ihn wegen des Notizheftes auch nur ein einziges Mal gefragt. Joey war gerade erst zwanzig; normalerweise wurde er nur so lange wach, um zu masturbieren, danach sank er wieder in tiefen Schlaf bei mexikanischer Rockmusik, die er sich mit seinem Kopfhörer Tag und Nacht in die Ohren dröhnte.

Warum Joey soviel masturbieren mußte, wußte Tommy nicht, es sei denn, daß er ein verrückter, übersexualisierter Zwanzigjähriger war. Im Zellenblock hatte Joey den Spitznamen Cunta – den hatte er bekommen, weil er so leicht zu kriegen war. Er war der kleine Hurenschwengel des Zellenblocks, für sehr wenig zu haben – einen Joint, eine Musikkassette, eine Dose Haarspray –, und zwar für jeden, der ihn haben wollte, selbst widerliche alte Mörder oder Kinderschänder, die schon seit zwanzig oder dreißig Jahren im Knast saßen, Männer, die alles schon mal gemacht, jede Krankheit gehabt hatten und vermutlich immer noch ein paar Krankheiten, alte oder neue, an sich hatten.

Eigentlich mochte Tommy Joey, in gewisser Weise war Joey der ideale Zellengenosse. Er hatte ein- oder zweimal versucht, Joey vor den Gefahren von AIDS und anderen Dingen zu warnen, aber Joey kümmerte sich um nichts. Er bumste weiterhin mit jedem. Er war jung, hübsch und sorglos; er liebte seine Musik und die Bumserei. Manchmal weinte er nachts wie ein Baby, weil er seine Mutter vermißte. Joey hatte nur fünfzehn Jahre bekommen und brauchte vermutlich nicht mehr als vier oder fünf davon abzusitzen. Die Gefängnisse waren so überfüllt, da würde man einen jungen Mexikaner nicht besonders lange festhalten, bloß weil er andere Mexikaner umgebracht hatte, die vielleicht schon sehr bald selber im Gefängnis saßen. Tatsache war, daß das Gefängnispersonal Joey sehr gut behandelte; sie vertraten die Ansicht, Joey habe ihnen Kosten erspart und Betten freigehalten, als er seinen Bruder und seinen besten Freund umbrachte.

Außerdem wußte Tommy, daß Joey mit dem Gefängnispersonal genauso unbekümmert herumhurte wie mit den anderen Gefangenen. Genau gesehen bumste Joey sich durch seine gesamte Gefängniszeit. Im Gegensatz zu ihm war Tommy seit dem Tag, an dem er Julie rausgeworfen hatte, keusch geblieben. Joey hielt ihn deshalb für krank im Kopf oder so – manchmal ärgerte es ihn ein wenig, daß Tommy niemals auch nur das geringste Interesse daran gezeigt hatte, sich ihm zu nähern – aber Joey hatte genug Verstand im Kopf, um Tommy gewähren zu lassen. Er hielt Tommy für einen Burschen, den man zu nichts drängte, egal, ob man sein Zellengenosse war oder nicht. Er war so etwas wie ein Alien oder so – bißchen komischer Blick in den Augen. Für Joey war's schon in Ordnung, daß Tommy kein Interesse daran hatte, es mit ihm zu treiben; es gab ja genug andere Interessenten.

Ihre Zelle befand sich auf der 4. Etage. Wenn Tommy arbeitete, konnte er den großen, freien Raum im Zentrum des Gebäudes überblicken. Ein paar der Wärter bezeichneten das Gefängnis als das »Huntsville Hyatt«; die Lage im vierten Stock und der Blick über den offenen Raum erinnerte ein wenig an die Hyatt-Hotels, die ähnlich hohe Hallen hatten.

Nachts, wenn Tommy in diesen Raum schaute, verspürte er ein gewisses Gefühl des Friedens. Er konnte jederzeit in diesen Raum hineinspringen, und das wäre es dann gewesen. Natürlich müßte er dafür sorgen, daß der Sprung richtig gelang und er direkt auf dem Kopf landete. Ein Indianer hatte das mal gemacht – ein Häuptling namens Satanta. Ein alter, kettenrauchender Wärter namens Mack Mead, der schon sein ganzes Leben in diesem Gefängnis arbeitete, hatte Tommy davon erzählt.

Mack Mead sammelte Gefängnisgeschichten und war gerne bereit, sie Tommy zu erzählen. Es gab nicht allzuviel Insassen, die Interesse daran zeigten. Als Mack herausfand, daß Tommy mehr Interesse daran hatte als die sonstigen

Mörder, wurde er gesprächig und erzählte Tommy mehr, als dieser eigentlich hören wollte. Er beschaffte sogar eine Sondererlaubnis und führte Tommy eines Tages zu der Stelle in dem alten Gefängnis, von wo Satanta seinen tödlichen Sprung ausgeführt hatte.

»Es sieht zwar nicht besonders hoch aus«, gab Mack zu und blinzelte in die Höhe. »Aber der alte Satanta war ein cleverer Bursche. Sein Sprung war perfekt. Er knallte genau auf dem Kopf auf und war auf der Stelle tot.«

Tommy speicherte diese Information in seinem Kopf. Das Ausklinken aus dem System lag im perfekten Kopfsprung. Manchmal spielte er mit Mack Mead Karten, um ihm noch weitere Details über Gefängnisselbstmorde, an die er sich erinnern konnte, zu entlocken. Viel Mühe brauchte er sich allerdings nicht zu machen. Mack schätzte es, von berüchtigten Verbrechern zu erzählen, die sich selbst oder ihren Mitgefangenen schreckliche Dinge zugefügt hatten. Einer hatte sich von den Gefängnisgeistlichen derartig bequatschen lassen, daß er sich den eigenen Penis abschnitt, weil er glaubte, der habe ihn zur Sünde verführt. Doch die meisten Gefängnisselbstmorde, von denen Mack zu berichten wußte, waren halt ganz normale Selbstmorde – aufhängen, Kehle durchschneiden, erschießen –, die gleichen Methoden, derer sich auch andere Leute bedienten, ob sie nun im Knast saßen oder nicht. Kein einziger davon war so präzise ausgeführt oder so politisch motiviert wie der von Satanta.

Tommy schaute oft auf den freien Raum in der Mitte des Gebäudes, wenn er an seinem Code arbeitete. Er wollte sich mit diesem freien Raum vertraut machen, der ihm ein Gefühl von Sicherheit vermittelte. Er benahm sich mustergültig im Gefängnis, vor allem, um nicht verlegt zu werden. Er wollte unbedingt auf der vierten Etage bleiben, wo der freie Raum nur ein paar Schritte von seiner Zelle entfernt war. Der Raum war eine Zuflucht, die er auf keinen Fall aufs Spiel setzen wollte. Er brauchte diesen freien Raum mehr als irgend etwas oder irgend jemand, und der Grund dafür war, daß er sich immer mehr der Schlußfolgerung näherte, es gebe nur eine wirklich reine Form der Rebellion. Als er einmal zu Tode gelangweilt im Haus seines Vaters in Riverside, Kalifornien, war, hatte er ein Buch von Camus in die Hand genommen – *Widerstand, Rebellion und Tod* – und den größten Teil davon gelesen. Er fand es so interessant, daß er zwei oder drei andere Bücher von Camus kaufte und las. Ihm kam es so vor, als seien es lauter Selbstmord-Bücher. Damals war er nach seinem zweiten Hungerstreik gerade aus dem Krankenhaus entlassen worden; die Bücher von Camus verwirrten ihn, denn sie machten ihm klar, daß er vermutlich überhaupt nicht hatte sterben wollen. Wenn er ernsthaft hatte sterben wollen, warum hatte er sich dann so eine schlampige Methode ausgesucht, wo doch jede Menge endgültiger Methoden zur Auswahl standen? Er kam zu dem Schluß, daß er in Wirklichkeit gar nicht richtig hatte sterben wollen – er wollte nur bewirken, daß das System sich einige Mühe machen mußte, ihn am Leben zu erhalten. Zu allem Unglück fand das ganze Theater auch noch in einem teuren, durch und durch weißen Krankenhaus in Austin statt, die perfekte Verkörperung all dessen, was er attackieren wollte.

Jetzt, nachdem das alles Vergangenheit war, betrachtete Tommy seine Hungerversuche als etwas, dessen er sich schämen mußte. Allein schon die Tatsache, daß er sich in einem Krankenhaus befand, machte ihm natürlich deutlich, daß sie ihm niemals gestatten würden, so zu sterben. Wenn er damals echten Respekt vor sich selbst gehabt hätte, dann hätte er es von Anfang an nicht zulassen dürfen, daß sie ihn überhaupt in ein Krankenhaus steckten.

Er arbeitete noch eine Weile an seinem Code und probierte an ein paar türkischen Worten herum. Vielleicht würde er seinen Code niemals zu einem Ende bringen, doch die Disziplin, die seine Arbeit verlangte, war dennoch etwas sehr Wichtiges. Ab und zu, in seinen kurzen Pausen, starrte er auf den freien Raum vor seiner Zelle – den Raum, der zu seiner Freiheit geworden war.

Er hörte ein Rascheln über sich – Joey war wach und tastete nach den Plätzchen, die Aurora und Rose am Vormittag mitgebracht hatten. Tommy hatte die Plätzchen sofort an Joey weitergegeben – er gab immer sofort alles weg, was seine Großmutter ihm mitbrachte. Daraus machte er auch kein Geheimnis. Er hatte ihr gesagt, er wolle nichts von ihr haben und daß er alles, was sie ihm mitbrachte, auf der Stelle weggab; dennoch brachte sie ihm Monat um Monat Plätzchen, Bücher, Kassetten mit klassischer Musik oder andere Dinge mit. Vielleicht fuhr sie ja nach Hause und stellte sich vor, wie er ihre Plätzchen aß, ihre Bücher las oder die Musikkassetten hörte. Sie war eine halsstarrige alte Frau. Ganz egal, wie oft er ihre Mitbringsel zurückwies, sie versuchte es immer wieder.

»Mann, deine Granny macht prima Schokoladenplätzchen«, sagte Joey von oben. »Sag ihr, nächstes Mal soll sie Schokoladen-Chips machen.«

»Sag ihr das doch selber«, antwortete Tommy.

»Mann, ich kann ihr doch nichts sagen, sie ist doch nicht *meine* Granny«, sagte Joey kauend. »Die erlauben ihr doch nicht, mich zu besuchen.«

Tommy gab keine Antwort.

»Willste 'n Plätzchen haben?« fragte Joey. »Das sind richtig prima Schokoladenplätzchen.«

»Iß du sie«, antwortete Tommy.

10.

In seinen guten Nächten träumte der General von Golf. In schlechten Nächten träumte er normalerweise vom Verlassenwerden; in diesen Träumen war Aurora immer diejenige, die ihn verließ, und das machte sie dann immer auf Flughäfen und in Ländern, deren Sprache er nicht konnte. Natürlich gab es jede Menge Länder, deren Sprache er nicht konnte – fast alle Länder fielen in diese Kategorie. Häufig schien Aurora ihn in Lissabon zu verlassen; einmal hatte sie ihn tatsächlich in Lissabon verlassen, nach einem fürchterlichen Streit, und die Erinnerung an dieses deprimierende Erlebnis in dem heißen, kleinen Flughafen von Lissabon infizierte seine Träume wie ein Bazillus.

Doch diesmal hatte er eine gute Nacht – er hatte gerade einen perfekten Schlag ausgeführt, da wachte er auf. Er schien mit Bing Crosby Golf gespielt zu haben, mit dem er tatsächlich während des Krieges einmal Golf gespielt hatte; er hätte Bing Crosby gerne ein paar Fragen gestellt, aber bevor er auch nur eine einzige aussprechen konnte, wurde er wach und entdeckte, daß Aurora aufrecht im Bett saß und in den Gelben Seiten blätterte.

»Ich habe mit Bing Crosby Golf gespielt«, bemerkte der General. »Hast du ihn jemals kennengelernt?«

»Ganz gewiß nicht – wie kommst du auf die Idee, ich hätte ihn überhaupt kennenlernen wollen?« antwortete Aurora in einem Ton, der vermuten ließ, daß sie wahrscheinlich auch keine besonders gute Nacht gehabt hatte; das war fast immer so nach ihrem Besuch im Gefängnis.

»Nun, Bing war mal eine Berühmtheit«, sagte der General. »Ich glaube, er ging gern auf Wachteljagd. Ich bin einmal zusammen mit ihm in Georgia auf eine Wachteljagd eingeladen worden, aber die Jagd fand nicht statt.«

»Hector, ich bin seit Jahren nicht mehr dazu gezwungen worden, über Bing Crosby nachzudenken«, sagte Aurora. »Warum behelligst du mich damit, wenn ich versuche, mich zu konzentrieren?«

»Morgens siehst du immer noch niedlich aus«, sagte der General, der bemerkte, daß zumindest ihr Busen nicht unter der schlechten Nacht gelitten hatte.

»Ich weiß ja, daß du es als Kompliment betrachtest, aber niedlich ist kein Wort, von dem ich möchte, daß es in diesem Moment auf mich angewandt wird – oder jemals«, sagte Aurora. »Sobald wir psychoanalysiert sind, wird sich das alles hoffentlich ändern.«

Der General hatte ganz vergessen, daß Aurora sie beide einer Psychoanalyse unterziehen wollte. Er wußte nicht so ganz genau, was das eigentlich bedeutete, wußte jedoch, daß es teuer war und daß man auf einer Couch lag und vom Sexualleben der eigenen Eltern sprach, oder von seinem Sexualleben oder dergleichen. So schlecht klang das eigentlich gar nicht – vielleicht war es eine gute Idee, es mal auszuprobieren, vor allem, um Aurora zu beweisen, daß er sich Mühe gab.

»Das wird wahrscheinlich einfacher sein als eine Schocktherapie«, sagte er. »Ich glaube nicht, daß ich zu einer Schocktherapie bereit bin.«

»Ich habe einen Therapeuten namens Bruckner gefunden«, sagte Aurora. »Das klingt nach einem Wiener.«

»Wien liegt in Österreich«, antwortete der General überflüssigerweise. Er zog den einen Handschuh aus, den sie ihm noch gestattet hatte.

»Hoffentlich ist dieser Doktor Bruckner in Psychoanalyse bewandert«, antwortete Aurora. »Im Telefonbuch stehen nicht viele Therapeuten, die nach Wien klingen.«

»Ich sehe eigentlich keinen Grund für diese Eile«, meinte der General. »Ich habe sowieso noch nie viel über das Sexleben meiner Eltern zu sagen gewußt.«

»Wer redet denn vom Sexleben deiner Eltern?« fragte Aurora und schaute vom Telefonbuch auf. Im Morgenlicht wirkte der General wie eine Mumie, sprach aber wie immer in seinem krächzenden Ton.

»Nun, ich denke, das tut man, wenn man psychoanalysiert wird«, antwortete der General. »So hat man es mir wenigstens zu verstehen gegeben. Wieviel weißt du denn vom Sexleben deiner Eltern?«

»Nichts, zum Glück«, gab Aurora zurück. »Ich kann mich ja nicht mal an mein eigenes erinnern, wie sollte ich da etwas über das meiner Eltern wissen? Glaubst du, daß Bruckner ein Wiener Name ist?«

»Ich denke schon. Warum?«

»Weil unser Psychoanalytiker selbstverständlich aus Wien kommen sollte«, sagte Aurora. »Das ist der Ort, an dem der ganze Kram erfunden wurde, wenn ich mich nicht irre.«

»Korrekt, in Österreich, wie ich bereits sagte«, bemerkte der General.

»Vielleicht ist dieser Mann in Ordnung, wir sollten ihn ausprobieren«, sagte Aurora.

»Wenn er ein richtiger, strenger Österreicher ist – und die meisten sind richtig und streng –, dann wird er es nicht schätzen, daß wir nicht die Bohne vom Sexleben unserer Eltern wissen«, meinte der General. »Ich glaube, deine Mutter hatte jede Menge Affären, nicht wahr? Du hast vermutlich eine Menge ihrer Gene abgekriegt.«

Sorgfältig schrieb Aurora Dr. Bruckners Namen und Telefonnummer auf ihren kleinen Schreibblock, bevor sie sich umwandte, um sich mit der letzten Bemerkung des Generals zu befassen.

»Ich hab's nicht so gemeint, wie's rausgekommen ist«, beeilte der General sich, hinzuzufügen – er dachte, er habe vermutlich mal wieder das Maul zu weit aufgerissen. »Ich meinte nur, daß ihr beide zwei lebenslustige Frauen seid, die ihren Spaß liebten.«

»Ich liebte ihn, wenn ich welchen kriegte«, sagte Aurora in der Absicht, ihm ein paar verbale Kopfnüsse zu verpassen. Immerhin hatte er gerade angedeutet, daß sie und ihre Mutter von der lockeren Sorte waren – um ein Wort zu benutzen, das ihre Mutter verwendet hätte. Doch noch bevor sie die Kopfnüsse austeilen konnte, wurde sie von einem so heftigen Anfall von Sehnsucht nach ihrer Mutter erfaßt, daß sie nicht mehr sprechen konnte. Sie wollte wieder in den Armen ihrer Mutter liegen, was sie seit fast fünfzig Jahren nicht mehr getan hatte. Wie friedlich wäre es, wieder ein kleines Mädchen zu sein, wenn auch nur für ein paar Minuten, wenn auch nur im Traum – klein zu sein, beschützt von ihrer unerschütterlichen Mutter, aufzuwachen und dem Leben entgegenzusehen, anstatt neben einem Hector Scott aufzuwachen.

Dieser Wunsch, das wußte sie, war verrückt – ein Lebensalter, jedenfalls ein großer Teil davon, war vergangen, seitdem sie zum letztenmal die lebendige Hand ihrer Mutter berührt hatte. Doch der Wunsch, zurückzukehren, den Jahren zu entfliehen, wieder das kleine Kind ihrer Mutter zu sein anstatt die kratzbürstige Großmutter der Kinder ihrer verstorbenen Tochter, dieser Wunsch war so stark, daß ihr die Tränen in die Augen stiegen. Sie warf das Telefonbuch vom Bett hinunter und schlug die Hände vors Gesicht. Hector Scott brauchte nicht zu sehen, was sie fühlte – es war einfach zu verrückt, er würde denken, es sei seine Schuld.

Der General dachte tatsächlich, es sei seine Schuld; er war entsetzt. Was hatte er denn diesmal angestellt? Die Situation wurde allmählich unerträglich. Er und Aurora waren beim Thema Sex so empfindlich, daß sie schon bei der nebensächlichsten Bemerkung ausrasteten. Natürlich hatte er keinerlei Ahnung von irgendwelchen Affären von Auroras Mutter, und selbst wenn sie jede Menge davon gehabt hatte – ja und? Das war in New Haven und schon lange her. Außerdem befand sich Yale in New Haven, und bei Leuten, die in der Nähe einer Universität wohnten, kam es immer wieder vor, daß sie Affären hatten. In Yale zu sein war schon etwas anderes als in West Point. Jetzt hatte er Auroras Gefühle verletzt, und sie hatten noch nicht mal das Frühstück eingenommen. Wenn die geringste Anspielung auf Sex sie schon dazu brachte, in Tränen auszubrechen, konnte er genausogut ausziehen – aber wohin sollte er gehen? Er hatte keine Kinder, er und Evelyn hatten diese Frage immer wieder aufgeschoben, und plötzlich war Evelyn zu alt geworden. Teddy war das einzige von Auroras Enkelkindern, das ihn wirklich mochte, aber Teddy war halb verrückt und kam gerade mal so eben mit seinem eigenen Leben zurecht. Schlechte Aussichten, die ihm bevorstanden, Heime für ehemalige Soldaten, endlose Bridgespiele und Soldatenwitwen, die vermutlich nicht mal halb so interessant waren wie Aurora. Und selbst wenn sie halb so intereressant waren wie Aurora, er liebte Aurora und nicht die Witwen. Sie würde sich einen anderen Freund suchen, ihn niemals besuchen kommen, und er wäre völlig allein. Vielleicht sollte er sich doch besser den Obdachlosen anschließen, sobald er seine Krücken los war. In den Zeitungen wurde behauptet, die meisten Obdachlosen seien Vietnamveteranen, und er mußte zugeben, daß die meisten, die er bei seinen Fahrten durch Houston zu Gesicht bekam, tatsächlich wie Veteranen aussahen. Nun, auch er war ein Veteran – er konnte zu seinesgleichen gehen und in einem Zelt im Park leben, falls Aurora ihn an die Luft setzte.

Angesichts der Trostlosigkeit all dessen war der General kurz davor, in Tränen auszubrechen. Er hatte nie gedacht, daß er einmal in einem Zelt im Park enden würde – er war nie besonders gut gewesen, wenn es darum ging, ein Zelt aufzustellen. Die meisten einfachen Soldaten konnten das wesentlich besser als er. Vielleicht würde er einen der Obdachlosen dafür bezahlen müssen, ihm sein Zelt aufzubauen. Für einen General zwar ein ziemlich unrühmliches Ende, aber wenn das das Beste war, was er noch zu erwarten hatte, dann war's eben so.

Aurora spürte, wie der General nach ihrer Hand tastete, und sie erlaubte die Berührung, hob aber ihr Gesicht noch nicht sofort vom Kopfkissen. Für ein paar winzige Sekunden genoß sie die Vorstellung, ihre Mutter halte sie noch mal im Arm, wie sie es in Auroras Kindheit so oft getan hatte. Es war eine lächerliche Phantasie, die aber gleichzeitig etwas zutiefst Tröstliches hatte, und Aurora genoß den Moment, solange sie konnte, bevor sie wieder das Gesicht hob und sich dem mühevollen Leben eines Menschen stellte, der miserable Enkelkinder und einen abgetakelten Liebhaber hatte.

Als sie ihren abgetakelten Liebhaber anschaute, merkte sie, daß sein Adamsapfel zitterte, ein Zeichen dafür, daß er verzweifelt war. Hectors Adamsapfel zitterte immer nur dann, wenn sie ihn bis auf die Tränen schikaniert hatte. Das schien auch jetzt wieder der Fall zu sein, obwohl, wie sie sich entsann, er es doch gewesen war, der sie und ihre Mutter eines lockeren Lebenswandels bezichtigt hatte, eine Anschuldigung, auf die sie nur sehr schwach reagiert hatte. Womit hatte sie denn diesmal die Gefühle dieses Mannes verletzt?

»Hector, fängst du jetzt an zu weinen? Und wenn nicht, warum zittert dein Adamsapfel so?« fragte Aurora.

»Tut mir leid«, antwortete der General. »Ich denke nur, daß ich niemals damit gerechnet hätte, in einem Zelt zu enden. Das Alter ist voller Überraschungen.«

»Das *Leben* ist voller Überraschungen«, antwortete Aurora. »Nach meiner Beobachtung treten sie in jedem Lebensalter auf. Ich muß schon sagen, ich war ziemlich überrascht, als ich gerade zu dir rübersah und bemerkte, daß dein Adamsapfel zitterte wie ein Apfel in der Kiste. Was ist denn los? Ich habe doch nur im Telefonbuch nach Psychoanalytikern gesucht. Mißgönnst du mir sogar dieses kleine Vergnügen?«

»Nein, nein, du kannst alle Analytiker haben, die du willst«, sagte der General. Es war offenkundig, daß ihr kleiner Anfall vorüber und sie jetzt wieder guter Stimmung war, doch die Tatsache, daß sie ihn in schlechter Stimmung erwischt hatte, war durchaus geeignet, jetzt wiederum sie in schlechte Stimmung zu versetzen, und diesmal würde sie ihm die Schuld dafür geben. Manchmal war es so schwierig, mit Aurora einen Vormittag zu überstehen, von einem ganzen Tag ganz zu schweigen, daß er insgesamt glaubte, es wäre vielleicht einfacher, obdachlos zu sein und in einem Zelt zu hausen.

»Ich habe mir gerade Sorgen wegen meines Zeltes gemacht«, sagte der General, der es nicht so ganz schaffte, sich von der grausigen Vision zu lösen, die er soeben heraufbeschworen hatte.

»Welches Zelt?« fragte Aurora und ließ den Blick durch ihr hübsches, sonniges Schlafzimmer schweifen. »Hast du schon wieder von der Schlacht an der Somme geträumt? Sieht es etwa wie ein Zelt aus, worin wir uns hier streiten?«

»Nein, es ist ein Bett, aber ich habe beschlossen, in einem Zelt im Herman-Park zu leben, falls du mich vor die Tür setzen solltest«, antwortete der General. »Erstens werde ich in einem Zelt nicht mehr lange leben, und zweitens ist ein rasches Ende immer noch die beste Aussicht, die ich jetzt noch habe.«

Aurora stellte zu ihrer Überraschung fest, daß der Mann wirklich aufgeregt war, und das völlig ohne Grund – wann hatte sie jemals davon gesprochen, ihn an die Luft zu setzen?

»Ein Zelt im Herman-Park wäre jedenfalls weitaus besser als eines dieser blöden Heime für ehemalige Soldaten, in denen keine ehemaligen Soldaten wohnen«, sagte der General, dessen Adamsapfel immer noch zitterte.

»Hector, ich bin verblüfft«, gestand Aurora. »Du hast meine Mutter ins Gespräch gebracht, und in der Erinnerung an sie bin ich einen Moment lang aus der Fassung geraten. Ich habe meine Mutter sehr geliebt, sie starb viel zu früh. Ich denke, ich habe ein gutes Recht dazu, bei der Erinnerung an sie aus der Fassung zu geraten, aber das ist auch schon alles, was passiert ist. Ich habe nicht die geringste Absicht, dich in ein Zelt im Park abzuschieben, und es ist mir völlig unklar, wie du auf eine solche Idee kommst. Das überzeugt mich um so mehr davon, daß wir schnell einen Termin bei Dr. Bruckner ausmachen sollten. Sonst läufst du noch völlig aus dem Ruder.«

Der General war erleichtert und verärgert zugleich – erleichtert, daß Aurora nicht mehr böse auf ihn war, und verärgert, weil sie ihm immer wieder mit nautischen Redewendungen kam.

»Aurora, ich bin General und nicht Admiral«, rief er ihr mindestens zum hundertstenmal in Erinnerung. »Generäle laufen nicht aus dem Ruder. Generäle haben überhaupt kein Ruder. Selbst Admiräle haben kein Ruder. Nur Schiffe haben Ruder.«

»Ach, wie empfindlich, wie empfindlich«, antwortete Aurora. »Vielleicht war ›aufgelaufen‹ das Wort, das ich suchte. Du kannst ja wohl kaum abstreiten, daß wir ganz schön aufgelaufen sind mit unserer ärgerlichen Umarmung.«

»Den Teufel sind wir«, sagte der General. »Das hier ist keine Umarmung. An unsere Umarmungen kann ich mich erinnern. Ich wünschte, ich wäre tot. Dann könntest du jeden umarmen, den du zu packen kriegst.«

»Das kann ich ohnehin«, sagte Aurora. »Offensichtlich bringt es mir nichts besonders Gutes, aber ich habe schon immer das Recht für mich in Anspruch genommen, zu umarmen, wen ich umarmen will. Damit fing dieses Gespräch doch überhaupt erst an, erinnerst du dich? Du hast gesagt, ich sei locker, wie meine Mutter vor mir.«

Der General konnte sich daran erinnern, tatsächlich etwas in dieser Richtung gesagt zu haben, kurz bevor er den Entschluß gefaßt hatte, in einem Zelt zu leben. Jetzt konnte er sich nicht mehr daran erinnern, wieso das Thema überhaupt aufgekommen war. Sie hatten über Wien oder so gesprochen, und dann war die Zankerei losgegangen.

»Nun, vermutlich habe ich mal wieder einfach drauflosgequatscht«, gab er zu. »Hatte sie nun Affären, oder hatte sie keine? Laß uns diesen Punkt doch mal klären.«

»Sie liebte den Gärtner«, sagte Aurora. »Ich hoffe nur, daß sie vor ihm ein paar Affären hatte. Was soll ein Mädchen denn auch anderes machen?«

»Was soll das heißen, ›was soll ein Mädchen denn auch anderers machen‹?« fragte der General. »Sie war verheiratet. Warum kann eine Frau, die verheiratet ist, nicht mit ihrem Mann schlafen?«

Aurora erinnerte sich an ein Gespräch, das sie einmal mit ihrer Mutter geführt hatte, nach einem Konzert in Boston. Sie gingen über den Commons, es schneite. Sie konnte sich nicht mehr genau ans Programm erinnern, meinte aber, es sei ein Brahmsabend gewesen. Ihre Mutter gestand ihr, daß sie eine besondere Schwäche für Brahms habe. Der abendliche Schnee, der auf den Commons niederfiel, war schön, die Luft winterlich klar. Die Musik hatte ihre Mutter Amelia offenbar mehr berührt, als Aurora – die kurz vor der Eheschließung mit ihrem Liebhaber Rudyard stand – bemerkt hatte. Aus heiterem Himmel machte ihre Mutter eine überraschende Äußerung.

»Ich muß dir sagen, daß dein Vater unser Ehebett verlassen hat«, erklärte sie. »In Wahrheit hat er es schon vor elf Jahren verlassen.«

Aurora verstand nicht sofort, was sie damit meinte.

»Warum denn?« fragte sie. »Ist es denn kein bequemes Bett?«

Ihre Mutter, die selten glücklich dreinschaute, aber noch seltener traurig aussah – sie sah aus Prinzip niemals traurig aus –, verzog den Mund und warf ihrer Tochter einen Blick zu, der unmißverständlich traurig war.

»Es ist nicht das Bett, das ihm nicht mehr gefällt. Es ist die Frau darin. Ich bin es, die ihm nicht mehr gefällt.«

Aurora konnte sich nicht mehr daran erinnern, wie das Gespräch geendet hatte, obwohl sie es sich jetzt wünschte. Sobald ihr Gedächtnistrainings-Projekt erst einmal richtig angelaufen war, würde sie ihre umfangreiche Sammlung alter Verabredungskalender und Theaterprogramme durcharbeiten und nach diesem speziellen Konzert suchen. Wenn sie das Programm rekonstruieren konnte, dann konnte sie bestimmt auch rausfinden, wie das Gespräch mit ihrer Mutter geendet hatte. An zwei Dinge konnte sie sich genau erinnern – daß ihre Mutter das Wort »verlassen« benutzt und von elf Jahren gesprochen hatte.

»Mein Vater hat elf Jahre lang nicht mit meiner Mutter geschlafen«, sagte Aurora, »vielleicht sogar noch länger. Meine Mutter lebte nach diesem Gespräch noch sechs Jahre – also hat er vermutlich siebzehn Jahre nicht mit ihr geschlafen. Was sagst du dazu, General?«

»Falls du glaubst, das sei eine Art Rekord, dann vergiß es«, antwortete der General. »Ich habe mehr als zwanzig Jahre nicht mit Evelyn geschlafen.«

»Hast du sie nicht gemocht?« fragte Aurora.

»Nein, so kann man das nicht sagen«, antwortete der General. »Sie war ein bißchen überdreht, aber abgelehnt habe ich sie eigentlich nicht.«

»Was ist denn eigentlich passiert?«

»Ich habe wirklich keine Ahnung«, sagte der General. »Wir haben es uns einfach abgewöhnt. Es begann eine Zeit, in der keiner von uns beiden mehr auf die Idee kam, sich dem anderen sexuell anzunähern. Ansonsten kamen wir prima miteinander aus.«

»Meine Güte«, sagte Aurora. »Ich glaube, darüber muß ich erst mal nachdenken, Hector. Es erklärt zumindest, warum du so begeistert warst, als wir uns damals kennenlernten. Damals war ich von deinem Enthusiasmus ziemlich hingerissen.«

»Hingerissen, meine Fresse«, sagte der General. »Ich habe gute fünf Jahre dazu gebraucht, dich zu verführen. Oder dich davon zu überzeugen, mich zu verführen, was immerhin dann schließlich auch passiert ist.«

»Ich entsinne mich, daß ich hingerissen war«, sagte Aurora. »Wenn du mehr als zwanzig Jahre nicht mit deiner Frau geschlafen hast, dann war es ja auch kein Wunder. Ich hoffe, wir können diese Sache in unserer ersten Sitzung mit Dr. Bruckner diskutieren. Ich finde das Thema äußerst interessant, vor allem im Hinblick auf die Geschichte mit meiner Mutter. Ich möchte mehr darüber erfahren.«

»Wir haben aufgehört, miteinander zu schlafen«, sagte der General, »mehr gibt es darüber nicht zu erfahren. Ich bin sicher, das passiert jeder Menge verheirateter Paare.«

»Hast du denn wenigstens Freundinnen gehabt?« wollte Aurora wissen und beobachtete ihn scharf.

»Eine oder zwei«, antwortete der General. »Nicht genug, als daß es besonders ins Gewicht fiele.«

Von der Straße vor dem Haus hörten sie das Geräusch einer zuschlagenden Autotür. Aurora stand auf, um nachzusehen. Patsy Carpenter, im Sportdreß, kam über den Gehweg aufs Haus zu.

»Da kommt Patsy und entführt mir mein Dienstmädchen, um mit ihr herumzuhopsen«, sagte sie. »Ich denke, ich gehe nach unten und sehe nach, ob Rosie uns etwas zu essen gemacht hat, bevor sie verschwindet.«

»Ich hätte gerne zwei gekochte Eier und Corned-beef-Hash, falls es nicht allzuviel Mühe macht«, sagte der General und tastete nach seiner Krücke.

»Na ja, das ist schon eine Menge Arbeit, falls Rosie es nicht schon gemacht hat«, sagte Aurora, griff nach ihrem Morgenmantel und ging zur Treppe.

11.

»Guten Morgen, Patsy, kennst du dich mit Psychoanalyse aus?« fragte Aurora, die in die Küche hineinschneite. Rosie saß auf einem Stuhl vor dem Fernsehgerät und biß auf ihren Fingernägeln herum.

»In Bulgarien steht es nicht zum besten«, sagte sie.

Patsy Carpenter ließ Honig in eine Tasse Tee tröpfeln, die Rosie für sie bereitgestellt hatte. Der Aerobic-Unterricht begann in einer halben Stunde. Sie hatte es sich angewöhnt, ihren Tee bei Aurora zu nehmen, während Rosie sich den neuesten Nachrichten widmete. Wenn Aurora auf war, steuerte sie häufig einiges an Lokalnachrichten bei – das heißt, was gerade mit dem General oder Pascal oder einem ihrer anderen Liebhaber los war.

»Nachdem ich Jim verlassen hatte, habe ich sechs Jahre lang Analysen gemacht«, sagte Patsy. »Damals wohnte ich in Mills Valley. Jedes menschliche Wesen in Mills Valley machte entweder eine Analyse oder hatte schon eine hinter sich. Was willst du denn wissen?«

»Alles«, sagte Aurora. »Der General und ich werden eine Analyse machen. Wir fangen heute an.«

Mit ihren fünfzig war Patsy immer noch eine gutaussehende Frau oder wäre es gewesen, wenn sie es geschafft hätte, nicht immer enttäuscht auszusehen, dachte Aurora. Enttäuschung, vor allem Enttäuschung über sich selbst – die Variante, unter der Patsy litt – war nicht gerade gut für das weibliche Gesicht. Eine Tragödie hätte Patsys Gesicht vielleicht einen Hauch von Ernsthaftigkeit und eine gebieterische Schönheit verliehen, aber die Enttäuschung über sich selbst ließ sie lediglich nichtssagend traurig aussehen.

»Der General will sich analysieren lassen?« fragte Patsy, die den warmen Dampf ihrer Teetasse über ihr Gesicht streichen ließ.

»Jawohl«, sagte Aurora und warf einen prüfenden Blick auf den Herd, um zu sehen, ob sich dort zufällilg etwas Corned-beef-Hash befand. Im Moment war nichts dergleichen zu entdecken.

»Rosie, glaubst du, du könntest die Augen lange genug von Bulgarien abwenden, um dem General zwei Eier zu kochen?« fragte sie. »Er hat Lust auf Eier und mag nicht, wie ich sie mache. Ich übernehme die Verantwortung für das Corned-beef-Hash, wenn du dich noch schnell um die Eier kümmerst, bevor du mich verläßt, um zu deiner Hopserei zu gehen.«

Rosie holte sofort zwei Eier aus dem Kühlschrank, wandte ihre Augen aber nicht länger als ein oder zwei Sekunden vom Bildschirm ab. Der Nachrichtensprecher, jener göttliche Peter Jennings, hatte gerade seine Aufmerksamkeit auf El Salvador gerichtet, wo die Dinge auch nicht gerade zum besten standen.

»Was ist, wenn wir dort einmarschieren?« fragte Rosie. »Da unten gibt es nur Dschungel. Das gäbe nur ein weiteres Vietnam, und weitere Vietnams können wir uns nicht leisten.«

»Was kannst du denn mit einem gekochten Ei anstellen, das dem General möglicherweise nicht paßt?« fragte Patsy Aurora.

»Ich esse ja keine gekochten Eier, aber sind die nicht alle gleich?«

»Nicht für einen Mann von Hectors Empfindlichkeit«, antwortete Aurora. »Ich weiß schon nicht mehr, wie oft wir uns über meine Art, Eier zu kochen, oder besser, Eier falsch zu kochen, gestritten haben.«

»Er ist in dieser Hinsicht sehr streng«, kommentierte Rosie.

»Okay, aber kannst du denn nicht die Zeituhr einstellen?«

fragte Patsy. »Was gibt es denn sonst noch, das man beim Eierkochen beachten muß?«

»Keine Ahnung«, sagte Aurora, »aber das ist ja nicht der Punkt. Sechs Jahre Psychoanalyse, wie muß man sich das vorstellen?«

»Großer Gott«, sagte Patsy. »Hast du dir schon einen Therapeuten ausgesucht?«

»Ja, einen aus Wien«, versicherte Aurora. Erleichtert entdeckte sie eine Dose mit ausgezeichnetem Corned-beef-Hash im Vorratsregal; oder, falls es jetzt noch nicht ausgezeichnet war, so würde es bestimmt ausgezeichnet sein, sobald Rosies gekochte Eier dazukamen.

»Die Tatsache, daß er aus Wien kommt, besagt noch gar nichts«, meinte Patsy. »Ist er Freudianer oder Anhänger von Jung oder von Adler oder was?«

»Ich habe ihn nicht gefragt«, sagte Aurora. »Außerdem ist mir das ziemlich egal. Ich will ja nur, daß er Hector zurechtrückt. Heute morgen haben wir uns schon wieder gezankt, und es ist gerade mal Frühstückszeit.«

»Aurora, Psychoanalyse bewirkt nicht, daß du und Hector euch nicht mehr streitet«, sagte Patsy. »Den Gedanken solltest du dir aus dem Kopf schlagen.«

»Nein, vielen Dank, aber genau diesen Gedanken möchte ich im Kopf haben«, antwortete Aurora. »Ich kann es nicht aushalten, noch jahrelang so weiter zu streiten.«

»Ich auch nicht«, gab Rosie dazu. »Diese Streitereien vergiften die Atmosphäre.«

Sie fing an, in der Küche herumzuhopsen, um sich für ihr Aerobic zu lockern. Dann machte sie ein paar Dehnübungen, wobei sie die Augen aufmerksam auf Peter Jennings gerichtet hielt, der im Moment die Festnahme eines Serienkillers aus Illinois beschrieb.

Aurora kippte das Corned-beef-Hash in eine Pfanne, nahm sich etwas Tee und setzte sich an den Tisch, direkt Patsy gegenüber – eine Frau, von der sie noch nie allzuviel gehalten hatte, wobei auch Patsy noch nie allzuviel von Aurora gehalten hatte. Doch da saßen sie nun beide, wieder einmal am gleichen Tisch in der gleichen Küche, wie immer, seitdem Patsy vor vielen Jahren als Studienanfängerin in Houston gelandet war. Damals war Emma noch bei ihnen gewesen – Emma, und Rosie natürlich. Jetzt war Emma nicht mehr da, aber Patsy kam immer noch in ihre Küche. Das Leben war schon eine merkwürdige Angelegenheit. Patsy, die in früheren Jahren ziemlich streitlustig und reizbar gewesen war, wirkte jetzt, insgesamt gesehen, reichlich niedergeschlagen. Ihr Leben hatte sich nicht ganz so entwickelt, wie sie sich das erhofft hatte; welches Leben tut das schon, sinnierte Aurora. Sie mußte zugeben, daß Patsys Töchter nette junge Frauen geworden waren und, alles in allem, mehr oder weniger ausgeglichen waren, trotz ihrer ausgefallenen Kleidung und wilden politischen Vorstellungen. Insgesamt schien Patsy es mit ihren Töchtern besser geschafft zu haben als sie und Rosie mit Emmas Kindern. Patsys Kinder waren nicht in eine Anstalt eingewiesen worden, hatten niemand umgebracht und waren auch nicht, jedenfalls soweit Aurora es wußte, unehelich schwanger geworden.

»Wie geht es Jorge?« fragte Aurora. Patsys Liebhaber der beiden letzten Jahre war ein ziemlich gut aussehender Architekt aus Chile. Patsy schaffte es immer, jemanden zu finden, der zugleich elegant und kreativ war, eine Fähigkeit, die Aurora an ihr beneidete.

Patsy zog ein Gesicht. »Wir haben Schluß gemacht«, sagte sie. »Ich kann es gar nicht fassen, daß ich mich wieder mit einem Architekten eingelassen habe, bei allem, was ich über die weiß – und dazu noch mit einem lateinamerikanischen, bei allem, was ich über *die* weiß. Aber ich hab's getan, und jetzt ist es vorbei. Soviel zu lateinamerikanischen Architekten.«

»Mist«, sagte Aurora. »Jetzt wird er vermutlich nicht mehr zu meinen Dinnerparties kommen, dabei war er der hübscheste Mann in ganz Houston. Hättest du es nicht noch ein oder zwei Jahre länger mit ihm aushalten können, bis ich soweit bin, meine Dinnerparties ganz aufzugeben?«

»Nein, vielen Dank«, sagte Patsy und schaute auf die Uhr. Wenn es etwas gab, das sie nicht zu diskutieren wünschte, dann war es der Fehlschlag ihrer letzten Romanze. Sie stand vom Tisch auf, ging zum Spülbecken, wusch ihre Teetasse aus und drehte sich zu Rosie zu, die während ihrer Dehnübungen durch ihre Beine zu Peter Jennings hinsah.

»Los, auf geht's«, sagte Patsy.

»Auf geht's«, echote Rosie. Die Eieruhr klingelte, während sie noch sprach.

»Denk dran, sie zu köpfen«, erinnerte sie Aurora. »Was ihn so aufregt, ist, daß du immer vergißt, sie zu köpfen.«

»Ja, und aller Voraussicht nach werde ich es auch diesmal vergessen«, antwortete Aurora. »Aber nicht aus Vergeßlichkeit, sondern weil ich mich weigere.«

»Oh, also denk dran, du weißt ja, was sonst passiert«, sagte Rosie. »Das bringt ihn ganz bestimmt wieder auf die Palme.«

»Willst du damit sagen, er schlägt sich selber nicht das Ei auf?« fragte Patsy amüsiert. Das Leben in Auroras Haus hatte Züge des neunzehnten Jahrhunderts, hatte sie schon immer gehabt. Vergangenheitsforscher müßten herkommen und es studieren, bevor es für immer verschwand.

»Ja, das ist die empörende Wahrheit«, bestätigte Aurora und stand auf, um das Hash umzurühren. »Ein Vier-Sterne-General ist zu zimperlich, um sich selbst das Ei aufzuschlagen. Das reicht, um zur Feministin zu werden.«

Patsy lachte. »Aurora, wenn du Feministin wirst, dann lass' ich mich zur Präsidentschaftskandidatin aufstellen. Aber wenn du wirklich zu einem Psychoanalytiker gehst, vergiß nicht, ihm das mit den Eiern zu erzählen. Damit holt er ein ganzes Jahr oder so heraus.«

»Ich bin in anderthalb Stunden zurück«, versicherte Rosie Aurora. Sie hatte Schuldgefühle, zu gehen, wenn ein Streit bevorstand, und überlegte kurz, ob sie nach oben rasen und selber die Eier aufschlagen sollte; auf der anderen Seite legte die Frau, die den Gymnastikkurs leitete, strengsten Wert auf Pünktlichkeit.

»Das ist schon in Ordnung, aber ich bleibe dabei, in deinem Gymnastikanzug siehst du einfach lächerlich aus«, sagte Aurora und rührte das Hash um. »Du gibst eine äußerst komische Ballerina ab.«

»Wiedersehen, Patsy«, fügte sie hinzu. »Ich muß schon sagen, beim Thema Psychoanalyse hast du mir ja nicht gerade viel weitergeholfen.«

»Okay, gib mir den Namen des Therapeuten, dann erkundige ich mich über ihn«, bot Patsy an.

»Bruckner«, sagte Aurora. »Bitte erkundige dich unverzüglich nach ihm, wenn's geht. Hector und ich sind schon ganz wild darauf, bei ihm anzufangen.«

»Großer Gott«, wiederholte Patsy.

12.

Patsy Carpenters praktischer Honda-Kombiwagen war mit Rennfahrer-Sicherheitsgurten und einem Airbag ausgestattet, den Patsy eigens hatte einbauen lassen. Als Rosie sich anschnallte, fühlte sich sich ein wenig wie ein Astronaut, und Patsys Art zu fahren bewirkte nur noch mehr, daß sie sich wie ein Astronaut fühlte. Nicht mal ihr Sohn Tillman, der seit seinem zwölften Lebensjahr Stock-Car-Rennfahrer war und inzwischen einen kleinen Stock-Car-Racetrack in der Nähe von Shreveport besaß, fuhr so rasant wie Patsy. Wenn er mal nicht mit einem Stock-Car herumraste, fuhr Tillman in maßvollem Tempo, doch Patsys Tempo war niemals maßvoll. Bald schon bretterten sie den Southwest Freeway runter in Richtung Bellair, wo der Gymnastikkurs stattfand.

»Bist du schon immer so schnell gefahren?« fragte Rosie, als Patsy an fünf oder sechs Sattelschleppern und jeder Menge normaler Autos vorbeiraste. Bei solchem Tempo hatte der Gedanke an einen Airbag etwas Beruhigendes oder stellte zumindest eine Art von Beruhigung dar. Rosie aber hatte gegen Airbags dennoch gewisse Vorbehalte. Was war, wenn ein solches Ding einen zum Beispiel erstickte? Konnte man sich durch die Dinger durchbeißen, oder, falls man sich nicht durchbeißen konnte, wie bewahrte man sich davor zu ersticken?

»So schnell fahre ich ja gar nicht«, sagte Patsy grinsend zu Rosie. »Dieser Wagen ist viel kleiner als das Riesenschiff, in dem du mit Aurora herumkutschierst. In diesem Auto meint man, man führe bereits hundert, wenn man in Wirklichkeit nur fünfundachtzig fährt. Dank meiner Airbags würden wir einen Frontalzusammenstoß bei diesem Tempo vermutlich überleben.«

»Ich habe ja nur gefragt«, sagte Rosie. »Geschwindigkeit ist mir nicht fremd.«

»Ich verrate dir ein Geheimnis, wenn du Aurora nichts davon sagst«, sprach Patsy weiter. »Es ist nur ein kleines Geheimnis, aber ich will trotzdem nicht, daß Aurora etwas davon erfährt – irgendwie würde sie es gegen mich verwenden.«

»Worum geht's denn?« fragte Rosie. Sie liebte Geheimnisse, obwohl das auch eine Belastung sein konnte. Hunderte von Geheimnissen hatte sie von Patsy gehört, von denen sie kein einziges Aurora weitererzählen durfte; und Tausende von Auroras Geheimnissen, die sie unter gar keinen Umständen an Patsy weitergeben durfte. All diese Geheimnisse bedeuteten eine große Verantwortung. Rosie sah den Tag kommen, an dem sie vergaß, wessen Geheimnisse sie gerade hütete, und sie genau an den weitergab, der sie niemals erfahren durfte. Wenn dieser Fall einträte, würde niemand mehr mit ihr sprechen, außer natürlich ihre Kinder, die aber ohnehin nur mit ihr sprachen, wenn sie in Schwierigkeiten waren, wie die Dinge nun mal lagen. Trotzdem brannte sie darauf, Patsys Geheimnis zu erfahren.

»Wenn ich schnell fahre, knirsche ich nicht mit den Zähnen«, sagte Patsy. »Ich knirsche mit den Zähnen, wenn ich schlafe, ich knirsche mit den Zähnen, wenn ich lese, und ich knirsche mit den Zähnen, wenn ich mit meiner Mutter oder meinen Kindern zu tun habe; aber ich knirsche nicht mit den Zähnen, wenn ich Geschwindigkeiten von mehr als siebzig Stundenkilometern draufhabe. Wie findest du das?«

Rosie zuckte die Schultern, obwohl man nicht viel Schulterzucken hinkriegt, wenn man mit Rennfahrer-Sicherheitsgurten angeschnallt ist.

»Nun, wenn du so schnell fährst, mußt du die Augen auf die Straße richten«, sagte sie. »Ich schätze, deine Zähne denken dann, es sei an der Zeit, mit dem Knirschen mal Pause zu machen.«

Patsy schlängelte sich vom Highway runter auf den Parkplatz des Gesundheits-Centers, parkte, würgte den Motor ab und löste ihren Sicherheitsgurt. Dann schaute sie auf die Uhr.

»Wir haben noch fünf Minuten«, sagte sie. »Was ist mit Tommy?«

Rosie löste langsam ihren Gurt. Alle stellten ihr wegen Tommy die gleichen Fragen: Der General fragte sie, Patsy fragte sie, und viele von Emmas alten Freunden aus Houston fragten sie, wenn sie sich mal über den Weg liefen. Mittlerweile hatte sie Angst vor diesen Fragen, denn sie wußte keine Antwort darauf. Tommy war im Knast. Er hatte schon immer eine bemerkenswerte Wirkung auf Leute gehabt, und seine Tragödie hatte diese Wirkung offenbar nicht geschmälert. Alle wollten etwas über Tommy wissen, aber da gab es einfach nichts zu wissen, jedenfalls, soviel *sie* wußte.

»Aurora ist reingegangen, ich bin im Wagen geblieben«, sagte sie. »Gefängnisse machen mich ganz kribbelig. Meine Kinder waren nie sehr viel im Gefängnis – nur ein- oder zweimal wegen Schlägereien am Neujahrstag oder so. Ich packe Huntsville nicht. Ich schaffe es einfach nicht. Aurora geht rein, und ich sitze im Wagen und komme mir vor wie ein Feigling und eine Ratte. Ich liebe Tommy ja auch, ich sollte wirklich reingehen, aber sobald ich an dieses Gitter komme, habe ich das Gefühl, als müßte ich mich übergeben.«

»Manchmal möchte ich ihn richtig schütteln«, antwortete Patsy, die über Tommy nachdachte. »Ich habe das irrationale Gefühl, daß ich ihn in den netten Jungen zurückverwandeln könnte, der er mal war, wenn ich ihn nur mal richtig schütteln könnte. Ich weiß, das ist Unsinn, aber so denke ich nun mal. Es ist, als hocke er da in seiner Zelle und kontrolliere uns alle. Keiner von uns wird jemals wieder glücklich werden, solange er da drin sitzt, und er weiß das. Ich glaube, er genießt es, das zu wissen. Ich glaube nicht, daß er uns jemals wieder glücklich sehen möchte, niemals. Das macht mich so wütend, daß ich ihm eine knallen könnte.«

Patsy hatte früher einmal auf Tommys Besucherliste gestanden. Er hatte sie gestrichen, weil sie ihm immer Bücher mitbrachte; doch Aurora brachte ihm auch Bücher, und sie strich er nicht von der Liste. Natürlich, Aurora war eine Blutsverwandte, aber die Tatsache, daß Tommy ihr nicht mehr erlaubte, ihn im Gefängnis zu besuchen, ärgerte sie trotz allem ungemein. Sie wußte, daß sie Tommy mehr liebte als ihren eigenen Sohn David, was ihr ein ständiges Schuldgefühl verursachte. Tommy hatte den richtigen Grips – jedenfalls die Art von Grips, die sie immer hatte haben wollte –, und Davey hatte ihn nicht. Als Emma Horton starb, hätte sie ihre Kinder beinahe zu Patsy gegeben, damit sie dort aufwuchsen, aber Aurora kämpfte um sie und gewann. Natürlich wäre es Unsinn gewesen, die drei Geschwister zu trennen, und in Wirklichkeit konnte Patsy Aurora auch nichts ankreiden, die in ihrem Job als Großmutter vermutlich genauso gut war wie jede andere Großmutter. Dennoch wurmte es sie, daß sie Tommy nicht bekommen hatte, um ihn großzuziehen. Schließlich hatte er sein erstes Wort zu ihr gesagt, eines Nachts, als sie bei Emma und Flap Babysitter war. Es war eben alles schiefgegangen – so schief, daß es vermutlich nie mehr in Ordnung gebracht werden konnte.

»Wir sollten jetzt besser reingehen«, sagte Rosie. »Gwen hat für Bummelanten nichts übrig.«

»Tut mir leid, ich muß ins Träumen geraten sein«, sagte Patsy und stieß ihre Tür auf. »Der Gedanke an diesen Jungen wirft mich immer total aus der Bahn.«

»Wir können ihn nicht aus dem Knast raushauen«, sagte Rosie. »Damit müssen wir nun einmal leben.«

Sie hüpfte aus dem Wagen und machte auf dem Parkplatz einen Handstand. Daß sie ein Talent für Gymnastik besaß, war eine Entdeckung, die sie an sich selbst gemacht hatte, seitdem sie mit Patsy zu verschiedenen Kursen ging. Sie war klein, gelenkig, hatte keine Hemmungen und verfügte über eine fast perfekte Körperbeherrschung.

Rosie hatte den größten Teil ihres Lebens als Mutter, Ehefrau und Dienstmädchen zugebracht. Nie hätte sie jemals gedacht, irgendein Talent zu besitzen, aber sie besaß tatsächlich eines – ein Talent zum Handstand und zu anderen gymnastischen Übungen. Sie wurde immer sofort der Star jeder Gymnastikgruppe – immer wenn der Lehrer jemanden brauchte, der eine besonders schwierige Übung vorführen sollte, wurde Rosie nach vorne geholt. Tatsächlich hatten zwei Gesundheits-Clubs und mehrere Gymnastiklehrer versucht, sie anzuheuern, um hauptberuflich Gymnastikunterricht zu erteilen. Nicht nur weil Rosie wirklich gut war, sie brauchten auch eine lockere Siebzigjährige, um andere, weniger lockere Siebzigjährige davon zu überzeugen, daß es in Ordnung war, Rumpfbeugen und Dehnübungen und dergleichen zu machen, was sie vielleicht ansonsten als zu undamenhaft empfunden hätten.

Auf dem Weg zur Gymnastikhalle machte Rosie weitere Parkplatz-Handstände – zum Erstaunen mehrerer Lieferwagenfahrer und früher Kunden. Der Anblick brachte Patsy zum Lachen. Zwei Polizisten, die schwatzend und kaffeetrinkend an ihrem Streifenwagen lehnten, fingen an, Rosie mißtrauisch zu beobachten.

»Oh, hör auf damit«, sagte Patsy. »Die Polizisten beobachten dich schon. Die sehen nicht viele Damen deines Alters, die auf Parkplätzen Handstände machen. Vielleicht denken die, du seist gerade aus irgendeiner Mülltonne entwichen.«

Rosie stellte sich richtig hin und starrte über dreißig Meter Asphalt hinweg auf die Polizisten, die es ihr mit bösen Blicken heimzahlten. Sie wollten in Ruhe ihren Kaffee trinken und sich eine Weile mal nicht mit ungewöhnlichen Dingen befassen müssen, und eine alte Dame im Gymnastikanzug, die auf einem Parkplatz Handstände machte, war durchaus etwas Ungewöhnliches und in ihren Augen sehr verdächtig. Sie hielten es für richtig, sie nicht aus den Augen zu lassen.

»Ich kann mich noch an die Zeit erinnern, als dieses Land noch kein Polizeistaat wie Rumänien war«, bemerkte Rosie laut, als sie den Staub von den Handflächen rieb.

»Nun, ich finde nicht, daß es wie Rumänien ist«, meinte Patsy. »Sie haben dich nicht verhaftet und nicht verprügelt oder sonstwas gemacht.«

Rosie war keineswegs besänftigt. Der Gedanke, daß Polizisten sie mißtrauisch anschauten, bloß, weil sie ein paar Handstände gemacht hatte, weckte in ihr den Wunsch, bei einer Demonstration mitzumachen, sobald sie eine gefunden hatte. Vielleicht kam Peter Jennings, um für ABC über die Demonstration zu berichten. Vielleicht konnte er ihr sogar ein paar Fragen stellen, während man sie in Handschellen legte und einbuchtete. Sie hatte schon viel jüngere Frauen gesehen, die man in Handschellen legte und einbuchtete, und sie war ganz sicher, daß ihr genau das passieren würde, sobald sie ihr Leben als Demonstrantin begann. Jetzt hastete sie zu ihrer Gymnastikklasse, um sich fit zu machen. Sie wollte in erstklassiger Verfassung sein, wenn sie ihre Karriere als Demonstrantin für die Rechte von Männern oder Frauen oder von Amerikanern oder Schwarzen oder schwangeren Frauen oder sonst irgend jemand begann. Schließlich war sie klein, und viele Polizisten waren groß und stark. Wenn sie nicht in erstklassiger Verfassung war und ein paar Selbstverteidigungskniffe beherrschte, würde irgend so ein großer, ekelhafter Bulle sie einfach hochheben wie einen Mehlsack und wegschleppen.

»Ich werd' nicht gehen wie ein Mehlsack«, sagte sie zu Patsy, die sich die Haare hochsteckte. Patsy hatte ihr ganzes Leben lange Haare gehabt – eine Patsy mit kurzem Haar war ein Anblick, den noch kein Mensch erlebt hatte. Aber bei der Gymnastik waren lange Haare schlecht, deshalb arrangierte sie sie normalerweise zu einem Knoten, wenn sie zum Turnunterricht ging.

»Gehen wohin?« fragte Patsy. »Das ist doch nur der Gymnastikunterricht. Wovon redest du eigentlich?«

Rosie merkte, daß sie sich von ihrer Einbildungskraft ein wenig hatte mitreißen lassen über den Fluß der Phantasie und in den Polizeistaat Amerika, in dem sie zu leben meinte – oder, falls sie noch nicht drin lebte, ganz sicher eines nahen Tages leben würde.

»Ach, nichts, ich hasse die Polizisten einfach«, sagte sie und machte eine Rolle rückwärts auf dem Boden der Gymnastikhalle.

13.

Melanie hatte sich gerade die Haare gewaschen und genoß die erste Diät-Pepsi des Tages, als sie draußen einen Wagen hörte. Als sie aus dem Fenster schaute, sah sie Bruce, der mit dem Ferrari gerade an die Bordsteinkante fuhr. Er parkte genau hinter ihrem Wagen, und zwar so, daß seine vordere Stoßstange die hintere ihres Toyotas berührte.

Dieser Anblick versetzte sie irgendwie in eine hoffnungsvolle Stimmung. Das war etwas ganz Besonderes, das sie und Bruce immer so machten, seitdem sie sich kennengelernt hatten – sie parkten immer so, daß sich die Stoßstangen ihrer Autos berührten, ein Symbol ihrer Liebe. Küssende Autos, hatte Bruce das genannt. Daß er gerade eben ihren Toyota mit Beverleys Ferrari geküßt hatte, gab ihr neue Hoffnung. Jetzt wäre es ihr lieber gewesen, wenn sie sich nicht gerade eben erst die Haare gewaschen hätte – ihr kam es immer so vor, als wirke sie mit nassen Haaren noch fetter –, deshalb ergriff sie hastig ein großes Handtuch und wickelte es sich um den Kopf. Es war erst elf Uhr, normalerweise war Bruce um diese Zeit noch nicht mal aus dem Bett. Irgend etwas Besonderes mußte passiert sein. Außerdem, wieso saß er in dem Ferrari, wenn Beverleys Eltern doch ausdrücklich und unmißverständlich klargestellt hatten, daß er in dem Ferrari nicht mal mitfahren durfte?

Bruce stieg nicht sofort aus dem Wagen und raste auch nicht die Treppe hoch oder dergleichen. Er neigte dazu, ein wenig langsam und unentschlossen zu sein. Er sprang nicht einfach so aus dem Auto und sagte einem, was in ihm vorging. Die halbe Zeit wußte er ohnehin nicht, was in ihm vorging. Er war wie ein Mensch, der stotterte, aber Bruce stotterte nicht beim Reden, er stotterte, wenn er etwas tun sollte. Bei Beverley einzuziehen, als sie gerade den Ferrari bekommen hatte, war mit das Bedeutendste, was Bruce jemals getan hatte. Er hatte gewußt, daß er Zugang zu diesem Ferrari wollte.

Aber wenn es normalerweise darum ging, etwas zu tun, dann stotterte er. Teddys Meinung nach lag diese Unentschlossenheit allein darin begründet, daß Bruces Vater ihn für einen wertlosen Menschen gehalten hatte. Bruces Vater war ein Selfmademan im Ölgeschäft, er sah keinen Grund, warum Bruce nicht noch ehrgeiziger sein sollte. Er wollte, daß Bruce nach der High-School entweder sofort zum College ging oder damit anfing, ebenfalls ein Selfmademan zu werden. Hinzu kam, daß seine Mutter nach ihrer Scheidung von seinem Vater ausgerechnet einen kubanischen Millionär geheiratet hatte, der sie nicht besonders gut behandelte, seinen Stiefsohn Bruce allerdings auch nicht besser. Bruces familiäre Situation war also keine besonders glänzende; er kam nur deshalb damit zurecht, weil er Drogen nahm und sich so viel wie möglich im Hintergrund hielt.

Daß er immer noch nicht aus dem Wagen gestiegen war, lag vielleicht auch daran, daß er eventuell ein Tonband laufen ließ und darauf wartete, daß der Song, den er gerade hörte, zu Ende war. Vielleicht wartete er auch so lange, bis das gesamte Band zu Ende war – ja, es konnte sogar sein, daß er den halben Vormittag im Auto hockte, Tonbänder laufen ließ, dann den Wagen startete und irgendwo hinfuhr, falls ihm etwas einfiel, wo er sich mal umsehen könnte. Vielleicht war er aber auch so vollgedröhnt, daß er gar nicht bemerkt hatte, daß es ihr Wagen war, den er mit seiner Ferrari-Stoßstange geküßt hatte – bei ihm wußte man das nie so richtig. Nachdem einige Minuten verstrichen waren, merkte Melanie, daß es gar nicht mehr so einfach war, ihre hoffnungsvollen Gefühle aufrechtzuerhalten. Bruce war so unberechenbar, manchmal war es überhaupt nicht lohnend, in ihn verliebt zu sein. Sie wußte, er schätzte es, daß sie ihm gegenüber loyal war, aber es gab Zeiten, da machte auch das die ganze Sache nicht viel besser.

Zu ihrer Erleichterung stieg er jetzt aus dem Wagen und kam die Treppe herauf – besonders glücklich sah er allerdings nicht aus. Melanie spürte, wie ihre Nervosität größer wurde. Es war schrecklich, jedesmal nervös zu werden, wenn der einzige Mensch, den sie wirklich sehen wollte, sie besuchen kam, aber so war es nun mal.

Sie mochte es, daß er so groß war und tolle Haare hatte. Daß Koko so klein war und einen Bürstenhaarschnitt trug, machte es ihr ja so schwer, ihn richtig ernst zu nehmen – er war ein netter Kerl, dieser Koko, sah aber immer wie einer von den Pfadfindern aus, was sie davon abhielt, sich sexuell besonders zu engangieren. Sie konnte sich nicht vorstellen, jemals ein solches Problem mit Bruce zu bekommen.

Melanie dachte, vielleicht sollte sie so tun, als habe sie nicht gesehen, wie der Ferrari ihren Toyota küßte – vielleicht hatte er es ja nur aus Gewohnheit getan oder so, und vielleicht wurde er sauer, wenn sie groß darüber redete. Sie würde ganz cool sein und warten, bis er anklopfte, aber bei dem Gedanken an diesen frühen Besuch wurde sie so aufgeregt, daß sie die Tür aufriß, bevor er noch die oberste Treppenstufe erreicht hatte.

»Hi«, sagte sie.

Bruce lächelte. Er merkte, daß Melly versuchte, ganz kühl zu sein, aber mit ihrer eigenen Aufregung nicht fertig wurde. Das war eines der Dinge, die er an Melly so liebte – daß sie ihre Aufregung niemals in den Griff bekam. Irgendwie überwältigte die Aufregung sie und brachte sie dazu, impulsiv alles mögliche zu tun, was sich nicht immer unbedingt positiv auf sie auswirkte. Diese Eigenschaft war vielleicht nicht besonders smart, doch Teil dessen, was ihm an Melanie so sehr gefiel. Niemand könnte jemals sagen, sie sei durch ihre eigenen Gefühle nicht verletzbar – sie machten sich einfach selbständig und überwältigten sie. Ein Beispiel dafür war, daß sie ihm in der Woche, in der sie schwanger wurde, sofort erzählte, sie habe mit zwei Kerlen geschlafen. Wenn sie einen kühleren Kopf gehabt hätte, hätte sie versucht, ihn an sich zu binden, indem sie vorgab, er sei ihr einziger Liebhaber, so daß er das Gefühl bekam, er müsse sie heiraten oder ihr wenigstens Unterhalt für das Kind bezahlen. Aber Melly platzte einfach Knall und Fall damit raus und gab zu, sie könne nicht sagen, wessen Kind es sei, wodurch sie ihn natürlich sofort von der Angel ließ.

Natürlich war es nicht das Ende der Geschichte, daß Melly ihn von der Angel ließ, nicht wirklich. Zuerst hatte er nur eine gewaltige Erleichterung verspürt, doch nach einer Stunde oder so begann die Erleichterung sich zu seiner eigenen Überraschung zu verflüchtigen. Erstens konnte er einfach nicht glauben, daß Melly von jemand anderem als ihm schwanger geworden war. Er war derjenige, mit dem Melanie den heißen Liebesakt gehabt hatte – Koko und Steve waren doch nur kleine Unfälle. Er begann also zu glauben, es sei sein Kind, was die Erleichterung dahinschwinden ließ. Was würde Beverley sagen, wenn Melanie ein Kind bekam, das ihm ähnlich sah? Sie war ja jetzt schon wahnsinnig eifersüchtig, weil er eines Nachts versehentlich gesagt hatte, Melanie habe keine Probleme, einen Orgasmus zu bekommen – eine Fähigkeit, die Beverley sich noch nicht so ganz angeeignet hatte. Tatsache war, daß Beverley in diesem Punkt ziemlich verklemmt war; sie ließ viele Dinge nicht mit sich machen, bei denen Melly keine Probleme hatte, Dinge, die ihr sogar eine Menge Spaß machten. Bruce hatte den Eindruck, wenn er Beverleys Eifersucht noch mehr Gründe lieferte, zum Beispiel durch ein Baby, dann würde vermutlich bald etwas passieren.

Und wenn man zu alldem noch hinzuzählte, daß Beverleys Eltern ihn für den Abschaum der Menschheit hielten, dann ergaben sich jede Menge Probleme, die zu denen, die er mit seinen eigenen Eltern hatte, noch hinzukamen. Bruce hatte das Gefühl, der Problemberg wachse ins Uferlose, und die einzige Person, die das verstand und sich wirklich darum bemühte, ihm zu helfen und ihm ein paar entspannende Momente zu verschaffen, sei Melanie.

»'lo«, sagte er, als sie die Tür aufriß.

»Ich hab' mir gerade die Haare gewaschen«, antwortete sie.

»Wie geht's dem Kind?« fragte Bruce. Letzte Nacht hatte er einen schlimmen Traum gehabt – Melanies Kind war zu früh geboren worden, Mutter und Kind starben beide. Er träumte sogar schon von der Beerdigung, als er schließlich aufwachte; dann wollte er nicht wieder schlafen gehen aus Angst, der Traum käme wieder. Er erinnerte sich daran, daß er sich mit Melanie gestritten und sie irgendwie geschubst hatte, so daß sie gegen einen Stuhl gefallen war. Er hatte mal gehört, kleine Unfälle dieser Art könnten bei Frauen dazu führen, daß sie ihre Kinder verlieren, deshalb verbrachte er einen erheblichen Teil der Nacht mit der Sorge, Melanie könne eine Fehlgeburt haben. Das war ein zermürbender Traum, der ihm jedoch klarmachte, daß zwischen ihm und Melanie vielleicht doch mehr war, als er gedacht hatte.

Dann wachte Beverley auf; er war nach diesem Traum so durcheinander, daß er ihr doch tatsächlich erzählte, er habe geträumt, Melanie habe einen Unfall gehabt. Doch trotz seiner Verwirrung hatte er gerade noch soviel Grips, nichts von einem Baby oder einer Fehlgeburt oder dergleichen zu erzählen, aber Beverley drehte auch so schon durch, und das so kräftig, daß er sie am liebsten gebumst hätte. Er glaubte, ein wenig Sex würde ihr helfen, wieder einen klaren Kopf zu kriegen, aber Beverley konnte nicht zum Orgasmus kommen, was alles nur noch schlimmer machte.

»Ich hasse sie, ich hasse sie, ich hasse sie«, stieß sie hervor und meinte natürlich Melanie.

Bruce sagte nichts. Zum Glück hatte Beverley nicht viel Zeit auszuflippen, da sie mit ihrer Mutter nach New York zum Einkaufen fliegen sollte. Beverleys Mutter stammte aus New York und flog mindestens einmal im Monat hin, um einen kleinen Shopping-Trip zu machen. Beverleys Vater hatte ein Privatflugzeug und einen Privatpiloten und alles, was dazugehörte, deshalb war es für sie kein großes Problem, mal auf einen Sprung nach New York zu fliegen und einen Einkaufsbummel zu machen.

Als Beverley sich dann ankleidete, begann sie, sich darüber Sorgen zu machen, daß Bruce während ihrer Abwesenheit zu Melanie zurückgehen könnte; sie gab ihm die Schlüssel zum Ferrari, obwohl sie eindringlich davor gewarnt worden war, ihn jemals wieder hinter das Steuer des Wagens zu lassen. Beverley tat es trotzdem – sie malte sich aus, wie furchtbar es sein würde, wenn sie aus New York zurückkäme und Bruce wäre wieder bei Melanie. Vielleicht könnte ein ganzer Tag mit dem Ferrari ihn dazu bringen, sie noch ein wenig stärker zu lieben oder so.

Als Bruce fragte, wie es dem Kind gehe, mußte Melanie erst mal einen Moment nachdenken, bevor ihr klar wurde, daß er das Kind in ihrem Bauch meinte. Obwohl sie natürlich ganz genau wußte, daß sie schwanger war, und viele Stunden des Tages damit verbrachte, sich vorzustellen, wie das Baby wohl aussehen und sie sich als Mutter fühlen würde – was war, wenn sie mal nicht aufpaßte und das Baby aus dem Bett fiel und sich den Hals brach oder dergleichen? –, gab es trotzdem auch Zeiten, in denen das Thema so vollständig aus ihrem Kopf verschwunden war, daß sie dazu neigte, völlig überrascht zu reagieren, wenn jemand sie danach fragte.

Aber als Bruce sie an ihr Kind erinnerte, da fiel ihr wieder dieser Streit ein und daß sie gegen den Stuhl gefallen war – vermutlich war das überhaupt der Grund dafür, daß er so früh zu ihr kam und so schuldbewußt dreinblickte. Er machte sich Sorgen um sie, ein Gedanke, der Melanie so zu Herzen ging, daß sie sich ganz einfach wünschte, es gäbe Beverley gar nicht, so daß sie wieder mit Bruce zusammensein konnte.

»Ich hab' mir Sorgen gemacht, weil du hingefallen bist – ich dachte, dem Baby könnte was passiert sein«, sagte Bruce und schaute während des Sprechens aus dem Fenster.

»Ich hätte dich nicht schubsen dürfen«, fügte er hinzu. »Ich weiß, daß es schlimm ist, wenn man eine Frau schubst, die schwanger ist.«

Melanie traute ihren Ohren nicht. Jetzt war er doch tatsächlich dabei, sich bei ihr zu entschuldigen, oder kam dem zumindest sehr nahe. Bruce hatte sich noch nie zuvor bei ihr entschuldigt – wenn sie sich gezankt hatten, war er meistens einfach fortgegangen, und wenn er dann wieder zurückkam, tat er so, als sei überhaupt nichts gewesen. Dies war das erste Mal, seitdem sie sich kennengelernt hatten, daß er wirklich zugab, daß etwas Schlimmes passiert und es seine Schuld war.

»Hey«, sagte Melanie. »Du brauchst dir keine Sorgen zu machen. Dem Baby geht's gut. Du hast mich ja nicht niedergeschlagen oder so was. Ich bin einfach irgendwie gefallen.«

Bruce schaute weiter aus dem Fenster. Er hatte das Gefühl, daß er es nicht mehr lange aushalten konnte – sein Vater machte ihn immerzu fertig, weil er, Bruce, keinen Job hatte; seine Mutter beklagte sich die ganze Zeit, daß er nicht auf dem College war; Carlos, der Millionär seiner Mutter, moserte immerzu herum, daß seine Mutter ihm Geld zusteckte; Beverley, die ewig heulte und ausflippte, weil sie keinen Orgasmus bekam, die Melanie als fette Hure bezeichnete und all das. Dazu noch seine Freunde, die ihn ununterbrochen drängten, Drogen durch die Gegend zu karren – selbst die im College hatten mehr Interesse am Drogengeschäft als an ihrer Ausbildung. Das alles kam ihm wie ein unüberwindlicher Berg vor, und Bruce vermochte kein Ende abzusehen, solange er nicht etwas ganz Radikales unternahm. Einer der Gründe, daß er zu Melanie gekommen war, bestand darin, daß sie von allen, die er kannte, die einzige Person war, die den Mut hatte, etwas Einschneidendes zu unternehmen, wenn sie sich gerade danach fühlte.

Bruce spürte einen dicken Knoten in seinem Inneren – er hatte wirklich das Gefühl, es nicht mehr lange aushalten zu können. Er wollte lieber tot sein, als das alles noch länger ertragen zu müssen; andererseits, er wollte sich ja nicht selber umbringen oder so und wollte auch Melanie nicht verlassen und das Baby. Der einzig tröstliche Gedanke für ihn war, daß Melanie vielleicht mit ihm fortgehen würde. Amerika war ein freies Land – warum konnten sie nicht ganz einfach fortgehen? Als seine eigenen Eltern damals heirateten, waren die auch aus Corsicana fortgelaufen und nach Midland gezogen, wo sie reich wurden; doch als sie wegliefen, waren sie noch nicht reich oder wohlhabend gewesen.

Der einzige gute Gedanke war, daß Melanie vielleicht mit ihm fortgehen würde. Das war natürlich sehr viel verlangt von jemandem, der schwanger war. Er mußte sich auf diese Frage psychologisch einstimmen, doch dann kam er sich irgendwie komisch vor – wie lange konnte er denn noch hier stehen und zum Fenster hinausschauen? –, deshalb drehte er sich zu ihr um und versuchte, die Worte einfach rauszulassen. »Laß uns von hier weggehen«, sagte er. »Laß uns einfach auf der Stelle von hier weggehen.«

»Okay, kann ich mir eben noch die Haare trocknen?« fragte Melanie, die glaubte, er habe gemeint, irgendwohin frühstücken zu gehen; vielleicht war es ja auch schon Zeit zum Mittagessen.

»Bruce, hast du meine Stoßstange mit Absicht geküßt?« fragte sie. Er ging nervös auf und ab, irgendwie wirkte er wie unter Strom; sie dachte, sie sollte ihn einfach mal fragen. Sie wollte es nur wissen, und wenn es wirklich nur zufällig passiert war, dann konnten sie immer noch zusammen rausgehen und irgendwo etwas essen.

Bruce setzte sein Grinsen auf – er konnte großartig grinsen. Sein Grinsen machte einem bewußt, wie nett er in Wirklichkeit war.

»Ich war mir nicht sicher, ob du's bemerkt hast«, sagte er.

»Hast du also?« fragte Melanie nochmals; sie war plötzlich ganz nervös.

»Yeah«, sagte Bruce und kam auf sie zu.

Und schon umarmten sie sich und küßten sich; ein wenig später war es, als sei er niemals von ihr weggegangen. Melanie konnte es nicht fassen, daß ihr Traum vom Glück, ihre schönste Hoffnung, wahr wurde; doch ihr Körper verstand es – einen winzigen Moment dachte sie darüber nach, was das Baby in ihrem Bauch wohl davon halten würde. Nach dem Liebesakt schlief Bruce ein, aber sie genoß es, einfach nur neben ihm zu liegen und sich glücklich zu fühlen. Vielleicht war ihre Liebe wieder auferstanden, vielleicht konnten sie sogar heiraten und ihr Kind wie normale Leute großziehen. Melanie spürte, daß sie selber ein ganz normaler Mensch war, meistens – jedenfalls kam sie sich selber normaler vor als Teddy und Jane, obwohl sie die beiden sehr gern hatte und zugeben mußte, daß sie als Eltern ganz in Ordnung waren. Außerdem war sie normaler als Koko, der viel zuviel Zeit vor seinem Computer und mit Computerspielchen verbrachte. Vielleicht lag das zum Teil auch daran, daß sie ihn nicht bei sich einziehen lassen und ihn nicht zu ihrem Liebhaber machen wollte.

Bruce brauchte eine Weile, um wach zu werden. Melanie machte das nichts aus, obwohl sie langsam wirklich hungrig wurde. Sie hätte jetzt Appetit auf mexikanisches Essen gehabt, wollte ihn aber nicht aufwecken. Er war richtig aufgedreht gewesen, sie hatte ihm Entspannung verschafft, was sehr gut war. Der Gedanke an den Ferrari machte ihr jedoch ein wenig Sorgen. Aus der Tatsache, daß er damit herumfuhr, schloß sie, daß er doch noch irgendeine Beziehung zu Beverley hatte, doch wollte sie sich deshalb keinen allzu großen Kopf machen – gestern noch war alles völlig aussichtslos erschienen, doch heute gab es zweifelsohne wieder einen Hoffnungsschimmer.

Als Bruce schließlich aufwachte, brauchte er ungefähr zwanzig Minuten, um das Gähnen aus seinem Körper zu vertreiben. Er lag auf ihrem Bett, gähnte und schaute zu, wie Melanie sich die Haare kämmte.

»Wollen wir denn nun weggehen?« fragte er und wußte ganz genau, daß sie keine Ahnung hatte, was er damit meinte. Er fing an neugierig zu werden, wie sie reagieren würde, wenn sie erst mal hinter den Sinn seiner Worte kam.

»Sicher, hast du auch Lust auf mexikanisches Essen?« fragte Melanie. »Ich könnte jetzt ein *Bean Burrito* vertragen.«

»Ich wußte doch, daß du's nicht kapierst«, sagte Bruce. »Ich habe gemeint: willst du hier richtig verschwinden? Ich rede nicht vom Essengehen – ich meine, richtig fortgehen. Weggehen, um in einer anderen Stadt zu leben – vielleicht in Los Angeles oder sonstwo.«

»Los Angeles?« fragte Melanie. »Du willst in Los Angeles leben?«

»Nun, wir könnten ja«, sagte Bruce und wartete, um zu sehen, ob sie auf die Idee ansprang oder was auch immer.

»Im Ferrari?« fragte Melanie – bei diesem Punkt fühlte sie sich ein wenig unsicher. Wenn sie sich in Beverleys Ferrari nach L. A. aufmachten, daran gab es für sie keinen Zweifel, würden sie es niemals schaffen. Beverleys Vater würde ihnen innerhalb kürzester Frist die Bullen auf den Hals hetzen.

»Nein, den habe ich mir nur geliehen«, antwortete Bruce. »Beverley ist verreist. Ich dachte, wir nehmen meinen Mustang und ziehen deinen Wagen hinter uns her. Wenn wir erst mal da sind, werden wir zwei Autos brauchen, falls wir beide einen Job finden. L. A. ist eine große Stadt.«

»Eine große Stadt«, wiederholte Melanie. Sie war von diesem Vorschlag wie benommen. Mehr noch, sie würde mit Bruce fahren – es klang, als habe er die Absicht, mit ihr zusammenleben zu wollen, wenn sie erst mal dort waren. Das Erstaunliche an all dem war, wie schnell das Leben sich ändern konnte. Erst letzte Nacht hatte sie in ihrem Wagen gesessen und geweint, fest davon überzeugt, Bruce nie mehr küssen zu können, ihn vielleicht nie mehr auch nur berühren zu können. Schlimme Aussichten, außerdem war sie schwanger, was die Aussichten nur noch schlimmer machten. Und jetzt, nur ein paar Stunden später, hatten sie sich nicht nur geküßt und geliebt, er hatte sie sogar gefragt, ob sie mit ihm nach Los Angeles fliehen würde.

»Mein Vater wohnt in der Nähe von Los Angeles«, sagte sie, als sie sich an ihn erinnerte, und überlegte, ob sich diese Tatsache wohl ungünstig auf ihr Zusammenleben auswirken würde. Aber in Wirklichkeit war es ihr doch gleichgültig. Es war ein solcher Schock für sie, daß Bruce sie mitnehmen und mit ihr zusammenleben wollte, daß ihre Gedanken einen Moment lang in ihrem Kopf so völlig durcheinander wirbelten, daß ihr ganz schwindlig wurde. Aber es war ein glückliches, überraschtes Schwindligsein, und als sie es ein wenig überwunden hatte, da verlor sie keine Zeit mit Überlegen und Zweifeln.

»Ich geh' mit dir, Bruce«, sagte sie. »Ich liebe dich.«

»Ich wußte irgendwie, daß dich das interessieren würde«, sagte Bruce und gähnte vor lauter Erleichterung.

14.

Als Melanie atemlos anrief und Teddy klarmachte, sie gehe mit Bruce nach Los Angeles, war Teddy gerade dabei, einen Streit zwischen Jane und Bump zu schlichten, und konnte diese dramatische Nachricht nicht mit der verblüfften Aufmerksamkeit aufnehmen, die Melanie, wie er wußte, erwartete.

»Mit dieser Überraschung kann ich mich im Moment nicht befassen«, gestand er seiner Schwester.

»Warum nicht, was ist denn los?« fragte Melanie. Teddy versuchte, ruhig zu klingen, doch der Klang seiner Stimme erinnerte sie an eine Zeit, in der er nicht ruhig gewesen war.

»Jane möchte Bump versohlen, aber ich plädiere für Milde«, antwortete Teddy. »Ich muß jetzt auflegen, oder sie wird keine Milde walten lassen und ihn versohlen. Ich rufe etwas später zurück.«

Jane war gerade von ihrer Arbeit im 7-Eleven zurückgekommen und war nicht gerade heiterer Stimmung. Irgendein Arschloch hatte sie kurz vor ihrem Schichtende wegen des Wechselgeldes malträtiert und dann auch noch die Unverschämtheit besessen, ihr fast einen ganzen Block zu folgen, um sie dazu zu überreden, mit ihm auszugehen. Der Mann hatte wie ein Cajun ausgesehen, obwohl er behauptete, aus Florida zu stammen.

»Du hast die schönsten langen Beine, die ich jemals gesehen habe«, sagte er, während er ihr folgte. »Ich weiß, wie man Dirty Dancing macht.« Er kämmte sein Haar beim Gehen.

»Und ich weiß, wie ich dir mit meiner chemischen Keule eins aufs Auge gebe«, antwortete Jane und holte die Spraydose aus der Tasche. Er berührte sie am Ellenbogen, da richtete sie die Waffe auf sein Gesicht, eine Warnung, die ihn auf der Stelle abkühlte.

»Tu mir nichts, *good bye*«, sagte er und ließ von ihr ab. »Ich habe mich nur in deine wunderschönen langen Beine verliebt.«

Jane hatte wirklich sehr hübsche, lange Beine und war auch ziemlich stolz darauf, doch Teddy nahm das einfach als Selbstverständlichkeit hin; es ärgerte sie, daß ein Cajun, der noch nicht mal in der Lage war, sein Kleingeld nachzuzählen, mehr Aufhebens darum machte als ihr eigener Ehemann. Dann kam sie nach Hause und wollte gerade Tee machen, da fand sie eine triefendnasse Sanskrit-Grammatik im Spülbecken. Seit ein paar Monaten arbeiteten sie beide an Sanskrit. Bumps Hauptproblem war, daß er sich nach Aufmerksamkeit sehnte; er sehnte sich so sehr danach, daß er versuchte, alles zu zerstören, was die Aufmerksamkeit seiner Eltern für längere Zeit von ihm fernhielt. Obwohl er seine eigenen Bücher liebte – und normalerweise hatte er immer fünf oder sechs davon in seinem Bettchen, damit er sie jederzeit, wenn er Lust dazu hatte, anschauen konnte –, obwohl er also Bücher liebte, konnte er die seiner Eltern nicht ausstehen; jedes einzelne führte dazu, daß sich ihre Aufmerksamkeit lange von ihm abwandte.

In der letzten Zeit war die Sanskrit-Grammatik zu seinem Hauptrivalen geworden. Seine Eltern verbrachten viel Zeit damit, die Köpfe reinzustecken und darüber zu sprechen; immer, wenn sie sich mit dem Buch beschäftigten, mußte er erst einen Anfall oder einen Schreikrampf kriegen, um ihre Aufmerksamkeit auf sich zu ziehen. Zuerst versuchte er lediglich, das Buch zu verstecken – er legte es unter einen Schuhkarton im Schrank seiner Mutter, aber sie fand es rasch wieder. Dann gelang es ihm, es unter die Waschmaschine zu zwängen, aber auch dort wurde es entdeckt. Bump schaffte es, sich in Ecken und Winkel zu zwängen, in die seine Eltern nicht reinkamen, und schob das Buch dabei vor sich her, um es so weit wie möglich zu verstecken, aber so viele gute Verstecke gab's in dem Apartment nun auch wieder nicht, und seine Eltern fanden das Buch jedesmal wieder. Sie schienen sich darüber zu amüsieren, daß er eifersüchtig auf das Buch war und es verstecken wollte – sie schienen aber auch ihren Spaß daran zu haben, ihm immer wieder zu zeigen, daß sie die Großen waren und er ein Kleiner, was bedeutete, daß sie immer alles fanden, was er zu verstecken suchte.

Bump fand das alles überhaupt nicht lustig, doch eines Tages, als sein Vater ein Nickerchen machte, war er überzeugt, das Problem mit dem Buch gelöst zu haben. Es regnete heftig, das Fenster stand offen, da schob er das Buch über die Fensterbank und sah, wie es in den Regen fiel. Als seine Eltern das aufgeweichte Buch in einer Pfütze unter ihrem Fenster entdeckten, da schüttelten sie über Bump den Kopf und sahen irgendwie zufrieden aus. Die Tatsache, daß er sich seines Rivalen, des Buches, so raffiniert entledigt hatte, schien sie wieder einmal davon zu überzeugen, daß er ein Kind von hoher Intelligenz war.

Bump freute sich darüber, daß er das Buch zum Fenster hinausgeschoben hatte. Er glaubte, er habe es ein für allemal vernichtet, und war sehr niedergeschlagen, als sein Vater ein paar Tage später nach Hause kam und ein Buch hatte, das dem täuschend ähnlich sah, das er aus dem Fenster geschoben hatte. Sofort versuchte er, das Buch mit einem Stift zu durchbohren, doch seine Mutter nahm ihm den Stift einfach weg und legte das Buch hoch oben auf ein Regal, wo er es nicht erreichen konnte.

Dann wiederholte sich das alte, frustrierende Ritual aufs neue. Jeden Tag verbrachten seine Mutter oder sein Vater oder beide zusammen viel zuviel Zeit mit dem Buch und ignorierten ihn in der Zwischenzeit vollkommen, bis er einen Anfall bekam oder sich irgendwie selber verletzte. Er versuchte, das Buch mit Bleistiften oder Messern zu durchbohren, und machte einmal sogar mit einem Küchenmesser, das er stibitzt hatte, einen kleinen Schnitt hinein, doch keine dieser Aktionen hatte wirklich Erfolg. Als er eines Tages versuchte, das Bücherregal zu erklimmen, um an das Buch zu kommen, fiel er runter und schlug sich die Lippe auf; das brachte ihm Mitgefühl ein, bedeutete jedoch nicht, daß das Buch verschwunden war. Bump beobachtete es da oben auf dem Regal und war entschlossen, es erneut anzugreifen, sobald er Gelegenheit dazu bekam, aber keine Gelegenheit bot sich, bis zu jenem Nachmittag, an dem sein Vater, der gerade ein Telefongespräch führte, einen Moment lang unaufmerksam war und das Buch auf einem Stuhl liegenließ. Bump schnappte es, lief damit ins Badezimmer und warf es in die Toilette der Großen. Sein Vater entdeckte es dort zwar wenige Minuten später, doch der größte Schaden war bereits passiert. Das Buch war fast genauso aufgeweicht wie das, was er in den Regen geworfen hatte. Sein Vater schaute ihn auf eine merkwürdige Weise an, verzog den Mund ein wenig und schüttelte den Kopf. Aber er packte ihn nicht oder schüttelte ihn; sein Vater tat so was niemals, selbst dann nicht, wenn Bump sein Töpfchen vergaß und pinkelte, wo er gerade stand.

»Das wird uns nicht davon abhalten, Sanskrit zu lernen, weißt du«, sagte sein Vater und trug das triefnasse Buch ins Spülbecken.

Bump verstand nicht, warum sie das Buch eigentlich so liebten – es waren ja keine Bilder drin, so wie in seinen Büchern –, aber er wußte, daß sie es jetzt, wo es durch und durch naß war, bestimmt nicht mehr so sehr liebten wie früher. Er überhörte die Bemerkung seines Vaters, setzte sich ans Fußende seines Bettes und studierte sein Buch mit dem Tiger – das Tigerbuch gehörte zu seinen Lieblingsbüchern. Er fühlte sich glücklich, jetzt, da das schlimme Buch seiner Eltern aus dem Weg geräumt war, und als seine Mutter nach Hause kam, da rannte er ihr entgegen und wurde hochgehoben und geküßt. Bump liebte den Geruch seiner Mutter und war einen Moment lang glücklich, als er ihren Duft einatmete und sie umarmte.

Aber als seine Mutter das durchweichte Buch im Spülbekken entdeckte, da veränderte sich die Atmosphäre schlagartig.

Bump sah, wie ihr Gesicht ärgerlich wurde – sofort lief er weg und versteckte sich im Schrank bei den Schuhen seiner Mutter. Das war die sicherste Stelle im ganzen Apartment, aber diesmal war sie nicht sicher genug. Seine Mutter trat die Schuhe beiseite und zog ihn hervor. Bump startete seinen stummen Widerstand, er trat so fest er konnte nach ihr, machte dabei aber ein heiteres Gesicht. Doch seine Mutter war nicht besonders freundlich zu ihm; sie hielt ihn fest und schüttelte ihn; sie war sehr ärgerlich und duftete gar nicht mehr gut.

»Wage es nie mehr, eines meiner Bücher kaputtzumachen, Jonathan!« sagte sie. »Es war nicht dein Buch, und du darfst es nicht naß machen.«

Sein Vater kam und versuchte, ihn seiner Mutter wegzunehmen. Bump streckte ihm die Arme entgegen, aber seine Mutter ließ nicht zu, daß sein Vater ihn ihr wegnahm. Dann klingelte das Telefon, sein Vater drehte sich um, um den Hörer abzunehmen. Bump wollte unbedingt von seiner zornigen Mutter weg. Er zappelte so heftig, wie er konnte, um sie zu zwingen, ihn loszulassen, damit er in die sicheren Hände seines Vaters fliehen konnte, doch seine Mutter hielt ihn in ihrem Schoß gefangen und ignorierte sein Gezappel und sein Gehampel. Bump hörte sie wie ein Tier atmen – wenn sie so wütend wurde, daß sie seinen anderen Namen, Jonathan, benutzte, dann fuhr ihr heißer Atem wie bei einem Tier über ihn –, wie manchmal bei den großen Hunden, die sie beim Spazierengehen auf dem Gehweg trafen. Manchmal, wenn sie ihn so festhielt, wie sie das jetzt tat, überlegte er, ob seine Mutter vielleicht in Wirklichkeit ein Tiger war. Sie hatte keine Streifen und auch keinen Schwanz, aber Bump dachte, sie könnte dennoch irgendeine Art von Tiger sein, weil ihre Zähne und ihre Augen so aussahen und sie so atmete, wenn sie zornig war. Vielleicht war der Tiger in seinem Buch nur eine Art von Tiger und seine Mutter eine andere Art. Er fühlte sich seinem Vater gewachsen, wußte aber genau, daß er seiner Mutter nicht gewachsen war; er glaubte, das sei vermutlich so, weil sie in Wirklichkeit ein Tiger war. »Du kleiner Pisser, das sind jetzt schon zwei Sanskrit-Grammatiken, die du ruiniert hast!« sagte sie. Sie sprach öfter so mit ihm, wenn sie so wütend wurde, daß sie seinen anderen Namen benutzte.

»Ja, aber es ist ja schließlich nur ein Buch«, sagte Teddy und legte den Hörer so schnell auf, daß er ihn fallen ließ und herumtasten mußte, bis er ihn richtig auflegen konnte.

»Bitte verhau ihn nicht«, fügte er hinzu.

Jane hielt Bump auf dem Schoß fest und beobachtete, wie er zappelte und hampelte, wobei er sie mit einer Ruhe ansah, die zum Verrücktwerden war, die exakte Kopie von Teddys Ruhe. Als Teddy sie bat, Bump nicht zu versohlen, obwohl er es verdient hatte, da riß sie das Kind blitzschnell wie einen Pfannkuchen herum und schlug ihn zweimal mit der offenen Hand aufs Hinterteil. Dann setzte sie ihn auf den Boden und sah zu, wie er die Flucht ergriff. In Sekundenschnelle war er wieder im Schrank und versteckte sich hinter den Schuhen.

»Ich wünschte, du hättest es nicht getan«, sagte Teddy. »Aber du hast es getan.«

»Ja, hab' ich, und jetzt ist es vorbei«, sagte Jane, immer noch sehr ärgerlich. In einem entfernten Winkel ihres Gehirns überlegte sie, wohin der Cajun sie geführt hätte, wenn sie mit ihm gegangen wäre. Hätten sie eine Tanzdiele betreten, um ein bißchen Dirty Dancing zu machen? Oder hätte er sie schnurstracks in irgendein mieses Apartment geführt?

»Vielleicht ist es vorbei, vielleicht aber auch nicht«, sagte Teddy, der selber etwas ärgerlich war. »Vielleicht bringt er uns in zwanzig Jahren um für das, was du gerade getan hast.«

»Ach, fick dich doch«, sagte Jane. »Glaubst du denn, ich stehe hier herum und praktiziere mit einem zweijährigen Kind die Sokratische Methode? Mir hängt die Sokratische Methode jedenfalls zum Hals heraus, und zwar aus dem Grund, weil es die einzige Methode ist, die du überhaupt kennst.«

»Ich glaube kaum, daß ich die Sokratische Methode in besonderem Maße praktiziere«, sagte Teddy. »Ich halte nur nichts davon, kleine Kinder zu versohlen. Glaubst du wirklich, er wird unsere Sanskrit-Grammatik in Ruhe lassen, weil du ihm den Hintern versohlt hast?«

Jane sagte nichts. Sie wünschte sich in diesem kurzen Augenblick, sie hätte einen anderen Freund. Sie dachte an Teddy immer als ihren Freund, nie als ihren Ehemann. Einen Freund konnte man leichter loswerden, aber nur schwer ersetzen. Wieder dachte sie an den Cajun, der trotz seiner Stumpfheit ein interessantes Lächeln gehabt hatte. Bei dem hätte es mit der Sokratischen Methode keine Probleme gegeben, der war ganz eindeutig ein Anhänger der Warren-Beatty-Methode gewesen.

»Was ist los mit dir?« fragte Teddy. »Du hast schon frustriert ausgesehen, als du nach Hause kamst, und jetzt hast du auch noch unser Kind geschlagen.«

»Mir hängt deine Besorgnis zum Hals heraus«, antwortete Jane. »Kümmere dich um deine eigenen Angelegenheiten.«

»Nun, Bump ist durchaus ein Teil meiner Angelegenheiten«, gab Teddy zurück.

»Hör zu, ich bin als Kind versohlt worden und keine Mörderin geworden«, sagte Jane. »Wieviel Sanskrit-Grammatiken willst du ihn denn noch ruinieren lassen, bevor du dem ein Ende setzt? Du weißt doch ganz genau, daß er das nur tut, weil er uns nicht daran arbeiten lassen will. Er will unsere gesamte Aufmerksamkeit, aber die kann er nicht kriegen.«

»Wenn ich Sanskrit lernen will, dann wird mein Kind mich nicht davon abhalten«, fuhr sie fort. »Ich will nicht, daß er eins von diesen Kindern wird, die ihre Eltern total unter Kontrolle haben.«

»Trotzdem halte ich es für keine gute Idee, wenn Eltern ihre Kinder schlagen«, sagte Teddy mit einem traurigen Gefühl. Er konnte diesen Streit nicht gewinnen, und zwar aus einem alten Grund: Jane besaß vielleicht auch nicht mehr Überzeugung als er, aber sie besaß eine größere emotionale Energie, die in jede Überzeugung einfloß, die sie gerade vertrat. Er konnte Bump im Schrank hören, wie er mit einem Schuh auf den Boden schlug. Er war eigentlich gar nicht richtig schmerzhaft geschlagen worden, hatte auch keine besondere Angst gezeigt, und die beiden Klatscher, die Jane ihm auf sein Hinterteil gegeben hatte, waren vielleicht gar nicht richtig von ihm bemerkt worden – kein Vergleich mit den schmerzhaften Schlägen, die Teddys Vater ihm verpaßt hatte, als er fünf oder sechs Jahre alt gewesen war. Sein Vater hatte ihn verprügelt, als sei er für alles Schlechte verantwortlich – für den Tod seiner Mutter, für den Vietnamkrieg und was nicht sonst noch alles; und sofern überhaupt möglich, waren die Prügel, die Tommy bekommen hatte, noch schlimmer gewesen. Teddy entsann sich der Prügel als eines undeutlichen, jedoch bedrohlichen Wendepunktes, obwohl er auch nach Gesprächen mit vielen Psychotherapeuten niemals in der Lage gewesen war, sich als Wesen dieses Wendepunktes zufriedenstellend zu erklären. Vor allem war dies jener Punkt, von dem an das Leben bedrohlich zu werden begann, und bedrohlich war es seitdem immer geblieben.

»Ich will nur nicht, daß er Angst vor uns hat«, sagte Teddy, der bemerkte, daß Jane ihn immer noch ärgerlich anschaute. »Außerdem war ich es, der ihn auf frischer Tat ertappt hat.«

»Richtig, und du hättest ihm auf der Stelle ein paar runterhauen sollen, aber das hast du ja nicht getan«, sagte Jane. »Die Drecksarbeit hast du mir überlassen.«

»Glaubst du, er weiß, daß du ihn wegen des Buches geschlagen hast?« fragte Teddy.

»Hör zu, ich will jetzt nicht mehr darüber reden«, sagte Jane. »Willst du die Dinge immer einfach nur geschehen lassen, und das war's dann?«

»Nicht, wenn es um Gerechtigkeit geht«, antwortete Teddy. »Ich will, daß Bump weiß, daß er gerecht behandelt wird, das ist alles.«

In diesem Moment klingelte es. Bump krabbelte aus dem Schrank und lief zur Tür – er liebte es, die Tür aufzumachen. Er spähte durch den Bambusvorhang, der vor der Tür hing, und sah seine Big Granny und Rosie auf der Treppe stehen.

»O Gott«, sagte Teddy, »ich hab' vergessen, daß Granny und Rosie eventuell vorbeikommen wollten.«

Jane ging zur Tür und ließ die beiden Frauen herein. Aurora schnappte sich Bump und küßte ihn heftig, bevor sie ihn an Rosie weiterreichte, die ihn ebenfalls heftig küßte. Aurora bemerkte die Tränenspuren auf den Wangen des kleinen Jungen.

»Hat er so viel gelacht, daß ihm die Tränen gekommen sind, oder ist es genau umgekehrt?« fragte sie.

»Ich habe ihn verhauen«, sagte Jane. »Teddy ist damit nicht einverstanden. Ihr zwei seid erfahrene Frauen – was haltet ihr davon?«

»Was war denn das Verbrechen?« fragte Aurora und fächerte sich Kühlung zu – die Klimaanlage ihres alten Autos hatte sich einen ungünstigen Moment ausgesucht, um die Kühlung einzustellen. Sie bemerkte, daß Teddy irgendwie in der Devensive zu sein schien. Instinktiv neigte sie dazu, sich, wann immer möglich, auf die Seite ihrer Familienmitglieder zu schlagen, und Teddy gehörte natürlich dazu, doch war gesunder Menschenverstand eigentlich noch nie seine Stärke gewesen; in Fällen familiärer Rechtsprechung fand sie sich immer häufiger auf Janes Seite.

»Er hat unsere Sanskrit-Grammatik in diesem Monat schon zum zweitenmal ins Wasser geworfen«, berichtete Jane. »Er haßt es, wenn wir damit arbeiten.«

Bump, der bemerkte, daß seine Mutter jetzt nicht mehr wie ein wildes Tier atmete, streckte seine Arme nach ihr aus und wurde wieder angenommen.

Teddy war erleichtert und kam sich ein wenig blöd vor.

»Nun, ich bin selber ein eifersüchtiges Kind gewesen«, sagte Aurora. »Ich mochte es nicht, wenn meine Mutter Klavier spielte, obwohl sie sehr schön spielen konnte. Trotzdem, glaube ich, hielt ich mich selber für noch schöner. Ich habe immer Bleistifte zwischen die Tasten gesteckt. Ich fürchte, Jonathan hat seine Eifersucht irgendwie geerbt. Das liegt an diesen Genen.«

»Quatsch, wenn ich meine nicht versohlt hätte, wären sie noch vor dem Kindergarten im Knast gelandet«, sagte Rosie. »Ich habe sie versohlt und versohlt. Aber ich glaube nicht, daß ich diesen kleinen Jungen hier versohlen könnte. Er ist einfach zu süß.«

»Vielleicht habe ich ja übertrieben reagiert«, gab Teddy zu. Er war froh, daß seine Großmutter und Rosie gerade zum richtigen Zeitpunkt aufgetaucht waren. Jane war jetzt nicht mehr ärgerlich.

Aurora sah zu, wie Jonathan sich mitten in der Wohnung mit seiner großen, hübschen Mutter versöhnte. Die Wohnung kam ihr immer ein bißchen zu ordentlich vor. Sie fragte sich, ob das Schlafzimmer auch ein bißchen zu ordentlich war – vielleicht war die Tür zum Schlafzimmer immer verschlossen, wenn sie kam, weil im Zimmer ein wüstes

Durcheinander herrschte. Insgeheim hoffte sie, daß ein wüstes Durcheinander herrschte, so wie das bei ihrem eigenen Schlafzimmer der Fall war. Sie fühlte sich nie ganz wohl in Jeans und Teddys Apartment, weil eine gewisse Form von Ordnung sie leicht nervös machte.

Die Einrichtung war simpel – ein altes Sofa, das sie ihnen gegeben hatte, ein einfacher Tisch, den sie auf dem Trödel gekauft hatten, ein schöner, wenn auch stark abgenutzter Teppich, den sie von einer Reise nach Afghanistan mitgebracht hatten, und Bücherregale voller Bücher – trotzdem konnte sie nicht genau sagen, warum die Wohnung sie immer ein wenig aus dem Gleichgewicht brachte. Vielleicht war es, weil in der Einfachheit der Einrichtung eine Andeutung von Einschränkung lag – und Einschränkung war eine Eigenschaft, zu der sie sich noch nie hingezogen gefühlt hatte, obwohl sie in der Nähe von Yale aufgewachsen war, wo es davon zur Genüge gab.

»Wie wäre es mit etwas Eistee?« fragte Jane. »Ihr seht beide ein bißchen überhitzt aus.«

»Wir nehmen gerne an, jedenfalls ich«, sagte Aurora. »Mein Wagen hat mich mal wieder im Stich gelassen, genauso, wie Rosie es vorhergesagt hat.«

»Ich versuche immer noch, sie zu einem Datsun Pick-up zu überreden«, sagte Rosie, »komme dabei allerdings überhaupt nicht weiter.«

Aurora bemerkte irritiert, daß Teddy Anzeichen eines leichten Zitterns zeigte. Äußerlich schien er entspannt zu sein, aber wenn man genau hinschaute, konnte man erkennen, daß seine Hände ein wenig zitterten. Sie bemerkte es, als Jane den Eistee brachte und Teddy nach seinem Glas griff.

Bump, der mehr Interesse an seiner Big Granny als an Rosie hatte, kam zu ihr und zeigte ihr einen Holzklotz, auf dem vier griechische Buchstaben standen. Um Rosie brauchte er sich nicht zu bemühen – deren Zustimmung war ihm sicher –, aber Big Granny war jemand, bei dem er sich nicht so ganz sicher war. Er hielt ihr den Block ein wenig schüchtern hin – wenn sie kein Interesse hatte, brauchte sie ihn ja nicht zu nehmen.

»Du solltest langsam anfangen zu sprechen, junger Mann«, sagte Aurora, nahm den Block entgegen und tat, als betrachte sie ihn mit Interesse. »Einen Block mit griechischen Buchstaben mit sich herumzuschleppen, ist ja für ein einjähriges Kind in Ordnung, aber du bist kein einjähriges Kind mehr. Ich denke, du solltest dich jetzt deiner sprachlichen Verantwortung stellen.«

Bump schaute seine Mutter hilfesuchend an. Seine Big Granny war immer sehr lustig und konnte phantastische Seifenblasen aus einer geheimnisvollen Flasche hervorzaubern, die sie in ihrem Badezimmer aufbewahrte, aber es gab auch Zeiten, da wußte er nicht, was er von ihr halten sollte. Sie redete immer mit ihm, als sei er auch ein Großer, obwohl es doch klar war, daß er kein Großer war. Er war ja nur ein Kleiner. Manchmal sprach auch sein Vater mit ihm, als sei er ein Großer, aber sein Vater machte das nie lange. Sein Vater fiel immer rasch in die Sprache zurück, die die Großen normalerweise benutzten, wenn sie mit kleinen Menschen redeten – Worte, die Bump lieber hörte. Auch seine Mutter sprach so mit ihm, außer, wenn sie ärgerlich war und ein wildes Tier wurde.

Aber Big Granny hatte alte Augen, und alte Augen waren anders als die Augen seiner Eltern. Big Grannys Augen schienen tief in ihn hineinzublicken, selbst wenn sie mit ihm spielte. Wenn sie ihn manchmal anschaute, hatte Bump nur noch den einen Wunsch, sich im Schrank zu verstecken, und manchmal versteckte er sich auch im Schrank, obwohl er Big Granny liebte, meistens wenigstens. Vor allem liebte er Besuche in ihrem Schlafzimmer, wenn sie die magische Flasche hervorholte und er auf dem Bett herumhopsen durfte. Der alte Große, der in Grannys Schlafzimmer wohnte, mochte Bumps Hopserei nicht, aber Big Granny ignorierte ihn, machte weiter ihre Seifenblasen oder redete mit dem Telefon. Bump durfte so lange herumhopsen, bis er nicht mehr konnte.

»Es geschieht euch nur recht, wenn dieses Kind anfängt, Griechisch zu sprechen«, sagte Aurora und gab Bump seinen Klotz zurück.

»Du hast uns deine Meinung übers Verhauen noch nicht gesagt«, bemerkte Jane. »Glaubst du, Jonathan wird einen irreparablen Schaden davontragen, wenn ich ihm ab und zu ein paar auf den Hintern haue?«

»Aber überhaupt nicht«, antwortete Aurora. »Eine gelegentliche Tracht Prügel hat auf Kinder nur geringe Auswirkung, aber die Eltern fühlen sich danach oftmals besser. Da ist weiter nichts Schlimmes dabei – manchmal brauchen Eltern eben irgendeinen Weg, um sich besser zu fühlen.«

Aurora beobachtete den hübschen kleinen Jungen, der im Zimmer herumwieselte, und dachte über ihren eigenen Mangel an Interesse für ihn nach. Manchmal hatte sie den Eindruck, sie habe es versäumt, eine innere Verbindung zu ihm herzustellen. Offensichtlich war er ein aufgewecktes Kind; Aurora mochte am meisten den klugen Blick, mit dem er die Erwachsenen anschaute, wenn er dachte, daß diese es nicht merkten. Er versuchte, ganz genau herauszufinden, was es mit dem Leben auf sich hatte – eine Frage, die sich alle Kinder stellten –, und schien bereits zu dem Ergebnis gekommen zu sein, daß seine Mutter wesentlich stärker war als sein Vater. Es war auch deutlich, daß er ein Verhalten entwickelt hatte, das seine Mutter besänftigte, wenn er meinte, es sei erforderlich.

Es verunsicherte Aurora ein wenig, als sie das Kind beobachtete, daß sie überhaupt nicht den Wunsch verspürte, ihn zu nehmen und an sich zu binden. Sie sah keinen Grund, sich in den kleinen Streitereien, die wegen der Frage verhauen oder nicht verhauen, Erziehung zur Sauberkeit und dergleichen zwischen Jane und Teddy entbrannten – lauter Dinge, mit denen junge Eltern sich auseinanderzusetzen hatten –, dieser oder jener Seite zuzuneigen. Zum erstenmal in ihrem Leben als Mutter oder Großmutter fühlte sie sich zum Zuschauer bestimmt. Jonathan war die dritte Generation, vielleicht lag die dritte Generation einfach jenseits ihrer Reichweite. Vielleicht hatte sie einfach keinen Sprit mehr, wie ihr altes Auto vor zwei Tagen, ausgerechnet auf dem Highway. Vielleicht hatte sie für Jonathan einfach keinen Sprit – aber was hatte das zu bedeuten? Er war ohne Zweifel ein hübsches Kind, und für hübsches Aussehen hatte sie schon immer eine Schwäche gehabt, doch in Jonathans Fall fühlte sie ein wenig von diesem Was soll's? Was soll's? war eigentlich nicht die Haltung, die ihr für Mitglieder ihrer Familie angemessen erschien.

»Ich habe meine Zweifel, daß ich eine gute Urgroßmutter sein kann«, sagte sie ein wenig später, als sie sich mit Rosie auf der Heimfahrt befand.

»Wer hat dich denn gebeten, das zu sein?« fragte Rosie. Die Sonne brannte, der Verkehr war heftig. Ohne Klimaanlage, die sie abkühlte, hatte sie keinen Sinn dafür, Aurora zuzuhören, die sich selber bedauerte.

»Niemand hat mich darum gebeten – willst du etwa ausfallend werden?« fragte Aurora, die sich über den Anflug von Ungeduld in Rosis Stimme etwas ärgerte.

»Urgroßenkel sind ein wenig zu weit unten auf der Leiter«, bemerkte Rosie. Sie hatte selber drei, die sie aber nur selten zu Gesicht bekam.

»Das ist genau, wie ich es ausgedrückt hätte, wenn du mir die Gelegenheit dazu gegeben hättest«, antwortete Aurora. »Sie sind ein wenig zu weit unten auf der Leiter. Dennoch hätte ich nie gedacht, daß ich einem direkten Nachkommen gegenüber so unbeteiligt sein könnte. Was glaubst du, wer in dieser Familie die Hosen anhat – Teddy oder Jane?«

»Jane«, sagte Rosie. »Teddy war nie dazu bestimmt, der Boß zu sein.«

»Hast du gewußt, daß ich einen Sohn verloren habe?« fragte Aurora, die ihren Strohhut aus dem Fenster hielt, um ein bißchen kühle Luft auf ihr verschwitztes Gesicht und den noch etwas mehr verschwitzten Busen zu lenken.

Rosie kroch auf die Ampel am Buffalo Speedway zu und überhörte die Frage. Sie dachte über eine kritische Äußerung nach, die ihr Liebhaber C. C. heute morgen gemacht hatte, und zwar, daß sie zu viele Vorschläge machte. Was sie wissen wollte, war, ob er das ganz allgemein so fand oder ob er etwas Spezielles damit meinte. Hatte er etwas dagegen, wenn sie ihm sagte, zu welchem Schalldämpferladen er gehen sollte, oder hatte er etwas einzuwenden, wenn sie ihm vorschlug, ein wenig langsamer vorzugehen, wenn sie sich liebten, bei den immer seltener vorkommenden Gelegenheiten, zu denen sie sich überhaupt noch liebten?

Aurora merkte, daß Rosie sie nicht gehört hatte. Sie seufzte und beschloß, ihre Worte nicht zu wiederholen. Es war sowieso närrisch gewesen, davon zu sprechen; wenn sie darüber sprächen, finge sie an zu weinen, und was konnte unsinniger sein als eine verschwitzte alte Frau, die vor der Ampel hielt und heulte – über eine Fehlgeburt, die schon so viele Jahre zurücklag.

Schließlich bog Rosie um die Ecke, und bald fuhren sie im Schatten der großen Bäume von River Oaks dahin. Fünf Minuten später, fast wie eine Reaktion auf den Schatten, drang Auroras Frage in ihr Bewußtsein. Mit einem Seitenblick bemerkte sie, daß Aurora damit kämpfte, die Tränen zurückzuhalten. Rosie griff sofort nach ihrer Hand.

»Tut mir leid, meine Liebe, ich hatte gerade an meine eigenen Probleme gedacht«, sagte sie. »War das die Fehlgeburt, die du hattest, als du und Rud auf der Rückfahrt von Galveston diesen Unfall hattet? Warst du nicht schon im fünften Monat?«

»Fünf Monate . . . ein kleiner Junge«, keuchte Aurora. »Er wäre Emmas Bruder geworden. Vielleicht hätte er wie Jonathan ausgesehen. Vielleicht habe ich deshalb daran gedacht. Seit Jahren träume ich von ihm. Ich habe sogar geträumt, er habe in Yale seinen Abschluß gemacht.«

Mit großer Mühe bekam sie sich wieder in den Griff; sie weinte nicht. Kurz danach bogen sie in ihre Auffahrt ein und hielten an. Rosie begann das langwierige Manöver, den Wagen auf die Garage auszurichten.

»Vielleicht hätte ich ihn nicht verloren, wenn es damals Anschnallgurte gegeben hätte«, sagte Aurora völlig unlogisch, denn sie war wie üblich auch jetzt nicht angeschnallt. Nichtsdestoweniger hatte dieser Gedanke etwas Tröstliches. Sie schneuzte sich die Nase.

»Meine Liebe, das war lange bevor Anschnallgurte erfunden wurden«, bemerkte Rosie, während sie in den tiefen Schatten der Garage glitten.

»Ich weiß, aber Rud hätte darauf geachtet, daß ich sie benutze, wenn es sie damals schon gegeben hätte«, antwortete Aurora. »Rud war immer besonders vorsichtig bei so was.«

15.

»Oh, oh, siehst du, was ich da sehe?« fragte Rosie. Sie waren gerade aus der Garage gekommen. Aurora hatte für den kurzen Weg zum Haus ihre dunkle Sonnenbrille aufgesetzt, auf die Rosie wunderbar verzichten konnte, um zu sehen, was sie da vor Augen hatte.

Der General, nackt bis auf seine Gipsverbände, stand innen hinter der Haustür und winkte ihnen hektisch mit seiner Krücke zu.

Absurde Situationen hatten häufig eine beruhigende Wirkung auf Aurora, und der Anblick von Hector Scott ohne Kleidung, mit seiner Krücke winkend, kam ihr mit Sicherheit äußerst absurd vor. »Das Monster ist aus seiner Höhle entwichen«, bemerkte sie kühl. »Warum fuchtelt er wohl so mit der Krücke durch die Luft? Gibt es vielleicht einen Luftangriff?«

»So 'n Glück haben wir nicht, wir sind ja nicht im Krieg«, antwortete Rosie. »Aurora, er ist nackt. Wie ist er überhaupt nach unten gekommen?«

»Vielleicht ist er aus dem Fenster gefallen«, spekulierte Aurora. »Warum saust du nicht an ihm vorbei und holst ein Bettlaken oder eine große Tischdecke, damit wir etwas haben, um ihn einzuwickeln.«

»Und wenn er mich nicht läßt?« fragte Rosie. »Vielleicht

ist er ausgeflippt. Sich zu entblößen ist *eine* Sache, aber der alte Knabe ist splitternackt.«

»Ja, Hector, wir sehen dich ja, schöner Anblick, den du uns bietest«, sagte Aurora und bewegte sich vorwärts. Rosie bewegte sich seitlich in Richtung Hintertür.

»Aurora, schnell, ich habe schlechte Nachrichten«, schrie der General. Er hatte noch nie etwas so Entnervendes gesehen wie dieses Schneckentempo, mit dem Aurora sich auf ihn zu bewegte. Er hatte sich der außerordentlichen Mühe unterzogen, die ganze Treppe runterzuhumpeln, um ihr sofort die Neuigkeiten melden zu können, aber diese Frau bewegte sich so gut wie überhaupt nicht vorwärts. Sie war immer noch mehrere Meter weit weg und stand völlig ungerührt auf dem Rasen und beobachtete die Vögel oder sonstwas, als Rosie plötzlich aus der Küche geschossen kam und versuchte, ihn in eine Tischdecke einzuwickeln. Das brachte das Faß zum Überlaufen – seine Neuigkeiten konnten sie ja ignorieren, aber niemand wickelte ihn in eine Tischdecke ein. Er fing an, Rosie mit seiner Krücke zurückzustoßen.

»Also, Hector, Schluß damit«, sagte Aurora und stürzte sich in einer dramatischen Aktion blitzschnell auf ihn. »Das ist nur eine Tischdecke, keine Zwangsjacke, und niemand kommt, um dich wegzubringen, obwohl du völlig verrückt bist.«

Es gelang ihr und Rosie, die Tischdecke mehr oder weniger um den General herumzuwickeln, aber weil er sich noch auf seine Krücken stützte, war die Wirkung etwa so, als hätten sie ihn in ein kleines Zelt gepackt, wobei sein zorniges Gesicht oben rausguckte.

»Wollt ihr wohl damit aufhören, verdammt noch mal!« schrie der General. »Ihr seid doch die, die in eine Zwangsjacke gehören. Alles, was ich euch sagen will, ist doch nur, daß Melanie abgehauen ist.«

»O Scheiße«, sagte Aurora und ließ ihr Tischdeckenende fallen. »Was soll denn noch alles passieren?«

»Auch wenn Melanie fortgegangen ist, heißt das noch

lange nicht, daß wir Nudisten brauchen, die ums Haus herumrennen«, sagte Rosie und blieb bei dem, was sie für ihre wichtigste Aufgabe hielt. Sie wich der Krücke des Generals aus und hatte ihn schon bald in die Tischdecke eingewikkelt, zumindest hatte er sich darin verheddert.

»Könnt ihr beiden es denn nicht in eure Köpfe kriegen, daß ich neuerdings Nudist bin?« fragte der General schon ein bißchen ruhiger. »Ich habe beschlossen, einer zu werden, just in dem Augenblick, als ihr zwei zum Einkaufen losfuhrt. Das ist eine vollkommen respektable Angelegenheit. Ich glaube, Calvin Coolidge war auch Nudist.«

Er spürte, daß diese Behauptung vielleicht ein bißchen ungenau war, aber er hatte irgendwann einmal in einem uralten Nudistenmagazin ein Bild von jemandem gesehen, der Präsident Coolidge täuschend ähnlich sah.

»Nun, darüber könnten wir diskutieren, bis wir schwarz werden«, bemerkte Rosie und wünschte, sie hätte eine Sicherheitsnadel. So wie die Dinge aber lagen, mußte sie stehenbleiben, wo sie stand, und die Tischdecke festhalten, und das auch noch in direkter Reichweite der Krücken des Generals.

»Ich denke, du bist Aerobic-Anhängerin«, sagte der General. »Warum kann ich nicht Nudismus-Anhänger sein?«

»Weil ich keine Lust habe, irgendwelche alten Pimmel anzuschauen, wenn ich den Fußboden einwachse«, sagte Rosie. »Das ist auch ohne solche Ablenkungen schon schwer genug.«

»Bitte, ihr beiden«, sagte Aurora. »Ihr macht mich noch wahnsinnig. Erst sagst du, Melanie ist abgehauen, und dann fängst du an, dich über Nudismus zu streiten. *Wann* ist Melanie abgehauen und wohin, nur nach Dallas oder ist es schlimmer?«

»Nun, sie sagte, sie würden heute nachmittag losfahren«, sagte der General. Er hatte Melanie im Augenblick völlig vergessen und war mehr daran interessiert, mit Rosie über deren soeben geäußerte Vorbehalte gegen den Nudismus zu diskutieren. Die waren sanfter ausgefallen und präziser, als er erwartet hatte; wenn er eine gewisse Kompromißbereitschaft signalisierte, während sie den Fußboden einwachste, konnte er unter Umständen sein Hauptziel erreichen.

»Oh, wenn das das einzige Problem ist, ich denke, ich könnte meine Schlafanzughose tragen, wenn du den Fußboden bearbeitest«, sagte er und schaute Rosie erwartungsvoll an.

Tatsächlich hatte er erst heute morgen beschlossen, Vollzeit-Nudist zu werden, weil er sich über den ungeheuren Zeitaufwand geärgert hatte, den es bedeutete, seine Hose über die Gipsverbände zu kriegen, obwohl er sich dieser Entscheidung schon seit Wochen langsam angenähert hatte.

»Hector, du wirst unter keinen Umständen nur dann deine Pyjamahose tragen, wenn Rosie den Fußboden macht«, gab Aurora ihm zu verstehen. »Du wirst normale, vollständige Bekleidung tragen, wie du es immer getan hast, solange du in diesem Hause bist. Hör auf, uns mit deinem Nudismus zu behelligen, und sage mir, wohin Melly glaubt, abhauen zu können.«

»Nach Los Angeles, um da mit ihrem Freund zu leben«, sagte der General frustriert. Gerade als er mit Rosie einen Kompromiß schließen wollte, mußte Aurora sich einmischen. »Das hätte ich dir schon längst sagen können, wenn ihr nicht angefangen hättet, mich in diese Tischdecke einzuwickeln. Ich möchte lieber nackt sein, als wie eine verdammte Mumie auszusehen, denn genau so sehe ich jetzt aus.«

Melanies Anruf hatte ihn zuerst so aufgeregt, daß er die Polizei benachrichtigen wollte, damit sie entweder das junge Paar verhafteten oder Aurora und Rosie ausfindig machten; dann war er die ganze Treppe hinuntergehumpelt, um Aurora so schnell wie möglich informieren zu können. Aber als er unten war und niemand da war, dem er die Neuigkeiten mitteilen konnte, verflüchtigte sich seine Aufregung nach und nach, während seine Freude über seinen Entschluß, ein gesundes Leben in Nacktheit zu führen, kräftig gewachsen war, was ihn mehr oder weniger dazu brachte, Melanie zu vergessen. Zum Glück hatte er sich an sie erinnert, als er Aurora und Rosie ankommen sah; nachdem er sich nun seiner Informationspflicht entledigt hatte, war ihm daran gelegen, die Freuden des Nudismus weiter auszukosten; aber statt dessen zeigten Aurora und Rosie diese Überreaktion und wickelten ihn in eine Tischdecke.

»Ich weiß überhaupt nicht, wieso ich hier eigentlich arbeite«, sagte Rosie. »Dieses Haus ist doch total verrückt.« Sie zerrte den Gürtel aus ihrer Hose und versuchte, ihn um den General zu schlingen, damit die Tischdecke nicht runterrutschen konnte.

»Das ist *wirklich* ein verrücktes Haus, wer könnte das leugnen, Hector«, sagte Aurora vorwurfsvoll. Da klingelte das Telefon.

»Vielleicht ist das Melly«, sagte sie. »Wir müssen alle die Daumen drücken.«

»Aurora, das ist doch nur Aberglaube«, sagte der General. »Tatsachen hören nicht auf, Tatsachen zu sein, bloß weil die Leute die Daumen drücken.«

»Melanie und Bruce haben sich vielleicht zerstritten, bevor sie mit Packen fertig waren«, meinte Aurora. »Ich habe mich mit Rudyard mehrmals zerstritten und hätte mich einmal fast von ihm scheiden lassen, weil er mir beim Packen Schwierigkeiten machte. Ich bin ganz sicher, daß das auch bei Melanie passieren könnte.«

Sie ließ Rosie allein, damit die mit dem General und der Tischdecke anstellte, was sie konnte, und ging in die Küche, um das Telefon abzunehmen. Sie hatte den Eindruck, sich dort etwas ruhiger fühlen zu können, da die Küche häufig ohnehin der einzige Ort war, an dem sie sich ruhig fühlte.

»Hallo, du gehst nirgendwo hin, ich will in meinem augenblicklichen Zustand nichts davon hören«, sagte sie in den Apparat, fest davon überzeugt, ihre Enkelin am anderen Ende der Leitung zu haben.

»Wollte ich auch gar nicht«, sagte Pascal. »Ich genehmige mir gerade einen Drink. Ich habe heute die neuen Laken bekommen, du solltest herkommen und sie anschauen.«

»Pascal, schlechtes Timing«, antwortete Aurora. »Das schlechteste Timing, das du je hattest, und das will schon einiges heißen. Ich habe im Moment keine Sekunde Zeit für dich, und wieso sollte ich mich eigentlich dafür interessieren, ob du deine Bettlaken gewechselt hast? Hector hat sich gerade zum Nudisten erklärt, und meine Enkeltochter läuft von zu Hause weg. Nur eine Person mit einer so verqueren Weltanschauung wie deiner kann mich in einer solchen Situation mit Gerede über Bettlaken behelligen.«

»Aber wir haben doch besprochen . . . ich mache Pläne«, sagte Pascal ernüchtert. Ganz egal, wann er Aurora anrief, und ganz egal, was er sagte, es schien immerzu schlechtes Timing zu sein.

»Nun, tut mir leid, wenn ich deine kleinen Ballons mal wieder durchlöchert habe«, sagte Aurora und überlegte einen Moment, wie seine neuen Bettlaken wohl aussehen würden.

»Meine Ballons?« fragte Pascal verwirrt.

»Ja – deine Phantasien kommen mir wie kleine Ballons über meinem Kopf vor«, sagte Aurora. »Ich durchlöchere sie jedesmal.«

»Ja, durchlöchern«, wiederholte Pascal. »Egal, was ich versuche, du durchlöcherst es immer sofort. Willst du mich nicht mehr?«

»Nun, darauf weiß ich keine Antwort«, gab Aurora zu. »Im Moment könnte ich nicht endgültig sagen, ich wollte nicht, aber ich kann endgültig sagen, daß ich darüber jetzt nicht reden kann. Im Moment nur auf Wiedersehen.«

Sie hängte den Hörer ein, doch das Telefon klingelte sofort wieder, noch bevor sie eine Chance gehabt hatte, den Kühlschrank nach etwas Eßbarem zu durchsuchen. In allen Notsituationen ihres Lebens galt ihr stärkster Instinkt immer dem Essen, und ihrer Auffassung nach war das auch ein völlig normaler Instinkt. Schließlich – kein Sprit, kein Kampf.

»Granny?« fragte Melanie, als Aurora den Hörer abnahm. Schon in diesem einen Wort klang für Aurora Hoffnung auf.

»Hallo, Melly«, antwortete sie und war sehr nervös. Pascals Ballons zu durchlöchern war *eine* Sache, Melanies Hoffnung wollte sie jedoch nicht durchlöchern, wenn sie es verhindern konnte.

»Ich habe insgeheim gehofft, daß du noch nicht weg bist«, sagte sie vorsichtig.

»Wir sind zwar schon losgefahren, aber erst ein kurzes Stück«, antwortete Melanie, die sehr überrascht war, daß ihre Großmutter so gefaßt reagierte.

»Wir sind erst in Flatonia und tanken gerade«, fügte sie hinzu.

»Flatonia klingt eher wie ein Ort, an dem man sich einen Platten holt«, meinte Aurora. »Bist du dir ganz sicher mit deiner Entscheidung, in L. A. zu leben?«

»Ja, wir fahren hin«, sagte Melanie mit einem solchen Überschwang des Glücks in der Stimme, daß Aurora sofort alle Hoffnungen fahren ließ, ihr diese Idee auszureden. Alles, was sie hatte sagen wollen – die gutgemeinten Warnungen, all die Früchte ihrer eigenen Erfahrungen, alle Weisheit des Alters –, all das konnte gegen Melanies Hoffnungen nichts ausrichten; und sie wollte auch gar nicht, daß es etwas ausrichtete. Seitdem Melanie ein übergewichtiger Teenager geworden war, hatte sie so gut wie nie glücklich oder hoffnungsvoll geklungen – ihr Leben war eine Serie von kleinen Verlusten und kleinen Niederlagen. Und jetzt, auf einmal, war ein Junge da, der sie genug liebte, um sie zu fragen, ob sie mit ihm weglaufen würde. Obwohl Aurora immer sehr begehrt worden war, konnte sie sich sehr gut vorstellen, wie glücklich Melanie sich fühlen mußte. Irgend jemand war wirklich entschlossen, sich mit ihr auf ein großes Abenteuer einzulassen.

Melanie war nervös, und wenn sie nervös war, biß sie auf ihrer Unterlippe herum. Die Telefonzelle, aus der sie sprach, war ein Backofen, der Schweiß lief ihr übers Gesicht, einerseits wünschte sie, daß das Gespräch bald zu

Ende war, andererseits wollte sie aber auch wirklich mit ihrer Granny sprechen. In ihre Nervosität mischte sich die Angst, ihre Großmutter könnte sie irgendwie überfahren und dazu bringen, zurückzukommen; es war für sie eine richtige Überraschung, daß ihre Granny es erst gar nicht versuchte. Melanie hatte damit gerechnet, erst mal ein paar Breitseiten gegen Bruce verpaßt zu bekommen – ihre Granny hatte sich von Bruce nicht gerade begeistert gezeigt, obwohl Rosie ihn mochte und Melanie schon vor ziemlich langer Zeit gesagt hatte, wenn sie einen Freund suche, der ihrer Großmutter gefiele, dann könne sie ihr ganzes Leben lang danach suchen.

»Ich kann mir vorstellen, daß es wunderbar ist – du klingst einfach wunderbar, Melly«, sagte Aurora mit sehr leiser Stimme. Sie hatte sich gerade noch rechtzeitig in den Griff bekommen und zurückhalten können, all das zu sagen, was Melanie von ihr erwartet hatte.

»O Granny!« sagte Melanie, die so verblüfft war, daß sie fast den Hörer fallen ließ. Stille trat ein, als beide Frauen, die junge und die alte, mit ihren Gefühlen kämpften und versuchten, sie mit dem, was sie einander durchs Telefon sagten, in Einklang zu bringen.

»Ich wollte noch vorbeikommen, um dich in den Arm zu nehmen, aber ich hatte Angst davor, und außerdem warst du nicht zu Hause«, sagte Melanie. Bruce war inzwischen fertig mit dem Auftanken, lehnte sich an den Wagen und wartete auf sie. Bruce war in guter Verfassung, er hetzte sie überhaupt nicht oder sonst irgendwas.

»Nein, Liebes, du hattest völlig recht, einfach loszufahren«, sagte Aurora. »Du bist ein wichtiger Teil meines Lebens, weißt du. Egoistisch, wie ich nun mal bin, hätte ich es vielleicht nicht geschafft, dich gehen zu lassen, wenn du gekommen wärst, um dich von mir zu verabschieden.«

»Ich glaube, das war es, wovor ich Angst hatte«, sagte Melanie. Der traurige Unterton in der Stimme ihrer Großmutter hätte sie fast dazu bewegt, ihren Plan fallenzulassen, zurückzugehen und sich um ihre Granny zu kümmern. Aber es war nicht das, was sie eigentlich wollte, und sogar ihre Großmutter schien zu sagen, daß auch sie das nicht wollte.

»Laß es dir in Kalifornien gutgehen, und sag mir Bescheid, wenn du eure Wohnung so weit hast, daß Rosie und ich euch besuchen können«, sagte Aurora. »Fahrt vorsichtig, und ruf mich ab und zu an.«

»O Granny!« sagte Melanie und brach in Tränen aus, als sie den Hörer einhängte.

Aurora seufzte und schniefte. Dann stand sie auf und wühlte so lange in ihrem Kühlschrank herum, bis sie sich eine ansehnliche Mahlzeit zusammengestellt hatte – etwas Hühnersalat, ein Stück kaltes Lammfleisch, etwas Eiercreme, die sie hinter der Milch versteckt hatte. Sie war fest davon überzeugt, irgendwo ein Stück Hackfleisch-Pastete für Notfälle wie diesen aufbewahrt zu haben, doch auch eine minutiöse Durchsuchung des Kühlschranks förderte sie nicht zutage. Es gab nur wenige Dinge, die bei einem emotionalen Notfall so hilfreich waren wie ein ordentliches Stück Hackfleisch-Pastete.

»Wer von euch hat meine Hackfleisch-Pastete aufgegessen?« fragte sie, als der General und Rosie, unfähig, die Spannung noch länger auszuhalten, vorsichtig in die Küche kamen. Rosie hatte ein paar Sicherheitsnadeln aufgetrieben und den General mittlerweile so fest in die Tischdecke eingewickelt, daß er nun wirklich wie eine Mumie aussah.

»Oh, die habe ich aufgegessen, direkt nachdem ich meinen Entschluß gefaßt hatte, Nudist zu werden«, gestand der General. »Die Pastete lag im Kühlschrank, dein Name stand nicht dran. Außerdem war ich nervös, weil Melly abhauen wollte und ich dich nicht erreichen konnte.«

»Geht sie wirklich?« fragte Rosie.

»Ja, und sie klingt richtig glücklich dabei«, antwortete Aurora. »Ich habe beschlossen, diesmal jedenfalls, es ihr zu gestatten.«

»Warum?« fragten Rosie und der General fast wie aus einem Munde.

»Weil ich ihr dieses Glück wünsche«, sagte Aurora mit

scharfer Stimme. »Vielleicht hält es ja nicht lange – aber was hält denn heute noch lange?«

»Nun, wir haben irgendwie lange gehalten«, sagte der General.

»›Irgendwie‹ ist allerdings richtig«, sagte Aurora.

16.

Am nächsten Morgen erwachte Aurora in gedrückter Stimmung, in jener Art von Stimmung, die sie immer dann überkam, wenn sie eine mehr oder weniger gute Tat begangen hatte – in diesem Fall, Melanie gehen zu lassen, damit sie ihr eigenes Leben führen konnte. Es war richtig gewesen, sich so zu verhalten, und sie glaubte auch, daß sie es mit einer gewissen Würde getan hatte; doch Tatsache war, daß Melanie jetzt weg war und sie sie bereits vermißte. Außerdem war Melanie schwanger, und wer war jetzt da, der darauf achtete, daß sie sich während der vorgeburtlichen Phase gesund ernährte und vernünftig verhielt? Die jungen Leute neigten dazu, zu sehr auf ihre Körper zu vertrauen; sie nahmen immer an, alles werde schon richtig ablaufen, und doch passierte genau das Gegenteil, wenn Babys geboren wurden.

Vorsichtig kletterte sie aus dem Bett, um den ältlichen Nudisten, der neben ihr schlief, nicht aufzuwecken, ging nach unten, kochte Tee und kam mit der Kanne wieder nach oben. Es wurde gerade hell. Über den Baumwipfeln in östlicher Richtung zeigte sich eine rötliche Färbung. Aurora zog sich auf ihren Fensterplatz im Erker zurück, um ihren Tee zu trinken und zuzusehen, wie die Dämmerung sich auflöste; sie fühlte sich immer noch bedrückt. Ihre Enkelin war inzwischen weit nach Westen gefahren, schlief vielleicht in einem billigen Motel mit ihrem jungen Mann. In Auroras Augen hatte Bruce nie viel hergemacht, aber wenigstens war er fähig gewesen, einem spontanen Impuls zu folgen. Einer ihrer Enkelsöhne beendete jetzt gerade seine Schicht im 7-Eleven – das heißt, sofern man ihn nicht vorher umgebracht hatte. Ein anderer Enkelsohn, zirka siebzig Meilen nördlich von hier, hatte den Beruf des Häftlings, weil er gemordet hatte. All die Träume, die sie für diese Kinder gehegt hatten, waren brutal zerschlagen worden – was würde aus ihnen einmal werden?

Während sie da saß, Tee trank und ihren Gedanken nachhing, gab Hector einen erstickten Laut von sich und wachte kurz auf. »Dreh mich um, ich habe Schmerzen«, sagte er. »Ich muß mich auf die andere Seite legen.«

Aurora stellte ihre Tasse ab und half ihm auf die andere Seite; bevor sie noch ganz damit fertig war, gab er erneut einen Ton von sich und schlief wieder ein.

»Hector, ich wünschte, du würdest nicht so stöhnen, das läßt dich so alt wirken«, sagte sie, aber er hörte sie nicht mehr. Manchmal dachte sie, er sehe ganz normal aus, aber manchmal dachte sie auch, er wirke sehr alt, und heute morgen sah er zweifelsohne sehr alt aus. Sie hatte noch viele Jahre ihres Lebens vor sich – hoffte sie jedenfalls –, aber es war offensichtlich, daß Hector nicht mehr viele Jahre vor sich hatte – keine Überlegung, die geeignet gewesen wäre, ihre Stimmung zu verbessern.

C. C. Granbys Kombi parkte an ihrem Bordstein, wie es immer in den sehr seltenen Nächten geschah, in denen Rosie ihren zappeligen Liebhaber dazu überreden konnte, bei ihr zu schlafen. Aurora hatte gelegentlich in den Wagen geschaut und ihn als Saustall bezeichnet. C. C. verkaufte Ausrüstungsgegenstände von recht sonderbarer Beschaffenheit für Ölbohrfelder, im Kombi lag immer etwas davon herum. Persönlich war er ein ordentlicher Mann, aber in seinem Wagen schien das reine Chaos zu herrschen.

Aurora hatte nur einen flüchtigen Blick nach unten auf den Wagen geworfen und zur Kenntnis genommen, daß Rosies Freund doch noch mal aufgetaucht war. Aber irgend etwas schien mit dem Wagen nicht in Ordnung zu sein, deshalb betrachtete sie ihn etwas genauer. Das Licht war noch zu schwach; sie war nicht ganz sicher, aber der Wagen schien leicht zu zittern. Das kam Aurora sehr merkwürdig vor – geparkte Wagen zittern nur sehr selten. Wieder schaute sie hinunter – tatsächlich, der Wagen zitterte wirklich, ja, er schwankte geradezu. Sie wußte, daß bei der Arbeit auf Ölbohrfeldern manchmal auch Explosivstoffe verwendet wurden; vielleicht hatte C. C. irgendwelche Explosivstoffe im Wagen, die jetzt ganz kurz vor der Detonation standen. Das Ganze wirkte ziemlich alarmierend. Sie war schon fast soweit, den Hörer abzunehmen und Rosie anzurufen, damit die ihren Freund wecken konnte, der etwas unternehmen mußte, bevor sein Wagen über ihrem Rasen in Stücke flog, sämtliche Nachbarn weckte und sehr wahrscheinlich auch die Polizei auf den Plan rief. Doch dann, als sie angestrengt nach unten starrte, glaubte sie, eine menschliche Form, oder Formen, im Wagen zu erkennen. Gerade hatte sich eine vorbeiziehende Wolke vor die Sonne geschoben und machte es schwer, etwas zu erkennen; außerdem war sie hoch oben und der Wagen tief unter ihr. Vielleicht stand er gar nicht vor der Explosion; vielleicht war jemand drin und versuchte, das zu stehlen, was C. C. verkaufte. Sie hatte gehört, daß es Tricks gab, mit denen man ein Auto, zu dem man keinen Schlüssel hatte, aufbrechen, starten und stehlen konnte.

Durch intensives Hinstarren überzeugte sich Aurora davon, daß sich in C. C.s Wagen irgend etwas Menschliches bewegte; sie wollte gerade den Hörer abnehmen, um die Polizei anzurufen, da öffnete sich zu ihrer Überraschung die hintere Tür des Wagens, und heraus trat Rosie, ihr Dienstmädchen, und wickelte ihren Bademantel fest um sich. Sie war barfüßig, und sie war sichtlich nervös. Aurora zuckte sofort vom Fenster zurück, gerade in letzter Sekunde, denn Rosie schaute nervös zu dem Fenster hinauf, durch das Aurora sie beobachtet hatte.

Aurora schlich sich zu einem sichereren Beobachtungsposten, von dem aus sie das hochinteressante Drama auf ihrem Rasen verfolgen konnte. Diesmal spähte sie hinter einem Vorhang hervor und wurde mit C. C.s Anblick belohnt, dessen Hemdzipfel heraushing und der seinen Hosengürtel zuschnallte. Er schien in zärtlicher Stimmung zu sein – er versuchte, Rosies Hand zu ergreifen und ihr den Arm um die Schulter zu legen. Er hatte einen ziemlich großen Bauch, bemerkte Aurora, aber einen großen Bauch hatte Rosies Mann, Royce Dunlup, auch gehabt.

Rosie hingegen schien sich keineswegs in besonders romantischer Stimmung zu befinden – immer wieder schaute sie nervös zu Auroras Fenster hoch. Nach kurzem Hin- und Hergeschiebe auf dem taubedeckten Rasen gab Rosie C. C. schließlich einen flüchtigen Kuß. Dann rannte sie im wahrsten Sinne des Wortes über den Rasen zum hinteren Gartentor und verschwand außer Sichtweite. Auch C. C. schaute ein paarmal zu Auroras Fenster hoch und zerrte die ganze Zeit an seinem Hemdzipfel herum. Schließlich stieg er in den Wagen, ließ den Motor an und drehte auf der Straße langsam in die entgegengesetzte Richtung, wie er es immer tat, wenn er abfahren wollte; doch diesmal fuhr er nicht ab, sondern saß noch einen Moment im Wagen, lenkte ihn wieder an den Bordstein, stellte den Motor ab, stieg aus, prüfte nervös, ob sein Hosenschlitz auch zu war, und schlurfte langsam auf Rosis Hütte zu.

Aurora, die immer noch nach unten spähte, kapierte entsetzt, daß sie beinahe Zeugin eines Geschlechtsaktes geworden wäre. Sie war ganz sicher, daß so was direkt vor ihrem Haus, in C.C.s dreckigem Kombiwagen, stattgefunden hatte; er war einer der Beteiligten gewesen, und ihre geliebte Rosie war die andere. Wenn sie in dem schwachen Licht des Morgens etwas besser hätte sehen können, dann hätte sie tatsächlich *gesehen*, wie sie es machten, in einem Auto, das an ihrem Bordstein stand. Der Gedanke war erschreckend, ja geradezu schockierend – andererseits konnte sie den Gedanken, oder besser: die Tatsache nicht leugnen, daß sie eine gewisse, plötzliche Erregung verspürt hatte.

Inzwischen war der General, der nichts von dem Sturm ahnte, der sich in seiner Nähe zusammenbraute, still aufgewacht. Das Umdrehen auf die andere Seite hatte seine

Schmerzen gelindert, und kaum waren sie abgeklungen, begann er aufzuwachen. Zu seiner Überraschung entdeckte er, daß Aurora sich nicht an ihrem Fensterplatz im Erker befand und Tee trank – das war ganz gegen ihre Gewohnheit. Meistens, wenn er erwachte, war sie an ihrem Fensterplatz, so fest in ihren Bademantel gehüllt, daß er nichts Interessantes sehen konnte, aber heute morgen spähte sie durch ein anderes Fenster nach unten, wobei ihr Bademantel offenhing und allerhand Interessantes zum Vorschein kam; angespannt schaute sie nach unten auf etwas, was sich auf ihrem Rasen abspielte.

»Was passiert? Ein Überfall?« erkundigte sich der General. »Wenn es ein Überfall ist, sollten wir dann nicht besser die Polizei rufen?«

»Halt den Mund, Hector, C. C. kann dich vielleicht hören!« zischte Aurora. »In dieser Sekunde schaut er in unsere Richtung. Ich bin sicher, er weiß genau, daß er beobachtet wird.«

»Aber wenn es nur C. C. ist und er nicht überfallen wird, dann wird er trotzdem beobachtet«, sagte der General. »Du beobachtest ihn. Außerdem, was interessiert es mich, ob er mich hören kann?«

»Soll ich dir etwas sagen, Hector? C. C. und Rosie hatten gerade Sex in dem Wagen da unten«, sagte Aurora. »Ich habe es selber gesehen, oder wenigstens fast, und das ist der Grund, warum ich C. C. jetzt beobachte.«

»Du meinst, du willst rausfinden, ob du auch Sex mit ihm haben möchtest?« sagte der General entsetzt. »Ich hätte nie gedacht, daß C. C. dein Typ ist, obwohl ich mich natürlich irren kann«, fügte er hinzu.

Er beschloß, selber aus dem Bett zu klettern und dieses interessante Spektakel zu beobachten, aber bevor er sich noch bewegen konnte, sprang Aurora plötzlich wieder ins Bett und setzte sich auf ihn, eine Tat, die ihn so erschreckte, daß er seine Brille vom Nachttisch stieß, nach der er gerade gegriffen hatte, um sich C. C. anzusehen.

»Was meinst du? Sie hatten doch nicht wirklich Sex in

dem Auto, oder?« fragte der General, den Auroras aggressives Verhalten ein wenig erschreckte. Sie saß nur noch sehr selten auf ihm, und schließlich gab es ja wirklich diese Verletzung.

»Woher willst du genau wissen, daß sie es gemacht haben?« wollte er wissen. »Hat C. C. da nackt herumgestanden?«

»Nein, aber du scheinst ja nackt zu sein, dank deiner nudistischen Prinzipien«, sagte Aurora grinsend. »Weißt du, was Liebestod ist, Hector? Wenn wir vielleicht jetzt und hier ein paar Praktiken durchgehen und du mittendrin stirbst, im Augenblick höchster Ekstase oder so. Auf die Art spare ich all das viele Geld, das wir für die Psychoanalyse ausgeben werden, und außerdem haben wir auch noch ein wenig Spaß dabei.«

»Wenn du den Liebstod meinst, nein, danke«, sagte der General. »Natürlich habe ich gegen den Spaß nichts einzuwenden, wenn ich es schaffe.«

»Wenigstens hast du nichts gegen Ekstase einzuwenden«, meinte Aurora und fuhrwerkte ein wenig unter sich selber herum. »Du weißt, wie sehr ich es hasse, diejenige zu sein, die leer ausgeht. Vielleicht ist es nur ein Mangel an Phantasie, der Schuld daran ist, daß wir leer ausgehen. Keinem von uns würde doch jemals der Gedanke in den Kopf kommen, meinen Wagen in ein Schlafzimmer umzufunktionieren, nicht wahr? Macht die Vorstellung dich scharf? Wie du bemerkst, erregt mich der Gedanke sehr.«

Der General bemerkte es. Sein Herz raste so heftig, daß ein plötzlicher Liebestod gar nicht so abwegig war – warum beeilte Aurora sich so? Doch dank seines Herzrasens schien zumindest auch anderswo ein bißchen Blut zu pulsieren – aber würde es auch lange genug anhalten für Auroras wilde Stimmung?

»Ich würde dich niemals in dem Wagen schaffen, nicht mit diesen Krücken«, sagte der General in der Hoffnung, alles würde noch ein paar Minuten länger rasen und pulsieren. Er fühlte sich eher erstickt als ekstatisch, wußte aber genau, daß er sich noch viel mehr erstickt fühlen würde, wenn Aurora bei ihrem Unterfangen frustriert wurde. »Jedenfalls brauchst du nicht an dein Auto als Schlafzimmer zu denken, du hast ja ein richtiges Schlafzimmer.«

»Ja, und wir sind drin, aber für den jetzigen Zweck ziehe ich es vor, mir einzubilden, wir wären in meinem Wagen – nein, das doch lieber nicht –, für den jetzigen Zweck ziehe ich es vor, mir einzubilden, wir wären in C.C.s Wagen«, flüsterte Aurora ihm ins Ohr.

Das Flüstern war richtig aufregend. Aurora, die doch sonst immer so damenhaft war, hatte lange Zeit die Angewohnheit gehabt, ihm ziemlich scharfe Anspielungen ins Ohr zu flüstern – seinerzeit hatte sie das häufig gemacht, doch in den letzten Jahren schien ihr nichts mehr einzufallen. Der General hatte vergessen, wie aufregend es war, wenn sie ihm etwas ins Ohr flüsterte.

»Oh, C.C.s Wagen«, sagte er. »Er hat einen Kombiwagen. Ich denke, darin könnte ich es schaffen. Ich hatte nicht damit gerechnet, daß so was passiert.«

»Es passiert schon, wenn du nur den Mund hältst und dich ein bißchen bewegst«, sagte Aurora.

17.

Rosie fühlte sich so elend, daß selbst die Nachrichten sie im Stich ließen. Peter Jennings sah nicht interessant aus, Tom Brokaw sah nicht interessant aus, Dan Rother sah nicht interessant aus. Voller Verzweiflung versuchte Rosie es bei CNN, aber bei CNN sah auch niemand interessant aus. Auf der ganzen Welt gab es Demonstrationen, von Beijing bis Washington, D. C., aber Rosie stellte fest, daß auch das sie nicht interessierte. Für kurze Zeit sah sie sich Kermit den Frosch an. Kermit war einer der wenigen Fernsehstars, der offenbar genauso deprimiert sein konnte wie sie, aber sie konnte sich überhaupt nicht auf seine Probleme einstellen, weil C. C. – der letzte Mensch auf der ganzen Welt, der fähig gewesen wäre, sie in diesem Moment aufzuheitern – ununterbrochen versuchte, sie aufzuheitern. Oder, wenn er schon nicht gerade versuchte, sie aufzuheitern, so versuchte er wenigstens, sie dazu zu bringen, ihm zu bestätigen, daß er nicht der einzige Grund für ihre Depressionen war.

»Ich wußte doch nicht, daß es so ausgehen würde, ich wollte wirklich nichts Falsches tun, bitte höre auf zu weinen«, sagte C. C. zwanzig- oder dreißigmal, während Rosie heulte.

»C. C., es war nicht dein Fehler, du hast nichts Verkehrtes getan, ich bin eben nur einfach deprimiert«, sagte Rosie zwanzig- oder dreißigmal. »Warum fährst du nicht einfach zur Arbeit?«

»Weil, wenn ich zur Arbeit fahre, während du hier heulst, ich mir den ganzen Tag Sorgen mache – ich würde mich eher umbringen und mit allem Schluß machen«, sagte C. C. Tatsächlich sah er selber so elend aus, daß Rosie fast wünschte, er würde sich umbringen oder sie umbringen oder irgendwie einen oder sie beide aus ihrem Elend befreien. Doch das würde natürlich nicht passieren. C. C. fuhr fort, seine Hemdsärmel aufzukrempeln und dann wieder runterzuziehen, eine Angewohnheit, die sie in den Wahnsinn trieb.

»C. C., laß die Dinger bitte in Ruhe«, bat sie.

C. C., der gerade damit beschäftigt war, seine Hemdsärmel runterzuziehen, hatte keine Ahnung, wovon sie überhaupt sprach.

»Wenn ich mich entschuldige, fühlst du dich dann besser?« fragte er. Er war ein kleiner, untersetzter Mann mit einem so quadratischen Kopf, daß Rosie ihn manchmal fragen wollte, ob seine Mutter ihm eine Schachtel übergestülpt hatte, damit er diese Form annahm.

»Du hast dich schon so oft entschuldigt, daß mir schon ganz schlecht ist«, sagte Rosie entmutigend. »Nach einer Weile habe ich mich ausgeheult und fühle mich vielleicht etwas besser, aber wenn du hier sitzt und dich entschuldigst und deine blöden Hemdsärmel rauf- und runterkrempelst, wird es auch nicht besser, sondern bringt mich nur dazu, mir einen neuen Freund zu wünschen, der genug Grips im Kopf hat, um mich allein zu lassen, wenn es mir so geht wie jetzt.«

C. C. fing an, ein bißchen beleidigt zu reagieren. »Nun, ich bin in dem Glauben erzogen worden, daß es nicht falsch ist, wenn man sagt, es tue einem leid«, sagte er und krempelte seine Hemdsärmel rauf.

»Es ist überhaupt nicht verkehrt, wenn man sagt, es tue einem leid, aber nachdem du das nun schon zehn- oder fünfzehnmal gesagt hast, *reicht es jetzt!*« kreischte Rosie. Durch das Fenster konnte sie Aurora sehen, die im Innenhof auf und ab ging und so tat, als hätte sie nicht im geringsten die Absicht, zu lauschen oder sich auch nur dafür zu interessieren, was in Rosies Häuschen vorging, obwohl es offensichtlich war, daß sie vor lauter Neugier halbtot war.

»Vor allem, weil du nichts getan hast, wofür du dich auch nur ein einziges Mal entschuldigen müßtest«, sagte Rosie ziemlich laut.

C. C., rot im Gesicht, den Tränen nahe und am Ende seiner Weisheit, gab schließlich auf. Er unternahm einen linkischen Versuch, Rosie auf die Schulter zu klopfen, und einen noch linkischeren Versuch, ihr einen Kuß zu geben, dann krempelte er seine Hemdsärmel endgültig wieder runter und stand auf, um zu gehen.

»Mach, was du willst – ich hoffe nur, es geht dir bald besser – ich ruf' dich später an«, stammelte er, als er endlich ging. Als er den Hof überquerte, hielt er den Kopf gesenkt, damit er nicht mit Mrs. Greenway sprechen mußte, vor der er Angst hatte.

Aurora beschäftigte sich mit ein paar Geranien, beobachtete aber aus den Augenwinkeln, wie C. C. ging. Sekunden später kam Rosie aus ihrem Häuschen gestolpert, wischte sich über die Augen und versuchte, sich die Schürze umzubinden, aber bevor sie auch nur drei Schritte machen konnte, ließ sie die Schürze fallen und floh tränenüberströmt ins Haus zurück, die Tür fest hinter sich verschließend.

Aurora nahm die Schürze an sich, ging ins Haus und machte ein kräftiges Frühstück. Rosie hatte nicht gut ausgesehen, früher oder später würde sie etwas zu Essen brauchen, und sie selber auch. Hector, immer noch im Schlafzimmer, war in einen derartigen Zustand postkoitaler Trübsal versunken, daß Essen für ihn jetzt gar nicht in Frage kam. Trotzdem kochte sie ihm zwei Eier, schlug sie auf und trug sie auf einem Tablett nach oben, mit Eierlöffel, Kaffee, Orangensaft und Schinken.

Der General lag auf seinem Sofa, seine Trübsal war noch nicht verflogen. Noch bevor Aurora mit dem Tablett die oberste Stufe der Treppe erreicht hatte, fing er schon an herumzumäkeln.

»Ich will die Eier nicht, sie sind nicht richtig gekocht«, sagte er. »Was ist los mit Rosie? Kann sie mir nicht mal die Eier richtig kochen?«

Bei diesen Worten glomm ein gefährliches Blitzen in Auroras Augen auf, das dem General nicht entging.

»Na ja, vielleicht kriege ich ja eins runter«, sagte er hastig. Aurora stellte das Tablett ab und hob vorsichtig eines der Eier aus dem Becher heraus. Er fürchtete, sie würde es auf ihn werfen, aber statt dessen hielt sie es über seinen Kopf und drückte, bis ihm das Eigelb in die Haare lief. Dann nahm sie das Tablett mit dem anderen falsch aufgeschlagenen Ei und sämtlichen Lebensmitteln, die der General liebend gerne gegessen hätte, und ging wieder nach unten. Der General versuchte, ihr seine Krücke nachzuwerfen, aber inzwischen war ihm das Eigelb ins Auge gelaufen, und er traf daneben.

Aurora sagte kein Wort, obwohl sie hörte, daß die Krücke gegen das Treppengeländer krachte. Sie ging in die Küche und aß das komplette Frühstück auf, das sie für den General zubereitet hatte – abzüglich des Eies, das sie über seinem Kopf zerquetscht hatte. Dann aß sie das Frühstück, das sie für sich selber zubereitet hatte, und fing gerade ein wenig schuldbewußt damit an, Teile von Rosies Frühstück zu verzehren, als diese schwankend hereinkam.

»Prima, ich wollte gerade deine English Muffins aufessen, aber jetzt muß ich das ja nicht mehr – du kannst sie ja selber essen«, sagte Aurora.

»Ich bin krank, ich bekomme keinen Bissen runter, außerdem habe ich meine Schürze verloren«, sagte Rosie und ließ sich auf einen Stuhl fallen. Die English Muffins sahen wirklich lecker aus. Sie mochte sie besonders gerne mit Marmelade, und ein schönes Glas Marmelade stand auf dem Tisch.

»Nein, ich habe deine Schürze gerettet«, sagte Aurora. »Ich hatte Angst, ein Vogel könnte damit wegfliegen. Wieso bist du krank?«

»Weil nichts, was ich mache, gut ausgeht«, erklärte Rosie und fuhr mit dem Messer in die Marmelade. »Siebzig Jahre, in denen keine Sache gut ausgegangen ist, sind eine ziemlich lange Zeit, in der nichts gut ausgegangen ist.«

»Rosie, ich möchte dich auf etwas aufmerksam machen«, sagte Aurora. »Du hast sieben Kinder, korrekt?«

»Ja, sieben«, gab Rosie zu.

»Ich möchte dich darauf aufmerksam machen, daß alle deine sieben Kinder sich großartig entwickelt haben«, sagte Aurora. »Sie wuchsen heran, haben die Schule besucht und eine Ausbildung gemacht, alle außer zwei haben geheiratet – und ich bin sicher, die beiden anderen werden das über kurz oder lang auch tun. Es sind verantwortungsbewußte Bürger, einige davon haben ihr eigenes Unternehmen, und alle können wohlhabend werden, soweit wir wissen.«

»O ja, richtig«, sagte Rosie.

»So, und ich sitze hier und höre mir deine Klagen an«, fuhr Aurora fort. »Meine Tochter ist tot, und kein einziges meiner Enkelkinder ist auch nur so erfolgreich geworden wie das erfolgloseste deiner Kinder. Wie kannst du es wagen, hier an meinem Frühstückstisch zu sitzen und mir zu erzählen, nichts, was du jemals getan hättest, sei gut ausgegangen! Mir kommt es so vor, als sei alles, was du jemals getan hättest, geradezu rosig ausgegangen, wenn ich das mal so sagen darf.«

»Nun ja, das stimmt. Ich habe meine Kinder, auf die ich stolz sein kann, ich glaube, den Teil habe ich einfach übersehen.«

»Sieben erfolgreiche Kinder zu übersehen, ist, wie wenn man den Mount Everest übersieht«, bemerkte Aurora. »Du hast ja keine Ahnung, wie glücklich ich wäre, wenn wenigstens eines meiner Enkelkinder die Qualitäten deiner Kinder zeigen würde. Ich glaube, ich würde mich wie im Himmel fühlen.

Aber ich befinde mich nicht im Himmel«, fuhr sie mit gesenktem Blick fort. Seit langem fühlte sie sich vom Erfolg von Rosies Kindern beschämt, wenn sie ihn mit dem ihrer eigenen verglich.

Rosie wußte, daß Aurora sie um ihre gesunden, zuverlässigen Kinder beneidete – jeder, der selber Kinder großgezogen hatte und wußte, wie die Dinge lagen, würde sie darum beneiden, das war ihr klar. Es *waren* ihre Kinder, sie hatte sie voller Sorge und Angst großgezogen, und dennoch vermochte sie jetzt nur selten ihren Einfluß im Leben und Erfolg ihrer Kinder zu erkennen. Irgendwie hatte sich das so ergeben; nach und nach waren sie hinausgezogen und bewohnten Welten, in denen sie niemals leben würde. Die Kinder waren einmal ein Teil von ihr gewesen, aber, um alles in der Welt, sie konnte sich nicht mehr als ein Teil von ihnen fühlen, und wenn sie jetzt an sie dachte, dann war sie vor allem froh darüber, daß ihre Kinder nicht so elend dran waren, wie sie es war.

»Verstehst du, worauf ich hinauswill?« fragte Aurora, die die bittere Stimmung, die sie zu überfallen drohte, abgeschüttelt hatte.

»Ich verstehe«, sagte Rosie. »Du hast ja recht. Ich bin besser dran als du. Ich bin besser dran als jeder andere. Ich sollte die glücklichste alte Frau auf der ganzen Welt sein. Das ist ja gerade einer der Gründe, daß ich mich so elend fühle. Ich sollte glücklich sein, aber ich bin es nicht – ich bin es überhaupt nicht.«

»Nun, ich auch nicht, schau bloß nicht auf mich«, antwortete Aurora. »Ich habe ein Ei über Hectors Kopf ausgequetscht. Er ist oben, fletscht die Zähne und schlägt um sich, während wir hier reden. Wahrscheinlich schießt er mich mit seiner Armeepistole in meinem eigenen Schlafzimmer tot, wenn ich nicht aufpasse.«

Bei der Marmelade, den English Muffins, Auroras Vortrag und den überraschenden Neuigkeiten über den General und das Ei begann Rosi, sich ein bißchen besser zu fühlen.

»Du hast ein Ei über seinem Kopf ausgequtscht?« fragte sie verblüfft. Auroras Fähigkeiten zu ausgefeilter Vergeltung hatten sie schon immer erstaunt. Warum hatte sie nicht selber daran gedacht, ein weiches Ei zu kochen und es über C.C.s Kopf auszuquetschen? Das hätte ihn so überrascht, daß er auf der Stelle abgekratzt wäre. Die Vorstellung brachte sie zum Lächeln.

»Schon besser«, bemerkte Aurora. »Ich muß dich jedoch darauf aufmerksam machen, daß es ein Wort wie ›ausqutschen‹ nicht gibt. Sollte es schon, gibt es aber nicht.«

»Ich denke schon, daß es das gibt, wenn ich es ausgesprochen habe«, kommentierte Rosie – Auroras Pingeligkeit bei Wörtern ärgerte sie manchmal. Dennoch fühlte sie sich plötzlich viel besser und schaufelte eine große Portion Marmelade auf ein weiteres English Muffin.

»Das ist nicht die korrekte Einstellung, aber egal«, sagte Aurora. »Darf ich fragen, was dich so unglücklich macht?«

»Ja, nun«, sagte Rosie. »Das würde ich lieber vergessen, wenn du nichts dagegen hast.«

»Selbstverständlich habe ich was dagegen«, antwortete Aurora. »Hast du mit C. C. im Auto Sex gehabt, oder irre ich mich da?«

»O nein, du hast es gesehen – ich wußte, du würdest es sehen!« sagte Rosie und schlug die Hände vors Gesicht. Das English Muffin fiel runter, traf auf der Kante auf und rollte ein ganzes Stück über den Küchenboden. Sie war dabei gesehen worden und würde nie, nie, nie damit fertig werden.

»Nun, nun, ich habe gar nichts gesehen«, sagte Aurora, die sehr gerne etwas gesehen hätte. »Ich habe lediglich angedeutet, daß solche Praktiken hätten stattfinden können. Du glaubst doch wohl nicht, ich würde hinter deinen Intimitäten herspionieren, oder?«

»Ich glaube sehr wohl, daß du spionierst«, antwortete Rosie. »Ich *wußte einfach*, du würdest mir hinterherspionieren. Wer würde das nicht? Ich habe ihm gesagt, du würdest es tun. Jetzt möchte ich mich am liebsten umbringen.«

»Rosie, jetzt übertreibe aber mal nicht«, sagte Aurora. »Ich bin diejenige, die zu Übertreibungen neigt. Damit kommen wir beide nicht durch, und ich habe viel mehr Übung darin.«

Rosie behielt die Hände vor dem Gesicht. Sie hatte *gewußt*, daß Aurora es merken würde. Sie hatte C. C. gesagt, Aurora würde es merken. Aber er hatte gebettelt, sie hatte nachgegeben, und Aurora *hatte* es gesehen, und jetzt würde sie nie damit fertig werden.

»Das einzige, was ich nicht bin, ist prüde«, versicherte Aurora ihr, als Rosies Schweigen andauerte.

»Leute, die das Glück haben, aktive Liebhaber zu haben, können Sex haben, wo sie wollen, ohne daß ich darüber auch nur ein Wort verliere«, fuhr sie fort. »Als ich noch jünger und glücklicher war, habe ich es selber an allen möglichen Orten gemacht, wie ich Pascal kürzlich abends in unmißverständlichen Worten dargelegt habe. Du denkst doch wohl nicht, ich würde dir dein Glück mißgönnen?«

Rosie hielt nicht viel von Auroras Toleranzgerede. Außerdem hatte sie nicht die Absicht, hier ruhig zu sitzen und anzuhören, daß das, was ihr passiert war, Glück sei – was an diesem Morgen zwischen ihr und C. C. vorgegangen war, schien ihr jedenfalls alles andere als Glück zu sein.

»Welches Glück?« fragte sie und hob ein wenig das Gesicht. »Es ist der Fluch meines Lebens, daß C.C. die verrückte Vorstellung hat, es in Autos machen zu müssen. Das ist überhaupt kein Glück, und falls du meinst, das wäre es, dann versuche es doch mal selber!«

»Komisch, daß ich bis heute noch nie den Verdacht hatte, daß du unter diesem Fluch leidest, als ich durch Zufall im richtigen Moment aus meinem Fenster schaute«, sagte Aurora. »Ich wußte ja nicht mal, daß C. C. so seltsam drauf ist – ich dachte immer, er sei faul, so wie Hector und Pascal.«

Rosie sah ernüchtert aus, sagte aber nichts.

»Warum will er es denn eigentlich in Autos machen?« fragte sie nach einer angemessenen Pause.

»Weil er es mit seiner ersten Freundin so gemacht hat«, antwortete Rosie. »Als sie heirateten, war C. C. Wanderarbeiter, sie reisten viel herum und trieben es in Autos. C. C. hat sich daran gewöhnt und kann es jetzt nicht mehr lassen. Man darf aber nicht vergessen, daß C. C. glaubt, er sei immer noch ein Teenager, dabei ist er in Wirklichkeit achtundsechzig Jahre alt.«

»Er ist bei weitem nicht der älteste Teenager der Welt«, erklärte Aurora. »Der, der heute morgen seine Krücke hinter mir hergeworfen hat, ist bei weitem älter.«

»Ich weiß nicht«, sagte Rosie. Sie hatte das Gefühl, es würde in ihrem ganzen Leben keinen einzigen Tag mehr geben, der frei von Unordung war.

»Weißt was nicht?« fragte Aurora.

Rosie seufzte. »Vielleicht liegt es nur daran, daß C. C. in Autos aufgewachsen ist. Er ist so gut wie wertlos, wenn man ihn erst mal ins Haus gekriegt hat.«

»Hector ist auch ziemlich wertlos, und er ist nicht in Autos aufgewachsen«, sagte Aurora – sie hielt es für den richtigen Zeitpunkt, das Gespräch wieder auf *ihre* Probleme zu lenken.

»Ich werde nervös in Autos«, gestand Rosie, die Auroras Trick ignorierte. »Ich meine, eigentlich sollte ich das nicht – man tut schließlich das gleiche, ob man es nun im Auto oder im Bett macht. Aber ich werde im Auto nervös, und dann versuche ich, mich zu beeilen; du weißt ja, was passiert, wenn man versucht, sich zu beeilen.«

»Die Männer beeilen sich noch mehr, das ist es, was passiert«, sagte Aurora, die sich entsann, daß Rosie nicht gerade überglücklich aussah, als sie aus dem Kombiwagen rausgekommen war. »Glaub es oder glaub es nicht, aber ich wurde heute morgen mit dem gleichen Phänomen konfrontiert«, fügte sie hinzu.

Rosie spähte zwischen den Fingern auf den Küchenboden, den sie schon so oft gewischt hatte. Zum Glück war das English Muffin am Ende seines langen Weges mit der Marmeladenseite nach oben zum Stillstand gekommen. Sie hob es auf und nahm einen kräftigen Biß.

»Da du offenbar nur über Sex sprechen willst, laß mich dir eine Frage stellen«, sagte Aurora. »Auf einer Skala von eins bis zehn – wie würdest du dein kleines Spielchen mit C. C. im Kombi denn einstufen?«

»Was?« fragte Rosie. »Einstufen?«

»Sicher, einstufen«, sagte Aurora. »Warum denn nicht?«

Rosie vermutete irgendeine Art von Falle. Wenn sie ihrem Liebesabenteuer des heutigen Morgens eine Note geben sollte, wie man sie in der Schule bekommt, dann würde das mit Sicherheit ein F, aber F war zufällig der erste Buchstabe eines gewissen Vierbuchstabenwortes. Versuchte Aurora hier, sie mit einem Trick dazu zu bringen, dieses Wort auszusprechen? Und wenn ja, warum?

Aber dann erinnerte sie sich an ihre Nervosität und ihre Frustration und scherte sich nicht mehr um Auroras Motive.

»Auf der Skala eins bis zehn würde ich der Sache eine Null geben«, sagte sie verbittert. »Alles, was ich davon hatte, war ein aufgescheuerter Rücken von C.C.s alten, kratzigen Schonbezügen, außerdem habe ich mich an einem Schraubenzieher gestochen, den er auf dem Sitz hat liegenlassen. Eine Null wäre eigentlich noch zuviel. Es war schon mehr minus zwei.«

»Kein Wunder, daß du geheult hast«, sagte Aurora. »Ich vermute, ich bin ein bißchen besser davongekommen, allerdings nicht besonders viel.«

Rosie hatte sich eingebildet, Aurora habe irgendwie erfreut ausgesehen. »Soll das heißen, daß der General ihn endlich hochgekriegt hat?« fragte sie.

»In Maßen, nur sehr in Maßen«, antwortete Aurora.

Rosie betrachtete es als ein weiteres unfaires Beispiel dafür, daß Aurora mehr von den Vergnügungen ihres Lebens abbekomme als sie selber. In den vierzig Jahren, die sie mit Aurora verbracht hatte, war das tausendmal der Fall gewesen, aber das hieß noch lange nicht, daß sie aufgehört hatte, sich darüber zu ärgern. Daß Aurora mit dem General, der nun wirklich alt war, besser gefahren war als sie mit C.C., der das nicht war, war wirklich kein Grund zur Freude; hinzu kam dies: Wenn Aurora gesehen hatte, wie der Kombi wackelte, dann hatte vermutlich die ganze Nachbarschaft gesehen, daß der Kombi wackelte.

»Siebzig Jahre Arbeit, um einen guten Ruf zu wahren, und jetzt ist alles vorbei«, sagte sie. »Ich wünschte, ich könnte einfach verschwinden und in einer Gegend wohnen, in der die Leute nicht aus dem Fenster stieren, bevor es hell wird.«

»Ach, Unsinn«, sagte Aurora. »Ich habe überhaupt nichts gesehen und sonst auch niemand. Ich bin nur gut im Raten. Hector wollte auch rausschauen, aber er konnte seine Krükken nicht schnell genug finden, also kannst du ganz beruhigt sein. Außerdem, wenn du dich auch nur für wenige Minuten mit dem Studium der Geschichte befassen würdest, dann könntest du herausfinden, daß selbst die respektabelsten Persönlichkeiten ab und zu lächerliche Dinge tun. Ich habe selber mehrere lächerliche Dinge getan, und niemand ist respektabler, als ich es bin.«

Rosie aß ihr English Muffin auf – das Leben mußte ja schließlich weitergehen, hatte jedenfalls noch nicht aufgehört weiterzugehen. Eines Tages, das wußte sie, würde alles zu einem Ende kommen, für sie und auch für andere, und das wär's dann gewesen. Ihre größte Hoffnung dabei war, vollständig bekleidet zu sein, wenn sie stürbe. Ab und zu, wenn sie schlechter Stimmung war, machte sie sich Sorgen darüber, daß sie in dem Moment vielleicht nackt sein könnte, gerade in der Badewanne oder irgendwo sonst – sie krümmte sich bei dem Gedanken. Aber noch war es ja nicht passiert, und vielleicht würde es ja auch nicht passieren; inzwischen war Sex das einzige Thema, worüber sie sich noch mit Aurora unterhalten konnte. Während der meisten ihrer Jahre mit Aurora hatten sie Sex so gut wie nie erwähnt, mittlerweile erwähnten sie fast nichts anderes mehr.

»Ich habe mal gehört, alte Frauen würden gemein«, sagte sie und wünschte, sie könnte sich noch ein English Muffin nehmen. »Ich hätte nie gedacht, daß das auch bei uns der Fall sein würde.«

»Ich auch nicht«, sagte Aurora. Sie nahm ihre Bürste und fuhr sich nachdenklich übers Haar.

»Andererseits, ich bin sicher, keiner von uns hätte je damit gerechnet, mit dem zurechtkommen zu müssen, womit wir hier nun mal zurechtkommen müssen.«

»Richtig, ein Nudist und ein Irrer, der ihn nur auf 'nem Rücksitz hochkriegt«, meinte Rosie. »Wir haben Besseres verdient. Wenn es etwas gibt, das ich hasse, dann ist es, den Tag mit einer minus Zwei anzufangen.«

Ihr fiel auf, daß Aurora so zufrieden nun doch wieder nicht aussah.

»Und was war mit dir, auf der Skala von eins bis zehn?« fragte sie. Sie hatte ihrer Arbeitgeberin noch nie eine solche Frage gestellt, aber da sie beide offenbar nur noch über Sex reden konnten, wollte sie's mal versuchen.

»Oh, ich weiß nicht – vielleicht eins Komma fünf«, antwortete Aurora und kämmte sich nur noch lustlos. »Auf keinen Fall mehr als zwei.«

Das Telefon klingelte. Aurora überhörte es.

»Soll ich rangehen?« fragte Rosie. »Das könnte Melly sein. Vielleicht ist ihr Wagen zusammengebrochen.«

»Nein, das ist Hector, da bin ich ganz sicher«, antwortete Aurora. »Ich will nicht mit ihm reden, aber du kannst ja.«

Vor ein paar Monaten, nach wochenlangen Streitereien, hatte sie der Installation einer zweiten Telefonleitung zugestimmt. Der General hatte sich darüber beklagt, daß sie so viel Zeit am Telefon verbringe, daß er kaum noch seine Geschäftsanrufe unterbringen könne. Ferner hatte er sie mehrfach daran erinnert, daß der Tag kommen könne, an dem er die Treppe nicht mehr schaffe – er wollte im Notfall in der Lage sein, nach unten zu telefonieren. Inzwischen hatte er sich angewöhnt, mehrmals am Tag anzurufen, vor allem, um ihr mitzuteilen, daß er sich einsam fühle.

»Hi, General«, sprach Rosie in den Hörer.

»Soll ich hier oben liegenbleiben und mich zu Tode hungern, nur weil ich mich über die Eier beklagt habe?« fragte er in gemäßigtem Ton.

»Er will wissen, ob er oben liegenbleiben und sich zu Tode hungern soll, weil er sich über die Eier beklagt hat«, gab Rosie an Aurora weiter.

»Nein, aber bei mickrigen eins Komma fünf war es sowieso schon reichlich unvernünftig, sich zu beklagen«, erklärte Aurora. »Immerhin habe ich mich nicht über die eins Komma fünf beklagt. Und dann hat er auch noch seine Krücke nach mir geworfen. Gib mir den Hörer. Hallo, Hector«, sagte sie kühl.

»Aurora, es tut mir leid, daß ich mich beklagt habe«, sagte der General. »Ich vermisse dich. Ich möchte, daß du wieder nach oben kommst.«

»Warum, damit du mir mit der Krücke auf den Kopf hauen kannst?« wollte Aurora wissen. »Was ist, wenn ich keine Lust habe, mir auf den Kopf hauen zu lassen?«

»Ich haue dir nicht auf den Kopf – ich liebe dich«, sagte der General. In der Vergangenheit hatte er seine Liebe nur selten so direkt ausgedrückt, inzwischen mußte er sie mehrfach am Tage so ausdrücken, damit alles in Butter war. Aber dennoch war durchaus nicht alles in Butter. Es war schon eine kräftige Enttäuschung, daß das Leben an seinem Ende genauso wenig in Butter war wie zu Beginn oder in der Mitte. Er hatte immer angenommen, die Leidenschaft verebbe mit der Zeit, und wenn dies der Fall sei, würde das Leben in ruhigen Bahnen verlaufen. Einmal war er bei Sonnenuntergang mit einem kleinen Boot über den Golf von Neapel gerudert, und wenn er sich daran erinnerte, dann wurde ihm klar, daß er gehofft hatte, so, mehr oder weniger, würde das Alter sein – friedlich, schön und ruhig, Himmel und Wasser in Harmonie miteinander.

Aber da war er nun, mit zitternden Händen, und mußte vom ersten Stock in Auroras Haus ins Erdgeschoß telefonieren und sie anbetteln, wieder raufzukommen zu ihm und ihm – falls möglich – doch bitte ein winziges bißchen Schinken oder *irgendwas* zum Essen mitzubringen. Das war bei weitem nicht der Golf von Neapel bei Sonnenuntergang mit dem Abendstern hoch am Himmelszelt.

»Nun, vielleicht stimmt das ja, vielleicht komme ich auch gleich«, sagte Aurora. »Du mußt dich jetzt anziehen. In einer Stunde fahren wir los zu unserem Psychoanalytiker.«

»Oh, Mist«, sagte der General, »den habe ich ganz vergessen. Ich habe noch nichts zu essen bekommen, weißt du. Du hast mir das Ei an den Kopf geworfen und mein Frühstück wieder mitgenommen.«

»Rosie sagte, ich hätte es ausgequtscht«, kicherte Aurora.

»Das Wort ›ausqutschen‹ gibt es nicht«, sagte der General zwecks Richtigstellung.

»Richtig, das habe ich bereits ausgeführt«, antwortete Aurora. »Hast du dir die Haare gewaschen?«

»Selbstverständlich habe ich mir die Haare gewaschen«, sagte der General. »Welche Alternative hatte ich denn? Glaubst du etwa, ich ginge mit Eigelb auf dem Kopf durchs Leben?«

»Hector, ich dachte lediglich an unseren armen Psychoanalytiker«, erläuterte Aurora. »Wenn ich dich mit Eigelb im Haar mitbringe, dann gibt der junge Mann schon auf, bevor er überhaupt mit uns angefangen hat. Und das wollen wir doch sicher nicht, oder?«

»Nein, aber Tatsache ist, ich verhungere hier«, sagte der General. »Könntest du Rosie vielleicht dazu bewegen, mir wenigstens Haferschleim zu machen?«

»Nun, ich weiß nicht. Ihr Tag hat heute ziemlich tragisch angefangen, jedenfalls fehlte nicht viel«, antwortete Aurora.

»Ich weigere mich, deine Angelegenheit vorzutragen – das mußt du schon selber machen.«

Sie reichte Rosie den Hörer, die dem General und seiner Bitte geduldig zuhörte.

»Okay, aber wir haben keinen braunen Zucker, ich habe vergessen, welchen zu besorgen«, sagte sie. »Sie müssen ihn schon mit ganz normalem weißem Zucker essen, auch wenn Sie's verabscheuen – Sie können aber auch Honig haben.«

»Ein wenig Honig wäre schon sehr nett«, sagte der General.

18.

Bump haßte es, wenn seine Eltern die Schlafzimmertür hinter sich zumachten. Zuerst verschlossen sie die Zwischentür, damit er nicht die Treppe runter und in den Hof konnte. Dann packten sie ihn mit ein paar Büchern und Spielsachen ins Bett, sagten ihm, er solle lieb sein, gaben ihm einen Kuß oder zwei und ließen ihn dann allein. Egal, was er anstellte, um sie zum Spielen zu bewegen, egal, ob er weinte oder lauthals losschrie, seine Großen ignorierten ihn und verschwanden hinter ihrer Tür.

Oft passierte das an Vormittagen, kurz nach der Rückkehr seines Vaters. Alle saßen gemeinsam auf dem Sofa, eine Zeitlang stand Bump im Mittelpunkt des Interesses – Vater und Mutter küßten ihn ausgiebig und lachten über das, was er tat. Aber immer wenn sie anfingen, sich gegenseitig zu küssen, dann ließen sie ihn allein. Er wußte das und versuchte, ein Buch zwischen ihre Gesichter zu schieben, wenn er glaubte, sie wollten sich küssen, aber seine Großen lachten nur und duckten sich unter dem Buch weg. Sie küßten sich trotzdem.

Dann sperrten sie ihn im Haus ein, aber außerhalb ihres Schlafzimmers. Manchmal machte ihn das einsam, manchmal aber auch wütend. Ein- oder zweimal lag er auf dem Fußboden und versuchte, unter der Tür durchzuschauen, aber alles, was er zu sehen bekam, waren die Schuhe seines Vaters und ein Haufen Kleidungsstücke auf dem Fußboden.

Manchmal schrie er los, aber niemand gab Antwort. Manchmal lauschte er, hörte aber nur Gequietsche aus der Richtung des Bettes. Es war das gleiche Geräusch, das er hörte, wenn er auf Grannys Bett herumhopste. Wenn seine Großen nur einfach auf dem Bett herumhopsen wollten, warum durfte er dann nicht mit ihnen zusammen rumhopsen? Einmal hatte seine Mutter es eilig und zog die Tür nicht richtig hinter sich zu, da schlich er sich für einen Moment rein; das Bett machte dieses quietschende Geräusch, aber seine Großen hopsten bei weitem nicht so hoch, wie er erwartet hatte. Bevor er auch nur zwei Schritte ins Zimmer machen konnte, kam seine Mutter auf ihn zugesaust, nackt, noch schlimmer als ein wildes Tier, und warf ihn mit solcher Gewalt auf sein Bett, daß er lange weinte. Sie knallte die Tür zum Schlafzimmer so heftig zu, daß Bump am liebsten weggelaufen wäre. Er nahm einen Bleistift und versuchte, ein Loch in die Zwischentür zu bohren – er wollte sich wie Peter Rabbit hindurchzwängen und wegrennen, aber er schaffte nur ein winziges Loch, und dann brach der Bleistift ab.

Bump liebte die frühen Morgenstunden, bevor sein Vater nach Hause kam. Er und seine Mutter lagen auf der Couch und machten Spiele. Seine Mutter gähnte gewaltig und schlief manchmal wieder ein. Sie trug ein weites Nachthemd, aus dem manchmal eine Brust hervorschaute. Bump war immer nackt – er mochte seinen Schlafanzug nicht und zog ihn immer sofort aus, sobald er wach wurde. Manchmal versuchte er, seiner Mutter das Nachthemd runterzuziehen, damit sie beide nackt waren, aber seine Mutter zog das Nachthemd niemals aus. Es war ihr allerdings egal, wenn eine ihrer Brüste hervorschaute. Wenn sie morgens so mit ihm spielte, wirkte sie gar nicht wie ein wildes Tier. Sie roch dann immer gut – Bump lag oft auf ihr und atmete ihren Duft ein.

Aber dann kam immer bald sein Vater nach Hause, und

die beiden Großen fingen an, miteinander zu reden. Manchmal gingen sie auch sofort in ihr Schlafzimmer, ließen ihn allein, so daß er sich hilflos vorkam. Sie schienen überhaupt nicht zu ahnen, wie schlimm es für einen Kleinen ist, hilflos zu sein. Bump fand eine Methode heraus, ihnen zu zeigen, wie sehr es ihn ärgerte, ausgeschlossen zu sein, nämlich seine Spielzeugkiste quer durchs Zimmer zu schleppen und jedes einzelne Stück gegen ihre Schlafzimmertür zu knallen. Er rechnete damit, daß seine Mutter wie ein wildes Tier aus dem Zimmer gerast kam, wenn er das Spielzeug rumwarf, aber das passierte kein einziges Mal. Manchmal schrien sie ihn an, er solle mit dem Werfen aufhören, aber er hörte trotzdem nicht auf. Er warf jedes einzelne Spielzeug in seiner Kiste gegen die Tür – manchmal versuchte er sogar, die Tür mit einem kleinen Wagen, den er hatte, aufzustoßen, aber das klappte nicht. Überhaupt nichts klappte, nicht mal Schreien und mit den Füßen gegen die Tür treten. Die Großen blieben einfach in ihrem Schlafzimmer und kümmerten sich kein bißchen darum, daß er sich hilflos vorkam.

»Ich wünschte, du hättest mir gesagt, daß Melanie weggeht«, sagte Jane. »Ich werde Melanie vermissen. Wir hätten hingehen und uns verabschieden sollen oder so.«

Sie lagen im Bett, nach dem Liebesakt, und lauschten, wie Bump seinen kleinen Wagen wie einen Rammbock gegen ihre Zimmertür knallte.

»Unser kleiner Junge ist ganz schön zielstrebig«, meinte Teddy. »Hör nur, wie er versucht, die Tür aufzubrechen.«

»Melanie war unsere Botschafterin bei Aurora«, sagte Jane. Sie hatte gelernt, Bumps Versuche, ins Schlafzimmer vorzudringen, zu ignorieren, wenn sie und Teddy sich liebten. Zuerst hatte der Krach sie irritiert und abgelenkt, doch dann gewöhnte sie sich dran. Wenn es um Sex ging, liebte Jane die Vorstellung, sich jederzeit an alles gewöhnen zu können. Sie ließ sich von niemand den Spaß verderben – weder von Bump noch von sonst jemand. Manchmal wünschte sie sich, Teddy wäre nicht ganz so sanft. Sex mit

Teddy war prima, doch gelegentlich dachte sie, es könne noch besser als prima sein, wenn er ab und zu mal ein bißchen rauher wäre, vielleicht mal ärgerlich würde oder so. Es war nur so ein Gedanke – vielleicht lag sie ja völlig falsch –, aber es war nun mal eine Idee, die sie immer wieder hatte.

»Ich glaube nicht, daß Melanie einen richtigen Abschied wollte«, sagte Teddy und wünschte, sein Sohn würde aufhören, den Wagen gegen die Tür zu schlagen. Jane wirkte im Moment sehr anziehend auf ihn, trotz des heftigen Orgasmus schien sie ein wenig unruhig. Er spürte, daß dies möglicherweise noch mehr Sex verhieß, aber solange Bump mit dem Wagen gegen die Tür knallte, würde gar nichts passieren.

»Vielleicht dachte sie, daß sie bei zuviel Verabschiederei die Nerven verlieren und gar nicht losfahren würde«, überlegte er. Er griff nach unten, neben das Bett, fand einen seiner Schuhe und warf ihn, so fest er konnte, gegen die Tür. Der Trick wirkte. Bump hörte auf, den Wagen gegen die Tür zu schlagen. Im anderen Zimmer herrschte vollkommene Stille.

»Ich glaube, ich habe ihn übertrumpft«, meinte Teddy.

»Das sollte nicht allzu schwer sein, er ist ja erst zwei«, sagte Jane. »Wenigstens zeigt er uns, wenn er wütend wird.«

Teddy stützte sich auf einen Ellenbogen und schaute seine Frau an. »Ist diese Bemerkung auf mich gemünzt?« wollte er wissen.

»Ja«, sagte Jane. »Manchmal frage ich mich, ob du überhaupt noch wütend werden kannst. Gestern, als ich Bump versohlt habe, wolltest du es wohl, aber ich glaube, du hattest dann doch nicht die Nerven dazu.«

Teddy kam zu dem Schluß, daß in Sachen Sex wohl doch nichts mehr laufen würde – nicht, daß es etwa nötig gewesen wäre. Aber nachdem er Bump gebändigt hatte, war er nicht sicher, ob er die Energie hatte, um auch noch Jane zu bändigen. Irgend etwas war ihm verlorengegangen, als er den Schuh gegen die Tür geworfen hatte.

»Ich habe gerade einen Schuh gegen die Tür geworfen«, sagte er.

»Tolle Sache«, antwortete Jane. »Das war Taktik. Zwischen Taktik und Emotion gibt es einen Unterschied.«

»Korrekt«, sagte Teddy. »Aber als ich letztesmal die Linie überschritt, landete ich in einer Zwangsjacke. Du warst nicht dabei und hast zugesehen. Das war, bevor wir uns kennenlernten, und lange, bevor ich Lithium entdeckte.«

»Ich wünschte, ich wäre dabeigewesen und hätte zugeschaut«, sagte Jane. »Ich möchte zu gerne sehen, wie es ist, wenn du so wütend bist, daß sie dich in eine Zwangsjacke stecken müssen.«

»Warum?« fragte Teddy.

Jane zuckte die Schultern. »Vielleicht möchte ich es einfach.«

»Es ist Unsinn, Wut zu romantisieren«, sagte Teddy. »Ich glaube kaum, daß es dir besonders gut gefallen hätte, wenn du dabeigewesen wärst.«

»Das werden wir vermutlich nie erfahren«, antwortete Jane.

19.

Trotz seiner Überzeugung, daß es lächerlich war, zum Psychoanalytiker zu gehen – in seinem Alter, in Auroras Alter und überhaupt in jedem Alter –, hatte General Scott sich für die Angelegenheit erstaunlich herausgeputzt. Er trug seinen besten Anzug und die rote Fliege mit den kleinen Punkten, die Aurora in London für ihn ausgesucht hatte.

Der Anblick Hectors in seinem besten Anzug und mit seiner roten Fliege versetzte Aurora in jene Form von Hochstimmung, in der sie dazu neigte, Arien ihrer Lieblingsopern zu schmettern. Sie schmetterte mehrere davon auf dem Weg von ihrem Haus bis zur Bellaire Street, in der Dr. Bruckner seine Praxis hatte.

Leider entsprach Hectors Reaktion auf ihre Gesangsdarbietungen nicht ganz seiner derzeitigen Erscheinung.

»Sing doch nicht immer diese gottverdammten Arien,

wenn du fährst«, sagte er. »Du kannst ja kaum richtig fahren, wenn du still bist. Wenn du möchtest, daß wir beide lebend zu dieser Analyse kommen, dann schlage ich vor, du hältst den Mund.«

»Hector, es ist sehr schade, daß du so wenige Verständnis für meinen Gesang hast«, antwortete Aurora. »Singen ist eine sehr gesunde Sache. Ich bin sicher, daß Dr. Bruckner mich diesbezüglich unterstützen wird.«

Die todschicke Erscheinung des Generals deckte sich nicht mit seiner Stimmung, die gänzlich schwarz war. Trotz eines herzhaften, wenn auch verspätet gereichten Frühstücks war sein postkoitaler Trübsinn nicht abgeebbt, im Gegenteil, er hatte sich noch verstärkt. Er konnte sich einfach nicht von der Überzeugung befreien, daß die kurze Intimität des heutigen Morgens sein letztes Hurra gewesen war – und obendrein nicht mal ein besonders tolles Hurra. Von dem Moment an, als es zu Ende war, wuchs in ihm die Überzeugung, daß er und Aurora sich nie wieder lieben würden, und diese Überzeugung wollte und wollte nicht weggehen. Er fühlte sich vollkommen ausgelaugt – er war halt nur noch ein alter Knochen.

»Das erste, was ich diesem Psychoanalytiker sagen werde, ist, daß ich nicht mehr ejakulieren kann«, bemerkte er. Sie standen an einer Verkehrsampel kurz vor Bellaire, und Aurora hatte aufgehört zu singen. Aus irgendeinem Grunde empfand sie es als unangemessen, vor Ampeln Arien zu singen.

»Du wirst ihm nichts dergleichen erzählen«, sagte Aurora. »Ich verbiete es dir. Es gibt jede Menge andere Themen, über die wir mit diesem netten jungen Mann reden können, ohne deine Ejakulationen zu erwähnen.«

»Ich habe keine Ejakulationen«, sagte der General. »Das habe ich gerade gesagt, und das ist ja der Punkt, den ich hervorheben möchte. Es kommt nichts raus, und du weißt genau, was das zu bedeuten hat.«

»Nein, ich bin gar nicht sicher, ob ich das weiß«, meinte Aurora, »aber ich bin mir sehr sicher, daß ich nicht wünsche, daß du die Probleme, die wir auf diesem Gebiet haben, dem netten Doktor gegenüber erwähnst.«

»Woher willst du wissen, daß er nett ist?« fragte der General. »Wir haben ihn ja noch nie zu Gesicht bekommen.«

»Nein, aber ich habe mit ihm gesprochen, er hat eine besänftigende Stimme«, berichtete Aurora. »Seine Stimme ist das genaue Gegenteil von deiner, Hector. Deine Stimme besänftigt mich nur selten, und Besänftigung ist etwas, das ich häufig brauche.«

»Nun, deine besänftigt mich allerdings auch nicht«, antwortete der General. »Vor allem nicht, wenn du im Auto Arien schmetterst. Fahr los, warum fährst du nicht – die Ampel ist grün.«

»Hector, sie ist gerade eben erst umgesprungen!« bemerkte Aurora.

»Ja, aber wenn sie umspringt, heißt das losfahren, sofort.«

»Ich will ihr nur ein oder zwei Sekunden geben, um sicher zu sein, daß sie es auch so meint«, sagte Aurora und fuhr los.

»Nachdem wir uns heute morgen geliebt hatten, überkam mich sofort das schreckliche Gefühl, wir würden uns nie wieder lieben«, sagte Hector. »Dieses Gefühl läßt mich nicht mehr los, und deshalb bin ich auch so deprimiert. Darf ich das dem Psychoanalytiker sagen?«

Aurora gab keine Antwort. Sie mochte die Vorstadt Bellaire nicht, ja sie stand dem ganzen Konzept von Vorstädten ablehnend gegenüber, obwohl es mittlerweile so aussah, als ob hier die meisten Menschen lebten. In ihrer Jugend war das anders gewesen. Es hatte Städte, Ortschaften, Dörfer gegeben, und das flache Land – und nicht dieses wirre Durcheinander von Verkehrsampeln, Tante-Emma-Läden und dazwischen diese kleinen häßlichen Häuser.

»Wenn ich ihm nichts über mein Gefühl sagen darf, daß wir uns nie mehr lieben werden, dann weiß ich überhaupt nicht, was ich ihm sagen soll. Meine Eltern sind seit fünfzig Jahren tot; ich glaube nicht, daß ich viel über sie sagen kann.

Es wird ein verdammt trauriges Leben werden, wenn wir uns nie mehr lieben«, fügte er hinzu.

»Hector, kannst du nicht mal ausnahmsweise ein Optimist sein anstatt immer nur ein Pessimist?« fragte Aurora. Tatsache war, daß auch sie nach dieser morgendlichen Intimität das Gefühl bekommen hatte, irgend etwas sei jetzt vorbei – und zwar ihre lange, zwanzig Jahre währende Romanze mit Hector Scott. Vermutlich hatte die Leidenschaft tatsächlich ihren letzten Auftritt in ihrem Leben gehabt – das heißt die Leidenschaft, die sie beide einst füreinander empfunden hatten.

Das war kein schöner Gedanke. Sie wünschte, sie könne ganz einfach nur still und zufrieden sein, mit Ruhe im Herzen, wie man es von älteren, jedenfalls von Leuten im späten mittleren Alter erwartet, aber sie fühlte sich niemals still, zufrieden oder ruhig. Nicht nur daß das Fieber nach Leben nicht nachgelassen hatte, es schien immer heftiger in ihr zu glühen. Anstatt sich ruhig zu fühlen, fühlte sie sich aufgeregt und unbefriedigt; zu lebendig, um schlafen zu können, und oft genug von Gedanken bedrängt, die wenig damenhaft, ja, sogar ausgesprochen lüstern waren, Gedanken an unerreichbare Männer oder an noch unerreichbarere junge Männer. Ein solcher junger Mann kam, um ihren Rasen zu schneiden. Er war von spanischer Herkunft, trug Shorts und hatte wunderbar stämmige Beine. Er hieß Jaime, und jedesmal, wenn sie ihn von ihrem Fenster aus betrachtete und seine stämmigen Beine sah, konnte es passieren, daß sich ihre Lust regte. Sehr häufig folgten ihr diese lustvollen Regungen bis in den tiefen Schlaf, was dazu führte, daß sie aufstand und ruhelos durchs Haus wanderte. Von allen Kümmernissen ihres Alters war Wollust dasjenige, das sie am wenigsten erwartet hatte, aber es war nun mal ganz klar die Wollust, die sie beherrschte.

»Ich bin Pessimist, weil ich alt und nutzlos bin«, beklagte sich der General. »Wir werden ja sehen, wie optimistisch du bist, wenn du mal in mein Alter kommst.«

Trotz seiner schicken Erscheinung wirkte er manchmal

schockierend alt auf sie. Viele Jahre lang hatten ihre Augen aufgeleuchtet, wenn sie General Scott in Uniform oder General Scott in einem frisch gebügelten Sommeranzug erblickte, es gab nicht viele Männer, die es verstanden, ihre Kleidung so elegant zu tragen wie Hector. Doch inzwischen hing er nur noch unordentlich in seinen Sachen und ließ trübselige Äußerungen vom Stapel.

Zufällig schaute der General aus dem Fenster und sah auf dem Rasen des Hauses, das sie gerade passierten, ein kleines, grünes Schild. Darauf stand »Dr. Jay Bruckner, Therapeut«. Aurora rauschte ungestört weiter die Straße entlang.

»Mann!« sagte der General. »Du bist gerade am Haus unseres Therapeuten vorbeigefahren.«

Aurora schaute aus dem Fenster und sah rechts und links der Straße nichts als häßliche, kleine Vorort-Häuschen. Das war ganz sicher nicht die Art Häuserblock, in dem sie sich die Praxis ihres Therapeuten vorgestellt hatte. Sie hatte sich ein geschmackvolles Glasgebäude vorgestellt, mit gutem Teppichboden und diskreten Empfangsdamen. In Houston gab es Hunderte von solchen Glasgebäuden; in vielen davon waren Arztpraxen untergebracht. Gewiß würde es viel leichter sein, sich durch Hectors Gehirnwindungen zu schlängeln, wenn diese mühselige Arbeit in einem geschmackvollen Gebäude, in dem sich möglicherweise ein oder zwei Banken befanden, stattfinden würde.

»Stopp, habe ich gesagt«, wiederholte der General. »Du bist am Haus vorbeigefahren.«

»Wir suchen nicht nach einem Haus, Hector – wir suchen nach einer Arztpraxis«, sagte Aurora.

»Ich weiß, wir sind gerade daran vorbeigefahren, ich sage dir das jetzt zum drittenmal«, bemerkte der General. »Du mußt in die andere Richtung fahren.«

»Nicht, solange ich kein Gebäude vorfinde, das so aussieht, als sei eine Arztpraxis darin untergebracht«, sagte Aurora. »Das ist die Art von Straße, in der durchschnittliche Gehaltsempfänger wohnen – ich glaube kaum, daß wir inmitten all dieser Gehaltsempfänger einen respektablen Psychoanalytiker auftun werden.«

»Was bist du doch für ein lachhafter Snob«, sagte der General. »Ich sage es nochmals – wir sind gerade an Dr. Bruckners Haus vorbeigefahren. Er hat ein Schild auf dem Rasen. Ich konnte es ganz genau lesen. ›Therapeut‹ steht drauf, und Therapie ist genau das, was wir brauchen. Wir entfernen uns jeden Moment weiter von ihr. Kannst du nicht wenigstens einmal versuchen, vernünftig zu sein?«

»Hector, ich fahre nicht zum erstenmal zu einem Arzt. Ich weiß, wie eine Arztpraxis auszusehen hat«, sagte Aurora. »Ein Analytiker ist auch nur eine Art Doktor.«

Während sie noch ihren Standpunkt erläuterte, fuhr sie über eine rote Ampel, und unglücklicherweise lauerte ein Polizeiwagen direkt an der Kreuzung.

»Jetzt hast du's geschafft«, sagte Hector, als der Streifenwagen in Aktion trat, lautes Geheul und blitzendes Licht verbreitete. Aurora gab auf und fuhr langsam an den Bordstein heran, allerdings nicht nah genug für den Polizisten, der sie mehrfach durch seinen Lautsprecher aufforderte, an die Seite zu fahren.

»Er will, daß du an die Seite fährst«, sagte Hector zu ihrer heftigen Verärgerung. Wann immer sie in Schwierigkeiten mit der Verkehrspolizei geriet, schlug Hector sich unweigerlich auf die Seite des Polizisten – schon mehrmals hätte sie wegen dieses Verhaltens beinahe mit ihm Schluß gemacht, und jetzt begann sie, sich zu wünschen, sie hätte es tatsächlich getan. Wenn sie es getan hätte, müßte sie jetzt nicht nur nicht mit ansehen, wie sich ihr eigener Liebhaber feige auf die Seite der Autoritäten schlug, sondern bräuchte auch nicht mit anzusehen, wie er in seinem Anzug hing und unendlich alt aussah.

»Hector, zu deiner Information, ich *bin bereits* an die Seite gefahren«, sagte sie. »Es ist nicht gerade galant von dir, auf mir herumzuhacken, wenn ich Probleme habe.«

»Wenn du getan hättest, was ich dir gesagt habe, und vor

fünf Blocks umgedreht wärst, dann hättest du jetzt keine Probleme«, gab Hector zurück. »Was soll ich denn machen, wenn du nicht auf mich hörst?«

Aurora, die seit eh und je unter der Angst litt, mit den Reifen an der Bordsteinkante entlangzuschrammen, zog vorsichtig nach rechts und rechnete jeden Moment damit, das schreckliche Geräusch schrammender Reifen zu hören.

»Bitte steigen Sie aus dem Wagen!« sprach der Polizist hinter ihr zum wiederholten Male durch seinen Lautsprecher.

»Warum will er wohl, daß ich aus meinem Auto aussteige?« überlegte Aurora. »Die bestehen nur selten darauf, daß ich den Wagen verlasse. Glaubst du, er will mich erschießen, weil ich über die rote Ampel gefahren bin?«

»Vermutlich glaubt er, du wärst so eine Art Verrückte, aber erschießen wird er dich schon nicht«, meinte der General.

»Hector, warum sollte er denn glauben, ich wäre verrückt?« fragte Aurora, die sich von ihrem Sicherheitsgurt befreite und die Wagentür öffnete. Unglücklicherweise hatte sie den Schalthebel noch nicht in Parkposition gebracht, der Wagen bewegte sich langsam auf den Bordstein zu. Als sie ihren Fehler bemerkte, knallte sie den Schalthebel auf PARK, wodurch der Wagen abrupt zum Stillstand kam. Hector, der noch angeschnallt war, wurde nach vorne geworfen, stieß aber nicht mit dem Kopf an.

»Ich weiß nicht, wie er denkt, aber ich denke, daß du tatsächlich eine Art Verrückte bist«, sagte der General. »Wir sind auf dem Weg zu einem Psychiater, und das ist auch verdammt gut so. Wir hätten vermutlich schon vor Jahren gehen sollen.«

Aurora verließ ihren Wagen so würdevoll wie eben möglich und fand sich einem kleinen, rotköpfigen Verkehrspolizisten gegenüber, der sie skeptisch anschaute, wie es alle taten; aber nachdem sie ihn erst mal richtig ins Visier genommen hatte, bemerkte sie, daß seine Skepsis wohl vor allem auf ihren Wagen gerichtet war, der zu ihrer größten

Überraschung immer noch ein ganzes Stück von der Bordsteinkante entfernt stand.

»Das ist nicht gerade das, was ich unter rechts ranfahren verstehe«, sagte der Polizist. »Wenn der Verkehr zu dieser Tageszeit dichter wäre, dann würden Sie eine Verkehrsbehinderung darstellen. Haben Sie sich in jüngster Zeit mal die Augen nachsehen lassen?«

Einen Moment lang verstand Aurora nicht sofort, was er meinte, doch dann wurde ihr klar, daß der rotgesichtige Polizist sich nach ihrer Sehfähigkeit erkundigte.

»Meine Sehkraft ist bestens, danke, Officer«, antwortete sie. »Es ist nur, daß ich eben diese Angst davor habe, mit den Rädern an der Kante entlang zu schrammen. Aus diesem Grund bin ich ja auch unterwegs zu meinem Arzt, um zu hören, ob er gegen diese Phobie etwas machen kann.«

»Sind Sie deshalb über die rote Ampel gefahren?« fragte der Polizist. »Ist das hier eine Art medizinischer Notfall?«

»Nun, ja, man könnte es unter diesem Aspekt betrachten«, antwortete Aurora. »Wie Sie sehen, habe ich eine ziemlich schwere Phobie. Ich bin zwar noch längst nicht an der Bordsteinkante, doch im Kopf hörte ich bereits eine Art ununterbrochenes Quietschen von einer solchen Intensität, daß man daran durchaus verrückt werden kann, das versichere ich Ihnen.«

Der kleine Polizist schaute sie schief an und schüttelte den Kopf.

»Netter Versuch«, sagte er und fing an, einen Strafzettel wegen Überfahrens einer roten Ampel auszuschreiben.

»Offenbar nicht nett genug«, sagte Aurora. »Wenn Sie mir schon einen Strafzettel verpassen, könnten Sie mir wenigstens helfen, die Praxis meines Arztes zu finden. Sein Name ist Dr. Bruckner, er ist Psychoanalytiker. Ich hoffe sehr, daß er mir bei meiner Phobie helfen kann.«

»Ich auch«, sagte der Polizist. »Sonst werden Sie nächstes Mal, wenn Sie wieder einmal über eine rote Ampel fahren und der Aufforderung, rechts ranzufahren, nicht Folge leisten, gleich einen zweifachen Strafzettel verpaßt bekommen – einen für die Ampel und einen wegen Behinderung des Verkehrs.«

»Wissen Sie denn nun wenigstens, wo Dr. Bruckners Praxis ist?« fragte Aurora, die inzwischen ziemlich ärgerlich war.

»Ja, Sie sind gerade daran vorbeigefahren. Wenn Sie hier umdrehen, ist es auf der linken Seite, ungefähr drei Blocks weiter. Ein kleines grünes Haus mit einem Schild davor. Bitte, versuchen Sie, an den Ampeln anzuhalten, Ma'am.«

Aurora stieg ins Auto und vollzog direkt vor den Augen des Polizisten eine perfekte Kehrtwendung; ihr schien es, als betrachtete dieser das Ganze ziemlich skeptisch.

Auch der General beobachtete sie skeptisch, obwohl die Ampel vor ihnen rot war und sie höflich davor stehenblieb.

»Ich bin mir nicht sicher, ob es in Bellaire erlaubt ist zu wenden«, sagte er, doch der Ausdruck in Auroras Augen – ein Ausdruck, der ihm seit langem vertraut war – sagte ihm, daß es nicht besonders angebracht war, allzu viele Fragen über Erlaubtes und Nichterlaubtes in Bellaire zu stellen, jedenfalls nicht im Augenblick.

»Hector, wir müssen nach einem kleinen grünen Haus mit einem Schild auf dem Rasen Ausschau halten«, sagte Aurora. »Ich denke, es wird irgendwann auf unserer linken Seite auftauchen.«

»Recht so«, bemerkte der General.

»Nein, nicht rechts – links«, beharrte Aurora.

»Ich meinte ›recht‹ im Sinne von korrekt«, erklärte der General.

»Hector, ich versuche lediglich, den Hinweisen des Polizisten zu folgen«, bemerkte Aurora. »Ich wünsche jetzt keine Erörterungen. Ich denke, unser Analytiker wird das wollen, ich jedoch nicht.«

»Aurora, da ist es, direkt da vorne – siehst du's?« sagte der General und gestikulierte aufgeregt, als sie sich dem Haus näherten. »Es ist das, vor dem du von Anfang an hättest anhalten sollen.«

Aurora schaute hin und sah ein mehr oder weniger häßliches grünes Vororthaus im Bungalow-Stil. Widerstrebend vollführte sie eine weitere Kehrtwendung und fuhr in die Einfahrt.

»Was für eine Enttäuschung!« sagte sie. »Wieso lebt ein angesehener Psychoanalytiker aus Wien in so einer Bruchbude?«

»Das ist ein ganz normales Haus«, sagte der General. »Die Leute müssen halt irgendwo wohnen, weißt du. Egal, wir haben ihn ja auch wegen seines Gehirns angestellt – wer interessiert sich schon dafür, in was für einem Haus er wohnt?«

»Ich interessiere mich dafür«, antwortete Aurora. »Es mag komisch wirken, aber so ist es nun mal. Ich hatte eben eine völlig andere Vorstellung von Dr. Bruckners Praxis.« Sie seufzte.

»Jetzt fang bloß nicht wieder mit deiner Seufzerei an«, sagte der General. »Wir haben uns dafür entschieden, deshalb sollten wir jetzt mit einer positiven Haltung an die Sache herangehen.«

Aurora seufzte erneut.

»Ich wünschte, du hörtest mit diesem Seufzen auf«, sagte der General. »Ich hasse es, wenn du seufzt. Wieso seufzt du eigentlich so viel?«

»Weil du der letzte bist, der mir eine mangelnde positive Haltung vorwerfen kann«, antwortete Aurora. »Ich habe buchstäblich jeden Tag der letzten zwanzig Jahre mit einer positiven Haltung begonnen – sogar mit einer fröhlichen Haltung, meistens jedenfalls. Und was hat es mir schon Gutes eingebracht?«

Der General, der sich wie in einer Falle vorkam, sagte nichts.

»Ich möchte am liebsten weinen«, verkündete Aurora zu seinem Entsetzen.

»Aurora, wir stehen vor der Praxis des Doktors«, sagte der General. »Wir befinden uns in seiner Einfahrt. Wahrscheinlich beobachtet er uns in diesem Moment durch sein Fenster und fragt sich, warum wir nicht reinkommen. Wein jetzt bloß nicht.«

»Aber ich möchte«, wiederholte Aurora. »Der Gedanke an all meine vergeudete Fröhlichkeit bringt mich zum Weinen.«

»Sie war ja nicht vergeudet«, sagte der General. Er spürte einen Anflug von Verzweiflung.

»Sie war – du hast nie aufgehört, deprimiert zu sein«, sagte Aurora und fing an zu weinen. »Meine ganze positive Einstellung ist durch deine Depressionen kaputtgegangen. Du bist der negativste Mann, den ich jemals gesehen habe. Ich wünschte, ich wäre nie auf die Idee mit der Psychoanalyse gekommen, denn ich weiß, daß es nicht klappen wird. Kein einziges der tausend Dinge, die ich für uns beide vorgeschlagen habe, hat jemals geklappt, und zwar, weil dir nichts paßt und du nichts willst, und wenn ich drauf bestehe und irgend etwas Nettes machen will, dann machst du alles wieder kaputt.«

Sie weinte erneut; der General fühlte sich zu niedergeschlagen und zu schuldbeladen, um etwas sagen zu können. Er zerbrach sich den Kopf, suchte verzweifelt nach irgend etwas Nettem, das Aurora hatte machen wollen und auf das er eingegangen war – etwas, was wirklich einmal geklappt hatte. Doch im Moment war sein Gehirn wie leergeblasen, ihm fiel nichts ein.

Nach ein oder zwei Schluchzern hörte Aurora auf zu weinen.

»Das letzte, was du mir vorwerfen kannst, ist Mangel an positiver Haltung«, sagte sie und wischte sich die Augen. »*Du* bist es, dem die positive Einstellung fehlt – du, du, du!«

»Na ja, dir fehlen allerdings auch ein paar Dinge«, konterte der General. »Gehen wir jetzt endlich da rein und lassen uns psychoanalysieren, oder sitzen wir hier den ganzen Vormittag nur einfach in der Einfahrt dieses Hauses herum und betreiben unsere übliche Zankerei?«

»Ich denke, wir müssen reingehen«, sagte Aurora und stellte den Rückspiegel so ein, daß sie sich rasch ihr Augen-Make-up in Ordnung bringen konnte. »Ich glaube, bei meinem netten Aussehen hätte ich niemals angefangen zu weinen, wenn ich vom Haus dieses Mannes nicht so wahnsinnig enttäuscht wäre. Ich bin dermaßen enttäuscht, daß ich schon gar keine Lust mehr habe, mich von ihm analysieren zu lassen.«

»Aurora, wir sind hier, laß es uns zumindest probieren«, sagte der General. »Der Mann erwartet uns.«

»Die Leute erwarten oft Dinge, die dann nicht eintreten«, sagte Aurora. »Sieh mich an. Jeden Tag meines Lebens habe ich auf Glück gehofft. Aber die Tage gehen vorüber, und wo ist es – das Glück?«

Irgendwie nahmen sie sich zusammen, gingen zum Haus und klingelten. Die Tür wurde auf der Stelle geöffnet, noch bevor Aurora sich wieder sammeln konnte. Ich bin noch nicht ganz bereit für das hier, dachte sie, als sie sah, wie sich die Tür öffnete. So viele Dinge im Leben passierten, bevor man ganz bereit dafür war: Emma, zum Beispiel, war zwei Wochen zu früh geboren worden, noch bevor sie, Aurora, ganz bereit dafür war, und sie hatte immer angenommen, daß diese Vorzeitigkeit der Grund für ihre Nervosität war, wenigstens während der beiden ersten Jahre ihrer Mutterschaft. Sie schätzte es, ganz bereit für die Dinge zu sein, bevor sie passierten, doch allzuoft begannen die Dinge schon zu passieren, während sie innerlich noch dabei war, sich darauf vorzubereiten; und genau das war es, was ihr jetzt vor der Tür ihres Psychoanalytikers widerfuhr. Die Tür öffnete sich, obwohl sie noch nicht ganz bereit war.

In der Tür stand ein zerknitterter Mann, vielleicht Anfang Vierzig, mit dichtem, ergrautem Haar und den größten und traurigsten braunen Augen, in die Aurora jemals geschaut hatte. Er trug ein Cordjackett mit Lederflicken auf den Ellenbogen und Levis-Jeans, doch der Schock beim Anblick eines Arztes in Jeans wurde durch den Ausdruck in seinen Augen wieder wettgemacht – ein Ausdruck, der bei weitem einladender war als der Blick der meisten Ärzte.

Als Aurora später, nach seinem Tod, auf ihre Zeit mit Jerry Bruckner zurückschaute, da spürte sie, daß alles geschehen war, weil er ihr vom ersten Moment an das Gefühl vermittelt hatte, willkommen zu sein – unmittelbar und uneingeschränkt willkommen – in einem Ausmaß, wie es kein Mann jemals getan hatte, weder vor ihm noch nach ihm.

»Hi, ich bin Jerry Bruckner, kommen Sie bitte rein«, sagte der Doktor. Er hatte eine ziemlich rauhe Stimme.

»Hi?« fragte Aurora und trat ins Haus. »Sagen Psychiater aus Wien wirklich ›Hi‹?«

»Vermutlich nicht, aber wer behauptet denn, ich stammte aus Wien?« antwortete Jerry Bruckner, während er dem General die Hand schüttelte.

»Ausgezeichnet, ich hasse Österreich«, sagte der General.

»Aber ich dachte, das müßten Sie einfach«, beharrte Aurora, obwohl ihre Vorstellung von klassischer Psychoanalyse sich rasch zu verflüchtigen begann. »Der Name klingt so wienerisch.«

Der Doktor wirkte leicht amüsiert.

»Ich komme aus Las Vegas, Nevada«, sagte er. »Ich glaube kaum, daß es in Houston viele Psychiater gibt, die tatsächlich aus Wien stammen.«

»Nein, aber es kann auch nicht viele geben, die aus Las Vegas kommen«, kommentierte Aurora und ließ den Blick durch das Wartezimmer schweifen, das nichts anderes war als ein ziemlich schäbiges Wohnzimmer mit einem an der Wand stehenden orangefarbenen Sofa, das dringend neu bezogen werden mußte.

»Ich glaube, ich sollte das Sofa mal neu beziehen lassen«, sagte Dr. Bruckner, der ihre Gedanken erriet.

»Meine Güte, Sie haben gerade meine Gedanken gelesen«, sagte Aurora und lächelte ihn an. »Ich hoffe, Sie machen das noch ein paarmal.« Sofort verzieh sie ihm dieses Wohnzimmer, wie sie ihm bereits die Levis-Jeans verziehen hatte. Er hatte ein nettes Lächeln – und ein nettes Lächeln wollte schon einiges heißen.

»Sie hat große Erwartungen«, warf der General nervös ein. Er dachte, der Doktor solle das von Anfang an wissen – jeden Moment konnte Aurora damit anfangen, die Kleidung dieses Mannes zu kritisieren oder seine Möbel oder die Tapete oder sonst irgend etwas.

»Ich kann keineswegs Ihre Gedanken lesen«, sagte der Doktor, »aber ich kann Ihnen Kaffee oder Tee anbieten.«

»Aber wo ist denn die charmante Empfangsdame, mit der ich sprach, als ich den Termin vereinbarte?« fragte Aurora – irritiert angesichts einer Praxis, die so wenig nach Praxis aussah. Wo waren die üblichen Angestellten, die, die einen in den Finger stachen oder sich nach der Versicherungspolice erkundigten?

»Ich glaube, ihr Name war Simone«, fügte sie zum Ärger des Generals hinzu. Glaubte sie vielleicht, ein Psychoanalytiker könne sich nicht mehr an den Namen seiner eigenen Empfangsdame erinnern?

»Ich glaube, für Sie habe ich Simone gemacht«, sagte Jerry Bruckner. »Sie klangen, als würden Sie etwas Französisches bevorzugen. Manchmal mache ich Simone, manchmal Magda und manchmal einfach Marjorie, die Leute, die es mit einer richtigen amerikanischen Empfangsdame zu tun haben wollen.«

»Ich kann Ihnen überhaupt nicht folgen. Was hat das alles zu bedeuten?« fragte Aurora.

Jerry Bruckner lächelte wieder sein einladendes Lächeln. »Ich kann mir eine Empfangsdame gar nicht leisten und bin mir auch nicht sicher, ob ich wirklich eine haben möchte, selbst wenn ich sie mir leisten könnte. Ich war eine Weile Schauspieler. Ich bin ein ziemlich guter Stimmenimitator. Für Sie habe ich Simone gemacht.«

»Ach du liebe Güte!« sagte Aurora.

20.

Melanies Brief war in Quartzite, Arizona, abgestempelt, ein Ort, von dem Tommy noch nie gehört hatte. Er fragte Joey, ob der ihn kenne, aber Joey war seit ein paar Tagen schlechter Laune und hatte keine Lust zu antworten. Dann fragte er ein paar Wärter, doch von denen hatte auch noch niemand davon gehört. Was ihren Reisehorizont anging waren die Gefängnisangestellten eher begrenzt. Sie kannten in der Regel nicht viele Orte, es sei denn, sie befanden sich in Ost-Texas.

Tommy ließ den Brief drei Tage lang liegen, bevor er ihn las. Wenn er Briefe von Leuten auf seiner Briefliste bekam, ließ er diese häufig liegen, bevor er sie las – zwischen einer Woche und einem ganzen Monat. Die anderen Insassen verstanden das nicht, die meisten von ihnen lasen ihre Post auf der Stelle und wie besessen. Die Tatsache, daß Tommy seine Briefe eine Woche und länger liegen ließ, war für sie der Beweis für etwas, was sie schon immer gewußt hatten: Tommy war unheimlich, eine Art »Alien« oder so was.

Tatsächlich hatte Tommy überlegt, ob er die Gefängnisverwaltung nicht bitten sollte, alles zurückzuschicken, was mit der Post für ihn ankam. Kommunikation mit der Außenwelt war für ihn kein willkommenes Ereignis – im Gegenteil, er fürchtete sie. Er erlaubte den Mitgliedern seiner Familie, ihn zu besuchen; gleichzeitig ließ er jedoch auch deutlich erkennen, daß er sie nicht dazu ermunterte, und auch nicht dazu, ihm Briefe zu schreiben. Sie enthielten ohnehin nur Bitten an ihn, sich zu ändern, um ein Mensch zu werden, der er nie war und niemals sein wollte. Über solche Veränderungen oder Lebenseinstellungen wollte er inzwischen gar nicht mehr nachdenken. Wenn er darüber nachdachte, löste das nur widerstreitende Gefühle in ihm aus, oder er bekam sogar migräneartige Kopfschmerzen. Da war es viel besser für ihn, sich auf seine eigenen Pläne zu konzentrieren, seine eigene Form der Rebellion, seine eigene Lebenseinstellung. Es war ein Zeichen der Schwäche, daß er sich noch nicht so weit verhärtet hatte, sämtliche Besuche und jegliche Post zu verweigern. Der Grund dafür war, daß es ihn langsam anödete, niemanden außer Kriminellen oder Gefängnispersonal zu sehen – und die meisten Beamten waren in ihrer Phantasie Kriminelle oder Kriminellen-Groupies. Je schrecklicher die Kriminellen, desto eher waren die Wärter und die Psychiater bereit, vor ihnen zu kriechen.

Die Briefe, mit denen Tommy die größten Schwierigkeiten hatte, waren die seines Bruders Teddy, der offenbar nicht einzusehen vermochte, daß Tommy keine Lust mehr hatte, ihm Ratschläge zu erteilen. Als älterer Bruder und als der mit der stärkeren Persönlichkeit hatte Tommy über die Jahre lässig allerhand Ratschläge verteilt, und jetzt wollte Teddy einfach nicht einsehen, daß Tommy sich im Grunde völlig ausgeschaltet hatte. Teddys Briefe handelten immer von seiner Angst, Jane könne ihn verlassen und mit einer Frau zusammenleben, mit der sie eine Affäre hatte. Wenn sie das tat, war Teddy davon überzeugt, wieder durchzudrehen und erneut in der Psychiatrie zu landen.

Tommy gab nie Antwort auf Teddys Briefe und seine Bitten um Rat und Hilfe. Er bewahrte ein strenges Schweigen in der Hoffnung, Teddy werde eines Tages einsehen, daß er, Tommy, an diesem ganzen familiären Quatsch überhaupt kein Interesse mehr hatte. Mit wem Jane schlief oder auch nicht schlief oder ob Teddy klar im Kopf war oder wirr, das waren einfach keine Sorgen, denen er in seinem Bewußtsein Raum geben wollte. Schon bevor er Julie umbrachte und ins Gefängnis kam, hatte er aufgehört, solchen familiären Trivialitäten innerhalb seines Bewußtseins Raum zu geben. Er zog es ganz einfach vor, aus dem Spiel gelassen zu werden, doch schien niemand bereit dazu zu sein – und deshalb ließ er die Briefe liegen, häufig für Wochen.

Dennoch war der Gedanke an die fette kleine Melanie da draußen an einem Ort wie Quartzite, Arizona, irgendwie interessant; bevor er den Brief öffnete, ging er in die Gefängnisbibliothek und suchte das Nest in einem Atlas. Es war nur ein winziger Punkt mitten in der Wüste, nicht weit von der Grenze zu Kalifornien, was vermutlich hieß, daß Melanie unsinnige Anstrengungen unternahm, ihren Vater zu besuchen. Vielleicht dachte sie ja, die bloße Tatsache ihrer Schwangerschaft würde den Mann so weich machen, daß er sie zur Schule gehen ließ.

Tommy, der seinen Vater gut genug kannte, wußte, daß Melly einen großen Fehler machte, wenn sie glaubte, irgend etwas dieser Art würde passieren. Professor Horton – wie er und Teddy ihn zu nennen pflegten; Melanie war die einzige von ihnen, die den Mann immer noch Vater nannte – würde ganz einfach entsetzt sein, wenn Melanie plötzlich aufkreuzte, denn immer wenn einer von ihnen dort aufkreuzte, wurde seine augenblickliche Frau stinksauer und bekam Krämpfe, um ihm heimzuzahlen, daß er es gewagt hatte, mit einer anderen Frau als ihr Kinder zu haben. Außerdem konnte die Vorstellung, daß ein weitere Nachkomme von ihm auf dem Weg in die Welt war, aus Professor Hortons Blickwinkel nur niederschmetternd sein. Es konnte im Endeffekt ja nur bedeuten, daß man ihn irgendwann bitten würde, Geld für den Lebensunterhalt dieses Kindes zu bezahlen, was seine Frau noch stinksaurer machen und zu noch schlimmeren Krämpfen führen würde.

Joey haßte es, daß Tommy seine Post nicht sofort las. Wenn er sah, daß Briefe ungeöffnet vier oder fünf Tage herumlagen, wollte er Tommy am liebsten verprügeln, weil er so ein egoistisches Arschloch war. Er selber bekam so gut wie nie Briefe, höchstens gelegentlich ein bißchen Gekritzel von seiner Mutter oder einer seiner verrückten Tanten. Jeder dieser Briefe ließ ihn in Tränen ausbrechen und sich nach Hause sehnen, aber Tommy hielt nicht mal soviel von seiner Familie, daß er die Briefe überhaupt aufmachte. Joey mochte es nicht, mit so einer Person in einer Zelle zu leben, aber verprügeln tat er ihn auch nicht – er hatte zuviel Angst, daß Tommy ihn eines Nachts im Schlaf umbrachte, wenn er ihn verprügelte.

Tommy wußte, daß Joey seine Einstellung zu den Briefen mißbilligte, aber Joey würde ja auch nie einen Impuls abblocken – ein Beweis dafür, daß er das nicht konnte, war, daß er im Gefängnis saß –, ja, er vermochte nicht mal die Idee von Disziplin zu verstehen, von ihrer Ausübung ganz zu schweigen. Selbst wenn Tommy die Briefe sofort hätte lesen wollen, hätte er sie ein wenig liegen lassen, nur, um Joey eins auszuwischen; aber nach drei Tagen konnte er seine Neugier nicht länger zurückhalten. Er brannte so sehr darauf, zu erfahren, warum seine kleine Schwester ihm einen Brief aus einem abgelegenen Nest mitten in der Wüste von Arizona schrieb, daß er den Brief öffnete und las:

Lieber Tommy:
Ich bin hier in diesem Nest in Arizona – Mann, das ist vielleicht ein häßliches Kaff, aber hier stehen all diese Saguaro-Kakteen in der Gegend herum, die sehen eigentlich ganz interessant aus.
Bruce ist den ganzen Weg von Houston bis hierher ohne Pause gefahren, und jetzt ist er so müde, daß er gar nicht mehr wach wird. Ich glaube, wir hätten vielleicht mal irgendwo Pause machen sollen, ich hab' Bruce noch nie so müde gesehen. Aber er hatte nur eins im Sinn, soviel Entfernung wie möglich zwischen sich und seine Eltern zu bringen, deshalb ist er halt immer weiter gefahren.
Egal, wir sind also schon fast in Kalifornien, unserem endgültigen Ziel. Wir haben uns einfach irgendwie ineinander verliebt und sind zusammen abgehauen. Ich bin mir nicht so ganz sicher, was wir in Kalifornien machen werden – ich denke, wir suchen uns Arbeit und bemühen uns, uns wie Erwachsene zu verhalten und unseren Lebensunterhalt zu verdienen und alles. Vielleicht klingt das komisch in deinen Ohren, aber Bruce und ich wollen das einfach versuchen. Die größte Überraschung war, daß Granny gar nicht versucht hat, mich davon abzuhalten. Ich hatte damit gerechnet, daß sie ausflippt, hat sie aber nicht getan. Manchmal kann Granny einen ganz schön überraschen.
Für den Anfang müssen wir uns ein ganz billiges Apartment suchen – wir haben nicht viel Geld, um unser neues Leben zu beginnen.
Tommy, ich glaube, das heißt, daß ich dich jetzt für eine Weile nicht mehr besuchen kann. Die Besuche haben mich sowieso ziemlich niedergeschlagen – mir kam es so vor, als seien diese Besuche für dich eine Art von Druck. *Ein* Grund, warum ich dir schreibe, ist, dir zu sagen, daß

dieser Druck nicht mehr da ist, soweit es mich betrifft. Es ist irgendwie erschreckend, jemand so zu lieben – ich bin im Moment so besessen von Bruce, daß ich ihn am liebsten aufwecken möchte – es ist verrückt, aber ich vermisse ihn auch dann, wenn er nur schläft. Es ist schlimm, so besessen zu sein, aber ich kann nichts dafür, ich bin außerhalb jeder Kontrolle verliebt. Ich bin nur froh, wenn wir in L. A. sind, eine Wohnung finden und zur Ruhe kommen.

Ich muß jetzt Schluß machen – ich weiß ja, du magst keine langen Briefe. Bruce hat sich auch gerade umgedreht, vielleicht wird er ja wach. Ich versuche, ihn wieder zum Weiterfahren zu bringen.

Ich denke, das waren meine tollen Neuigkeiten, Tommy. Paß gut auf dich auf. Ich liebe dich.

Melly

»Wie sieht deine Schwester aus?« fragte Joey, als er sah, daß Tommy den Brief endlich las. Eine weitere komische Seite an Tommy war, daß er keine Fotos von seiner Familie hatte. Er selbst besaß Fotos von all seinen Schwestern und Brüdern – sogar von dem, den er umgebracht hatte – und von seiner Mutter und den Tanten und seinen drei besten Freundinnen. Aber Tommy hatte gar keine.

»Sie ist ein bißchen mollig«, sagte Tommy und steckte Melanies Brief wieder in den Umschlag.

»Ich wünschte, ich könnte sie mal treffen«, meinte Joey sehnsüchtig. »Klingt, als ob sie genau mein Typ wär'. Ich hab' nichts übrig für Zahnstocher. Verstehst du, dünne Mädchen«, fügte er hinzu, weil er nicht wußte, ob Tommy ihn verstanden hatte.

»Ich denke, ich hab' verstanden, was du meinst«, sagte Tommy.

II

DIE REPRÄSENTATIVE FRAU

1.

Da Patsy um Rosies absolute Loyalität zu ihrer Chefin wußte, hielt sie es für das beste, bei ihren Erkundigungen über Auroras neuen Liebhaber Jerry Bruckner – wenn er denn tatsächlich ihr neuer Liebhaber war – vorsichtig zu Werke zu gehen. Sie hatte ihn am Vorabend auf einer Dinnerparty, die Aurora für ihn gegeben hatte, zum erstenmal kennengelernt. Aurora hatte strahlend ausgesehen – sie sah wieder wie fünfundfünfzig aus –, und sobald Patsy Jerry erblickte, wußte sie auch, woran das lag. Er war ein ernsthaft attraktiver Mann – den Ausdruck »ernsthaft attraktiv« hatte sie aus L. A. mitgebracht. Die Definition enthielt die Andeutung, daß ernsthaft attraktive Männer in bezug auf Frauen nur selten ernsthaft waren. *Sie* waren es nicht, an die man sich wandte, wenn man auf der Suche nach lang andauernder Loyalität war, aber Patsy hatte aufgehört zu glauben, sie könne es sich noch leisten, allzuviel Zeit mit der Suche nach lang andauernder Loyalität zuzubringen; sie konnte durchaus schon tot sein, bevor sie sie gefunden hatte, und selbst wenn sie sie fand, mußte man vermutlich einen Preis im Bereich der ernsthaften Attraktivität dafür bezahlen.

Die Dinnerparty war lebhaft gewesen, das Essen vorzüglich. Der arme alte General Scott war mittendrin in tiefen Schlaf gesunken, aber das hatte niemand gehindert, am allerwenigsten Aurora. Ein Großteil von Patsys Erwachsenen-Leben war von der dunklen Ahnung begleitet, früher oder später – es sei denn, sie hatten Glück – würde es zwischen ihr und Aurora wegen eines Mannes zu einem Zusammenstoß kommen. Aurora hatte offensichtlich bei der Suche nach Männern größeres Geschick als sie; eines Tages, irgendwann, konnte der Zufall es fügen, daß sie einen Mann fand, den sie beide haben wollten. Immerhin hatte Aurora einen großen Verschleiß an Männern; sie arbeitete sich durch ganze Horden von ihnen, während sie jemanden wie General Scott oder Emmas Vater Rudyard fest im Griff hielt; wenn auch nur aus dem Grund, wie sie einmal zugegeben hatte, um eine kontinuierliche Präsenz der männlichen Gattung im Hause zu haben.

»Das ist eines der wenigen Dinge, die für die Ehe sprechen«, hatte sie einmal gesagt. »Sie sorgt für eine kontinuierliche Präsenz der männlichen Gattung – falls man die Präsenz dieser Gattung wünscht, wie ich es tue.«

Dies hatte sie vor vielen Jahren in Houston an einem regnerischen Nachmittag Emma und Patsy gegenüber zugegeben. Emma hatte gerade Flap geheiratet, und Patsy stand kurz davor, Jim zu heiraten. Sie hatten sich über die Kleider von Brautjungfern unterhalten, aber sie und Emma, beide brennend an Aurora und ihren Liebhabern interessiert – schlief sie mit allen oder schlief sie mit keinem? –, hatten es geschafft, das Gespräch auf die große, bohrende Frage zu lenken, die sie beide buchstäblich ununterbrochen diskutierten, wann immer sie zusammen waren: Ehe, Freundschaften, Ehebruch – und war letzterer im moralischen Sinne eigentlich wirklich so fatal?

»Was wir zu gerne wissen würden, ist: Müssen wir uns vor einen Zug werfen, wenn ich jemals mit einem anderen als Flap schlafe oder wenn Patsy jemals mit einem anderen Mann als Jim schläft?« hatte Emma schüchtern gefragt.

Aurora hatte ihnen einen langen, verruchten Blick zugeworfen, in dem für den Bruchteil einer Sekunde eine Art von Herausforderung gelegen hatte. Doch die Herausforderung, wenn es denn eine gewesen war, verschwand sofort wieder und wurde durch Auroras üblichen, aufreizend gönnerhaften Blick ersetzt.

»Ihr beiden solltet eigentlich draußen sein und Pfadfinder-Plätzchen verkaufen«, sagte sie. »Statt dessen sitzt ihr hier in meiner Küche und wollt rauskriegen, wie verrucht ich bin.«

»Richtig, warum dürfen wir das nicht wissen?« fragte Emma.

»Nur die, bei denen ich verrucht bin, wissen, wie verrucht ich bin«, antwortete Aurora.

»Ich glaube, du bist ganz schön verrucht«, hatte Patsy gesagt, die sich über den gönnerhaften Ton dieser Frau ärgerte.

Und jetzt, fast dreißig Jahre später, als sie Rosie nach dem Aerobic-Kursus nach Hause brachte, empfand sie Auroras Ton immer noch als ärgerlich, nur hatte sie diesmal den Eindruck, sie könne vielleicht etwas dagegen unternehmen – etwas in der Art, wie ihr den neuen Freund wegzuschnappen. Sie wußte, daß sie eine bei weitem zurückhaltendere Verführerin als Aurora war; mehr als einmal hatte sie es anderen, aggressiveren Frauen überlassen, sie mit den Männern zusammenzubringen, die sie haben wollte. Manchmal wartete sie geduldig, bis eine Romanze abzuklingen begann, bevor sie sich selbst ins Spiel brachte; in anderen Fällen hatte sie nicht so lange warten wollen. Wenn sie den Eindruck hatte, der Mann sei interessiert und reif für einen Wechsel, dann legte sie manchmal einen schüchternen, harmlosen Hinterhalt – häufig führte genau diese Zurückhaltung dazu, daß der Mann davon überzeugt war, er selber habe den Hinterhalt gelegt.

Jerry hatte während der Dinnerparty so gut wir gar nicht mit ihr geflirtet, aber das war auch ganz in Odnung. Aurora hatte ihm ja keine Chance dazu gegeben. Doch ein paarmal hatte Patsy bemerkt, wie er sie anschaute, ein gutes Zeichen. Sie wußte nicht, ob sie glauben sollte, daß er ein richtiger Psychoanalytiker war, was immer das heutzutage auch bedeuten mochte, aber er schien schon irgendwie eine Art Therapeut zu sein, was einen fertigen Anknüpfungspunkt darstellte. Über die Jahre hatte sie alle Arten von Therapien ausprobiert, vom Urschrei bis zum Schlammbad; eine kleine Therapie mit Auroras neuem Freund könnte sicher nicht schaden, egal, welche Variante er betrieb. Sie könnte sich eines Tages einen Termin bei Jerry Bruckner geben lassen und ihm die traurige Wahrheit über ihren letzten Latino-Architekten erzählen, obwohl die

Wahrheit in diesem Fall eher dümmlich als traurig war. Der Mann besaß zwei perfekte, prächtige Dalmatiner und war mehr daran interessiert, seine Zeit mit denen zu verbringen als mit ihr. Es war nichts weniger Dramatisches passiert, als daß sie ihn dabei entdeckt hatte, wie er sich von seinem Gärtner einen blasen ließ; sie war es einfach satt gewesen, mit ein paar gefleckten Hunden zu konkurrieren.

Rosie wirkte niedergeschlagen. Wie üblich war sie im Aerobic-Kurs hervorragend gewesen, aber jetzt starrte sie blind nach draußen, gleichgültig, daß Patsy wieder einmal fünfundachtzig fuhr. Sie hatten beschlossen, zu einem vietnamesischen Markt in der Nähe des Ship Channel zu fahren und sich ein vietnamesisches Frühstück zu genehmigen, bevor sie wieder zu Aurora nach Hause fuhren.

»Hast du den Ehrengast vorher schon mal getroffen?« fragte Patsy.

»Wen?« fragte Rosie. C. C. Granby war ein hoffnungsloser Fall, sie stand kurz vor der Entscheidung, mit ihm Schluß zu machen, aber die Frage war, wenn sie das tat, würde sie dann noch in der Lage sein, einen neuen Freund zu finden?

»Den Ehrengast auf der Dinnerparty?« wiederholte Patsy. »Auroras Klapsdoktor.«

»Oh, Jerry«, sagte Rosie. »Ja, den habe ich schon mal getroffen.«

Patsy wartete, aber Rosie sprach nicht weiter. Sie starrte immer noch blind aus dem Fenster.

»Was ist los mit dir?« fragte Patsy. »Warum bist du so stumm wie eine Auster? Hat sie dir verboten, über ihn zu reden?«

»Über wen zu reden?« fragte Rosie. Ihre Gedanken waren zu C.C. Granby zurückgekehrt – es war, als seien ihre Gedanken wie eine Büroklammer, die von C.C.s Halsstarrigkeit magnetisch angezogen wurde. Er redete schon wieder von Liebe in seinem Auto und hatte bereits schüchtern vorgeschlagen, was er für die ideale Lösung des Problems des schaukelnden Wagens hielt: oralen Sex.

Rosie kam das überhaupt nicht wie eine ideale Lösung

vor, aber schon der Gedanke daran und die Gewißheit, daß C. C. immer wieder auf diesen Vorschlag zurückkommen würde, so regelmäßig, wie er seine Hemdsärmel hoch- und runterrollte, machte es ihr schwer, sich auf Patsys Fragen zu konzentrieren.

»Ich soll überhaupt nichts sagen, vor allem nicht zu dir, aber hat mich das je abgehalten?« fragte Rosie.

»Heute morgen scheint es dich abzuhalten.«

»Nein, ich bin nur etwas zerstreut«, sagte Rosie. »Ich bin immer häufiger zerstreut. Aurora meint schon, ich bräuchte auch eine Therapie.«

»Das ist ja interessant«, sagte Patsy. »Bei Jerry Bruckner oder bei jemand anderem?«

»Bei Jerry«, antwortete Rosie. »Eins ist sicher – er kann kochen. Er ist ein paarmal vorbeigekommen und hat uns ein Abendessen zubereitet. Wenn ich jemals einen Freund hätte, der kochen könnte, ich glaube, ich wäre im Himmel.«

»Ich auch«, gestand Patsy.

»Wie findet denn General Scott das alles?« fragte sie ein wenig später. Sie befanden sich jetzt auf der Canal Street; Sonnenstrahlen brachen durch den Nebel über dem Ship Channel.

»Der General ist neuerdings nicht mehr ganz bei sich«, berichtete Rosie. »Die halbe Zeit nennt er mich Aurora oder Aurora Rosie. Ich glaube, er wird ein bißchen senil.«

»Geht er denn immer noch mit Aurora zum Klapsdoktor?« fragte Patsy. »Eigentlich entspricht es nicht so ganz dem üblichen Verfahren, daß zwei Personen gleichzeitig analysiert werden, wenn sie denn analysiert werden.«

»Nein, er hat nach ungefähr drei Wochen Schluß gemacht«, sagte Rosie. »Er sagt, Auroras Fahrstil jage ihm zuviel Angst ein. Jedesmal, wenn sie zu Jerry fahren, bekommt sie einen Strafzettel, einmal hat sie sogar drei an einem Vormittag bekommen. Der General hält das nervlich nicht mehr aus. Er mag Jerry, aber er und Aurora streiten sich so über ihre Fahrerei, daß die Therapie schon wieder futsch ist, bevor sie zu Hause ankommen.«

»Ich wette, sie macht das mit Absicht, damit der General zu Hause bleibt«, behauptete Patsy. »Ich wette, sie will Jerry für sich allein haben.«

»Aurora braucht ihren schlechten Fahrstil nicht vorzutäuschen«, sagte Rosie. »Sie fährt schlimmer als alle, die ich kenne. Meine Kinder konnten mit zehn besser fahren als sie.«

Patsys Fragerei machte Rosie noch trübseliger, als sie es ohnehin schon war. Manchmal genoß sie es, über Auroras Liebesleben zu tratschen, manchmal aber auch nicht. Und im Augenblick stand ihr der Sinn überhaupt nicht danach. An schlechten Tagen kam es ihr so vor, als habe sie ihr ganzes Leben mit nichts anderem verbracht, als über Aurora und ihre Freunde zu reden. Ihr schien es, das Leben müsse noch aus etwas mehr bestehen, als herauszufinden, ob Aurora Greenway mit einem bestimmten Mann schlief oder nicht – außerdem war die Aufgabe gar nicht so leicht, wie es scheinen mochte. Bei all ihrem Geprotze mit diesem oder jenem Liebhaber konnte Aurora so geheimnistuerisch sein wie nur was, wenn es ihr in den Kram paßte. Weder sie noch Patsy, noch sonst jemand hatte herausfinden können, ob Aurora tatsächlich mit einem Mann namens Cowboy Bill geschlafen hatte, ein großer, knorriger Rodeo-Veranstalter, der unerwarteterweise in Auroras Welt eingedrungen war, sie wie einen Planeten fünf Jahre lang umkreist hatte und ab und zu immer mal wieder auftauchte und auch warmherzig empfangen wurde, wenn das Rodeo in der Stadt war.

Aber wie weit reichte die Warmherzigkeit im Falle Cowboy Bills? Rosie wußte es nicht und auch sonst niemand, nur Aurora und Cowboy Bill.

»Wie ist denn so eine Therapie?« fragte Rosie in der Hoffnung, das Thema zu wechseln. Sie mochte Patsy und wollte sie nicht verletzen; sie dachte nur, es sei noch ein wenig zu früh, sich Gedanken darüber zu machen, was zwischen Aurora und Jerry Bruckner vorging.

»Ich müßte in der Lage sein, diese Frage zu beantworten«, sagte Patsy, »denn ich habe jede erdenkliche Variante ausprobiert. Manchmal hilft es ganz schön und manchmal nicht. Dr. Jerry Bruckner scheint mir ein sehr entspannter Bursche zu sein. Ich glaube kaum, daß er all deine Probleme lösen wird, aber vielleicht hilft er bei dem einen oder anderen. Es würde sicher nichts schaden, ihn ein paarmal zu besuchen.«

»Ich habe nur ein einziges großes Problem, und das ist C.C.«, sagte Rosie. »Das einzige, woran er denkt, ist oraler Sex, aber was mich eigentlich verrückt macht, ist das ewige Rauf- und Runtergerolle seiner blöden Hemdsärmel.«

»Seiner was?« fragte Patsy.

»Es ist gerade so, als sei er besessen von seinen Hemdsärmeln«, fuhr sie fort, als sie den kleinen vietnamesischen Markt erreichten. Morgens war das ein sehr beliebter Ort. Zwei oder drei Mercedes standen schon da und ein Dutzend oder mehr Lieferwagen, und zwar so viele, daß Patsy erst anderthalb Blocks weiter einen Parkplatz fand.

»Mir kommt es so vor, als sei C. C. derjenige, der eine Therapie braucht«, meinte Patsy. »Andererseits gäbe es ja vielleicht auch eine einfachere Lösung.«

»Und das wäre?« fragte Rosie.

»Du könntest ihm ja kurzärmelige Hemden kaufen«, sagte Patsy. »Wann hat er denn Geburtstag?«

2.

Bevor Jerry Bruckner Therapeut wurde, schlug er sich vor allem als Empfangschef oder als Auftragskomiker durch. Seine Spezialität als Komiker waren Analyse-Nummern. Damals arbeitete er meistens in Lower Manhattan, wo es eine Menge Leute gab, die einen Komiker zu schätzen wußten, der Freud oder Jung, Adler oder Reich oder sonst jemanden imitieren konnte. Es gelang ihm sogar, sich eine Orgon-Box zu beschaffen, in der er saß und eine urkomische Reich-Imitation lieferte.

Sein größter Hit war jedoch Anna Freud. Wenn Jerry Anna

Freud imitierte, kugelten sich seine Zuhörer vor Lachen und kippten von den Stühlen.

Dennoch war die Arbeit als Auftragskomiker ein harter Job, auch wenn man eine ausgefeilte Spezialität hatte. Jerry verdiente sein Geld, aber er kam nicht vorwärts, und der Schmutz und der graue Himmel über New York machten ihn fertig. Er sehnte sich nach seiner Heimtstadt Las Vegas, der Sonne, den Sonnenuntergängen und dem herrlichen Wüstenhimmel. Seine Mutter Lola war Showgirl gewesen – der Star im »Stardust«, fast zwanzig Jahre lang. Einer der Gründe, daß Jerry überhaupt Interesse an Psychoanalyse bekam, war der Liebhaber seiner Mutter, als er noch ein Kind war, eine Art herumziehender Therapeut namens Marty Mortimer. Marty galt in Las Vegas als der Klapsdoktor des Strip; das Medizinstudium hatte er nicht ganz geschafft und war eben nur ein Laien-Klapsdoktor, aber nichtsdestoweniger in Las Vegas sehr beliebt. Er zog von Casino zu Casino und trat meistens zwischen den Shows in Aktion. Unzähligen Showgirls hatte er durch ihre Angstanfälle hindurchgeholfen, wenn sie zuviel darüber nachdachten, wie es mit ihnen weitergehen würde, wenn ihre Brüste schlaff und ihre Schenkel fett wurden; er beriet schwule Kostümmeister und Hochseilartisten, die mittlerweile nicht mehr so ganz auf der Höhe waren. Außerdem war er Lola eine zuverlässige Stütze und Jerry ein hervorragender Stiefvater; Jerrys richtiger Vater lebte in Australien und ließ nur selten von sich hören.

Marty Mortimers unerfüllt gebliebener Traum war es, von irgendeinem großen Analytiker analysiert zu werden, vorzugsweise von einem strengen Freudianer, woraufhin er dann selber Psychoanalytiker werden und seine Praxis in einem der vielen weißen Stuckhäuser am Rande der Wüste eröffnen wollte, um dort richtige Analyse betreiben zu können. Er plante, für Showgirls, zu denen er sich ungewöhnlich stark hingezogen fühlte, besonders niedrige Preise zu machen; doch eines Tages, auf dem Weg vom »Stardust« zum »Circus-Circus«, fiel Marty plötzlich tot um, wurde das

Opfer einer Herzattacke. Lola und Jerry blieben allein zurück, und die Showgirls, die Marty so mitfühlend beraten hatte und denen er mit Hilfe der Psychoanalyse zu einem glücklichen Leben hatte verhelfen wollen, sahen sich gezwungen, Rat bei Evangelisten und Predigern zu suchen, die ihnen Jesus anboten und das Himmelreich, aber den Sorgen um Brüste und Schenkel nur wenig Sympathie entgegenbringen konnten.

Marty hinterließ Lola das kleine Stuckhaus, in dem er seine Praxis hatte eröffnen wollen; Jerry erbte seine psychoanalystische Bibliothek, die recht gut war. Martys Bibliothek wurde zu Jerrys College – schon bald war er wie besessen von den Rivalitäten und Kämpfen zwischen Freud und den frühen Schismatikern. Nachts verdiente er sich sein Geld als Kartengeber am Blackjacktisch im »MGM Grand«, am Tage las er sich durch die Werke zahlreicher streitsüchtiger europäischer Ärzte. Vieles von dem, was er las, schien ihm eine gewisse Komik zu enthalten. Seit seiner Kindheit hatte er winzige Rollen bei den Auftritten seiner Mutter übernommen, und nach und nach entwickelte er das Konzept für eine Komik-Nummer, die auf der Psychoanalyse und ihren Begründern basierte.

Jerry wußte selbstverständlich, daß eine Komik-Nummer, die sich mit Freud und Jung und den andern beschäftigte, in Las Vegas nicht besonders gut ankommen würde – eine Stadt, in der selbst Brüste und Tüll oder Löwen und Tiger oder Menschen, die sich aus Kanonen abschießen ließen, es oft genug nicht schafften, das Publikum für mehr als ein paar Minuten von den Spielautomaten und Kartentischen wegzulocken.

Eines Tages kaufte Jerry sich einen Busfahrschein, gab seiner weinenden Mutter einen Abschiedskuß und fuhr nach New York, wo er sich mit Straßenzauberei und als Koch in einem Schnellrestaurant über Wasser hielt, bis er seine Nummer ausgearbeitet hatte, die er mit ziemlichem Erfolg zum besten gab, bis New York ihn in die Knie zwang. Immerhin hatte er es geschafft, sich so weit hochzuarbeiten, daß er die Busse hinter sich lassen konnte – als er nach Los Angeles zog, um sich wieder an die Sonne zu gewöhnen, da nahm er das Flugzeug.

In L. A. schien die Sonne reichlich – nicht ganz so stark wie in der Wüste, aber erheblich stärker als in New York – doch seine Karriere als Auftragskomiker nahm ein rasches Ende. In Los Angeles machten sehr viele Leute eine Analyse, doch für sie war das eine todernste Angelegenheit; sie schätzten es nicht, wenn jemand seinen Spaß damit trieb. Die hochnäsigen New Yorker hatten es toll gefunden, wenn die Psychoanalyse auf die Schippe genommen wurde, aber sich in Los Angeles darüber lustig zu machen, war der beste Weg, eine Schlägerei zu entfesseln. Wenn Jerry Jung oder Adler imitierte, lachten nur sehr wenige Zuschauer; niemand brüllte vor Lachen, wenn er Anna Freud parodierte. Nach ein paar kümmerlichen Monaten, die er finanziell nur dadurch überlebte, daß er an einem Orangen-Verkaufsstand am Santa-Monica-Pier arbeitete, kehrte Jerry nach Las Vegas zurück, wo er wieder Kartengeber am Blackjacktisch wurde und seiner lieben Mutter half, die mit Krebs im Sterben lag.

Die meiste Zeit vor ihrem Tod lag Lola auf einem Sofa in dem kleinen Haus, das sie von Marty geerbt hatte, und schaute sich alte Filme von Carol Burnett an. Jerry leistete ihr oft dabei Gesellschaft. Er saß in einem großen Sessel neben ihrer Couch und hielt ihre schwache, zerbrechliche Hand. Lola hatte nie aufgehört, an sein Talent als Komiker zu glauben. Um sie aufzuheitern, führte er alte Nummern von Carol Burnett vor, von Lucille Ball oder Bob Newhart. Seine parodistischen Fähigkeiten waren außergewöhnlich, obwohl er nicht mit dem Herzen bei der Sache war.

»Als du noch ein kleiner Schuljunge warst, da hast du dich nur für Naturwissenschaft interessiert, weißt du noch?« erinnerte ihn seine Mutter ein oder zwei Tage vor ihrem Tod. »Ich hätte es gern gesehen, wenn du Arzt geworden wärst. Du bist so lieb, Jerry, du wärst bestimmt ein sehr guter Arzt. Die Leute brauchen jemanden, der lieb zu ihnen ist, wenn sie krank sind.

Du brauchst nur uns beide anzuschauen«, fügte sie hinzu. »Ich habe kaum bemerkt, daß ich im Sterben liege, so lieb warst du zu mir.«

Doch Lola, der Star des »Stardust«, starb trotz seiner liebevollen Bemühungen; und in der Einsamkeit, in die er nach ihrem Tod versank, verliebte Jerry sich in ein siebzehnjähriges Showgirl namens Cherry. Ihre Liebe war erst eine Woche alt, da wurde Cherry in der schlappen Spätsommer-Saison entlassen und beschloß, die Arbeitspause zu nutzen, und zu ihrer Familie nach Houston zu fahren, zur Hochzeit ihrer kleinen Schwester. Cherry hatte lange Beine und perfekte Brüste; sie machte sich keine Sorgen, bei Anbruch der nächsten Saison wieder einen neuen Job zu finden.

Nach einigem Zögern ließ Jerry sich dazu überreden, mit nach Houston zu fahren. Er trauerte immer noch um Lola und hatte wenig Sinn für hochzeitsähnliche Festivitäten, doch wenn Cherry etwas wollte, dann akzeptierte sie nur sehr selten ein Nein, und diesmal schon gar nicht: Sie hatte lange Beine und perfekte Brüste, es gab überhaupt keinen Grund.

Jerry Bruckner war ein stiller Mann, Cherrys Familie hingegen, wenn auch freundlich bis zum Exzeß, erwies sich schon bald als zu laut für ihn. Ehrlich gesagt, Cherry selber war ein bißchen zu laut für seinen Geschmack – sie hatte so viel Energie, daß er sich gelegentlich regelrecht überfahren fühlte. Wenn sie tanzten, brüllte sie aus vollem Hals, und wenn sie sich liebten, neigte sie dazu, zu kreischen und zu schreien, ebenfalls aus vollem Hals. Ihr Vater besaß eine kleine Schweißerei, die auf Ölbohr-Ausrüstungen spezialisiert war; und ihre drei großen, perfekt gebauten Schwestern trugen nach Kräften zum Brüllen und Kreischen bei. Alles geschah im Zeichen der Herzlichkeit, der Gesundheit und des handfesten Vergnügens, aber Jerry hatte das Gefühl, noch vor Beginn der Hochzeitsfeierlichkeiten auf beiden Ohren völlig taub zu werden. Der Gedanke an all die Tanzerei und Brüllerei beim Hochzeitsempfang hatte etwas leicht Deprimierendes. Weil Cherry darauf bestanden hatte, waren sie eine Woche vor der Hochzeit in Houston eingetroffen, damit Cherry nichts von den Vorfeierlichkeiten verpaßte, was unter anderem bedeutete, daß man nächtelang in irgendwelchen Schuppen herumhing oder sich den Bauch vollschlug.

Jerry war zwar als Komiker ziemlich genial, doch er war mit Sicherheit ein noch genialerer Tramper. Zwei Tage vor der Hochzeit stieg er aus dem Bett, warf einen letzten Blick auf die perfekten Brüste der tief schlafenden Cherry und begab sich zur nächsten Auffahrt auf den Highway. Zum Glück war die I-10 nur vier Blocks von Cherrys Elternhaus entfernt. Bevor er auch nur die halbe Auffahrt hinter sich gebracht hatte, wurde er von einer schwarzen Krankenschwester mitgenommen, die nach Galveston wollte; eine Stunde spazierte er auf dem grauen, fast menschenleeren Strand von Galveston umher und genoß die Stille. Im Laufe des Nachmittags hatte er einen Job als Krabbenpuhler in einem großen Fisch-Restaurant am Strand – und ein weiteres kleines Kapitel seines Lebens lag hinter ihm: das Cherry-Kapitel.

Jerry verbrachte sechs glückliche Monate mit den merkwürdigsten Jobs in und um Galveston und landete schließlich als Concierge in dem einzigen Strandhotel, in dem man wußte, was ein »Concierge« war. Die texanischen Trinkgelder flossen so reichlich, daß er sich, als er des Jobs überdrüssig wurde, einen nagelneuen Kombi anschaffen konnte, mit dem er nach Las Vegas zurückkehrte, um Lolas kleines Haus zu verkaufen und Marty Mortimers umfassende psychoanalytische Bibliothek einzupacken.

Auf der langen Fahrt durch den weiten Westen führte Jerry eine Mini-Psychoanalyse mit sich selbst durch und stellte fest, daß er nicht der Typ für große Liebesaffären oder überschäumende Leidenschaften war. Freundinnen zu finden, war nie sein Problem gewesen; er mochte sie alle und verliebte sich in einige, doch die überschäumende Leidenschaft schien sich irgendwie nie einzufinden, und nach einiger Zeit entfernte er sich langsam von ihnen oder sie von ihm. Oft verspürte er ein wenig Trennungsschmerz, wenn er und eine Freundin auseinandergingen, aber kein intensives Bedauern. Das einzige, was ihm tiefen Schmerz verursacht hatte, war Lolas Tod. Er verbrachte viel Zeit damit, über die Jahre mit seiner Mutter nachzudenken – was er am meisten vermißte, waren ihre Sanftheit und ihre guten Umgangsformen. Selbst in Schmerz und Enttäuschung hatte sie sich beides bewahrt.

Jerry ging nach L. A. zurück und fand einen Job als Empfangschef in einem sehr guten Hotel in Beverley Hills. Er war ein exzellenter Concierge, wohlinformiert, gern gesehen und gut mit Trinkgeld belohnt. Sofort begab er sich bei einem mürrischen, glatzköpfigen Freudianer in die Psychoanalyse und bezahlte sie von seinen Trinkgeldern. Fast vier Jahre verbrachten sie damit, über Lola und ihr Verhalten zu sprechen: ob er ihr Verhalten unbewußt ablehnte oder ob er seine Mutter lediglich abgöttisch liebte, ob er ihr die Schuld für die Abwesenheit seines Vaters gab oder alles zusammen. Inzwischen ging er mit Schauspielerinnen aus, die sich noch im Kellnerinnen-Stadium befanden, und hätte fast eine namens Sheryl geheiratet, deren Brüste fast genau so perfekt waren wie die von Cherry. Er mochte Dr. Rau, seinen scharfsinnigen, brummigen alten Analytiker, doch die Analyse fand eines Tages ein abruptes Ende, als Dr. Raus Frau, etwa fünfundvierzig Jahre alt, ihn an der Haustür mit einer geladenen Schrotflinte begrüßte und auf der Stelle abknallte. Sie hatte soeben herausgefunden, daß er mit der minderjährigen Tochter eines Nachbarn herumgemacht hatte.

Mrs. Rau ließ ihren Mann tot auf der Diele ihres bescheidenen Hauses in West Hollywood liegen; sie begab sich ins Badezimmer, ließ ein Bad einlaufen, stieg voll bekleidet hinein und kratzte mit ihrer Nagelschere das Kabel von ihrem Haartrockner herunter. Dann stellte sie den Haartrockner an, ließ ihn in die Badewanne fallen und tötete sich mit einem Stromschlag.

Zwei Tage lang beherrschte der Fall die Schlagzeilen – natürlich etwas länger in der unmittelbaren Nachbarschaft von West Hollywood, wo die Raus gewohnt hatten. Die Tochter des Nachbarn, siebzehn Jahre und für ihr Alter gut entwickelt, schwor, es sei nichts Unanständiges geschehen, doch ihre Beteuerungen ließen für die meisten an Überzeugungskraft zu wünschen übrig. Unter den vielen, die ihr nicht glaubten, befand sich eine Kellnerin namens Norma, die in einem kleinen Coffee-Shop in jenem Häuserblock in Westwood arbeitete, in dem sich Dr. Raus Praxis befand. Jerry hatte dort jede Menge *Doughnuts* verzehrt, wobei er sich immer wieder fragte, ob er Norma um eine Verabredung bitten sollte. Eines Tages, als er immer noch mit sich rang, erwähnte Norma zufällig, daß Dr. Rau Annäherungsversuche gemacht habe und daß sie persönlich der Meinung sei, er habe mehr oder weniger das bekommen, was er verdient habe. »Sexuelle Annäherungsversuche?« fragte Jerry.

»Ja, sexuelle Annäherungsversuche«, bestätigte Norma. »Was hast du denn geglaubt, von welchen Annäherungsversuchen ich rede?«

»Ich hab' mich nur gefragt«, sagte Jerry. Norma, die nach ihrer Heimatstadt Norman in Oklahoma benannt war, hatte vorstehende Zähne und ging schnell in die Luft. Es waren die vorstehenden Zähne, die ihr ein interessantes Aussehen verliehen, während ihre cholerische Art Jerry davon abhielt, sie um eine Verabredung zu bitten. Er wußte, daß Streitereien zum Leben gehörten, aber das hieß ja noch lange nicht, daß er Spaß daran haben mußte. Tatsache war, er hatte überhaupt keinen Spaß an Streitereien – vielleicht lag auch dies an den fünfunddreißig Jahren, die er mit Lola verbracht hatte. Er und seine Mutter hatten nur sehr selten ein hartes Wort gewechselt, doch sein Instinkt sagte ihm, wenn er sich mit Norma einließe, würden sehr viele harte Worte gewechselt werden – deshalb ließ er es schließlich bleiben.

Allerdings verbrachte er viel Zeit damit, über die Raus nachzudenken. Wie konnte es passieren, daß Mrs. Rau nach so vielen Jahren ehelicher Gemeinschaft derart wütend auf den Doktor werden konnte, daß sie ihn mit der Schrotflinte über den Haufen schoß? Was hatte das Faß zum Überlaufen gebracht? Hatte der Doktor sie fünfundvierzig Jahre lang betrogen und gequält, oder hatte er sie die ganzen Jahre in dem Glauben gelassen, er sei der brave Ehemann, und sich in einem fatalen Moment als einer herausgestellt, der hinter hübschen siebzehnjährigen Mädchen her war? Jerry hatte Mrs. Rau nie kennengelernt und den Doktor immer nur in der Praxis aufgesucht; er war nicht der Typ, bei den Nachbarn herumzuschnüffeln und sie über das Eheleben der alten Leute auszufragen, was bedeutete, daß seine Fragen reine Fragen blieben, ergo – unbeantwortet. Wenn ihm der Doktor und seine Frau in den Sinn kamen, was von Zeit zu Zeit geschah, dann dachte Jerry, daß es vielleicht ein Strohhalm oder ein letzter Tropfen gewesen war, oder beides gleichzeitig, aber das, wußte er, waren alles nur reine Vermutungen.

Ein halbes Jahr später erhielt Jerry eine Postkarte, die den Verkauf der Rauschen Hinterlassenschaft ankündigte. Dr. Rau hatte ihm einmal seinen wertvollsten Besitz gezeigt – ein Exemplar des Buches *Die Traumdeutung* – Freuds erstes großes Buch – eigenhändig signiert. Der Doktor verwahrte dieses Buch in seiner Praxis in einem schönen Lederschuber. Jerry beschloß, zu dem Verkauf zu gehen, und hoffte, das Buch erwerben zu können. Er wünschte es sich als Talisman, ein großer Text eines großen Meisters, etwas, was man sein ganzes Leben lang besitzt.

Unglücklicherweise verschlief Jerry am Tage des Verkaufs; bis er dort eintraf, war das Buch schon weg. Tatsächlich war schon so gut wie alles weg, als er endlich eintraf, obwohl sich immer noch sehr viele Leute im Haus aufhielten. Ein paar der billigeren Drucke hingen noch an den Wänden, auf Tischen im Wohnzimmer türmte sich noch Geschirr, doch insgesamt hatte der Verkauf sein Ziel erreicht – die Raus waren weg und mit ihnen der größte Teil der häuslichen Hinterlassenschaft. Jerry war erstaunt, wie viele alte Leute und Deutsche sich unter den Besuchern befanden: Außer den Nachbarn und ein paar Zufallsbesuchern waren es alte Leute und Deutsche. Es waren Menschen, die den dreißiger Jahren anzugehören schienen oder zumindest den Vierzigern. Viele Frauen hielten Zigarettenspitzen zwischen den Fingern, ein fetter, alter Gentleman hatte sogar ein Monokel. Sie waren jedoch nicht schäbig gekleidet – die meisten waren sogar eher gut angezogen im europäischen Stil vergangener Jahrzehnte; weit entfernt von dem, was man in L. A. normalerweise bei Inventarverkäufen antraf. Jerry wäre nicht überrascht gewesen, von Stroheim, von Sternberg, Thomas Mann oder Alma Mahler oder sogar die Dietrich aus einem der leergeräumten, staubigen Schlafzimmer treten zu sehen.

Den Verkauf hatte er so gut wie verpaßt, war jedoch bald froh, gekommen zu sein. Das große Buch war ihm entgangen, doch dafür hatte er einen Blick auf etwas noch Selteneres werfen können: auf Los Angeles, wie es einmal gewesen war – schick, zäh, entschlossen, elegant. Die Leute, die da zwischen Raus Hinterlassenschaften herumstanden, waren vielleicht ein wenig gebeugt, ein wenig faltig, ein bißchen zu sehr zurechtgemacht – aber sie sahen nicht bezwungen aus. Sie sahen aus, als hätten sie die Absicht, noch eine Weile präsent zu sein – hübsche siebzehnjährige Amerikanerinnen, die ihren Weg kreuzten, taten gut daran, auf sich aufzupassen. Sie waren vielleicht alt, aber fertig waren sie noch lange nicht.

Als er auf die kleine, rückwärtige Veranda hinaustrat, bemerkte Jerry eine Couch, die mit einem alten, mit Pfauen bestickten Bettüberzug bedeckt war. Er brauchte einen Bettüberzug und nahm ihn noch, um ihn sich näher anzuschauen – Lola hätten die Pfauen gefallen. Aber er war alt und verstaubt, und so entschied er sich dagegen. Als er versuchte, den Überzug wieder säuberlich über die Couch zu streifen, wurde ihm klar, daß er hier nicht irgendein Möbelstück vor sich hatte, sondern die Couch eines Psychoanalytikers betrachtete.

Er kaufte die Couch auf der Stelle und verfrachtete sie in seinen zwar inzwischen alten, aber immer noch sehr nützlichen Kombi. Er freute sich über seinen Kauf, ja er war geradezu begeistert. Er brachte die Couch in seine Wohnung, doch eines tat er nicht – er saß nicht darauf. Einmal nahm für kurze Zeit eine Freundin namens Didi darauf Platz, aber der Anblick machte ihn so nervös, daß er ihr vorschlug, einen Spaziergang zu machen. Diese Couch war kein simples Möbelstück, auf dem man saß und schlief und das man abwetzte und eines Tages zu irgendeinem Straßentrödelmarkt gab. Es handelte sich um die Couch eines Psychotherapeuten – in Jerrys Augen ein Relikt aus einer strengeren, glänzenderen und intellektuell erhabeneren Epoche. Nichts, auf dem Freundinnen sitzen konnten, während sie in die Glotze starrten oder ihre Fingernägel bearbeiteten.

Dieser mehr oder weniger zufällige Last-minute-Kauf von Dr. Raus Analyse-Couch veränderte Jerrys Leben – eine Tatsache, auf die er eines Tages Aurora Greenway aufmerksam machte, während sie darauf lag und Anzeichen von Unruhe erkennen ließ.

Sie lag darauf und hatte ihm das Gesicht zugewandt, was für einen Patienten, der sich in psychotherapeutischer Behandlung befand, eine völlig unkorrekte Haltung war. Daß sie ihm das Gesicht zugewandt hatte, war lediglich der erste von zahllosen Siegen, die Aurora im Streit über die richtige psychotherapeutische Verfahrensweise errang.

»Es geht darum, daß Sie leichter sprechen können, wenn Sie lediglich in Ihre Erinnerung schauen, anstatt mich anzusehen«, sagte Jerry, als sie über die Frage diskutierten, wie sie auf der Couch liegen sollte.

»Na ja, Sie sind der Doktor, aber es ist ganz offensichtlich, daß Sie mich nicht sehr gut kennen«, bemerkte Aurora und lächelte ihn an. Er war einer jener seltenen Männer, bei deren Anblick sie lächeln mußte; sie konnte überhaupt nicht einsehen, daß sie auf einer unbequemen Couch liegen und die Wand anstarren sollte, wenn sie doch einen Mann anschauen konnte, dessen leicht düstere äußere Erscheinung sie unweigerlich aufheiterte.

»Ich weiß, daß ich Sie nicht besonders gut kenne«, sagte

Jerry. »Ich möchte Sie gerne besser kennenlernen und hoffe, daß das auch geschieht, aber wenn Sie mich beobachten, während Sie mir aus Ihrer Vergangenheit erzählen, dann werden Sie versuchen, herauszufinden, wie ich über das denke, was Sie mir gerade erzählen. Das kann die ganze Geschichte verzögern.«

»Ganz sicher werde ich versuchen, rauszukriegen, was Sie denken, falls ich mich dazu entschließe, Ihnen überhaupt etwas Bedenkenswertes zu erzählen«, konterte Aurora. »Wenn Sie mein Therapeut sind, warum darf ich dann nicht wissen, was Sie über mich denken? Wozu soll es gut sein, wenn Sie mir Geheimnisse vorenthalten?

Diese Couch könnte ein paar neue Kissen gebrauchen«, fügte sie hinzu. »Ich habe die Absicht, zur nächsten Sitzung welche mitzubringen. Vielleicht kaufe ich Ihnen sogar ein paar neue Vorhänge – die, die Sie da an den Fenstern haben, sind schon ganz schön schmuddelig. Ich glaube nicht, daß ich mich auf traumatische Erlebnisse der Vergangenheit besinnen kann, wenn ich unbequem liege und schmuddelige Vorhänge betrachten muß. Ich hätte zu viele neue traumatische Erlebnisse zu verarbeiten, um mich an meine alten zu erinnern.«

Die meisten von Jerrys Patienten zogen sich ihrer Stimmung entsprechend an, und die Stimmungen waren überwiegend fade und trübselig, deshalb kamen sie auch in trübseligen und langweiligen Sachen zu ihm und setzten ein trübseliges und langweiliges Gesicht auf. Aurora war das ganze Gegenteil – sie kleidete sich in Rot und Gelb oder in ein kräftiges Blau, und ihre Stimmungen waren ähnlich lebhaft. Sie wirkte überhaupt nicht, als ob sie unter Depressionen litte, jedenfalls nicht mehr, seit der General aus der Therapie ausgestiegen war und sie allein zum Doktor fuhr.

Jerry hatte ihnen beim ersten Besuch gesagt, es sei für Paare sehr ungewöhnlich, zur gleichen Zeit behandelt zu werden.

»Genau das hab' ich ihr gesagt«, bemerkte General Scott. »Ich war mir sicher, Sie würden nicht daran interessiert sein, uns beide gleichzeitig zu behandeln, aber Aurora hörte mir ja erst gar nicht zu. Sie hört mir überhaupt nie zu. Sie hat mich dazu gebracht, mit hierherzukommen«, fügte er hinzu. »Meine Idee war das nicht.«

»Ja«, gab Aurora zurück, »und ich glaube, da habe ich mich einmal so richtig geirrt.«

»Ich habe nur eine Couch«, erklärte Jerry und lächelte. Er kam zu dem Ergebnis, daß er sie mochte.

»Das ist ja prima, ich liege drauf, und Hector kann sich einen Sessel nehmen, falls er bleiben möchte«, sagte Aurora. »Für ihn ist es viel leichter, seine Krücken zu erreichen, wenn er in einem Sessel sitzt.«

»Falls ich bleiben möchte? Welche Wahl hätte ich denn?« fragte der General. »Erwartest du etwa, daß ich in meinem Zustand zu Fuß nach Hause gehe?«

»Nein, aber es gibt jede Menge Taxis in Houston«, erläuterte Aurora. Jetzt, nachdem sie Dr. Bruckner kennengelernt hatte, wußte sie nicht mehr, wie sie auf die Idee gekommen war, Hector mitzuschleppen.

»Was hast du gegen ein Taxi einzuwenden?« fuhr sie fort. »Mit meinem Fahrstil bist du doch ohnehin nur selten einverstanden.«

Jerry nutzte die Gelegenheit, ihnen zu erklären, daß er nur ein Laien-Therapeut sei. Das sagte er all seinen Patienten beim ersten Besuch und gab freimütig zu, daß er niemals Medizin studiert habe und auch keinerlei Abschlußdiplome vorzuweisen habe. Bis zum heutigen Tage waren alle seine Patienten, ohne eine einzige Ausnahme, viel zu sehr mit ihren eigenen Problemen beschäftigt, um sich bei seinem Mangel an professionellen Referenzen aufhalten zu können. Sie waren da, hatten Probleme und wollten darüber reden; wenn Jerry wenigstens versuchen würde, ihnen zu helfen, war das bereits sehr viel für sie.

Zunächst war Jerry über diese Reaktion sehr überrascht. Als ihm zum erstenmal der Gedanke kam, wie Marty Mortimer ein Laien-Therapeut zu werden, hatte er sich nicht allzu viele Fragen gestellt. Doch irgend etwas sagte ihm, L. A. sei nicht der richtige Ort für ein solches Experiment; deshalb stopfte er seine Analyse-Couch in seinen alten Kombi und fuhr nach Houston zurück. Doch tat er das ohne überschäumende Hoffnung auf eine florierende Praxis. Was er bisher von Houston gesehen hatte, gefiel ihm – eine großzügig angelegte Stadt und im Vergleich zu anderen Städten ungewöhnlich einladend; vielleicht war dies ein lockerer, zwangloser Ort, an dem ein Laien-Therapeut gute Chancen hatte. Wenn es nicht klappte, konnte er sich immer noch ins Concierge-Geschäft zurückziehen, was er dann tatsächlich auch machte, fast ein ganzes Jahr lang. Währenddessen versuchte er, sich darüber klar zu werden, ob es moralisch einwandfrei sei, als Laien-Therapeut zu arbeiten; ob er dazu in der Lage sei oder ob er die Idee einfach aufgeben sollte. Er kaufte sich ein Haus mit einem Studio, das ein ideales Büro abgab. Er plazierte die Analyse-Couch in diesem Büro, arrangierte seine Psychologiebücher – mittlerweile besaß er mehr als dreitausend Titel –, ließ Visitenkarten drucken und sogar ein Schild anfertigen. Aber er setzte keine Anzeige ins Telefonbuch und stellte nicht mal sein Schild vor dem Haus auf – er ließ es versuchsweise an seine vordere Veranda gelehnt stehen, während er als Empfangschef weiterarbeitete. Er rang immer noch mit sich. Er war jetzt vierzig Jahre alt und hatte die Hälfte seines Lebens Psychologie und Psychoanalyse studiert. Wagte er es nun, sich als Therapeut zu versuchen, oder wagte er es nicht?

Offensichtlich wagte er es nicht; das Schild lehnte weiter an der Veranda, und Jerry arbeitete weiter als Concierge – bis das Schicksal an einem schwülen Juninachmittag zuschlug. Er saß in seinem halbdunklen Wohnzimmer und schaute sich ein Baseballspiel im Fernsehen an, da klopfte es plötzlich an der Tür. Auf der Veranda stand eine kleine, fette, ältliche, betrunkene Frau, rauchte und hielt zwei winselnde Corgi-Hunde an der Leine; die Tiere waren so alt, daß sie kaum noch gehen konnten.

»Hi, ich bin Marge«, sagte sie. »Wenn Sie 'n Doktor sind, dann helfen Sie mir. Meine Tochter hat sechsunddreißig Gehirnschläge bekommen, immer in der gleichen Gehirnhälfte, und mein Mann hat so schlimme Emphyseme, daß er vierundzwanzig Stunden am Tag Sauerstoff kriegen muß. Ich bin seit sechs Monaten immer wieder an diesem Haus vorbeigekommen und hab' darauf gewartet, daß Sie Ihr Schild aufstellen, aber es lehnt immer noch an der Veranda, und jetzt kann ich nicht mehr länger warten. Ich habe schreckliche Probleme. Wenn ich die Hunde nach Hause bringe, kann ich dann zu Ihnen kommen und mit Ihnen reden?«

»Sie brauchen die Hunde nicht erst nach Hause zu bringen«, sagte Jerry. »Ich mag Hunde.«

An diesem Nachmittag, als Marge gegangen war, stellte Jerry sein Doktorschild auf dem Rasen auf. Innerhalb einer Woche hatte er zehn Patienten; in einem Monat fast vierzig, jeder einzelne davon, wie Marge, ein Mensch mit schrecklichen Problemen, Menschen, die an seinem Haus vorbeikamen, das Schild sahen und sozusagen den letzten Strohhalm ergriffen. Jerry Bruckner, selbsternannter Therapeut, war im Geschäft; er wußte durchaus, daß er weder eine richtige Analyse betrieb noch irgend etwas annähernd Ähnliches, doch glaubte er, die noble Tradition Marty Mortimers fortzusetzen, indem er Leuten ein wenig fachlich geschulte Aufmerksamkeit schenkte, deren Probleme das Ausmaß von Marges Problemen hatten – ihre Tochter hatte tatsächlich sechsunddreißig Gehirnschläge in der gleichen Gehirnhälfte erlitten.

Es war eine Catch-as-catch-can-Therapie, aber sie befreite ihn von dem Gefühl der Leere, das schon so lange ein Teil seines Lebens gewesen war. Endlich hatte er etwas gefunden, das er als »seine« Arbeit betrachtete, und dieses Gefühl wuchs mit seinem Bemühen, wenigstens ein bißchen Wärme und ein bißchen Wissen zu vermitteln – einem hoffnungslosen Fall nach dem anderen. Einige seiner Patienten kamen nur fünf- oder sechsmal, doch die meisten kamen, wie Marge, jede Woche; Marge kam, um zu rauchen, mit ihm zu reden, ihre keuchenden alten Hunde zu tadeln und über ihre schrecklichen Probleme zu sprechen.

Um die Mitte seines zweiten Jahres als praktizierender Therapeut, wenn auch ohne offizielle Niederlassung, hatte Jerry genug Selbstvertrauen aufgebaut, um eine winzige einzeilige Anzeige in die Gelben Seiten zu setzen. Nach dem ersten Ansturm hatte die zufällig vorbekommende Kundschaft langsam immer mehr abgenommen. Schließlich gab es nur wenige Menschen mit wirklich schwerwiegenden Problemen – so schwerwiegend, daß sie allein schon durch den Anblick eines Schildes mit der Aufschrift »Therapie« dazu veranlaßt wurden, auf der Stelle bei ihm vorzufahren – die einen Grund hatten, seine kleine Nebenstraße in Bellaire, Texas, zu befahren. Es schien an der Zeit, die Netze ein wenig weiter auszuwerfen.

Jerry warf sein Netz aus, und der dritte Anrufer nach dem ersten Erscheinen seiner Anzeige in den Gelben Seiten war Aurora Greenway.

3.

»Du bist dabei, dich in diesen jungen Mann zu verlieben – glaub nur nicht, ich merkte das nicht«, sagte der General und beobachtete Aurora, die sich ankleidete. Aurora sang, was sie häufig tat, und er wußte nicht, ob sie ihn gehört hatte. Er hatte das Thema ihrer neuen Liebe schon seit einiger Zeit ansprechen wollen, aber irgendwie verließ ihn im letzten Moment immer der Mut.

Aus diesem Grund schnitt er es jetzt an, während sie sang, halb hoffend, daß sie ihn nicht hören würde.

»Deshalb willst du auch nicht mehr, daß ich weiter zur Psychoanalyse gehe«, fügte er hinzu.

Er konnte Dr. Bruckner gut leiden und hatte im Grunde überhaupt nichts dagegen, daß Aurora für ihn schwärmte; doch es hatte ihm immer Spaß gemacht, mit dem jungen Mann zu reden während der vier Male, die sie sich gesehen hatten, und Auroras Schwärmerei hatte zur Folge, daß ihm jetzt ein netter Ausflug verweigert wurde.

Obwohl Aurora schon immer eine schreckliche Autofahrerin gewesen war, war sie auf ihren gemeinsamen Fahrten zu Dr. Bruckner so fürchterlich schlecht gefahren, wie er es noch nie bei irgend jemand anderem erlebt hatte. Für ihn war es völlig klar, daß sie nur deshalb so schrecklich fuhr, um ihn davon abzuhalten, mitzufahren. Er war tatsächlich nicht mehr mitgefahren, doch inzwischen bedauerte er seine Entscheidung. Zu Hause gab es nichts zu tun – jedenfalls nichts, was er nicht schon hundertmal zuvor getan hätte. Nach Bellaire zu fahren und mit Jerry Bruckner zu plaudern, war etwas ganz Neues gewesen – zumindest, wenn Aurora es geschafft hätte, ihn lebendig dort hinzubringen. Wenn nicht, wäre es eben seine Bestimmung gewesen zu sterben, und zu sterben war ja sowieso in Kürze seine Bestimmung. Er wollte das keineswegs durch einen Autounfall beschleunigen, doch gleichzeitig verspürte er einen wachsenden Groll gegen Aurora, weil sie so egoistisch war und ihm seine kleinen Ausflüge mißgönnte.

»Ich mach' nicht häufig Ausflüge, weißt du«, sagte er. Aurora hatte aufgehört zu singen, summte jedoch noch vor sich hin und ließ sich nicht im geringsten anmerken, ob sie seine Behauptung, sie habe sich in Jerry Bruckner verliebt, gehört hatte.

»Bekomme ich eine Antwort von dir, oder willst du einfach nur so tun, als hättest du meine Frage nicht gehört?« fragte der General schließlich, als seine Geduld langsam zu Ende ging.

»Was du gesagt hast, war eine Feststellung und keine Frage«, antwortete Aurora. »Ich habe sie durchaus verstanden, aber wie du weißt, schätze ich es nicht, ärgerliche Behauptungen aufgetischt zu bekommen, während ich meine Arien singe. Wenn ich jetzt so auf die Jahre zurückblicke, dann denke ich, daß wir ein besseres Leben zusammen geführt hätten, wenn du nicht so oft darauf bestanden hättest, ärgerliche Behauptungen aufzustellen, während ich singe.«

»Irgendwann muß ich doch mal was sagen«, antwortete der General. »Wenn du nicht singst, machst du gerade ein

Schläfchen; wenn du kein Schläfchen machst, bist du außer Haus, und wenn du nicht außer Haus bist, dann bist du gerade am Kochen oder beim Essen, oder wir zanken uns gerade oder so was.

Außerdem weiß ich überhaupt nicht, was so ärgerlich an meiner Behauptung sein soll«, fuhr er fort. »Ich habe lediglich festgestellt, daß du dabei bist, dich in Jerry zu verlieben.«

»Gewiß, Hector, aber die Tatsache, daß du mir das sagst, während ich singe, wirft eine Reihe von Fragen auf, und um darüber nachzudenken, muß ich mit Singen aufhören, wozu ich noch keine Lust hatte.«

Einen Moment zuvor, als Aurora noch sang, hatte sie glücklich ausgesehen, aber jetzt stellte der General mit Sorge fest, daß sie mittlerweile gar nicht mehr so glücklich ausschaute. Sie sah auch nicht aus, als würde sie sich über ihn ärgern, was in den letzten Jahren häufig der Fall gewesen war, aber sie sah auch nicht mehr so glücklich aus, wie sie beim Singen ausgesehen hatte.

Dieser Wandel in ihrem Verhalten ließ ihn bedauern, etwas gesagt zu haben.

»Ich bin ja auch nicht böse auf dich«, sagte er. »Ich glaube, ich habe nur laut gedacht.«

Aurora war in eine ihrer schweigenden Phasen eingetreten oder schien kurz davor zu stehen, und er war bereit, sich zu entschuldigen oder fast alles andere zu tun, wenn sie nur nicht in ihre schweigende Phase eintrat. Ihr Schweigen erschreckte ihn, hatte es schon immer getan. Im Augenblick schaute sie aus ihrem Schlafzimmerfenster, ein sicheres Zeichen, daß sich etwas zusammenbraute, aber als er sagte, er sei nicht ärgerlich auf sie, drehte sie sich um und lächelte ihn an. Es war kein überwältigend glückliches Lächeln, aber immerhin ein Lächeln und kein Schweigen.

»Komische Sache für meinen alten Freund, laut zu denken«, sagte sie.

»Wieso, was ist denn so komisch daran?« fragte der General, der erleichtert war, daß sie überhaupt redete. »Wenn du dich in Jerry verliebst, warum sollte ich darüber nicht nachdenken?«

»Du bist noch nie ein nachgiebiger Typ gewesen«, sagte Aurora. »Wenn ich mich in Jerry verliebe und dir macht es nichts aus – was soll ich denn davon halten? Daß du schon so weit von allem entfernt bist, daß du dir keine Sorgen mehr machst?«

»Aurora, ich mache mir immerzu Sorgen«, sagte der General. »Ich kann doch nichts dafür, wenn ich schon so weit entfernt bin.«

»Du wirst also doch ärgerlich auf mich sein, wenn sich herausstellt, daß ich mich in Jerry verliebt habe – ist es das, was du meinst?« fragte Aurora, die plötzlich zu begreifen glaubte.

»Ich weiß nicht, ob ich ärgerlich werde – ich weiß überhaupt nicht, was ich sein werde«, antwortete der General. »Was kann ich denn dagegen tun, wenn ich mir Sorgen mache?«

»Sich Sorgen zu machen heißt bereits, etwas zu tun – wirst du das denn nie begreifen?« fragte Aurora. Ihr Busen hob und senkte sich, sie sah aus, als würde sie jeden Moment furchtbar ärgerlich werden.

»Ich will nicht, daß du mich schlägst, falls es das ist, was du unter Sorge verstehst«, sagte sie. »Aber ich begreife nicht, warum ich nicht wissen soll, ob du dir Sorgen machst.«

»Warum landen wir in jedem Gespräch bei der Frage, ob ich mir Sorgen mache?« fragte der General. Er hatte das starke Gefühl eines Déjà-vu-Erlebnisses.

»Das ist sehr einfach – weil es so schwer ist, festzustellen, ob du es tust!« sagte Aurora. »Du hast viele meiner Bewunderer toleriert. Mehr als einmal habe ich damit gerechnet, du würdest ihretwegen gehen, aber du hast es nicht getan.«

Sie blieb einen Moment stumm und versuchte, sich zu beruhigen. Der General wußte nicht, was er sagen sollte.

»Das heißt, ich rechnete damit, daß du gehen würdest, als du noch gehen konntest«, sagte sie etwas freundlicher gestimmt.

»Nun, zur Zeit kann ich nicht sehr gut gehen, und ich habe

auch nicht die Absicht, dich zu verlassen«, sagte der General. »Du mußt mich schon wegschicken, wenn du mich loswerden willst.«

Er wartete auf eine Antwort, aber Aurora sagte nichts. Sie schien über etwas nachzudenken – eine Tatsache, die den General nur in Beunruhigung versetzen konnte. Selbst wenn Aurora richtig wütend war, war es ihm lieber, daß sie etwas sagte und nicht nachdachte. Wenn sie nachdachte, blieb ihm nur die Angst vor all den gräßlichen Dingen, die sie sagen würde, sobald sie wieder anfing zu sprechen.

»Willst du mich loswerden, damit du mit Jerry zusammenleben kannst?« fragte er. Er war beherrscht von dem Gedanken, daß sie genau dies tun könnte, wenn sie sich in den jungen Doktor verliebte, was sie seiner Meinung nach bereits getan hatte.

»Wie kommst du auf die Idee, ich sei in irgend jemanden verliebt?« fragte Aurora und fixierte ihn mit strengem Blick. Ihre Augen wurden größer, wenn sie so streng dreinschaute. Im Moment waren sie sehr groß und sehr grün.

Als der General in ihre zornigen Augen schaute, wünschte er sich, er hätte es geschafft, seine letzte Bemerkung zu unterdrücken – tatsächlich wünschte er sich, er könnte alle Bemerkungen zurücknehmen, alle, die er in den letzten fünf Minuten gemacht hatte, und vielleicht sogar die meisten von denen, die er in den letzten Jahren gemacht hatte. Er hätte Jerry Bruckner erst gar nicht ins Gespräch bringen sollen oder besser überhaupt gar nichts ins Gespräch bringen sollen. In gewisser Hinsicht war dies die Geschichte seines Lebens mit Aurora – er hätte nie irgend etwas ins Gespräch bringen sollen. Immer und immer wieder, wenn er es gewagt hatte, den Mund aufzumachen, war das nächste, was er wußte, daß sie ihn aus großen, zornigen, grünen Augen anstarrte.

»Du siehst eben neuerdings irgendwie glücklicher aus«, sagte er mit sanfter Stimme.

Aurora sagte nichts. Sie fuhr fort, ihm in ihrer enervierenden Art weiter starr in die Augen zu blicken.

Der General versuchte, sich etwas auszudenken, das er hätte sagen können, damit sie wenigstens ihr Schweigen unterbrach. Er haßte es, wenn Aurora in dieses Schweigen verfiel. So scharf ihre Antworten auch sein konnten – die waren ihm lieber als ihr Schweigen.

»Du siehst aus, als würdest du das Leben mehr genießen«, fügte er hinzu. »Du scheinst den Spaß am Leben wiedergefunden zu haben. Es gab eine Zeit, da sah es so aus, als hättest du deinen Sinn für den Spaß am Leben verloren.«

»Ich verstehe«, sagte Aurora. »Und du glaubst, ich könnte meinen Sinn für den Spaß am Leben nur zurückgefunden haben, indem ich mich in Dr. Bruckner verliebte – ist es das, was du sagen willst?«

»Ach, geh doch zur Hölle, du machst mich ja völlig verrückt!« sagte der General wütend. »Ich sitze doch nicht hier und laß mich von dir so behandeln. Du kommst von deiner Therapie zurück und siehst immer glücklich aus, da habe ich eben gedacht, du könntest dich vielleicht in Jerry verliebt haben, das ist schon alles. Wenn es nicht so ist, dann ist es eben nicht so – können wir nicht einfach vergessen, daß ich es jemals erwähnt habe?«

»Nie«, sagte Aurora, aber in einem freundlicheren, weniger ärgerlichen Tonfall. »Ich muß mein Gedächtnis trainieren, verstehst du. Therapie verlangt, daß man ein gutes Gedächtnis hat, und neben der Therapie gibt es ja noch mein Memory-Projekt.«

»Großer Gott, denkst du immer noch darüber nach?« fragte der General. »Glaubst du denn im Ernst, du könntest dein Gedächtnis so aufdrehen, daß du in der Lage bist, dich an jeden Tag deines Lebens zu erinnern?«

»Vielleicht nicht ohne Hilfe«, meinte Aurora. »Aber ich bekomme ja Hilfe. Ich habe ausführliche Unterlagen und die feste Absicht, mich an jeden einzelnen Tag zu erinnern. Mein Projekt nähme einen sehr schlechten Anfang, wenn ich das täte, was du soeben vorgeschlagen hast.«

»Was meinst du damit, was ich soeben vorgeschlagen habe?« erkundigte sich der General. Er wußte, daß er im

Laufe des Gesprächs ein paar Dinge gesagt hatte, wußte aber nicht mehr, was er möglicherweise vor fünf Minuten gesagt hatte.

»Ich meine, daß du behauptet hast, der einzig mögliche Grund für meinen neuerwachten Sinn für Spaß am Leben könne nur sein, daß ich mich in Jerry Bruckner verliebt hätte.«

»Oh«, sagte der General. »Das habe ich nicht vor fünf Minuten gesagt. Wir reden jetzt schon fast eine gottverdammte Stunde darüber, aber du willst es noch immer nicht zugeben.«

»Es?« fragte Aurora. »Soll ›es‹ sich vielleicht auf deine kuriose Bemerkung beziehen, ich hätte mich in meinen Therapeuten verliebt?«

»Richtig«, sagte der General. »Wenn du es sofort zugegeben hättest, dann bräuchten wir uns jetzt nicht endlos darüber zu streiten, wobei ich das Gefühl habe, als würden wir genauso bis zum Ende meines Lebens weitermachen.

Die meisten unserer gottverdammten Zankereien haben mir das Gefühl gegeben, als ob das bis zum Ende meines Lebens so weiterginge«, fügte er hinzu und entsann sich all der vielen Male, bei denen er dieses Gefühl hatte, während er sich mit Aurora zankte.

Aurora lächelte – ein glückliches Lächeln, glücklicher als alles, was er seit Beginn dieses Streites auf ihrem Gesicht gesehen hatte.

»Es stimmt, daß ich mich manchmal lange mit dir streiten muß, Hector«, sagte sie. »So ist das Leben nun mal. Es ist bedauerlich, aber manchmal sind ausgedehnte Streitereien für mich die einzige Möglickeit, herauszufinden, wie du denkst.«

»Eine gottverdammte Lüge«, antwortete der General und spürte, wie ihm die Galle hochkam. »Ich sage dir jedesmal, was ich fühle, und ich sage es dir immer sofort.«

»Wenn es einen Gott gibt, dann erwarte ich, daß er dich wegen dieser ungeheuren Lüge tot zu Boden streckt«, sagte Aurora. »Es ist offensichtlich, daß du Tage oder Wochen gewartet hast, bis du deine Theorie, ich sei in meinen Arzt verliebt, rausgelassen hast.«

Der General mußte zugeben, daß das stimmte, obwohl er es nicht laut zugab. Er hatte von Anfang an den leisen Verdacht gehabt, Aurora könne sich in Jerry verlieben, aber er hatte diesen Verdacht stumm für sich behalten.

»Ich wollte nur auf den richtigen Moment warten, um das Thema anzusprechen«, sagte er.

»In dem Fall hast du nicht lange genug gewartet«, sagte Aurora. »Du hast das Thema angesprochen, während ich sang, und jetzt haben wir diesen Streit hier.«

»Den haben wir nicht mehr lange«, versicherte ihr der General. »Denn er hängt mir zum Halse heraus. Antworte nur mit Ja oder Nein. Hast du dich in ihn verliebt, oder hast du es nicht?«

»Nein, zufällig nicht«, antwortete Aurora sehr amüsiert.

»Nein?« fragte der General vollkommen überrascht. Er hatte damit gerechnet, sie würde es mit ihrer üblichen Barschheit zugeben – mit jener Barschheit, die sie immer zeigte, wenn sie beide über ihre anderen Männer diskutierten.

»Nein, wenigstens bis jetzt noch nicht«, sagte Aurora.

Der General dachte einen Moment darüber nach und kam zu dem Schluß, daß ihm diese Aussage gar nicht gefiel.

»Das ist nicht besonders beruhigend«, bemerkte er. »Wann wirst du dich denn in ihn verlieben? Morgen? Nächste Woche? Wenn du dich ohnehin in ihn verlieben willst, dann kannst du die Sache genausogut vorantreiben und es sofort tun.«

»Ja, aber man kann so was nicht einfach so drauflosmachen«, sagte Aurora mit freundlicher Stimme. »Ich gehe immer flott vor, wenn es sich machen läßt, aber sich zu verlieben ist keine Sache, bei der man flott vorgehen kann.«

»Ich hasse es, wenn wir uns streiten«, sagte der General. »Ich wünschte, ich hätte nie danach gefragt.«

»Ich weiß. Man sollte annehmen, du würdest irgendwann mal lernen, was du fragen und was du nicht fragen sollst, aber du lernst es nie, mein Lieber«, sagte Aurora. Als sie jetzt sah, daß ihr alter Freund erschöpft wirkte, nahm sie seine Hand in die ihre, um ihm zu zeigen, daß sie ihm nicht böse war.

4.

An dem Tag, an dem Aurora beschloß, die Zeit sei gekommen, Pascal zu erlauben, sie zu verführen, gestattete sie ihm, sie zum Mittagessen in sein Apartment einzuladen, verbot ihm aber zu seiner Ernüchterung, mehr als ein Glas Wein zu trinken. Nie zuvor hatte sie ihm erlaubt, sie in seinem Apartment zu bewirten, und Pascal, der überzeugt war, seine große Stunde sei gekommen, war außer sich vor Begeisterung. Er hätte gerne etwas mehr Wein getrunken, einmal, um seine Nerven zu beruhigen, aber auch zu dem ausgezeichneten Lammbraten, den er zubereitet hatte. Aurora verschlang den Lammbraten und seine *Crème Brulée* mit Genuß, doch beim Wein war sie unerbittlich.

»Aber warum denn nicht?« fragte Pascal ärgerlich.

»Weil ich nein sage«, antwortete Aurora und verzehrte den letzten Rest ihrer *Crème Brulée*. Sie schaute ihm in die Augen und wischte sich den Mund ab.

»Mir wurde schon zu oft das Vergnügen durch Unmäßigkeit verdorben«, erklärte sie. »Es ist schon lange her, daß ich etwas Spaß hatte, und ich werde nicht zulassen, daß er mir verdorben wird, bloß weil du Angst vor Sex hast und jede Menge Wein runterstürzen willst.«

»Ich hab' überhaupt keine Angst vor Sex – ich werde dich noch mal erwürgen!« sagte Pascal, der plötzlich wütend wurde. Er sprang so blitzschnell von seinem Stuhl auf, als habe er auf einer Stahlfeder gesessen, und ein Ringkampf entwickelte sich, in dessen Verlauf Aurora mehrmals Mühe hatte, ihren Sinn für Humor zu unterdrücken. Die neuen malvenfarbenen Bettlaken, mit denen Pascal sie hatte beeindrucken wollen, waren ihr keine Hilfe bei ihrem Bemühen, nicht in Gelächter auszubrechen, doch sie landete mit ihm zwischen den Laken, wo sie im Augenblick des Eindringens feststellte, daß irgend etwas beim Eindringen ein weniger anders war als bei jedem anderen Eindringen, das sie je erlebt hatte.

»Mann!« sagte sie und bewegte sich ein wenig. »Was stimmt hier nicht? Wir kriegen keine richtige Paßform zustande.«

»Das kann ich erklären, es ist passiert, als ich ein Junge war«, sagte Pascal. »Ich korrigiere.« Er korrigierte tatsächlich, indem er sich auf ihr rechtes Bein schob. Aurora fühlte sich leicht verwirrt, andererseits, sie waren beide da, wo sie hinwollten. Pascal war wild in seiner Glückseligkeit, es ging besser, als er auf ihrem Bein lag, und bald wurde auch sie ein wenig wild.

Erst später, als Pascal sein Feuer bewiesen hatte, mehr oder weniger, und sie ihm gestattete, ein wenig Käse und den Rest des Weines am Bett zu servieren, erfuhr sie, daß das kleine Problem, mit dem sie es zu Beginn zu tun hatten, auf der Tatsache beruhte, daß Pascal einen krummen Penis hatte.

»Er wurde so krumm, als ich ein Junge war«, erzählte er ihr mit einem zärtlichen Lächeln.

»Was?« fragte Aurora. »Soll das heißen, daß man mich in meinem Alter mit einem krummen Penis geliebt hat? Das will ich sehen.«

»Er ist nicht krumm, wenn er klein ist«, sagte Pascal. »Er ist nur krumm, wenn er groß ist.«

»Dann machen wir ihn groß«, sagte Aurora. In der Tat war jetzt fast nichts zu sehen, so wie die Dinge standen.

»Ich weiß nicht, jetzt im Moment«, sagte Pascal und zwinkerte ein wenig in seiner Glückseligkeit. »Du hättest hinschauen sollen, als du Gelegenheit dazu hattest.«

»Aber beim erstenmal schaue ich normalerweise nie hin«, sagte Aurora. »Ich habe noch nie etwas von einem krummen Penis gehört. Jetzt hast du meine wissenschaftliche Neugier erregt.«

»Ich habe dich voll erregt«, sagte Pascal und sah zu, wie sie sich streckte.

»Ich schätze, das hast du, aber ich bin nicht sicher, daß ich weitergemacht hätte, wenn ich gewußt hätte, daß du deformiert bist«, sagte Aurora.

»Nein, ich war normal«, versicherte Pascal ihr. »Er wurde so krumm, als ich vierzehn war. Damals mochten die Mädchen mich nicht; eines Tages vögelte ich durch ein Loch im Zaun. Auf der anderen Seite stand ein Junge, aber ich wußte das nicht. Er nahm eine Latte und schlug mir auf den Penis. Seitdem ist er krumm.«

»Großer Gott«, sagte Aurora und stellte ihr Weinglas auf den Tisch. »Wenn ich damals dort gewesen wäre, ich glaube kaum, daß du es mit einem Loch im Zaun hättest treiben müssen.«

Sie gab ihm einen weinseligen, drängenden Kuß. »Los jetzt«, sagte sie. »Ich erinnere mich an einige deiner ungeheuerlichen Behauptungen. Jetzt will ich den Beweis dafür.«

»Ich nehme seit Jahren Vitamin E«, behauptete Pascal.

»Du meine Güte, er ist tatsächlich krumm – ein reines Wunder, daß es überhaupt geklappt hat«, sagte sie ein wenig später. »Es ist sehr gut, daß du gelernt hast zu kompensieren – ich glaube, der Grund für deinen Erfindungsreichtum ist, daß du kompensieren mußtest. Deine Findigkeit schätze ich am meisten an dir.«

»Außerdem habe ich das ganze Vitamin E genommen«, rief Pascal ihr ins Gedächtnis zurück.

Doch später, auf der Heimfahrt von ihrem Liebesabenteuer, fing Auroras euphorische Stimmung an, sich zu verflüchtigen. Nach und nach verschwand sie, bis schließlich auch der allerletzte Rest dahin war. Jetzt fühlte sie sich einsam, verwirrt, zurückgestoßen und deprimiert. Sie war gefühlsmäßig so tief am Boden, daß sie es nicht für klug hielt zu fahren, obwohl sie nur ein paar Blocks von zu Hause entfernt war. Sie fuhr an den Straßenrand und blieb sitzen, und bevor sie es merkte, weinte sie bereits. Sie hatte keine Lust, zu Pascal zurückzukehren, der begeistert davon geredet hatte, sie nach Paris, Marokko, Istanbul und an andere Orte zu führen, von denen er annahm, daß sie ihr gefallen würden. Ihre Lust war befriedigt, doch zu welchem Preis? Sie mochte Pascal ganz sicher, doch genauso sicher war, daß sie ihn nicht liebte, obwohl sie ihn gerade dazu gebracht hatte, sich noch viel heftiger in sie zu verlieben als je zuvor. Zudem war er eifersüchtig – er hatte Theater gemacht, weil sie zu Hector nach Hause fuhr. Auch hatte er ihr bereits zu verstehen gegeben, sie solle nicht mit Hector im gleichen Bett schlafen. Probleme dieser Art würden ganz sicher ihre zukünftige Beziehung belasten.

Während sie niedergeschlagen im Auto saß, spürte sie unterschwellig, daß in ihrem Verhalten eine gewisse Unehrlichkeit lag. Hatte sie jetzt mit Pascal geschlafen, weil sie es wollte, oder hatte sie gedacht, nach Jahren des Flirtens sei sie ihm das Abenteuer schuldig? Oder könnte es sein, daß eine dunklere, kompliziertere Angst sie in die Arme des Mannes getrieben hatte, mit dem sie den Nachmittag verbracht hatte? Sie war sich völlig im klaren darüber, welche komplexe Angst das war, aber jetzt, so allein in ihrem Auto, wollte sie nicht darüber nachdenken – und wenn sie nach Hause fuhr und mit Rosie darüber redete, könnte Hector vielleicht etwas aufschnappen oder irgendwie von ihrer Sorge Wind bekommen, und was das heißen würde in bezug auf Streit, Traurigkeit, Fragen oder Mutmaßungen, das wollte sie sich erst gar nicht ausmalen. So verbindlich und weltklug sich Hector auch gegeben hatte, als er behauptete, sie habe sich in Jerry Bruckner verliebt, sie wußte sehr wohl, daß er hinter seinem coolen Äußeren nur auf Informationen aus war. Wenn sie ihm diese Information gab, vor allem die, daß sie mit Pascal, seinem Erzrivalen, eine Affäre hatte, dann würde seine Reaktion überhaupt nicht mehr verbindlich und weltklug sein. Er würde fuchsteufelswild werden, und ihr gemeinsames Leben wäre um vieles schwerer, als es ohnehin schon war.

Während sie ihre Tränen trocknete, bemerkte sie, daß der Mann, vor dessen Rasen sie geparkt hatte, aus dem

Haus kam, um seinen Rasensprenger zu verstellen, und zu ihr rüberschaute. Zu ihrem Schrecken stellte sie fest, daß der Mann Hargreave Goulding war, ihr Versicherungsagent. Hargreave war ein sehr repräsentativer Mann, der der halben Nachbarschaft Versicherungen verkaufte. Sie hatte in ihrer Niedergeschlagenheit nicht bemerkt, daß sie vor seinem Haus parkte. Das letzte, was sie sich jetzt wünschte, war, daß Hargreave zu ihr kam und sie fragte, was los sei. Er war ein sehr attraktiver Mann, die beiden hatten dreißig Jahre lang auf Parties miteinander geflirtet; wenn er jetzt kam und versuchte, sie in ihrem verletzlichen Zustand zu trösten, dann landete sie möglicherweise in noch stürmischerem Gewässer, als sie es ohnehin schon war. Hinzu kam, er war Witwer, gut versorgt mit zahlreichen Freundinnen, aber vermutlich war er der Typ von Mann, der glaubt, er könne immer noch eine weitere gebrauchen.

Aurora fuhr mit einem Satz an und bog um die nächste Ecke, wobei zwei Kinder auf Fahrrädern sich in die nächste Einfahrt retten mußten. Ihr Haus war schon fast zu sehen, aber sie fuhr nicht hin; sie hatte das Gefühl, es könnte zu gefährlich sein, Hector zu begegnen – in dem Zustand, in dem sie sich befand.

Ohne richtig zu wissen, warum sie es tat, fuhr sie ein wenig widerstrebend in Richtung Bellaire und stellte schon bald fest, daß sie ebenso widerstrebend zu Jerry Bruckners Haus fuhr. Unfähig anzuhalten, fuhr sie daran vorbei und weiter. Dann umkreiste sie den Block und fuhr noch drei weitere Male daran vorbei, bremste jedesmal ein wenig, schaffte es jedoch nicht, ganz anzuhalten.

Beim vierten Mal schließlich hielt sie an, und zwar so dicht am Bordstein, daß sie sicher war, die Reifen würden daran entlangschrammen, was natürlich nicht der Fall war; sie blieb stehen, stellte den Motor jedoch nicht ab – sie hatte die Hoffnung, im nächsten Moment ihre sinkende Stimmung unter Kontrolle zu bekommen und in ihr vernünftiges – oder wenigstens kontrollierbares – Leben zurückzukehren. Sie betrachtete sich mehrmals im Rückspiegel, machte sich jedoch nicht zurecht. Es wurde dunkel. Bald würden Hector und Rosie anfangen, sich um sie Sorgen zu machen. Ihre Angst, bei Dunkelheit zu fahren, war noch größer als ihre Angst, mit den Reifen am Bordstein entlangzuschrammen. Sie wußte genau, daß sie eigentlich nach Hause fahren und die beiden beruhigen sollte, doch irgendwie fühlte sie sich wie gelähmt. Das einzige, was sie konnte, war, vor Jerry Bruckners Haus im Wagen zu sitzen, ihren Smaragdring immer wieder um den Finger zu drehen und hoffnungslose Tränen zu vergießen.

Während sie ihren Ring drehte, hörte sie ein Klopfen am Fenster. Jerry Bruckner stand in einem Jogginganzug neben dem Wagen. Er wirkte sehr verschwitzt und kam offenbar vom Laufen. Wieder klopfte er ans Fenster und schaute mit seinem milden Lächeln ins Innere. Aurora spürte, wie sich ihre Lähmung verstärkte. Sie tat gar nichts; sie hörte sogar auf, den Ring zu drehen. Sie saß nur da und überließ die Sache Jerry – dem sie überhaupt alles überließ. Sie drehte nicht mal das Fenster runter; sie saß nur da, die Hände im Schoß.

Nachdem er noch ein- oder zweimal erfolglos an die Scheibe geklopft hatte, kam Jerry auf die Fahrerseite des Wagens. Aurora schaute ihn hoffnungslos an. Er machte eine Bewegung, die sie nicht deuten konnte. Als sie nichts unternahm, schob er sein Gesicht so nahe wie möglich an ihr Fenster.

»Lassen Sie bitte das Fenster runter!« rief er. »Oder machen Sie die Tür auf, damit ich mit Ihnen reden kann!«

Aurora bemerkte, daß er immer noch attraktiv aussah, obwohl er so verschwitzt war. Irgend etwas an ihm wirkte ein wenig zu hundhaft – sie hatte das schon bei ihrem ersten Besuch bemerkt und jetzt auch wieder –, aber irgendwie mußte an Hunden ja auch etwas Gutes sein, sonst würden die Leute sich ja keine Hunde als Haustiere halten.

Sie schaute das Schloß an ihrer Tür an und entschied, daß sie es genausogut öffnen konnte. Manchmal, wenn sie die Seitenfenster runterdrehte, sprangen sie gelegentlich aus der Führung, und das bedeutete eine Fahrt zur Reparaturwerkstätte, was sie haßte. Rosie war mal in der Lage gewesen, ihre Fenster wieder zu reparieren, aber Rosie war als Mechaniker auch nicht mehr das, was sie einmal gewesen war. Mittlerweile brauchte sie manchmal Wochen, um die kleinste Reparatur durchzuführen.

Da die Dinge nun einmal so lagen, entschied sie sich gegen das Herunterdrehen der Fenster und entriegelte die Tür.

»Danke«, sagte Jerry und machte sofort die Tür auf. Aurora merkte, daß er ziemlich verschwitzt roch, aber sie hatte noch nie etwas gegen leichten Schweißgeruch einzuwenden gehabt.

»Was ist los?« fragte er, hockte sich neben den Wagen und schaute zu ihr herauf. In diesem Moment fegte ein Wagen an ihnen vorbei – Aurora war sicher, Jerry würde angefahren und getötet werden, wenn er da hocken blieb.

»Ich habe gerade mit einem Franzosen mit krummem Penis geschlafen, um mich zurückzuhalten und nicht mit Ihnen zu schlafen.«

Jerry Bruckner sah überrascht aus – ein wenig mehr als nur leicht überrascht, falls sie überraschte Männer richtig einschätzen konnte. Auf der anderen Seite – vom Donner war er nicht gerade gerüht. Nach einer kleinen Pause fing er sogar an zu glucksen. Normalerweise gefiel ihr sein Lachen – voll wie seine Stimme –, doch irgendwie schien es sie jetzt zu irritieren.

»Wenn Sie über diese geschmacklose Episode diskutieren möchten, müssen Sie einsteigen«, sagte Aurora. »Wenn Sie da hocken bleiben, wo Sie jetzt sind, bin ich sicher, daß Sie innerhalb der nächsten Minuten totgefahren werden.«

»Das ist ja genau das, was ich vorhatte«, sagte er, »aber Sie hatten ja alle Türen verriegelt.« Er griff rein, öffnete die Tür zum Rücksitz, stieg ins Auto, rutschte über die Rückbank, öffnete die andere Tür, stieg aus, öffnete die Tür zum Beifahrersitz und setzte sich dorthin, wo normalerweise Hector saß.

»Ich wollte nicht riskieren, um den Wagen herumzugehen«, sagte er, »vielleicht hätten Sie mich ja wieder ausgesperrt.«

»Sehr richtig«, sagte Aurora deprimiert. »Eine alte Frau, die fähig ist, mit einem Franzosen zu schlafen, der einen krummen Penis hat, ist durchaus fähig, noch andere sehr schlimme Dinge zu tun.«

»Ich habe noch nie einen krummen Penis gesehen«, sagte Jerry. »Wieso ist er überhaupt krumm?«

»Ein jugendlicher Unfall bewirkte, daß er irgendwie krumm wurde«, sagte Aurora. »Falls der krumme Penis meines Liebhabers jedoch das einzige ist, was Sie interessiert, dann haben Sie die ganzen Autotüren umsonst aufgemacht. Ich denke, ich fahre nach Hause.«

»Seien Sie doch ehrlich«, sagte Jerry. »Wenn Ihnen jemand von einem Mann mit einem krummen Penis erzählt, würden Sie dann nicht auch fragen, wieso er krumm ist?«

»Nicht, wenn ich wichtigere Dinge zu besprechen hätte«, antwortete Aurora. »Ich bin nicht sicher, ob Sie die Bedeutung meiner Aussage überhaupt verinnerlicht haben. Falls Sie es doch getan haben, halten Sie sie wahrscheinlich nur für eine weitere Bemerkung dieser lüsternen alten Frauen, die Sie vermutlich als Patientinnen haben. Ich denke, ich möchte nach Hause fahren.«

Sie wollte tatsächlich fahren. Sie spürte, daß es ein schlimmer Fehler gewesen war herzukommen, ein Fehler, den sie nie gemacht hätte, wenn sie nicht so verwirrt gewesen wäre. Sie hatte sich auf eine Art und Weise offenbart, die ihr ernsthaftes Unbehagen verursachte – und bis jetzt hatte Jerry nicht so reagiert, als könne er ihr Unbehagen aus der Welt schaffen.

»Ich habe gehört, was Sie gesagt haben, und ich bin froh, daß Sie es gesagt haben«, antwortete Jerry. »Haben Sie gedacht, Sie müßten sich zurückhalten, mit mir zu schlafen, weil ich Ihr Doktor bin?«

»Wohl kaum«, gab Aurora mit einem Schnauben zurück. »Ich glaube nicht mal, daß Sie Doktor sind. Ich denke, Sie sind nur ein Verführer mit einer verrückten Couch. In meinen Augen gibt es keinen großen Unterschied zwischen dieser Couch und einem krummen Penis, wenn man an *Amour* denkt.«

Aurora Greenway war für Jerry eine Überraschung gewesen, die er noch nicht ganz ermessen konnte, aber eines wußte er, daß sie nämlich vom ersten Moment an eine der attraktivsten Frauen war, die er je kennengelernt hatte. Trotz des Altersunterschieds war es häufig Aurora, nicht seine derzeitige Freundin Sandra, die er im Kopf hatte, wenn er allein war und an Sex dachte. Sandra, die große, schlanke Kellnerin aus Osttexas, mit der er schlief und die er sehr mochte, spielte in seinen Phantasien so gut wie überhaupt keine Rolle.

»Ich bin vielleicht kein normaler Psychiater«, sagte Jerry, »aber ich verdiene meinen Lebensunterhalt, indem ich versuche, den Leuten zu helfen, sich besser zu fühlen.« Er probierte, seine Hand auf freundschaftliche Weise auf Auroras Schulter zu legen, doch Aurora zuckte zurück und rückte von ihm ab.

»Finger weg, und das ist eine ernstgemeinte Warnung, Doktor«, sagte sie.

»Tut mir leid«, antwortete Jerry. »Ich habe Sie noch nie so verstört gesehen. Ich habe Sie überhaupt noch nie verstört gesehen. Ich möchte Ihnen helfen, aber ich weiß nicht, wo ich anfangen soll.«

»Fangen Sie trotzdem an«, sagte sie. »Wenn Sie das nicht tun, gehe ich. Es war schrecklich dumm von mir, hierherzukommen. Ich habe mich schon oft wie eine Närrin benommen, aber ich glaube, diesmal fühle ich mich zum erstenmal wie eine *alte* Närrin.«

»Ich denke nicht an Ihr Alter, wenn ich bei Ihnen bin«, sagte Jerry. »Ich glaube, niemand tut das.«

»Oh, jemand schon«, sagte Aurora. »Ich tue es. Der Unterschied zwischen einer närrischen Frau und einer närrischen alten Frau sitzt fest in meinem Kopf. Es tut mir leid, daß ich hergekommen bin und Sie gestört habe, aber ich glaube, Sie sollten jetzt besser aussteigen. Falls Sie mir helfen wollen, haben Sie keinen Erfolg, ich fahre jetzt am besten einfach nach Hause.«

»Möchten Sie essen gehen?« fragte Jerry. Ihm war klar, daß er sehr deprimiert sein würde, wenn er sie einfach so abfahren ließ – wenn er ein bißchen Zeit herausschinden könnte, würde sich ihre Stimmung vielleicht bessern. Unter den gegebenen Umständen klang seine Einladung zum Dinner eigenartig, aber das war das einzige, was ihm in den Sinn kam und worüber sie vielleicht nachdenken würde.

Aurora war überrascht – er war völlig verschwitzt, hatte seine Joggingklamotten an und fragte sie, ob sie mit ihm essen ginge. Aber als sie ihn anschaute, um ihm zu sagen, wie absurd sein Vorschlag war und aus welchem Grund, da schaute er sie mit so sehnsüchtigen Kinderaugen an, daß sie, ohne echt zu verstehen, worauf sich sein Verlangen bezog, eine Antwort gab, die weniger unfreundlich war als die, die ihr auf der Zunge gelegen hatte.

»Sehen wir aus, als ob wir zum Dinner gehen könnten?« fragte sie. »Ich bin naß vor Tränen, und Sie sind naß vor Schweiß. Jeder anständige Hamburger-Laden würde uns rauswerfen, so wie wir jetzt aussehen.«

»Sie haben geweint, aber Sie tragen ein sehr hübsches Kleid«, sagte Jerry. »Ich wohne in dem Haus, vor dem Sie parken. Ich könnte unter die Dusche gehen, und Sie könnten sich ein wenig zurechtmachen. Vielleicht gehen wir in irgendein griechisches Restaurant oder in ein Cajun-Restaurant oder etwas Ähnliches. Wir bräuchten gar nicht so toll auszusehen.«

»Ist das Ihr Ernst?« fragte sie. »Laden Sie mich ernsthaft zum Dinner ein?«

»Ja, warum nicht?« sagte Jerry.

Aurora fühlte sich ein wenig besser, weil er bemerkt hatte, daß sie ein schönes Kleid trug, was wirklich stimmte. Er hatte recht, sein Vorschlag war mehr oder weniger vernünftig. Sie könnte sich wirklich das Gesicht waschen, und sie könnten zusammen irgendwo hingehen, wo es nicht allzu elegant zuging. Außerdem hatte sie viel mitgemacht, seitdem sie Pascals Lammbraten verzehrt hatte. Sie war hungrig.

»Ich denke, wir sollten zum Pig-Stand-Imbiß gehen«, sagte sie. »Dahin gehe ich immer, wenn ich meinen Enkel, den Mörder, besucht habe, und ich weiß, daß ich danach nie besonders gut aussehe – niemand, der in den Pig-Stand-Imbiß kommt, sieht besonders gut aus. Sie sehen eben so aus, wie sie aussehen, und sie essen eine Menge. Ich glaube, in meiner augenblicklichen Verfassung könnte ich auch eine Menge essen.«

Doch dann meldete sich ein leises Schuldgefühl und ließ sie zweifeln, ob es richtig sei, diesen kleinen Ausflug zu machen. Es war bereits dunkel, und sie war nie im Dunkeln draußen, wenn sie nicht von einem geübten Fahrer chauffiert wurde. Was würden Hector und Rosie wohl denken?

»Wollen Sie das wirklich machen?« fragte sie, halb in der Hoffnung, Jerry hätte es sich anders überlegt. Inzwischen war es zu dunkel geworden, um sein Gesicht noch richtig erkennen zu können; sie wußte nicht, ob er noch diesen Ausdruck des Verlangens im Gesicht hatte. Merkwürdigerweise hatte dieser Gesichtsausdruck ihr einen Teil ihrer Angst genommen; tatsächlich hatte sie überhaupt keine Angst mehr vor ihm.

»Aber sicher, lassen Sie uns essen gehen«, sagte Jerry. »Seitdem Sie meine Patientin sind, habe ich mir immer gewünscht, einmal privat mit Ihnen zu sprechen. Das Dinner bei Ihnen zählt nicht, denn das war ein großes Dinner, und Sie waren die Gastgeberin.«

Aurora lächelte. »Alle meine Gespräche sind privater Natur, einschließlich unserer sogenannten Therapiesitzungen«, sagte sie. »Worüber wollen wir als erstes sprechen?«

»Warum Sie meinen, es wäre etwas ganz besonders Schlimmes, wenn wir ein Liebespaar wären«, sagte Jerry.

»Das wäre nicht nur etwas Schlimmes, das wäre etwas ganz Schreckliches«, sagte sie. »Es würde bedeuten, daß ich verloren wäre, das ist alles.«

»Nun kommen Sie aber«, sagte er. »Sie wären nicht verloren. Das ist doch albern.«

Aurora schwieg einen Moment. Zu schade, daß es dunkel war – sie hätte sich diesen Mann gerne genau angeschaut.

Sicher, sie hatte in zwei Tagen einen Termin bei ihm – dann konnte sie ihn ja genau anschauen. Doch seine letzte Bemerkung war enttäuschend, und ihre Stimmung, die sich bei der Aussicht auf mehrere Pig-Sandwiches und jede Menge Kuchen bereits zu bessern schien, sank erneut ab. Es würde nicht passieren – jedenfalls nicht mit diesem Mann und nicht heute nacht.

»Steigen Sie aus«, sagte sie. »Mich albern zu nennen, war ein schwerer Fehler. Ich fürchte, wir gehen heute abend nicht essen.«

Jerry war verblüfft. »Tut mir leid«, sagte er. »Ich meinte damit nicht, daß Sie albern sind.«

»Natürlich meinten Sie das«, antwortete sie. »Es hat keinen Zweck, daß Sie dasitzen und nach Ausflüchten suchen. Es war keineswegs albern, als ich sagte, ich sei verloren, wenn ich mit ihnen schliefe, und wenn Sie das nicht verstehen können, dann, meine ich, sollten Sie hier nicht rumhängen und den Doktor spielen. In jedem Falle fehlt es Ihnen an Verständnis, und Verständnis ist ja wohl das mindeste, was man von seinem Doktor erwarten sollte. Ich weiß jetzt, daß ich das von Ihnen nicht erwarten kann, und ich will nicht mit Ihnen essen gehen und will auch nie wieder mit Ihnen über diese ungute Attraktivität, die ich zu besitzen scheine, diskutieren.«

»Kann ich mich nicht entschuldigen?« fragte Jerry, der nicht wußte, was er machen sollte.

»Sie haben sich bereits entschuldigt, und wenn es etwas gibt, was ich bei einem Mann hasse, dann ist es die Angewohnheit, sich übertrieben und exzessiv zu entschuldigen«, sagte Aurora. »Eine Entschuldigung reicht vollkommen. Die haben Sie vorgebracht. Steigen Sie jetzt aus.«

Jerry wollte noch einen Versuch machen, aber Aurora kam ihm zuvor und schnitt ihm das Wort ab.

»Steigen Sie bitte aus«, wiederholte sie. »Das ist eine unwiderrufliche Aufforderung. Wenn Sie jetzt versuchen, sich dagegen zu wehren, sage ich meinen nächsten Termin ab und spreche nie wieder ein Wort mit Ihnen.«

Jerry öffnete die Wagentür, was bewirkte, daß die Innenbeleuchtung anging. Er begann, sich sehr deprimiert zu fühlen – die Depression, die er für den Fall ihrer Abfahrt vorausgesehen hatte, war bereits da, obwohl sie noch gar nicht abgefahren war. Er hatte manchen Streit mit Frauen durchgestanden, doch jedesmal traf ihn die Depression, die dem Streit folgte, mit voller Wucht. Er dachte, vielleicht würde Aurora das bemerken, sich erweichen lassen, Mitleid verspüren. Doch Aurora schaute ihn nur an und tat nichts dergleichen. Sie wartete stumm darauf, daß er ihren Wagen verließ, und schließlich tat er das auch.

Er drehte sich um und schaute ein letztes Mal in den Wagen, bevor er die Tür zuschlug, und diesmal war Auroras Gesichtsausdruck nicht ganz so kalt.

»Übrigens, mit wem schlafen Sie zur Zeit?« fragte sie in gleichgültigem Ton.

»Uh, sie ist Kellnerin«, antwortete Jerry.

»Das überrascht mich nicht«, sagte Aurora. »Bitte schließen Sie die Tür.«

Jerry schloß die Tür. Aurora fuhr davon.

5.

Rosie und der General wurden zunehmend verzweifelter. Es war schon fast eine Stunde nach Einbruch der Dunkelheit, Aurora war noch nicht zu Hause und hatte auch nicht angerufen. Das war noch nie vorgekommen. Sie befanden sich beide in der Küche – Rosie lief auf und ab und rauchte –, dabei hatte sie aufgrund ihres Gesundheitsplans seit einem Jahr überhaupt nicht mehr geraucht. Der General konnte wegen seiner Krücken nicht besonders gut auf und ab laufen, sondern saß stoisch am Küchentisch, ein nicht beendetes Solitairespiel vor sich. Rosie hatte den Fernseher laufen und stellte einen lokalen Nachrichtensender ein.

»Wenn sie auf dem Freeway einen tödlichen Unfall hatte, müssen sie es hier bringen«, sagte sie.

»Müssen für dich vielleicht«, sagte der General. »Wenn Aurora auf dem Freeway umgekommen ist, will ich es nicht sehen. Was will sie denn überhaupt auf dem Freeway? Sie haßt Freeways.«

»Sie sagen, die meisten Autounfälle passieren in nächster Nähe des Wohnorts«, erinnerte sich Rosie. »Vielleicht sollte ich bis zur nächsten Ecke gehen und nachschauen. Sie könnte tot sein, und das nur drei Blocks von hier.«

»Rosie, bitte hör auf zu sagen, sie sei tot«, bat der General. »Wir haben keinen Grund zu der Annahme, sie sei tot, und wenn sie's ist, dann weiß ich nicht, was wir machen sollen.«

»Nun, ich weiß auch nicht, was wir dann machen sollen, aber so 'ne Scheiße passiert eben.«

Sie hatten bereits Teddy und Jane angerufen, aber keiner der beiden hatte heute mit Aurora gesprochen. Als es Nacht wurde, drängte der verzweifelte General Rosie, bei Pascal anzurufen. Er hatte schon seit langem vermutet, daß zwischen Aurora und Pascal irgend etwas vorging – nach seiner Einschätzung hatte Aurora Pascal wegen Jerry Bruckner fallengelassen, und Pascal hatte sie erwürgt.

»Die Franzosen machen aus *Amour propre* ein Riesending«, sagte er zu Rosie. »Die bringen ununterbrochen Frauen um. Ruf Pascal an und frag ihn, ob er Aurora umgebracht hat.«

Zu seiner Verblüffung tat Rosie es tatsächlich.

»Hi, Pascal, haben Sie Aurora umgebracht?« fragte sie zum Entsetzen des Generals.

»Ich hab' nicht wirklich umgebracht gemeint«, flüsterte er, während Rosie telefonierte.

Pascal war seinerseits so erschrocken, als er hörte, Aurora sei noch nicht zu Hause, daß er freiwillig zugab, sie hätten zusammen den Lunch eingenommen, wobei er unerwähnt ließ, daß dies in seiner Wohnung geschehen war.

»Was ist, wenn sie entführt wurde?« fragte er und stürzte sich augenblicklich in wilde, irrsinnige Spekulationen.

»Er glaubt, sie sei entführt worden«, berichtete Rosie dem General.

»Warum sollte denn jemand Aurora entführen wollen?« fragte der General.

Doch zu diesem Zeitpunkt erging auch er sich schon in den wildesten und irrsinnigsten Spekulationen. Vielleicht war sie tatsächlich entführt worden. Was sonst könnte sie dazu bringen, so spät nach Hause zu kommen?

»Frag ihn, ob er eine Ahnung hat, wer sie entführt hat«, verlangte der General.

»Vielleicht hat es was mit Drogen zu tun«, sagte Pascal, als Rosie die Frage weitergab. Eine weitere wilde Spekulation, hervorgerufen durch den Umstand, daß er vor kurzem in Kolumbien gewesen war, wo die meisten Entführungen etwas mit Drogen zu tun hatten.

»Er glaubt, sie sei drogenabhängig«, meldete Rosie.

»Aurora?« fragte der General. »Das ist das Schlimme an diesen Franzosen, sie stellen immer die wildesten Theorien auf.«

Rosie wartete, den Hörer in der Hand.

»Soll ich das so an Pascal weitergeben?« erkundigte sie sich.

»Natürlich nicht«, antwortete der General. »Du hättest ihm ja auch nicht sagen sollen, ich sei der Meinung, er habe sie ermordet. Das war bloß *meine* wilde Theorie. Frag ihn, ob er rüberkommen will. Zusammen können wir uns vielleicht eine Lösung ausdenken.«

»Ich bin sofort da!« versicherte Pascal ihnen. Während er aus seiner Wohnung stürmte, kam ihm der Gedanke, Aurora könne nach Galveston gefahren sein und sich dort ertränkt haben. Obwohl es ihr Spaß gemacht zu haben schien, mit ihm zu schlafen, was auch auf ihn zutraf, konnte er sich daran erinnern, daß sie ein wenig deprimiert ausgesehen hatte, als sie ihn verließ. Vielleicht hatte sie ihr Liebesabenteuer als eine Art von Ehebruch empfunden, war noch deprimierter geworden und nach Galveston gerast, um sich dort im Ozean zu ertränken.

Bevor er seinen Peugeot zum Laufen brachte, war dieser flüchtige Gedanke zu einer festen Überzeugung geworden – eine, die ihn sehr nervös machte. Es bestand nicht nur die Möglichkeit, daß Aurora jetzt, da ihre Romanze so richtig aufzublühen begann, für immer fortgegangen war; es würde auch bedeuten, daß er irgendwann einmal vor General Scott würde zugeben müssen, er habe dessen Freundin verführt und sie somit in diese tödliche Verzweiflung getrieben. General Scott mochte ihn ja sowieso nicht besonders und würde ihn vielleicht umbringen, wenn er dies erfuhr.

Die Sorgen türmten sich himmelhoch vor ihm auf, als er aus seinem Apartment eilte – er wollte so schnell wie möglich zu Auroras Haus fahren. Er konnte sich nichts Glücklicheres vorstellen, als hinzufahren und den Cadillac, in dem sie gesund heimgekehrt war, zu sehen, wie er mit dem Kofferraum aus der Garage schaute. Wenn der Wagen an Ort und Stelle wäre, würde er nicht ins Haus gehen und dem General gestehen müssen, er habe Aurora verführt; dann könnte er still und leise umdrehen und wieder nach Hause fahren.

In seiner Hast, herauszufinden, ob sein Schicksal Qual oder Erleichterung für ihn bereithielt, sauste er in voller Fahrt durch die rote Ampel am Ende seines Blocks, eine Ampel, die er schon mehrfach erfolgreich überfahren hatte, wenn er in Eile war. Doch diesmal wurde ihm eine Sekunde zu spät klar, daß er die Ampel besser nicht überfahren hätte. Ein riesenhaftes Monster, ein Lastwagen mit Rädern so groß wie ein ganzes Auto, tauchte vor ihm aus dem Nichts auf, und der Peugeot raste voll drauf zu und knallte direkt gegen das riesige Hinterrad. Pascal, der sich in seiner Hast nicht um die Sicherheitsgurte gekümmert hatte, krachte durch seine Windschutzscheibe und landete hinter dem Truck, zerschnitt sich übel das Gesicht, erlitt einen doppelten Schädelbruch und fiel in so tiefe Bewußtlosigkeit, daß es mehr als dreißig Stunden dauerte, bis er wieder erwachte. Als er zu

Bewußtsein kam, befand er sich in einem Krankenhaus, der Kopf tat ihm weh, und er hatte das dumpfe Gefühl, jemand sei ertrunken – er wußte nur nicht wer.

In Auroras Haus hatte unterdessen niemand eine Ahnung, daß Pascal einen Autounfall gehabt hatte. Aurora war immer noch nicht zurück und Pascal auch nicht gekommen, um sich über seine Entführungstheorie auszulassen. Rosie hatte eine ganze Schachtel Zigaretten geraucht und bekam deswegen Schuldgefühle, doch nicht stark genug, um sie von einer zweiten Schachtel abzuhalten. Der General saß immer noch am Tisch, das Solitairespiel immer noch unvollendet vor sich und voller Zorn, daß Pascal nicht aufgetaucht war.

»Das ist genau das, was ich Aurora schon immer gesagt habe«, bemerkte er. »Vermutlich hatte er eine Verabredung. Vermutlich hatte er überhaupt nicht die Absicht, hierherzukommen. Vielleicht hatte er sogar eine Verabredung mit Aurora. Ich dachte, sie habe sich in Jerry Bruckner verliebt, aber mittlerweile glaube ich, daß sie sich in diesen kleinen Franzmann verliebt hat. Sie vertilgen warhscheinlich gerade ein exquisites Essen, während wir hier sitzen und leiden müssen.«

»Nichts da«, protestierte Rosie. »Ich kenne Aurora besser als du. Wenn sie zum Dinner verabredet gewesen wäre, wäre sie nach Hause gekommen, um sich umzuziehen. Sie gehört nicht zu der Sorte von Frauen, die zum Mittag- und zum Abendessen das gleiche tragen.«

»Vielleicht doch, wenn sie sich wahnsinnig verliebt hat«, sagte der General bitter. »Das ist das einzige, was ihre Gedanken von den gottverdammten Klamotten ablenken kann.«

»Wenn das stimmt, dann handelt es sich hier nicht um Pascal«, sagte Rosie. »Ich glaube nicht, daß der ihre Gedanken länger als fünf Minuten von ihren Klamotten ablenken kann.«

Diese Bemerkung beruhigte den General etwas, doch nicht allzusehr.

»Du weißt doch, morgen müssen wir ins Gefängnis fahren – vermutlich regt sie sich darüber so auf«, meinte Rosie. »Sie regt sich immer stärker über Tommy auf, und das kann man ihr nicht mal übelnehmen.«

»Nein«, stimmte der General nachdenklich zu. »Natürlich kann man ihr das nicht übelnehmen. Du glaubst, deshalb ist sie noch nicht hier?«

»Könnte sein«, antwortete Rosie. »Sie ist so weit, daß sie es haßt, Tommy zu besuchen – nur haßt sie es noch mehr, es ganz bleiben zu lassen.«

»Nun, wenn das so ist, wohin würde sie dann gehen?« überlegte der General.

»Sie würde zum Pig-Stand-Imbiß gehen«, sagte Rosie. »Dahin gehen wir immer, nachdem wir bei Tommy waren. Vielleicht hat sie diesmal beschlossen, schon vorher hinzugehen.«

»Oh, der Schuppen, wo sie die Hackfleischpastete bekommt?« fragte der General. »Da bin ich einmal gewesen. Die Schweinekoteletts haben mir gut geschmeckt. Aber ich glaube nicht, daß Aurora das nachts wagen würde. Du weißt ja, wie verrückt sie ist vor Angst, vergewaltigt und ermordet zu werden.«

»Wenn sie deprimiert genug ist, riskiert sie das auch nachts«, sagte Rosie. »Wenn Aurora erst mal so richtig deprimiert ist, dann vergißt sie, daß sie weder vergewaltigt noch ermordet werden möchte. Und wenn sie dazu noch hungrig war, könnte das das Faß zum Überlaufen gebracht haben.«

»Könnte sein, daß sie tatsächlich da ist«, meinte der General. »Meinst du, wir sollten mal anrufen und nach ihr fragen?«

»Könnten wir«, sagte Rosie. »Andererseits wissen wir, wie sehr sie es haßt, wenn man hinter ihr herspioniert. Wenn wir anrufen und sie ist wirklich da, dann ist sie stocksauer.«

»Ganz bestimmt, aber ruf trotzdem an«, kommandierte der General. »Erinnerst du dich daran, welches Kleid sie trug?«

»Das gelbe«, sagte Rosie. »Warum?«

»Wenn sie nicht im Pig-Stand ist, dann denke ich, sollten wir die Polizei anrufen und fragen, ob eine tote Frau in einem gelben Kleid im Leichenschauhaus aufgetaucht ist«, sagte der General. Seine Stimmung war plötzlich radikal gesunken.

»Ist das nicht ein bißchen übertrieben?« fragte Rosie. »Sie ist spät dran, aber so spät ja nun auch wieder nicht.«

»Rosie, das Ganze ist höchst ungewöhnlich«, beharrte der General. Seine Stimmung hatte den tiefsten Punkt seit Jahren erreicht, er war wirklich der Verzweiflung nahe. Selbst in Omaha Beach hatte er sich nicht so verzweifelt gefühlt wie jetzt, obwohl Omaha Beach auch schon ganz schön schlimm gewesen war. Aber am D-Day war es *sein* Leben gewesen, das in Gefahr schwebte; jetzt war es Auroras Leben. Er machte sich die größten Sorgen.

»Der einzige Grund, warum Aurora und ich in all den Jahren so gut miteinander ausgekommen sind, wir wir's getan haben, ist, daß wir beide äußerst regelmäßige Gewohnheiten haben«, sagte er. »Es hat viele Streitereien gegeben, aber jedenfalls sind wir beide immer zur Stelle, wenn erwartet wird, daß wir uns streiten. In all den Jahren hat Aurora es nie versäumt, zur Stelle zu sein, aber jetzt ist sie nicht zur Stelle.«

»Du wirst reichlich verrückt auf deine alten Tage«, bemerkte Rosie völlig unsentimental. »Diese Frau kommt immer zu spät, das weißt du ganz genau.«

»Ich weiß, aber nicht so spät, und nicht in der Dunkelheit«, erläuterte der General. »Da besteht schon ein feiner Unterschied zwischen spät und *so* spät.«

In diesem Augenblick hörten sie ein Auto in der Einfahrt. »Pascal ist das nicht«, sagte Rosie. »Der würde es nicht wagen, in der Einfahrt zu parken und es zu riskieren, Aurora ins Gehege zu kommen, wenn sie versucht, den Cadillac einzuparken.«

Sie stürzte zum vorderen Fenster und sah den vertrauten Cadillac, der mit laufendem Motor in der Einfahrt stand. Sie rannte in die Küche zurück, weil sie meinte, der General müsse es sofort erfahren.

»Sie ist es, sie ist in Sicherheit«, sagte sie und sank auf einen Stuhl. Plötzlich fühlte sie sich ein wenig schwach auf den Beinen.

»Daheim ist der Segler – nein, daheim ist der Jäger«, rezitierte der General und hatte das Gefühl, weinen zu müssen. Zu seiner Überraschung weinte er tatsächlich, ein Anblick, der Rosie derartig aufregte, daß auch sie auf der Stelle anfing zu weinen.

»Wieso ist meine ganze Küche voller Rauch?« fragte Aurora, bevor sie bemerkte, daß Hector und Rosie weinten, oder fast zumindest. Sie war tatsächlich rasch zum Pig-Stand-Imbiß gefahren und hatte hastig drei Pig-Sanwiches und zwei Stück Kuchen vertilgt, bevor sie nach Hause eilte. Mitgebracht hatte sie zwei weitere Sandwiches und zwei Extrastücke Kuchen, sozusagen als Bollwerk gegen zukünftige emotionale Notfälle. Zu ihrer Überraschung schien sie hier in ihrer Küche zwei emotionale Notfälle unmittelbar vor sich zu haben.

»Großer Gott, was geht hier vor?« fragte sie und wedelte heftig, um sich einen Weg durch den dichten Rauch zu bahnen.

»Daheim ist der Jäger«, murmelte der General mit Mühe und ließ sich umarmen. Seine Emotionen waren immer noch in Aufruhr, er traute sich nicht, mehr zu sagen.

»Poesie, Zigarettenrauch und Tränen«, bemerkte Aurora. »Ich nehme an, ihr beiden habt gedacht, ich sei ermordet worden – ich kann mir nicht vorstellen, daß etwas anderes dich dazu veranlassen könnte, Stevenson zu rezitieren, Hector.«

»Pascal hat gesagt, du seist entführt worden, und daß er glaubt, du seist drogenabhängig«, stieß Rosie hervor und trocknete sich die Tränen. Jetzt, wo Aurora mit der Tüte des Pig-Stand-Imbiß in der Hand vor ihr stand, kam ihr alles ein wenig lächerlich vor, und sie war froh, Pascal einen Teil der Schuld in die Schuhe schieben zu können.

»Außerdem hätte er herkommen sollen, um deine Leiche lokalisieren zu helfen, aber er ist noch nicht da«, fuhr sie fort.

»Da habt ihr den richtigen Mann hergebeten – Leichen zu lokalisieren ist mehr oder weniger Pascals Lebensaufgabe«, sagte Aurora. Sie merkte, daß die beiden regelrecht unter Schock standen, und sah keinen Grund, sich auf Kosten ihres neuen Freundes nicht ein bißchen zu amüsieren.

»Er ist nicht gekommen, als er sagte, er würde kommen – ich verachte ihn«, sagte der General. »Er ist unzuverlässig wie sein ganzes Volk.«

»Hector, ich bin doch da, gesund und munter – du brauchst nicht wegen Pascal zu schäumen und zu toben«, sagte Aurora. »Da meine Unpünktlichkeit euch beide offenbar so aufgeregt hat, sollte ich vielleicht großzügig sein und euch zur Wiedergutmachung und Linderung eurer Leiden ein Sandwich und ein Stück Kuchen anbieten. Würde euch das gefallen?«

»Mir schon«, schniefte Rosie.

»Vielleicht, wenn es ein Kuchen ist, den ich mag«, sagte der General. Er gab sich heftig Mühe, sich unter Kontrolle zu bringen, doch seine Hände zitterten immer noch ein wenig.

»Das liebe ich so an dir, Hector – mäkelig selbst *in extremis*, genau wie ich«, sagte Aurora und wickelte den Kuchen aus.

6.

»Wäre es dir lieber, wenn ich nicht mehr herkäme, Tommy?« fragte Aurora ihren Enkelsohn. Sie saßen im Besucherraum des Gefängnisses. Offenbar hatte man gewisse Anstrengungen unternommen, den Besucherraum etwas freundlicher zu gestalten, doch die gewissen Anstrengungen hatten nichts bewirkt. Aurora konnte den Raum nie ohne das Gefühl betreten, sie selber sei eine Kriminelle, die schließlich hier gelandet war, um ihre Strafe für ein Leben der Sünden, Unterlassungen und Verbrechen entgegenzunehmen – sämtlich unwiderrufbar, nicht wiedergutzumachen, und gänzlich jenseits ihrer Möglichkeiten, etwas daran zu ändern.

Sie brauchte diesen unbeabsichtigt unfreundlich wirkenden Raum nicht, um sie daran zu erinnern, daß ihre eigenen Verbrechen ebenfalls nicht wiedergutzumachen waren. Der Beweis dafür war hier direkt vor ihr, in Tommys Augen und in seiner Gleichgültigkeit – einer Gleichgültigkeit, die unnachgiebiger war als alles, was sie in ihrem langen Leben erlebt hatte.

»Du kannst kommen, aber du mußt es nicht«, sagte Tommy fröhlich.

Aurora drehte an ihrem Ring. Sie erinnerte sich an den Tag, an dem sie Emma beerdigt hatten – ihre Tochter, Tommys Mutter. Es hatte geregnet an jenem Tag; sie entsann sich deutlich des flauen Gefühls, das sie verspürte, als sie auf dem Nachhauseweg unter den tropfnassen Bäumen von Houston entlangfuhren. Am tiefsten Grund dieses Gefühls hockte die Angst, daß Emmas Kinder jetzt, da Emma so jung gestorben war, vielleicht verloren waren, besonders Tommy. Als sie an diesem Abend Tommy, Teddy und Melanie zu Bett brachte, fragte sie Tommy, ob er am nächsten Tag gerne in den Zoo gehen würde – er war immer besonders gerne in den Zoo gegangen.

»Das ist egal«, sagte Tommy. »Ich möchte nie mehr irgend etwas machen.«

»Ich möchte aber«, sagte Teddy. »Ich finde die *Sesame Street* immer noch prima.«

»Sessy Street«, sagte Melanie.

Dieser Moment, als die Kinder niedergedrückt ihre Schlafanzüge anzogen, war ihnen über all die Jahre erhalten geblieben, dachte Aurora: Teddy ging immer noch gerne in den Zoo und mochte die *Sesame Street*, Melanie tat andere Dinge gerne, wenn auch zuviel andere Dinge. Aber Tommy, der älteste und stärkste von ihnen, hatte zu seinem Wort gestanden – er hatte nie wieder irgendwas gemacht.

Aurora schaute auf, Tommy blickte ihr in die Augen. Es machte ihm keine Schwierigkeiten, ihr in die Augen zu schauen – oder sonst irgend jemandem. Insgesamt gesehen mochte er seine Großmutter, aber nicht wegen der vielen Dinge, die sie für ihn zu tun versuchte, sondern weil sie nie aufgehört hatte, ihr eigenes Leben zu führen. Sie blieb stur auf einem Niveau, das irgendwie erstaunlich war, wenn man mal richtig darüber nachdachte, und er *hatte* darüber nachgedacht. Im Gefängnis blieben nur die schlimmsten Verbrecher und Killer in ihrem Inneren hart, trotz allem. Die meisten Insassen hatten längst total schlappgemacht; sie überließen sich der Langeweile und der Apathie. Die Leute im Gefängnis, auf die man wirklich aufpassen mußte, die Typen, die einen nur anzublicken brauchten und einem sofort angst machten, die erinnerten ihn alle an seine Großmutter.

»Nun, das ist sehr unverbindlich«, sagte Aurora und schaute ihn an.

»Es ist neutral«, sagte Tommy. »Ich ziehe es vor, so zu leben.«

»Ich verstehe, Tommy«, sagte Aurora. »Vermutlich ist das gar nicht dein Fehler. Aber für diejenigen von uns, die nicht neutral sind, ist es sehr schwierig.«

Tommy sagte nichts.

»Ich glaube, ich sollte wohl besser aufgeben«, bemerkte Aurora. »Ich habe nur selten in meinem Leben aufgegeben, und noch nie habe ich bei meiner eigenen Familie aufgegeben, aber bei dir, glaube ich, gebe ich wohl besser auf, bevor du mich zerstörst. Es gibt noch andere, die auf mich angewiesen sind, unter anderem dein Bruder und deine Schwester, und ich glaube nicht, daß ich es mir leisten kann, von jemandem zugrunde gerichtet zu werden, der lieber neutral sein möchte.

Jedenfalls warte ich nicht drauf, mich zugrunde richten zu lassen«, fuhr sie fort. »Ich glaube auch nicht, daß du wirklich neutral bist – ich denke, Menschen können das gar nicht sein.«

»Da könntest du dich aber sehr irren«, antwortete Tommy.

»Vielleicht, aber ich bin älter als du, und eine wirklich neutrale Person habe ich bisher noch nicht kennengelernt.«

»Doch, mich zum Beispiel«, erinnerte Tommy sie.

Aurora schüttelte den Kopf. »Das ist nur deine Waffe«, sagte sie. »Das ist das, womit du uns umbringst – oder mich zumindest. Aber ich bin eine egoistische alte Frau. Ich gebe eher auf, als daß ich mich umbringen lasse.«

Sie stand auf, um zu gehen. Tommy faltete seine Beine auseinander und erhob sich ebenfalls.

»Deine Mutter ist mir auch schon immer ausgewichen«, sagte Aurora und dachte trotz all ihrer Verzweiflung darüber nach, wie sehr er sie an ihre Tochter erinnerte. Die Linie der Augenbrauen war die gleiche, die Art, wie er dastand. Dem Körper und in gewisser Hinsicht auch seinem Verhalten nach war er ganz klar der Sohn seiner Mutter.

»Passiv-aggressiv nennen sie das heutzutage, glaube ich«, fuhr sie fort. »Das ist ein Ausdruck, den ich von meinem Klapsdoktor aufgeschnappt habe. Deine Mutter war darin eine Meisterin – sie konnte sich monate- oder jahrelang einer Sache völlig widersetzen, und du kannst das auch.«

»Du hast einen Plem-plem-Doktor?« fragte Tommy.

»Wieso, ja«, sagte Aurora. »Der General und ich sind eine Weile gemeinsam hingegangen, aber dann ist er abgesprungen. Ich mache jetzt allein weiter und muß sagen, ich lerne eine Menge.«

»Das ist vermutlich gut«, anwortete Tommy. Die Vorstellung, daß seine Großmutter zu einem Seelendoktor ging, war ein ganz schöner Schock. Darüber mußte er erst einmal richtig nachdenken.

»Nicht unbedingt«, sagte Aurora. »Wer das Wissen befördert, der befördert auch das Leid, verstehst du? Hat es dir Spaß gemacht, Julie totzuschießen?«

»Ich habe gerne geschossen«, antwortete Tommy sofort. »Ich habe dabei überhaupt nicht an Julie gedacht.«

»Ich gehe jetzt«, sagte Aurora. »Falls du irgend jemanden von uns sehen möchtest, mußt du uns anrufen.«

Normalerweise versuchte sie, ihn zu umarmen – zu seinem Unbehagen –, doch diesmal ging sie lediglich zum Wärter und sagte ihm, es sei soweit, sie wolle gehen. Ausnahmsweise weinte sie nicht.

»Weißt du, was mir an deiner Großmutter so gut gefällt?« fragte der Wärter, der Tommy in seine Zelle zurückbrachte. Der Wärter war ein älterer Mann, der Rheuma hatte und ein wenig hinkte.

»Was denn?« fragte Tommy.

»Sie trägt kein billiges Parfüm«, sagte der Wärter. »Die meisten Frauen, die hierherkommen, schwimmen geradezu in billigem Parfüm. Ich habe eine empfindliche Nase, und manche von diesen billigen Parfüms sind so streng, daß mir die Augen tränen. Aber deine Großmutter – die ist immer richtig geschmackvoll – und anziehen tut sie sich auch immer gut«, fügte er hinzu. »Die ist keine alte Hexe wie die meisten von denen, die hier raufkommen.«

Ein Jahr später schrieb Tommy seiner Großmutter einen kurzen Brief, in dem er ihr von diesem Kompliment des Wärters berichtete. Die Tatsache, daß sie auf einen alten, sturen Gefängniswärter einen so positiven Eindruck gemacht hatte, würde sie bestimmt interessieren, dachte er.

7.

Auf der Rückfahrt nach Houston war Rosie sehr nervös, doch Aurora wirkte resiginiert. Sie stieg in den Wagen, und bis Conroe wurde kein Wort gesprochen. Normalerweise wurde zwischen Huntsville und Conroe viel geredet – vor allem kritisierte Aurora Rosies Fahrkünste – und viel geweint.

Daß weder etwas gesagt noch geweint wurde, trug nicht dazu bei, Rosies Nervosität zu mildern. Sie wäre weniger nervös gewesen, wenn Aurora ihren Gefühlen freien Lauf gelassen hätte. Aber so, wie die Dinge nun mal lagen, hatte sie nichts anderes zu tun, als zu fahren und über ihre Dummheit nachzudenken, sich auf eine spontane Verabredung zum Abendessen mit einem bierbäuchigen Gefängniswärter einzulassen, der einfach an ihren Wagen gekommen war, während sie auf dem Parkplatz wartete. Er hieß Willie, war etwa in ihrem Alter und hatte ein nettes Lächeln. Er lächelte sie zweimal an, und da sie sich in so schlechter Stimmung befand, kippte sie angesichts seines Lächelns auf der Stelle ihre gute Urteilskraft über Bord.

»Sie sehen aber prima aus«, sagte der Wärter. »Was ist Ihre Lieblingsspeise?«

»Garnelensuppe«, sagte Rosie. Zumindest stand die ziemlich hoch oben auf ihrer Liste bevorzugter Speisen, und die Frage überrumpelte sie so sehr, daß sie nicht in der Lage war, dem Mann zu antworten, es gehe ihn überhaupt nichts an, was ihre Lieblingsspeise sei.

»Meine auch. Ich bin Willie«, sagte der Wärter sofort. Er versuchte, sich äußerlich in ein besseres Licht zu rücken, indem er den Hosengürtel über seinen Bierbauch zog, doch innerhalb von dreißig Sekunden rutschte der Gürtel wieder unter das Bergmassiv.

»So – und wie könnten Sie denn heißen, und warum tun wir uns eigentlich nicht zusammen und leisten uns heute nachmittag beide eine Garnelensuppe?« fragte der Mann. »Um drei habe ich hier Schluß.«

»Ich nicht«, antwortete Rosie. »Sie werden Ihren Hunger bis heute abend um sechs zurückhalten müssen, wenn Sie mit mir essen gehen wollen.«

»Okay«, sagte der Wärter. »Ich werd' mich schon irgendwie über die Zeit bringen.«

»Ich hab' vergessen zu sagen, daß ich in Houston wohne«, sagte Rosie. »Das ist vermutlich zu weit, bloß um eine Garnelensuppe zu essen.«

»Teufel noch mal, da wohne ich auch«, sagte der Wärter. »Die Hälfte aller Leute, die in diesem Gefängnis arbeiten, kommen aus Houston.«

Rosie kam zu dem Schluß, der Mann würde ein Nein als Antwort niemals akzeptieren, und außerdem sah sie keinen besonderen Grund, mit Nein zu antworten – C. C. Granby befand sich irgendwo in der North Slope und hatte sich schon seit drei Wochen nicht mehr gemeldet. In letzter Zeit schien das Leben, das selbst in C. C.s Gesellschaft schon langweilig genug war, noch langweiliger als sonst zu sein. Was sie betraf, so hatte sie keinen Grund, sich nicht auf ein Garnelenessen mit einem Gefängniswärter namens Willie zu freuen. Ursprünglich hatte sie diese unerwartete Aussicht als willkommene Ablenkung vom Warten auf dem Parkplatz empfunden, wo sie auf den Fingernägeln herumbiß und auf eine am Boden zerstörte Aurora wartete, die sofort losheulte.

Doch jetzt, im kalten Licht eine Dreiviertelstunde später, begann sich ihre schnelle Zusage als vorschnell herauszustellen. Vielleicht war es ein Fehler gewesen – vielleicht sogar ein moralischer Fehltritt. Was war, falls C. C. von der North Slope nach Hause zurückgekehrt war? Wenn er bei ihrer Ankunft wartend am Bordstein stand? Er würde bestimmt nicht übermäßig begeistert sein, wenn er hörte, daß sie am ersten Abend seiner Heimkehr eine Verabredung zum Garnelenessen mit einem Gefängniswärter namens Willie hatte.

»Außerdem habe ich diese Bierbäuche satt bis obenhin«, sagte sie laut. Ihr Ehemann Royce hatte einen gehabt, C. C. hatte einen, und jetzt dieser Willie, der hatte auch einen.

»Was?« fragte Aurora. Sie war in ihre Depression verfallen, völlig teilnahmslos, und plötzlich redete Rosie über Bierbäuche.

»Ist mir ernst, Aurora«, sagte Rosie. »Ich möchte wenigstens einmal mit einem schlanken Mann ausgehen.«

»Wie wär's mit Hector, der ist so dünn wie eine Bohnenstange«, antwortete Aurora. »Ich überlasse ihn dir für heute nachmittag, wenn du ihn haben willst. Er treibt mich noch in den Wahnsinn.«

»Mich auch«, bemerkte Rosie. »Gestern hat er sich wieder entblößt.«

»Ja, er ist wieder in seinen Nudismus verfallen.«

»Armer alter Kerl. Es muß schrecklich sein, wenn man impotent ist«, sagte Rosie.

»Richtig, aber er hat die Absicht, das nicht länger hinzunehmen«, erklärte Aurora. »Er hat inzwischen sechs verschiedene Potenzpillen, die Vitaminpillen nicht mitgezählt. Wenn die alle so wirken, wie Hector hofft, bin ich in meinem eigenen Bett nicht mehr sicher.

Doch bis jetzt scheine ich in meinem eigenen Bett noch absolut sicher zu sein«, fuhr sie fort. »Was hat dich zu deiner Bemerkung über Bierbäuche veranlaßt?«

»Oh«, sagte Rosie. »Ich glaube, ich habe einfach nur laut gedacht.«

»An Bierbäuche? Du denkst doch normalerweise nicht über Bierbäuche nach, wenn du mich vom Gefängnis nach Hause fährst; oder, falls du das doch tust, dann ganz sicher nicht laut. Also, was ist los?«

»Ein Wärter hat mich erwischt, als ich nicht auf der Hut war, und hat mich um eine Verabredung gebeten«, gestand Rosie. »Sein Name ist Willie, und er hat einen dicken, fetten Bierbauch.«

»Gut«, sagte Aurora. »Es ist an der Zeit, daß C. C. etwas Konkurrenz zu spüren bekommt, und je stärker, desto besser, meiner Meinung nach. Es ist C. C. noch kein einziges Mal gelungen, mich zu betrügen, und er hatte Jahre Zeit dazu.«

»Ja, aber was ist, wenn Willie gar nicht so nett ist, wie er aussieht?« fragte Rosie. »Ich kann in meinem Alter darauf verzichten, mich mit Vergewaltigern zu verabreden.«

»Die wenigsten Männer sind so nett, wie sie aussehen«, verkündete Aurora.

»Vernon wohl«, meinte Rosie, die sich an ihren persönlichen Favoriten unter Auroras Liebhabern erinnerte.

»Ja, Vernon war wirklich so nett, wie er aussah«, gab Aurora zu. »Andererseits ist er nie übers Nettsein hinausgekommen. Ich ärgere mich immer noch über ihn, weil er so unverführbar war.«

»Man soll sich nicht über die Toten ärgern«, sagte Rosie. »In solchen Sachen bin ich abergläubisch. Wenn ich mich an Royce erinnere, denke ich kaum über all das Leid nach, das er mir angetan hat, als er sich mit diesem Flittchen abgab. Ich denke dann lieber an all die schönen Zeiten, die wir zusammen hatten, als die Kinder noch klein waren.«

Aurora schaute aus dem Fenster und sah zu, wie die Pinien hinter ihnen zurückfielen. In viele dieser kleinen Waldstücke hatten sich mittlerweile Mini-Einkaufszentren oder andere kleine Läden und Tankstellen hineingefressen. Plakatwände verkündeten die sofortige Bezugsfertigkeit von Luxuswohnungen, die in gut gesicherten Enklaven tief im Wald lagen. Sie hatten die meist am Stadtrand liegenden Sparmärkte, Leihhäuser und Cajun-Restaurants bereits hinter sich gelassen. Ab und zu waren sie in eines dieser Cajun-Restaurants eingekehrt, stellten aber fest, daß es von Leuten geführt wurde, die so gar nicht nach Cajun aussahen.

Für Aurora bildeten die paar Sekunden, in denen sie die schönen grünen Wiesen passierten, wo der Zeppelin von Goodyear verankert war, den einzig netten Teil ihrer Fahrt nach Huntsville. Da lag er, mitten im Feld verankert, und wirkte sehr majestätisch. Hinter den Wiesen befand sich ein gewaltiger Hangar, in dem das Luftschiff normalerweise lag, wenn es nicht gerade unterwegs zu irgendeinem Sportereignis war. Während der Jahre hatte Aurora das Luftschiff geradezu liebgewonnen und bewunderte seine Größe und Schönheit. Es war ein Fluggerät aus einer anderen Zeit, das es geschafft hatte zu überleben, zu gedeihen, seine Würde und Kraft zu behalten – und das in einer Zeit, in der alles bergabging. In ihren glücklichen, zuversichtlichen Minuten hatte sie sich dem Luftschiff ebenbürtig gefühlt, aber heute war kein glücklicher, zuversichtlicher Tag, und als sie am Luftschiff vorüberfuhren, das friedlich an seinen Stahltrossen ruhte, schaute sie es wehmütig an. Weit entfernt konnte sie winzige Gestalten erkennen, die das Luftschiff aus ihren Autos heraus bewunderten.

»Schau dir das Ding lieber noch mal gut an«, sagte Aurora zu Rosie. »Wir bekommen es nicht mehr zu sehen.«

»Nein?« fragte Rosie und warf einen Blick auf den Zeppelin. Auch sie mochte das Luftschiff und hoffte, eines Tages einmal darin fahren zu können.

Aurora sagte nichts – sie hielt den Blick fest auf das Luftschiff gerichtet, bis sie es weit hinter sich gelassen hatten und sich dem nächsten Mini-Einkaufspark näherten.

»Wieso bekommen wir es nicht mehr zu sehen, Liebes?« fragte Rosie, die plötzlich Sorge überkam. Sie ahnte ziemlich genau, was Aurora meinte.

»Ich kann das alles nicht mehr, deshalb«, antwortete Aurora. »Tommy ist ein grausames Kind, auch wenn er mein eigener Enkelsohn ist. Ich sehe keinen Grund, ihm zu erlauben, uns derartig zu quälen. Deshalb werden wir hier nicht mehr vorbeikommen. Ich gebe auf.«

Rosie wußte nicht, was sie darauf sagen sollte. Sie hatte Angst und hielt den Blick auf die Straße gerichtet. Es war der richtige Zeitpunkt, sich ganz aufs Fahren zu konzentrieren. Aurora hatte schon bei vielen ihrer männlichen Freunde aufgegeben, aber Tommy war kein Freund. Er war Emmas ältestes Kind – auch wenn er jemanden umgebracht hatte, war er immer noch Emmas ältestes Kind. Sie versuchte, sich vorzustellen, was sie wohl denken würde, wenn einer ihrer Enkelsöhne seine Freundin umgebracht hätte und ins Gefängnis gewandert wäre, konnte es aber nicht, weil nur wenige ihrer Enkelkinder überhaupt Freundinnen gefunden hatten und bis jetzt jedenfalls noch keine umgebracht hatten. Außerdem war sie während der meisten Fahrten nach Huntsville der größte Feigling des ganzen Parkplatzes gewesen. Aurora war es gewesen, die reingegangen war und den Tatsachen ins Gesicht geschaut hatte. Sie konnte nur Vermutungen darüber anstellen, was Tommy gesagt oder getan haben mochte, aber wenn Aurora Greenway soweit war, bei einem Kind ihrer eigenen Tochter aufzugeben, dann mußte das, was da im Gefängnis vor sich gegangen war, etwas ganz Schreckliches gewesen sein, so schrecklich, daß sie erst gar nicht darüber nachdenken wollte.

»Nun«, sagte sie, fand aber keinen Satz, der zu diesem Wort paßte. Schweigend legten sie weitere zehn Meilen zurück.

»Gefangene dürfen Telefongespräche führen«, sagte Aurora schließlich. »Ich habe ihm gesagt, er könne uns ja anrufen, wenn er uns sehen will oder uns braucht. Wir werden ja merken, ob er das macht.«

»Bist du in der Stimmung für den Pig-Stand?« erkundigte sich Rosie.

»Heute nicht«, antwortete Aurora. »Laß uns direkt nach Hause fahren.«

»Nun«, sagte Rosie erneut.

»Das ist jetzt das zweite Mal, daß du das sagst«, bemerkte Aurora. »Nun was?«

»Nun, ich wünschte, ich wäre tot.«

»Du bist nicht nur nicht tot, sondern du hast auch noch eine Verabredung«, sagte Aurora. »Sieh doch mal die guten Seiten des Lebens.«

»Das habe ich ja getan, noch ein Grund, warum ich wünsche, ich wäre tot«, antwortete Rosie.

8.

Als sie zu Hause eintrafen, stellten sie mit Entsetzen fest, daß der General mal wieder splitternackt in der Haustür stand. Kaum hatten sie den Wagen zum Stehen gebracht, da winkte er ihnen schon mit seinen Krücken.

»Mist, da steht der alte Nudist schon wieder«, sagte Aurora.

»Ich geh' hintenrum und mach' wieder meinen Trick mit der Tischdecke«, sagte Rosie. »Der wird im Handumdrehen wieder anständig sein.«

»Wohl kaum, der ist noch nie besonders anständig gewesen«, antwortete Aurora.

Rosie machte sich Sorgen wegen Aurora, deren Verfassung eindeutig schlechter war als sonst, und hielt es für das beste, den General so rasch wie möglich unter Kontrolle zu bringen. Es war ein schlechtes Zeichen, wenn Aurora den Pig-Stand-Imbiß ablehnte; an einem solchen Tag hatte sie es nicht verdient, sich damit herumschlagen zu müssen, daß der General nackt vor seinem Schöpfer stand, von der Nachbarschaft ganz zu schweigen.

»Er schreit uns irgendwelchen Unsinn zu«, sagte Aurora. »Vielleicht sind es ja diesmal gute Nachrichten. Als er sich das letzte Mal so aufgeführt hat, war Melanie weggelaufen. Vielleicht ist sie diesmal zurückgekommen.«

»Ich glaube, der hat nur einfach den Verstand verloren«, antwortete Rosie, die kein Interesse daran hatte, daß sich Aurora in bezug auf Melanie zu große Hoffnungen machte. Die wenigen Male, die Melanie angerufen hatte, klang sie geradezu schwindlig vor Glück, und es sah überhaupt nicht danach aus, als würde sie in Kürze wieder nach Houston zurückkommen.

Sie stiegen aus dem Wagen – Rosie begab sich zur Hintertür, Aurora zur Eingangstür.

»Hector, ein Wunder, daß du nicht verhaftet worden bist«, sagte Aurora, als sie sich in Hörweite des Generals befand, dessen Ohren zunehmend schlechter wurden. »Das ist hier eine anständige Nachbarschaft, die Leute rechnen wirklich nicht damit, daß einer ihrer Nachbarn splitternackt in der Haustür steht.«

»Aber ich weiß, was mit Pascal passiert ist«, sagte der General. »Er hat schon einen triftigen Grund dafür gehabt, daß er kürzlich nicht aufkreuzte.«

»Und was sollte das wohl sein?« fragte Aurora. Im gleichen Moment näherte sich Rosie mit der Tischdecke und schob sie zwischen den General und die äußere Welt.

»O nein, diesmal aber nicht«, sagte der General und versuchte, die Tischdecke mit seiner Krücke fortzustoßen.

»O doch, diesmal aber ganz bestimmt«, antwortete Rosie und hielt die Tischdecke wie das Tuch eines Stierkämpfers. Sie war die Schnellere: Bevor er wußte, wie ihm geschah, war der General wieder anständig verpackt.

»Lieber Himmel, ihr beide habt mehr Interesse daran, mich hier einzupacken wie eine Mumie, als meine Neuigkeiten zu hören«, sagte er ärgerlich. »Man sollte meinen, ihr hättet noch nie zuvor einen nackten Mann gesehen.«

»Wenn du behaupten würdest, daß wir genau einen nackten Mann zuviel gesehen haben, kämst du der Sache näher«, sagte Aurora. »Was hast du denn herausgefunden über Pascals unverantwortliche Abwesenheit am Abend meiner Entführung?«

»Welche Entführung?« fragte der General. »Du bist nicht entführt worden und weißt das auch ganz genau.«

»Nein, aber Pascal dachte, ich sei entführt worden, und deshalb handelte er im moralischen Sinne unverantwortlich, weil er nicht kam und sich an der Suche nach meinen Entführern nicht beteiligte. Ich denke, die Logik dieser Argumentation ist so makellos, als hätte ich sie selbst erfunden.«

»Das versuche ich dir doch die ganze Zeit zu sagen«, antwortete der General. »Er hat ja versucht zu kommen, geriet aber in einen Autounfall. Einen Tag und eine Nacht hat er besinnungslos im Krankenhaus gelegen. Gerade hat das Konsulat angerufen, um mitzuteilen, daß er außer Gefahr zu sein scheint, aber ich glaube, er hat sich den Schädel an mehreren Stellen gebrochen.«

Aurora seufzte, genau die Art von Seufzer, die der General so haßte. Seiner Meinung nach sah sie nicht besonders gut aus, und nach diesem Seufzer sah sie noch mutloser aus als zuvor, als sie die Einfahrt heraufgekommen war. Er hatte vorgehabt, ihr gewisse aufregende Neuigkeiten anzuvertrauen, nämlich daß er während des Duschens, vor etwa einer Stunde, eine Erektion gehabt habe, aber jetzt sah sie so niedergeschlagen aus, daß er es für besser hielt, fürs erste über seine Erektion zu schweigen.

»Er wird schon nicht sterben«, versicherte er ihr, denn er dachte, seine brutale Mitteilung über Pascals Schädelbrüche sei vielleicht doch etwas zu brutal gewesen. »Er war unterwegs, um zu helfen, als er diesen Unfall hatte.«

»Dieses Auto, das er fährt, ist sowieso nichts als eine alte Suppendose«, sagte Rosie. »Wenn er in der Kiste einen ordentlichen Unfall hatte, kann er froh sein, daß er noch nicht im Himmel ist und bei den Engeln die Harfe spielt.«

Aurora lächelte ein ironisches Lächeln. »Ich weiß nicht, welche Vorstellung mich mehr deprimiert – Pascal tot oder Pascal, der die Harfe spielt.«

»Er wollte uns nur helfen«, wiederholte der General.

Aurora schaute Rosie an. »Warum haben Männer eigentlich immer den Drang, die simpelsten Aussagen zu wiederholen?« fragte sie.

»Manchmal haben sie so viel Schiß, daß sie ihre eigenen Worte vergessen, kaum daß sie sie ausgesprochen haben«, erklärte Rosie. »C. C. vergißt sogar seinen eigenen Namen, wenn er Schiß hat.«

»Hast du Schiß, Hector?« fragte Aurora.

»Teufel noch mal, nein«, sagte der General. »Ich dachte nur, du wolltest die Neuigkeiten hören, wo du Pascal doch so sehr magst.«

»Vielleicht mag ich ihn, vielleicht aber auch nicht«, antwortete Aurora. »Wenn du wüßtest, was gut für dich ist, dann hättest du Schiß, aber ich glaube, du hast von überhaupt nichts Ahnung, deshalb gehe ich jetzt nach oben und fühle mich deprimiert. Du hältst dich besser eine Weile fern von mir, oder du kriegst nicht nur Schiß, sondern auch noch Schläge.«

»Meine Güte, was habe ich denn getan?« fragte der General, als Aurora tatsächlich nach oben gegangen war. »Es ist schon Jahre her, daß sie mir Prügel angedroht hat.«

»Schsch«, sagte Rosie und versuchte, ihn in die Küche zu bugsieren. »Ihr Herz ist gebrochen, sonst nichts. Sie sagt, sie will Tommy nicht mehr wiedersehen.«

»Oh, das ist aber schlimm«, sagte der General. »Ich fürchte, das ist eine ganz schlimme Sache. Vielleicht sollten wir Teddy anrufen und fragen, ob er rüberkommen und sie trösten kann. Manchmal ist Teddy der einzige Mensch, der sie etwas aufheitern kann, wenn sie sich in einem absoluten Tief befindet.«

»Wäre einen Versuch wert«, meinte Rosie. »Aber wir können es erst morgen früh versuchen. Teddy ist vermutlich schon zur Arbeit unterwegs.«

Sie saßen beide am Küchentisch, wußten aber nichts anderes zu tun, als dazusitzen und sich Sorgen zu machen. Rosie streute ein wenig Salz auf ihr Handgelenk und leckte es ab, was sie immer tat, wenn sie vor lauter Nervosität fast den Verstand verlor.

»Wenn ich so viel Salz essen würde, bekäme ich einen Schlag und würde sterben«, erklärte der General.

»So?« bemerkte Rosie und streute noch mehr Salz. »Ich bin nicht du, oder?«

»Nein, das heißt aber noch lange nicht, daß du unsterblich bist«, sagte der General.

Bevor Rosie ihm noch die richtige Antwort verpassen konnte, hörten sie Aurora die Treppe herunterkommen. Auf der Stelle verstummten sie – wenn sie in dieser Stimmung war, konnte ein einziges unbedachtes Wort sie aus dem Gleichgewicht bringen.

»Hockt da nicht so aufeinander«, sagte Aurora, die sich über den bloßen Anblick der beiden ärgerte. »Ihr wißt doch ganz genau, wie sehr mich dieses hasenhafte Verhalten ärgert.«

»Dich ärgert jedes Verhalten, wenn du verärgert bist«, antwortete der General. »Auf alle Fälle ärgert dich *mein* Verhalten. Wenn ich auf der Stelle aufhören könnte zu atmen, würde ich es tun – jedenfalls so lange, bis du wieder in besserer Stimmung bist, aber wer kann schon sagen, wann das der Fall sein wird?«

»Hector, ich gehe«, sagte Aurora. »Es würde dir vielleicht auch auffallen, wenn du dich nicht wie ein Hase zusammenkauern würdest.«

Rosie bemerkte, daß Aurora sich ein anderes Kleid angezogen hatte und eine Handtasche trug – wie auch immer, sie selber hatte Lust, noch mehr Salz vom Handgelenk abzulekken, und hatte auch fest vor, es zu tun, sobald Aurora weg war.

»Ich kauere mich nicht zusammen«, meinte der General. »Ich bin von Alter und Sorge niedergebeugt. Fick dich doch ins Knie, mir ist das völlig egal. Seitdem du zurück bist, bist du absolut eklig zu mir, und jetzt reicht's. Rosie und ich sind anständige Menschen, die nur versuchen, ihre Arbeit zu machen, so gut wie möglich, und du verhältst dich wie ein Ungeheuer, das du im Grunde deines Herzens auch bist. Ich weiß nicht, warum ich jemals den Fuß in dieses Haus gesetzt habe, und bin drauf und dran, es jeden Moment zu verlassen. Außerdem glaube ich nicht, daß du in deinem Zustand mit dem Auto fahren solltest. Du wirst noch die nächste sein, die sich den Schädel einhaut.«

»Mein Schädel hat wenigstens Haare, im Gegensatz zu einigen anderen, die ich nennen könnte«, sagte Aurora und rauschte zur Tür hinaus.

»Da hat sie allerdings recht«, meinte Rosie. »Die Frau hat sehr schönes, dickes Haar. Einen oder zwei Schädelbrüche würde man überhaupt nicht sehen.«

»Halt den Mund«, sagte der General. »Die gesamte Unterhaltung ist eine einzige Travestie.«

»Ist eine Travestie so eine Perücke, wie diese Frauenimitatoren sie tragen?« fragte Rosie – sie meinte, das Wort Travestie schon mal irgendwo gehört zu haben, wußte aber nicht, wie sie es in das augenblickliche Gespräch einordnen sollte, das sich keinen Deut von den tausend anderen unterschied, die während der Jahre in Auroras Haus geführt worden waren.

»Stell den Fernseher an«, sagte der General, »bevor wir beide hier verrückt werden.«

9.

Fast unwiderstehlich fühlte Aurora sich zu Jerry Bruckners Haus hingezogen, als sie zu Pascal ins Krankenhaus fuhr. Sie fuhr auch tatsächlich ein, zwei Meilen in diese Richtung, bevor sie zum Medical Center umkehrte. Sie wußte, daß bei ihrer Vernarrtheit in Jerry Bruckner nichts Vernünftiges herauskommen konnte, war sich aber gleichzeitig schmerzlich darüber im klaren, daß sie tatsächlich in ihn vernarrt war, obwohl sie den Verdacht hatte, daß er ein ziemlich hohler Mann war. Zufällig war er jedoch ein äußerst anziehender hohler Mann, einer von der Sorte, zu denen sie sich in ihrem Leben schon zu oft hingezogen gefühlt hatte. Trevor, der Jachtschiffer, war auch so ein hohler Mann gewesen – immer nur segeln, heiraten und Frauen verführen, ohne jeden Sinn und Zweck, sein ganzes Leben lang, und dennoch hatte sie Trevor geliebt und bis zum Ende darauf gehofft, daß sie, wenn sich die Umstände nur ein wenig ändern ließen, ihn vielleicht innerlich bereichern und mehr oder weniger zu einem etwas ernsthafteren Menschen machen konnte.

Alles, was sie von Jerry Bruckner wußte, war, daß er traurige, braune Augen und eine perfekte Unterlippe hatte; auch hatten die Härchen auf seinen Handgelenken eine erregende Wirkung auf sie. Offenbar hatte er eine Menge psychoanalytischer Bücher gelesen, obwohl er in vielerlei Hinsicht ein ziemlich unordentlicher und unschuldiger Mann geblieben war, der wenig vom Leben zu wissen schien – die Art von Menschen, die sich sexuell zu Kellnerinnen und Flugstewardessen hingezogen fühlten –, nicht daß mit Kellnerinnen und Stewardessen irgend etwas nicht in Ordnung war. Der Fehler lag beim Mann, der kurzlebige Frauenbekanntschaften suchte; die Attraktivität schien von der Kurzlebigkeit auszugehen, nicht von den Frauen selbst.

Als sie auf dem Parkplatz des Medical Center anhielt, prüfte Aurora ihr Aussehen im Rückspiegel. Was sie erblickte, war ein verärgertes Gesicht – verärgert darüber, daß das Leben sie für traurige Augen, Unterlippen und sexy Härchen auf Handgelenken so empfänglich gemacht hatte. Aber daran war nun wirklich nichts zu ändern; obwohl sie sich selbst als Frau von ungeheurer Willenskraft betrachtete, hatte diese Willenskraft nie ausgereicht, ihr irgendeine dieser Schwächen zu ersparen, und sie glaubte auch diesmal nicht daran. Einstweilen hatte sie sich um einen alternden Franzosen mit krummem Penis und mehrfach gebrochenem Schädel zu kümmern; sie ließ sich Zeit beim Aussteigen und nahm ihre Pflicht nur langsam in Angriff, doch schließlich betrat sie das Krankenhaus, wo sie nach einigen Umwegen Pascals Krankenzimmer entdeckte.

Die Zimmertür war angelehnt. Sie wollte sie gerade weiter öffnen und ins Zimmer gehen, als die Stimme einer Frau sie innehalten ließ. Die Frau sprach französisch. Aurora spähte durch den Türspalt und erblickte eine junge Frau mit langem, lässig gekämmtem braunem Haar, die auf der Kante von Pascals Bett saß und seine Hand in ihre beiden Hände genommen hatte. Wo sich Pascals andere Hand befand, vermochte Aurora nicht so genau zu erkennen; doch dann bewegte sich die junge Frau hin und her und kicherte und beugte sich über ihn und gab ihm einen geräuschvollen Kuß.

Aurora zuckte augenblicklich zurück und ging in einem leichten Schockzustand den Flur hinunter. Manchmal hatte Pascal, wenn er einiges getrunken hatte, mit seinen Eroberungen junger Frauen geprahlt, doch sie hatte dergleichen selbstgefällig als typisch gallische Aufschneiderei abgetan, die er in der Hoffnung betrieb, sie so eifersüchtig zu machen, daß sie selbst zu einer seiner Eroberungen wurde.

Jetzt war sie tatsächlich zu einer Eroberung geworden – eine Freundin sogar, und hätte Pascal beinahe mit einer *anderen* Freundin überrascht, ein Umstand, der bewirkte, daß sie sich wie eine komplette Närrin vorkam. Vielleicht hatte Pascal die ganzen Jahre ja überhaupt nicht geprahlt; vielleicht war eine beliebig große Anzahl junger Schönheiten mit lässig gekämmtem Haar dem gleichen Werben erlegen, dem sie auch erlegen war. Sie kam sich vor allem auch deshalb wie eine komplette Närrin vor, weil sie eine offensichtliche Tatsache übersehen hatte: Junge Frauen waren häufig eine leichte Beute für ältere Männer, die eine gewisse Welterfahrung besaßen. In ihrer Jugend war sie selbst zur leichten Beute eines Mannes aus Philadelphia geworden, der in Wirklichkeit hinter ihrer Mutter her war. Sein Name war Morton Needham gewesen; sie hatte die Affäre niemals bedauert, doch jetzt bedauerte sie, daß sie die Lehre daraus vergessen hatte: Junge Frauen waren ein Kinderspiel für ältere Männer, die ihr Spiel beherrschten – und eine ganze Menge älterer Männer beherrschten ihr Spiel.

Sie wanderte den Flur entlang bis zum Ende und erholte sich von ihrem Schock. Ihr erster Impuls war es gewesen, sofort zu gehen, doch der zweite riet ihr, noch zu bleiben und sich das Mädchen etwas genauer anzusehen; der zweite Impuls siegte natürlich. Sie kam wieder zurück, ging auf Zehenspitzen an Pascals Zimmer vorbei und setzte sich in ein kleines Wartezimmer in der Nähe der Schwesternstation. Sie schaute sich gerade ein zerfleddertes Exemplar von *McCall's* an, als sie das Klappern von Absätzen hörte, die sich mit pariserischer Hast aus der Richtung von Pascals Zimmer näherten. Das Mädchen ging ein paar Schritte von ihr entfernt den Flur entlang. Sie war dürr und keine Schönheit, besaß jedoch einen gewissen Schick und trug eine Hermestasche über der Schulter. Sie war höchstens ein oder zwei Jahre älter als Melanie, an die Aurora nur einen kurzen Moment zu denken brauchte, um sofort eine Art Schmerz zu verspüren – den Schmerz des Verlustes.

Aurora entschied, fünf Minuten seien eine angemessene Zeitspanne zwischen zwei Besuchen am Krankenbett, doch da sie mit der Zeitschrift unzufrieden war, vom Leben ganz zu schweigen, verkürzte sie die Zwischenzeit auf eine Minute und ging zum Krankenzimmer zurück. Pascal war nicht im Bett, als sie eintrat, aber sie konnte ihn in dem kleinen Badezimmer hören. Deshalb nahm sie auf einem grünen Stuhl Platz und wartete still auf seine Rückkehr. Wenn er schwächlich und erbärmlich aussehend herauskam, war sie bereit, ihm alles zu vergeben – wer könnte einem alten, gebrechlichen Franzosen eine dürre Mademoiselle oder auch zwei mißgönnen?

Zu seinem Pech kam Pascal aus dem Badezimmer heraus und sah geradezu keck aus – obwohl die Keckheit ihn blitzartig verließ, als er Aurora auf dem Stuhl neben seinem Bett entdeckte. Sein erster Gedanke war Erleichterung – Solange war gegangen. Aber halt, sie war gerade erst gegangen: Was war, wenn Aurora sie gesehen hatte? Solange würde für eine Frau in Auroras Alter keinen Blick übrighaben, selbst wenn sie sie gesehen hätte, aber wie war das bei Aurora? Sein Schock war so groß, daß er keuchte. Er hatte sich vital gefühlt und wollte schon den Arzt fragen, ob er nach Hause gehen könne, doch seine Vitalität war wie weggeblasen, als er seine Besucherin erblickte. Alle Energie verschwand aus seinem Gang und das Blut aus seinem Gesicht. So groß war sein Schock, daß er nicht mehr gerade gehen konnte, und er mußte sich am Fußgestell des Bettes festhalten, um nicht in die Ecke mit dem Fernseher zu taumeln. Bevor Aurora auch nur ein Wort hatte sagen können, hatte er sich schon in den erbärmlich und schwächlich aussehenden alten Franzosen verwandelt, den sie von Anfang an erwartet hatte.

Angesichts der Erkenntnis, daß ihr Auftritt unmittelbar nach dem Abgang seiner Besucherin für ihn eine Art von Overkill darstellte, stand Aurora sofort auf, half ihm ums Bett herum und wieder unter die Decke. Fast hätte sie »Dich hab' ich erwischt!« gesagt, konnte sich aber gerade noch zurückhalten.

Pascal hatte überhaupt keine Mühe, sich zurückzuhalten. Er hatte den Eindruck, Aurora wisse alles – wenn sie auch nur einen einzigen Blick auf Solange hatte werfen können, als die über den Flur ging, dann konnte sie sich sofort alles zusammenreimen. Wenn sie aber alles wußte, dann war er ihr auf Gedeih und Verderb ausgeliefert und sollte wohl besser den Mund halten. Ein einziges falsches Wort in einer solchen Situation konnte seinen Untergang besiegeln. Sie hatte ihm keinen Kuß gegeben, was vermutlich hieß, daß sein Untergang bereits besiegelt war, doch wenn es noch eine Chance gab, dann waren Mundhalten und ein kränkliches Aussehen die beste Strategie. Da er sich ganz plötzlich sehr kränklich fühlte, hatte er mit diesem Teil seiner Strategie keinerlei Probleme, und da er zu Tode erschrocken war, auch nicht mit dem ersten Teil.

Aurora nahm wieder Platz, beide schwiegen. Pascal überlegte, ob er stöhnen oder nach der Schwester rufen, eine Tablette nehmen oder einfach die Augen geschlossen halten sollte, aber er tat nichts dergleichen.

Aurora hatte von dieser lächerlichen Stille bald schon genug. »Nun«, sagte sie friedlich, »Pascal, was bist du doch für ein alter Schwerenöter. Vor zehn Minuten hast du noch verliebt mit deiner jungen Freundin gescherzt, aber bis jetzt hast du mit deiner alten Freundin noch kein einziges Wort gesprochen. Ich muß also annehmen, unerwünscht zu sein, gerade wo ich mir so sehr wünsche, daß ich dir willkommen bin.«

»Bist du doch!« sagte Pascal, der aus ihrem friedlichen Ton Hoffnung schöpfte. »Ich war unterwegs, um dich zu retten, als ich den Unfall hatte. Ich habe die Ampel niedergerannt.«

»Du bist vielleicht gerannt, aber du hast sie nicht niedergerannt«, bemerkte Aurora, »es sei denn, du meinst rammen. Du brauchst nicht anzufangen, wie Peter Sellers zu reden, nur weil ich dich mit Mademoiselle erwischt habe. Du kannst sehr gut Englisch sprechen und solltest besser damit anfangen, weil ich nämlich sonst rausgehe und mich nie mehr sehen lasse.«

»Ich habe die Ampel vergessen, das war das Problem«, sagte Pascal. »Ich habe sie einfach vergessen und bin in den Pick-up geknallt. Alles nur, weil ich soviel Angst hatte, du seist entführt worden.«

»Du hast gedacht, ich sei entführt worden?« fragte Aurora.

»Ja, die Mafia«, antwortete Pascal etwas zögerlich, dem

klar wurde, daß seine Entführungstheorie im nüchternen Licht des Tages vielleicht etwas töricht wirkte.

»Die Mafia, wahrlich«, meinte Aurora. »Tatsächlich bin ich am fraglichen Tag zufällig etwas länger bei *meinem* jugendlichen Liebling geblieben als üblich.«

»Oh«, sagte Pascal. Auroras Worte schienen eine einfache Erkärung zu sein, bis er sich zufällig an etwas erinnerte, das etwas früher an diesem fraglichen Tag geschehen war – jedenfalls war er ziemlich sicher, daß es am fraglichen Tage geschehen war. Passiert war nämlich folgendes – sie hatten sich nicht nur einmal, sondern sogar zweimal geliebt, in seiner Wohnung auf seinem malvenfarbenen Bettlaken.

»Was?« fragte er im Glauben, etwas mißverstanden zu haben oder vielleicht das Datum durcheinandergebracht zu haben. Wenn der fragliche Tag jener gewesen war, an dem sie sich zweimal geliebt hatten, welchen Unsinn redete Aurora denn dann zusammen? An einem solchen Tag brauchte sie doch nur noch nach Hause zu gehen, und ohne weiter darüber nachzudenken, sagte er das auch.

»Du hättest einfach nach Hause gehen sollen«, sagte er ein bißchen verwirrt, aber auch ein bißchen empört.

»Nun, nun«, antwortete Aurora. »Wir beide haben doch offenbar eine lockere Beziehung, und du brauchst mir nicht zu sagen, was ich hätte tun sollen. Wenn du dir in deinem Alter eine dürre Mademoiselle erlauben kannst, warum kann ich mir dann nicht einen vitalen jungen Monsieur genehmigen?«

»Aber«, sagte Pascal und hielt inne. Er spürte, wie er noch ärgerlicher wurde, genau das, was ihm der Arzt verboten hatte. Er war ernsthaft ermahnt worden, sich nicht aufzuregen, aber wie sollte dies gelingen, wenn Aurora dasaß und sich über die Vitalität ihres jungen Liebhabers ausließ? Angesichts seines Gesundheitszustandes, den er bei dem Versuch aufs Spiel gesetzt hatte, sie vor der Mafia zu retten, sollte sie solche Reden erst gar nicht führen.

»Aber das war nicht nötig!« sagte er und gab sich seiner Meinung nach viel Mühe – übermäßig viel Mühe –, vernünftig zu bleiben. »Du hast doch mich.«

»Ja, aber du hast Mademoiselle, wie heißt sie doch noch gleich?« sagte Aurora.

»Solange«, antwortete Pascal automatisch.

»Ah, Solange«, wiederholte Aurora. »Mein junger Mann heißt Sam. Die beiden Namen reimen sich zwar nicht, fangen aber beide mit dem gleichen Buchstaben an.«

»Sam, das ist einfach zuviel!« sagte Pascal mit erhobener Stimme. »Wie alt ist dieser Sam eigentlich?«

»Wieso, fast achtzehn.«

»Achtzehn!« schrie Pascal. »Erst schläfst du mit mir, und dann rennst du rum und schläfst mit einem, der achtzehn ist? Ich bin schockiert.«

»Aber wieso denn, mein Lieber?« fragte Aurora. »Du weißt doch, wie sehr ich die Wissenschaft schätze, und der Wissenschaft zufolge erreichen junge Männer etwa mit achtzehn ihren natürlichen Höhepunkt. Ich kann nicht verstehen, warum du es schockierend findest, daß ich Sam helfen möchte, seinen natürlichen Höhepunkt zu genießen.«

»Du bist ein Monster, du hast mich zerstört, ich dachte, wir lieben uns«, sagte Pascal in einem Atemzug.

»Wer sagt denn, daß wir es nicht tun?« wunderte sich Aurora. »Und reg dich ab, bevor du einen Schlag bekommst. Übrigens würde es mich gar nicht überraschen, denn du hättest es verdient, aber ich will nicht daran schuld sein, wenn du wirklich einen bekommst.«

»Du bist doch sowieso an allem schuld«, beharrte Pascal. Er wußte, er hätte sich beruhigen müssen, wurde aber in Wirklichkeit immer ärgerlicher.

»Ich muß mich also gegen einen Achtzehnjährigen zur Wehr setzen!« sagte er laut. »In meinem Alter sind das schlechte Neuigkeiten.«

»Aber Pascal, wir sind hier in Amerika«, sagte Aurora. »Wir Amerikaner glauben, daß Konkurrenz in jedem Alter gut ist. Sie sorgt dafür, daß man härter an seine Aufgaben rangeht.«

»Ich wünschte, ich hätte dich erwürgt«, sagte Pascal.

»Du sitzt hier und brichst mir das Herz, während ich krank bin. Ich dachte, du wärst sanft, aber du bist nicht sanft. Dir macht es einfach Spaß, mir das Herz zu brechen. Siehst du denn nicht, daß ich krank bin?« brüllte er lauthals.

»Im Gegenteil, wie ich sehe, bist du nicht besonders krank. Jeder hier auf der Etage kann das hören. Beruhige dich, oder ich verschwinde.«

Pascal glaubte, den Rest seines Ärgers herausgebrüllt zu haben mit dem Versuch, ihr zu erklären, wie krank er war. Jetzt, da sein Ärger verraucht war, blieb nur noch tiefe Hoffnungslosigkeit übrig. Vermutlich würde Aurora nie mehr in seine Wohnung kommen, mit ihm zu Mittag essen und ihn auf seinem malvenfarbenen Bettlaken lieben. Warum sollte sie auch, wenn sie einen Achtzehnjährigen lieben konnte, der noch nicht mal einen krummen Penis hatte?«

Ihm kam es so vor, als sei die Verkehrsampel an allem schuld. Wenn er die nicht überfahren hätte und er nicht gegen den Pick-up gekracht wäre, dann wäre er nicht in diesem Krankenhaus gelandet, Aurora wäre nicht zu Besuch gekommen und hätte ihn nicht mit Solange erwischt. Eine einzige rote Ampel, und sein ganzes Leben war ruiniert! Eine einzige rote Ampel!

»Es war wegen der Ampel«, sagte er hoffnungslos, bevor er anfing zu weinen.

»Gütiger Gott, jetzt fängst du auch noch an zu heulen«, sagte Aurora, als Pascal sich wieder so weit beruhigt hatte, daß er zuhören konnte. Sie setzte sich ans Bett und legte ihm die Arme um die Schultern, aber Pascal weinte weiter. Eine Krankenschwester schaute herein, sah, daß eine weitere Frau den Patienten umarmte, und ging ihres Weges.

»Könnt ihr Männer denn nicht mal einen kleinen Scherz vertragen?« fragte Aurora, als Pascal sich so weit beruhigt hatte, daß er sie hören konnte. »Ich habe doch nur einen Scherz gemacht. So erschreckt war ich über Mademoiselle nun auch wieder nicht. Und es gibt auch keinen Monsieur Sam, wenn du dich dann besser fühlst.«

»Keinen Monsieur Sam?« fragte Pascal. »Ich dachte, er wäre siebzehn oder achtzehn – ein Teenager.«

»Pascal, der war doch nur eine schnelle Erfindung.«

»Bin ich dein ein und alles?« fragte er und wischte sich die Augen mit Kleenex-Tüchern, die sie ihm gereicht hatte.

»Ein und alles« war eine Phrase, die er immer sehr gemocht hatte. Er fühlte sich schon besser, wenn er sie nur sagte. Aurora hatte ihm gestattet, seinen Kopf an ihren Busen zu legen. Endlich schien sie Mitleid mit ihm zu haben. Das einzig Gute an einem Krankenhausaufenthalt war, daß Frauen kamen, die einen bedauerten.

Während er diesem Gedanken nachhing, erlaubte er seiner Hand ein vorsichtiges Tasten unter ihrem Rock.

»Pascal, du mußt dein Haarwaschmittel wechseln«, sagte Aurora. Sie kam nicht umhin, es festzustellen, denn sie schaute direkt auf seinen Kopf. Sie ließ die Hand unter ihrem Rock gewähren, weil sie dachte, sie hätte vielleicht doch ein bißchen zuviel Overkill betrieben.

»Du bist nicht romantisch«, bemerkte Pascal immer noch traurig. Mit einer Handbewegung, die nach Verzweiflung aussehen sollte, schleuderte er die Kleenextücher auf den Fußboden.

»Ich liebe dich, aber du bist einfach nicht romantisch«, wiederholte er in der Hoffnung, sie würde es abstreiten.

Aurora drückte ihn an sich, ließ seine Hand noch ein wenig tasten und sagte nichts. Ihre Gedanken waren zu Jerry Bruckner gewandert. Zu dieser Tageszeit pflegte er zu joggen, und sie überlegte, ob sie ihn bei seinem Joggen nicht abfangen sollte. Sie hatte nicht mehr mit ihm gesprochen, seitdem sie ihn aus ihrem Wagen geworfen hatte, und hatte zwei Termine abgesagt, um nicht mit ihm reden zu müssen. Doch jetzt war vielleicht der richtige Zeitpunkt, die Beziehung wieder aufzunehmen. Vor allem aber wollte sie einen Blick auf seine Beine werfen, die so aussahen, als seien sie noch vielversprechender als seine Handgelenke oder seine

Unterlippe. Es war ein wenig zu dunkel gewesen, um seine Beine richtig zu begutachten, als er vor ein paar Tagen vom Joggen gekommen war.

Aus Übermut gab sie Pascal einen kleinen Kuß aufs Ohrläppchen, doch in Wirklichkeit wollte sie Jerry Bruckner beim Joggen erwischen und seine Beine anschauen. Und wenn das hieß, sie sei nicht romantisch, nun gut, dann eben nicht.

»Vermutlich hast du recht, Pascal«, sagte sie und ließ sich vom Bett gleiten. »Vermutlich bin ich wirklich nicht romantisch – bin es wahrscheinlich nie gewesen. Aber irgendwas bin ich schon, nicht wahr, Pascal, das mußt du doch zugeben, oder?«

»Ich gebe alles zu«, sagte Pascal trübselig und fragte sich, ob sie ihm einen Kuß geben würde, bevor sie ging.

10.

Aurora verbrachte fast eine halbe Stunde damit, in Jerry Bruckners Nachbarschaft herumzufahren, in der Hoffnung, ihn joggen zu sehen, aber sie sah ihn nicht joggen. Nicht weit von seinem Haus befand sich eine High-School mit einem Sportplatz dahinter, auf dem ein paar Leute, Männer und Frauen, joggten, aber Jerry Bruckner befand sich nicht unter ihnen. Sie hielt einen Augenblick an und hoffte, Jerry Bruckner würde wie durch ein Wunder vorbeijoggen, aber auch das war nicht der Fall. Als Teddy, Tommy und Melanie in der High-School waren, nahmen sie an sportlichen Wettkämpfen auf dem Platz hinter der High-School teil, und Aurora und Rosie waren gelegentlich hergekommen, um ihnen zuzusehen; deshalb kannten sie diesen Platz hinter der Schule. Keiner von den dreien war im Sport besonders gut gewesen, aber es war ihnen auch völlig egal, ob sie gut oder nicht gut waren, deshalb war es auch nicht weiter schlimm, dachte Aurora.

Es gab noch einen anderen Grund, aus dem sie sich an

diesen Sportplatz erinnerte. Eines Tages vor Jahren, als sie und Rosie die Schule suchten, um an einem von Tommys ersten Wettkämpfen teilzunehmen – ein trübseliges Fußballspiel, bei dem er sich gleichzeitig eine Prellung und eine ausgekugelte Schulter zuzog –, war Aurora auf eine Handleserin namens Carmen gestoßen, die ein Schild mit einer großen Handfläche vor dem Haus aufgestellt hatte. Zu Rosies Ärger hatten sie den Beginn des Fußballspiels verpaßt, weil Aurora darauf bestand, auf der Stelle anzuhalten und sich aus der Hand lesen zu lassen. Rosie, die in der Zeit, als sie ihre sieben Kinder großzog, Tausende von sportlichen Ereignissen besucht hatte, hielt es für eine der wesentlichsten Pflichten von Eltern, bei solchen Anlässen präsent zu sein.

»Ich habe kein einziges Spiel verpaßt, wenn meine Kinder mitspielten, und ich bin auch niemals zu spät gekommen«, hatte Rosie damals erklärt. »Ich glaube nicht an Wahrsagerei, und selbst wenn ich es täte, würde ich es nicht versuchen, denn meistens handelt es sich ja doch nur um schlechte Nachrichten, die ich sowieso nicht hören will.«

»Andererseits könnte es sich aber auch um gute Nachrichten handeln, die ich unbedingt hören möchte«, antwortete Aurora und marschierte ins Haus. Carmen entpuppte sich als kleine spanische Frau, die für Auroras Geschmack etwas zu laut auf ihrem Kaugummi herumkaute; sie hatte langes, glänzendes schwarzes Haar, das sie auch während des Handlesens bürstete. Ferner war sie kurzsichtig und mußte ihre Nase praktisch in Auroras Handteller legen, um die Zukunft zu erkennen, doch diese kleinen Nebensächlichkeiten wurden mehr als genug aufgewogen durch ihre unverhohlene Prophezeiung, Aurora werde ein langes, lusterfülltes Leben führen.

»Die Kerle mögen dich«, so hatte Carmen sich ausgedrückt. »Du kriegst sie in allen Größen und Formen.«

Während der folgenden Sitzungen bei Carmen wurde dieses Thema wiederholt und ausgesponnen. Obwohl Carmen kurzsichtig war, konnte sie doch klar und deutlich erkennen, daß Aurora keineswegs zur Altjüngferlichkeit neigte und auch vor einer unverblümten Ausdrucksweise nicht zurückschreckte.

»Du treibst es noch, wenn du schon achtzig bist, Schätzchen«, meldete Carmen eines Tages; das war an dem Tag, an dem Melanie sich beim Kugelstoßen die Kugel auf den Fuß hatte fallen lassen. Aurora war gerade noch rechtzeitig eingetroffen, um den Unfall mitzubekommen.

Als sie nachbohrte, um rauszufinden, mit wem sie es wohl mit achtzig treiben würde, zuckte Carmen die Schultern, schmatzte an ihrem Kaugummi, blickte verrucht drein und sagte nur: »Kerle« – vermutlich die, die in allen Formen und Größen daherkommen. Als Melanie endlich ihren Schulabschluß schaffte und es keine Sportkämpfe mehr gab, die man in Bellaire besuchen konnte, hatte das Schild mit der Handfläche drauf dringend einen neuen Anstrich nötig, und Carmen selbst sah auch nicht mehr ganz so taufrisch aus. Im Herbst nach Melanies Schulabschluß, an einem stimmungsmäßig trüben Tag, war Aurora allein nach Bellaire gefahren; sie und auch der General befanden sich in einem depressiven Stimmungstief, und Aurora gefiel es, zu hören, daß sie die Kerle schon bald in allen Größen und Formen bekommen würde. Aber als sie bei Carmen anklopfte, kam ein dicklicher Mann heraus mit einer Narbe im Gesicht, die vom Augenlid bis zur Unterlippe reichte, und teilte ihr mit, daß Carmen tot sei.

Und jetzt, drei Jahre später, saß sie im Nachmittagsregen an diesem durchweichten Sportplatz und spürte, wie sie der Mut verließ. Was machte sie eigentlich hier, sie, eine Frau, die langsam in die Jahre kam, trieb sich wie ein Groupie auf einem Sportplatz herum, in einer Gegend, die sie noch nie gemocht hatte, und hoffte, einen Blick auf einen Mann werfen zu können, den sie kaum kannte, und zwar aus keinem unsinnigeren Grund, als daß er angeblich so aufregend stämmige Beine hatte? Was die Kerle in allen Größen und Formen betraf, die sie mit Schwung in die Achtzigerjahre führen sollten, da hatte sie, wenigstens im Augenblick, lediglich Pascal und Hector vorzuweisen, zwei Größen und Formen, die sie liebend gerne eingetauscht hätte, wenn sie nur andere gekannt hätte, die mehr boten. Selbst wenn Jerry Bruckner jetzt mit seinen aufregend stämmigen Beinen vorbeijoggte, würde das nichts bedeuten, denn sie hatte bereits beschlossen, sich ihm zu verweigern – im Interesse ihrer Würde.

Andererseits, so wichtig Würde auch sein mochte, sie war nicht alles. Aurora hatte den Verdacht, wenn ihr Entschluß am richtigen Tag, der ja auch der falsche Tag sein konnte, auf die Probe gestellt würde, dann könnte sich vielleicht herausstellen, daß der Entschluß so standhaft nun auch wieder nicht war. Ein verregneter Nachmittag, an dem sie ihren neuen Liebhaber mit einer jungen Freundin erwischt hatte, war vielleicht ein solcher Tag – doch Jerry Bruckner, dessen Zeiteinteilung offenbar nicht mit seiner Unterlippe zu vergleichen war, wollte partout nicht an ihr vorbeijoggen und seine große Chance wahrnehmen.

Nichtsdestoweniger verspürte Aurora erneut Abneigung bei dem Gedanken, nach Hause zu fahren, obwohl es die Tageszeit war, zu der sie normalerweise mehr als bereit war, nach Hause zu fahren. Viele Jahre lang hatte sie es vorgezogen, den späten Nachmittag an ihrem Erkerfenster zu verbringen und fünf oder sechs Filmzeitschriften zu lesen. Dabei konnte sie Tee trinken und darüber nachdenken, ob Filmstars wirklich soviel Spaß oder soviel Herzschmerz hatten, konnte aus dem Fenster schauen und die Nachbarschaft beobachten, mit Melanie telefonieren und sich mit Rosie ein bißchen zanken.

Doch all diese Freuden hingen davon ab, daß Hector Scott sich weit weg von ihr auf dem Golfplatz befand, wo er seinen Ball herumschlug, doch neuerdings war er nie mehr weit weg auf einem Golfplatz. Jede Streiterei, die stattfand, fand unweigerlich mit ihm statt, und wenn er sich nicht ärgerte, dann schwätzte er die ganze Zeit über seine Medizin und die damit verbundene Hoffnung auf einen späten Potenzschub, eine Hoffnung, die zunehmend aussichtsloser wurde und die sie, soweit es sie betraf, mittlerweile gar nicht mehr besonders herbeisehnte.

Wegen des von ihr und Rosie so bezeichneten Nudistenfaktors hatte die Vorstellung, den späten Nachmittag an ihrem Erkerfenster zu verbringen, viel von ihrem Reiz verloren, und nach einem letzten Blick auf das Sportfeld, auf dem sie immer noch keinen Jerry Bruckner entdecken konnte, ließ sie den Motor an und fuhr auf einer umständlichen Route zum Haus von Teddy, Jane und Bump. Teddy würde gewiß bei der Arbeit sein, aber sie konnte ihren Urenkel sehen und sich vielleicht mit Jane über die Kompliziertheit des Lebens unterhalten.

Aurora hatte sich noch nie zuvor mit Jane über die Kompliziertheit des Lebens unterhalten, hatte jedoch den Eindruck gewonnen, Jane wisse durchaus, daß das Leben eine ernsthafte, komplizierte Angelegenheit war, und wenn man sie dazu bewegen konnte, darüber zu reden, würde sie wahrscheinlich eine äußerst ausgewogene Meinung vertreten – ganz im Gegensatz zu Rosie, die die kratzbürstige Tendenz hatte, bei allem, was Aurora tat oder zu tun hoffte, auf der Stelle und unwiderruflich kritisch zu sein.

Aurora war sich unangenehmerweise der Tatsache bewußt, daß auch sie in den Augen vieler Leute als ein Mensch gesehen wurde, der zu sofortiger und unwiderruflicher Kritik neigte, obwohl sie sich, je älter sie wurde, weniger und weniger in der Lage sah, klipp und klar zu urteilen. Die Weisheit, die sie sich aufgrund langer Erfahrung erworben hatte, verlor zunehmend an Schärfe; es wurde immer schwieriger, sich bei irgend etwas seiner Sache sicher zu sein. Jane war jung und hatte einen scharfen Verstand; ein kleines Gespräch mit ihr würde vielleicht hilfreich sein.

Zu ihrer Überraschung war es jedoch Teddy und nicht Jane, der ihr die Tür öffnete.

»Hallo, Granny«, sagte er. Ihr Herz hüpfte bei dem liebenswürdigen Ton, in dem er dies sagte; immerhin war er ihr Lieblingsenkel vom ersten Tag seines Lebens an bis heute. Tommy war intelligenter gewesen und Melanie hübscher, aber Teddy war ganz Liebe, Hoffnung oder Verzweiflung. Er war auf eine Weise gefühlvoll, der Aurora nicht widerstehen konnte.

Er kam zu den Verandastufen und nahm sie fest in die Arme. Unglücklicherweise standen sie direkt unter einer undichten Stelle der Dachrinne, aber Aurora kümmerte sich nicht darum. Sie spürte, wie eine leichte Verwirrung in ihr hochstieg, und fürchtete, in Tränen auszubrechen, tat es jedoch nicht.

»Bump hat Fieber«, sagte Teddy.

»Du müßtest doch eigentlich arbeiten«, sagte Aurora. »Wieso bist du zu Hause?«

»Weil Jane Angst bekommt, wenn Bump Fieber hat«, antwortete Teddy. »Sie läßt sich lieber in der Nachtschicht umbringen, als bei einem kranken Kind zu bleiben.«

Jonathan schlief. Aurora marschierte ins Haus und legte ihm die Hand auf die Stirn – tatsächlich, er hatte Fieber, und zwar ziemlich hohes Fieber. Als sie ihn berührte, öffnete Bump kurz die Augen, die feuchten Augen eines Kindes mit hohem Fieber, schloß sie aber bald wieder und schlief weiter.

»Laurie ist vorbeigekommen und hat mit ihm gespielt«, sagte Teddy. Laurie war Janes Schwester. »Er regt sich viel zu sehr auf, wenn Laurie kommt. Sie ist seine Lieblingstante. Fast jedesmal bekommt er Fieber, sobald sie weg ist.«

»Oh, Laurie«, sagte Aurora. »Hat sie noch ihren Senegalesen? Janes Schwestern schaffen es, sich die exotischsten Männer auszusuchen.«

»Sie hat ihn noch, aber ich finde nicht, daß er besonders exotisch ist«, meinte Teddy. »Im Grunde ist er einfach nur ein Professor.«

Sie bemerkte, daß seine Hände zitterten, während er den Tee machte. Und in seinen Augen war ein Blick, der nicht ganz in Ordnung war, ein Blick, der ihr Schmerzen bereitete. Der Blick war mehr traurig als wild, andererseits aber auch nicht gänzlich frei von Wildheit, doch eine winzige Spur von Wildheit reichte aus, sie zu ängstigen. Die Jahre, in denen die beiden Jungen in psychiatrischen Anstalten ein und aus gegangen waren, waren die Hölle gewesen – eine, die sie nie mehr durchmachen wollte. Das waren jene Jahre gewesen, in denen alles verschwommene Konturen angenommen hatte: Die Punkte des Kompasses wirbelten durcheinander, und das einzige, was sie wußte, war, daß das Glück vergangen war; sie konnte nicht glücklich sein, wenn ihre Enkel in Irrenanstalten saßen; alles, was sie in diesen Jahren versuchte, wurde durch deren Verzweiflung zunichte gemacht.

»Ted, wenn etwas nicht in Ordnung ist, dann sag es mir.« Sie nahm ihren ganzen Mut zusammen.

»Du brauchst nicht in Panik zu geraten«, sagte Teddy, der fürchtete, daß sie dicht davorstand. »Ich habe gerade eine medizinische Behandlung beendet und bin noch ein bißchen wacklig auf den Beinen.«

»Und sonst?« fragte Aurora.

»Wir haben uns wegen der Nachtschicht gestritten«, gestand Teddy. »Jane glaubte, sie sei schlecht für mich, und ich denke, sie sei schlecht für Jane. Ich brauche nicht die übliche Menge Schlaf, wohl aber Jane. Heute nacht habe ich sie gehen lassen, wegen Bumps Fieber, aber sie wird nicht regelmäßig die Nachtschicht machen, und damit basta. Aber ich glaube, es wird darüber noch ein paar Auseinandersetzungen geben, bevor sie aufgibt.«

»Und sonst?« wiederholte Aurora. Sie wußte, daß noch mehr dahintersteckte. Am Ton seiner Stimme erkannte sie, daß er ihr nur einen kleinen Teil des Problems enthüllte, nicht das ganze Problem.

Teddy grinste und schüttelte den Kopf. Das Einfühlungsvermögen seiner Großmutter erstaunte ihn – hatte ihn schon immer erstaunt. Das Problem war tatsächlich größer, aber er wußte nicht, ob er davon sprechen sollte oder nicht. Seine Großmutter mochte Jane, und falls er ihr erzählte, wo das Problem lag, hörte sie vielleicht auf, Jane zu mögen.

Jane selber mochte seine Großmutter. Granny hielt vielleicht Frieden, vielleicht aber auch nicht, und wenn das der Fall war und sie und Jane einen richtigen heftigen Krach bekamen, dann konnte niemand vorhersagen, wo das endete. Jane hatte nicht die Absicht, ihm oder Aurora Greenway zu gestatten, sich in ihr Leben einzumischen. Janes oberstes Prinzip war, daß wirklich *niemand* den Versuch machen durfte, sich einzumischen.

»Los jetzt, sag es mir«, forderte Aurora ihn auf. »Du kannst mir vertrauen.«

»Ich weiß nicht, ob ich das auch diesmal kann«, antwortete Teddy.

»Habe ich jemals ein Geheimnis von dir ausgeplaudert?« fragte Aurora. Sie nahm ihre Teetasse und ließ sich auf dem Sofa nieder. Sie versuchte, gelassen zu wirken, war es jedoch nicht. Nichts vermochte sie mehr aus der Fassung zu bringen als diese neue Spur von Wildheit in Teddys Augen. Mit Durcheinander konnte sie leben, aber Wahnsinn war etwas, was sie nicht mehr ertragen wollte – sollte der Wahnsinn von vorne beginnen, dann, so fürchtete sie, würde sie es nicht mehr schaffen und selbst den Verstand verlieren.

»Nein, aber diesmal handelt es sich um eine neue Art von Geheimnis«, sagte Teddy.

»Du meinst, daß sie eine Affäre hat?« fragte Aurora.

Teddy blieb stumm und überlegte, ob er vielleicht irgendwie anders aussah als sonst. Wenn das nicht der Fall war, wie war seine Granny dann darauf gekommen, daß er Probleme hatte?

»Ich habe dich großgezogen, weißt du noch?« fragte Aurora und beantwortete damit seine gedachte Frage. »Ich kenne dich ganz gut. Vor mir kannst du keine Probleme verbergen, es sei denn, du machst dich unsichtbar und bleibst vom Telefon weg. Und selbst dann könnte ich es vermutlich auch noch rauskriegen.«

Teddy überlegte vor allem, welche Anzeichen ihr wohl einen Hinweis gegeben hatten – seine zitternden Hände oder was sonst?

»Falls sie ein Affäre hat, ist das eigentlich kein neues Geheimnis«, bemerkte Aurora. »Ich fürchte sogar, das ist in Wirklichkeit ein uraltes Geheimnis, was natürlich nicht heißen soll, daß es unangebracht wäre, wenn du dich darüber aufregst – falls das das Geheimnis ist.«

»Sie hat eine Affäre mit einer Frau, mit der sie schon zur Schule gegangen ist«, gestand Teddy – es verlangte einfach zuviel Energie, sich gegen Auroras Fragen durchzusetzen.

»Ich verstehe«, sagte Aurora ohne das geringste Anzeichen eines Schocks. »Also das gleiche Geheimnis, nur in Röcken.«

Teddy verspürte sofort Erleichterung, wie es immer der Fall war, wenn er seine Großmutter in ein Problem eingeweiht hatte. Natürlich war das Problem immer noch da. Aber jetzt hatte er wenigstens einen Verbündeten. Am Ton ihrer Antwort konnte er erkennen, daß sie beabsichtigte, seine Verbündete zu werden. Meistens hatte es ihn nicht besonders gestört, daß Jane mit Claudia schlief. Was ihn störte, war, daß er mit Ausnahme von Jane und Claudia natürlich der einzige war, der darüber Bescheid wußte. Das war eine Last für ihn, die die Wirkung seiner Drogen überlagerte – ohne solche zusätzlichen Dinge hielten seine Drogen ihn ganz gut im Gleichgewicht. Er *wollte* im Gleichgewicht bleiben; vielleicht schaffte er es, zusammen mit seiner Großmutter und den Drogen.

Bump fing an zu wimmern, Aurora ging zum Bett und hob ihn heraus. Sie wickelte ihn in eine leichte Decke und brachte ihn zum Sofa.

»Könnte ich einen feuchten Waschlappen haben?« fragte sie. »Ich glaube, mit einem feuchten Waschlappen könnten wir das Fieber runterkriegen.«

Teddy holte ihr den Waschlappen, und Aurora fing an, dem Kind die Stirn und das Gesicht abzuwischen. Zuerst strampelte Bump und wehrte sich, doch dann gab er einfach auf und lag schlaff in Auroras Arm. Seine Augen waren bereits nicht mehr so fiebrig.

»Glaubst du, du kriegst es runter?« fragte Teddy. Bumps Fieberanfälle stellten große Krisen in ihrem Leben dar – eigentlich viel größere Krisen als Janes Affäre mit Claudia. Jane machte sich vor Sorgen über das Fieber total verrückt, und er selbst machte sich vor Sorgen über Jane und Bump total verrückt.

»Nun ja, ein bißchen«, sagte Aurora und legte die Hand auf Bumps Stirn.

»Ich rufe Jane an, dann ist sie erleichtert«, sagte Teddy.

Bump schaute zu Aurora hoch, die ihm ein Fischgesicht schnitt. Normalerweise, wenn seine Uroma ihm ein Fischgesicht machte, schüttelte Bump sich aus vor Lachen, aber diesmal war er zu müde, um zu lachen. Aber er lächelte wenigstens ein bißchen.

»Das ist schon besser«, sagte Aurora.

Teddy blieb noch im Schlafzimmer und berichtete von Bumps Besserung. Aurora benutzte wieder den feuchten Waschlappen, um ihren Urenkel abzukühlen. Als Teddy wieder ins Wohnzimmer kam, glaubte Aurora zu bemerken, daß seine Augen nicht mehr so wild aussahen. Der kleine Junge würde schon bald sein Fieber überwunden haben, vielleicht war Teddy ja noch mal an den Pforten des Wahnsinns vorbeigekommen. Sie selbst fühlte sich ziemlich müde, es wurde Zeit, nach Hause zu fahren.

»Ist diese Frau nett?« fragte sie Teddy und gab ihm Bump auf den Arm.

»Oh, Claudia?« sagte Teddy. »Ja, sie ist nett. Ein ziemlicher Faulpelz, aber nett ist sie.«

»Nur gut, daß es eine Frau ist, viel besser, als wenn es ein Mann wäre, Ted«, sagte Aurora. »Im Augenblick magst du dieser Meinung wohl kaum zustimmen, aber eines Tages wirst du merken, daß ich recht habe.«

»Ich glaube jetzt schon, daß du recht hast«, antwortete Teddy. »Wenn es ein Mann wäre, würde er vermutlich versuchen, mir Jane wegzunehmen, und das wäre entsetzlich. Aber so, wie die Dinge liegen, ist das Schlimmste, was passieren könnte, daß Claudia möglicherweise zu uns in die Wohnung zieht.«

»Ich verstehe«, sagte Aurora. »Was hält denn Jonathan von Claudia?«

»Oh, die mag er sehr gerne«, meinte Teddy. »Sie liest ihm

Geschichten vor. Wenn sie tatsächlich bei uns einziehen würde, könnten Jane und ich beide am Tage arbeiten, und Claudia könnte sein Kindermädchen sein. Es wäre eigentlich schon ganz gut, wenn wir beide am Tage arbeiten könnten.«

»Ja, vermutlich«, sagte Aurora. Sie gab Bump ein paar Küsse auf den Nacken – einen Nacken, der immer noch heiß war. Sein Fieber war noch nicht sehr stark zurückgegangen, würde es aber noch; sie hielt es für richtig, sein Abklingen ein wenig zu beschleunigen und den Eltern die Sorge etwas abzunehmen.

»Ich muß sagen, Janes Familie hat schon gewisse abenteuerliche Züge«, überlegte Aurora. »Laurie hat einen Senegalesen, und Jane hat dich und eine Frau. Was ist mit der Kleinen – Betsy?«

»Betsy ist lesbisch«, sagte Teddy. »Sie lebt mit einem Mädchen zusammen, einer Zahnartzhelferin. Ich mag sie beide, obwohl Betsy davon überzeugt ist, daß Männer brutale Kerle sind.«

»Nun, mit Ausnahme von dir und ein paar wenigen versprengten Seelen hat Betsy recht«, sagte Aurora und reichte ihm Jonathan.

»Hast du Tommy besucht?« fragte Teddy vorsichtig, als sie aufstand, um zu gehen. Tommy war ein gefährliches Thema, dem man sich am besten behutsam näherte.

»Ja, aber zum letztenmal, falls er sich nicht ändert«, antwortete Aurora. »Ich habe noch andere Verantwortungen und kann es mir nicht leisten, mich so verletzen zu lassen. Das habe ich ihm auch so gesagt.«

»Ich glaube nicht, daß Tommy sich jemals ändert«, meinte Teddy.

»Ich auch nicht, deshalb hat es auch keinen Zweck mehr«, sagte Aurora. »Was hast du von Melly gehört?«

»Wir hören gar nichts von ihr«, antwortete Teddy. »Ich glaube, sie können sich noch kein eigenes Telefon leisten. Ich habe ihr gesagt, sie solle R-Gespräche führen, aber das macht sie nicht.«

»Ich mache mir ein wenig Sorgen um sie«, sagte Aurora. »Es wäre nett zu wissen, ob einer von ihnen schon einen Job hat, und wenn nicht, wovon sie dann eigentlich leben. Ich frage mich, ob dein Vater schon von ihr gehört hat – ich denke, er würde seinem eigenen Kind helfen, wenn es in Not wäre.«

»Ich denke, das würde er«, meinte Teddy wenig überzeugend.

»Zumindest würde er das, wenn es um Leben oder Tod ginge«, fuhr er fort. »Wenn Melly nur einfach pleite wäre, denke ich, wird er das gar nicht wissen wollen. Magda würde ihm das Fell bei lebendigem Leib über die Ohren ziehen, wenn sie merkte, daß er einem von uns Geld gäbe. Sie erwartet ganz einfach von ihm, daß er sein ganzes Geld nur für sie und ihre Kinder ausgibt.«

»Da bin ich sicher – ich habe ihm vorhergesagt, er würde diese Art von Frau bekommen«, sagte Aurora. »Alles in allem geschieht es ihm ganz recht, aber das hilft Melly auch nicht weiter.

Rosie macht sich auch Sorgen«, fügte sie hinzu. Tatsächlich machte Rosie sich solche Sorgen, daß sie mit Aurora nach Los Angeles fliegen und selber nachsehen wollte, wie die Sache dort stand. Erst heute morgen hatten sie darüber gestritten, ob eine solche Entscheidung klug wäre.

Teddy verspürte leichte Schuldgefühle, weil er sich um seine Schwester nicht größere Sorgen machte, als er es eben tat, aber tatsächlich war sein Leben zu Hause alles, worüber nachzudenken er Zeit und Kraft hatte. Bump zappelte, er wollte auf den Boden gesetzt werden, was sein Fieber aber vielleicht wieder in die Höhe treiben konnte.

Teddy setzte ihn auf den Boden, wo Bump zusammensackte, den Daumen im Mund; er sah kaum weniger fiebrig aus als bei Auroras Ankunft. Wenn sein Fieber tatsächlich wieder anstieg, bevor Jane nach Hause kam, würde die Hölle los sein. Teddy machte sich Sorgen.

»Ted, entspann dich«, sagte Aurora, die ihm seine Angst vom Gesicht ablas, als er auf das Kind runterblickte. »Wir geben ihm ein winziges Stückchen Aspirin; ich bin sicher, daß das Fieber dann zurückgeht.«

»Jane hält nichts von Aspirin«, sagte Teddy rasch.

»Weiß ich – mach die Augen zu, dann siehst du es nicht«, antwortete Aurora. Sie ging ins Badezimmer, brach ein Viertel einer Tablette ab, nahm Wasser und flößte dem Kind beides ein; dann legte sie es ins Bett zurück.

»Jane weiß auch nicht alles und regiert auch nicht diesen Planeten«, sagte sie zu Teddy und umarmte ihn, bevor sie ging.

»Ich glaube, ich lerne ein wenig Sanskrit«, sagte er und wirkte erleichtert.

11.

Melanie sagte den jungen Polizisten, sie sei schwanger, aber sie legten ihr trotzdem Handschellen an und schienen sie dann für eine Weile zu vergessen, während sie Kaugummi kauten und sich die Einzelheiten von der Angestellten des Supermarktes berichten ließen, die sie mit den beiden Steaks unter dem Pullover erwischt hatte. Alles war ganz einfach nur dumm, vollkommen dumm – sie hatte nicht die richtige Einstellung, um ein guter Ladendieb zu sein, und hatte das auch Bruce gesagt; aber es war ihr nicht gelungen, ihn umzustimmen. Er hatte sich in den Kopf gesetzt, die simple Tatsache ihrer Schwangerschaft würde sie beschützen, obwohl sie erst knapp drei Monate schwanger war und man es kaum sehen konnte. Aber Bruce war in seiner störrischen Stimmung gewesen; er wollte, daß sie ein paar Steaks klaute, und schließlich hatte sie nachgegeben und es gemacht oder es wenigstens versucht, und jetzt fühlte sie sich gleichzeitig saublöd und schuldig.

Dabei waren sie gar nicht so fürchterlich pleite gewesen; sie hatte immer noch ihren kleinen Kellnerinnenjob in einem Imbiß an der Ventura Street. Es war nur so, daß sie fast ihr gesamtes Trinkgeld plus Bruces Lohn für seinen

Teilzeitjob an der Tankstelle dafür verwandt hatte, die Miete für ihr miserables Apartment zu bezahlen, das sich in einem häßlichen grünen Gebäude am Ostrand von Studio City befand. Doch auch danach hatten sie immer noch genug Geld für chinesische Lebensmittel oder ein paar Tacos in einem der billigen mexikanischen Läden an der Lankersheim Road; aber Bruce hatte darauf bestanden, er wolle rotes Fleisch, und jetzt hatten sie sie erwischt; und zwar so sehr erwischt, daß ihr vor lauter Sorge ganz schlecht wurde. Der Supermarkt lag am Victory Boulevard, ziemlich dicht am Flughafen Burbank. Mit ohrenbetäubendem Krach zogen Flugzeuge über sie hinweg. Die Polizisten ließen sie einfach auf dem Gehweg am Rande des Parkplatzes stehen, während sie sich mit dem Mädchen vom Supermarkt lustig unterhielten – sie war dürr, aber irgendwie hübsch, dachte Melanie. Horden kleiner Hispano-Kinder tobten herum und schauten auf ihre Hände mit den Handschellen – sie hielten es offenbar für einen guten Witz, daß ein fettes weißes Mädchen mit Steaks unter dem Pullover erwischt worden war. Einige der älteren Frauen, an denen die Kinder wie Kletten hingen und die erschöpft ihre Einkaufswagen zu ramponierten Autos schoben, schienen es nicht so lustig zu finden – sie schauten zu Boden, wenn sie an ihr vorbeikamen. Niemand zeigte das geringste Mitgefühl; kein einziges freundliches Gesicht wandte sich ihr zu. Die Schwierigkeiten waren *ihre* Schwierigkeiten, und es war ganz klar, daß keiner der Leute etwas damit zu tun haben wollte.

Melanie nahm ihnen das nicht übel; es war einfach zu dumm, die Leute hatten recht, wenn sie sich nicht darum kümmerten. Sie wünschte sich inbrünstig, sie hätte sich bei Bruce durchgesetzt und darauf bestanden, sich ein paar Tacos oder sonstwas Chinesisches zu holen; er würde ganz sicher teufelswild werden, wenn er rausbekam, daß sie erwischt worden war. Sie hatte keine Ahnung, was es kosten würde, sie auf Kaution rauszuholen, aber in jedem Falle würde es mehr kosten, als sie besaßen – sie müßten irgend jemanden um Hilfe bitten. Die Angst, erwischt zu werden, und die Tatsache, *daß* sie erwischt worden war, sorgten dafür, daß sie sich sehr müde fühlte – sie wünschte sich, die Polizisten würden sie in den Streifenwagen verfrachten, damit sie wenigstens sitzen konnte, aber die Polizisten unterhielten sich immer noch mit dem Mädchen vom Supermarkt und zeigten keinerlei Interesse daran, sie in den Streifenwagen oder sonstwohin zu setzen.

Wenn sie sich doch nur gegen Bruce durchgesetzt hätte, dachte Melanie erneut – aber Bruce war so enttäuscht, daß er den ganzen Weg nach Los Angeles zurückgelegt hatte, nur um einen Teilzeitjob an einer Tankstelle zu finden, daß sie nur selten den Mut fand, ihm etwas zu verweigern, wenn er es wirklich wollte. Ob es sich nun um Sex oder um Steaks handelte, irgendwie dachte sie immer, er solle seinen Willen haben, wenn es ihn wenigstens für kurze Zeit in bessere Stimmung versetzte.

In Wirklichkeit war auch Melanie von ihrem Leben in L. A. ziemlich enttäuscht, aber sie versuchte es zu verbergen; schließlich mußte ja irgend jemand versuchen, gute Stimmung zu verbreiten, und es sah so aus, als sei sie diejenige. Immerhin hatte sie der ganzen Sache innerhalb von zehn Sekunden zugestimmt; damals war sie ganz schwindlig vor lauter Liebe und auch bestrebt, Bruce so weit wie eben möglich von Beverley und ihrem Ferrari wegzubekommen. Doch sie hatte niemals gedacht, in L. A. anzukommen und sofort ein Movie-Star zu werden, was Bruce irgendwie erwartet zu haben schien. Eine Woche ungefähr war er guter Stimmung gewesen, bis ihm dämmerte, daß er noch Millionen Meilen von einem Movie-Star entfernt war oder von irgend etwas wesentlich anderem als dem, was er bereits in Houston gewesen war, obwohl er sich für einen Schauspielkurs eingeschrieben hatte, der zweimal pro Woche in North Hollywood stattfand.

Melanie hatte nie auch nur die entfernteste Erwartung gehabt, ein Movie-Star zu werden, obwohl sie immer noch daran dachte, es irgendwann einmal mit einer Karriere beim Fernsehen zu versuchen – vielleicht, wenn sie jemals schlanker werden würde. Aber bis das Baby kam, würde sie nicht schlanker werden, deshalb fing sie an, sich den erstbesten Job zu suchen, den sie bekommen konnte, um zu helfen, sie beide durchzubringen, bis Bruce etwas Unterricht erhalten hätte und einer Schauspielerlaufbahn vielleicht ein wenig näher kam.

Doch das Leben in einem schäbigen Apartment am Cahuenga Boulevard, kellnern und Sprit zapfen war nicht wesentlich anders als das Leben in einem schäbigen Apartment auf der Fairview Street. Für sie lag der große Unterschied darin, daß sie schwanger war, aber Bruce war nicht schwanger, und der große Unterschied für ihn war der, daß er keinen Ferrari mehr zum Herumfahren hatte und keine Horde von Freunden mit Drogengeld in der Tasche, mit denen er herumzog. Melanie dachte, sie könne ihn mit besonders gutem Sex ein wenig dafür entschädigen, und versuchte es auch, aber das Ergebnis war eher unbeständig. Gelegentlich war es ganz besonders gut, häufig aber auch nur normales Bumsen, und hielt Bruce nicht davon ab, ein deprimiertes Gesicht zu machen, wenn er zu seiner Tankstelle fuhr.

Gerade als Melanie im Geiste dabei war, sich eine Liste von Leuten zusammenzustellen, die sie anrufen könnte, damit die sie aus dem Gefängnis herausholten – es war nur eine kurze Liste, sie kannte nicht viele Leute in L. A., beendeten die Polizisten ihre Flirterei mit dem Supermarkt-Mädchen und richteten ihre Aufmerksamkeit auf sie. Als sie noch mit dem Mädchen herumschäkerten, hatten sie beide lustig ausgesehen, aber als sie sie jetzt zum Streifenwagen dirigierten, wurden sie wieder richtig ernst. Vor Angst wurde es Melanie ein bißchen mulmig – was war, wenn die sie verprügelten oder so? Die beiden waren kaum älter als sie, aber wenn sie sich mal dazu herabließen, sie anzuschauen, dann war klar, daß sie in den Augen der Polizisten nichts als der letzte kriminelle Unrat war. Melanie wünschte, ihre Großmutter wäre da – ihre Großmutter hätte nicht lange gebraucht, bis sich die *Polizisten* wie der letzte kriminelle Unrat fühlten.

Aber das war natürlich ein völlig unsinniger Wunsch – ihre

Großmutter war nun einmal nicht da. Sie selbst befand sich auf dem Weg ins Gefängnis, und damit basta. Das Schweigen im Streifenwagen war schrecklich – den Polizisten gelang es, sie auf eine Weise zu ignorieren, die ihr absolut klarmachte, daß sie sie haßten, wenn auch nur für die Belästigung, sie ins Gefängnis fahren zu müssen. Melanie hoffte, sie würden ihr ihre Rechte vorlesen oder sonstwas, nur um die Stille zu unterbrechen – aber im Grunde war es gar keine Stille, denn das Polizeiradio krächzte die ganze Zeit –, es war eben nur ein Schweigen zwischen ihr und den Cops. Als sie aus dem Fenster schaute, erblickte sie zufällig ein grüngestrichenes Gebäude, das ihr bekannt vorkam – sie fuhren tatsächlich direkt an ihrem Apartmenthaus vorbei! Wenn Bruce jetzt aus dem Fenster schauen würde, könnte er sehen, wie sie verhaftet wurde! Aber ganz bestimmt lag er nur einfach auf dem Bett, hatte den Fernseher an und wartete, bis sie aufkreuzte und ihm sein Steak machte. Vielleicht hatte er sogar genug Geld, um die blöden Steaks bezahlen zu können; eine Sekunde überlegte sie, ob sie das den Cops sagen sollte, aber die sahen beide so böse aus, daß sie Angst hatte, etwas zu sagen, und schwieg. Sie wandte sich wieder ihrer Liste von Leuten zu, die sie anrufen könnte, und strich als ersten ihren Vater aus. Seitdem sie an der West Coast war, hatte sie ihn nur ein einziges Mal angerufen, und da schien er nicht begeistert zu sein, daß sie jetzt praktisch in seiner Nachbarschaft wohnte. Sie hatte gehofft, er würde sie beide vielleicht an irgendeinem Wochenende zum Essen einladen, aber das tat er nicht, und er würde ganz sicher nicht die ganze Strecke von Riverside raufkommen wollen, nur um sie aus dem Gefängnis zu holen.

Melanie kam zu dem Schluß, das Beste, was sie tun konnte, sei, Patsy Carpenters jüngere Tochter Katie anzurufen. Patsys ältere Tochter Ariadne war ein radikaler Snob, Typ Berkeley, und würde wohl kaum mit jemandem sprechen, der oder die nicht mindestens einmal versucht hatte, die Regierung zu stürzen; normalerweise trieb sie sich in irgendeinem Dritte-Welt-Land herum, auf der Spur von weiteren schlimmen Dingen, die die amerikanische Regierung getan hatte. Katie war auch viel in der Dritten Welt herumgereist, hielt sich aber meistens in Westwood auf, ging, je nach Lust und Laune, zur Universität of California, hatte Freunde und verbrachte viel Zeit am Strand. Sie war auch ein wenig snobistisch, vor allem aber freundlich. Katie kam sogar gelegentlich nach Texas, um ihre Mutter zu besuchen, anders als Ariadne, die keinen Fuß nach Texas setzte mit der Begründung, Lyndon Johnson und eine Menge anderer Leute, die sie nur als Schweine-Millionäre zu bezeichnen pflegte, stammten alle aus Texas. Ariadne verachtete ihre Mutter, weil sie wieder nach Texas zurückgegangen war, ein Staat, in dem Lyndon Johnson mal gelebt hatte. Ariadne hatte wirklich eine heftige Abneigung gegen Lyndon Johnson, von der Abneigung gegen ihre Mutter und so gut wie jeden anderen Menschen ganz zu schweigen. Die Tatsache, daß ihre Mutter in Texas aufgewachsen war und dort eine Menge Freunde hatte, bedeutete für Ariadne überhaupt nichts – in ihren Augen hatten persönliche Dinge dieser Art nichts zu sagen –, das konnte die Verbrechen eines Lyndon Johnson niemals wettmachen. Melanie war bereit, zuzustimmen, daß Lyndon Johnson vermutlich jede Menge schlimmer Dinge getan hatte, trotzdem hatte sie ein wenig Mitleid mit Patsy, die Ariadne nie zu sehen bekam, es sei denn, sie besuchte sie in Ländern wie Äthiopien oder Sri Lanka.

Katie war jedenfalls viel netter – Melanie beschloß, Katie wäre es, die sie aus dem Gefängnis anrufen würde. Bruce konnte sie nicht anrufen, weil die Telefongesellschaft eine Vorauszahlung von zweihundert Dollar verlangte, bevor der Apparat angeschlossen wurde, und das hatten sie sich bis jetzt noch nicht leisten können. Melanie glaubte sich daran zu erinnern, daß man im Falle einer Verhaftung nur das Recht auf einen einzigen Anruf hatte – entweder ein Gespräch mit seinem Rechtsanwalt oder mit der eigenen Familie. Natürlich hatte sie keinen Rechtsanwalt, aber die Sache mit dem einen Telefonanruf war ein besorgniserregender

Aspekt der Schwierigkeiten, in die sie sich hineinmanövriert hatte. Katie ging oft an den Strand, außerdem war sie hübsch und beliebt, hatte jede Menge Freunde und verliebte sich ununterbrochen. Was war, wenn sie mit einem ihrer Freunde am Strand war und den Anrufbeantworter nicht eingeschaltet hatte? Falls das so war, hatte Melanie ihren einen Anruf verspielt und würde nie mehr aus dem Gefängnis herauskommen.

Als der Streifenwagen an ihrem Apartmenthaus vorbeifuhr, kam ihr der Gedanke, die Polizeistation sei vielleicht in Studio City, nicht allzuweit von ihrer Wohnung entfernt, aber es stellte sich heraus, daß die Cops lediglich der Beschwerde irgendeines Asiaten nachgingen, dem alle vier Räder seines Wagens abmontiert und gestohlen worden waren, während der Wagen an der Kreuzung Vineland und Lankersheim geparkt war. Tatsächlich, als sie eintrafen, fanden sie einen neu aussehenden Honda, der ohne seine Räder aussah, als würde er mit dem Bauch auf der Straße liegen. Das Opfer war ein kleiner Asiate, der sich wegen des Diebstahls seiner Reifen furchtbar aufregte. Melanie hatte dafür Verständnis. Sie malte sich aus, wie wütend Bruce sein würde, wenn er eines Tages von der Arbeit käme und feststellte, daß ihm alle vier Reifen gestohlen worden waren.

Die Polizisten brauchten viel Zeit, um den Mann so weit zu beruhigen, daß sie die Einzelheiten von ihm erfahren konnten. Melanie war so erschöpft, daß sie hätte umfallen können, und erhitzt und sehr durstig – eine Flasche Evian wäre ihr jetzt sehr willkommen gewesen. Die Nachmittagssonne brannte in einem ungünstigen Winkel direkt auf den Wagen; die Hitze, die Nervosität und alles machten sie richtig krank, aber daran ließ sich jetzt nichts ändern. Sie konnte nur dasitzen und schwitzen.

Als die Polizisten dann schließlich alle Einzelheiten aufgenommen hatten, stellte sich heraus, daß die Polizeistation, in die man sie offenbar zu bringen beabsichtigte, in Oxnard lag. Melanie wurde sofort wieder total nervös und überlegte, welchen Bus sie wohl nehmen mußte, falls sie aufgrund von

Eigenkaution oder ähnlichem wieder frei kam und mitten in der Nacht nach Hause mußte. Vielleicht konnte Katie dazu überredet werden, herzukommen und sie abzuholen, aber Katie lebte in Santa Monica und hatte vermutlich keine Ahnung, wo Oxnard überhaupt lag, und wenn Katie mit einem Freund unterwegs war, dann würde es sehr schwierig werden, nach Hause zu kommen – wenn sie denn überhaupt nach Hause durfte.

Während sie nach Oxnard fuhren, wurde dem Cop, der nicht lenkte, das Schweigen und grimmige Dreinschauen offenbar zuviel, deshalb drehte er sich im Sitz um, so daß er Melanie anschauen konnte. Er war wohl zu der Überzeugung gelangt, daß sie doch kein Serienkiller oder ähnliches war, denn er lächelte sie sogar ein wenig an. Es war nur ein winziges Lächeln, doch es gab ihr ein wenig Hoffnung, daß man sie nicht zusammenschlagen würde, nur weil sie zwei Steaks gestohlen hatte.

»Ich glaube, bevor das hier alles vorbei ist, wirst du dir wünschen, du wärst zu Hause geblieben und hättest dir Makkaroni gemacht«, sagte er. Er hatte einen kleinen blonden Oberlippenbart, etwas ungepflegt.

»Ich weiß, daß ich das nicht hätte tun sollen«, sagte Melanie. »Ich habe noch niemals zuvor ein Verbrechen begangen, und es tut mir wirklich leid.«

Beide Polizisten lachten; sie schienen es besonders lustig zu finden, daß sie sich entschuldigt hatte.

»Nein, wirklich«, sagte Melanie und kam sich etwas komisch vor.

»Hey, entschuldige dich doch nicht bei mir«, sagte der junge Polizist. »Ich hätte selber nichts gegen ein Steak einzuwenden. Es ist nur völlig dumm, an einem Samstagabend zu klauen, denn wenn du erwischt wirst, dauert es einfach zu lange, bis du abgefertigt wirst.«

»Oh«, sagte Melanie.

»Ja«, sagte der andere Cop. »Bis wir dich im Gefängnis abgeliefert haben, sind noch mindestens hundert Strichmädchen vor dir dran.«

»Hundert Strichmädchen?« fragte Melanie erschrocken.

»Ja, und die sind alle stinksauer, weil Samstagabend ist und sie wieder an ihre Arbeit wollen«, sagte der Polizist mit dem Bärtchen. »Am allerwenigsten wollen sie jetzt in diesem Knast in Oxnard sein.«

Melanie hatte im Valley hier und da Frauen gesehen, von denen sie annahm, daß es Prostituierte waren, aber nicht mehr, als man in Houston in ähnlicher Nachbarschaft erwartet hätte. Der Gedanke, zusammen mit hundert Prostituierten im Gefängnis zu sitzen, war erschreckend – wenn sie Bruce verhaftet hätten, dem hätte das Spaß gemacht – Bruce drehte sich immer nach Prostituierten um, er hielt sie für richtig exotisch.

Trotzdem glaubte sie, die Polizisten hätten vermutlich übertrieben – wie konnten hundert Huren in Oxnard im Gefängnis sitzen? –, und tatsächlich hatten die Cops ein wenig übertrieben. In dem Raum, in den man sie brachte, waren schätzungsweise nicht mehr als vierzig oder fünfzig, aber sie mußte schon sehr bald zugeben, daß vierzig oder fünfzig ärgerliche Frauen leicht wie hundert wirken konnten, wenn man sich zufällig mitten unter ihnen befand, was ihr für mehrere Stunden bevorstand. Das Gefängnis war ein Schmelztiegel aller Nationalitäten – die meisten Frauen in Melanies Raum waren Hispano-Frauen, Asiatinnen oder Schwarze. Unter ihnen befanden sich vielleicht nur vier weiße Mädchen, aber es war nicht der Schmelztiegel, der Melanie Probleme bereitete. Probleme hatte sie, weil der Raum überfüllt und überhitzt war und stank und weil er jeden Moment noch überfüllter und noch überhitzter wurde und noch mehr stank. Alle paar Minuten hörte man das Geklapper hoher Absätze auf dem Flur, und dann wurden drei oder vier Mädchen mit Stricher-Make-up in den Raum geschoben, in dem es sowieso nur noch Stehplätze gab. Melanie hatte noch immer nichts trinken können und bekam immer wieder das Gefühl, ohnmächtig zu werden. Wenn es etwas kühler und sie etwas weniger durstig gewesen wäre und alles nicht so unangenehm, dann wäre es vielleicht mal ganz interessant gewesen, im Gefängnis zu sein – gewiß war das eine gute Möglichkeit, herauszufinden, wie die andere Hälfte der Menschheit lebte –, aber die widrigen Umstände minderten ihre Neugier erheblich.

Auch schien sich die Abfertigung im Schneckentempo zu vollziehen. Ungefähr alle fünfzehn Minuten kamen zwei gelangweilt aussehende Matronen gemächlichen Schrittes den Gang herunter zum großen Warteraum, riefen zwei oder drei Namen und zogen mit zwei oder drei Mädchen wieder ab, aber es konnte der Mehrzahl der Frauen nicht verborgen bleiben, daß viel mehr neue kamen, als alte mitgenommen wurden. Die meisten Samstagnacht-Make-up-Gesichter zerflossen in der fürchterlichen Hitze, die Ungeduld war mit Händen zu greifen.

Melanie hatte dafür Verständnis. Sie selber haßte es zu warten – Bruce tadelte sie immerzu, weil sie so ungeduldig war –, aber in der Menge, in der sie sich zur Zeit befand, hatte sie das Gefühl, es sei besser, so viel Geduld aufzubringen, wie sie nur konnte, und keinen auf die Palme zu bringen.

Eine farbige Frau, die um die Dreißig zu sein schien, stand rechts neben der Zellentür, offenbar in der Hoffnung, als nächste mitgenommen zu werden, sobald die Polizisten kamen, aber die Polizisten kamen vier- oder fünfmal, ohne sie mitzunehmen, und die farbige Frau wurde so wütend, daß sie nicht mehr an sich halten konnte. Als wieder ein Polizist kam und eine Frau in den Raum schob, wurde sie laut.

»Wieviel von uns glaubt ihr eigentlich in dieses schwarze Drecksloch stecken zu können?« fragte sie. »Seht ihr nicht, daß es voll ist?«

Der Polizist verzog keine Miene und sagte auch nichts. Er schloß nur einfach die Zellentür und ging fort.

»Scheißkerl!« sagte die Frau, als er ging.

Der Polizist drehte sich kurz um und zeigte mit dem Finger auf sie. »Paß auf, was du sagst, Denise«, sagte er und ging weiter.

Melanie wünschte sich, sie würde es wenigstens bis zur

Wand schaffen, um sich anzulehnen, aber jeder Zentimeter Wandfläche war bereits von Frauen besetzt, die vor ihr reingekommen waren, und in der gleichen Sekunde, in der eine von ihnen rausgerufen wurde, drängten andere Frauen nach, die sich näher an der Wand befanden als sie. Es schien keine Hoffnung zu geben, jemals einen Platz an der Wand zu ergattern, obwohl sie sich in diesem Moment keine größere Bequemlichkeit hätte vorstellen können.

Sie konnte nur mit den anderen Frauen da stehen und hoffen, daß ihr Name bald aufgerufen wurde. Eine Stunde verging, vielleicht auch mehr; sie hatte aufgehört, an die Zeit zu denken, obwohl sie sich ab und zu ausmalte, wie schön es wäre, wenn sie einen Schluck Wasser bekäme oder sich an die Wand lehnen könnte. Sie dachte eigentlich an gar nichts anderes, ihr Gehirn war wie leergefegt. Es war eine sehr ungewöhnliche Situation für sie, sich mit ungefähr fünfzig Prostituierten in einer Zelle zu befinden, aber sie war zu müde, um sich auch nur umzusehen. Sie wollte nur, daß alles bald vorbei war.

Dann kam der Moment, als sie spürte, wie ein Schmerz durch ihre Leere fuhr. Er durchzuckte sie und wurde schwächer und verschwand, aber schon bald durchzuckte es sie erneut, und mit jedem Mal wurde es ein bißchen schlimmer. Es war tief im Körper, wie ein Krampf, nur schlimmer – es war doppelt so schlimm wie jeder Krampf, den sie jemals erlebt hatte, und schon bald krümmte sie sich zusammen und mußte sich heftig anstrengen, um nicht zu stöhnen und zu keuchen.

»Au«, sagte sie einmal und verzerrte das Gesicht, als es wirklich schlimm kam.

Eine kleine Hispano-Frau stand neben ihr, kaute auf ihrem Kaugummi und wartete stoisch, bis sie an der Reihe war, ohne sich wie die anderen Frauen zu beklagen. Aber sie hatte gehört, wie Melanie »Au« sagte, und gesehen, wie sie das Gesicht verzerrte. Melanie kam es so vor, als habe die Frau verständnisvolle Augen.

»Biste krank?« fragte die Frau.

»Ich glaube, vielleicht«, sagte Melanie. »Ich weiß nicht, was es ist – ich bekomme diese schrecklichen Krämpfe.«

»Du siehs' nich' besonders gut aus, Schätzchen«, sagte die Frau und legte den Arm um sie.

In diesem Moment durchfuhr sie ein besonders heftiger Schmerz, Melanie mußte leise aufschreien, so schlimm war es. Ein paar Frauen drehten sich um und schauten sie an. Bis zu diesem Moment hatte sie Angst vor ihren Zellengenossinnen gehabt – ihre Strategie war es gewesen, sich ruhig zu verhalten und nicht aufzufallen. Aber ganz plötzlich wurden die Schmerzen übermächtig, es war beängstigend. Ihre Beine fühlten sich zittrig an, sie glaubte nicht, noch länger aufrecht stehen zu können, und hatte das dringende Bedürfnis, sich hinzulegen. Ihr wurde schwarz vor Augen, sie hatte das Gefühl zu fallen; ein paar Leute schienen sie aufzufangen. Und dann schrien alle so laut durcheinander, daß sie nichts mehr denken konnte, sie fiel ganz einfach weiter und ließ alles mit sich geschehen.

12.

»Aurora, komm nicht«, sagte Patsy. »Könntest du mir vielleicht ein einziges Mal vertrauen und meinen Rat annehmen? Ich bin hier, und Katie ist hier, und Melanie befindet sich nicht in Gefahr. Wir sorgen dafür, daß sie wieder auf die Beine kommt, und wenn du dann kommen willst, okay.«

»Bist du ganz sicher, daß sie außer Gefahr ist?« fragte Aurora erneut. Der Anruf aus Los Angeles war um vier Uhr in der Nacht gekommen – Hector war glücklicherweise nicht aufgewacht. Der zweite Anruf kam um sechs Uhr fünfzehn; in den dazwischenliegenden zweieinviertel Stunden hatten Patsy und ihre Tochter es geschafft, Melanie aus dem Gefängnis rauszuholen und im Krankenhaus »Zedern von Sinai« unterzubringen, ein Hospital, in dem Elizabeth Taylor, soweit Aurora sich zu erinnern glaubte, mehrere Operationen hatte vornehmen lassen. In ihren Augen war ein Krankenhaus, das es geschafft hatte, Elizabeth Taylor am Leben zu erhalten, durchaus in der Lage, mit Melanies Fehlgeburt fertig zu werden; nichtsdestoweniger waren die Stunden zwischen dem Anruf aus dem Gefängnis und dem aus dem Krankenhaus von Sorge und Angst erfüllt gewesen. Aurora entsann sich ihrer eigenen Fehlgeburt – nicht so sehr der Schmerzen als des Leidens. Rudyard war ihr kein besonderer Trost gewesen – tatsächlich war er überhaupt kein Trost gewesen in diesem Elend. Vielleicht war es nicht mal sein Fehler – es waren ja nicht die Männer, die das kleine Wesen in ihrem Bauch trugen; es gab wirklich keine Möglichkeit für sie, den Verlust zu empfinden, den eine Frau spürte – doch diese Tatsache machte den Verlust nur noch schwerer und intensiver.

Jetzt ertrug Melanie dieses Leid und diese Verlassenheit allein – Patsy hatte nicht mal die Zeit gehabt, Bruce zu finden und ihm zu sagen, was passiert war. Natürlich war es ein ganz besonders glücklicher Umstand – fast schon ein Wunder –, daß Patsy zufällig bei Katie zu Besuch war, als das Unglück passierte; sie war erst am gleichen Nachmittag in Los Angeles eingetroffen. Es war Glück, es war ein Wunder, und dennoch trug es dazu bei, daß Aurora sich als Versagerin fühlte – sie und Rosie hatten seit drei Wochen davon gesprochen, nach L. A. zu reisen, um zu schauen, wie die Dinge dort lagen; doch sie hatten sich nicht entscheiden können. Rosie hatte ihre neue, offenbar blühende Romanze mit Willie Cotts, einem Gefängniswärter, und sie selbst durchlebte diese merkwürdige, fieberhafte und zusätzlich noch nutzlose und entwürdigende Vernarrtheit in Jerry Bruckner. Auroras Auffassung nach war es die größte aller Sünden, Männern die Priorität vor Kindern einzuräumen, und dennoch hatten sie und Rosie, die beiden Menschen, die Melanie am meisten liebten, genau das getan, mehr oder weniger – es war Patsy Carpenter gewesen, die zur Stelle war, um ihre Perle aufzufangen, als sie fiel.

»Es macht überhaupt nichts, daß es Patsy war und nicht

wir«, erklärte ihr Rosie. »Sie liebt Melly ebenfalls, Gott sei Dank, daß sie dort war.«

Aurora, die es nicht aushielt, die Spannung allein zu ertragen, hatte Rosie und Willie geweckt. Alle drei, ein trübseliges Trio, hatten zwei Stunden lang in der Küche gesessen und darauf gewartet, daß das Telefon läutete. Als es schließlich klingelte, waren Aurora und Rosie am Ende ihrer Weisheit angelangt. Willie Cotts, der Melanie noch nie gesehen hatte, war ebenfalls am Ende seiner Weisheit, weil er zuviel Kaffee getrunken hatte, und das viel zu früh am Morgen, ganz zu schweigen davon, daß er sich in der Gesellschaft von zwei Frauen befand, die ihm große Angst einjagten.

»Koffein macht mich nervös«, bemerkte er mehrmals.

»Dann hör endlich auf mit Kaffeetrinken, du bist sowieso schon das reinste Nervenbündel«, sagte Rosie, die sich darüber ärgerte, daß Willie es nicht geschafft hatte, ihr in dieser ihrer ersten Krise ein Trost zu sein. Gerade in dem Augenblick, wo sie einer starken Hand am Ruder bedurfte, hatte sie wieder einmal einen Mann, der offenbar keinerlei Ahnung davon hatte, *irgendeine* Art von Hand ans Ruder zu legen, egal, ob stark oder sonstwas.

»Ich denke, du hast recht«, sagte Aurora zu Patsy. »Vielleicht sollte ich noch einen oder zwei Tage warten, bis alle sich ein wenig beruhigt haben. Wenn ich jetzt hinführe, würde ich diesem jungen Mann den Kopf dafür abreißen, daß er das Kind zum Ladendiebstahl angestiftet hat. Und vielleicht würde ich auch Professor Horton den Kopf abreißen, weil er nicht mal darauf geachtet hat, daß seine Tochter genug Geld fürs Essen hat.«

Patsy lachte. »Aurora, ich würde dir liebend gerne das zweifache Kopfabreißen abnehmen«, sagte sie. »Das wär' wie Bohnen schnippeln.«

»Kann ich wenigstens mit ihr sprechen?« fragte Aurora.

»Im Moment schläft sie«, antwortete Patsy. »Aber ich bin sicher, daß sie mit dir reden will, sobald sie aufwacht.«

Patsy schaute zu Melanie rüber, die bleich im Krankenhausbett lag – es ließ sich unschwer erkennen, daß sie überaus lebendig war, denn sie schnarchte lustig vor sich hin. Ihre eigene Tochter, Katie, war so erschöpft gewesen, als sie Melanie endlich ins Krankenhaus geschafft hatten, daß sie nach Hause ins Bett geschickt worden war. Die beiden Mädchen waren altersmäßig nur acht Monate auseinander; beide sahen wie zwölf aus, wenn sie erschöpft oder krank waren.

»Ich kann es nicht fassen, daß sie dieses Kind in den Knast in Oxnard gesteckt haben«, sagte Patsy. »Wie wird Rosie mit den Neuigkeiten fertig?«

»Frag sie selbst, ich gebe ihr den Hörer«, antwortete Aurora. »Und danke, natürlich, vielen Dank.«

»Hallo«, sagte Rosie. »Es ist wie ein Wunder, daß du an Ort und Stelle warst. Kommst du rechtzeitig zur Gymnastikstunde wieder zurück?«

In diesem Moment stapfte der General in die Küche. Er hatte sich auf eine einzige Krücke verbessert und fühlte sich wieder viel mehr er selbst – dennoch war er mit einem Gefühl der Vorahnung aufgewacht. Aurora lag nicht neben ihm. Das kam natürlich öfter vor, doch diesmal empfand er ihre Abwesenheit als irgendwie anders. Es wäre ihm sehr schwer gefallen, auszudrücken, wie eine Abwesenheit anders sein konnte, sich anders anfühlte, doch es war nun mal so. Er glaubte, Stimmen von unten zu hören, etwas sehr Ungewöhnliches, weil es noch dunkel war. Vielleicht war jemand eingebrochen und bedrohte Aurora mit vorgehaltener Pistole. Oder vielleicht unterhielten sie sich auch nur so. Er erinnerte sich, daß einmal ein harmloser Verrückter ins Schlafzimmer der Königin von England vorgedrungen war – die Königin hatte sich liebenswürdig mit ihm unterhalten, bis Hilfe kam. Vielleicht unterhielt sich Aurora auch liebenswürdig mit einem solchen Menschen, doch diese Theorie ließ einige Fragen unbeantwortet, so zum Beispiel, warum sie überhaupt aus dem Bett gestiegen war, und, noch komplizierter, warum sie nach unten gegangen war. Wenn sie lediglich auf die Toilette mußte, was nachts gelegentlich vorkam, dann wäre es nicht nötig gewesen, dafür nach unten zu gehen.

Alles war sehr verwirrend und beunruhigend. Er glaubte, Rosies Stimme zu hören, war sich jedoch nicht sicher. Falls seine Annahme korrekt war, trug das lediglich zur Verwirrung bei – es war ganz sicher nicht der Zeitpunkt, zu dem Rosie zu erscheinen hatte. Außerdem, jetzt, da sie Willie Cotts hatte, ihren neuen Liebhaber, geschah es öfter, daß sie nicht mal zu dem Zeitpunkt erschien, zu dem sie erscheinen sollte.

Schließlich beschloß er, aufzustehen und selber nach dem Rechten zu schauen. In seiner Hast vergaß er, seine Nachtmütze abzunehmen, obwohl er in die Hausschuhe schlüpfte und seinen Bademantel anzog. Zu seiner Überraschung saß Aurora am Küchentisch und hatte den Kopf auf die Arme gelegt. Rosie sprach mit jemandem am Telefon, und Willie Cotts, ein Bursche, zu dem er nur schwer Zugang fand, war auch da und trank nervös seinen Kaffee.

»Ups, der General ist auf den Beinen«, sagte Rosie in den Hörer. »Er hat noch seine Schlafmütze auf dem Kopf.«

»Wieso ups?« fragte der General und nahm die Schlafmütze vom Kopf. »Warum kann ich nicht schlicht und einfach auf den Beinen sein, wenn ich schon auf den Beinen bin?«

»Hector, sei du bloß nicht komisch!« sagte Aurora und schaute ihn beleidigt an. »Melanie ist wegen Ladendiebstahls verhaftet worden und hat eine Fehlgeburt gehabt. Jetzt ist nicht die Zeit für Witzeleien.«

»Großer Gott, das tut mir aber leid«, sagte der General. »Es war sowieso kein besonders guter Witz.«

»Da hast du allerdings recht, und deshalb hättest du ihn erst gar nicht aussprechen sollen, wo wir gerade alle so in Sorge sind«, sagte Aurora und wischte sich die Augen mit einer Serviette trocken.

»Bisher hat er ganz gut ausgesehen, aber gerade hat Aurora ihn fertiggemacht«, erklärte Rosie Patsy am Telefon, die sich nach der Gesundheit des Generals erkundigt hatte.

»Was glaubst du, warum er sich überhaupt mit Aurora abgibt?« wollte Patsy wissen.

»Sex – weshalb gibt man sich denn sonst mit jemandem ab?« antwortete Rosie und warf Willie Cotts einen scharfen Blick zu. Dieser Blick bewirkte, daß Willie Cotts zusammenzuckte und seinen Kaffee in einer Weise schlürfte, über die sich alle ärgerten.

»Mit wem redet sie?« erkundigte sich der General. »Wenn das die Polizei ist, warum redet sie dann so über uns?«

»Das ist nur Patsy«, sagte Aurora, »und Patsy weiß schon lange, was wir für ein komischer Verein sind.« Sie fragte sich, warum Rosie Willie einen so ärgerlichen Blick zugeworfen hatte. Soweit sie das beurteilen konnte, war Willie Cotts ein geradezu verzweifelt entgegenkommender Mann, etwa in der Art ihres alten Verehrers Vernon Dalhart, dessen Flugzeug in Alaska abgestürzt war. Willie war doppelt so groß wie Vernon, aber nicht doppelt so entgegenkommend. Es gab nicht genug Stunden am Tag, um entgegenkommender zu sein als Vernon, ein Gedanke, der sie schmerzte, denn Vernon war tot. Irgendwie hatte sie es nicht mal geschafft, ihn zu verführen, obwohl sie das zweifellos geschafft hätte, wenn sie nur ein wenig kühner gewesen wäre. Wenn sie nur etwas mehr Kühnheit besessen hätte, hätte er sich vielleicht im Bett genauso entgegenkommend gezeigt, wie er es außerhalb des Bettes tat – obwohl, überlegte sie, es bei Vernon sicher einer etwas längeren Trainingsphase bedurft hätte, bevor er kapierte, was Entgegenkommen im Zusammenhang mit Bett bedeutete.

Es schien schändlich zu sein, daß ihr solche Gedanken gerade jetzt durch den Kopf gingen, während ihre Enkelin weit weg in einem Krankenhaus lag; neuerdings, stellte sie zu ihrem häufigen Unbehagen oder sogar zu ihrer Schande fest, bewegten sich ihre Gedanken immer wieder in derart peinlichen und nutzlosen Bahnen, wohl oder übel, und zu unpassenden Zeiten. Ihr kam es so vor, als müsse ihre Willenskraft endgültig Schaden gelitten haben, sonst würden solche Dinge nicht vorkommen. Dieser Gedanke ließ sie sehr ernst dreinblicken.

Ihr ernster Gesichtsausdruck erschreckte den General, der geistesabwesend angefangen hatte, ihr den Nacken zu massieren. In Zeiten des Stresses schätzte sie es normalerweise, ein wenig massiert zu werden, doch diesmal hatten seine Bemühungen zu seinem Entsetzen die engegengesetzte Wirkung.

»Faß mich nicht an!« kreischte sie und sprang vom Tisch auf. Ihr plötzliches Aufspringen erschreckte Willie Cotts derartig, daß er sich den ganzen Kaffee über die Hose schüttete.

Aurora rannte heulend nach oben, aber nur, um Sekunden später, aber immer noch heulend, mit ihrer Handtasche wieder runterzukommen. Bevor noch jemand ein Wort sagen konnte, war sie zur Hintertür hinaus und verschwunden.

»Großer Gott!« sagte der General, der sich in jeder Hinsicht lahm vorkam.

»Der General hat versucht, ihr den Nacken zu massieren, da lief sie nach oben, dann kam sie wieder runter, und jetzt ist sie zur Hintertür raus, und gerade habe ich gehört, wie der Wagen ansprang«, berichtete Rosie in Form einer Live-Übertragung am Telefon.

»Laßt sie gehen, sie ist nur aufgeregt«, riet Patsy. »Sie heult sich aus, und wenn sie zurückkommt, fühlt sie sich vermutlich schon viel besser.«

»Das ist deine Meinung. Ich glaube, was wir hier vor uns haben, ist ein weiterer Verkehrsunfall«, sagte Rosie und fragte sich, warum Patsy immer so optimistisch war.

»Richtig. Willie, kannst du sie aufhalten? Ich kann mich nicht schnell genug bewegen«, sagte der General. »Ich bin sicher, sie ist nicht in der richtigen Verfassung, um Auto zu fahren.«

Willie Cotts stand nicht auf – er hatte mehrere Servietten ergriffen und wischte mit ernster Miene an den großen Kaffeeflecken auf seiner Hose herum. Sosehr er Rosie Dunlup auch liebengelernt hatte, es gab Zeiten wie die, die er in diesem Moment durchlebte, da fragte er sich, ob es sich überhaupt lohnte, sie auch weiterhin zu lieben. An Rosie war ganz bestimmt nichts auszusetzen, von ihren kleinen Brüsten mal abgesehen, aber diese Familie, für die sie arbeitete, war verrückt und beängstigend zugleich. Sich nur in deren Nähe aufzuhalten, ließ ihm seine Arbeit als Gefängniswärter wie einen erholsamen Job erscheinen. Er wußte nicht, was er von diesen Leuten halten sollte, am allerwenigsten von Mrs. Greenway.

»Du hast den General gehört, halt sie auf!« kommandierte Rosie, die sich über seine methodische Herumwischerei an seinen Kaffeeflecken ärgerte, während Aurora, der Mittelpunkt des Dramas, drauf und dran war, ihr Leben in einem Autounfall aufs Spiel zu setzen.

»Aufhalten?« fragte Willie unentschlossen. Er stand immerhin auf, machte aber keinen Schritt in Richtung Tür.

»Halt sie auf!« sagte der General diesmal lauter – Rosies kurze Bemerkung über einen Autounfall erinnerte ihn daran, daß Aurora eine fürchterlich schlechte Fahrerin war, auch dann, wenn sie ganz ruhig war. Wenn sie auch nur ein kleines bißchen aufgeregt war, konnte kein Highway in Amerika sie zurückhalten – und es war schon an der Art, wie sie heulend zur Hintertür rausgerannt war, offensichtlich, daß sie mehr als nur ein kleines bißchen aufgeregt war. Die Situation grenzte bereits an eine Katastrophe, dennoch schien dieser Bursche Willie Cotts am Boden festgenagelt zu sein. Er hielt sie *nicht* auf!

»Halt sie auf, oder du kommst vors Kriegsgericht!« befahl der General mit zittriger Stimme und vergaß vor lauter Sorge, daß er nicht mehr in der Position war, Untergebene vors Kriegsgericht zu stellen.

»Was ist los?« fragte Patsy.

Rosie hörte immer noch, wie Aurora versuchte, den Motor auf Touren zu bringen – sie ließ ihn immer fünf oder zehn Minuten lang aufheulen, um sicher zu sein, daß er auch warm war. Die Zeit war auf seiten der Familie, denn Aurora würde weitere fünf Minuten brauchen, um den großen Wagen aus der Garage zu bekommen und ihn gerade auf die Straße zu kriegen, doch keine dieser Überlegungen vermochte ihren Ärger darüber zu verringern, daß Willie Cotts nur einfach so dastand, zitternd und so tuend, als trinke er seinen Kaffee, wovon er schon längst den größten Teil über seine Hose gekippt hatte.

»Aurora rennt aus dem Haus, und Willie rührt keinen Finger, um sie aufzuhalten, obwohl ich es ihm gesagt habe und der General gerade damit gedroht hat, ihn vors Kriegsgericht zu bringen, wenn er sich nicht auf der Stelle bewegt.«

»Vors Kriegsgericht bringen?« fragte Patsy.

»Ja, aber wenn es nach mir ginge, holte er das Erschießungskommando«, sagte Rosie und starrte Willie an, dessen Regungslosigkeit sie inzwischen fast bis zum Wahnsinn trieb.

»Weißt du was? Ich glaube, ihr solltet euch alle mal in den Griff bekommen«, riet Patsy. »Melanie befindet sich nicht in Gefahr – sie hatte eine schlechte Nacht, aber davon haben wir alle mal eine. Sie kommt wegen des Diebstahls der Steaks nicht ins Gefängnis, und sterben wird sie auch nicht. Sie ist ja noch jung – sie wird darüber hinwegkommen. Ich möchte, daß ihr euch alle beruhigt und wieder in den Griff kriegt, und du als allererste.

Willie tut mir leid«, fügte sie hinzu. »Er ist ein netter Kerl – vermutlich hat er den Eindruck, er wäre in einen Haufen total verrückter Leute geraten.«

Rosie war es völlig egal, wie nett er war – was sie wahnsinnig machte, war, daß er sich nicht bewegte! Aurora hatte aufgehört, den Motor zu strapazieren, was bedeutete, daß sie jetzt aus der Garage zurücksetzte.

»Halt sie auf! Halt sie auf!« schrie Rosie ihn wie rasend an und überhörte Patsys Bemerkung – obwohl sie sich ein wenig später daran erinnerte und einen gewissen Trost darin fand, daß Patsy Willie für einen netten Kerl hielt.

»Scheiße, okay!« sagte Willie, riß seine Pistole aus dem Halfter und lief zur Tür.

»Bleib sofort stehen!« kommandierte Rosie. Willie blieb stehen.

»Ich dachte, du wolltest, daß er geht«, meinte Patsy. »Warum sagst du ihm jetzt, er soll stehenbleiben?«

»Weil er seine blöde Pistole gezogen hat«, sagte Rosie. »Ich weiß nicht, ob ich es dir gesagt habe – er ist ein Waffen-Freak. Ich will nur, daß er sie aufhält, aber nicht, daß er sie erschießt!«

»Oh«, sagte Willie. Er schob seine Pistole wieder ins Halfter und befestigte sorgfältig den kleinen Lederriemen, der hinter dem Gewehrhahn saß. Dann ging er zur Tür raus, um Aurora aufzuhalten.

Willie Cotts hatte Tempo drauf, aber er gelangte nur wenig weiter als bis zur Tür. Er sah, wie Mrs. Greenway den Wagen korrekt aus der Garage zurücksetzte und ihn in einem weiten Kreis wendete. Jetzt war sie mit dem Zurücksetzen fertig und hielt einen Moment inne, um den Vorwärtsgang einzulegen. Er war weniger als zwei Schritte von ihr entfernt, als sie innehielt – er hätte mit Leichtigkeit vortreten und den Zündschlüssel oder das Lenkrad oder sonstwas erwischen können, aber er unternahm nichts. Er stand nur da und sah zu. Mrs. Greenway bemerkte ihn und schaute ihn durchs Wagenfenster an. Er glaubte, Tränen auf ihren Wangen zu erkennen, aber sie schien nicht besonders wütend auf ihn zu sein – bestimmt war sie nicht so wütend auf ihn wie Rosie, als er schließlich aus dem Haus gerannt war.

»Auf Wiedersehen, Willie, tut mir leid, daß ich dich aufgeweckt habe«, sagte Aurora, während sie den ersten Gang einlegte.

»Das ist schon in Ordnung, Mrs. Greenway – fahren Sie bloß vorsichtig«, antwortete Willie.

Aurora schenkte ihm ein kleines Lächeln. »Deine Leidensgenossen glauben nicht, daß ich vernünftig fahren kann, fürchte ich«, sagte sie. »Ich bin froh, daß du ein bißchen mehr Vertrauen in mich hast.«

Dann fuhr sie davon.

Nach einer Weile wurde Willie klar, daß er ins Haus zurückgehen und zugeben mußte, daß er sie nicht aufgehalten hatte. Er blieb noch ein wenig stehen, nahm all seinen Mut zusammen und ging schließlich ins Haus.

»Hast du sie aufgehalten?« fragte Rosie.

»Nein, hab' ich nicht, ich bin nicht ihr Boss, und du bist es auch nicht«, sagte Willie so fest entschlossen, wie er nur konnte.

»Was hab' ich dir gesagt?« bemerkte der General.

13.

»Ich mache das immer so nach einem Todesfall«, gestand Aurora, nicht gerade glücklich, als sie in Jerrys Bett lagen. Die Unterlippe, die haarigen Handgelenke und die stämmigen Beine hatten sie nicht enttäuscht, als sie sie schließlich berührte, obwohl der Mann selbst als Liebhaber nicht ganz ihren Vorstellungen entsprach. Sie war in der Dämmerung bei ihm eingetroffen und hatte seine Glocken auf mehr als eine Art zum Klingen gebracht; aber jetzt, als das Klingen vorüber war, fühlte sie sich beunruhigt. Ihr Körper war zufrieden, nicht aber ihr Geist. Ihre Enkelin hatte gerade eine schreckliche Erfahrung durchgemacht, und als Antwort darauf war sie nach Bellaire gefahren und hatte sich ins Bett eines Mannes geworfen, den sie kaum kannte, ein falscher Doktor, der zufällig eine starke physische Anziehungskraft auf sie ausübte, deren überaus befriedigendes Ergebnis sie noch an ihrem Körper spürte. Seit Jahren, ja sogar seit Dekaden, hatte kein Mann sie so in Versuchung geführt. Jetzt hatte sie ihn – warum gab es ihr keinen Frieden?

»Ich glaube, ziemlich viele Leute tun das nach einem Todesfall«, sagte Jerry.

»Ja«, stimmte Aurora zu. »Nicht wenige haben es bei einem solchen Anlaß mit mir getan. Einige meiner undamenhaftesten Erfahrungen habe ich direkt nach einer Beerdigung gemacht. Manchmal sogar innerhalb weniger Minuten nach der Beerdigung«, ergänzte sie und entsann sich eines solchen Falles in Philadelphia. Trevors hübsche, junge Schwester war bei einem Bootsunfall ertrunken, für den Trevor wenigstens teilweise verantwortlich war. Am Rande des Grabes hatte sie ein schreckliches Gefühl der Sterblichkeit verspürt – Annabelle war wirklich tot, so jung und schon tot; sie selbst war nur ein einziges Jahr älter. Dieses Sterblichkeitsgefühl wurde stärker, und auch Trevors Sterblichkeitsgefühl schien stärker zu werden. Während sich die Trauergäste wieder zu ihren schönen schwarzen Autos begaben, blieben sie und Trevor ein wenig abseits, stürzten sich aufeinander und liebten sich leidenschaftlich auf einer Pritsche in der Hütte des Gärtners am Rande des Friedhofs. Der Körper vergißt sowohl den Genuß als auch den Schmerz, und Aurora hatte manchen Genuß und manchen Schmerz vergessen, doch nie vergaß sie diese paar Minuten mit Trevor auf dem Friedhof in Philadelphia. Selbst jetzt, während sie sich daran erinnerte, spürte sie eine gewisse Erregung und berührte Jerry Bruckner mit der Hand, zog sie aber sofort wieder zurück. Irgendwie, bei all ihrem Tun und Vergessen, addierten sich die Verluste ihres Lebens. Jerry war um Jahrzehnte jünger – wie kam sie dazu, ihn zu berühren? Wie kam sie dazu?

»War es für dich anders, weil ich so alt bin?« fragte Aurora, die diese Frage nicht unterdrücken konnte.

»Natürlich nicht«, antwortete Jerry. Er fühlte sich ruhig. Es war immer ein beruhigendes Gefühl, eine Frau geliebt zu haben, von der er dachte, daß er sie nie bekommen würde. Er schaffte es fast immer, mit jenen Frauen ins Bett zu gehen, bei denen er sich nur eine ganz winzige Chance ausrechnete, trotzdem verspürte er jedesmal wieder eine leichte Überraschung, ein irgendwie schönes Gefühl. Seine Antwort war nicht ganz aufrichtig, denn zu Anfang war er nervös und vorsichtig gewesen; es ging ihm nicht aus dem Kopf, daß Aurora im Alter seiner Mutter war. Aber im Moment dachte er nur noch darüber nach, ob Sondra vielleicht vorbeikam und sie beide erwischte. Manchmal kam Sondra kurz bei ihm vorbei, wenn sie mit ihrem Sohn Timmy auf dem Weg zum Kindergarten war. Sondra war schrecklich eifersüchtig, und wenn sie ihn erwischte, würde sie einen fürchterlichen Anfall kriegen, und das wär's dann gewesen – für Sondra gab es überhaupt nichts anderes als vollkommenen Besitz. Wenn er in einem Restaurant auch nur ein kleines bißchen zu lange auf irgendein Mädchen schaute, dann merkte sie es und bekam einen ihrer fürchterlichen Anfälle.

Ihre fürchterlichen Anfälle waren ermüdend, trotzdem hoffte er, sie würde nicht vorbeikommen und ihn mit Aurora Greenway im Bett erwischen. Seine Erfahrung sagte ihm, daß die Existenz einer neuen Frau nur selten den Abschied der Frau bedeutete, die bereits da war. Aurora hatte kein bißchen gezögert, mit ihm zu schlafen, doch sie zögerte in bezug auf *ihn.* Vielleicht war ihr Körper entspannt, ihr Geist war es jedenfalls nicht. In ein, zwei Tagen beschloß sie vielleicht, ihm den Laufpaß zu geben – etwas, von dem sie glaubte, daß sie es wirklich tun sollte, obwohl sie es nicht wollte. Falls sie es sich jedoch anders überlegen sollte, wollte er Sondra nicht verlieren, eine besitzergreifende Beißzange, die nichtsdestoweniger gewisse Vollkommenheiten besaß, ihre Brustwarzen zum Beispiel. Brustwarzen konnten höchst unterschiedlich sein und sollten eigentlich keine so wahnsinnig große Rolle spielen, aber Sondras Brustwarzen entsprachen zufälligerweise genau seinem Ideal – ferner ihre Schultern, ferner ihre Beine. Er gab zu, daß manche seiner Wünsche an Besessenheit grenzten. So mußten beispielsweise die verschiedenen erogenen Zonen exakt seiner Wunschvorstellung entsprechen. In seinem wirklichen Verhalten war er jedoch gar nicht so rigide oder wählerisch – er hatte mit vielen Frauen geschlafen und viele geliebt, deren Brustwarzen oder Beine keineswegs genauso aussahen, wie er meinte, daß Brustwarzen oder Beine auszusehen hatten. Wenn jedoch eine Frau *tatsächlich* so aussah, wie sie sollte, dann war das eine hübsche Zugabe – hübsch genug, um auch fürchterliche Anfälle zu ertragen.

»Männer sollten sich angewöhnen, den Ausdruck ›natürlich‹ zu vermeiden, wenn sie versuchen, Frauen in sexuellen Dingen zu beruhigen«, sagte Aurora. »Ich fühlte mich traurig, und was du gesagt hast, hat mir nicht geholfen, weil es einfach nicht wahr sein kann. Es muß dir sexuell schon etwas ausmachen, daß ich dreißig Jahre älter bin als du.«

»Hat es aber trotzdem nicht«, sagte Jerry, der genau wußte, daß er ein wenig auswich.

»Nun, falls nicht, dann nur, weil es unser erstes Mal war«, sagte Aurora und streichelte seinen Schenkel.

»Du scheinst mir nie die Wahrheit zu sagen«, sagte sie und spürte, daß sie zunehmend melancholischer wurde. Sie stützte sich auf den Ellenbogen, um ihm in die Augen zu schauen.

»Du machst den Mund auf, und alles, was rauskommt, sind Aussagen wie ›Natürlich nicht‹ oder ›Hat es aber nicht‹«, sagte sie. »Wenn du mir nicht antworten willst, dann antworte eben nicht. Ich schätze es nicht, mit solchen Phrasen abgespeist zu werden. Ich bin nun mal älter als du – ich habe meine Unsicherheiten. Wenn du mir dabei nicht auf ehrliche Weise helfen kannst, dann lieg nur da und sei attraktiv. Ich rede für uns beide. Vielleicht will ich sowieso nur jemanden, der attraktiv aussieht.«

»Ich weiß nie, was ich sagen soll, wenn Frauen mit mir über Sex reden wollen«, gestand Jerry. Es war ärgerlich, daß Frauen auf so unvernünftige Weise ehrlich waren.

Aurora lächelte. Vielleicht war dieser Bursche mit den schönen, stämmigen Beinen und der großartigen Unterlippe nur deshalb so hohl, weil sich nie jemand die Mühe gemacht hatte, seine Leere auszufüllen. Bei diesem Gedanken fühlte sie sich etwas besser. Er wirkte auf eine nette, halb scheue Art sehr jungenhaft. Vielleicht wäre er doch kein so hoffnungsloser Fall, wenn sie sich ein wenig ins Zeug legte.

»Ich dachte immer, Sex sei das einzige, worüber Psychiater immer etwas zu sagen wissen«, meinte sie.

»Ich jedenfalls nicht«, sagte Jerry und wünschte, sie

würde einfach nur den Mund halten. Aber am Blick ihrer Augen konnte er erkennen, daß sie keineswegs den Mund halten würde. Selbst als er sich wünschte, sie würde den Mund halten, war er sich bewußt, daß der liebenswerteste Zug an dieser Frau und zugleich der Grund, aus dem er sich halb in sie verliebt hatte, ihre Entschlossenheit war, eben nicht den Mund zu halten, niemals, nicht bis zu ihrem letzten Atemzug. Und richtig betrachtet, wirkte sie *nicht* alt, jedenfalls nicht auf ihn.

»Quatsch«, sagte Aurora und rückte noch näher, so daß ihr Gesicht nur einen Fingerbreit von seinem entfernt war. »Sex verlangt genauso viel Erklärung wie jede andere komplizierte Sache. Was ist ein Psychiater wert, der nicht darüber reden will?«

»Vielleicht sollte ich wieder zu meinem Komiker-Job zurückkehren.«

»O nein«, sagte Aurora und wünschte, er würde sie küssen. »Du bist nicht traurig genug, um Komiker zu sein, aber traurig genug, um ein interessanter Liebhaber zu sein.«

Zehn Minuten nach Auroras Weggang kam Sondra. Timmy hatte Fieber, sie hatte ihn zu Hause in der Obhut eines Babysitters gelassen. Sie trug Joggingsachen und wollte, daß er mit ihr joggte. In Wirklichkeit joggte sie gar nicht, sie betrieb Schnellgehen, eine Form von Sport, bei der Jerry sich zutiefst blöde vorkam, so blöde sogar, daß er es nie richtig gelernt hatte. Sondra mußte die ganze Zeit stehenbleiben und ihm zeigen, wie er seine Hüften zu bewegen und seine Arme zu schwingen hatte.

Stehenbleiben zu müssen ärgerte sie; sie selbst war in der Lage, fünf Meilen weit schnell gehen zu können, und zeterte darüber, daß Jerry gerade mal eine Meile schaffte, ohne daß seine Haltung den Bach runterging.

»Wenn du dich ein bißchen konzentrieren würdest, dann würde es auch klappen!« beschwerte sie sich, als sie zum drittenmal stehenblieb, um seine Haltung zu korrigieren.

»Kümmere dich nicht um mich«, sagte Jerry. Es war schwül, er fühlte sich müde. Obwohl Aurora nicht auf

Schnellgehen bestand, entzog sie ihm doch viel Energie. Aurora forderte zum Denken heraus, was mindestens so anstrengend war wie Schnellgehen.

»Leg einfach los und kümmere dich nicht um mich«, fügte er hinzu. Sondra legte des öfteren einfach los und ließ ihn weit zurück, doch dann machte sie eine Kehrtwendung, tauchte wieder auf, schaute ärgerlich drein und korrigierte seine Haltung.

»Nein!« protestierte Sondra. »Wir sollten diese Übung doch eigentlich zusammen machen, richtig?«

»Nun, ich denke schon«, sagte Jerry.

»Was hat es für einen Zweck, etwas zusammen zu machen, wenn die Person, mit der man es macht, ewig eine Meile hinterherhinkt?« fragte Sondra.

»Ich fürchte, ich weiß nicht, welchen Zweck das hat«, gestand Jerry.

»Du hast nicht nur eine miserable Haltung als Schnellgeher, du hast auch keine besonders guten Antworten«, gab Sondra zurück, während sie versuchte, ihm zu erklären, wie er die Arme zu schwingen habe.

Aurora hatte fast das gleiche zu ihm gesagt, vor kaum zwei Stunden, als er nicht gewußt hatte, was er über Sex sagen sollte.

»Ich glaube, ich bin eben nur langweilig«, hatte er geantwortet.

Aurora hatte ihn mit ihren großen, grünen Augen angestarrt, als er das sagte.

»So kann man sich auch drücken«, hatte sie nach einer Weile geantwortet.

Jerry gefiel dieser Satz trotzdem. Es war irgendwie nett, Langweiligkeit vorzugeben, während man den prüfenden Blick von Frauen erduldete, die nicht langweilig waren.

»Ich glaube, ich bin eben nur langweilig«, sagte er jetzt zu Sondra, als sie seine Arme vor und zurück schwingen ließ, wie es die korrekte Haltung eines Schnellgehers verlangte.

»Ganz recht, du *bist* langweilig, du Ficker!« sagte Sondra und ging im Schnellgang davon.

14.

Kaum hatte Aurora Jerry verlassen, verbesserte sich ihre Stimmung. Sie hatte sich auf die angeblich so erniedrigende Sache eingelassen, einen Mann zu verführen, der dreißig Jahre jünger war als sie, und war offenbar ohne Erniedrigung daraus hervorgegangen. Ihre Würde war, soweit sie das feststellen konnte, intakt. Es war ein wenig enttäuschend, daß Jerry nicht gerade ein meisterhafter Liebhaber war, denn ihrer Auffassung nach hatte er wenig mehr zu tun, als ein meisterhafter Liebhaber zu werden; er besaß zwar die Voraussetzung dazu, litt jedoch irgendwie an einem Mangel an Temperament. Auf diesem Gebiet hatte sie sich immer Finesse gewünscht; doch es schien, als sei diese am Ende auch nicht leichter zu finden als am Anfang.

Auch wenn es Jerry Bruckner an dieser Finesse mangelte und vor allem am lustvollen Temperament, so fühlte sie sich doch beschwingt. Zumindest hatte sie, meine Güte, es mal wieder geschafft, einen Mann dazu zu bringen, das zu tun, was sie wollte. Sie hatte zwar den Anstoß dazu geben müssen, doch das war schon immer so gewesen – es schien fast angebracht, ihr zu gratulieren, daß sie die Kühnheit, derer es bedurfte, um den Anstoß zu geben, immer noch nicht verloren hatte.

Sie beschloß, ein handfestes Frühstück sei als Belohnung durchaus angebracht, und dachte, daß es schön wäre, es zusammen mit Jane einzunehmen, die jetzt bald Arbeitsschluß hatte. Entgegen dem allgemeinen Wunsch hatte sie seit einiger Zeit die Nachtschicht übernommen.

Von ihrer Idee begeistert, fuhr sie zügig zur Fairview Street und kam gerade noch rechtzeitig, um zu sehen, wie Jane einem Mann, der Bier anlieferte, eine Frühlingsrolle servierte. Der Anblick von Lieferwagen rief ihr jedesmal Royce Dunlup ins Gedächtnis zurück, Rosies längst verblichenen Ehemann, der den größten Teil seines Lebens damit verbracht hatte, Kartoffelchips mit einem kleinen blauen Truck auszuliefern. Aurora hatte selber gerne Royces Kartoffelchips geknabbert. Royce hatte immer eine handfeste Schwäche für sie gehabt, sehr zu Rosies Ärger. Es schien noch gar nicht lange her zu sein, daß Royce in ihrer Küche saß und seine Schwäche für sie unter Beweis stellte, indem er sie verehrungsvoll anschmachtete, sobald Rosie den Raum verließ – was nicht sehr häufig der Fall war. Aber es war wirklich schon lange her, und Royce war tot, ein Gedanke, der ihre Stimmung, die am Morgen und durch den Sex Aufwind bekommen hatte wie ein im Wind stehender Drachen, leicht absinken ließ.

Um ihrer guten Stimmung erneut Aufwind zu verschaffen, stieg sie aus ihrem Cadillac und genehmigte sich als Vorbereitung auf das Frühstück ein paar Frühlingsrollen.

»Vor zehn Jahren hätte man so was wie eine Frühlingsrolle in dieser Stadt nicht verkaufen können«, sagte sie zu Jane, die sie cool anschaute. Das war zwar etwas entnervend, aber es war eben ihre Art. In diesem Augenblick tauchte Mr. Wey, der vietnamesische Gentleman, dem dieses Seven-Eleven gehörte, aus einem Hinterzimmerchen auf, in dem er die Frühlingsrollen zubereitete.

»Wir verkaufen an die hundert davon pro Tag«, sagte er. Mr. Wey war sehr stolz auf den Erfolg seiner Frühlingsrollen.

»Meine Güte, wirklich?« sagte Aurora. »Vielleicht nehme ich ein paar mit nach Hause für Rosie und den General.«

Rosie hatte Teddy wegen Melanies Problemen angerufen, und Teddy hatte Jane davon erzählt, die nicht besonders mitfühlend war. Einen großen Teil ihrer Arbeitszeit in Mr. Weys Seven-Eleven verbrachte sie damit, nach Ladendieben Ausschau zu halten, und die Vorstellung, daß Melanie so dumm gewesen war, zwei Steaks zu klauen, ärgerte sie. Teddy war entsetzt über Janes Reaktion – er war für sofortige Vergebung, was auch immer das Verbrechen war. Ganz im Gegensatz zu Jane. Für sie bedeutete Ladendiebstahl nur unnötige Schwierigkeiten – Auseinandersetzungen, Polizei und extra Buchhaltungsarbeit; sie hatte Teddy schon des öfteren zurückgewiesen, weil er nicht bereit war, Ladendiebe zu stellen, selbst dann nicht, wenn er sie auf frischer Tat ertappte. In ihren Augen war dies symptomatisch für Teddys mangelnde Bereitschaft, sich der schmutzigen Natur des Lebens selbst entgegenzustellen, was für sie der Feigheit gleichkam. Sie war sehr kühl, als Aurora hereingeweht kam. Sie war gerade dabei, sich für den Heimweg zu rüsten und Teddy in unmißverständlicher Weise zu sagen, was sie von den Aktivitäten seiner Schwester, und ferner, was sie von seiner Wischi-waschi-Haltung gegenüber den harten Fragen des Lebens hielt. Wie immer, wenn man ihn mit etwas konfrontierte, würden seine Hände zittern und seine Stimme hoch und piepsig sein. Bump würde sich im Schrank verstecken und mit Kermit dem Frosch flüstern, der jetzt sein bester Freund war, und damit wäre von Anfang an der ganze Tag im Eimer, bloß weil Melanie der Lakai ihres Freundes war, der bloß zu faul war, um für die Steaks zu bezahlen, auf die er ein Recht zu haben glaubte, wann immer es ihm paßte.

Jane war es satt, über all diese Dinge nachzudenken. Ihr Ehemann war ein moralischer Schlappschwanz und, was das betraf, auch ihre Liebhaberin. Claudia Seay war genauso ein Schlappschwanz wie Teddy, wenn es um Ladendiebstahl ging oder andere Dinge, die eine bestimmte Haltung verlangten. Jane merkte immer häufiger, daß ihr beide zum Hals heraushingen. Wenn nächstesmal irgendein Cajun-Mann hereinkam und sie fragte, ob sie mit ihm tanzen ginge, würde sie vielleicht ganz einfach mit ihm gehen.

Ihre säuerliche Stimmung war nicht gerade die beste Stimmung, um mit Aurora frühstücken zu gehen, die in einem Ding herumhüpfte, das wie ein Nachthemd unter einem Hausmantel aussah. Inzwischen hatte sie bereits zwei Frühlingsrollen verdrückt, die zu bezahlen sie offenbar nicht die Absicht hatte, und außerdem flirtete sie schamlos mit Mr. Wey.

»Ach, komm schon, sag nicht nein, Jane«, sagte Aurora, als Jane Anstalten machte, das Frühstück abzulehnen. »Wir reden auch nicht über Melanie. Ich bin genauso ärgerlich über das Mädchen wie du. Sie ist nicht dazu erzogen worden, auf einen Wink ihres Liebhabers zum Ladendieb zu werden, das kann ich dir sagen. Wenn sie wieder kräftig genug ist zurückzukommen, kann sie sich auf ein ernsthaftes Gespräch mit ihrer Großmutter gefaßt machen, darauf kannst du dich verlassen.«

»Worüber wollen wir denn reden, Aurora?« fragte Jane, die von der Frühstücksidee immer noch nicht begeistert war. Sie schaute Aurora mit einem Blick an, der irgendwie feindlich wirkte.

»Liebhaber«, antwortete Aurora. »Ich habe mir gerade einen neuen zugelegt. Ich erzähle dir von meinem, wenn du mir von deinem erzählst.«

Mr. Wey war über diese Bemerkung so entsetzt, daß er eine Frühlingsrolle samt der Zange, mit der er sie hielt, in eine Mülltonne fallen ließ. Sein Englisch wurde besser, war aber noch keineswegs perfekt. Vielleicht hatte er sich ja verhört. Sodann kam er zu dem Schluß, er habe sich tatsächlich verhört, und hastete in den hinteren Teil des Ladens, um die Papierhandtücher zu ordnen. Die Frühlingsrolle und die Greifzange verblieben in der Mülltonne.

Jane war immer ziemlich ärgerlich über sich selbst, wenn sie Aurora irgend etwas zugesagt hatte. Manchmal sagte sie auch nicht zu, doch diesmal tat sie's – es war schwierig, nein zu einer Frau zu sagen, die um so viele Jahre älter war als sie selbst und so offen darüber redete, daß sie sich einen Liebhaber hielt. Im Pig-Stand-Imbiß schien sich niemand daran zu stören, daß Aurora in Nachthemd und Bademantel herumlief – und es gab auch keinen Grund für sie, sich daran zu stören, denn die Hälfte der rauchenden und frühstückenden Männer trug nur Unterhemden und Shorts.

»Du mußt ja ziemlich oft hier reinkommen«, sagte Jane, nachdem bereits die dritte Kellnerin guten Morgen zu Aurora gesagt und sie mit dem Vornamen angeredet hatte.

»Ja, ich komme her, um über meine Mutter nachzudenken«, antwortete Aurora. »Außerdem esse ich hier.«

Im Augenblick verzehrte sie eine Portion Rühreier, Pfannkuchen waren bereits bestellt.

»Warum mußt du denn den ganzen Weg bis hierher fahren, nur um über deine Mutter nachzudenken?« fragte Jane. Sie hatte Buchweizen-Pfannkuchen bestellt und mußte zugeben, daß sie sehr gut schmeckten. »Wenn ich einen Ort fände, an dem es mir gelingen würde, nicht mehr an meine Mutter zu denken, dann würde ich immerzu dort essen.«

»Meine Mutter hat in ihrem ganzen Leben noch nicht an einem Imbiß-Stand wie diesem hier gegessen, nicht mal in Maine«, sagte Aurora. »Damals hatten junge Damen sich gewissen Regeln zu unterwerfen – sie kam nur wenig in Kontakt mit den unteren Klassen –, aber trotzdem nahm sie sich einen Liebhaber aus den unteren Klassen.«

»Ich wünschte, du würdest nicht von ›unteren Klassen‹ reden«, sagte Jane. »Das ist so snobistisch. Nenn sie wenigstens Arbeiterklasse.«

»Ach ja«, meinte Aurora, »die Begriffe mögen sich ändern, doch die Fakten bleiben die gleichen. Meine Mutter verliebte sich in einen Gärtner. Zuerst war er der Gärtner unserer Nachbarn, doch meine Mutter überredete meinen Vater, ihn einzustellen, da wurde er unser Gärtner. Er war ein wunderbarer Mann, einer der feinsten, die ich jemals kennengelernt habe. Sein Name war Sam. Erst vor wenigen Tagen habe ich seinen Namen benutzt, weil ich in aller Eile einen neuen Liebhaber erfinden mußte.«

»Wieso mußtest du dir in aller Eile einen Liebhaber ausdenken?« fragte Jane amüsiert. »Ich dachte, du hättest wirklich einen neuen Liebhaber.«

»Jetzt habe ich ihn ja auch, aber erst seit heute morgen«, antwortete Aurora, die der Bedienung winkte, sich mit den Pfannkuchen zu beeilen. »Ich hatte ihn noch nicht, als ich ihn aus politischen Gründen brauchte – es ergab sich, als ich Pascal mit der Hand unter dem Rock einer jungen Frau erwischte. Ich nahm Sams Namen und gab ihm ein Alter von siebzehn Jahren.

Ich habe schon oft darüber nachgedacht, wie das Leben

meiner Mutter wohl verlaufen wäre, wenn sie *ihren* Sam mit siebzehn getroffen hätte«, sagte sie, als die Pfannkuchen eintrafen. »Man hätte ihn für vollkommen ungeeignet gehalten. Sie hätte man heftig unter Druck gesetzt, um sie zur Aufgabe zu zwingen. Aber ich könnte mir vorstellen, daß sie sich gewehrt hätte. Sie war sehr tapfer, wenn es darum ging, nach ihren Gefühlen zu handeln. Hätte sie Sam ein wenig früher getroffen, hätte sie sich vielleicht gewehrt.«

»Ich bin froh, daß ich damals noch nicht geboren war«, sagte Jane. »Ich hätte mir den Scheiß nicht gefallen lassen.«

»Vermutlich nicht«, meinte Aurora. »Ist deine Freundin nett?«

»Ja«, sagte Jane erschrocken. »Hat Teddy dir was gesagt?«

»Aber sicher doch. Ich habe es ihm aus der Nase herausziehen müssen«, sagte Aurora. »Macht dir das was aus?«

Eigentlich machte es Jane nichts aus. Im Grunde war sie sogar ganz froh darüber. So verrückt Aurora auch sein mochte, sie war wenigstens tolerant, was man von den meisten Leuten nicht behaupten konnte. Sie hielt es ganz eindeutig nicht für eine Tragödie, daß sie, Jane, eine Freundin hatte, während ihre eigene Mutter, wenn sie es denn gewußt hätte, das Ende der Welt vor sich gesehen hätte.

»Sie ist ein weiblicher Teddy«, gestand Jane. »Irgendwie scheinen mich diese Teddy-Typen anzuziehen. Jetzt habe ich zwei davon.«

»Wie schön«, meinte Aurora. »Der Teddy-Typ ist wirklich ein sehr netter Typ. Ich wünschte, ich hätte einen.

Oder besser, ich wünschte, ich hätte zwei«, fügte sie hinzu.

»Und was ist mit deinem Liebhaber?« fragte Jane. »Wen hast du diesmal verführt, Aurora?«

Aurora grinste. »Meinen Klapsdoktor«, sagte sie. »Dr. Jerry Bruckner.«

»Ist das ein Freudianer oder so was?« wollte Jane wissen. Sie hatte Jerry auf Auroras Dinnerparty kennengelernt und hielt ihn für richtig attraktiv, fast verdächtig attraktiv – er hatte die Qualitäten eines Bassetts, die durchaus sehr reizvoll waren. Es war fast ein Schock, daß Aurora tatsächlich mit einem soviel jüngeren Mann geschlafen hatte – obwohl Jane so genau auch nicht wußte, wieso es eigentlich ein Schock war. Aber es *war* ein Schock, logisch oder nicht.

»Hast du wirklich mit ihm geschlafen, oder denkt ihr beide nur einfach daran?« fragte sie.

Aurora schaute sie freundlich an, gab aber keine Antwort.

Jane wünschte, sie könnte die Frage zurücknehmen. »Manchmal, wenn ich daran denke, bilde ich mir ein, ich hätte es getan, auch wenn in Wirklichkeit gar nichts passiert ist«, erklärte sie.

»Ja, das kommt vor«, gestand Aurora. »Ich fühlte mich mal so zu Lord Mountbatten hingezogen, daß ich mir beinahe eingeredet hätte, wir erlebten eine Romanze auf einem Dampfer.«

»Hattest du sie denn?« fragte Jane.

»Nein, leider nicht. Er war zwar auf dem Dampfer, und ich sah ihn. Wenn er auch nur das kleinste Zeichen von Interesse bekundet hätte, wäre ich in seinen Händen wie Wachs dahingeschmolzen, aber er tat nichts dergleichen.«

»Ich habe mal Jack Nicholson auf einer Party getroffen und hatte das gleiche Problem«, sagte Jane. »Ist dein Klapsdoktor nett?«

»Nett, aber enttäuschend«, sagte Aurora. »Ich glaube, Enttäuschungen ruinieren mehr Menschen als sämtliche Krankheiten zusammen. Enttäuschungen haben meine liebe Mutter ruiniert. Vielleicht habe ich deshalb mein ganzes Leben lang dagegen angekämpft, damit sie nicht auch mich ruinieren.«

»Du siehst aber gar nicht enttäuscht aus, Aurora«, sagte Jane. »Deine Kampfkraft scheint ungebrochen zu sein.«

»Ich habe tatsächlich noch meine ganze Kraft«, sagte Aurora. »Ich hoffe, du behältst deine, Jane. In ein paar Jahren bekommst du vielleicht das Gefühl, daß es nicht mehr ganz so leicht ist, wie es mal war.«

»Es ist auch jetzt schon nicht leicht«, sagte Jane. »Manchmal bin ich sehr deprimiert. Wenn Bump nicht da wäre, würde ich vielleicht wieder wahnsinnig werden – durch Bump ist diese Möglichkeit irgendwie ausgeschaltet.«

»Ja, insofern es eine Möglichkeit ist«, antwortete Aurora.

»Hat deine Mutter am Ende den Verstand verloren?« erkundigte sich Jane. Gelegentlich erwähnte Aurora ihre Mutter, hatte aber nie zuvor etwas wirklich Interessantes über sie gesagt. Nun schien es, als sei ein Gärtner die große Liebe ihres Lebens gewesen. Es war nicht besonders schwer, zu verstehen, wie das passieren konnte. Die meisten Gärtner, die sie kennengelernt hatte, waren richtig kerngesunde Burschen.

»Nein, sie hat nicht den Verstand verloren«, sagte Aurora. »Mein Vater entdeckte die Sache mit Sam, zog aus und sprach nie mehr ein Wort mit meiner Mutter. Es war ungefähr so wie bei Lady Chatterley. Mein Vater hatte kein Interesse daran, mit meiner Mutter zu schlafen, war aber im höchsten Maße verärgert, daß sie mit einem Gärtner geschlafen hatte – nicht nur einmal, sondern öfter.«

»Wie hat dein Vater dich behandelt?« fragte Jane.

»Er kam zu meiner Hochzeit, betrank sich und küßte mich. Es war allerdings nicht die Art von Kuß, die eine Braut an ihrem Hochzeitstag von ihrem Vater erwartet. Danach habe ich ihn nur noch zweimal gesehen – einmal bei einem Essen in New York, das nicht sonderlich gut verlief, und dann noch bei seiner Beerdigung.«

»Und was war mit deiner Mutter und Sam?« fragte Jane. »Hat es für immer gehalten?«

»Ja«, antwortete Aurora. »›Für immer‹ heißt allerdings nur noch fünf Jahre. Sam fiel von einem Baum, den er beschnitt, und brach sich das Rückgrat. Im Krankenhaus hat irgendein Arzt irgendwas falsch gemacht, Sam starb. Danach wurde meine Mutter etwas seltsam. Ihr letzter Liebhaber war ein portugiesischer Geiger, der auch versuchte, mich zu küssen.«

Für einen Moment überkam sie ein Gefühl der Trauer, als sie daran dachte, wie traurig ihre Mutter in ihren letzten Tagen ausgesehen hatte. Der Geiger versuchte, jede

Frau, die zu Besuch kam, zu küssen, doch ihre Mutter blieb bei ihm.

»Hat Pascal dich jemals belästigt?« fragte sie, weil ihr ganz plötzlich klar wurde, daß Pascal ziemlich große Ähnlichkeit mit dem portugiesischen Geiger ihrer Mutter hatte.

»Jetzt sitz nicht da und mach dir falsche Gedanken«, sagte Jane. »Wir sind fertig mit essen, laß uns gehen. Pascal ist ein netter Mann und hat niemals versucht, mich zu küssen. Der General ist ja schließlich der Exhibitionist.«

»Ich weiß, schau bloß nicht hin«, meinte Aurora und fragte sich, ob der Pig-Stand-Imbiß zu so früher Stunde schon Hackfleischpastete hatte.

»Hector ist mittlerweile die Hälfte der Zeit schrullig«, fuhr sie fort. »Er scheint sich einzubilden, seine Intelligenz würde zurückkehren, wenn er es zum Golfplatz schafft, aber ich glaube, die Hoffnung ist eher gering. Andererseits, wenn er nicht schrullig ist, dann ist er der gleiche alte, entnervende Hector. Ich frage mich wirklich, ob ein Schlag auf einen Golfball ihn wieder zur Besinnung bringen würde.«

»Die Hoffnung scheint wirklich gering«, sagte Jane. Ihrer Auffassung nach war General Scott die meiste Zeit sowieso schon völlig durchgedreht.

15.

Als Melanie nicht mit den beiden Steaks, die sie im Supermarkt hatte stehlen sollen, nach Hause kam, machte Bruce sich Sorgen, und dann noch mehr Sorgen, aber er wußte nicht, was er damit anfangen sollte, außer Dope zu rauchen und zu warten. Irgend etwas lief völlig falsch, aber er wußte nicht, was. Melanie gab sich immer sehr viel Mühe, ihn bei Laune zu halten. Wenn sie die Steaks gehabt hätte, wäre sie auf dem schnellsten Weg nach Hause gekommen.

Nachdem drei Stunden verstrichen waren, wußte er, daß irgendwas total und völlig falsch lief, und fing an, sich Katastrophen-Situationen auszumalen, von denen einige reichlich paranoid waren. Im Valley gab es üble Gangs – einige Gang-Mitglieder könnten sich in der Nähe des Supermarktes herumgetrieben haben, was hieß, daß Melanie inzwischen massenvergewaltigt oder vielleicht sogar umgebracht worden war. Vielleicht hatte sie auch den Fehler gemacht, vom Supermarkt per Anhalter nach Hause zu fahren, obwohl der Supermarkt nicht weit entfernt war, außerdem hatte sie gesagt, sie wolle zu Fuß gehen. Aber wenn ihr der Rückweg zu mühsam vorgekommen war, hatte sie es vielleicht per Anhalter versucht – da kannte sie nichts –, und wenn der falsche Kerl sie mitgenommen hatte, wäre sie vielleicht jetzt schon eine Leiche. Oder, falls sie keine Leiche war, steckte sie vielleicht jetzt schon in Mexiko oder Nevada oder sonstwo.

Um zehn Uhr abends war Bruce trotz all des Dopes mit den Nerven fertig. Vielleicht hatte er ja auch alles durcheinandergebracht, und heute war ihr Arbeitstag im Delikatessenladen – aber das konnte ja nicht stimmen, denn dann wäre sie nicht losmarschiert, um im Supermarkt sein Abendessen zu klauen.

Trotzdem wurde er so zappelig, daß er einfach etwas unternehmen mußte, deshalb ging er zum Telefon in einem nahe gelegenen Waschsalon und rief den Delikatessen-Shop an. Wie er schon befürchtet hatte – dies war nicht ihr Arbeitstag, und sie war auch nicht da. Da er nun schon mal unten war, warf er sich ins Auto und raste zum Supermarkt, aber der war geschlossen, und auch der Parkplatz war leer bis auf zwei alte Leute, die ihre Pudel ausführten. Bruce hätte die blöden Pudel am liebsten niedergewalzt, solche Sorgen machte er sich, aber er schaffte es, sich zusammenzureißen. Er wußte nicht, was er machen sollte. Nicht weit vom Supermarkt war ein Krankenhaus – er kam jeden Tag auf dem Weg zu seiner Tankstelle daran vorbei –, deshalb fuhr er hin, vielleicht war sie ja das Opfer eines Überfalls geworden, aber nichts – hier war keine Melanie Horton eingeliefert worden.

Dann kam ihm plötzlich der Gedanke, daß Melanie vielleicht beim Klauen erwischt worden war. Schon seit Wochen besserten sie ihre Mahlzeiten durch ein bißchen Ladendiebstahl auf, Melanie beklagte sich immer, weil sie das haßte und weil es nicht in Ordnung war. Selbst wenn dies ein riesengroßer Supermarkt war, der schleimigen Kapitalisten gehörte, die die Armen ausbeuteten, gab ihnen das immer noch nicht das Recht – in ihren Augen –, Diebstähle zu begehen. Außerdem bekam sie Schuldgefühle, wenn sie das tat. Es mußte den Sicherheitsleuten oder sogar den einfachen Angestellten eines Tages klarwerden, daß sie eine Ladendiebin war – wenn sie weiter stahl, fiel sie irgendwann auf, und was dann?

Bruce kam schon bald zu dem Schluß, dies sei vermutlich die wahrscheinlichste Erklärung für ihr Verschwinden, aber das half ihm auch nicht weiter in seinem Dilemma. Falls sie erwischt worden war, wo steckte sie dann? Obwohl er schon mehrfach kleinere Straftaten begangen hatte, zum Beispiel Rauschgift zu transportieren, war er in seinem ganzen Leben noch nie auch nur in die Nähe eines Gefängnisses gekommen und hatte keine Ahnung, wie er rausfinden sollte, wohin man sie gebracht hatte. Tatsächlich reichte schon der bloße Gedanke an einen Polizisten, der verkommen genug war, eine so offensichtlich süße Person wie Melanie zu verhaften, aus, um ihm die Nerven zu zerfetzen.

Als er *darüber* nachdachte, bedauerte er seine Dummheit, Steaks zu verlangen. Nur zwei Blocks von seiner Wohnung entfernt gab es ein hervorragendes, billiges Thai-Restaurant: sie hätten ja auch sehr gut Thai essen können.

Aber dafür war es jetzt offensichtlich zu spät; mittlerweile tat ihm der Magen so weh, daß er an einem Drugstore halten mußte, um sich Tabletten zu kaufen. Er fuhr zum Parkplatz des Supermarktes zurück in der Hoffnung, ein Wunder möge geschehen und Melanie einfach so da stehen, aber es waren nur noch mehr alte Leute da, die noch viel schlimmere Hunde als Pudel herumführten – winzige mexikanische Hunde ohne Haare, und Dachshunde und Pekinesen. Der Parkplatz schien eine Art Reservat für alte Leute zu sein, die winzige Hunde herumführten. Melanie stand *nicht* einfach so da, und jetzt wußte er wirklich nicht mehr, was er machen sollte. Falls sie im Gefängnis war, hatte sie ihn nicht anrufen können, weil sie kein Telefon hatten; vielleicht hatte sie ihren Vater angerufen, wahrscheinlich aber nicht. Eventuell hatte sie ihre Großmutter angerufen – in diesem Fall hätte er sich gleich umbringen können. Ihre Großmutter hielt ihn sowieso für Abschaum – was würde sie jetzt erst von ihm denken?

Mehrere Polizeiwagen fuhren vorbei. Ein paarmal dachte er, er sollte vielleicht einen heranwinken, aber sieben oder acht Wagen fuhren vorbei, ohne daß er den Mut gefunden hätte, einen anzuhalten. Was sollte er sagen, wenn ein Polizeiwagen tatsächlich rankam? Bitte bringen Sie mir meine Freundin zurück, ich wollte doch nur ein Steak haben.

Statt dessen kurvte er eine weitere Stunde ziellos umher, ohne sich jedoch allzuweit zu entfernen, falls Melanie aus einem Graben oder so hervorkroch und auf den Bürgersteig trat. Schon ihr Anblick allein hätte ihn zum glücklichsten Mann der Welt gemacht.

Um seine Nerven zu beruhigen, hielt er an einer Telefonzelle und meldete ein R-Gespräch nach Houston an. Er rechnete eigentlich nicht damit, Beverley zu Hause anzutreffen – immerhin war es Samstag nacht –, aber sie war tatsächlich zu Hause und war auch noch bereit, das R-Gespräch zu übernehmen.

»Hi«, sagte er versuchsweise. Er hatte gar nicht damit gerechnet, sie zu erreichen, und wußte nicht, was er sagen sollte.

»Ich bin stinksauer auf dich. Wo steckst du?« fragte Beverley als erstes. Wie viele reiche Mädchen in Houston war auch Beverley sehr direkt.

»Oh – L. A. –, ich versuche hier, Schauspieler zu werden«, sagte Bruce.

»Was ist mit dem fetten Flittchen, mit dem du abgehauen bist?« fragte Beverley. Sie verachtete Melanie mehr oder weniger, obwohl sie einmal gute Freundinnen gewesen waren.

»Sie ist sozusagen im Moment vermißt«, gestand Bruce.

»Gut, ich hoffe, sie bleibt die nächsten fünfzig Jahre vermißt«, antwortete Beverley. Es schien sie nicht zu interessieren, aus welchem Grund Melanie vermißt wurde.

Bruce fand es ziemlich schwierig, Konversation zu machen. Beverley war stinksauer, wie sie gesagt hatte, und es war schon problematisch, das zu übergehen und ein normales Gespräch zu führen, vor allem, weil er sich um Melanie echte Sorgen machte.

»Hast du noch den Ferrari?« fragte er schließlich.

»Nein. Wegen dir haben meine Eltern ihn verkauft, du Saftsack«, sagte Beverley eiskalt.

»Und was fährst du jetzt?« wollte Bruce wissen.

»Irgendeinen blöden BMW, nur wegen dir«, sagte Beverley.

»Aber BMWs sind nette Autos«, meinte Bruce.

»Nicht so nett wie Ferraris«, antwortete Beverley. »Die Hälfte aller Kids, die ich kenne, fahren einen BMW. Ich hasse es, den gleichen Wagen zu fahren wie die Hälfte aller Leute, die ich kenne.«

Du wirst es überstehen, dachte Bruce, sagte es allerdings nicht. Beverley war auch schon so wütend genug.

»Ich habe gehört, Melanie sei schwanger. Stimmt das?«

»O ja, sie ist schwanger.«

»Wenn du sie heiratest, war's das dann für uns«, verkündete Beverley. »Mich bumst du nicht mehr, wenn du das fette Flittchen heiratest.«

Bruce wußte nicht, was er darauf sagen sollte. Schließlich wohnte er in L. A. und sie in Houston, und sie hatte am Sex mit ihm sowieso keinen Spaß gehabt. Wieso redete sie auf einmal vom Bumsen?

»Interessiert es dich überhaupt, ob du mich jemals wieder bumsen kannst, du Arschloch?« fragte Beverley.

»Ja, sicher interessiert mich das«, antwortete Bruce. Er hielt es für falsch, das Gespräch zu unterbrechen und nachzudenken, wenn ein Mädchen ihm eine solche Frage stellte. Sollte er ihr vielleicht sagen, es interessiere ihn nicht, ob er sie jemals wieder bumse? Nichts da – dann doch besser lügen.

»Was passiert, wenn ich in Beverley Hills aufkreuze?« fragte Beverley. »Hast du zuviel Angst vor deiner Frau, um ihn hochzukriegen?«

»Sie ist nicht meine Frau«, sagte Bruce zur Erinnerung.

»Beantworte die Frage.«

»Warum solltest du hierherkommen?« fragte Bruce, um einer Antwort auszuweichen.

»Bist du wirklich so dumm?« fragte Beverley. »Meine Mutter fährt die ganze Zeit rüber, um ihr Shopping zu machen. Wenn ich will, kann ich mit meiner Mutter hin.«

Bruce überlegte, daß Beverley sich doch sehr stark verändert haben mußte. In Houston war sie kaum je besonders eifrig gewesen, wenn's ums Bumsen ging, und wenn er sie tatsächlich dazu überreden konnte, dann hatte sie offenbar nur Interesse daran, es so schnell wie möglich hinter sich zu bringen. Nicht ein einziges Mal hatte sie sich so ins Zeug gelegt wie Melanie. Melly war ein Mädchen, das richtig Spaß am Sex hatte – was sie auch immer machten, sie war richtig bei der Sache; kein Wunder, daß sie schwanger wurde.

Doch Beverley hatte, was das Thema Sex anbelangte, einige Schwachpunkte. Die meiste Zeit hatte sie mehr Interesse an Make-up als an Sex. Wieso sprach sie jetzt plötzlich davon, die Reise nach L. A. zu machen, nur, um mit ihm zu bumsen?

»Vermutlich könnte ich sie dazu überreden, nächste Woche runterzufahren«, sagte Beverley. »Hast du einen Job oder so?«

»O ja, Teilzeit«, sagte Bruce. »Ich bin in der Schauspielschule.«

»Na toll. Wie kann ich dich erreichen, falls wir kommen?«

»Da bin ich nicht sicher«, antwortete Bruce. »Wir haben uns noch kein Telefon leisten können. Aber ich glaube, du könntest eine Nachricht an der Tankstelle hinterlassen.«

»Hast du nicht mal ein Telefon?« fragte Beverley.

»Hier draußen kostet das ein Vermögen«, klärte Bruce sie

auf. Manchmal war ihre Reiche-Mädchen-Haltung nur schwer zu ertragen. Offensichtlich war es ein Schock für sie, festzustellen, daß sie tatsächlich jemanden kannte, der zu arm war, sich ein Telefon zu leisten.

An dieser Stelle stockte das Gespräch. Bruce gab ihr die Nummer der Tankstelle, obwohl er gar nicht sicher war, ob er sich wieder mit Beverley einlassen wollte, wenn sie mit der erklärten Absicht nach L. A. kam, mit ihm zu schlafen. Alles war sehr merkwürdig. Von allen Menschen auf der ganzen Welt, die er hätte anrufen können, um seine Nerven zu beruhigen, war Beverley die allerverkehrteste. Jetzt erinnerte er sich auch daran, daß nichts, was er jemals mit Beverley unternommen hatte, seine Nerven beruhigt hatte. Alles wurde nur noch verwirrter. Im Augenblick war es sein Hauptproblem, Melanie zu finden, Beverleys größte Feindin. Was machte er denn dann hier in dieser Telefonzelle an der Ecke Burbank Street und Vineland Avenue und redete mit einem Mädchen in Houston, die ihn für ein Arschloch hielt? Er hatte sie selbst angerufen, aber irgendwie paßte das nicht zusammen. Jetzt war die Frage, wie er Beverley wieder loswurde.

»Wenn ich komme, bist du gefälligst zur Stelle und hast dir was ganz besonders Extraspezielles ausgedacht, oder es ist aus«, sagte Beverley, während er nach einem Trick suchte, das Gespräch zu beenden.

»Auf jeden Fall führst du mich mindestens ins ›Ivy‹, um den ganzen Ärger wiedergutzumachen, den du verursacht hast«, kommandierte Beverley. »Wenn du nicht wärst, hätte ich meinen Ferrari noch.«

»Was ist das ›Ivy‹?« wollte Bruce wissen.

»Ein Restaurant, Dummkopf«, antwortete Beverley. »Die ganzen Filmstars gehen da hin. Du wohnst doch in Hollywood – hast du noch nie was vom ›Ivy‹ gehört?«

»Wir wohnen weit draußen im Valley«, sagte Bruce. »Nach Hollywood kommen wir nicht so oft.«

»Wir, wir, wir«, stänkerte Beverley. »Ich schaue in meinen Kalender, nächsten Mittwoch wäre okay. Du bist gefälligst am kommenden Mittwoch am Beverley Hills Hotel und gehst mit mir ins ›Ivy‹, sonst kriegst du von mir nicht mal mehr den kleinen Finger.«

»Beverley, ich kann es mir ja nicht mal leisten, am Beverley Hills Hotel zu *parken*«, sagte Bruce. »Ich habe doch nur einen Teilzeitjob an einer Tankstelle. Das Restaurant allein kostet doch schon mehr, als ich im Monat verdiene.«

»Willst du damit sagen, es läuft nichts?« fragte Beverley. Als nächstes hörte er, daß sie den Hörer aufknallte, womit sie ihm gewissermaßen zuvorkam. Das Telefongespräch war endgültig zu Ende. Sie anzurufen, war von Anfang an eine der dümmsten Ideen gewesen, die er in der letzten Zeit gehabt hatte – nicht so schlimm wie seine Idee, Melanie zum Steakklauen loszuschicken, aber auch nicht gerade eine Glanzidee.

Dennoch war er immer noch ziemlich nervös. Beverley war durchaus in der Lage, den Hörer aufzuknallen und trotzdem zu erwarten, daß er zu diesem Hotel kam, obwohl er ihr gerade erst klargemacht hatte, daß er sich das Restaurant nicht leisten konnte. Wenn es um Geld ging, fehlte es Beverley absolut an Verständnis – sie ging einfach davon aus, daß er es sich beschaffen und für sie ausgeben könnte, wenn er es nur wirklich wollte. Wenn er das Geld nicht auftrieb und für sie ausgab, dann waren sämtliche Probleme des Lebens allein sein Fehler.

Schon allein der Gedanke an Beverley bewirkte, daß Melanie ihm tausendmal besser erschien, als sie es tat, wenn sie sich zankten oder sie miese Laune hatte. Dieses Telefongespräch hatte ihn wachgerüttelt, jetzt interessierte ihn nur noch das Hauptproblem, und das war Melanie. Sein Wunsch war so groß, daß er sogar einen Streifenwagen zum Stehen brachte. Er wedelte mit den Armen, der Wagen kam näher und hielt an. Der Cop hinterm Steuer schaute ihn an, als wäre er eine Bananenschale oder dergleichen. Er sah überhaupt nicht freundlich aus.

»Hi«, sagte Bruce. Er hatte den Eindruck, sofort losreden zu müssen, bevor die Polizisten ausstiegen und ihn zusammenschlugen. »Wenn jemand aus dieser Gegend verhaftet wird, wohin würde sie gebracht?« fragte er nervös.

»Was hat sie denn gemacht?« fragte der Polizist. Er sprach mit südlichem Akzent.

»Ich weiß nicht, sie ist einfach nicht nach Hause gekommen«, antwortete Bruce.

»Wer *sie?*« fragte der Polizist.

»Ihr Name ist Melanie Horton – meine Freundin«, antwortete Bruce. »Ich habe bereits im Valley Hospital nachgefragt, aber da ist sie nicht. Ich habe gedacht, sie hat vielleicht getrunken und wurde aufgegriffen.«

»Sie meinen, sie ist ein Flittchen?« fragte der Cop.

»O nein«, sagte Bruce. »Sie ist kein Flittchen. Ich habe eben nur gedacht, sie ist betrunken und hat Krach gemacht.«

Der Polizist, der auf dem Beifahrersitz gesessen hatte, stieg aus und kam um das Heck des Wagens herum. Er war ein stämmiger Weißer mit einer Pistole am Gürtel, die groß genug war, um einen Elefanten zu stoppen. Bruce fing bereits an, seine Idee, einen Streifenwagen anzuhalten, zu verfluchen.

»Wie heißt dieses Flittchen?« fragte der stämmige Polizist.

»Sir, sie ist kein Flittchen«, sagte Bruce so freundlich wie möglich. »Sie ist meine Verlobte. Sie ist nicht nach Hause gekommen, da habe ich mir Sorgen gemacht, das ist alles. Sie heißt Melanie Horton. Sie ist schwanger«, fügte er hinzu und dachte, dieser Umstand veranlasse die Cops, etwas weniger feindselig zu ihm zu sein.

»Glaubst du, dieser Ficker ist ein Zuhälter?« fragte der stämmige Polizist den anderen.

»Vielleicht«, meinte der. »Ein pickeliger Zuhälter.«

Er lächelte über seinen eigenen Witz, aber der andere Polizist lächelte nicht. Er holte eine kleine Sprayflasche hervor und benutzte sie für beide Nasenlöcher, während er Bruce anschaute wie ein Insekt, das man am liebsten zerquetschen würde.

»Sir, ich bin kein Zuhälter«, sagte Bruce. »Ich arbeite an einer Tankstelle am Van Nuys Boulevard.«

Der Polizist schraubte sein Sprayfläschchen zu und ging wieder um den Wagen herum. »Versuch's mal in Oxnard«, sagte er. »Wenn sie hier irgendwo aufgegabelt wurde, dann haben sie sie nach Oxnard gebracht.«

Als er schließlich die Oxnard-Polizeistation ausfindig gemacht hatte, sah er fünf oder sechs Frauen, die todsicher wie Prostituierte aussahen, auf dem Bürgersteig stehen und ihr Make-up in Ordnung bringen, während sie auf ein Taxi warteten. Im Inneren der Station mußte er so lange warten, daß er fast einschlief; es war heiß und langweilig im Wartezimmer, und die Angestellten hatten die Angewohnheit, absolut nichts zu tun, wenn man sie nicht belästigte. Er hatte schon immer seine Schwierigkeiten mit Beamten gehabt – es machte ihm keinen Spaß, sie zu behelligen oder auch nur sie anzusprechen. Trotzdem war es offenkundig, daß er die ganze Nacht hier sitzen würde, wenn er nicht jemand behelligte; alle fünfzehn Minuten ging er zur Theke, stand da und versuchte, freundlich auszusehen. Zwei oder drei traurige Mexikaner, die aussahen, als seien sie Gärtner, standen ebenfalls da und schauten freundlich drein. Tatsächlich machte jeder in dieser Polizeistation ein freundliches Gesicht – nur die Mitarbeiter hatten dieses Mir-doch-scheißegal-Gesicht.

Schließlich bekam ein fettes weißes Mädchen Mitleid mit Bruce und machte Melanie im Computer ausfindig.

»Oh, das ist die, die krank wurde«, sagte das Mädchen.

»War das nicht die, von der es hieß, sie hätte eine Fehlgeburt?« fragte das Mädchen und drehte sich zu einer Mitarbeiterin um. Die zweite Mitarbeiterin zählte Quittungen oder so was und ließ sich Zeit mit der Antwort.

»Vielleicht«, sagte sie schließlich ohne besonderes Interesse an der Sache.

»O nein!« sagte Bruce so laut, daß beide Frauen ihn anschauten.

»Haben sie nicht gesagt, die brächten sie zum ›Zedern-von-Sinai‹-Krankenhaus?« fragte die eine Frau. »Ich glaube, ihre Mutter und ihre Schwester sind gekommen. Jedenfalls zwei Frauen. Ich meine, es wäre das ›Zedern-von-Sinai‹ gewesen.«

»Was ist das ›Zedern-von-Sinai‹?« fragte Bruce.

»Krankenhaus«, sagte das dicke Mädchen und lächelte ihm freundlich zu. Bruce merkte schon, daß sie ihn nett fand – oder vielleicht hatte sie auch nur Mitleid mit ihm.

»Ist das im Valley?« fragte er.

»Nein, ganz und gar nicht. Das ist in Beverley Hills oder West Hollywood. Im Valley ist das nicht.«

Es war fast zwei Uhr morgens, als Bruce das Krankenhaus endlich gefunden hatte und die Schwestern ihm erlaubten, in ihr Zimmer zu gehen. Er mußte fünf oder sechs Schwestern erklären, daß er mit Melanie verlobt sei – dann verlief er sich und mußte von vorne anfangen. Er hatte überlegt, daß es sich nur um Patsy Carpenter und ihre Tochter Katie handeln konnte, die Melanie aus dem Knast herausgeholt hatten. Patsy hatte er ein einziges Mal getroffen, in Houston; Katie noch nie, obwohl Melanie die ganze Zeit davon geredet hatte, sie sollten sie mal besuchen. Sie hatten es auch vorgehabt, schoben es aber immer wieder vor sich her – Melanie wußte nicht so genau, ob Katie sie wirklich mochte oder nur freundlich erscheinen wollte.

Bis er endlich den Gang gefunden hatte, auf dem Melanies Zimmer lag, hatte er sich in eine gewisse Angst hineingesteigert, Patsy Carpenter gegenüberzutreten. Schließlich hatte er den Auftrag zum Ladendiebstahl gegeben – vielleicht war sie fuchsteufelswild.

Aber dann stieß er direkt mit ihr zusammen. Sie kam gerade aus dem Zimmer, als er reingehen wollte.

»Oh, Bruce«, sagte sie. »Sehr gut.« Sie sah müde aus, nahm ihn aber tatsächlich kurz in den Arm, was ihn überraschte. Zu seiner Erleichterung schien sie absolut nett zu sein, richtig nett.

»Melly war ziemlich schlecht dran, als wir das Gefängnis verließen, wir hatten keine Zeit, vorbeizukommen und dich zu holen – und ein Telefon ist ja auch nicht da«, sagte sie. »Wie um alles in der Welt hast du uns gefunden?«

»Hab's halt immer wieder versucht«, sagte Bruce voller Erleichterung, daß sie nicht böse auf ihn war.

»Geh rein, sie schläft«, sagte Patsy. »Sie wird sich freuen, dich zu sehen, wenn sie aufwacht. Ich wollte gerade den Cola-Automaten suchen.«

»Drüben links, bin eben dran vorbeigekommen«, sagte Bruce.

16.

Patsys zweiter Ehemann, Tomas, hatte nie ein Geheimnis daraus gemacht, daß er kreative Frauen haßte – Malerinnen, Schriftstellerinnen, Sängerinnen. »Frauen sollten nur Kleider machen«, pflegte er zu sagen. Die einzige kreative Frau, von der er jemals mit Bewunderung sprach, war Norma Kamali – aber selbst in diesem Fall konnte Patsy nicht herausfinden, ob er Kamalis Mode oder ihr gutes Aussehen schätzte. Er verachtete Schauspielerinnen, Ballerinen, Keramikkünstlerinnen, Bildhauerinnen. Sein Sekretär, sein Empfangschef und sämtliche Nachwuchsarchitekten – lauter Männer. Allein die simple Andeutung, eine Frau könne Architektin werden, verursachte bei ihm heftige Zukkungen der Verachtung. Patsy hatte die Mädchen einmal nach Washington mitgenommen, um ihnen das Vietnam-Denkmal zu zeigen. Als sie nach Hause kamen und sie ein Loblied auf Maya Lin anstimmte, gab Tomas ihr mitten auf der Einfahrt eine schallende Ohrfeige, direkt vor den Mädchen – er setzte den einen Koffer zu Boden und schlug sie ins Gesicht.

So erfolgreich er auch war als Architekt für Filmproduzenten und reiche Börsenmakler, Tomas' Traum war es, einmal ein Museum zu bauen. Er bemühte sich um alle lokalen Ausschreibungen, kam aber nie in die engere Auswahl. Er bewarb sich in Dallas, Atlanta, Hartford, Tacoma und Stuttgart, aber als er schließlich den Auftrag bekam, ein Museum zu bauen, sollte es in Guadalajara, Mexiko, sein. »Der letzte Ort der Welt, in dem ich auch nur fünf Minuten bleiben möchte«, sagte er verbittert. Tomas haßte Mexiko, seine Armut und seine Exzesse, vor allem aber, daß er selber Mexikaner war. Er tat alles, um die Tatsache zu verschleiern, daß er in Tijuana geboren war. Dennoch akzeptierte er den Auftrag und beleidigte Guadalajara, indem er dort das Museum baute, das er in Stuttgart hatte bauen wollen. Als Patsy ihm ernste Vorwürfe deswegen machte, brüllte er sie an und schrie, sie solle gefälligst den Mund halten. »Was weißt du denn schon?« sagte er. »Die Mexikaner sind Faschisten wie die Deutschen. Die verdienen auch ein deutsches Museum.«

Während des ersten Jahres ihrer Ehe mit Tomas ließ Patsy ihre kleinen Hoffnungen auf kreatives Arbeiten fahren. Nach dem Tode ihres Vaters, der ihr etwas Geld hinterlassen hatte, übernahm sie in Mill Valley die Bürgschaft für eine kleine Zeitschrift und veröffentlichte darin zwei Geschichten und ein Gedicht. In Taos half sie einer Theatergruppe, auf eigenen Beinen zu stehen, und machte den größten Teil der Kostüme für sie. Die Gruppe führte Brechts »Kaukasischen Kreidekreis« auf und erntete lokales Lob dafür. Sie hatte drei Romane begonnen und wieder aufgegeben – vom letzten hatte sie bereits mehr als fünfhundert Seiten geschrieben, als sie damit Schluß machte.

Drei oder vier Jahre malte sie; sie hatte eine Ausstellung in Carmel und eine weitere in Newport Beach. Tomas weigerte sich, mit ihr zu den Eröffnungen zu gehen; er lehnte es ab, auch nur einen Blick auf die Bilder zu werfen, und bestand darauf, daß sie sie komplett in ihrem Atelier aufbewahrte, möglichst weit vom Haus entfernt. Er gestattete ihr nicht mal, in Katies Zimmer eine kleine Gouache aufzuhängen, obwohl Katie das Bild gefiel und sie ihn um Erlaubnis bat.

Irgendwann gestattete er ihr einen Brennofen; sie machte als Töpferin große Fortschritte – bis Tomas ihr nach einem Streit sämtliche Töpferarbeiten zerschlug. Danach blieb der Brennofen ungenutzt stehen. Patsy brachte nicht mehr die Kraft auf, noch mal neu anzufangen.

Ein reicher Mann in Santa Barbara, der einen ziemlich angesehenen Verlag an der Westküste besaß, war daran interessiert, einen ihrer Romane zu veröffentlichen, vorausgesetzt, sie würde ihn fertig schreiben. Er war ein netter, liebenswerter Mann, von sich selbst ebenso enttäuscht, wie sie es von sich war; am Ende schlief sie mit ihm, stellte aber keinen ihrer Romane fertig.

Als sie es schließlich aufgab, kreativ zu sein, tröstete sie sich mit dem Gedanken, daß Förderer und Gönner ja auch sehr wichtig waren. Damals schlief sie mit einem aufgeweckten, redseligen Dichter. Er hieß Matt, nannte sich aber Mathias und beschäftigte sich mit einer neuen Übersetzung von Rilke, die der gleiche reiche Mann aus Santa Barbara herausbringen wollte. Matt erzählte Patsy alles über die reichen Frauen, die Rilke finanziell unterstützten; trotz seines klugen Kopfes war Matt ziemlich leicht durchschaubar. Ganz offensichtlich glaubte er, sie müsse ihm die Art von Luxus bieten, an den Rilke sich gewöhnt hatte und den die reichen europäischen Frauen gerne finanzierten.

Belustigt finanzierte Patsy diesen Luxus, indem sie Matt ein BMW-Motorrad kaufte. Eine Zeitlang fuhren sie mit dem Motorrad zu den etwas eleganteren Tanzveranstaltungen in L. A. Das war zu der Zeit, als Tomas im Sterben lag; doch irgendwie, selbst im Sterben, gelang es Tomas, ihr ihre Begeisterung für Matt aus dem Kopf zu treiben. Und das alles war, weil sie so ein Snob in bezug auf Kunst war. So schlimm und grausam Tomas auch gewesen war, er *besaß* eine Fähigkeit, die sie nur respektieren konnte. Die Verachtung, die Tomas nahezu allem entgegenbrachte, war auf schreckliche Art selbstzerstörerisch, aber er *besaß* seine eigenen Wertmaßstäbe und *war* einfach erste Klasse. Selbst solche Architekten, die ihn verachteten und die ihn mit Leichtigkeit austrickstend, wenn es um Aufträge ging, respektierten seine Arbeit.

Patsy wußte, daß ihr Hang zur ersten Klasse snobistisch war und, soweit es ihr eigenes Leben betraf, mindestens ebenso selbstzerstörerisch wie Tomas' ausufernde Verachtung; aber sie konnte diesen Hang nicht ablegen in bezug auf Kunst. Selbst ihre Töchter hänselten sie damit – sie selbst hatten die gesunde Eigenschaft, sich mit allerhand Kehricht abzugeben, und amüsierten sich ununterbrochen über ihren hohen Anspruch. Als sie in ihre radikale Phase eingetreten waren, stritten sie mit ihr darüber, daß sie die Gelder, die sie für Schauspielgruppen, Streichquartette oder Dichterlesungen rauswarf, lieber in Unterkünfte für Obdachlose oder Dritte-Welt-Hilfsorganisationen investieren sollte. Ihre schlimmsten Auseinandersetzungen mit ihrer älteren Tochter Ariadne drehten sich um die jeweiligen Verdienste der Unterstützung von Kunst im Vergleich zu dem, was Ariadne als Mildtätigkeit des Elends bezeichnete. Ariadne hatte von ihrem Vater das hohe Maß an Verachtung geerbt und auch seine Neigung zu körperlicher Gewalt. Bei Streitereien über das Thema Kunst versus Elend der Welt hatte sie ihre Mutter mehrmals geschlagen.

Ariadne war trotz ihrer Anteilnahme am Schicksal der Armen der Welt eine der attraktivsten und lebhaftesten jungen Frauen in L. A.; wenn sie in der Stadt war, konnte man sie fast allnächtlich in der Gesellschaft von Leuten antreffen, die mit Sicherheit nicht zu den Ärmsten der Welt gehörten – am Tisch von Jack Nichsolson im Helene's, zum Beispiel, oder an Jack Nicholsons Tisch, wo immer er auch aß. Ariadne war mit den Stars aufgewachsen und fand nichts dabei, mit ihnen auf Parties zu gehen. Als nächstes zerrte sie sie dann zu sandinistischen Spendenaktionen oder auf Benefizkonzerte, mit denen die Wale, die Regenwälder, die Obdachlosen oder sonst irgend etwas gerettet werden sollte.

Auch wenn sie von der Sache überzeugt war, tat Patsy ihr Bestes, nicht auf den gleichen Benefizveranstaltungen wie Ariadne aufzutauchen. Sie selbst arrangierte solche Dinge für das Symphonieorchester oder das Ballett, fürs Pasadena Playhouse oder irgendein Museum. Selbst nachdem sie wieder nach Houston gezogen war, kam sie noch immer wegen der wichtigsten Benefizveranstaltungen nach L. A., während mehr oder weniger ähnliche Veranstaltungen zur gleichen Zeit in Houston abliefen.

Tomas hatte gewußt, wie sehr sie es haßte, als Frau lediglich repräsentative Zwecke zu erfüllen, und noch auf seinem Sterbebett hatte er ihr immer wieder und wieder gesagt, daß es genau das war, was sie tat.

»Du hättest mehr Kinder haben sollen«, sagte er. »Kinder kriegen ist das, was du am besten kannst. Such dir einen netten kleinen Poeten und mach noch ein weiteres Baby mit ihm.«

Patsy fand den netten, kleinen Poeten in Matt, schaffte es aber, sich zurückzuhalten, ein Baby mit ihm zu machen. Im Innersten ihres Herzens stimmte sie Tomas zu – sie war ganz hervorragend geeignet, Babys zu machen, sie zu machen und sie großzuziehen. Ihre Mädchen waren richtig nette Mädchen geworden, auch wenn Ariadne ein wenig schrill war, und auch ihr Sohn Davey war nicht unnett – er war eben nur ein wenig uninteressant.

Sie hatte Bruce davon überzeugt, daß Melanie sich ein, zwei Tage in ihrem Stadthaus in Malibu ausruhen sollte, und ihm gesagt, auch er sei willkommen. Aber Bruce lehnte ab. Er hatte seinen Job im Valley und wollte lieber im Valley bleiben und seinen Job behalten; er hatte gute Aussichten, in Kürze in einen Ganztagsjob hineinzurutschen.

Melanie war beeindruckt, daß Bruce es geschafft hatte, sie im Krankenhaus ausfindig zu machen, war aber wegen des Babys traurig. Sie hatte es nur ein paarmal strampeln fühlen, und doch war es tatsächlich da – oder tatsächlich dagewesen. Jetzt hatte sie es verloren und trauerte ihm nach; vielleicht war es gar nicht schlecht, wenn sie und Bruce für ein paar Tage nicht zusammen waren. Vielleicht würde ihre Trauer sie beide niederdrücken. Der Arzt versicherte ihr, sie könne durchaus noch ein Baby bekommen, sie müsse nur drei Monate warten. Auch Patsy versicherte ihr, sie könne ein weiteres Baby bekommen. Sogar Bruce versicherte ihr, sie könnten es nochmals versuchen – er machte keineswegs den Eindruck, als sei er soeben einer lästigen Verpflichtung entkommen. Dennoch trauerte Melanie um das Baby, das nicht mehr da war – es war schon ein eigenes Selbst geworden, obwohl sie es noch nicht kennengelernt hatte. Auch wenn sie in einem Monat ein neues zeugen würden – es wäre nicht die gleiche kleine Person. *Die eine* kleine Person war verloren. Sie saß in einem Sessel auf dem Dachgarten von Patsys Haus und weinte den ganzen Tag. Sie bat ihre Großmutter, sie nicht zu besuchen, und ihre Großmutter schien – wenigstens diesmal – zu verstehen; jedenfalls gehorchte sie, und das kam noch seltener vor.

»Glaubst du, Granny ist traurig wegen des Babys?« fragte sie Patsy, als sie eines Morgens auf dem Dachgarten saßen. Der Himmel war bedeckt, die See war grau. Die Surfer sahen kalt aus, sogar in ihren Wärmeanzügen. Bruce wollte zu Besuch kommen, sobald er mit der Arbeit fertig war. Er wollte versuchen zu surfen und dazu eines von Ariadnes alten Surfbrettern benutzen. In ihrer gedrückten Stimmung dachte Melanie darüber nach, wie schrecklich es wäre, wenn er vom Brett gefegt und ertrinken würde. Aber sie sagte nichts von dieser Angst. Drei Tage lang hatte sie nichts anderes getan, als zu weinen; Patsy mußte ihrer Tränen bald überdrüssig werden.

»Oh, ganz bestimmt«, sagte Patsy. »Aurora ist sicher traurig. Das höre ich an ihrer Stimme. Wieso denkst du, sie wäre nicht traurig?«

»Ich weiß nicht«, sagte Melanie. »Sie kann Bruce nicht besonders gut leiden. Vielleicht denkt sie, daß wir uns jetzt, wo wir nicht mehr wegen des Babys zusammenbleiben müssen, einfach trennen oder so.«

Patsy hielt ihre Teetasse mit beiden Händen. Sie sah ernst aus. Trotz ihres ernsten Aussehens ist sie immer noch schön, dachte Melanie. Sie hatte sich immer gewünscht, so wie Patsy auszusehen – irgendwie mager und sexy und selbstsicher. Patsy sah ein bißchen wie Ali McGraw aus, und Melanie war ein großer Fan von Ali McGraws Aussehen – für sie war das das perfekte Aussehen. Im Moment war Patsy etwas traurig, aber Melanie gefiel sie trotzdem.

»Die meisten Großmütter sind von den Freunden ihrer Enkelinnen nicht besonders begeistert, weißt du«, sagte Patsy. »Wenn Bruce bei dir bleibt, wird sie ihn mit der Zeit schon mögen, und es sieht so aus, als würde Bruce bei dir bleiben.«

»Ja, das tut er«, antwortete Melanie. Für sie war es eine Überraschung gewesen, daß Bruce nicht einfach durchgedreht und abgehauen war. Er haßte es, mit der Polizei oder Krankenhäusern und dergleichen zu tun zu haben, trotzdem hatte er sich mit ihnen eingelassen. Als sie aufwachte, saß er ganz einfach da im Krankenzimmer zusammen mit Patsy. Er war zwar eingenickt – offensichtlich war er sehr müde –, aber ihn da einfach so sitzen zu sehen, hatte sie sehr gerührt. Das war sehr beruhigend.

Wenn sie darüber nachdachte, kamen ihr wieder die Tränen – vielleicht lag es aber auch daran, daß sie aufs Meer hinausblickte. Melanie überlegte, ob die Gezeiten etwas mit dem Weinen zu tun haben könnten – ihr kam es so vor, als würden die Tränen aus ihr herausgesaugt.

»Deine Großmutter und ich waren nie so richtig befreundet«, sagte Patsy nachdenklich. »Zwischen uns herrschte immer ein gewisses Konkurrenzverhältnis. Ich glaube, das lag an deiner Mutter.«

»Wieso? Was hat Mom gemacht?« fragte Melanie.

»Nichts, sie stand eben zwischen uns«, antwortete Patsy. »Deine Großmutter und ich wollten beide die Hauptperson in ihrem Leben sein, denke ich. Dann kam dein Vater, und von da an war keiner mehr von uns die Hauptperson in ihrem Leben.«

Sie stand auf, ging in ihr Schlafzimmer, suchte Flap Hortons Telefonnummer heraus und rief in Riverside an, wo er unterrichtete. Es war nur sein Anrufbeantworter dran, der perfekt programmiert war: »Professor und Mrs. Horton sind zur Zeit nicht im Hause; bitte hinterlassen Sie Datum und Uhrzeit Ihres Anrufes sowie eine Telefonnummer, einer von uns wird Sie zurückrufen. Der Pfeifton braucht eine Weile, bitte warten Sie ein wenig.«

Patsy wartete auf den langsamen Pfeifton; als er schließlich ertönte, war sie bereit.

»Du Schleimscheißer, ich möchte dich davon in Kenntnis setzen, daß Melanie eine Fehlgeburt hatte und Samstag abend im Oxnard-Gefängnis leicht hätte verbluten können. Im Gefängnis war sie, weil sie beim Klauen von Lebensmitteln erwischt wurde. Es sieht so aus, als wärst du nicht daran interessiert, ihr zu helfen. Sie ist jetzt in meinem Haus in Malibu und erholt sich. Ich schlage vor, Professor und Mrs. Horton denken mal darüber nach.«

Sie nannte ihre Telefonnummer und legte auf.

Auf dem Dachgarten war Melanie immer noch damit beschäftigt, sich die Augen zu trocknen – sie mußte eine Müslischüssel auf den Stapel verbrauchter Kleenextücher stellen, damit sie nicht weggeweht wurden und den Strand verunreinigten.

»War mein Vater nett, als du ihn vor langer Zeit kennengelernt hast?« fragte Melanie, als Patsy wieder zu ihr kam. In der letzten Zeit hatte sie sich um ihren Vater Sorgen gemacht und vor allem darüber nachgedacht, ob er ihr wegen der Ladendiebstähle die Hölle heiß machen würde. Er war nie laut oder gemein oder sonstwas geworden – er hatte halt eine ziemlich unangenehme Art, die Leute fertigzumachen. Bei ihr hatte er es nicht oft versucht, aber mit Tommy und Teddy war er sehr hart umgesprungen.

»Er war schon in Ordnung«, antwortete Patsy. »Eine Zeitlang hatte er eine Schwäche für mich, was alles ein bißchen unangenehm machte.«

Melanie konnte sich gut vorstellen, daß ihr Vater eine Schwäche für Patsy gehabt hatte – man konnte sich gut vorstellen, daß *jeder* Mann eine Schwäche für Patsy hatte. Selbst bei Bruce schienen sich erste Anzeichen bemerkbar zu machen, obwohl er bis zu dem Abend, an dem sie verhaftet wurde, eigentlich immer etwas Angst vor Patsy gehabt hatte.

Wie auch immer, was ihr Sorgen machte, war ihr Vater – sie konnte sich erinnern, daß er sie, als sie noch ein Kind war, sehr verehrt hatte. Er las ihr gerne vor, nahm sie mit in den Park und dergleichen. Doch das hörte auf, als sie ein Teenager und etwas dicklich wurde. Ab da war es ihr ziemlich klar, daß das, was er fühlte, eine Art Widerwillen war, fast so, als glaube er, sie sei infiziert oder so was. Es stimmte schon, sie hatte ihre Perioden, und nach einer Weile fing sie an, mit Jungen zu schlafen, aber das war ja schließlich eine völlig normale Entwicklung – wieso brachte das ihren Vater dazu, sie so sehr abzulehnen, daß er sie und Bruce noch nicht mal zum Essen einladen konnte?

»Es ist ein Wunder, daß du dich um mich kümmerst, Tante Patsy«, sagte Melanie und fühlte sich einen Moment sehr einsam; sie wünschte sich, das kleine Baby in ihr wäre nicht gestorben. Wenn es zur Welt gekommen wäre, würde sie sich vielleicht nicht mehr so allein fühlen.

»Wieso das, Schätzchen?« fragte Patsy und schaute das traurige Mädchen an.

»Du hast dich weder mit meiner Großmutter verstanden noch mit meinem Vater«, sagte Melanie. »Ich bin überrascht, daß sie dir überhaupt erlauben, mich zu sehen.«

»Ja, aber ich habe mich mit deiner Mutter verstanden«, erinnerte sie Patsy. »Sie sorgte dafür, daß dieser Unsinn, dich nicht sehen zu dürfen, erst gar nicht aufkam.«

»Oh«, sagte Melanie und griff nach einem neuen Kleenextuch. Der Gedanke an ihre Mutter und an das kleine verlorene Baby, die graue See und der bedeckte Himmel waren einfach zuviel für sie.

17.

»Aurora verbringt schrecklich viel Zeit mit Anziehen«, bemerkte der General und versuchte, seine Worte vorsichtig auszuwählen. Er und Rosie spielten eine kleine Partie Domino, und wie immer war Rosie stark mit ihren Berechnungen beschäftigt.

Dem General war traurig bewußt, daß ihm die Worte trotz aller Bemühungen immer häufiger entglitten. Es gab Tage, da fühlte er sich großartig, immer dann, wenn er sein altes Ich wiedergefunden hatte – oder besser, eben nicht sein *altes* Ich, sondern sein wirkliches Ich. Dann nannte er Rosie Rosie und Aurora Aurora und konnte so präzise sprechen wie jeder andere Mann und weit präziser als die Frauen dieses Haushalts. Selbstverständlich leugnete Aurora kategorisch, daß sich irgend jemand präziser ausdrücken konnte als sie, aber er und Rosie wußten beide, daß sie so gut wie nie präzise war, wenn es um Daten und Uhrzeiten und vieles andere ging.

Vor allem war sie vollkommen unberechenbar geworden, was den Zeitpunkt ihrer Heimkehr anbelangte. Früher war sie immer, ob in guten oder in schlechten Zeiten, vor Einbruch der Dunkelheit nach Hause gekommen; aber jetzt plötzlich konnte man überhaupt nicht mehr sagen, wann sie zurückkam. Manchmal versuchte er nachts, mit aller Kraft wach zu bleiben, und hoffte, Aurora würde kommen und mit ihm ein wenig reden – vielleicht sogar seine Hand halten. Aber in den meisten Fällen schaffte er es nicht. Er schlief ein und schlief schlecht. In den zwanzig Jahren hatte er sich an ein bißchen Bettgeflüster vor dem Einschlafen gewöhnt – ohne schlief er einfach nicht mehr so gut.

Wenn er mitten in der Nacht ins Badezimmer humpelte, war er ganz verwirrt, wenn er feststellte, daß Aurora nicht im Bett lag. Manchmal schlich er über den Innenhof der ersten Etage und schaute zur Garage hinüber. Der kleine Raum, in dem Aurora an ihrem lächerlichen »Memory-Projekt« arbeitete, befand sich über der Garage. Dort verwahrte sie all ihre Tagebücher, die Tischkalender ihres Ehemannes Rudyard, dazu die Terminkalender ihrer Mutter und die ihrer Großmutter – soviel er sagen konnte, besaß sie Tagebücher und Kalender, die bis zur *Mayflower* zurückreichten –, aber was sie sich von den Tagebüchern ihrer

Großmutter versprach, war ihm schleierhaft: Schließlich war es *ihr* Leben, das sie Tag für Tag rekonstruieren wollte, nicht das ihrer Großmutter.

Doch Aurora war empfindlich, was ihren sogenannten »Memory Room« anbelangte. Sie ließ niemanden rein, nicht mal Rosie. Wenn geputzt werden mußte, putzte sie selber, ein seltener Anblick. Sie behauptete, sie wolle Rosie nicht putzen lassen, weil Rosie zu gut putze: In ihrem Eifer, alles ordentlich zu machen, könne sie versehentlich eine Einladung oder ein Konzertprogramm wegwerfen, etwas, was Aurora vielleicht geholfen hätte, sich an einen wichtigen Tag des Jahres 1936 oder 1941 oder ähnliches zu erinnern.

Der General mußte zugeben, daß Rosie in der Tat dazu neigte, Dinge wegzuwerfen, die andere Leute gerne aufbewahren wollten. Mehrfach hatte sie Todesanzeigen weggeworfen, die er aus Zeitungen ausgeschnitten hatte – Todesanzeigen, die er aufbewahren wollte. Er hatte es sich angewöhnt, Todesanzeigen alter Waffenkameraden auszuschneiden – ihm kam es so vor, als seien nach dem Krieg mehr von ihnen gestorben als während des Krieges. Manchmal ging ihm der Gedanke durch den Kopf, wenn sie weiterhin so regelmäßig stürben, dann würde er eines Tages der älteste lebende Veteran des Zweiten Weltkriegs sein, vorausgesetzt, er konnte sein eigenes Sterben verhindern – keine leichte Sache, vor allem jetzt, da Aurora so unberechenbar geworden war und ihn nachts zu oft allein ließ.

Manchmal, wenn er über den dunklen Innenhof auf den kleinen Raum über der Garage starrte, glaubte er zu sehen, wie sich Gestalten hinter den Fenstern bewegten. Einmal vermeinte er Aurora zu hören, die ihre Opern sang – gar keine so unwahrscheinliche Vorstellung, denn Aurora liebte es, ihre Arien zu schmettern, wann immer sie Lust dazu hatte. Aber die sich bewegenden Schatten hinter den Fenstern waren schon schwieriger zu erklären. Vielleicht hatten sie gar nichts zu bedeuten. Vielleicht sprach Aurora ja nur mit Rosie. Beide schienen auf ihre alten Tage an Schlaflosigkeit zu leiden. Willie, Rosies Liebhaber, hatte im

Gefängnis eine andere Schicht bekommen – er hatte erst nach Mitternacht Dienstschluß und konnte kaum früher als gegen halb zwei bei Rosie auftauchen. Bis dahin vertrieb Rosie sich die Zeit mit Fernsehen, CNN natürlich, aber es konnte ja auch sein, daß sie und Aurora gelegentlich ein kleines Plauderstündchen im Memory Room abhielten.

Das erklärte allerdings nicht die Zeit, die sie fürs Ankleiden brauchte. Der General konnte sich schon denken, was dahintersteckte: Pascal hatte sie ihm schließlich ausgespannt! Natürlich war das nur eine Vermutung, allerdings eine sehr kluge Vermutung, wie ihm schien. Pascal war fast fünfzehn Jahre jünger als er, und diese Franzosen hatten eine Art, nicht aufzugeben, wenn es sich um Sex handelte.

Wenn man dann noch die unbestreitbare Tatsache hinzuaddierte, daß ihm doch so manches entglitt, dann hatte man es in seinen Augen mit einem Rezept für romantische Affären zu tun.

Der General hoffte, es würde sich ein Mittel gegen seine Vergeßlichkeit finden lassen, wußte aber nicht, was da in Frage käme. Eines Tages würde er seine Gedanken nicht mehr so fest im Griff haben – anstatt daß sie ordentlich aufmarschierten wie ein gut gedrillter Platoon, schienen sie nolens volens herumzuwandern, über Golfplätze, auf denen er gespielt hatte, oder über Schlachtfelder, auf denen er seine Schlachten geschlagen hatte. Er fing an, über etwas nachzudenken, und verlor dann völlig den Faden; seine Worte neigten dazu, sich genauso undiszipliniert zu verhalten wie seine Gedanken. Gelegentlich redete er Aurora mit Rosie an und Rosie mit Aurora.

Natürlich konnte man kaum erwarten, daß es einer Frau gefallen würde, mit dem Namen einer anderen Frau angeredet zu werden, dennoch schien er nicht in der Lage zu sein, das abzustellen, außer an seinen besten Tagen – und selbst an seinen besten Tagen konnte er, wenn er nicht aufpaßte, einen Fehler machen und Aurora ein paarmal mit Evelyn anreden.

Vielleicht war es dies, was Aurora in Pascals Arme getrieben hatte. Sie hatte sich vermutlich überlegt, wenn er sich schon nicht mehr an ihren Namen erinnern könne, dann sei sie besser dran, mit jemand anderem zu schlafen. Das war eine Einstellung, gegen die man kaum argumentieren konnte – was nicht hieß, daß er nicht eifersüchtig war. Im Gegenteil – je weniger sicher er war, desto eifersüchtiger wurde er. Mit der Zeit war er bei dem Gedanken, Aurora liege in den Armen dieses eingebildeten, kleinen Franzosen, so eifersüchtig geworden, daß er dazu überging, seinen alten Dienstrevolver in einer Schachtel unter dem Bett aufzubewahren – die gleiche Schachtel, in der er seine Medikamente aufbewahrte. Eine Zeitlang hatte er Aurora und Rosie offenbar an den Rand des Wahnsinns getrieben, weil er seine Medikamente über das ganze Haus verteilte – mit dem Erfolg, daß er diejenigen, die er gerade einnehmen sollte, niemals zu dem Zeitpunkt fand, an dem er sie einnehmen sollte.

Um dieses Problem zu lösen, hatte Aurora ihm eine alte, lederbezogene Schachtel gegeben, die ihrer Mutter gehört hatte – sie befahl ihm, seine Medikamente darin aufzubewahren. Danach bewahrte er sie auch tatsächlich darin auf, was Aurora und Rosie sehr zufriedenstellte. Sie kümmerten sich nicht mehr um die Schachtel und ahnten überhaupt nicht, daß er eines Tages, als sie einkaufen waren, seinen alten Dienstrevolver geölt und mitten zwischen die Pillen gelegt hatte. Der Gedanke, die Waffe bei der Hand zu haben, war tröstlich, wenn er nachts wach im Bett lag und hoffte, Aurora würde nach Hause kommen. Dann verspürte er beißende Eifersucht und stand manchmal aus dem Bett auf, um nachzuschauen, ob Pascal auf dem Rasen herumwanderte. Falls er tatsächlich eines Tages auf dem Rasen herumwandern würde, ein gutes Stück von Aurora entfernt, wollte der General ihn erschießen. In der Tat gab es eine ganz besondere Stelle, genau rechts von der Garage, an der er Pascal eines Nachts herumwandern zu sehen hoffte. Er war sich sicher, Pascal zu treffen, falls er an dieser Stelle stand.

Doch Pascal zu erschießen, rangierte unter der Überschrift »Zukünftige Freuden« und mußte mindestens so lange warten, bis Rosie ihren nächsten Dominozug gemacht hatte. Auf seine Bemerkung, Aurora brauche sehr viel Zeit zum Ankleiden, hatte sie keine Antwort gegeben. Die Tatsache, daß sie nicht geantwortet hatte, mußte nicht unbedingt, konnte jedoch etwas bedeuten, je nachdem, ob sie ihn überhaupt gehört hatte. Der General hatte einen derartigen Vorsprung beim Domino, daß es ihm im Grunde völlig gleichgültig war, ob Rosie einen Zug machte oder nicht. Er konnte es sich gut leisten, sie diese Runde gewinnen zu lassen, und hatte auch die Absicht, das zu tun, wenn er sie dazu bringen konnte, seinen Verdacht zu bestätigen.

»Glaubst du, sie hat einen Freund?« fragte er etwa zu der Zeit, als Rosie errechnet hatte, daß die doppelte sechs ihr bester Zug war.

»Weiß ich nicht, und würde ich dir auch nicht sagen, selbst wenn ich's wüßte«, antwortete Rosie und schob ihre doppelte sechs in Position.

»Warum zum Teufel denn nicht? Habe ich etwa keine Rechte?« fragte der General.

»Wes Brot ich ess', des' Lied ich sing'«, sagte Rosie. »So einfach ist das.«

»Du weißt es ja sowieso nicht«, sagte der General. »Ich glaube nicht, daß sie dir überhaupt etwas erzählt. Keinem von uns erzählt sie jemals etwas. Sie ist viel zu gottverdammt eingebildet, um sich damit aufzuhalten, ihrem eigenen Haushalt viel zu erzählen.«

»Nicht gerade viel, es sei denn, es geht darum, was sie essen möchte«, sagte Rosie. »Wenn es ums Essen geht, ist sie gar nicht schüchtern.«

»Ich glaube, es ist Pascal«, meinte der General. »Ich glaube, der hat sie mir weggenommen.«

Rosie gab keine Antwort. Sie war an der Reihe zu mischen, und sie mischte.

Der General interpretierte ihr Schweigen als Komplizenschaft, obwohl er feststellte, daß Rosie ein wenig verkrampft wirkte. Seiner Meinung nach hatte sie in letzter Zeit sowieso nicht besonders gut ausgesehen. Normalerweise war Rosie so lebendig, daß er dazu neigte, zu vergessen, daß sie keine junge Frau mehr war. Keiner in diesem Haushalt war mehr jung. Als er ihr zusah, wie sie die Dominosteine mischte, fiel ihm auf, daß Rosie eindeutig nachließ. Normalerweise mischte sie die Steine viel energischer als jetzt.

»Bist du krank, Rosie?« fragte der General, der plötzlich ein wenig Angst bekam. Er war lange der Überzeugung gewesen, er als der Älteste im Haus werde auch als erster sterben, aber neuerdings wurde ihm durch seine aufmerksame Arbeit mit Todesanzeigen auf unangenehme Weise klar – klar war ihm das sowieso schon, er vergaß es nur immer wieder –, daß die Menschen nicht unbedingt in strikter chronologischer Reihenfolge starben. Die Leute starben eben, wenn sie starben. Im letzten Jahr hatte er Todesanzeigen von Männern ausgeschnitten, die unter ihm gedient hatten. Einer oder zwei waren mehr als zwanzig Jahre jünger gewesen als er – und trotzdem hatten sie ins Gras gebissen, und er war noch auf den Beinen und spielte Domino.

Tatsache war, in diesem Haushalt gab es drei Menschen, und niemand konnte vorhersagen, in welcher Reihenfolge sie sterben würden. Jeden Tag konnte Aurora bei einem Autounfall auf dem Highway ums Leben kommen. Jeden Tag konnte seine Pumpe den Dienst quittieren. Und jetzt, da er darüber nachdachte, konnte Rosie einfach umkippen. Sie sah aus, als sei sie drauf und dran umzukippen, und das, während sie Dominosteine mischte.

»Bist du krank?« fragte er. Plötzlich ging ihm auf, daß er mit Aurora allein sein würde, wenn Rosie starb. All die Jahre war Rosie ihr Puffer gewesen – wenn sie jetzt tot umkippte, gab es keinen Puffer mehr. Kein sehr erfreulicher Gedanke. An Tagen, an denen zwischen ihm und Aurora schlecht Wetter herrschte, konnte er immer nach unten gehen und mit Rosie Rommé spielen – oder fernsehen, wenn sie zum Spielen nicht in der richtigen Stimmung war.

»Ich wünschte, Melly würde nach Hause kommen«, sagte

Rosie. »Ich weiß, daß sie raus muß und ihr eigenes Leben leben soll und all das, aber sie fehlt mir, und ich wünschte, sie käme nach Hause. Sie fehlt mir so sehr, daß ich es fast schon schmecken kann.«

»Ja, aber bist du krank?« fragte der General.

»Nicht besonders, es sei denn, du meinst krank darüber, daß sich die gleichen Dinge millionenmal wiederholen. Wir brauchen jemand Junges hier. Wir sind nur ein Haufen alter Leute, die nichts anderes zu tun haben, als sich miteinander zu zanken.«

In der Tat, sie vermißte Melly furchtbar – so sehr, daß sie gezwungenermaßen erkannte, die Ordnung der Dinge lange Zeit falsch eingeschätzt zu haben. Sie hatte immer gedacht, Melly sei in starkem Maße von ihr abhängig – es sei ein Teil ihrer Aufgabe als Mensch, Melly auf dem richtigen Kurs zu halten.

Jetzt mußte sie erkennen, daß alles genau umgekehrt war. Sie war es, die von Melly abhängig war, und es war Mellys Aufgabe, *sie*, Rosie, auf dem richtigen Kurs zu halten.

Außerdem war am Tag zuvor einer ihrer Enkel aus einem Fenster im zweiten Stock gefallen und hatte sich den Schädel gebrochen. Er überlebte; der Schädelbruch war nicht ganz so schlimm, keine Gehirnschäden oder dergleichen, aber es war ein weiterer Punkt, über den man sich Sorgen machen mußte, und sie hatte schon einiges, worüber sie sich Sorgen machen mußte.

Als ob das noch nicht genug sei – Rosies Meinung nach war es durchaus genug –, befanden sie und Aurora sich auch noch in einer jener Phasen, in denen sie nicht gut miteinander auskamen. Die meiste Zeit konnte sie Aurora gut leiden – immerhin hatten sie vierzig Jahre miteinander verbracht –, und es gab ja auch Zeiten, in denen sie prima miteinander auskamen, ohne groß darüber nachzudenken. Aber es gab diese Phasen, in denen sie Aurora nicht gut leiden konnte, wenn ihre Eitelkeit und Selbstsüchtigkeit und Arroganz so groß wurden, daß es kaum noch auszuhalten war.

Im Augenblick schien Rosie in einer dieser Phasen zu stecken, in denen sie Aurora nicht nur nicht besonders gut leiden konnte, sie konnte sie kaum noch ertragen. Schon anhören zu müssen, wie sie unter der Dusche ihre Opernarien sang, reichte aus, um in ihr den Wunsch zu wecken, ein Schlachtermesser zu ergreifen und sie umzubringen, wie in *Psycho*. Manchmal war ihr schon danach, Aurora umzubringen, wenn sie nichts Harmloseres tat, als sich Seifenopern anzuschauen und dabei selbstzufrieden auszusehen. Rosie gelangte notwendig zu dem Schluß, sie habe Aurora Greenway im Laufe von vierzig Jahren ein paarmal zuviel selbstzufrieden gesehen.

»Das Problem mit Aurora ist, daß sie ein schlechter Gewinner ist«, sagte sie zum General. »Sie kann gut verlieren – wenn sie verliert, kann man gar nicht anders, als sie zu mögen. Aber wenn sie gewinnt, ist es eine ganz andere Geschichte. Wenn sie gewinnt, ist sie an nichts anderem interessiert als an sich selbst.«

»Ich denke, du hast recht«, sagte der General. »Ganz sicher hat sie an mir kein Interesse mehr.«

Sobald er einen Moment darüber nachdachte, wurde ihm Rosies Theorie immer schlüssiger. Aurora hatte schon immer eine Tendenz zur Arroganz gehabt, und jede Art von Erfolg führte nur dazu, diese Tendenz zu steigern.

»Wenn sie gewinnt, ist es, als hätte man es mit einer Königin zu tun«, bemerkte Rosie, während sie beide ihre Steine einsammelten.

»Als ob man es mit einer Kaiserin zu tun hätte«, korrigierte der General.

Wie immer, wenn Rosie etwas Negatives über Aurora sagte, bekam sie Schuldgefühle. Schließlich hatte Aurora ihr viele Freundlichkeiten erwiesen. Es war Aurora gewesen, die mit ihr die ganze Nacht im Krankenhaus blieb, als ihr jüngster Sohn, Little Buster, fast an rheumatischem Fieber gestorben wäre. Tatsache war, daß es bei jedem ernsthaften Krankheitsfall oder bei einer anderen Krise, die ihre sieben Kinder betraf, Aurora gewesen war, und nicht der jeweilige männliche Partner, der ihr zur Seite gestanden hatte, bis die Krise vorüber war.

Erst diese Woche war Aurora nach L. A. geflogen, um Melanie und Bruce zu helfen, ein schöneres, sichereres Apartment zu finden; es stimmte einfach nicht, daß sie nie etwas für andere tat, wenn sie selbst auf der Gewinnerseite stand. Alles, was *wirklich* stimmte, das gab Rosie im Inneren zu, war, daß sich Aurora jetzt in Jerry Bruckner verliebt hatte, ein Mann, der viel zu jung war für sie; und daß sie, weil sie jetzt verliebt war, weder Zeit noch Interesse daran hatte, sich Rosies Klagen über Willie anzuhören – und bei Willie begann sich herauszustellen, daß er ein paar ernsthafte Probleme hatte, wovon eines hieß, daß Willie heroinabhängig war. Zu seiner eigenen Verteidigung führte Willie an, alle Gefängniswärter seien heroinabhängig, eine Behauptung, die Rosie nicht akzeptierte. Sie vermochte nicht einzusehen, daß *alle* Gefängniswärter heroinabhängig sein sollten, aber das war ja nicht ihr Problem. Ihr Problem war, daß der *eine* Gefängniswärter, mit dem sie schlief, heroinabhängig war. Willie hatte sein Problem erst in der vergangenen Woche im Zusammenhang mit einem Gespräch übers Heiraten offenbart – Willie war sehr daran interessiert, daß Rosie ihn heiratete, und Rosie hätte auch gerne zugegeben, daß sie darüber nachdachte, wenn Aurora diesem Geständnis gegenüber auch nur das kleinste Zeichen von Interesse gezeigt hätte. Aber Aurora hatte nicht, und als wäre das noch nicht genug, hatte Rosie gerade erfahren, daß sie im Begriff stand, Urgroßmutter zu werden. Wenn Melanie keine Fehlgeburt gehabt hätte, wäre sie damit einverstanden gewesen, in dem sicheren Wissen, daß Aurora mehr oder weniger zur gleichen Zeit ebenfalls Urgroßmutter geworden wäre; aber Melanie hatte diese Fehlgeburt nun mal gehabt.

Außerdem war die Tatsache, daß sie der Urgroßmutterschaft ins Gesicht starrte, ein schwerwiegender Punkt bei ihren Überlegungen zu Willies Heiratsvorschlag. Von welcher Seite aus sie es auch immer betrachtete, es wirkte schon ein bißchen geschmacklos, wenn eine Urgroßmutter in der Gegend herumbumste. Was sollte sie ihren Kindern und Enkelkindern sagen, von den Urenkelkindern ganz zu schweigen?

Aber Aurora, die selbst Urgroßmutter war und das sicher innerhalb der nächsten ein, zwei Jahre erneut werden würde, da Melanie und Bruce durchaus willens waren, es weiterhin miteinander zu versuchen, bumste ganz eindeutig in der Gegend herum – und dann auch noch mit einem Mann, der früher oder später nichts anderes tun würde, als ihr das Herz zu brechen. Immerhin war Aurora dreißig Jahre älter als Jerry: In Rosies Augen gab es nur eine Möglichkeit, wie diese Geschichte enden konnte!

Währenddessen überprüfte der General seine Spielsituation und versuchte gleichzeitig, über Rosies neue Theorie, Aurora sei eine schlechte Gewinnerin, nachzugrübeln. Je mehr er über die neue Theorie nachdachte, desto mehr neigte er dazu, ihr zuzustimmen. Doch gab es auch *einen* beunruhigenden Aspekt an der Sache – was gewann Aurora zur Zeit eigentlich dabei, sie beide hier so zu vernachlässigen?

»Warum behandelt sie uns auf diese Weise?« fragte er. »Ich finde nicht, daß Pascal ein so toller Gewinn ist. Ich habe die Absicht, ihn zu erschießen, wenn ich kann, aber selbst wenn ich danebenschieße und er mit dem Leben davonkommt, ist es für sie immer noch kein Grund, sich wie eine gottverdammte Kaiserin aufzuspielen.«

»Ach, schieß Pascal lieber doch nicht tot«, sagte Rosie. »Pascal ist gar nicht so übel. Wenn du ihn abknallst, stecken sie dich ja doch nur nach Huntsville, und dann muß Willie dich auch noch bewachen. Du mußt nicht unbedingt im Gefängnis landen, und Willie hat keinen weiteren Bedarf an Mördern, die er bewachen muß.«

»Nun ja, das verstehe ich, glaube ich«, meinte der General.

Rosie seufzte.

»Jetzt klingst du genau wie Aurora«, bemerkte der General. »Ihr beide seufzt die ganze Zeit. Warte mal, bis du mein

Alter erreichst. Dann hast du wirklich was, worüber du seufzen kannst.«

»Dein Zug«, antwortete Rosie.

So wie es aussah, führte der General perverserweise mit einem doppelten Blank, was soviel hieß wie überhaupt nicht zu führen. Aber letztendlich war er ein verrückter, alter Mann, und daß Aurora ihn vernachlässigte, machte ihn jeden Tag noch verrückter. Rosie wußte natürlich, daß es eine schwere Prüfung darstellte, mit dem General zu leben und jeden Morgen neben ihm wach zu werden und ansehen zu müssen, wie er mit offenem Mund schlief. Männer, die mit offenem Mund schliefen, waren ihr schon immer ein Greuel gewesen. Willie schnarchte wie ein Elefant, aber wenigstens schnarchte er mit geschlossenem Mund.

»Du liegst nicht besonders gut in Führung«, kommentierte sie und spielte ein Fünfer-Blank aus.

»Ich habe geführt, nicht du«, gab der General zurück. »Manchmal denke ich, ich sollte Aurora erschießen und Pascal leben lassen. Doch ohne Pascal komme ich gut zurecht, nicht aber ohne Aurora.«

»Du solltest dir dein dummes Gehirn wegpusten«, antwortete Rosie. »In diesem Haus ist noch nie zuvor eine Kugel abgefeuert worden, und beim ersten Schuß verlasse ich das Haus.«

»Rosie, das war doch nur Gerede«, sagte der General, der einen schnellen Rückzug antrat. »Hast du noch nie den Drang gespürt, Aurora ein bißchen runterzuholen, wenn sie sich aufführt wie eine verdammte Kaiserin?«

»Ja, aber doch nicht so tief runter«, sagte Rosie. »Du redest davon, sie einsachtzig tief runterzuholen.«

»Das war doch nur so dahergeredet«, wiederholte der General. Ihm war klar, daß er zu weit gegangen war. Rosie sah nicht nur nicht gut aus – jetzt sah sie auch noch so aus, als wolle sie heulen. Er verstand überhaupt nicht, warum die Frauen ihn ewig ernst nahmen, wenn er ganz offensichtlich nichts Ernsthaftes sagte. Aurora tat das auch. Aurora hatte das schon immer getan. Er brauchte nur irgendeinen überflüssigen Gedanken zu äußern, irgendwas, was er in seinem ganzen Leben niemals wirklich tun würde, und schon hatte Aurora ihn sofort ernst genommen und brach entweder in Tränen aus oder stürmte aus dem Zimmer.

»Nur Gerede«, sagte er zum drittenmal. »Kannst du dir vorstellen, daß ich Aurora wirklich erschieße?«

»Ja, ich kann mir vorstellen, daß du sie erschießt!« sagte Rosie und spürte, daß sie die Kontrolle über sich verlor. »Ich kann mir sogar vorstellen, daß *ich* sie totschieße! Ich kann mir vorstellen, daß irgend jemand sie erschießt – das ist es ja, was mich wahnsinnig macht! Aber ich bin ja nicht die einzige, die hier wahnsinnig ist. Du bist verrückt, und sie ist verrückt, und Willie ist rauschgiftsüchtig, und ich weiß einfach nicht mehr, was mit uns noch alles passieren wird!«

Bevor der General noch ein Wort sagen konnte, brach Rosie in Tränen aus, fegte die ganzen Dominosteine vom Tisch, sprang von ihrem Stuhl auf und rannte aus dem Zimmer. Sie hatte einen jener Anfälle, die auch Aurora hatte. Er hörte sie heulen, während sie die Treppe runterrannte. Er fühlte sich schrecklich. Alles, was er versucht hatte, war ein harmloses Dominospiel gewesen, und jetzt bekam eine Frau einen Anfall, bloß weil er den Unsinn von sich gegeben hatte, Aurora und ihren derzeitigen Liebhaber erschießen zu wollen. Er hatte keineswegs die Absicht, irgend jemanden totzuschießen, Rosie hätte das wissen müssen, aber offenbar hatte er einen falschen Nerv berührt, das Dominospiel war zu Ende, der Haussegen hing schief, und er war allein. Rosie war die einzige Frau auf der Welt, die sich die Mühe machte, ihm die Eier so zu kochen, wie er es gerne hatte. Er wünschte sich, er könne seine Worte rückgängig machen, aber sie waren schon Geschichte geworden, wie Omaha Beach. Sie waren zwar nicht ganz so schlimm wie Omaha Beach, aber Geschichte waren sie trotzdem. Es schien ihm eine besondere Tragik darin zu liegen, daß man nichts mehr ändern konnte, wenn etwas bereits geschehen war: Kein Wort ließ sich zurückholen, kein Schlachtplan abändern. Männer fielen im Kampf, und Frauen bekamen Anfälle, und das war's.

Der General fühlte sich so traurig bei dem Gedanken an all die Dinge, die sich nicht mehr ändern oder rückgängig machen ließen, daß ihm ein paar Sekunden lang sein Alter als einzige Quelle des Trostes erschien. Bald würde er nicht mehr soviel Trauer in seinem Herzen verspüren wegen ein paar beiläufiger, dummer Worte, die eine Frau, die ihm ans Herz gewachsen war, in einen Anfall stürzten – bald würde er neben den Gefallenen von Omaha Beach ruhen.

Ihm kam es so vor, als sei es langsam für ihn an der Zeit zu sterben, aber er war natürlich noch nicht ganz tot, und Anfälle, wie schlimm sie auch sein mochten, mußten durchgestanden werden. Ein paar Minuten lang saß er in seinem Sessel und knetete die Hände. Seine Hände taten ihm häufig weh; sie zu kneten schien den Schmerz zu lindern. Er hoffte nur, Rosie würde alles abschütteln und zurückkommen und hallo sagen oder so was, damit er wußte, daß sie nicht mehr allzu böse auf ihn war.

Aber Rosie kam nicht zurück und sagte hallo, deshalb saß der General allein da und knetete seine Hände. Er entsann sich seiner Pistole – er könnte sich ja ganz einfach umbringen. Das würde die Girls ihrer Verantwortung entheben; wirklich, das wäre sicherlich das beste – er hatte ja ein gutes Leben geführt. Einmal hatte er sogar ein Hole in One gespielt, ausgerechnet in Valdosta, Georgia. Danach hatte es einiges Durcheinander mit Evelyn gegeben – er war so aufgeregt gewesen nach diesem Schlag, daß er Lust auf Sex bekam, obwohl zu dem Zeitpunkt bereits Jahre vergangen waren, seitdem er und Evelyn Sex miteinander gehabt hatten. Evelyn war entsetzt gewesen – sie wollte nicht so richtig. Schließlich war sie es nicht gewesen, die das Loch mit einem Schlag getroffen hatte, und war auch nicht in der Stimmung, etwas zu ändern, was seit Jahren unverändert war. Am Ende ging er in den Offiziersclub und ließ sich von den Leuten zu Drinks einladen. Es war ein sehr schöner Schlag gewesen.

Aber das alles war Jahre her, noch bevor er Aurora kennenlernte. Er und Aurora hatten zwanzig Jahre gebraucht, um es hinter sich zu bringen, jetzt sah es so aus, als hätten sie das meiste tatsächlich hinter sich. Er liebte sie – wäre es nicht geradezu ein Akt der Freundlichkeit, sich zu erschießen und sie aus der Verantwortung zu entlassen? Und Rosie bräuchte sich dann nicht mehr mit seiner Quengelei wegen der gekochten Eier herumzuärgern.

Das Problem war natürlich, daß man nie wissen konnte, wie Frauen reagieren würden. Selbst wenn er einen Abschiedsbrief zurückließ und erklärte, sein Tod sei ein Akt der Freundlichkeit, würden die Girls es vielleicht nicht ganz so sehen. Rosie würde sich selbst die Schuld geben – vielleicht Aurora genauso. Vielleicht würden sie den Rest ihres Lebens damit verbringen, sich jeweils selbst die Schuld an seinem Tod zu geben – dergleichen hatte er in Familien von Selbstmördern schon erlebt.

Der General stieß ein paar Seufzer jener Sorte aus, die er bei Rosie und Aurora so sehr haßte. Beinahe hätte er sich in den Selbstmordgedanken hineingesteigert, aber dann, nach logischer Überlegung, hatte er ihn sich wieder aus dem Kopf geschlagen. Er mußte halt einfach weitermachen, Unordnung oder keine Unordnung. Im ersten Akt dieses Dramas des Weitermachenmüssens ließ er sich vorsichtig auf die Knie nieder und fing an, die Dominosteine einzusammeln, die Rosie auf den Fußboden gefegt hatte.

18.

»Granny, ich kritisiere dich ja gar nicht«, sagte Teddy und fragte sich, ob der alte Cadillac so heiß laufen würde, daß er überkochte.

»Vielleicht solltest du das sogar«, sagte Aurora, die ihre Ringe polierte. Wenn sie an irgend etwas zweifelte, polierte sie immer ihre Ringe – in der letzten Zeit hatten die Ringe viel Politur abbekommen.

Die beiden steckten in einem Stau auf der I-45-Autobahn, die direkt nach Huntsville und zum Gefängnis führte. Sie selbst war fest entschlossen, ihrem Schwur treu zu bleiben: Sie hatte nicht die Absicht, das Gefängnis zu betreten und Tommy zu besuchen. Teddy argumentierte dagegen, egal, wie pervers Tommy auch war, er war immer noch einer von ihnen. Die Familie konnte ihn nicht einfach so aufgeben. Er wollte reingehen und Tommy besuchen, Aurora konnte ja im Wagen bleiben. Jane war dagegen gewesen – sie meinte, Tommy sollte ruhig da sitzen, bis er sich so weit beruhigt hätte, wieder ein besseres Benehmen an den Tag zu legen. Rosie war dafür, der General war geteilter Meinung, und Aurora war mindestens zweigeteilter Meinung. Jede Erwähnung oder jeder Gedanke an Tommy regte sie auf.

»Wo ist die kleine rote Nadel?« fragte sie und schaute nervös auf den Temperaturanzeiger des Cadillac. Der Verkehr vor und hinter ihnen schien erstarrt zu sein – ihr war sehr heiß, aber man konnte ja nicht mal daran denken, die Klimaanlage einzuschalten. Sie standen seit mehreren Minuten auf der gleichen Stelle. Wenn man jetzt die Klimaanlage einschaltete, auch nur für eine Minute, dann würde der alte Wagen wahrscheinlich explodieren. Er hatte unter ähnlichen Umständen bereits mehrmals den Geist aufgegeben, doch da war Rosie immer bei ihr gewesen, und Rosie schien sich mit überkochenden Autos auszukennen. Nach einiger Zeit hatten sie es immer bis nach Hause geschafft.

Bei Teddys Mechanikerqualitäten war sie da gar nicht so sicher. Es kam ihr so vor, als zittere Teddy heftiger; sein zunehmendes Zittern war einer der Gründe für ihre Zustimmung gewesen, mit ihm nach Huntsville zu fahren. Sie mußte jede Möglichkeit ergreifen, um zu verhindern, daß Teddy wieder in einer psychiatrischen Anstalt landete. Sein Problem war nicht Jane, und ihre Liebhaberin auch nicht. Immer wenn Teddy Anzeichen zunehmender Destabilisation zeigte, war Jane so geduldig und hilfsbereit, wie man nur sein konnte. Jeder, der in Teddys Leben eine Rolle spielte, erwies sich in diesen schwierigen Zeiten als geduldig und hilfsbereit. Rosie versorgte ihn mit Kuchen, Mr. Wey half ihm bei der Arbeit, und Aurora achtete darauf, daß sie mehrmals in der Woche mit ihm sprach.

Doch tief in seinem Inneren rotierte seine Kompaßnadel. Inzwischen ging er regelmäßig zu Jerry Bruckner – Aurora hatte darauf bestanden. Trotz ihrer Zweifel an seinen fachlichen Fähigkeiten schien Jerry ein hilfreicher Therapeut zu sein. Ein konstanter Strom von Stummen und Gebrochenen schien sich durch seine Praxis zu bewegen; Rosies Freund Willie, der sie alle mit der Nachricht konsterniert hatte, er sei seit achtundzwanzig Jahren heroinsüchtig, suchte auch Hilfe bei Jerry. Rosie meldete sogar ein Abklingen seiner Reizbarkeit seit dem Beginn der Sitzungen.

»Die rote Nadel ist in Ordnung«, sagte Teddy. »Sie berührt das H noch nicht. Wenn wir uns ein bißchen weiterbewegen könnten, wäre alles in bester Ordnung.«

Kaum hatte er das gesagt, da rasten kreischend drei Krankenwagen auf der Standspur an ihnen vorbei.

»Da vorne sind Tote – oder Leute, die gerade sterben«, sagte Aurora niedergeschlagen und wischte sich den Schweiß vom Gesicht. »Ich hasse es, mich wie ein schwitzendes Tier zu fühlen«, sagte sie. »Aber genauso komme ich mir vor.«

Der Autostrom bewegte sich ein paar Meter vorwärts und kam dann erneut zum Stehen. Teddy beschloß, an der nächsten Abfahrt rauszufahren, falls sie jemals eine Abfahrt erreichen würden. Eine Fahrt über die Landstraße würde zumindest etwas Erleichterung bringen. Der Wagen würde sich abkühlen, vielleicht auch seine Großmutter. Sie war niemand, mit dem man es leicht hatte, wenn sie unzufrieden war, und im Moment war sie sehr unzufrieden. Mit ihrem neuen Liebhaber, Dr. Jerry Bruckner, schien es nicht besonders gut zu laufen, aber sie war offenbar noch nicht soweit, ihn aufzugeben.

»Niemand kritisiert dich«, wiederholte er.

»Nicht offen, aber auch nur, weil ihr wißt, daß ich scharfe Antworten gebe«, sagte Aurora. »Ich bin sicher, du und Jane, ihr findet es komisch, daß sich eine Frau in meinem

Alter einem Mann an den Hals wirft, der ihr Sohn sein könnte.«

»Du kümmerst dich viel zu sehr um das Alter«, antwortete Teddy nervös. Die rote Nadel berührte mittlerweile das H – er hielt es doch für besser, über den Standstreifen zur nächsten Ausfahrt zu fahren. Es schien unfair zu sein, nicht wie alle anderen in der Autoschlange zu bleiben und zu warten; andererseits, wenn der Wagen überkochte, würde das den Stau nur noch schlimmer machen.

Mittlerweile störte ihn das Verhalten seiner Großmutter, obwohl er es nicht offen zugab – ihre Affäre mit dem jungen Psychotherapeuten brachte ihren Atavismus zum Vorschein. Sie war schon immer unbescheiden gewesen, aber normalerweise hatte sie dabei etwas Stil gezeigt und ihre Selbstsucht mit Ironie zur Schau getragen; die Leute verdrehten die Augen und redeten hinter ihrem Rücken, aber niemand lehnte sie deshalb ab. Manchmal schockierte sie die Leute, doch meistens erheiterte sie sie, und die Leute nahmen es ihr nicht übel. Selbst jemand wie Patsy, die nicht viel von seiner Großmutter hielt, ließ sie gewähren.

Andererseits schien seine Granny ein ziemlich gutes Urteilsvermögen zu besitzen, was persönliche Beziehungen anbelangte. Dr. Bruckner war ihm sympathisch, auch wenn er ihn nicht für besonders intelligent hielt. Er wirkte irgendwie passiv, wie die meisten Klapsdoktoren; wenn er entgegen allem Anschein doch klug war, dann konnte er es sehr gut verbergen. Teddy wußte, daß seine Großmutter hingegen wirklich klug war. Sie war es auch gewesen, die ihn immer ermutigt hatte, sich gleichwertige Beziehungspartner zu suchen – sie hatte Janes Intelligenz sofort erkannt und ihn gedrängt, bei ihr zu bleiben, obwohl sie wußte, daß Jane mehrmals in einer psychiatrischen Anstalt gewesen war und sogar ein- oder zweimal in die Zwangsjacke gesteckt werden mußte, weil sie selbstmörderische Tendenzen erkennen ließ.

»Es ist ein trauriges Schicksal, mit jemandem leben zu müssen, der nicht so gescheit ist wie man selbst«, hatte Aurora ihm damals gesagt. »Ich weiß Bescheid, denn mir ist es so ergangen.«

»War mein Großvater dumm?« fragte Teddy, der ziemlich überrascht war. Sein Großvater war gestorben, bevor er oder seine Geschwister geboren wurden.

»Er war nicht völlig unintelligent«, antwortete Aurora. »Aber er war nicht so gescheit wie ich und lange nicht so interessiert. Ich mag Jane, weil sie so sehr interessiert ist an allem. Ich hoffe, du tust alles, damit sie bei dir bleibt.«

Teddy *hatte* sein Bestes getan, und sie war auch bei ihm geblieben. Er konnte sich gegenwärtig überhaupt nicht vorstellen, was er machen würde, wenn es ihm eines Tages, aus welchem Grund auch immer, nicht mehr gelang, sie zu halten. Der Wagen kroch ein paar Meter vorwärts, was ihm aber genug Raum gab, um auf den Seitenstreifen auszuweichen – der Temperaturanzeiger war gerade dabei, das H zu überschreiten, was gar nicht gut war. Ihm persönlich machte Hitze nichts aus – sie war ihm jedenfalls lieber als Kälte –, aber seine Granny, die neuerdings etwas an Gewicht zugelegt hatte, sah aus, als würde sie zerfließen. Was sie jetzt wirklich nicht gebrauchen konnten, war ein überkochender Kühler.

Aurora überlegte, ob sie Teddy sagen sollte, daß Jerry Bruckner kein akkreditierter, am College ausgebildeter Psychotherapeut war. Sie hielt es für besser, es nicht zu sagen. Obwohl Teddy selbst vom College abgegangen war, blieb er in bezug auf die Schule immer ein Snob. Früher hatte es ihn gereizt, sich mit Psychotherapeuten, die in Harvard oder Stanford studiert hatten, anzulegen. Wenn er herausbekam, daß sein neuer Doktor der Sohn eines Showgirls aus Las Vegas war und sich sein berufliches Wissen lediglich autodidaktisch angeeignet hatte, konnte das seinen Snobismus wiederaufleben lassen. Jerry zufolge war der im alltäglichen Leben so passive Teddy ein äußerst aggressiver Patient, schnell in der Diskussion und sehr gut informiert über psychiatrische Konzepte und Persönlichkeitsstrukturen.

Obwohl sie es strengstens vermied, Jerry Fragen zu stellen, die ihn vielleicht in Versuchung gebracht hätten, persönliche Dinge wiederzugeben, die Teddy ihm gesagt hatte – Dinge, die sich auf seine Mutter oder sie selbst bezogen –, bedauerte sie es fast schon, Teddy zu einer Therapie bei Jerry bewegt zu haben. Sie hatte den Eindruck, Jerry lasse sich von Teddy einschüchtern. Zumindest war er intellektuell von Teddy ziemlich eingeschüchtert, was dazu führte, daß sie sich ihrer eigenen Situation nicht mehr ganz sicher war. Jerrys Patienten waren bei weitem keine Intellektuellen. Es waren einfache Leute, viele von ihnen schon älter, deren Seelen vom Leben malträtiert worden waren. Sie verstanden weder etwas von psychiatrischen Konzepten noch von den Strukturen ihrer eigenen Persönlichkeit. Alles, was sie brauchten, war ein wenig Sympathie, ein wenig Gesellschaft und ein paar mit gesundem Menschenverstand erteilte Ratschläge. Ein Teil von Jerrys Beliebtheit bestand in seiner Großzügigkeit – er berechnete seinen Patienten nicht viel, er nahm sie ernst und tat sein Bestes, um ihnen zu helfen, und half ihnen in den meisten Fällen auch tatsächlich.

Trotzdem war es nicht sehr tröstlich, daß sie mit einem Mann schlief, der sich intellektuell und auf mancherlei Weise auch gesellschaftlich von ihrem Enkel einschüchtern ließ. Sie hatte auf der Beziehung bestanden und bestand immer noch darauf – nicht daß Jerry besonders viel Widerstand geleistet hätte. Er war wie ein langsam schwimmender Fisch, und es war völlig klar, daß jeder, der sich die Mühe machte, die Angel nach ihm auszuwerfen, ihn auch fangen konnte: Kellnerinnen, Stewardessen, Mädchen, die in Gesundheitszentren arbeiteten, sogar eine alternde Frau wie sie selbst. Jerry ergriff so gut wie nie die Alternative, wehrte sich allerdings auch so gut wie nie; als sie auftauchte, ließ er sie gewähren, aber langsam begann es sie zu ärgern, daß er niemals Initiative zeigte. Er würde niemals mitten in der Nacht gegen ihre Tür hämmern, trunken vor Liebe und glühend vor Begierde, wie Pascal es mittlerweile dreimal getan hatte, seit sie ihn zum Essen ausgeführt und ihm mit freundlichen Worten erklärt hatte, sie sei anderweitig engagiert.

Wie dem auch sei, Tatsache war und blieb, daß Jerry Bruckner sie körperlich ungeheuer anzog – und zwar so heftig, daß sie seine Passivität und seinen Mangel an Initiative tolerierte, lauter Fehler, wegen der sie, als sie noch jünger war, zahllosen Männern den Laufpaß gegeben hatte. Eigentlich hatte sie keinen Zweifel daran, daß Jerry sie auf seine Art mochte; ja, sie wußte sogar, daß er von ihr fasziniert war. Sie hatte in der Tat sehr viel getan, um diese Faszination bei ihm hervorzurufen – vermutlich war dies das letzte Mal, daß sie sich bei einem Mann so ins Zeug legte –, sie hatte keine Mühe gescheut. Es hatte geklappt, doch auch wieder nicht, denn seine Faszination war zu beflissen, zu geduldig, zu entspannt; in gewisser Hinsicht sogar zu ernsthaft: lauter sehr anständige Eigenschaften, wenn man es genau betrachtete, aber doch nicht ganz die Eigenschaften, die sie von einem Mann erwartete, zu dem sie sich so stark hingezogen fühlte und mit dem sie vermutlich die letzte Affäre ihres Lebens hatte. Sie hätte es vorgezogen, wenn er sich ebenfalls ein bißchen angestrengt hätte, ein bißchen leichter durcheinanderzubringen oder verwirrt, in Not oder sonstwas gewesen wäre. Doch all das war er nicht und würde es auch niemals sein. Ihr Enkel, der so jung und so zittrig war, lag völlig falsch, als er meinte, sie beschäftigte sich zu sehr mit dem Alter, gerade jetzt, da sie beschlossen hatte, eben dieses Alter zu ignorieren, und zwar mit erheblichem Einsatz.

»Zum Glück weißt du noch nichts über das Alter, Teddy«, sagte sie. »Es stimmt nicht, daß ich mich zu sehr damit beschäftige, das Alter beschäftigt sich mit mir. Ich will es nicht. Ich hasse es! Ich möchte es von mir wegstoßen. Aber da ist es: die Haut, die ich trage, und der Atem, den ich atme. Ich *werde* eben alt.«

Teddy rollte über die Landstraße, vorbei an der kilometerlangen Schlange stillstehender Autos, die sich immer noch im Stau auf dem Highway befanden. Er hatte seine Bemerkung über das Alter vergessen; während er so dahinrollte, hatte er sogar vergessen, daß seine Großmutter mit seinem neuen Klapsdoktor schlief. Seine Gedanken eilten voraus zu Tommy, dem er in einer halben Stunde gegenübertreten würde. Ihm machte das nichts aus – er spürte, daß er Tommy verstand, und fühlte sich ihm nahe. Das Gefühl, Tommys Bruder zu sein, war die stärkste Bindung in seinem Leben, sogar noch stärker als seine Bindung zu Jane. Tommy hatte sein eigenes Leben, und Teddy sah nicht, was er daran ändern konnte oder ändern sollte. Er hatte keine Angst, in das Gefängnis zu gehen, wie es bei seiner Großmutter und seiner Schwester der Fall war. Das Gefängnis war Tommys Ort – das hatte er sich ausgesucht und sich daran gewöhnt, und das war alles.

Es gelang ihm, einen Parkplatz vor dem Gefängnisgelände zu finden, wo ein paar außerhalb des Gitters stehende Bäume seiner Großmutter etwas Schatten spendeten. Er schaute sie an, um zu erfahren, ob sie ihre Meinung geändert hatte und mitkommen würde, aber sie schüttelte nur ein wenig den Kopf; da drehte er die Fenster runter und ließ sie im Wagen zurück.

Während Aurora zusah, wie Teddy über den Parkplatz ging, stieg eine altbekannte Traurigkeit in ihr auf. Teddy wirkte so schmächtig, so allein. Er würde nie der Schriftsteller werden, von dem sie geträumt hatte, auch war er nicht der klassische Gelehrte, der er selbst zu werden gehofft hatte. Er war nur ein netter, im Grunde verlorener Mann, der hoffentlich genug Kraft und Klarheit besaß, um seinen Sohn großzuziehen. Angefangen hatte alles vermutlich mit Emmas Tod.

Als kleiner, todunglücklicher Junge hatte Teddy einst zu ihr gesagt, daß seine Mutter vielleicht nicht gestorben wäre, wenn er gewußt hätte, sie noch mehr zu lieben.

»Teddy, das ist falsch«, hatte sie gesagt. »Von uns allen hast du sie am meisten geliebt.«

»Aber sie ist gestorben – ich konnte nichts tun«, hatte Teddy gesagt. Das Gespräch hatte bei einem ihrer Besuche in Nebraska stattgefunden, als die Kinder noch bei ihrem Vater lebten.

Irgendwie berührte die sorgfältige, vorsichtige Art, in der Teddy sich zwischen den Reihen geparkter Autos bewegte, sie tief in ihrem Innersten. Ab und zu blieb er stehen, damit die leidgeprüfte, traurige Mutter oder Tante oder Freundin eines dieser eingesperrten Kinder sich vordrängeln konnte – die Gefängnisverwaltung war beim Parkplatz nicht besonders großzügig gewesen. Aurora schien es, als sei gerade diese Liebenswürdigkeit und Rücksichtnahme das Maß seiner Verlorenheit – sie war froh, als er aus ihrem Blickfeld verschwand. So selbstsüchtig es auch klingen mochte, es war besser für sie, ihre Gedanken auf ihre eigenen Probleme zu lenken, als über Teddy und seine Schwierigkeiten nachzudenken.

Sie hatte sich die Morgenzeitung mitgebracht in der Absicht, ihr Horoskop zu studieren und nachzuschauen, ob ihr in nächster Zukunft etwas Schönes bevorstand. Danach würde sie sich für die restliche Zeit mit dem Kreuzworträtsel beschäftigen. Zum Glück waren Horoskop und Kreuzworträtsel auf der gleichen Seite.

Als sie gerade die Zeitung zusammenfalten wollte, fiel ihr am oberen Ende der Seite, gegenüber der Wetterkarte und dem Kreuzworträtsel, ein Artikel auf: »Schriftsteller-Tochter von ihrem verurteilten Ehemann getötet.«

Aurora warf einen kurzen Blick auf den Artikel – gerade mal zwei Absätze – und entdeckte zu ihrer Bestürzung, daß das ermordete Mädchen die Tochter von Denny Deck war, dem bekannten Fernsehproduzenten, der eine Zeitlang der beste Freund ihrer eigenen verstorbenen Tochter gewesen war und für eine Nacht sogar ihr Liebhaber: eben jene Nacht, in der das Mädchen namens T. R., das jetzt tot war, geboren worden war.

Schmerzliche Erinnerungen stürmten auf Aurora ein; einen Moment lang mußte sie ihr Gesicht in die Hände legen, um den Schock zu verbergen. Sie erinnerte sich an den Streit, den sie mit Emma gehabt hatte – eines Tages, als sie wie immer neugierig war, rauszufinden, was ihre Tochter machte, war sie am Haus vorbeigefahren und hatte Danny Decks zerbeulten alten Wagen am Bordstein vor Emmas Apartmenthaus parken sehen – frühmorgens. Flap, Emmas Ehemann, jener Mann, der sich nicht die Bohne um seine in Schwierigkeiten steckende Tochter Melanie kümmerte, war zu dem Zeitpunkt mit seinem Vater auf einer Angeltour. Er ging sehr häufig mit seinem Vater zum Angeln. Diese Abwesenheiten hatten Emma nicht gepaßt, wohl aber Aurora – sie hegte sogar die Hoffnung, daß Danny Deck, der wenigstens ein bißchen nach Erfolg aussah und eines Tages vermutlich ein interessanter und erfolgreicher Mann sein würde, ordentlich Gas geben und Emma von Flap weglokken würde, bevor es zu spät war.

Aber es war bereits zu spät gewesen: Emma war mit Tommy schwanger, obwohl Aurora das zu diesem Zeitpunkt noch nicht wußte. Emma war für den Rest ihres Lebens an Flap gekettet, und ihre Unfähigkeit, diesem Schicksal zu entrinnen, war einer der Gründe, daß sie hier auf einem Parkplatz des Gefängnisses von Huntsville hockte. Danny Deck hatte sich nach einem eher mäßigen Start einen wichtigen Namen im TV-Geschäft gemacht und inszenierte *Al und Sal*, eine ihrer Lieblingsserien. Diese Serie war zwar schon vor einiger Zeit aus dem Programm genommen worden, doch sie und Rosie schauten sich gelegentlich die Wiederholungssendungen an – eine Familienkomödie, in der sie heftig Partei für Sal ergriffen, die sexuell ausgehungerte Ehefrau, eine liebe Person, aber leider mit Al verheiratet, ein Klotz von einem Mann, der lieber seinen Rasen mähte, als mit seiner Frau zu schlafen.

Jetzt war die Tragödie in das Leben des Meisters der Komödie eingebrochen. Das Mädchen war an einer Tankstelle erschossen worden, zusammen mit zwei weiteren Personen, und zwar von ihrem verurteilten Ehemann, der aufgrund eines Versehens vor weniger als einer Woche aus ebenjenem Gefängnis entlassen worden war, auf dessen Parkplatz sie jetzt saß und wartete.

Es war einfach zuviel – das Leben war unerträglich. Danny Deck war ein ziemlich weicher Junge gewesen. In dem Streit, den sie mit Emma wegen Danny und der verbotenen Liebesnacht gehabt hatte, war Emma dermaßen in der Defensive gewesen, daß sie den wahren Grund überhaupt nicht verstanden hatte. Aurora hatte lediglich versucht, sie zu ermutigen, sich zu einem besseren Mann zu flüchten, aber Emma, die wegen des ununterbrochenen Hinterherschnüffelns ihrer Mutter fuchsteufelswild war, redete von nichts anderem als von Dannys Leid und seinem gebrochenen Herzen. Seine Frau, so schien es, hatte ihn genau an dem Tag rausgeworfen, an dem ihr gemeinsames Kind geboren wurde – er war ins Krankenhaus gefahren, um das Baby anzuschauen, und war von den schrecklichen Eltern seiner Frau wieder hinausgeprügelt worden.

Nun hatte Danny Deck seine Tochter ein zweitesmal verloren, und diesmal für immer. Vorsichtig riß sie den kurzen Artikel aus der Zeitung und steckte ihn in ihre Handtasche. Es würde Rosie und den General interessieren. Außerdem erwähnte der Artikel den Ort, an dem die Morde stattgefunden hatten. Sie überlegte, ob sie Danny nicht einfach mal schreiben sollte – früher hatte sie ihn Daniel genannt, nur um Emma zu ärgern. Sie könnte ihm vielleicht schreiben und versuchen, etwas Tröstliches zu sagen. Vielleicht würde er sie später einmal besuchen kommen. Sie könnten alle zusammensitzen und von Emma erzählen. Ein schöner Gedanke, obwohl es vermutlich noch dauern würde, bis sich sein größter Schmerz gelegt hatte – wenn er denn überhaupt jemals verging. T. R. war nur ein paar Monate älter als Tommy gewesen; vielleicht kannte er sogar den Mann, der sie erschossen hatte. Bis vor ein paar Tagen waren sie beide Insassen des gleichen Gefängnisses gewesen.

In ihrer plötzlichen Einsamkeit und beim Nachdenken über die Frage, wie sie sich von dem Schlag erholen würde, falls eines ihrer Enkelkinder brutal niedergeschossen würde, schaute sie über den Parkplatz, um zu sehen, ob es Menschen gab – einen drogenabhängigen Gefängniswärter wie Willie, eine niedergeschlagene Mutter oder Schwester – irgend jemanden, mit dem sie sprechen konnte, um die schreckliche Szene aus ihrem Kopf wegzuwischen – eine Szene, in der eines ihrer Enkelkinder und nicht Danny Decks Tochter tot auf dem schmierigen Fußboden einer Tankstelle lag.

Aber es war niemand zu sehen – sie konnte nur dasitzen und mußte die Szene in ihrem Kopf ertragen, bis Teddy wieder an den aufgeheizten Wagen trat.

»Wir haben uns über Baseball unterhalten«, sagte er fröhlich und ließ den Motor des Cadillac an. Er erkannte auf den ersten Blick, daß seine Großmutter jetzt noch unglücklicher dreinschaute, als sie es vor seinem Besuch bei Tommy getan hatte. Seiner Meinung nach war Dr. Jerry Bruckner diese Agonie nicht wert, falls er der Grund dafür war. Aber er sagte nichts dergleichen. Tatsache war, er und Tommy hatten eine nette Besuchszeit miteinander verbracht. Sie waren beide an Baseball interessiert, das war schon mal eine ganz gute Ausgangsposition. Während der Baseballsaison war es kein Problem, Besuche im Gefängnis zu machen. Er und Tommy konnten sich bestens über die letzten Spiele unterhalten, konnten das Gefängnis vollkommen vergessen, die Familie und alles andere, und sich ausschließlich auf die Spiele konzentrieren. Das war sehr angenehm; noch immer konnten er und sein Bruder so lebhaft über Baseball diskutieren, wie sie das während ihrer Kindheit getan hatten. Diese Fähigkeit war ihnen noch geblieben, und das reichte auch – als er das Gefängnis verließ, hatte er das Gefühl, noch immer einen Bruder zu haben, und er hoffte, Tommy würde das gleiche spüren, wenn er erst mal wieder in seiner Zelle war.

»Dir ist wirklich heiß geworden, oder?« fragte er und schaute seine Großmutter an. Sie sah traurig aus und – eigentlich zum allerersten mal – *alt*, wirklich *alt*. Das war ein Schock für ihn. Teddy wäre beim Zurücksetzen fast in einen vorbeifahrenden Pick-up gekracht, so erschrocken war er bei dem Gedanken, daß seine Großmutter schließlich doch alt geworden war. Sie war immer so attraktiv und energiegeladen gewesen, daß er den Ausdruck »alt« niemals für sie benutzt hätte. Jane hätte dieses Wort ebenfalls nicht gebraucht, da war er ziemlich sicher.

Selbst als sie wieder fuhren und es im Wagen kühler wurde, sah seine Granny nicht viel besser aus. Er wußte nicht, was er davon halten sollte, nur daß es verwirrend und beunruhigend war. Es war, als habe sie plötzlich all diese Eigenschaften verloren in der kurzen Zeit, die es gedauert hatte, ins Gefängnis zu gehen und mit Tommy über Baseball zu reden. Sie war immer eine so schwungvolle Person gewesen, daß man einfach nicht auf die Idee kam, ihr irgendein Alter zuzuschreiben – ihm wurde plötzlich zu seiner eigenen Überraschung klar, daß er gar nicht wußte, wie alt seine Großmutter eigentlich war. Noch vor ein paar Stunden hätte sie für fünfundfünfzig oder sechzig durchgehen können; jetzt hätte man sie um die Achtzig geschätzt. Das war schon ziemlich erschreckend.

»Schau mich bloß nicht auf diese Art an, Teddy«, sagte Aurora. »Ich bin gleich wieder in Ordnung.«

Sie hob den Arm, um nach ihrem alten Freund, dem Rückspiegel, zu greifen, entschloß sich jedoch, es besser bleiben zu lassen. Die Verletzung, die sie erlitten hatte, lag im Inneren – es würde, jedenfalls im Augenblick, nichts bringen, sich äußerlich aufzupolieren. Sie konnte erkennen, daß Teddy über ihren Gesichtsausdruck schockiert war, aber sie konnte nicht viel daran ändern. Im Moment fehlte ihr die Energie, ihm zu erklären, wie das mit Danny Deck und Emma und allem, was sich in den Jahren vor seiner Geburt ereignet hatte, gewesen war, als seine Mutter eine junge Braut war – eigentlich noch ein Mädchen.

»Vielleicht geht es dir besser, wenn ich dich nach Hause bringe«, sagte Teddy.

»Ja«, antwortete Aurora. »Es geht mir bestimmt besser, wenn ich nach Hause komme.«

19.

»Hör mit bitte zu!« sagte Aurora am gleichen Tag, etwa um Mitternacht. »Schluß mit dem Getobe, und hör zu.«

»Ich hör' aber nicht auf rumzutoben«, sagte Rosie, die eigentlich gar nicht so sehr tobte, sondern in ihrer Verzweiflung hin und her lief. Dabei sauste sie mehrmals von der Küche in die Garage, die durch eine kleine Wäschekammer zu erreichen war. Dort konnte man hören, wie sie dem Mülleimer Fußtritte versetzte oder auf den Cadillac schlug oder gegen die Wand oder sonstwas hämmerte, bevor sie in die Küche zurückkam und weiter hin und her lief.

»Darf ich dich daran erinnern, daß ich heute im Gefängnis war!« sagte Aurora mit erhobener Stimme. »Ich fühlte mich keineswegs glücklich, das kann ich dir sagen. Ich habe die Zeitung aufgeschlagen, um mein Horoskop zu lesen, und dabei entdeckte ich eine weitere Tragödie.«

»Interessiert mich nicht. Wen interessiert das denn schon?« sagte Rosie. Plötzlich packte sie die Zuckerdose und schleuderte sie durch die offene Tür quer durch die Wäschekammer bis in die Garage.

»Uh«, sagte Willie, als sie hörten, wie die Zuckerdose zu Boden ging. »Die Ameisen werden sich auf den Zucker stürzen.« Er war sich schmerzlich bewußt, daß er der Grund für Rosies Anfall war. Seine Sucht war aufgeflogen, man hatte ihn aus dem Gefängnisdienst entlassen, den er mehr als zwanzig Jahre versehen hatte. Ihm schien es das Ende der Welt zu sein, und jetzt war es auch noch das Ende von Mrs. Greenways Zuckerdose.

»Rosie, ich hätte heute nachmittag *jede* Art von Drogen genommen«, sagte Aurora. »Wenn ein Dealer, oder wie sie die Kerle nennen, mit einem Sack Opium oder Heroin oder Kokain oder sonstwas zu mir gekommen wäre, ich hätte das Zeug genommen.«

Nachdem Rosie die Zuckerdose durch die Gegend gefeuert hatte, fühlte sie sich schon nicht mehr ganz so wütend.

»Quatsch!« antwortete sie auf Auroras Behauptung, aber sie sagte es nicht mehr mit ganz so viel Zorn.

»Verzeihung, aber das ist kein Quatsch, das ist die Wahrheit«, beharrte Aurora. »Wenn ich die Gelegenheit gehabt hätte, wäre ich genau wie der arme Willie zum Drogenabhängigen geworden. Wenn ich jetzt, in diesem Moment, Drogen hätte, würde ich sofort damit anfangen.«

»Ich hab' noch was, seien Sie mein Gast«, sagte Willie schnell, bevor er nachdenken konnte. Immerhin war Mrs. Greenway ihm zu Hilfe gekommen, und zwar zu einem Zeitpunkt, als Rosie dicht davor stand, ihn umzubringen oder zumindest ihn aus dem Haus zu jagen.

»Du hältst die Klappe, Willie!« kommandierte Rosie, deren Wut wieder aufflammte. »Das letzte, was wir in diesem Hause gebrauchen können, ist noch 'ne Drogensüchtige.«

»Wer bist du denn, daß du unsere Schwächen kritisierst?« fragte Aurora und zeigte mit dem Finger auf Rosie. »Du hast doch selbst so gut wie keinen Fuß in dieses Gefängnis gesetzt. Wie ein Feigling hast du zwei Jahre lang im Wagen gehockt, während ich reinging. Du hast ja keine Ahnung, wie traurig es darin zugeht. Was Denny Decks Tochter gestern passiert ist, ist nur eine von tausend Tragödien. Was mit Tommy passiert ist, ist nur eine von tausend Tragödien. Wir hatten nur mit einer zu tun, aber Leute, die da arbeiten, haben es mit allen zu tun. Kein Wunder, daß Willie abhängig ist; ich kann ihm nur viel Kraft wünschen!«

»Und was nehmen wir jetzt als Zuckerdose?« fragte der General. In gewisser Weise genoß er die Krise. Es kam ihm fast wie ein Kriegsrat vor. Eigentlich hätte er sich über noch mehr Krisen gefreut – nur wenn es Krach gab, akzeptierte man ihn als Mitglied der Familie; wenigstens *fühlte* er sich allein bei Krächen als Mitglied der Familie. Wenn alles ruhig war, blieb er sich selbst überlassen und konnte herumwerkeln, bis er starb. Das Problem war nur, daß nichts, mit dem er herumwerkelte, besonders lustig war.

»Hector, das war nicht die letzte Zuckerdose des Universums, wir kaufen uns eine neue, also kümmere dich gefälligst um deine eigenen Angelegenheiten!« sagte Aurora. Der Mann wirkte ja geradezu lebendig, jetzt jedenfalls, aber in ihrer augenblicklichen Stimmung ärgerte sie das irgendwie. Wenn er immer noch die Fähigkeit besaß, lebendig auszusehen, dann sollte er häufiger lebendig aussehen und sich nützlich machen, fand sie.

Rosie gab auf, setzte sich an den Tisch und begann laut zu heulen. Sie haßte es zu weinen, öffentlich oder privat. Wenn sie weinte, gab sie jedesmal eine Art saugendes Geräusch von sich, denn sie versuchte immer, die Tränen so rasch, wie sie liefen, wieder in sich aufzusaugen. Dieses saugende Geräusch, und nicht so sehr die Tränen oder die Tatsache, daß ihr etwas fehlte, verursachte erheblichen Streß für die Nerven aller Mitmenschen, die das mit anhören mußten – in diesem Falle alle, die am Tisch saßen.

Rosie heulte, weil Aurora sie an ihrer schmerzlichsten Stelle getroffen hatte: der dunklen Schuld, die sie fühlte, weil sie während all dieser Gefängnisbesuche im Wagen gehockt hatte. Aurora hatte natürlich recht mit der Traurigkeit des Gefängnisses. Selbst an einem hellen, strahlenden Tag war das Gefängnis traurig, als habe sich eine unsichtbare Wolke der Trauer darübergelegt. Rosie fühlte sich schon elend, wenn sie den Leuten zusah, die auf dem Parkplatz kamen und gingen – all diese niedergeschlagenen Menschen, die wegen der Sünden ihrer Lieben, ihrer Ehemänner, ihrer Väter litten.

Aurora hatte recht – sie selbst war der Feigling, und was hatte es genutzt? Willie hatte an diesem schrecklichen Ort mehr als zwanzig Jahre gearbeitet; warum sollte er kein Rauschgift nehmen? Die Tatsache, daß sie all ihren Mut zusammengenommen und die große Trennung von C. C. vollzogen hatte, änderte nichts an der Feststellung, daß Willie einen schrecklichen Job hatte. Schließlich war Willie nur ein einfacher Mann aus Ost-Texas, mit Grundschulbildung, der den einzigen Job angenommen hatte, den er damals bekommen konnte – einen Job, den er jetzt los war. Was war denn schon dabei, wenn sie sich mit einem Drogenabhängigen einließ? Ihr Ehemann Royce war sein ganzes Leben bierabhängig gewesen, und C. C. Granby hatte seltsame Vorstellungen vom Sex, was bei Willie Gott sei Dank nicht der Fall war.

»Warum hackst du auf mir herum?« fragte der General. Aurora ärgerte sich seit Monaten über ihn, langsam begann auch er ärgerlich zu werden. »Warum kann ich nicht mal eine harmlose Bemerkung über eine Zuckerdose machen, ohne gleich eins reingewürgt zu bekommen?«

»Hector, sehe ich wie ein Philosoph aus?« fragte Aurora brüsk. »Alles, wozu du noch fähig bist, ist, meine Motive in Frage zu stellen. Mir hat es noch nie Spaß gemacht, meine Motive in Frage gestellt zu sehen, wie du vermutlich wissen dürftest, und das tut es auch jetzt nicht.«

»Sehr richtig, du hast noch nie auch nur zwei Sekunden über deine gottverdammten Motive nachgedacht«, antwortete der General. »Hast du nie und wirst du auch nie.«

»So?« sagte Aurora und hob ihr Kinn in die Höhe. »Es handelt sich um *meine* Motive, wenn ich dich daran erinnern dürfte. Ich denke, ich kann sie ignorieren, wie es mir gefällt.«

Rosie hörte auf zu weinen; das saugende Geräusch verstummte. Alle schwiegen. Alle vier dachten kurz darüber nach, wie es passieren konnte, daß sie in dieses Leben mit den anderen dreien hineingeraten waren, wie es geschehen konnte, daß jeder einzelne von ihnen mitten in der Nacht in einer Küche mit drei verrückten, unangenehmen Fremden festsaß. Warum sie, warum hier und jetzt und warum die anderen, die um den Tisch herumhockten? Die Beziehung zu ihnen schien jedenfalls im Moment völlig nutzlos, wenn nicht sogar unmöglich.

»Mein Boß war wirklich nett«, bemerkte Willie – er hatte den Punkt erreicht, an dem ihm das Schweigen unerträglich wurde. Obwohl er normalerweise von Aurora und dem General so eingeschüchtert war, daß er in ihrer Gegenwart kaum jemals ein Wort sagte, hatte ihn die neuartige Erfahrung seiner Entlassung redselig gemacht. Und zwar so sehr, daß er kaum aufgehört hatte zu reden, seitdem es passiert war.

»Das ist gut, Willie – ich bin froh, daß dein Boß nett zu dir war«, sagte Aurora.

»Nun, ich habe meine Zweifel, daß du der erste Drogenabhängige bist, den sie in diesem Gefängnis zu Gesicht bekommen haben; jede Wette, daß du auch nicht der letzte bist«, sagte Rosie, die sich mit dem Zipfel der Tischdecke die Augen wischte.

»Wisch dir die Augen nicht an meiner Tischdecke ab – nimm dir eine Serviette«, befahl Aurora.

»Sie haben mir diese Liste mit Rehabilitationsplätzen gegeben«, sagte Willie. »Ich glaube, ich sollte wirklich mal über einen Entzug nachdenken, wo ich doch jetzt jede Menge Zeit habe.«

»Du solltest besser darüber nachdenken, wo du einen neuen Job herbekommst, wenn du auch in Zukunft etwas zu essen haben möchtest«, sagte Rosie.

»Rosie, warum bist du so barsch?« fragte Aurora. »Willie hat vollkommen recht. Abhängigkeit ist eine Krankheit – offensichtlich muß er erst gesund werden, bevor er sich nach einem neuen Job umsehen kann.«

»Ich meine ja nur, daß ich niemanden unterstütze, der nur dasitzt und sich mit sich selbst beschäftigt«, antwortete Rosie. »Rehabilitation ist prima, wenn man sie sich leisten kann, aber sie ist kein Ersatz für einen Gehaltsscheck.«

»Nein, Rehabilitation ist überhaupt nicht prima«, sagte der General laut. »Das ist der reinste Beschiß, wenn du mich fragst. Diese Drogenkliniken sind keinen Deut besser als die Irrenhäuser, in die wir die Kinder stecken. Die Irrenhäuser haben den Kindern nicht viel geholfen, und die Drogenkliniken werden Willie auch nicht viel helfen.«

»Was glaubst du denn, *wird* ihm helfen, Hector, da du ja so viel zu wissen scheinst?« fragte Aurora. »Wenn ich nicht irre, liegt der Grund für die Existenz von Krankenhäusern darin, daß sich die Kranken nicht immer selber kurieren können – manchmal sogar dann nicht, wenn sie hübsche

Gehaltsschecks bekommen, auf die Rosie so großen Wert legt.«

»Ein gesunder Sport wie Golf, der einen Mann nach draußen an die frische Luft treibt, ist das, was ich empfehle«, sagte der General. »Wenn er sich nicht für Golf interessiert, könnte er ja anfangen, Racket zu spielen.«

Die Vorstellung, Willie spiele Racket, verblüffte die Anwesenden so sehr, daß sie einen Moment lang verstummten; der General interpretierte ihr Schweigen als Zustimmung.

»Heftige Leibesübungen, und zwar jede Menge davon, das ist es, was ich empfehle«, sagte er. »Das wäre für Willie bestimmt viel besser, als in einer Klinik mitten unter Drogenabhängigen zu hocken.«

»Hector, ich hoffe nur, daß du nicht von uns erwartest, das wir deine Äußerungen als ernstzunehmenden Beitrag akzeptieren«, sagte Aurora.

Der General war ziemlich erschrocken, als er feststellte, daß Aurora mal wieder nicht mit ihm übereinzustimmen schien.

»Wieso soll ich nicht erwarten, daß ihr das als ernsthaften Beitrag zum Thema betrachtet?« fragte er, bereits ein wenig in der Defensive.

»Weil es absurd ist«, antwortete Aurora. »Willies Abhängigkeit ist chemischer Natur. Er ist süchtig nach Heroin. Erwartest du wirklich von uns, wir könnten glauben, Heroinsüchtige wären fähig, sich selbst zu kurieren, indem sie Racket spielen?«

»Das war auch nur eine erste Idee«, sagte der General, voll auf dem Rückzug. »Du drehst mir immer das Wort im Mund um.«

»Willie ist in einem Waisenhaus aufgewachsen«, enthüllte Rosie. »Die haben ihn dort grün und blau geschlagen. Damals diesen Job im Gefängnis zu bekommen, war vermutlich der letzte Strohhalm für ihn.«

Sie gähnte; Willie gähnte. Plötzlich stand Rosie auf und verschwand in der Wäschekammer. Nach ein paar Sekunden kam sie mit Besen und Kehrblech zurück.

»Wenn du mitkommst und das Kehrblech hältst, fege ich den Zucker zusammen, bevor die Ameisen loslegen«, sagte sie zu Willie.

»Oh, jetzt komm aber, laß es liegen«, sagte Aurora. »Ich finde, diese Ameisenphobie ist völlig übertrieben. Immerhin müssen Ameisen auch etwas zu fressen bekommen, oder?«

»Ja, aber es tut mir leid wegen der Zuckerdose«, sagte Rosie. »Ich bin einfach ausgeflippt – ich hätte nie gedacht, daß ich in meinem Alter noch mit solchen Dingen konfrontiert würde.«

»Ja, ich kenne das Gefühl«, antwortete Aurora. »Ich bin sicher – wenn wir jedes dieser Gefühle bezahlt bekämen, dann wären wir in der Lage, die Macht zu übernehmen und solche Sachen.«

»Bist du dir sicher wegen der Zuckerdose?« erkundigte sich Rosie. Plötzlich fühlten sich ihre Beine so müde an, daß sie daran zweifelte, es auch nur noch bis zu ihrem kleinen Haus zu schaffen. Als Willie aufstand, stützte sie sich auf ihn.

»Ich hoffe, wir haben euch nicht aufgehalten«, sagte Willie und legte seinen Arm um Rosie. »Ich hasse es, andere Leute mit meinen Problemen zu behelligen.«

Aurora schenkte ihm ein freundliches Lächeln.

»Denk nicht groß darüber nach«, sagte sie. »Oftmals im Leben ist es geradezu eine Erholung, wenn man gebeten wird, sich mit den Problemen anderer Leute zu beschäftigen. Man kann dann eine Art Urlaub von den eigenen Problemen machen.«

Willie nickte nur. Mrs. Greenways Lächeln hatte ihm die Sprache verschlagen – und das nicht zum erstenmal. Jedesmal, wenn sie ihn anlächelte, war er sprachlos, eine Tatsache, die zu bemerken und zu kommentieren Rosie nicht viel Zeit verlor.

»Du hast eine schlechte Angewohnheit, und das ist Heroin«, hatte sie ihm erst an diesem Morgen gesagt. »Das ist allerdings nicht die einzige schlechte Angewohnheit, die du besitzt. Da wären noch zwei oder drei weitere, vor denen du dich in acht nehmen solltest.«

»Und was zum Beispiel?« hakte er nach.

»Zum Beispiel mit Aurora zu flirten«, warnte Rosie ihn. »Mein Ehemann Royce flirtete gerne mit Aurora, schau dir nur an, was mit ihm passiert ist.«

»Nun, und was ist passiert?«

»Er starb«, sagte Rosie.

»Am Flirten?« wollte Willie wissen.

»Daran und an ein paar anderen Sachen.«

Willie beschloß, nicht weiter auf dieses Thema einzugehen. Wenn Mrs. Greenway ihn anzulächeln wünschte, dann war das ganz sicher ihre Sache. Wenn Rosie das nicht paßte, mußte sie sich mit ihrem Boß auseinandersetzen. Er beschloß jedenfalls, dieses Lächeln auch weiterhin zu genießen, aber möglichst ohne Kommentar.

Während er innerlich diese Entscheidung traf, gelang es ihm, die zitternde Rosie durch die Tür zu manövrieren.

»Hector, meinst du nicht, für dich wäre es an der Zeit, zu Bett zu gehen?« fragte Aurora, kaum daß Rosie und Willie verschwunden waren.

»Nein, schlafen kann ich, wenn ich tot bin«, bemerkte der General.

»Nun, daran zweifle ich nicht im geringsten, aber ein bißchen Schlaf dann und wann kann dir nicht schaden, auch wenn du noch nicht tot bist«, meinte Aurora, stand auf und stellte den Herd an. Sie hatte Lust auf einen Schluck Tee.

»Du behandelst mich, als ob ich tot wäre«, sagte der General. »Meistens jedenfalls. Wenn du mich nicht wie eine Leiche behandelst, dann behandelst du mich sogar noch schlimmer. Du redest mit mir, als sei ich ein Idiot oder ein kleines Kind.«

»Hector, es ist nach Mitternacht«, antwortete Aurora leise. »Mußt du mich um Mitternacht zurechtweisen? Ich will doch nur eine Tasse Tee. Du kannst auch eine haben – obwohl ich vermute, daß sie uns beide nur unnötig wach hält.«

»Doch nur, weil ich so alt bin«, sagte der General. »Als ich noch jünger war, hast du mich besser behandelt. Jetzt bin ich nicht mehr jung, ich bin alt, ausgemergelt, griesgrämig.«

»In deinem Fall ging die Griesgrämigkeit dem Alter voraus, und zwar viele Jahre voraus«, sagte Aurora. »Am ersten Tag, an dem ich dich kennenlernte, warst du bereits griesgrämig, von den Tausenden Tagen, die sich daran anschlossen, gar nicht erst zu reden.«

»Ja, vermutlich war ich das, aber geliebt hast du mich trotzdem«, bemerkte der General. »Du dachtest, ich sei ein interessanter Typ.«

Aurora konzentrierte sich auf ihren Tee und hoffte, er würde endlich den Mund halten.

»Aber jetzt bin ich ein alter Mann«, sagte der General. »Du denkst, es lohne sich einfach nicht mehr, mich zu lieben.«

Aurora hatte ihm den Rücken zugekehrt. Er konnte ihr nicht vom Gesicht ablesen, was sie dachte, aber er fing an, sich zu wünschen, er hätte die letzte Bemerkung nicht gemacht. Bevor er sich noch bei ihr entschuldigen konnte, hatte Aurora sich plötzlich umgedreht und das Zimmer verlassen. Sie ging so schnell raus, daß sie vergaß, die Flamme unter dem Teetopf abzustellen.

Nachdem der General ein oder zwei Minuten gewartet und gehofft hatte, Aurora käme zurück, stand er auf und machte die Flamme selbst aus.

20.

»Ich weiß auch nicht, was ich mit ihr machen soll«, sagte Jerry – er meinte Aurora.

»Damit stehst du nicht allein«, bemerkte Patsy. »Niemand hat je gewußt, was er mit Aurora machen soll.«

Die beiden waren nach Galveston gefahren, um Krabben zu essen, und taten das in einem großen, lauten Krabbenrestaurant am Ufer. In dem Restaurant war die zukünftige Generation amerikanischer Farmer und Farmerinnen versammelt, die sich in Galveston zu ihrer jährlichen Zusammenkunft traf. Sie sahen alle aus, als seien sie aus der Tiefe des Landesinneren an die Golfküste gekarrt worden, aus kleinen Ortschaften im Süden oder aus den Präriestaaten. Jungen und Mädchen waren gleichermaßen pickelig und laut und trugen einen solchen Ausdruck einfacher Farmland-Unschuld auf dem Gesicht, daß Patsy sich ordentlich anstrengen mußte, um ihre Augen abzuwenden. Sie schauten alle so unschuldig drein, daß sie mehrmals den Impuls verspürte, Jerry Bruckner zu bitten, er möge doch flüstern. Ein völlig irrationaler Impuls, denn im Krabbenhaus konnte niemand etwas verstehen. Trotzdem fand Patsy es unpassend, daß Jerry Bruckner die Einzelheiten seiner Affäre mit Aurora vor einer Gruppe von Kindern ausbreitete, die weder älter noch lebenserfahrener waren als Melanie, Auroras Enkelin.

Jerry Bruckner aufzulauern, hatte sich als sehr einfach herausgestellt. Sie hatte ihn schon mehrmals bei Jamail, dem eleganten Lebensmittelhändler am Buffalo Speedway gesehen – meistens brütete er in der Delikatessenabteilung und versuchte, sich zwischen Corned beef und Pastrami zu entscheiden. In diesen Augenblicken der Unentschlossenheit bei Jamail kam er ihr besonders wie ein Psychiater vor. Wenn sie nicht gewußt hätte, daß er Psychotherapeut war, hätte sie es aus der Art erraten können, wie er da so stand und vor sich hin brütete.

Aber sie wußte das und wußte auch, daß sie ihn ernsthaft attraktiv fand. Dennoch war es nicht ihr Stil, einfach loszugehen und sich jeden ernsthaft attraktiven Mann zu schnappen, den sie erblickte. Während sie noch überlegte, ob sie einfach auf ihn zugehen und ihn packen sollte, beobachtete sie ihn an der Delikatessentheke und beschloß dann, die Sache mit Vorsicht anzugehen. Danach bog sie, wenn sie ihn bei Jamail entdeckte, rasch in den nächsten Gang ab, in der Hoffnung, er habe sie noch nicht gesehen. Ihre Theorie, er sei Auroras Liebhaber, war zu diesem Zeitpunkt noch reine Theorie. Rosie Dunlup war der Auffassung, die beiden stünden sich sehr nahe, hätten »es« jedoch noch nicht getan, wie sie sich ausdrückte.

»Woher willst du so sicher sein, daß sie's noch nicht getan haben?« fragte Patsy Rosie jedesmal, wenn das Thema aufkam, was praktisch immer der Fall war, wenn sie und Rosie zum Gymnastikkurs fuhren.

»Es ist nur so ein Gefühl«, sagte Rosie. »Ich gebe zu, ich kann mich irren.«

»Liegt es daran, daß er soviel jünger ist als sie?« fragte Patsy.

»Es ist mir unangenehm, darüber nachzudenken, wieviel jünger er ist, das muß ich zugeben. Wenn ich mir vorstelle, einer meiner Männer wäre im Alter meines ältesten Sohnes, ich glaube kaum, daß er Interesse hätte.« Rosie knabberte an einem Fingernagel herum.

»Rosie, hör auf, deine Finger aufzufressen«, sagte Patsy. Rosie hörte auf.

»Trotzdem, wir reden hier nicht über dich«, sagte Patsy. »Alles dreht sich um Aurora, egal, von welcher Seite du die Sache betrachtest. Vergiß doch, ob dieser Mann, der im Alter deines ältesten Sohnes ist, an dir interessiert wäre, und sage mir, ob du an ihm interessiert wärst.«

»Ich will jetzt nicht mehr darüber reden«, sagte Rosie. »Sex im Alter ist einfach zu deprimierend. Wenn's nicht klappt, deprimiert es einen, und wenn es doch klappt, überlegt man sich immer noch, ob man nicht besser dran wäre, wenn man Racket spielte.«

Zu Auroras Überraschung und zur Freude des Generals waren Rosie und Willie tatsächlich in einen Gesundheitsclub eingetreten und hatten angefangen, mehrmals pro Woche Racket zu spielen. Inzwischen wollte der General auch mitspielen. Er war endlich von seinen Krücken befreit und spürte wieder den Drang nach sportlich-athletischer Betätigung. Willie war schon langsam, aber der General war noch langsamer – Rosie konnte sich eigentlich kein Racketspiel vorstellen, das so langsam verlief, daß sich der General daran beteiligen konnte, aber wenn sie die Wahl gehabt hätte, sich etwas zum Nachdenken auszusuchen, dann hätte sie es vorgezogen, über den General beim Racketspiel nachzudenken als darüber, was Jerry und Aurora wohl zusammen im Bett anstellten.

»Eine überraschend große Zahl von Männern sucht sich Frauen aus, die ihre Mutter sein könnten«, bemerkte Patsy. »Irgendwas müssen sie ja körperlich dabei prima finden. Wirklich merkwürdig, aber es ist eine Tatsache.«

»Meinetwegen mag es eine Tatsache sein, mach damit, was du willst, mir ist das völlig schnuppe«, sagte Rosie.

Patsy hätte ihr Interesse an Jerry Bruckner vielleicht zurückgestellt, wenn nicht die Depression gewesen wäre, in die sie nach ihrer Rückkehr aus L. A. gestürzt war. Vielleicht hatte die Depression aber auch schon in L. A. begonnen. An einem einzigen Tag war sie dreien ihrer früheren Freunde über den Weg gelaufen und über alle drei entsetzt gewesen. Bob, der Bildhauer, wirkte ganz einfach wie eine mürrische alte Laus. Elias, der Professor, ging mit ihr essen und redete einen derartig pedantischen Unsinn daher, daß sie sich gerade noch mit letzter Kraft wach halten und davor bewahren konnte, mit dem Kopf in die Salatsoße zu fallen. Und Henry, ihr reicher Freund und Gönner der schönen Künste, wirkte schlaff und abgewrackt; er sah aus wie ein verwöhnter Drogenfreak mit Pferdeschwanz. Es war ernüchternd, festzustellen, daß sie sich früher einmal eingebildet hatte, diese drei Männer besäßen eine gewisse Magie, etwas Talent, etwas Geist oder Intelligenz, was alles aber entweder jetzt nicht mehr da war oder – schon wahrscheinlicher – niemals dagewesen war.

Während das Flugzeug über dem muffigen Houston schwebte, dachte sie darüber nach, daß es eigentlich überhaupt keine Zeit in ihrem Leben gegeben hatte, in der sie sich in bezug auf Männer nicht in die Irre hatte führen lassen – und auch kein Grund zu der Annahme bestand, ihre Urteilsfähigkeit habe sich gebessert. Es war mehr als wahrscheinlich, daß ihre Zukunft genauso voller Heinis und Reinfälle sein würde, wie es ihre Vergangenheit gewesen war. Nicht nur sah es nicht so aus, als würde sie Mr. Richtig finden, es sah sogar nicht mal danach aus, Mr. Halbwegsrichtig zu entdecken, vielleicht sogar nicht mal Mr. Geradenocherträglich. Ihre bisherigen Ehen waren schrecklich gewesen, ihre Liebesaffären unbedeutend. Sie hatte kein gutes Buch geschrieben, kein gutes Bild gemalt, keine Fuge komponiert, noch nicht mal einen lustigen Song; sie hatte nichts von all den Dingen geschaffen, die sie früher einmal hatte schaffen wollen. Sie hatte auch kein Genie herangezogen – Matts Rilke-Übersetzung war irgendwo bei der sechsten Elegie im Sande verlaufen, und Matt selbst war als Redaktionsmitglied beim Landeskunstamt in Sacramento untergekrochen.

Insgesamt – wenn man drei mehr oder weniger gut großgezogene Kinder abrechnete – hatte sie nichts Besonderes vorzuweisen. Patsy hielt sich nicht für einen schlechten Menschen – sie war sogar davon überzeugt, ein netter Mensch zu sein –, aber das war einfach nicht genug.

Aus ihren Beobachtungen im Supermarkt und der einen Begegnung auf Auroras Party, wo sie Gelegenheit gehabt hatte, ihn etwas näher in Augenschein zu nehmen, schloß Patsy, Jerry Bruckner könne mehr oder weniger nach Gutdünken annektiert werden, falls sie sich dazu entschlösse, ihn zu annektieren. Er sah wie ein passiver Mann aus, einer von der Art, die vollständig damit zufrieden sind, sich jeder Frau anzupassen, die sich in ihr Leben drängt, vorausgesetzt, sie übernimmt die Initiative. Er würde vermutlich nie die Initiative ergreifen, sich andererseits auch nicht widersetzen. Falls er mit Aurora schlief, lag es wahrscheinlich daran, daß Aurora darauf bestanden hatte, mit ihm zu schlafen.

Patsy war drei Wochen lang deprimiert gewesen, bis sie endlich zu dem Schluß kam, ihre Depressionen seien schwerwiegend genug, um über eine Therapie nachzudenken. Sie hatte den größten Teil ihres Erwachsenenlebens mit allen möglichen Therapien verbracht; der Gedanke an eine neue Therapie lag ihr so fern wie der Gedanke an ein neues Haarwaschmittel. Seitdem sie über eine neue Therapie nachdachte, hatte sie natürlich einen absolut stichhaltigen Grund, Jerry Bruckner anzurufen und einen fachlichen Besuch zu vereinbaren. Es gab keinen Grund, das nicht zu tun – wenn er nach ein oder zwei Sitzungen immer noch attraktiv auf sie wirkte, konnte sie der Natur einfach ihren Lauf lassen, wenn die Natur das wollte.

Wenn Aurora nicht in die Geschichte verwickelt gewesen wäre, hätte sie es so gemacht – aber Aurora war in die Geschichte verwickelt. Wenn sie Jerry als Patientin gegenübertrat, konnte es passieren, daß er beiläufig Aurora davon erzählte, und das würde zu Komplikationen führen. Aurora war bei ihr immer mißtrauisch gewesen, obwohl es dafür keinen echten Grund gab. Aber herauszufinden, daß Patsy soeben Patientin ihres Freundes geworden war, war gewiß nichts, was Aurora so ohne weiteres beiseite schieben würde.

Patsy beschloß, Komplikationen zu vermeiden – jedenfalls so lange, bis sie den Mann wenigstens mal beschnuppert hatte. Sie glaubte nicht, daß dieses Beschnuppern lange dauern würde. Er sah aus wie ein Mann, der einem schon beim ersten Treffen seine ganze romantische Lebensgeschichte erzählt. Ob er daran interessiert war, seiner romantischen Lebensgeschichte ein neues Kapitel hinzuzufügen – nun, diese Frage würde sich wohl ebenfalls sehr rasch beantworten lassen.

Sie erinnerte sich daran, daß sie ihn bei Jamail mehrmals am Nachmittag beobachtet hatte, so gegen vier Uhr, in der Zeit zwischen den mittäglichen Nachzüglern und den frühen Abendeinkäufern. Sie wußte auch, wie sein alter Kombi aussah, deshalb fing sie an, zu dieser Stunde auf dem Parkplatz des Supermarktes herumzufahren. Sie kam sich ein wenig wie auf einem Raubzug vor – immerhin stellte sie hier dem Freund der Mutter ihrer besten Freundin nach –, aber das hielt sie nicht davon ab. Tatsächlich begann sich ihre Depression zu verflüchtigen, sobald sie mit ihren Nachstellungen anfing. Als sie am dritten Tag endlich seinen Kombi auf dem Parkplatz entdeckte, war ihre Depression so gut wie verschwunden, und von da an brannte sie darauf, ihre Falle zuschnappen zu lassen.

Sie ging rein und steuerte sofort auf die Delikatessenabteilung zu, wo Jerry, die Hände in den Taschen vergraben, stand und auf sein Corned beef wartete.

»Hallo, erinnern Sie sich an mich? Ich bin Patsy Carpenter«, sagte sie und legte ihre Hand für den Bruchteil einer Sekunde leicht auf seinen Arm.

»Hi«, sagte Jerry. Patsy war ihm schon des öfteren bei Jamail aufgefallen, aber es hatte so ausgesehen, als gehe sie ihm aus dem Weg, was er leicht deprimierend fand. Er erinnerte sich ihrer lebhaft von Auroras Party. Sie war die bei weitem attraktivste Frau dort gewesen, umwerfend attraktiv, so umwerfend, daß er meinte, sie schon früher des öfteren gesehen zu haben – am Strand von Santa Monica. Er war sich jedoch nicht völlig sicher: immerhin war er schon hunderte Male am Strand von Santa Monica gewesen, hauptsächlich, um Frauen zu beobachten. Während seiner Jahre in L. A. war das sein bevorzugtes Freizeitvergnügen gewesen – auf einem Badehandtuch zu liegen mit dem Vorwand, sich zu sonnen, und dabei Frauen zu beobachten. Hunderte hatte er beobachtet und war sich ziemlich sicher, Patsy mehr als einmal beim Picknick mit ihren beiden Töchtern im Teenageralter und ihrem unverschämt gut aussehenden Mann, der meistens zornig dreinblickte, gesehen zu haben. Patsy, wenn sie es denn gewesen war, nistete sich sofort in seiner Phantasie ein, was sich einzig und allein dadurch erklären ließ, daß sie eine Frau war, die in seinen Augen genau richtig aussah. Er mochte die Art, wie sie die Arme hob, um ihr Haar hochzustecken. Sie schien sich viel Mühe zu geben, die offensichtlich schlechte Stimmung ihres Mannes zu ignorieren, doch gelang ihr das nicht vollständig. Selbst wenn sie lächelte und mit ihren Mädchen plauderte, lag etwas verhalten Trauriges in ihrem Blick. Wenn sie allein war, starrte sie nur auf die See hinaus. Ab und zu ging sie am Rande des Wassers ein wenig spazieren. Einmal war er ein Stück parallel zu ihr gegangen, um sie beobachten zu können, aber nach ein paar Schritten kam er sich idiotisch vor und blieb stehen. Warum beäugte er eine verheiratete Frau? Selbst wenn sie nicht besonders glücklich verheiratet war, hieß das noch lange nicht, daß sie sich scheiden ließ, bloß weil ihm ihr Gesicht gefiel oder die Art, wie sie die Arme hob.

Und jetzt war die gleiche Frau – er war sich fast sicher, daß es die gleiche Frau war – mit der gleichen Lebendigkeit in den Augen und der gleichen Traurigkeit im Gesicht –, in einem Supermarkt in Houston auf ihn zugekommen und hatte ihre Hand auf seinen Arm gelegt. Als er sie gelegentlich im Supermarkt traf, hatte er gehofft, versehentlich mit ihr zusammenzustoßen, in der Gemüseabteilung oder sonstwo, damit er wenigstens herausfinden konnte, ob sie wirklich die Frau war, die er gesehen hatte und an die er sich erinnern konnte – zumindest hätte er sie fragen können, ob sie mal in Santa Monica gelebt hätte. Aber sie schien ihm aus dem Weg zu gehen, und er war zu schüchtern, um ihr nachzusteigen. Ein paarmal hatte er sich bereits gefragt, warum sie ihm wohl aus dem Weg ging. Als er einmal vom Supermarkt nach Hause fuhr, kam ihm der Gedanke, sie könne *ihn* am gleichen Strand gesehen haben und sei vielleicht abgeschreckt durch die Frauen, die ihn begleiteten. Kaum eine seiner Frauen hatte so gut ausgesehen wie Patsy oder ihr Mann oder sogar wie ihre Kinder. Sie waren eben nur die momentanen Freundinnen. Ein paar hatten sogar einen leicht vulgären Touch. Als er nach Kalifornien gezogen war, hatte er sich anfangs von lauten, ruppigen, energischen California-Girls angezogen gefühlt, von denen keine elegant oder anmutig war oder einen guten Geschmack wie Patsy hatte.

Aber er wußte es nicht – alles war reine Spekulation; er war nicht mal sicher, ob Patsy die Frau war, die er gesehen und die seine Phantasie beschäftigt hatte. Als er einmal in Ruhe darüber nachdachte, merkte er, daß er die Sache vielleicht etwas überinterpretierte, wenn er glaubte, daß Patsy ihm aus dem Weg ging, weil seine ehemaligen Freundinnen sämtlich ein bißchen grob gewesen waren. Wenn sie ihm tatsächlich aus dem Weg ging, konnte es ja auch deshalb sein, weil er auf der Dinnerparty bei Aurora etwas Falsches gesagt hatte, obwohl er sich nicht vorstellen konnte, was das gewesen sein sollte.

Indes, da war sie – und sie ging ihm *nicht* aus dem Weg. Sie hatte ihn sogar berührt. Obwohl es eine ganz leichte Berührung gewesen war, gefiel sie ihm sehr. Obwohl es nichts zu bedeuten haben mußte, die alleinige Tatsache, daß Patsy ihn angesprochen hatte, bestätigte seine heiliggehaltene Auffassung, daß jene Frauen, die, die er wirklich wollte, die, die sein exzentrisches Auge absolut befriedigten, die einfach richtig aussahen, daß diese Frauen irgendwann auf ihn zukommen würden oder ihm erlaubten, zu ihnen zu kommen. Und jetzt geschah es wieder: Das altvertraute Bild einer unbekannten Frau, die er dennoch gesehen und begehrt hatte, war aus seinen Strandtagen hochgeweht und hatte sich als leibhaftige Frau hier direkt neben ihm materialisiert.

»Sie wollen doch nicht etwa wirklich dieses salzige Corned beef essen, oder?« fragte Patsy – sie hatte sich zum sofortigen Angriff entschlossen. »Würden Sie nicht viel lieber nach Galveston fahren und Krabben essen?«

Der Delikatessenmann hörte die Einladung. Gerade wollte er den Wiegezettel an das Päckchen Corned beef heften, doch jetzt hielt seine Hand inne. Er schaute Jerry Bruckner fragend an.

»Sorry«, sagte Jerry zum Delikatessenmann. »Sieht so aus, als hätte ich gerade ein besseres Angebot bekommen.«

»Sieht tatsächlich so aus«, sagte der Mann und nickte Mrs. Carpenter zu. Er kannte sie seit vielen Jahren und war eigentlich mit ihrem Verhalten nicht ganz einverstanden; vor allem war er mit einigen der jungen Burschen nicht einverstanden, mit denen sie im Laufe der Zeit aufgekreuzt war. Andererseits hatte er während seiner Jahre in Houston schon Schlimmeres gesehen – viel Schlimmeres –, und es ging ihn überhaupt nichts an. Er legte das Corned beef in den Behälter zurück.

»Der Fleischmann mag mich nicht«, sagte Patsy, als sie mit Jerry den Supermarkt verließ. »Ich glaube, er hält mich für ein Flittchen, weil er weiß, daß ich mit jüngeren Männern ausgehe.«

»Na, darüber würde ich mir keine Gedanken machen«, meinte Jerry.

Patsy fand diese Bemerkung ziemlich enttäuschend – in Wirklichkeit hatte sie sich über den Delikatessenmann überhaupt keine Gedanken gemacht. Ihr wäre es lieber gewesen, wenn Jerry sich, wenn auch nur scherzhaft, zu ihrer angeblichen Flittchenschaft – zu ihren jüngeren Männern – oder zu *irgendwas* geäußert hätte. Aber Jerry wich einfach ihrer Frage aus. Doch er hatte unglaublich fülliges Haar, auf dem das Licht schimmerte, als sie nach draußen kamen. Sie sagte sich, warum zum Teufel so mäkelig sein? Wir haben uns rein zufällig getroffen. Vielleicht hat er ja Angst.

Falls das zutraf, so lag es nicht daran, daß sie in ihrem Auto fuhren. Er stieg mit solcher Lässigkeit in ihren Wagen, als sei es selbstverständlich, nicht in seiner alten Karre zu fahren, und er schien es auch ganz selbstverständlich zu finden, daß sie fuhr. Er ließ sich so leicht ansprechen, als sei es das Selbstverständlichste von der Welt, und schien mit allem zufrieden zu sein, was sie mit ihm anstellte.

»Ich bin mir ziemlich sicher, daß ich Sie mehrmals am Strand von Santa Monica gesehen habe«, sagte er, sobald sie im Wagen saß. »Sie hatten zwei Mädchen bei sich und einen Mann, der ein bißchen mexikanisch aussah.«

»Bitte, ein bißchen spanisch«, antwortete Patsy. »Das war mein Mann, Tomas – er starb geradezu bei dem Gedanken, man könne ihn für einen Mexikaner halten, wobei er tatsächlich Mexikaner war. Jedenfalls ist er gestorben«, fuhr sie fort und überlegte, was sie da gerade Komisches gesagt hatte.

»Als ich Sie bei Aurora traf, dachte ich, ich würde Sie wiedererkennen«, sagte Jerry. An einer Ampel kurz vor der Auffahrt zum Freeway steckte Patsy hastig ihr Haar hoch; er mochte noch immer die Art, wie sie die Arme hob. Die Bewegungen von Frauen, vor allem die unbefangenen, unbewußten körperlichen Bewegungen von Frauen, die meistens sehr selbstbewußt waren, erschienen ihm als eine Art sexuelle Poesie – wenigstens die kleinen Bewegungen oder Gesten, wie zum Beispiel sich das Haar hochzustecken. Je selbstbewußter die Frauen, desto unwahrscheinlicher war es, daß sie jemals fähig waren, selbstvergessen zu sein, und desto bewegender war es, wenn sie tatsächlich einmal selbstvergessen waren und etwas Einfaches und Graziöses taten.

»Sie hätten sich bemerkbar machen sollen«, sagte Patsy und sauste auf den Freeway. »Zu der Zeit war ich ziemlich niedergeschlagen. Tomas tat alles, was in seiner Macht stand, um mir das Vertrauen in mein Aussehen zu zerstören, obwohl er mich ausschließlich wegen meines Aussehens geheiratet hat. Ich wäre ungeheuer geschmeichelt gewesen, wenn ich gewußt hätte, daß mich irgend jemand am Strand attraktiv fand.«

Jerry hatte sich einsam und ziemlich mutlos gefühlt, als Patsy ihn ansprach. Er dachte darüber nach, eventuell wieder nach Las Vegas zurückzugehen – vielleicht konnte er, wenigstens eine Zeitlang, einen Spielsalon betreiben, irgend etwas Einfaches. Den Würfeltischen fühlte er sich nicht ganz gewachsen, noch weniger dem Blackjack, Bakkarat oder den sonstigen Spielen mit sehr hohen Einsätzen. Vielleicht wirklich nur einen Bingosalon, und es mußte auch nicht unbedingt Las Vegas sein, es konnte ruhig Reno oder Tahoe oder sogar Elko sein. Das würde der verzwickten Situation mit Aurora ein Ende setzen und auch seinem Leben als Therapeut, das ernsthaft dabei war, ihn zu demoralisieren. Vielleicht fand er ja irgendein fröhliches Showgirl, das Spaß am Schnellgehen hatte oder ähnlichem.

Dieser Schritt würde nichts weiter von ihm verlangen, als daß er irgendwo seine Bücher einlagerte und sich vielleicht zwei neue Reifen für den Kombi kaufte. Eines schönen Tages würde er einfach weg sein. Die Leute, die ihn dort erwarteten, wo sie ihn normalerweise vorfanden, würden überrascht sein und er vielleicht schon in El Paso auf dem Weg nach Westen.

Die Möglichkeit, einfach wegzugehen, ohne jemandem etwas davon zu sagen, war sehr verlockend. Er spürte, daß er sie innerhalb der nächsten ein, zwei Wochen, bestimmt aber innerhalb des nächsten Monats ergreifen würde. Sein Denken hatte sich mehr und mehr auf Elko konzentriert. Ihm gefiel es, daß Elko eine so unbedeutende Stadt war – sie befand sich gerade noch in Nevada, und Salt Lake lag ein paar nette Autostunden in Richtung Osten entfernt. Es war interessant, sich vorzustellen, wie die Frauen in Elko waren, immerhin so interessant, daß er ein paar nette Stunden damit verbrachte, sich Freundinnen aus Elko vorzustellen.

Aber jetzt war Patsy da – sie hatte offenbar gerade den Entschluß gefaßt, in sein Leben zu treten. Jetzt, wo er die Chance hatte, sie von nahem zu sehen, war er sich gar nicht mehr so sicher, ob sie wirklich die Frau war, die er am Strand beobachtet hatte. Da waren jede Menge attraktiver, brünetter Frauen mit sexy dünnen Armen am Strand gewesen, darunter einige mit Töchtern und gutaussehenden Ehemännern. Doch die Tatsache, daß sie es sein konnte und er es ihr bereits gesagt und sie davon überzeugt hatte, sie schon früher gesehen und begehrt zu haben, bedeutete, daß etwas zwischen ihnen ablief, etwas, dem ein gewisser Mythos innewohnte. Er lehnte sich genüßlich zurück und schaute ihr beim Fahren zu. Manche Frauen aus Texas, auch kalifornische Frauen, schienen einfach fürs Autofahren geboren zu sein. Autofahren war für sie etwas so Selbstverständliches wie Atmen – sie machten das mit totaler Sicherheit, so, wie Patsy es gerade tat. Er fuhr selbst ganz ordentlich, fürchtete aber immer, gerammt zu werden, und teilte seine Aufmerksamkeit ziemlich gleichmäßig zwischen der Straße vor ihm und dem, was er im Rückspiegel sah. Patsy war die schnellste Fahrerin auf dem Freeway – nur selten warf sie einen raschen Blick in den Rückspiegel. Ab und zu warf sie auch einen Blick auf ihn. Das waren nur kurze Blicke, die Jerry jedoch durchaus zu der Überlegung veranlaßten, er könne ja seine Absicht, herauszufinden, wie die Frauen in Elko, Nevada, beschaffen waren, vielleicht noch ein wenig aufschieben.

»Erzählen Sie mal was von sich«, kommandierte Patsy, als sie sich der Brücke zur Insel näherten. Bis sie das Krabbenhaus erreicht und trotz des Krachs der jungen Farmer und Farmerinnen ihre Bestellung aufgegeben hatten, hatte sie schon eine ganze Menge über sein Leben erfahren, jedenfalls genug, um sie davon zu überzeugen, daß er ein ziemlich zielloser Mensch war und noch leichter zu manipulieren, als sie sowieso schon vermutet hatte. Die Affäre, in der er mit Aurora steckte – eine Affäre, die er sofort zugab –, war ein Beispiel dafür. Als sie ihm zuhörte, wie er sich selbst beschrieb, fühlte Patsy, wie ihr der Mut sank: Der Mann war ein solcher Waschlappen, wollte sie ihn wirklich zum Essen ausführen und tatsächlich mit nach Hause nehmen? Er schien ausdrücken zu wollen, er sei von Aurora fasziniert und habe eine Schwäche für sie, wolle aber in Wirklichkeit lieber nicht mit ihr schlafen, obwohl er in Wirklichkeit *doch* mit ihr schlief.

»Ich glaube, ich bin heute abend ein bißchen schwer von Begriff«, sagte Patsy. »Ich weiß, sie wirkt wie ein Rammbock, aber ist sie wirklich ein solcher Rammbock, daß Sie mit ihr schlafen müssen, obwohl Sie es lieber nicht möchten? Na, kommen Sie schon.«

Jerry war unangenehm bewußt, daß Patsy es nicht so gut fand, was er über Aurora erzählte. Sie hörte ihm mit gesenktem Blick zu. Je mehr er versuchte, ihr zu erklären, daß es gleichzeitig eine große Sache und keine große Sache war, desto mehr spürte er, wie Patsy sich verhärtete. Die Freundlichkeit, die sie im Supermarkt und auf der Fahrt nach Galveston gezeigt hatte, war mittlerweile verschwunden. Sie schaute ihn skeptisch an, vielleicht sogar ein wenig ablehnend.

»Vielleicht habe ich ja auch nur ein Klassenproblem«, gestand er. Das war ein Thema, über das die meisten Frauen, mit denen er ausging, niemals auch nur nachgedacht hatten, und wenn er den Klassenunterschied als mögliche Erklärung für sein gelegentlich zweifelhaftes Verhalten anführte, dann lenkte es sie manchmal derartig ab, daß sie vergaßen, daß sie eigentlich dicht davor gewesen waren, böse auf ihn zu sein.

»Wie war das?« fragte Patsy. »Sie schlafen mit einer Frau, die dreißig Jahre älter ist als Sie, weil Sie ein Klassenproblem haben? Ist die Schwäche, die Sie für sie haben, eine Schwäche für die Klasse oder was? Ich kapiere das nicht.«

»Ich bin bei Frauen aus der Oberschicht einfach nicht so sicher«, antwortete Jerry. »Ich habe meine Zweifel, ob ich jemals den Mut gehabt hätte, Sie im Supermarkt anzusprechen – obwohl ich Sie da mehrfach gesehen habe und auch ansprechen wollte.«

»Mein Gott, ich bin keine Frau aus der Oberschicht«, sagte Patsy. »Aurora Greenway auch nicht. Ich bin bloß ein Mädchen aus Dallas, dessen Vater ein bißchen Geld im Ölgeschäft gemacht hat.«

»Nun, aber Aurora sieht so aus, als gehöre sie zur Oberschicht. Und Sie auch. Vielleicht ist das ja auch nur die verblendete Perspektive eines Mannes, der klein angefangen hat – ich weiß es wirklich nicht.«

»Kommen Sie schon, Mr. Klapsdoktor«, sagte Patsy. »Ich glaube nicht, daß es ein Klassenkomplex ist, der einen Mann dazu bringt, mit einer Frau zu schlafen, die seine Mutter sein könnte. Scheint Ihnen die Erklärung nicht ein bißchen weit hergeholt? Der Grund ist, daß Aurora immer noch attraktiv ist. Ich bin nie verrückt nach ihr gewesen, aber ich sehe sehr wohl, daß sie immer noch eine attraktive Frau ist. Sie ist eine dieser machthungrigen Leute, die einfach schon dadurch anziehend wirken, daß sie so total machthungrig sind.«

Ihr war mehr danach zumute, ihm den Teller ins Gesicht zu werfen – er redete derartig dummes Zeug, daß sie für einen Moment ihren toten Ehemann vermißte. Tomas war zwar in der Lage gewesen, drei oder vier Wochen kein einziges Wort mit ihr zu sprechen, aber wenn er sprach, dann war es wenigstens klug – gemein, aber klug. Bei Tomas mußte sie sich erst verdienen, was sie bekam: Sex, Komplimente, sogar häuslichen Frieden. Ihr gefiel das nicht, aber wenigstens hatte es einen gewissen Stil. Wie würde Jerrys Stil wohl aussehen, wenn das Beste, was er zu bieten hatte, eine Bemerkung über die Angst vor Frauen aus der Oberschicht war oder Frauen, von denen er glaubte, sie gehörten zur Oberschicht?

»Ich meine gebildet«, sagte Jerry. »Frauen wie Sie oder Aurora sind viel gebildeter, als ich es bin. Sie haben Reisen gemacht und waren auf guten Schulen. Sie wissen nicht nur, mit welcher Gabel man ißt, Sie können aus Gedichten zitieren, haben alle Museen besucht und alle wichtigen Bilder gesehen. Meine Mutter war nur eine Rollschuhläuferin mit guter Figur – nach dem siebten Schuljahr ist sie von der Schule abgegangen.«

»Und Sie?« fragte Patsy.

»Ich habe die High-School abgeschlossen und eine Spielkasinoschule besucht, doch vorzeitig abgebrochen«, sagte Jerry.

»Spielkasinoschule?«

»Ja, wo sie Croupiers ausbilden«, erklärte Jerry. »Die besten Kasinoschulen liegen wahrscheinlich in Europa, aber ich bin nur auf eine von denen in Las Vegas gegangen. Man kann nicht einfach so Croupier werden. Die meisten Leute, mit denen ich auf die Kasinoschule gegangen bin, haben es nicht geschafft.«

»Ich dachte, Sie wären Psychotherapeut«, sagte Patsy. »Eigentlich habe ich Sie anfangs nicht für einen Psychotherapeuten gehalten, aber als ich im Supermarkt hinter Ihnen herspionierte, war ich fast überzeugt, daß Sie doch einer sind. Sie sind also gar kein richtiger Therapeut, oder?«

»Zumindest habe ich Sie durcheinandergebracht«, sagte Jerry. »Können wir hier raus? Ich hasse diesen Krach.«

Sie fuhren bis ans Ende der befestigten Uferstraße und schauten eine Weile auf die See hinaus. Inzwischen hatte Patsy ihre ablehnende Haltung aufgegeben. Jerry hatte sie mit seiner Bemerkung über ihre und Auroras Bildung entwaffnet. Ihr Wissen hatte nichts mit Klassenzugehörigkeit zu tun – und wenn doch, dann zumindest nicht im traditionell europäischen Sinn. Sie wußte, daß sie nicht zur Oberschicht gehörte, aber auf der anderen Seite war sie tatsächlich viel gereist, hatte Gedichte gelesen und wirklich alle wichtigen Bilder in allen wichtigen Museen gesehen. Sie hatte ihre Reisen, ihre Museumsbesuche und das viele Lesen nie als etwas Endgültiges angesehen – im Gegenteil, all das bewirkte nur, daß sie sich oberflächlich und dilettantisch vorkam – ein weiteres Zeichen dafür, daß sie nie über das rein Repräsentative hinausgelangen würde, weil ihr Geist in Wirklichkeit nur auf Effekte ausgerichtet war. Das wenige Wissen, das sie besaß, versetzte sie in die Lage, sich in der ganzen Welt auf Parties der Normalverbraucherschicht bewegen zu können, aber das war auch schon alles. Sie konnte lesen, aber nicht selbst schreiben; sie konnte Bilder anschauen, aber selbst keine malen. Sie war eine erstklassige Dinnerparty-Begleiterin – die vielen reichen oder berühmten Männer, die auf Parties in L. A. oder London oder Madrid neben ihr am Tisch gesessen hatten, waren nicht enttäuscht nach Hause gegangen. Sie hatten es geschätzt, neben ihr zu sitzen und sich mit ihr zu unterhalten, was an sich schon ein negativer Umstand war. Es bedeutete nämlich, daß ihr Verstand ihrem Aussehen entsprach – beide waren in hohem Maße effektvoll, zeigten jedoch nicht die geringste Spur von Außergewöhnlichkeit.

Doch für Jerry Bruckner, den Sohn eines Showgirls, waren sie und Aurora – in Wirklichkeit zwei ganz normale Frauen – die Königinnen der *Haut Monde*. Das Anrührende daran war, daß der Mann, im Augenblick jedenfalls, vollkommen aufrichtig war. Halbgebildete Frauen, die gerade mal vornehm und gewandt genug waren, sich bei Hermes oder Fendi eine hübsche Handtasche zu kaufen, flößten ihm tatsächlich Respekt ein.

Patsy war froh, daß er darüber gesprochen hatte – vielleicht war er ja doch nicht völlig uninteressant. Außerdem hatte er eine nette Art, still zu sein – zumindest verhielt er sich so, als sei die See da, damit man sie anschauen und ihr zuhören konnte. Er war nicht gelangweilt, er war nicht brummig und nicht nervös, und er war auch nicht allzusehr mit seinen Selbstbeobachtungen und Ängsten beschäftigt. Sie saßen eine halbe Stunde da und sprachen kein einziges Wort. Patsy spürte, daß ihre Verärgerung ein bißchen dumm gewesen war. Sie hatte gegen eine ihrer Überzeugungen verstoßen, nämlich dagegen, daß es unsinnig war, über Männer zu spekulieren. Sie hätte sich Jerry Bruckner fast zu jeder beliebigen Zeit schnappen können, um mit ihm nach Galveston zum Krabbenessen zu fahren. Sie hätte sich ihn sogar auf Auroras Dinnerparty schnappen können. Statt dessen hatte sie spekuliert und phantasiert. Sie hatte sich Jerry so zurechtgelegt, wie sie ihn gerne gehabt hätte, und dann war sie enttäuscht, als sie merkte, daß er so gar nicht dem Burschen entsprach, den sie sich ausgemalt hatte. Da sie nichts von ihm wußte, hatte sie ihn in ihrer Phantasie gesellschaftlich um ein oder zwei Stufen höher gestellt. Sie hatte sich den Typ Mann zurechtphantasiert, neben dem *sie* bei einem Dinner gerne gesessen hätte – jemanden Lebhaftes, der aber gleichzeitig von ihr fasziniert war. Solche Männer waren beim Dinner häufig lustiger, als sie es waren, wenn sie sich mit ihnen im Bett wiederfand. Doch Jerry hatte neben Aurora so ansprechend ausgesehen, daß sie ihre eigenen Grundsätze und auch ihre erhebliche Erfahrung auf diesem Gebiet unberücksichtigt gelassen hatte.

»Bedeutet die Tatsache, daß Sie zur Kasinoschule gegangen sind, automatisch, daß Sie kein richtiger Psychotherapeut sind?« fragte Patsy.

»Ich habe keine Zulassung«, antwortete Jerry. »Ich bin nie aufs College gegangen, und Medizin habe ich noch viel weniger studiert. Doch der Mann, der für mich eine Art Stiefvater war, war tatsächlich Psychotherapeut. Er sprach viel mit mir über Psychiatrie und hinterließ mir seine ganze Bibliothek. Als ich in New York lebte und mich als Komiker durchschlug, habe ich an Übungsgruppen teilgenommen. Ich habe auch selbst eine Analyse gemacht, bin aber nicht sehr weit gekommen, weil mein Analytiker starb.«

Er hielt inne, weil er das Gefühl hatte, das Ganze müsse sich für Patsy reichlich schwach anhören. Bei Leuten wie der Frau, deren Tochter alle Gehirnschläge an der gleichen Stelle bekommen hatte, oder bei dem alten Mann, der immerzu versuchte, ihn davon zu überzeugen, daß Jesus zurückgekommen sei und in seiner Nachbarschaft wohne, war es simpel, die Rolle des Psychotherapeuten überzeugend zu spielen; doch bei Aurora war er als Psychiater nicht sehr überzeugend gewesen, und bei Patsy rechnete er sich auch keine besseren Chancen aus.

Ein oder zwei Meilen entfernt sah er am Strand jenes Hotel liegen, in dem er als Concierge gearbeitet hatte, als er zum erstenmal nach Galveston getrampt war. Es war an jenem Tag gewesen, als er Cherry verlassen hatte, ein Mädchen, das er irgendwie immer noch vermißte.

Einen Moment lang vermißte er Cherry nicht nur, er vermißte sie sogar sehr. Wenn es Cherry im Auto gewesen wäre und nicht Patsy, hätte er nicht dieses beklemmende Gefühl in der Brust gehabt oder soviel Angst, etwas Dummes oder Uninformiertes zu sagen. Er wußte, daß er kaum Ahnung von geschichtlichen Zusammenhängen hatte; er warf fortwährend Künstler und Komponisten des achtzehnten Jahrhunderts mit denen des neunzehnten durcheinander. Fehler dieser Art entlarvten einen sofort als Dummkopf, wenn man es mit den entsprechenden Leuten zu tun hatte. Bei Cherry hatte es da keine Probleme gegeben. Cherry war ein nettes, ausgelassenes amerikanisches Mädchen, das es liebte, alles mit voller Kraft zu tun. Sie kannte sich in so gut wie gar nichts aus und hätte das achtzehnte Jahrhundert vermutlich bis zu Christi Geburt zurückdatiert, an den sie leidenschaftlich, wenn auch ahnungslos glaubte.

»Sie brauchen vor mir nicht so auf der Hut zu sein, Jerry«,

ermutigte ihn Patsy. »Ich versuche ja nur, Sie ein bißchen besser kennenzulernen. Ich werde Sie schon nicht an die Polizei ausliefern, weil Sie ohne Lizenz praktizieren. Mich interessiert nur, wie alles angefangen hat.«

»Ich ließ mir ein Schild malen und brachte es an meiner vorderen Veranda an«, sagte Jerry. »Die meisten Leute glauben diesen Schildern, verstehen Sie. Solange das Wort ›Therapie‹ draufsteht, stellen sie keine Fragen. Das einzige, was sie wissen wollen, ist, was es kostet.«

»Ich war mal eine Zeitlang Concierge in dem Hotel da drüben«, fuhr er fort und zeigte den Strand hinunter. »Bis zu meiner Ankunft hatte es dort noch nie einen Empfangschef gegeben. Ich sagte, ich würde fürs Trinkgeld arbeiten, wenn sie es mich versuchen ließen. Am ersten Tag nahm ich vierhundertzwanzig Dollar ein. Ich wäre wohl besser Empfangschef geblieben.«

»Sind Sie ein Apostel der Selbstlosigkeit?« fragte Patsy. »Haben Sie den Job als Concierge aufgegeben, um der leidenden Menschheit zu helfen, oder ließ sich als Psychotherapeut noch mehr Geld verdienen?«

»Ich glaube, ich dachte, das sei ein wenig intellektueller«, antwortete Jerry. »Der Versuch, die Probleme der Leute zu analysieren, erschien mir interessanter, als Restaurant-Reservierungen für alte Damen aus West-Texas vorzunehmen.«

»Ich sehe schon, Sie sind ein Nachbarschafts-Priester«, sagte Patsy. »Jetzt aber genug mit dem Quiz.« Ihre Haare fühlten sich feucht an von der Seeluft, und ihre Falle schien sich als Fehlschlag zu erweisen.

Auf der Rückfahrt nach Houston fuhr sie über neunzig. Als sie am Supermarkt ankamen, war Jerrys Kombi das einzige Auto auf dem Parkplatz, obwohl neben dem Laden ein riesiger Truck vor sich hin brummte. Eine Gruppe von Männern mit Handwagen transportierte Gemüse aus den fruchtbaren Tälern von Texas und Kalifornien ins Innere.

Als Patsy den Wagen zum Stehen brachte, versuchte Jerry, sie zu küssen, aber sie entzog sich.

»Noch bin ich keines von Ihren Pfarrkindern, Vater«, sagte sie. Sein Verhalten ärgerte sie, wie es fast den ganzen Abend der Fall gewesen war.

Jerry fühlte sich nur durcheinander, was nicht neu für ihn war. Er wußte, daß er sich wieder einmal um eine Frau bemüht hatte, die einer anderen Schicht angehörte. Trotzdem wußte er, daß er traurig sein würde, wenn er sie einfach so wegfahren ließ.

»Läßt sich das wiederholen?« fragte er, die Hand schon am Türgriff.

»Sie meinen, Krabben essen?«

»Na ja, irgendwas essen.«

»Weiß nicht«, antwortete Patsy. »Ich weiß nur, daß ich mit niemandem Verabredungen treffe, der Aurora Greenway hinters Licht führen muß, um mich zu sehen.«

Jerry wünschte sich, er hätte seine Phantasien über die Frau am Strand von Santa Monica einfach für sich behalten. Er fühlte sich müde und traurig, als er aus dem Wagen stieg.

»Es war ein netter Abend«, sagte er höflich.

»Sie sind ein Heuchler, Vater«, sagte Patsy und gab Gas.

21.

Bump hatte sprechen gelernt. Zur Freude seiner Mutter und seines Vaters hatte er eine wunderschöne Aussprache, und was er sagte, war von Anfang an interessant. Normalerweise sprach er sogar in vollständigen Sätzen. Aber es gab auch einen Haken: Er wollte nicht mit *ihnen* reden. Er wollte immer nur mit seinem besten Freund reden, und das war Kermit der Frosch.

»Ich bin auch ein Frosch«, sagte er eines Tages zu seiner Big Granny. »Ich werde auch in Frog Town leben, wo Kermit lebt.«

Seine Big Granny hatte ihm Kermit gekauft und ihm gezeigt, wie man die Hand reinsteckt und seine Lippen bewegt. Seine Big Granny brauchte ihm das nur ein einziges

Mal zu zeigen. Von diesem Tag an ging Kermit immer dorthin, wohin Bump ging. Eines Tages, in Big Grannys Haus, sah Bump Kermit auf einer Bildermaschine, die Big Granny in ihrem Schlafzimmer stehen hatte. In der Küche gab es noch eine etwas kleinere Bildermaschine, und Rosie erlaubte ihm, sie anzuschauen. Zuerst verblüffte es ihn, Kermit im gleichen Moment auf der Bildermaschine zu sehen, in dem er ihn auf seiner eigenen Hand hatte und mit Rosie und Big Granny sprechen ließ.

»Warum ist Kermit zweimal?« fragte er.

»Eine gute Frage«, antwortete Aurora. Sie war sehr von ihrem Urenkel angetan, seitdem er richtig sprechen konnte. »Kermit ist zweimal, weil die Welt komisch ist.«

»Ist das Frog Town da auf dem Bild?« wollte Bump wissen und zeigte auf die Bildermaschine.

»Ich glaube schon«, antwortete Aurora.

»Ich will aber, daß Kermit nur einer ist«, sagte Bump. »Ich will, daß er nur *mein* Kermit ist.« Er konnte die Zahlen und wußte, wie sie aussahen, und er kannte die Namen der Wochentage, obwohl er die Namen der Wochentage nicht besonders interessant fand. Nichts auf der ganzen Welt war so interessant wie Kermit, sein Freund.

»Warum bist du da drin?« fragte er Kermit und zeigte auf die Bildermaschine.

Big Granny lieh sich Kermit aus, damit er die Frage beantworten konnte.

»Ich bin nur ein armer Frosch, ich arbeite hier«, sagte Kermit.

Als Bump Kermit an diesem Abend mit nach Hause nahm, war er etwas beunruhigt. Ihm gefiel es nicht, daß Kermit so trickreich war, daß er zur gleichen Zeit an zwei Orten sein konnte. Aber das sagte er seinen Großen nicht. Die gingen mit Kermit eigentlich nicht freundlich um. Wenn er Kermit zu oft umarmte und ihm zuviel Küsse gab, mochten sie das nicht. Sie wollten, daß er nur *ihnen* Küsse gab und *sie* umarmte. Seine Mutter packte ihn immer, hielt ihn auf ihrem Schoß fest und erzählte ihm Geschichten. Sie verstand nicht, daß er seine Zeit lieber mit Kermit in einem seiner Verstecke verbracht hätte. Das beste Versteck befand sich im Hof unter einer Hecke, aber sie hatten auch eins im Schrank. Manchmal, wenn seine Mutter ihn packte, versuchte er, sich von ihrem Schoß runterzustrampeln, damit er zu Kermit zurückkonnte, aber seine Mutter war stark, deshalb gelang ihm das nicht immer. Sie hielt ihn so lange fest, bis seine Beine müde wurden und nicht mehr strampeln konnten. Wenn er versuchte, sie zu beißen, damit sie ihn nach Frog Town gehen ließ, dann hob sie ihn einfach hoch in die Luft und lachte. Meistens lachte Claudia auch, aber sie versuchte nur selten, Bump auf ihren Schoß zu nehmen.

»Die Hände von meinem Daddy zittern, wenn er mir Geschichten vorliest«, sagte Bump eines Tages zu Kermit. »Ich glaube, er ist krank.«

Wenn er mit Kermit sprach, mußte er auch Kermits Worte sagen, außer, wenn er Kermit auf der Bildermaschine sah – dann sprach Kermit selbst. In Bumps Haus gab es keine Bildermaschine, da sprach Kermit niemals selbst.

Bump wünschte sich, seine Eltern bekämen auch eine Bildermaschine, damit Kermit öfter selbst sprechen würde, aber seine Eltern mochten keine Bildermaschinen. Eines Tages, als er und Kermit mit den griechischen Buchstabenklötzen spielten, kam Big Granny zu ihnen und stritt mit seinen Eltern über Bildermaschinen, während Bump und Kermit zuhörten.

»Ich hätte nie gedacht, jemals so hochmütige Verwandte zu haben, die einem Kind nicht mal erlauben, Fernsehen zu schauen«, sagte Big Granny. »Kein Wunder, daß er so lange gebraucht hat, um sprechen zu lernen. Sie müssen Sprache *hören*, bevor sie sie sprechen können.«

»Er hört uns sprechen«, sagte Jane ärgerlich. Sie hatte gute Lust, zu Claudia zu gehen und das Familienleben für ein, zwei Stunden hinter sich zu lassen.

»Ja, aber wie oft?« fragte Aurora. »Mein Eindruck ist, daß ihr beiden hauptsächlich über euren klassischen Texten brütet. Wenn ihr mit eurem Kind nicht redet, dann kauft ihm wenigstens einen Fernsehapparat, damit er seine eigene Sprache sprechen hört.«

»Ich würde es ja riskieren, aber Jane will nicht«, sagte Teddy.

»Was ist daran riskant?« wollte Aurora wissen. »*Ich* schaue jeden Tag Fernsehen – haltet ihr mich intellektuell für verkümmert?«

»Du bist intellektuell nicht verkümmert, aber du bist ja auch nicht zwei Jahre alt«, sagte Jane recht heftig. »Ich will nicht, daß Bump mit diesem gewalttätigen Fernsehschrott aufwächst, und das ist heutzutage alles, was das Fernsehen zu bieten hat. Sogar die Zeichentrickfilme sind gewalttätiger Schrott.«

»Nun, ich bin anderer Meinung«, sagte Aurora. »Zufälligerweise finde ich Kermit ebenso interessant wie Jonathan. Es vergeht kaum ein Tag, an dem ich nicht Kermit sehe. Was er zu sagen hat, kann wohl kaum als gewalttätiger Fernsehschrott bezeichnet werden.«

»Es gibt natürlich Ausnahmen, aber nicht genug«, sagte Jane brummig.

Bump dachte, seine Mutter würde sich wieder in ein wildes Tier verwandeln, aber da läutete das Telefon, und er lief hin, um den Hörer abzunehmen. Sein Vater hatte ihm erklärt, wenn die anderen alle etwas zu tun hatten, dann sei es seine Aufgabe, ans Telefon zu gehen. Aber mittlerweile versuchte er, sämtliche Anrufe entgegenzunehmen, selbst wenn die Großen nicht im Schlafzimmer waren und die Tür abgeschlossen hatten. Diesmal war Claudia am Apparat.

»Hi, Bump«, sagte sie. »Ist deine Mutter da?«

»Ich wohne jetzt in Frog Town«, sagte Bump, brachte seiner Mutter aber das Telefon, und Jane fing an, leise zu sprechen. Big Granny stand auf, um nach Hause zu gehen, und er und Kermit und sein Vater begleiteten sie nach unten zum Wagen.

Big Granny hob ihn hoch und küßte ihn – Bump mochte das, denn sie roch gut. Sie gab auch Kermit einen Kuß.

»Ich mag Big Granny«, sagte Bump zu Kermit, als er und Kermit auf den Rasen gingen, um allein zu sein. Sie setzen sich ins Gras. Bump trug nur seine Unterhose, deshalb kitzelte ihn das Gras.

»Ich wünschte, sie würde uns ein paar Geschichtenbücher mitbringen«, sagte Kermit. »Lauf hin und sag es ihr.«

Bump stand auf und lief zu Big Granny, die immer noch auf dem Gehweg stand und mit seinem Vater redete.

»Kermit möchte, daß du uns ein paar Geschichtenbücher mitbringst«, sagte Bump und zog an Big Grannys Rock. »Wir haben keine Geschichten mehr.«

»Aber natürlich, du mußt neue Geschichten haben«, sagte Big Granny. »Ich verspreche dir, mich sofort darum zu kümmern, Jonathan.«

»Sie nennt mich Jonathan – das ist ihr Name für mich«, erzählte er Kermit und ging wieder auf den kitzelnden Rasen zurück.

»Ich wünschte, ich hätte ein Flugzeug«, sagte Kermit. Wenn sie im Wagen fuhren, wandten sie ihre Köpfe nach oben und paßten auf, ob sie ein Flugzeug sehen konnten.

»Ob sie es mag oder nicht, das Fernsehen ist heute ein Teil unserer Kultur«, sagte Aurora. »Es tut ihm nicht weh, sich ein paar Zeichentrickfilme im Fernsehen anzuschauen – und dir und Jane würde es auch nicht schaden. Wie ich die Dinge sehe, könntet ihr beiden durchaus ein bißchen Lachen vertragen.«

»Ich glaube kaum, daß Jane jemals über etwas im Fernsehen lachen wird«, sagte Teddy. »Früher gefiel ihr Carol Burnett, aber Carol Burnett wird nicht mehr im Fernsehen gebracht.«

Aurora hatte den Eindruck, daß Teddy ziemlich fertig aussah. Es war kein Glanz in seinen Augen – nicht mal dieses wahnsinnige Glitzern, das auftauchte, wenn er labil war. Jetzt sah er allerdings nicht labil aus, er sah nur ganz einfach traurig aus. Er war immer nett gewesen, aber nie stark, und er war immer noch nett, aber immer noch nicht stark.

»Was ist los?« fragte sie und hoffte, ihn so zu überraschen, daß er von seinen Problemen sprach.

»Nichts Besonderes«, antwortete Teddy. »Ich glaube, es ist einfach nur das Leben.«

Jane kam die Treppe herunter und winkte ihnen, während sie auf dem Gehweg davonging.

»Sie geht weg«, sagte Bump zu Kermit. »Hoffentlich kommt sie nie wieder zurück. Sie schüttelt mich, wenn sie wütend ist.«

Manchmal liebte er seine Mami mehr als jeden anderen, aber er konnte nicht vergessen, daß sie dazu neigte, sich in ein Tier zu verwandeln, und das war unheimlich. Einmal, als sie unheimlich wild war, da hatte sie Kermit gepackt und aus dem Fenster geworfen. Bump mußte schnell die Treppe runterlaufen, um ihn zu holen. Kermit war nicht verletzt, aber er konnte weder vergessen noch vergeben, was seine Mutter getan hatte. Sein Vater würde niemals so unheimlich werden, daß er Kermit aus dem Fenster warf. Sein Daddy zitterte nur und sprach mit hoher Stimme, wenn er wütend wurde.

»Ich nehme an, sie geht zu Claudia«, sagte Teddy. Seine Großmutter hatte nicht danach gefragt, aber er hatte das Gefühl, den stummen Weggang seiner Frau erklären zu müssen.

»O ja, die Freundin«, sagte Aurora. »Siehst du deshalb so elend aus?«

»Nein«, antwortete Teddy schnell. »Mir macht es nichts aus, wenn sie zu Claudia geht.«

»Ted, bist du dir da sicher? Ich selbst bin theoretisch überhaupt nicht besitzergreifend. Es ist meine feste Überzeugung, daß menschliche Wesen sich selbst gehören – was sie mit anderen machen, ist einzig und allein ihre Sache.«

»Ich wette, was *du* mit anderen machst, ist ausschließlich deine eigene Angelegenheit«, sagte Teddy und lächelte zum erstenmal, seitdem seine Großmutter gekommen war.

Aurora lächelte ebenfalls, und zwar erleichtert. Immerhin war er nicht so traurig, daß er gewisse Aspekte der menschlichen Komödie nicht mehr zu würdigen wußte.

»Ja, ausschließlich meine eigene Angelegenheit«, sagte sie. »Trotzdem, es gibt Theorie, und es gibt Praxis. In der Praxis kämpft man immerzu mit seinen Dämonen. Meine sind zufälligerweise ziemlich besitzergreifend, trotz meiner vortrefflichen Theorie. Beim General ist es genauso. In der Theorie stimmen er und ich über die Werte der individuellen Freiheit perfekt überein, aber in der Praxis ist er wahnsinnig böse auf mich, weil er den Verdacht hegt, ich hätte einen Liebhaber.« ... »Was auch der Fall ist«, fügte sie nach einem Augenblick hinzu. »In seinen besseren Momenten würde Hector vermutlich zugeben, daß das Spiel für ihn vorbei ist und daß ich einen Liebhaber brauche und jedes Recht habe, mir einen zu nehmen. Aber in der Praxis ist er fuchsteufelswild und gibt überhaupt nichts zu, außer, daß er mir mit seinen Golfschlägern den Schädel einschlagen möchte.«

»Aber wir sind jünger«, sagte Teddy. »Jane vernachlässigt mich nicht oder dergleichen. Ich habe wirklich nichts gegen Claudia einzuwenden – manchmal glaube ich sogar, ich mag sie mehr als Jane.«

»Sie macht tatsächlich einen netten Eindruck«, sagte Aurora. Sie hatte Claudia – eine kleine Frau mit sanften, blauen Augen – nur ein einziges Mal gesehen.

»Jane kann ein bißchen halsstarrig sein – wie beim Fernsehen und solchen Dingen«, sagte Teddy. »Außerdem ist sie verrückt.«

»Ich meine nicht verrückt, ich meine wütend«, fügte er hinzu, als er die Angst in den Augen seiner Großmutter bemerkte. »Ich weiß nicht, ob ich im Moment mit Jane zusammenleben könnte, wenn Claudia nicht da wäre. Das heißt aber nicht, daß wir eine schlechte Beziehung haben oder so was.«

»Natürlich heißt es das nicht«, sagte Aurora. »Ich habe diese menschliche Vorliebe für Schwüre immer ziemlich lächerlich gefunden, Schwüre, die, wenn man sich daran hält, bedeuten, daß man sein ganzes Leben lang nur *einen* anderen nackten Erwachsenen zu sehen bekommt.«

Wieder lächelte Teddy, doch diesmal mit einem leichten Glitzern in den Augen.

»Jane und ich haben ja nicht geheiratet«, sagte er. »Ich bin ziemlich sicher, daß sie die Absicht hat, im Laufe ihres Lebens mehr als nur einen einzigen Menschen nackt vor sich zu sehen.«

»Nun, da stimme ich zu, aber ich kann doch zustimmen und mir trotzdem ein paar Sorgen um dich machen, oder?« sagte Aurora. »Ich möchte, daß es Jonathan und dir und Jane gutgeht. Jonathan ist in Ordnung, und Jane ist in Ordnung, aber ich weiß nicht so recht, ob du im Moment auch so richtig in Ordnung bist.«

»Vielleicht ist es nur die Arbeit«, antwortete Teddy. »Kaffee und Toilettenpapier zu verkaufen ist schon okay, aber besonders anregend ist es nicht gerade. Ich habe darüber nachgedacht, ob ich wieder zur Schule gehen sollte.«

»Bravo«, sagte Aurora. »Ich hoffe, du machst das.«

Sie gab ihm eine ermutigende Umarmung und blies Jonathan einen Kuß zu, bevor sie ins Auto stieg. Jonathan und Kermit bliesen ihr beide einen Kuß zurück.

»Was wäre, wenn ich euch dreien einfach ein Fernsehgerät kaufen würde und es euch als Geschenk herbrächte?« fragte sie und schaute Teddy an. »Meinst du, Jane würde den Kasten aus dem Fenster werfen?«

»Warte noch ein oder zwei Monate«, schlug Teddy vor. »Im Augenblick würde sie ihn, glaube ich, tatsächlich aus dem Fenster werfen. Aber wenn du mir noch ein oder zwei Monate Zeit läßt, dann bearbeite ich sie vorher.«

Von Teddy wegzufahren war nie eine leichte Sache – Aurora verspürte fast immer den Wunsch zu weinen, wenn sie ihn verließ. Da war einfach etwas Trauriges in Teddy, selbst wenn er einigermaßen glücklich wirkte. Manchmal verspürte sie heimlich den Wunsch, Jane würde einfach mit irgendeinem ihrer Liebhaber verschwinden und Teddy und Jonathan ihr überlassen. Sie dachte, wieviel heller es zu

Hause sein würde, wenn noch ein paar junge Leute dort wohnten.

Sie schniefte ein paar Tränen weg und bremste wegen einer Katze, die gemächlich über die Straße bummelte. Sie überlegte, ob sie Jerry besuchen sollte, obwohl er sich ärgern würde, wenn sie aufkreuzte. Er ärgerte sich fast immer, wenn sie aufkreuzte, obwohl er sich bemühte, dieses Gefühl zu unterdrücken. Sie mußte ihren ganzen Charme spielen lassen, um seinem Ärger ein Ende zu setzen, ihn wieder freundlich zu stimmen und dazu zu bringen, sie zu berühren.

Sie fühlte sich ziemlich niedergeschlagen, wie so oft, wenn sie von Teddy wegfuhr – sie zweifelte daran, ob es ihr gelingen würde, genug Energie und Charme aufzubringen, um Jerrys Gereiztheit entgegenzuwirken. Aber sie hatte auch keine Lust, resigniert nach Hause zu fahren und sich mit Rosie oder dem General herumzuzanken. Sie wollte nicht nach Hause fahren und ein alter Mensch unter anderen alten Menschen sein.

Ihre letzte Rettung in solchen Fällen, wenn sie sich nicht danach fühlte, Jerry Bruckner dazu zu bringen, das reiche Füllhorn seiner Sexualität auszugießen, war das Pig-Stand-Café. Es war eine Art rettender Hafen, in dem sie neuerdings immer häufiger Rettung zu suchen schien – immerhin war die Fleischpastete dort hervorragend.

»Ich genehmige mir nur eine einzige Portion«, sagte sie, während sie den Wagen in Richtung Washington Avenue wendete.

»Und du solltest dich ein bißchen schneller bewegen, wenn du über die Straße gehst«, sagte sie durchs offene Fenster zu der bummelnden Katze.

III

AURORAS PROJEKT

1.

»Du hast wirklich jede Menge Nachthemden«, sagte Jerry und rollte sich zur Seite. »Ich glaube, ich habe dich noch nie zweimal im gleichen gesehen. Du bist eine Art Scheherazade der Nachthemden.«

Aurora zog ihr Nachthemd über ihre Hüften. Es war das pfirsichfarbene, das sie vor ungefähr zehn Jahren in Paris gekauft hatte.

»Ich stelle mir gerne vor, daß es bedeutet, daß du für tausendundeine Nacht mir gehörst«, sagte sie und streichelte seinen Bauch. Sie hatte ihn zu lieb gewonnen, um ihre Gefühle vor ihm zu verbergen, obwohl sie wußte, daß ihre Gefühle ihn verwirrten. Ihm wäre es viel angenehmer gewesen, wenn sie neunundneunzig Prozent ihrer Gefühle verborgen hätte, und das wußte sie auch, dennoch konnte sie sie nicht verbergen – das heißt, sie weigerte sich, das zu tun. Sie spürte ihre Gefühle, sie wollte sie spüren, ließ sie anschwellen und übersprudeln. Es war höchst unwahrscheinlich, daß sie je wieder in solchem Maße übersprudeln würde, und sie hatte nicht die geringste Absicht, ihren Gefühlen einen Riegel vorzuschieben, so ernüchternd die Konsequenzen auch sein mochten.

Jerry sagte nichts. Es waren diese Momente, nachdem sie sich geliebt hatten, in denen ihm am stärksten bewußt wurde, wie angenehm sein Leben hätte sein können, wenn er seinen Instinkten gefolgt und sich nach Elko abgesetzt hätte. Ganz bestimmt gab es hübsche, schlanke Kellnerinnen in Elko.

»Ich habe tatsächlich ein paar hübsche Nachthemden«, sagte Aurora. »Zu meiner Zeit galten hübsche Nachthemden als notwendiger Bestandteil einer Verführung, ich bin sicher, daß diese Vorstellung inzwischen längst veraltet ist. Irgendwie habe ich meine Zweifel, daß du mir tausendundeine Nacht schenkst, trotz der sorgfältig ausgesuchten Nachthemden.«

Sie lagen in der Dämmerung in seinem Bett, ohne Licht – die Sonne war untergegangen, doch die Vögel sangen noch in Jerrys Garten. Ihre Affäre war keine Affäre strahlenden Morgenlichts und sonniger Nachmittage, sondern der Dämmerung und der Nachthemden. Aurora richtete das so ein – schonungslos, aber mit Feingefühl.

Immer wenn Jerry anfing, unwillig zu werden, sie innerlich abzulehnen und sich zu sagen, daß es Zeit sei, sich ihr zu widersetzen, damit es nicht wieder geschah, kam sie und schaffte es erneut. Sie brachte zum Beispiel eine gute Flasche Wein und eine Thermoskanne Margarita mit, die sie selbst gemacht hatte. Er schätzte einen guten Wein und gute Margaritas – sie halfen ihm, vom Tag und von den vielen Patienten Abstand zu gewinnen, deren Elend endlos und unausrottbar war. Er war angenehm besäuselt vom Wein oder angenehm beschwipst von den Margaritas; dann erschien Aurora in ihrem Nachthemd und biß ihn in den Nakken oder ähnliches. Selbst wenn seine Ablehnung am größten und er entschlossen war, sich nicht von ihr überfahren zu lassen, schlängelte sie sich rasch an seinem Widerstand vorbei und schaffte es jedesmal wieder.

Bei diesen Gelegenheiten schaltete sie den Altersunterschied, wie auch andere Unterschiede, einfach aus, allein durch ihre Anziehungskraft. Manchmal war sie sanft und manchmal kühn, manchmal machte sie ihn ein wenig berauschter als sonst, aber immer wieder löste sie seinen Widerstand Stückchen um Stückchen auf. Sie ließ ihn vergessen, daß sie erheblich fülliger war als die ranken, schlanken Sportgirls, die er sich normalerweise als Freundinnen aussuchte. Die ranken, schlanken Schönheiten gaben sich nicht so viel Mühe. Sie gingen davon aus, daß er sich kopfstellen würde, um sie zu verführen, und wenn er das nicht tat, konnten sie jederzeit davonjoggen und sich einen suchen, der sich für sie kopfstellte. Ihre Körper waren exakt so, wie er es mochte, Auroras Körper überhaupt nicht, und trotzdem – immer und immer wieder – schaffte sie es, ihn ins Bett zu bekommen.

Jedesmal, wenn er es wieder hatte geschehen lassen, fühlte sich Jerry halb verärgert und halb geschmeichelt. Wer sonst hatte sich jemals soviel einfallen lassen, soviel Stil oder soviel Raffinesse gezeigt, um *ihn* zu verführen? Bei Aurora war es nie die gleiche, uralte Sache – jedenfalls bisher nicht. Sie gab sich Mühe beim Vorspiel, brachte ihm köstliche Dinge zu essen oder Bücher oder Schallplatten, von denen sie wußte, daß er sie gerne haben wollte. Sie kam auch nicht zu oft zu ihm, ließ Zeit zwischen ihren Besuchen verstreichen, kam nie während seiner Arbeitsstunden, reagierte auf alles, was er gerne hatte, und zeigte ihm häufig, was *sie* gerne hatte – erotische Dinge –, was ihn jedesmal überraschte.

Es war eigenartig, eine Frau ihres Alters als seine Geliebte zu bezeichnen, aber »Freundin« paßte auch nicht auf eine Frau ihres Alters. Er wußte nicht so genau, wie er sie bezeichnen sollte, mußte aber zugeben, wenn sie schon seine Geliebte war, dann war sie eine nahezu ideale Geliebte. Manchmal, wenn sein Widerstand sich wieder einmal verflüchtigt hatte, spürte er plötzlich, daß er Aurora liebte – sie sehr liebte. Er fühlte sich emotional auf eine Weise angesprochen, wie er sich nie zuvor angesprochen gefühlt hatte.

Dennoch blieb die Tatsache bestehen, daß er mit jemandem schlief, den er vielleicht wirklich liebte, mit dem er aber eigentlich gar nicht schlafen wollte. Manchmal verbrachte er halbe Tage damit, zu überlegen, wie er Aurora auf freundliche Art sagen könnte, daß er nicht mehr mit ihr schlafen wolle, aber er kam erst gar nicht dazu, es ihr zu sagen. Eine halbe Stunde nachdem ihm eingefallen war, wie er sie am besten loswerden könne, tauchte sie auf und machte all seine Pläne zunichte. Es gab sogar Momente, in denen er spürte, daß er sie liebte – *wirklich* liebte. Häufig war dieses Gefühl so stark, daß er ihr seine Liebe gestand. Normalerweise nahm Aurora diese Äußerungen etwas geringschätzig auf – so geringschätzig, daß er sich darüber ärgerte.

»Ich sage das nicht sehr häufig«, beklagte er sich. »Ich erzähle nicht einfach irgendwelchen Leuten, daß ich sie liebe. Bedeutet dir das denn gar nichts?«

Sie standen am Bett, hatten sich gerade geküßt, doch Aurora trat einen Schritt zurück. Sie wirkte unnahbar und weniger verliebt als noch einen Augenblick zuvor.

»Ich denke, ich sollte mich geschmeichelt fühlen«, sagte sie.

»Du denkst?« fragte er erschrocken. »Willst du nicht, daß ich dich liebe?«

»Nun, ja, ich denke schon«, antwortete sie mit einem kühlen, kleinen Lächeln.

Jerry spürte einen Stich in der Brust. Außerdem hatte er das Gefühl eines Déjà-vu-Erlebnisses. Es waren exakt diese Szenen und diese Momente, die ihn nicht seßhaft werden ließen. Er hatte befürchtet, eine solche Szene werde sich auch mit Aurora ergeben, was ja auch der Grund dafür war, daß er sie loswerden wollte. Nun schwankte der Boden unter ihnen – ein Spalt hatte sich zwischen ihnen aufgetan und wurde größer, und all das nur, weil er spürte, daß er diese teuflische, älter werdende Frau liebte und das auch gesagt hatte.

»Was machen wir denn dann eigentlich hier?« fragte er. »Warum kommst du hierher, wenn du nicht willst, daß ich dich liebe?«

»Um gebumst zu werden«, antwortete Aurora.

Jerry zuckte zusammen, weniger wegen ihrer Worte als wegen ihres Tons, der so geringschätzig war wie zuvor. Sie war nicht zornig oder gemein – Sekunden vorher hatten sie sich noch geküßt –, schien aber seine Liebeserklärung nicht ernst zu nehmen. Nichts Schlimmes war passiert – ein Gefühl war in ihm aufgebrochen, und er hatte gesagt: »Weißt du was – ich liebe dich.« Warum hatte sie sich von ihm entfernt?

»Du machst Witze«, sagte er. Wie sollte es anders sein? Sie stichelte und neckte ihn immerzu und machte Bemerkungen, die ironisch oder sarkastisch oder vulgär oder dumm waren. Häufig trafen ihn ihre Scherze völlig unvorbereitet – er wußte, daß sie schneller dachte als er und daß er sich nie richtig auf ihren Humor einstellen konnte. Vielleicht tat sich gar kein Spalt zwischen ihnen auf, vielleicht machte sie sich nur einen Spaß mit ihm. Vielleicht tat sie das alles nur, um ihn noch fester an sich zu binden.

»Mache ich Witze?« fragte Aurora. Sie kam näher an ihn heran und legte ihm die Arme um den Nacken.

»Sag's mir, mache ich Witze?«

»Ich glaube, du bist verrückt«, antwortete Jerry. »Ich habe lediglich gesagt, daß ich dich liebe. Die meisten Frauen hören das gerne.«

»Aha, eine Verallgemeinerung«, sagte Aurora. »Wenigstens diesmal eine, die stimmt. Die meisten Frauen mögen es, wenn man ihnen sagt, daß man sie liebt, aber nur, wenn's auch wirklich wahr ist, mein Lieber. Nur wenn sie's auch wirklich glauben können – ansonsten ist es ziemlich demoralisierend, wie du soeben selbst erfahren hast.«

»Du glaubst mir nicht?« fragte Jerry. Ihm war nicht in den Sinn gekommen, daß sein »Ich liebe dich« unglaubwürdig klingen könnte, obwohl ihn seine Worte in diesem Moment selbst überraschten – er hatte weder geplant noch damit gerechnet, sie auszusprechen.

»Nein«, sagte sie und rückte noch näher an ihn heran. Dann biß sie so fest in seinen Nacken, daß er versuchte, sich von ihr loszumachen, aber sie ließ ihn nicht. Einen Moment lang hätte er sie am liebsten zum Fenster hinausgeworfen – was erlaubte sie sich eigentlich, ihm nicht zu glauben? Aber er warf sie nicht zum Fenster hinaus; es entstand eine ziemlich heftige, feindselige Rangelei, die in einer hitzigen, schwitzigen Umarmung endete. Als alles vorbei war, war Jerry immer noch ärgerlich darüber, daß Aurora seinen Gefühlen so skeptisch gegenüberstand, ausgerechnet jetzt, wo sie so intensiv waren.

»Ich glaube, ich habe dich ziemlich ruppig behandelt«, sagte sie und streichelte die Stelle in seinem Nacken, an der sie ihn gebissen hatte. Die Haut war leicht verletzt.

»Du warst schrecklich«, antwortete er. »Ich liebe dich – ich wäre gar nicht mehr in der Stadt, wenn ich dich nicht liebte.«

Aurora sah nicht mehr unnahbar aus, wenigstens etwas. Doch jetzt wirkte sie ein wenig traurig.

»Planst du, bald wegzuziehen?«

»Nein, nicht wirklich«, antwortete er. »Aber du bist tatsächlich ein wichtiger Teil meines Lebens, auch wenn du es mir nicht glaubst.«

»Und was ist mit deinen Patienten?« fragte Aurora. »Hast du die Absicht, einen Bus zu mieten und sie mitzunehmen?«

Jerry gab keine Antwort. Tatsächlich hatte er sich seinen Patienten gegenüber schuldig gefühlt, als er daran dachte, nach Elko zu gehen. Er kurierte sie ja in Wirklichkeit gar nicht – er hielt sie nur irgendwie über Wasser, hörte ihnen viel zu und beriet sie ein wenig. Patsy hatte schon recht gehabt, als sie ihn den Nachbarschafts-Priester nannte. Er heilte sie nicht – er vermittelte ihnen lediglich ein Gefühl fortwährender Beruhigung. Dennoch waren seine Patienten wirklich von ihm abhängig. Ein wenig Beruhigung war immer noch besser als gar keine.

»Sag was«, verlangte Aurora. »Hast du vorgehabt, vor mir und deinen Patienten davonzulaufen, und falls ja, warum hast du dann so schockiert getan, als ich mir erlaubte, deine kleine Liebeserklärung anzuzweifeln?«

»Die war nicht so klein«, antwortete Jerry – der plötzliche Rückzug, den seine Worte ausgelöst hatten, schmerzte noch ebenso wie der Biß in den Nacken.

»Das habe ich zu beurteilen, und für mich war sie eher mäßig«, sagte Aurora. »Deine Patienten sind alle ziemlich am Ende. Ich denke, sie halten dich für einen Arzt. Den wenigsten von ihnen dürfte klar sein, was für ein Dilettant du bist.«

»Wieso bin ich ein Dilettant?«

»*Du* bist der Psychiater«, antwortete Aurora. »Ich habe mich bemüht, erst gar nicht damit anzufangen, dir Erklärungen über dich selbst zu liefern. Das wäre einfach überheblich, denn ich bin kein Psychiater. Ich bin nur eine nörgelige Frau.«

»Du bist wirklich nörgelig«, sagte Jerry.

»Ja, ich weiß. Seit meinem fünfzehnten Lebensjahr beklagen sich die Männer über meine Nörgeleien. Über die Jahre sind mir meine Schattenseiten mehr als hundertmal erläutert worden.«

Sie verstummte. Jerry wünschte, sie würde gehen, aber andererseits wußte er auch, wenn er sie jetzt, mit diesem traurigen Ausdruck im Gesicht, gehen ließ, dann würde er sich den Rest des Tages schuldig fühlen, obwohl er sich an nichts erinnern konnte, für das er sich hätte schuldig fühlen müssen.

»Nörgelig oder nicht, ich weiß, daß du ein sehr netter Mann bist«, sagte Aurora mit verhaltener Stimme. »Weil du so nett bist, habe ich ja auch diese merkwürdige Schwäche für dich entwickelt. Weil du so nett bist, erlaubst du mir ja auch, mich dieser Schwäche hinzugeben, was sehr großzügig von dir ist. Wahrscheinlich ist dies meine letzte Schwäche, und sie hat mir eine Menge bedeutet. Aber ich war nie so närrisch, anzunehmen, sie könne auch dir viel bedeuten. Vermutlich habe ich mich deshalb ein wenig zurückgezogen, als du plötzlich erklärtest, du würdest mich lieben. Ich habe den Eindruck, du sagst das nur um deiner selbst willen.«

»Du willst damit sagen, daß du denkst, daß ich in Wirklichkeit nur mich selbst liebe?«

»Nein, nein«, sagte Aurora und stand vom Bett auf. Mit einer müden Bewegung nahm sie ihr Kleid und ging ins Bad, um sich anzuziehen. Jerry setzte sich aufrecht hin, blieb aber noch im Bett. Er spürte, dies würde eine jener Nächte werden, in denen er vor allem deprimiert war. Vielleicht sollte er zum Videoladen gehen und sich einen Kung-Fu-Film holen, ein ganz gutes Gegenmittel gegen gewisse Arten von Depression.

Aurora kam aus dem Bad und knöpfte ihr Kleid zu.

»Wo waren wir stehengeblieben?« fragte Jerry freundlich.

Es gab immer noch Hoffnung, sie aus ihrer gedrückten Stimmung herauszuholen, bevor sie nach Hause ging.

Aurora setzte sich auf einen Stuhl und griff nach ihrem Strumpf. Bevor sie zu Jerry gekommen war, hatte sie Pascal einen Besuch gemacht; sie bemühte sich, bezüglich ihrer Kleidung ein gewisses Niveau aufrechtzuerhalten, wenn sie Pascal besuchte. Seit er das Krankenhaus verlassen hatte, war er sehr schlecht auf sie zu sprechen – er vergaß nie, sie darauf hinzuweisen, daß sie ihn wegen eines jüngeren Mannes verlassen hatte, während er sich den Schädel gebrochen hatte, weil er unterwegs war, um sie zu retten.

Dennoch, man wußte ja nie – vielleicht war Pascal ihr Schicksal, deshalb versuchte sie, ihr Niveau zu halten. Sie trug Strümpfe, wenn sie ihn besuchte, und trotz seiner Vorwürfe schafften sie es, ein wenig Spaß miteinander zu haben.

Aber jetzt, am Ende dieses Tages und in dieser gedrückten Stimmung, hatte sie keine Lust, Strümpfe anzuziehen. Statt dessen stopfte sie sie zusammen und packte sie in ihre Handtasche.

»Nun, wir sprachen gerade über deine Karriere als Dilettant«, sagte sie. Sie schob sich auf die Ecke des Bettes und schaltete die Nachttischlampe an, um ihn besser sehen zu können. Dilettant oder nicht, er war anziehend, und am meisten dann, wenn er sich gekränkt oder mißverstanden fühlte oder schmollte, weil er sich nicht ernst genommen fühlte. Zärtlich berührte sie sein Gesicht, um ihm zu zeigen, daß sie nicht mehr böse auf ihn war.

»Dank deiner Nachsicht bin ich dir zutiefst zugetan, junger Mann«, sagte sie. »Du hast mir erlaubt, mich für dich zu interessieren, und das tue ich jetzt auch.«

»Ich habe auch Interesse an dir gefunden, obwohl du mir das nicht zu glauben scheinst«, antwortete Jerry.

»Wenn du nicht aufhörst, dich zu verteidigen, beiße ich dich noch mal, aber dann wird es *wirklich* weh tun.«

»Ich verteidige mich nicht«, sagte Jerry zu seiner Verteidigung. »Ich weiß nur ganz einfach nicht, was du eigentlich willst.«

»Ich möchte gut sein«, sagte Aurora. »Ich habe meinen Spaß, und das ist in Ordnung, aber mir gefällt der Gedanke nicht, daß ich meinen Spaß mit jemandem habe, der sich keine Mühe gibt, gut zu sein.«

Ihre Antwort kam so unerwartet, daß Jerry nicht wußte, was er sagen sollte. Wenigstens sah sie nicht mehr so traurig aus. Er nahm ihre Hand, die er auch behalten durfte.

»Die meisten Männer, die ich geliebt habe, waren – beruflich gesehen – nichts Besonderes. Hector war ein kleiner General. Mein Mann, Rudyard, war ein kleiner Geschäftsführer. Trevor, mein schönster Liebhaber, war ein mittelmäßiger Segler und Vernon Dalhart ein mittelmäßiger Öltyp. Der einzige erstklassige Mann, mit dem ich es zu tun hatte, war Alberto, mein Tenor, und der war auch nur für ein paar Jugendjahre erste Klasse. Er beendete sein Leben als Geschäftsführer eines Musikladens.«

Sie machte einen Schmollmund, blickte zur Seite, dann sah sie ihn wieder an. »Ich dachte, ich könnte Besseres schaffen, aber alles in allem habe ich nichts Besseres geschafft. Und jetzt habe ich mich auf dich gestürzt, weil du so nett bist.«

»Ich bleibe meinem bisherigen Muster treu, nichts Besseres zu schaffen«, fügte sie mit bitterem Lächeln hinzu.

»Ich verstehe – ich passe also genau in die Reihe deiner Kerle, nicht wahr?« sagte Jerry – er mochte ihr bitteres Lächeln. »Ich bin genauso minderwertig wie sie.«

»Ja, aber du kannst dennoch gut sein«, sagte Aurora. »Du hast als falscher Psychiater angefangen, aber jetzt, ob es dir gefällt oder nicht gefällt, bist du ein richtiger Psychiater. Die Leute kriegen das, was sie kriegen, und du *behandelst* deine Patienten. Das gefällt mir. Es gefällt mir sogar sehr. Aber jetzt solltest du dich auch dementsprechend verhalten, findest du nicht? Ich meine nicht, bei mir. Mich kannst du jeden Tag vor die Tür setzen und zu deinen arbeitenden Mädchen zurückkehren. Ich habe eigentlich nie richtig gearbeitet, dennoch respektiere ich sie. Du kannst so viele von ihnen haben, wie du willst, sobald dies hier zu Ende ist.«

»Bitte, hör auf, so zu reden«, sagte Jerry. Obwohl er sehr genau wußte, daß er diese Affäre am liebsten beendet gesehen hätte, wollte er das vor Aurora nicht zugeben. Statt dessen fühlte er sich gedrängt, es zu leugnen, ja, es ins Lächerliche zu ziehen. Er wußte, daß Auroras Einschätzung der Situation um vieles ehrlicher war als seine eigene. Das war nichts Neues – Frauen waren schon immer ehrlicher, wenn es um bevorstehende Trennungen ging, ehrlicher jedenfalls, als er es sein konnte. Dieser Konflikt gärte in ihm, als er jetzt Aurora betrachtete, die niedergeschlagen neben ihm saß und seinen Handrücken streichelte.

»Es ist nicht zu Ende«, sagte er.

»Vielleicht nicht«, gab Aurora nach. »Aber du darfst mich nicht von meinem Thema abbringen.«

»Ich fürchte, ich habe das Thema vergessen«, sagte Jerry.

»Deine Patienten, die sind das Thema. Doktor zu sein ist etwas anderes als Concierge zu sein.«

»Nun, es gibt da schon einige Parallelen.«

Aurora ließ seine Hand los und stand auf.

»Das sind doch nur Haarspaltereien«, sagte sie. »Ab und zu habe ich selbst Spaß an Haarspaltereien, aber das ist jetzt nicht der richtige Zeitpunkt. Deshalb gehe ich wohl besser.«

Sie nahm ihre Handtasche und verließ das Haus. Jerry sprang aus dem Bett und schnappte sich seine Shorts. Er erwischte Aurora, als sie gerade dabei war, ins Auto zu steigen.

»Ich wollte dich nicht verärgern«, sagte er.

»Hast du auch nicht«, antwortete Aurora. »Ich bin dir nicht böse. Ich glaube, ich bin nur enttäuscht – du fürchtest dich vor einem ernsten Gespräch, wie du dich vor allen Dingen fürchtest.«

»Aber vielleicht bist du ja bei deinen Patienten nicht so«, fuhr sie fort. »Wenn ich genug Verstand gehabt hätte, nur deine Patientin zu bleiben, hätte ich vielleicht mehr Ernsthaftigkeit aus dir herausgeholt. Ich weiß jedoch, daß ich es auf diese Weise nicht schaffe.«

»Ich habe nichts getan«, protestierte Jerry. »Deiner Meinung nach habe ich bereits die Stadt verlassen, meine Patienten verlassen, dich verlassen, aber ich *bin* nicht weg. Mag sein, daß ich nicht viel Gutes zustande bringe, aber noch bin ich hier und gebe mein Bestes.«

»Vielleicht ist es eine Frage der Energie«, sagte Aurora und beschloß, sich nicht mit ihrem Sicherheitsgurt abzumühen.

»Was soll das denn bedeuten?« fragte Jerry.

»Es verlangt sehr viel Energie, anständig zu bleiben«, antwortete Aurora. Sie steckte den Zündschlüssel ins Schloß und drehte ihn ein paarmal hin und her. »Manche Leute haben sie einfach nicht.«

»Ich habe ja selbst kaum die Energie, anständig zu bleiben«, fügte sie hinzu. »Das ist keine Aufgabe für Faulpelze. Die Wahrheit ist, Hector Scott wäre völlig im Recht, mir mit seinem Golfschläger den Schädel einzuschlagen, und weißt du, warum? Der Umgang mit ihm fordert in seinem jetzigen Zustand mehr Energie von mir, als ich aufbringen kann. Zu meiner Schande muß ich gestehen, daß ich einen Großteil meiner Energie für dich aufgewandt habe. Für den armen Hector ist fast keine mehr da – aber wenigstens habe ich noch genug Anstand, mich meiner Nachlässigkeit zu schämen.«

»Aurora, ich glaube nicht, daß ich irgend jemanden vernachlässige«, sagte Jerry.

Aurora schaute ihn an, wie er da in seinen Shorts neben ihrem Wagen stand. Einen Moment lang erinnerte er sie an Teddy. Da war die gleiche Leere – etwas, das zerbrechen konnte. Sie fragte sich, ob sie sich eigentlich – von Hector Scott einmal abgesehen – immer zur Schwäche hingezogen gefühlt hatte? Warum konnte sie sich nicht wenigstens einmal zur Stärke hingezogen fühlen? Warum schauten manche Männer so zittrig drein, wenn man sie mal fest anschaute? Warum bewirkte der Anblick eines Mannes, den sie mochte oder vielleicht sogar liebte, daß sie sich so einsam fühlte?

»Wann sehe ich dich wieder?« fragte Jerry. Er hatte das Gefühl, sie gehe jetzt und würde nie wieder zurückkommen, und das versetzte ihn ganz plötzlich in Panik. Er vergaß, daß er eigentlich gar nicht mit ihr schlafen wollte, er vergaß seinen Traum, nach Elko zu gehen. Er wollte nicht hören, wie sie sagte, sie käme nie zurück.

»Ich weiß nicht«, sagte sie. »Darüber muß ich nachdenken.«

»Ich wünschte, ich wüßte, was ich getan habe.«

»Oh, du bist schon in Ordnung gewesen«, sagte Aurora. »Du hast mich gewähren lassen, sehr sogar. Auf deine Art bist du mustergültig.«

Sie ließ den Motor an und eine Minute warmlaufen. Sie sah Jerry mit festem Blick an, während der Motor lief, und glaubte, ein fester Blick würde ihn vielleicht dazu bewegen, ins Haus zurückzugehen. Aber er stand nur ganz einfach da, sah jugendlich und anziehend aus, schuldbewußt, verwirrt, traurig.

»Bist du sicher, daß du keiner von den Burschen bist, die zum Laden gehen, um ein Brot zu kaufen, und von denen man nie wieder etwas hört oder sieht?« fragte sie.

Als sie später, zu Hause, Rosie erzählte, sie habe ihm diese Frage gestellt, machte Rosie ein schockiertes Gesicht.

»Was hat der arme Kerl gesagt?« wollte sie wissen.

»Der arme Kerl hat gar nichts gesagt.«

»Großer Gott«, sagte Rosie. »Was ist denn in dich gefahren?«

»Erschöpfung, glaube ich«, antwortete Aurora. »Manchmal habe ich das Gefühl, beide Seiten dieser unglücklichen Leidenschaft in mir zu tragen.«

»Du sagst sogar noch schlimmere Dinge zu Männern als ich«, sagte Rosie. »Ich dachte, ich wäre die Schlimmste, aber vielleicht bin ich das ja gar nicht. – Und dabei habt ihr es dann also belassen?« fragte sie, als Aurora sich nicht weiter äußerte.

»Ich fürchte, dabei haben wir es belassen«, antwortete Aurora.

2.

Der General fing an, sich zu fragen, ob die Trübsal jemals ein Ende haben würde. Aurora hatte aufgehört, im Badezimmer ihre Opernarien zu singen, ein schlechtes Zeichen. Rosie bereitete die Eier nach wie vor tadellos zu, aber dann überließ sie sich für den Rest des Tages dem Fernsehen. Alle Überredungskünste, sie wenigstens zu einer Partie Domino zu bewegen, waren vergeblich. Der General war so gelangweilt und hatte diese Trübsal dermaßen satt, daß er sogar den Versuch unternahm, Aurora zu fragen, ob sie nicht Pascal zum Abendessen oder zu einem Kartenspiel oder zu sonst irgendwas einladen wolle.

»Du haßt ihn, und er haßt dich, warum soll ich den Mann zum Abendessen einladen?« fragte Aurora. »Vielleicht ärgere ich mich über euch und ersteche euch beide, und dann kann ich den Rest meines Lebens in einer verrotteten Gefängniszelle verbringen.«

»Aurora, das ist doch Unsinn«, sagte der General. »Es ist schwer, jemanden richtig zu erstechen. Das verlangt Übung. In den meisten Fällen, in denen jemand erstochen wird, trifft das Messer auf einen Knochen, dann bluten sie ein bißchen, und das war's dann.«

»Ich bin sicher, genau das würde passieren, wenn ich dich ersteche, denn bei dir ist ja nichts mehr übrig außer Knochen«, sagte Aurora. »Jede Nacht stechen deine Knochen mich an fünf oder sechs Stellen. Deine Ellenbogen sind ganz besonders gefährlich – sie sind so scharf, daß ich damit einen Truthahn tranchieren könnte.«

»Haltet den Mund, ich wünschte, ihr würdet euch beide aufhängen«, sagte Rosie. Sie saßen alle am Frühstückstisch und warteten auf Willie, der in Rosies Zimmer seine Tasche packte. Willie weigerte sich zu fliegen, folglich mußte er mit dem Bus zum Drogen-Rehabilitationszentrum nach Huntington, Alabama, reisen. Großzügigerweise überließ er Rosie seinen Kombi zur persönlichen Benutzung. Soweit Rosie sich zurückerinnern konnte, war dies die großzügigste Tat, die ein Mann je für sie vollbracht hatte. Willies Großzügigkeit machte ihr das Herz noch viel schwerer, als es sowieso schon wegen seiner Abreise war.

»Welch ein wunderbarer Beitrag zu unserem Gespräch, und wie typisch für dich«, sagte Aurora. »Ich persönlich habe nicht die Absicht, mich aufzuhängen, aber wenn Hector das Gefühl hat, es würde ihm Spaß machen, mir soll's recht sein.«

»Ich mach' nur Witze, ich mach' nur Witze«, fügte sie hastig hinzu, weil sie spürte, daß sich ein Sturm in Rosie zusammenbraute. Sie schob ihren Stuhl dichter an Rosie heran und nahm sie in den Arm, genau in dem Moment, in dem der Sturm losbrach.

In diesem Augenblick kam Willie hereingestolpert. Auch er hatte bei dem Gedanken an seine Abreise in ein fremdes Land drei Tage lang mehr oder weniger ununterbrochen geheult; er hatte noch nie einen Fuß außerhalb der Landesgrenzen von Texas gesetzt und konnte es kaum glauben, daß er wirklich in einen Bus einsteigen und Texas verlassen sollte.

»Das ist das Land, in dem ich geboren wurde, und ich hoffe, es ist auch das Land, in dem ich sterbe«, sagte er immer wieder und brachte Aurora damit zur Verzweiflung.

»Willie, du mußt dich ein bißchen selbst aufmuntern«, ermutigte sie ihn. »Du wirst nicht sterben, sondern man wird dich wieder gesund machen.«

»Aber es ist trotzdem so schrecklich weit von zu Hause weg«, antwortete Willie. »Hätte ich doch bloß niemals mit Heroin angefangen.«

Jetzt, als er Rosie so jämmerlich weinen sah, fing er ebenfalls an, jämmerlich zu weinen. Aurora klammerte sich grimmig an Rosie, deren dürrer Körper heftig zitterte. Der General sah mit Bestürzung zu – rings um ihn herum weinten alle –, und sogar über seine Wangen kullerten ein paar Tränen. Er wußte, daß er Willie vermissen würde. Der Mann war vielleicht inkompetent, aber wenigstens war er ein Mann, und die Tatsache, einen weiteren Mann im Haus zu haben, bedeutete eine nette Abwechslung von den ewig gleichen alten verschrobenen Weibern.

»Meine Güte«, sagte er. »Warum heult ihr denn alle? Er geht doch bloß nach Alabama. In fünfundvierzig Tagen ist er wieder zurück. Soviel Tränen hat es ja nicht mal in Omaha Beach gegeben.«

»Hector, kapierst du denn überhaupt nichts?« fragte Aurora. »Willie ist jetzt ein Teil der Familie – wir werden ihn grausige fünfundvierzig Tage nicht sehen. Kein Wunder, daß wir heulen.«

»Du heulst ja gar nicht«, bemerkte der General.

»Nur, weil ich noch fahren muß«, antwortete Aurora. »Ich kann nicht fahren, wenn ich rotgeweinte Augen habe.«

»Du kannst auch nicht fahren, wenn sie blau, grün oder purpurrot sind«, stellte der General fest. »Du kannst überhaupt nicht fahren, egal, welche Augenfarbe du hast.«

»Hector, wenn du mich in einem so tragischen Moment provozierst, wird dir das noch leid tun«, sagte Aurora.

»Wie heißt die Stadt, in der ich umsteigen muß?« fragte Willie, der sich das Gesicht mit einer Serviette abwischte. »Was ist, wenn ich verschlafe? Wo lande ich denn dann?«

»Du steigst in New Orleans in einen anderen Bus um«, sagte Aurora. »Vielleicht sollte ich es dir aufschreiben.«

»Würdest du das bitte tun?« fragte Willie. »Ich möchte nicht einfach losfahren und da draußen verlorengehen. Ich habe schlimme Träume gehabt, die alle davon handelten, daß ich verlorenging.«

»Er hat weniger Orientierungssinn als ein Vogel«, bemerkte Rosie und wischte sich das Gesicht mit einer Serviette ab.

»Rosie, Vögel haben einen ausgezeichneten Orientierungssinn«, sagte der General. »Sie fliegen Tausende von Meilen und landen Jahr für Jahr am gleichen Tümpel.«

»Na gut, dann hat er eben weniger Orientierungssinn als ein Nilpferd«, fügte Rosie hinzu. »Nilpferde fliegen wohl kaum Tausende von Meilen.«

»Hector hat da nicht ganz unrecht«, sagte Aurora. »Fünfundvierzig Tage sind ja schließlich keine Ewigkeit. Bevor wir es merken, ist Willie schon wieder zu Hause und geheilt. Daran sollten wir alle immer denken und versuchen, uns in den Griff zu kriegen.«

»Ich habe noch nie die Kontrolle über mich verloren«, bemerkte der General.

»Nein, natürlich hast du das noch nie, Hector«, sagte Aurora. »Du bist unser Fels in der Brandung. Du bist ein zweites Gibraltar. Menschliche Regungen berühren dich kaum jemals. In all den Jahren hat dich höchstens ein- oder zweimal etwas berührt, und auch dann nur wenige Millimeter tief.«

»Hack nicht auf ihm rum, er ist nicht weniger menschlich als wir alle hier, nur ein bißchen älter«, sagte Rosie. Aus irgendeinem Grund war Aurora in letzter Zeit ziemlich ruppig mit dem General umgesprungen – so ruppig, daß Rosie anfing, beschützende Gefühle für ihn zu entwickeln. In ihren Augen hatte der General sich in den letzten paar Wochen besser aufgeführt. Er schien sogar inzwischen den Nudismus überwunden zu haben und tauchte nur noch sehr selten splitternackt auf. Das war noch lange kein Grund für Aurora, ihm jedesmal, wenn er den Mund aufmachte, das Maul zu stopfen, aber genau das war es, was sie normalerweise tat.

»Komm mit, Willie, laß uns mal nachsehen, was mein Wagen macht«, sagte Aurora. »Ich weiß nicht, was ich während deiner Abwesenheit ohne Mechaniker machen soll.«

»Nimm Rosie«, schlug Willie vor. »Sie ist sowieso der bessere Mechaniker von uns beiden.«

»Ja, aber sie hat kein Verständnis für mich, dabei bin ich gerade in einer Phase, in der ich sehr viel Verständnis brauche«, sagte Aurora. »Wenn du weg bist, wird überhaupt keiner mehr Verständnis für mich haben, fürchte ich.«

»Warum sollten wir Verständnis für dich haben?« fragte der General. »Du hast ja auch kein Verständnis für uns.«

Die Fahrt zur Busstation war schlimm. Das einzige, was man hörte, war das Schnarchen des Generals. Neuerdings versetzte ihn die Bewegung eines Fahrzeugs innerhalb weniger Kilometer in Schlaf.

»Früher hockte er steif vor Angst auf der Vorderkante seines Sitzes, wenn ich ihn irgendwohin fuhr«, bemerkte Aurora. »Jetzt schnarcht er nur noch. Zuvor schnarchte er nur des Nachts. Jetzt schnarcht er auch schon den größten Teil des Tages.«

»Schätzchen, er ist alt«, sagte Rosie. »Du solltest ihn etwas besser behandeln. Du und ich, wir werden eines Tages auch alt sein.«

»Ihr seid zwar keine jungen Küken mehr, seht aber beide immer noch gut aus«, bemerkte Willie. Er hoffte nur, daß der Bus bei ihrer Ankunft zur Abfahrt bereitstehen würde. Die Frauen waren nicht gerade in guter Verfassung. Jeden Moment konnte die eine der anderen an die Gurgel springen. Er wünschte, er hätte ein paar Drogen bei sich. Wenn er erst mal unterwegs war, selbst wenn er in einem ausländischen Staat verlorengehen sollte, brauchte er sich über einen großen Krach zwischen Aurora und Rosie keine Gedanken mehr zu machen.

An der Busstation empfing man sie mit der Nachricht, Willies Bus habe eine Stunde Verspätung – wegen einer Reifenpanne in der Nähe von Luling, Texas.

Der General, der wach geworden war, bevor er sein Nikkerchen beendet hatte, war mürrisch.

»Ich finde langatmige Verabschiedungen schrecklich«, sagte er. »Dieses Theater ist ja lächerlich. Willie ist ein erwachsener Mann. Er ist durchaus in der Lage, selbst dafür zu sorgen, daß er in den richtigen gottverdammten Bus einsteigt. Warum fahren wir nicht ganz einfach nach Hause und überlassen ihm die ganze Geschichte?«

Tatsache war, daß auch Rosie nicht gerade glücklich war bei dem Gedanken, die Gesellschaft der anderen eine weitere Stunde aushalten zu müssen, und dazu noch in der zugigen Busstation. Aurora war zu nett zu Willie, das war das eine. Es ärgerte sie immer, wenn Aurora zu einem ihrer Freunde zu nett war. Schließlich war Willie ja *ihr* Freund,

Willie, der einen Heroinentzug machen wollte. Sie sah keinen Grund, warum Aurora sich ausgerechnet in diesem emotionsgeladenen Augenblick zwischen sie drängen mußte.

»Fahrt ihr beiden doch nach Hause und schaut euch eure Serien an«, sagte Rosie. »Ich nehme den Bus, falls Willie je von hier wegkommt.«

»Falls ich jemals wegkomme?« fragte Willie, den sie mit ihrer Bemerkung erschreckt hatte. »Ich dachte, du wolltest nicht, daß ich wegfahre. Soll das heißen, du willst, daß ich *wegfahre?*«

»Halt den Mund, Willie – meine Nerven sind sehr strapaziert, es kam einfach falsch raus«, sagte Rosie. »Ich versuch' ja nur, keinen Nervenzusammenbruch zu kriegen, wenn es dir nichts ausmacht.«

Aurora erkannte, daß Rosie nahe dran war, ernsthaft in Trauer zu verfallen. Seit Tagen war sie bedrückt gewesen bei dem Gedanken, wie sie ihn in eine Zelle werfen und schreckliche Sachen mit ihm anstellen würden; hatte sich gesorgt, daß er von schwulen Drogenfreaks vergewaltigt und mit AIDS nach Hause zurückkehren würde – falls er überhaupt je nach Hause zurückkehrte.

Es war nicht schwer, zu erkennen, daß Rosies größte Angst darin bestand, daß er nicht mehr nach Hause zurückkommen würde. Vielleicht fand er in Alabama eine Jüngere und Hübschere – zum Beispiel eine Krankenschwester der Rehaklinik, eine, die nur fünfundvierzig oder fünfzig war. Vielleicht kam er nie mehr zurück.

Im Augenblick stand Rosie da und starrte Willie an – seine zweihundertdreißig Pfund – mit einem schmerzerfüllten Blick, in dieser kahlen Busstation, und hielt seine klobige Hand. Um sie herum standen andere Familien, die nicht weniger schmerzerfüllt waren; sie weinten und putzten sich die Nasen und schauten hoffnungslos auf jenes Familienmitglied, das im Begriff stand, abzureisen – meistens ein Junge, meistens zur Armee. Ein fettes Mädchen, dessen Haar die gleiche Farbe hatte wie Melanies Haar, klammerte sich an einen Jungen, der nicht älter als fünfzehn aussah.

Bei dem Gedanken an Melanie, die noch so jung und so weit weg war, sank Auroras Stimmung schlagartig. Um sich herum sah sie allerorts den Beweis für das, was sie tief in ihrem Herzen wußte: daß das Leben nichts anderes war als ein unzähliges Kommen und Gehen, Sichtrennen und Getrenntwerden, ein fortwährender Abschied, wobei es möglicherweise kein Wiedersehen gab. Rosie, eine Frau von zweifelhaftem Geschmack, aber mit gesundem Menschenverstand, hatte recht, sich um Willies Rückkehr Sorgen zu machen. Tatsache war nun einmal, daß Leute manchmal nicht mehr zurückkamen. Rudyard, Auroras Ehemann, war losgegangen, um einen Scheck einzulösen, und starb in der Bank an einem Herzschlag; auch der Todeskampf ihrer Tochter Emma gegen den Krebs war ein Abschied ohne Wiederkehr gewesen. Trevor war von seiner Yacht nicht mehr nach Hause gekommen, Vernon nicht aus Alaska, und Alberto war nicht mehr aus Genua zurückgekehrt, wo er seine Verwandten besucht hatte. Sie hatte ihre Liebhaber fröhlich verabschiedet – sie hatte geglaubt, dies sei die Art, wie man Liebhaber verabschieden müsse –, und jeder einzelne war mit ihrem Segen davongegangen und nicht mehr wiedergekehrt. Sie hatte es nicht geschafft, sie zu beschützen, weder zu Hause noch auf ihren Reisen; am Ende hatten sich die scheinbar kurzen Reisen mit der großen Reise des Geistes vereinigt, die jeder antreten mußte. Leute gingen, sie starben, sie kehrten nie zurück.

Voller Angst, daß einer der Lieben, die ihr noch geblieben waren – Melanie, Teddy, Tommy –, auf die Reise gingen und vielleicht nicht zurückkehrten, spürte Aurora, daß sie es keine Sekunde länger in dieser Busstation aushalten konnte. Sie mußte raus hier, weg von all diesen Abschieden, all diesem Weggehen.

»Hector, Rosie und Willie möchten vielleicht allein sein«, sagte sie. »Wir warten draußen.«

Sie packte Willie und umarmte ihn, die Augen voller Tränen.

»Willie, ich verlasse mich darauf, daß du genau das tust,

was man dir sagt«, ermahnte sie ihn. »Wir alle vermissen dich. Sieh zu, daß du so schnell wie möglich auf die Beine kommst und gesund zurückkommst.«

»Werde mein Bestes tun, Miß Greenway«, sagte Willie. Er war traurig, daß er abfahren mußte, aber was er sich wirklich wünschte, war, daß die Leute endlich abhauen und ihn allein lassen würden – all diese Umarmerei, das Geheule und die traurigen Augen machten es ihm schwer, sich auf den einen Namen zu konzentrieren, den er nicht vergessen durfte: New Orleans, die Stadt, in der er in einen anderen Bus umsteigen mußte. Abschiednehmen war das eine, aber wie er die Sache sah, hing sein Leben davon ab, daß er in New Orleans korrekt umstieg. Falls nicht, dann war er verloren, und dann war es völlig gleichgültig, ob er heroinabhängig war oder nicht.

»Aurora, da draußen ist es kochend heiß«, sagte Rosie. »Der Bus kommt erst in fünfundvierzig Minuten. Du wirst draußen zerfließen und der General auch. Warum fahrt ihr nicht einfach nach Hause? Ich kann den Bus nehmen. Ich bin mein ganzes Leben lang Bus gefahren. Eine weitere Fahrt wird mir schon nicht schaden.«

»Wir warten«, entschied Aurora. »Wir gehen nach draußen.«

Im Auto merkte der General schon sehr bald, daß Rosies Voraussage von tödlicher Exaktheit war wie fast all ihre Voraussagen. Es war *wirklich* kochend heiß draußen, und obwohl nur wenig an ihm übrig war, das schmelzen konnte, glaubte er tatsächlich zu zerfließen.

»Wieso müssen wir hier warten?« fragte er. »Vielleicht hat der Bus ja noch eine zweite Reifenpanne. Wir können noch Stunden hier sitzen und sterben beide an einem Hitzschlag.«

»Ich stelle die Klimaanlage an, wenn's schlimmer wird«, sagte Aurora.

»Dann kriegt das gottverdammte Auto einen Hitzschlag, und wir müssen mit einem gottverdammten Bus fahren«, antwortete der General.

»Wenn du weiterhin so ungehobelt bist, werde ich die Klimaanlage nicht einschalten«, warnte ihn Aurora.

Doch ihre Worte klangen friedlich, und zu seiner Überraschung nahm sie seine Hand und legte sie auf ihre Wange. Seit Wochen hatte sie ihn nur noch angebellt. Diese zärtliche Geste kam so überraschend, daß er beinahe seine Hand weggerissen hätte. Er schaute ihr in die Augen, etwas, was er kaum jemals zu tun wagte, wenn sie schlechter Stimmung war. Sie waren sehr groß und sehr traurig.

»Sie sollten die Dinger lieber nicht ›Bus-Terminal‹, nennen«, sagte Aurora. »Man sollte sie einfach nur als Busstation bezeichnen, wie früher. ›Terminal‹, das ist eine sehr schlechte Idee.«

»Wovon redest du überhaupt?« fragte der General. »Was ist falsch daran, einen Bus-Terminal Bus-Terminal zu nennen? Da heißt doch nur, daß da die Busse halten.«

Aurora starrte ihn ernst an.

»Denk mal drüber nach«, sagte sie. »Was heißt das Wort ›Terminal‹ für dich, in deinem fortgeschrittenen Alter?«

Der General kapierte, aber es war heiß, und er war immer noch ärgerlich, trotz der ermutigenden Tatsache, daß Aurora immer noch seine Hand gegen ihre Wange drückte.

»Ich weiß, es heißt ›sterben‹. Aber es kann genauso einen Ort bezeichnen, wo Busse halten.«

»Denk noch ein bißchen darüber nach, ich bin sicher, du wirst mir zustimmen, daß Busstation das bessere Wort ist. ›Station‹ klingt viel romantischer. Schließlich wandern wir in unserem Leben alle von Station zu Station.«

»Wenn das romantisch ist, dann wundere ich mich, daß es dir gefällt«, sagte der General. »Du bist so romantisch wie ein Hydrant – jedenfalls in bezug auf mich.«

»Das liegt nur daran, weil du so schwierig bist, daß ich vergesse, daß ich dich liebe«, sagte Aurora und schaute ihn fest an.

Der General, der sich plötzlich gehemmt fühlte, gab keine Antwort.

»Aber ich liebe dich wirklich«, sagte Aurora. »Obwohl du so schwierig bist und trotz meiner kleinen Fehler.«

»*Kleine* Fehler?« fragte der General. »Einige sehen aber gar nicht so klein aus, jedenfalls nicht aus meiner Perspektive. Ein paar davon hast du schon seit Jahren.«

Trotz der Hitze rückte Aurora näher an ihn heran und legte den Arm um ihn. Der General hatte den Eindruck, sie müsse sich schon sehr unsicher fühlen, um an einem so heißen Tag näher an ihn heranzurücken.

»Selbst wenn sie nicht so klein sind – ich hatte gehofft, du würdest sie übersehen.«

Der General dachte ein wenig darüber nach. Er streichelte leicht ihre Hand.

»Okay, fang bloß nicht an zu heulen«, sagte er genau in dem Moment, als sie ihr Gesicht in seinem Nacken verbarg und losheulte. Ein weißer Penner, der so betrunken war, daß er kaum noch stehen konnte, stolperte die Bordsteinkante herunter und hielt ihnen einen Plastikbecher entgegen, in der Hoffnung, der General werde etwas Geld reinwerfen. Der General ignorierte den Becher. Aurora schob ihre Hand in sein Hemd, sie wußte, daß er das gern hatte. Sie weinte immer noch. Der Penner zögerte, ohne Geld weiterzuziehen, tat es aber schließlich doch. Aurora hatte mehr Ausdauer als der Penner; sie heulte und schluchzte noch eine ganze Weile, aber schließlich hörte auch sie auf.

»Na, ich denke, ich bin auch nicht gerade perfekt«, gestand der General.

»Welch großzügiges Geständnis«, antwortete Aurora und lehnte sich bequem an seine Schulter, obwohl sie sich wegen seiner Knöchrigkeit erst zurechtrücken mußte, um eine gute Lage zu finden. Als sie zu Hector aufschaute, bemerkte sie, daß er sein mißtrauisches Gesicht aufgesetzt hatte, was er immer dann tat, wenn er nicht so genau wußte, was sie als nächstes vorhatte.

»Machen wir eigentlich keine Reisen mehr?« fragte er, um das Thema zu wechseln. Er wußte zwar nicht ganz genau, was im Moment das Thema war, aber wenn Aurora sich in einem so aufgewühlten Zustand befand, hielt er es allemal für eine gute Idee, das Thema zu wechseln, schon aus Prinzip.

»Nun, wir sind hier an der Busstation«, antwortete sie. »Wohin möchtest du denn gerne reisen?«

»Bestimmt nirgendwohin, wo man mit einem gottverdammten Bus hinfahren kann«, sagte er. »Ich dachte eher an eine Kreuzfahrt oder dergleichen.«

»Ich fühle mich am besten, wenn ich auf dem Wasser bin«, fügte er hinzu. »Da fühle ich mich so sexy. Alles, was wir auf unseren Kreuzfahrten gemacht haben, war bumsen. Wenn wir mit diesen Kreuzfahrten nicht aufgehört hätten, hätten wir vermutlich auch nicht diese Probleme bekommen.«

Aurora dachte darüber nach, ob Jerry Bruckner die Stadt bereits verlassen hatte. Jedesmal, wenn sie seine Nummer wählte oder zu seinem Haus fuhr, rechnete sie damit, daß er nicht mehr da war. Seine Beteuerungen, weder sie noch seine Patienten sitzenzulassen, waren natürlich gelogen, das wußte sie – obwohl er sich in diesem Punkt vermutlich selbst belog und seine eigenen Lügen auch noch glaubte, wie Männer es so oft taten. Jetzt saß Hector hier und hegte die Hoffnung auf eine Sex-Kreuzfahrt. Vielleicht hatte er ja sogar recht. Vielleicht sollten sie es wirklich versuchen, obwohl sie gute Aussichten hatten, in heftige Melancholie zu verfallen. Ihre letzte Sex-Kreuzfahrt lag acht Jahre zurück, als Hector in gewisser Weise noch ein ganz anderer Mann gewesen war.

»Wir könnten protzen und uns eine von diesen Luxuskabinen mit einem riesigen Bett nehmen«, sagte der General – seine Idee versetzte ihn in höchste Begeisterung. Vor allem dachte er, daß es von Vorteil wäre, Aurora wieder ganz für sich zu haben. In Houston schien es ihm einfach nicht zu gelingen, sie ganz für sich zu haben.

»Was hältst du davon?« fragte er.

»Von der Kreuzfahrt oder von dem großen Bett?«

»Nun, von beidem«, antwortete der General. Eine riesige,

dichte Wolke zog vom Golf über sie hinweg und ließ es für einen Augenblick kühler werden.

»Ja, warum eigentlich nicht?« sagte Aurora. Hector brauchte Aufmunterung, und wenn Jerry Bruckner wirklich im Begriff war, sich abzusetzen, was sie vermutete, dann zog sie es vor, weit weg zu sein. Asien würde den nötigen Abstand bringen – Hongkong, das Südchinesische Meer, die Seychellen oder irgendein anderer Ort. Vielleicht würde sie ja bei ihrer Rückkehr die starke Sehnsucht nach Jerry überwunden haben. Ihre Sehnsucht war zwar fehl am Platz, aber sie verspürte sie trotzdem.

»Bei Gott, ein Wunder«, sagte der General. »Es ist das erste Mal in all den Jahren, die wir zusammen verbracht haben, daß du einem meiner Vorschläge zustimmst.«

»Stimmt nicht, und das weißt du genau«, sagte Aurora. »Ich versichere dir, daß unsere Sex-Kreuzfahrten gar nicht so sexy gewesen wären, wenn ich nicht alles geplant hätte – die Fahrt und alles andere.«

»Also, wohin soll's gehen, auf die Griechischen Inseln?« fragte der General. Er zog sein Taschentuch hervor und wischte sein verschwitztes Gesicht ab; er fühlte sich wie ein neuer Mensch. Aurora lieh sich sein Taschentuch aus, wischte sich ebenfalls das Gesicht ab, glitt hinters Steuer und ließ den Motor an.

»Nein, noch weiter weg«, sagte sie. »Da du zur Abwechslung mal nett bist, werde ich für ein paar Minuten die Klimaanlage einschalten.«

Im Inneren der Busstation hatte Willies und Rosies Kummer einen solchen Tiefpunkt erreicht wie niemals zuvor. Rosie saß auf einer Bank; Willie schlurfte herum und rauchte. Von Zeit zu Zeit nahm auch er Platz, aber nur, um nach ein paar Sekunden wieder aufzuspringen und sein Herumgeschlurfe wiederaufzunehmen. Rosie erinnerte sich an längst vergangene Zeiten, als sie schließlich ihren Mann verlassen hatte und voller Verzweiflung nach Hause, nach Bossier City zurückgekehrt war. Royce, ihr Ehemann, hatte sich von einem Flittchen verführen lassen, ihre Kinder trieben sie in den Wahnsinn, und zwar so sehr, daß sie sogar ihre Stelle bei Aurora aufgegeben und einen Job als Kellnerin in einem Drive-in-Imbiß auf der McCarty Street angenommen hatte. Eines schönes Tages wurde ihr ganz einfach alles zuviel. Sie stopfte ihre paar Sachen in einen Koffer und begab sich zu genau dieser Busstation, um Houston zu verlassen – für immer, so hoffte sie jedenfalls.

Es war jedoch nicht für immer gewesen – sie war zurückgekehrt. Doch inzwischen hatte sich das Schicksalsrad gedreht, und nun stand sie wieder hier, in der gleichen Busstation, nur noch viel verzweifelter. Warum mußte sie sich unter all den Gefängniswärtern, die auf der Welt herumliefen, ausgerechnet Willie, einen Drogenabhängigen, aussuchen und sich auch noch in ihn verlieben? Und jetzt ging er für fünfundvierzig lange Tage weg. Das Leben konnte sich in viel weniger als fünfundvierzig Tagen grundlegend verändern, und wenn sich das Leben änderte, dann, da war sie ganz sicher, nur zum Schlechten. Willie war in keiner Weise besser gegen die Versuchungen eines Flittchens gefeit, als Royce es gewesen war – vermutlich sogar weniger, da Royce im Gegensatz zu Willie auch noch stinkfaul gewesen war.

»Ich will nur hoffen, daß ich in New Orleans nichts falsch mache«, sagte Willie vielleicht schon zum hundertsten Male. »Darüber mache ich mir am meisten Sorgen.«

Anscheinend hatte er etwas Falsches gesagt, obwohl er nicht wußte, warum. Das nächste, was er mitbekam, war, daß Rosie aufsprang, ihn umarmte und ihm einen hastigen Kuß gab.

»Komm gut nach Hause, mein Schatz«, sagte sie, drehte sich um und ging weg, allerdings nicht allzu geraden Schrittes; sie hielt sich die Hand vor den Mund, als müsse sie sich übergeben. Willie wußte nicht, was er davon halten sollte, folgte ihr jedoch nicht nach draußen. Wenn Rosie gehen mußte, dann war es das beste, sie gehen zu lassen – in gewisser Hinsicht war es eine Erleichterung. Jetzt konnte er sich im Geiste wenigstens darauf konzentrieren, daß er in New Orleans den Bus wechseln mußte.

Als Rosie den Wagen erreichte, hielt sie sich noch immer die Hand vor den Mund – in letzter Sekunde, als sie gerade nach der Tür greifen wollte, stürzte sie hinter den Wagen und erbrach sich in den Rinnstein.

»Wo ist sie hin?« fragte der General. »Sie war doch gerade hier, jetzt ist sie wieder weg.«

»Mach das Handschuhfach auf und sieh nach, ob wir noch Kleenex haben«, sagte Aurora.

»Wieso, hat jemand Schnupfen?« fragte der General, tat jedoch, was sie ihm sagte.

»Niemand hat Schnupfen – Rosies Nerven sind halt nur etwas schwächer als unsere«, sagte Aurora. Als Rosie endlich in den Wagen stieg, reichte Aurora ihr die Kleenex.

»Ich bin gegangen, ich konnte es nicht mehr ertragen«, gestand sie. »Ich habe den armen Kerl einfach da stehen lassen. Ich hoffe nur, er steigt in den richtigen Bus.«

»Der steigt schon in den richtigen Bus. Die beherrschen hier ihren Job. Die haben keine Lust, Leute im falschen Bus herumzukutschieren und sie dann auch noch zurückzubringen. Die passen schon auf, daß er in den richtigen Bus steigt.«

»Meine Güte, er ist ein erwachsener Mann, selbstverständlich steigt er in den richtigen Bus«, sagte der General. »Ich habe noch nie soviel Unsinn über das Busfahren gehört.«

»Hector, wir sind aufgeregt, über *irgendwas* müssen wir ja schließlich reden.«

»Glaubst du, es wird so schlimm wie bei Frank Sinatra?« fragte Rosie.

Aurora wußte genau, was sie meinte – sie beide hatten sich mal ein Video des Films *Der Mann mit dem Goldenen Arm* ausgeliehen und es heimlich angeschaut. Das Entsetzen über Frank Sinatras Totalentzug vom Heroin hatte einen gewaltigen Eindruck auf sie gemacht. Obwohl Aurora Rosie eifrig versicherte, daß sich die Entzugsmethoden verbessert hätten und der moderne Drogenentzug Willie keineswegs solchen Folterqualen unterwerfen würde, glaubte keine von ihnen, was sie da sagte. Beide stellten sich andauernd vor, wie Willie zuckend und sich windend auf einer Pritsche lag und genau das durchmachte, was Frank Sinatra durchgemacht hatte.

Der General, der Frank Sinatra mal auf einem Golfplatz in Kalifornien getroffen hatte, hatte keinen blassen Schimmer, wovon Rosie überhaupt sprach.

»Worüber redest du da?« fragte er. »Was soll das heißen, so schlimm wie bei Frank Sinatra?«

»Hector, kümmere dich um deine eigenen Angelegenheiten, das war nur ein Scherz«, sagte Aurora.

»Ich verstehe, schon wieder einer«, sagte der General. »Ihr macht neuerdings nur noch Scherze. Ich mag Scherze. Aber ich würde auch gerne darüber lachen.«

»Ich würde das keinen Scherz nennen«, sagte Rosie. »Ich würde es die Hölle nennen, wenn ich es bezeichnen müßte.«

»Falls du die Temperatur in diesem Auto meinst, die ist sogar noch viel höher als in der Hölle«, bemerkte der General. »Aber das hat nichts mit Frank Sinatra zu tun. Das hat etwas damit zu tun, daß Aurora erst vor einer Minute die Klimaanlage eingeschaltet hat.«

Rosie schniefte ein paarmal laut und begann zu weinen. Dann fing sie an, mit beiden Fäusten auf den Vordersitz zu schlagen, auf dem zufälligerweise der General saß. Jedesmal, wenn sie auf den Sitz schlug, kippte der Kopf des Generals nach hinten.

»Hör auf, auf meinem Sitz herumzuschlagen!« sagte der General.

»Hector, kannst du nicht mal ein bißchen Geduld aufbringen?« fragte Aurora. »Rosie ist sehr aufgewühlt.«

»Ich weiß sehr wohl, daß sie aufgewühlt ist, aber warum kann sie nicht auf ihrem eigenen Sitz herumtrommeln? Der, auf dem *sie* sitzt, nicht der, auf dem ich sitze. Wenn sie noch lange so weitermacht, bekomme ich eine Halswirbelzerrung.«

Rosie hörte auf, auf den Sitz des Generals zu schlagen,

aber anstatt auf ihren eigenen Sitz zu trommeln, trommelte sie jetzt gegen die Tür, was Aurora sehr beunruhigte.

»Trommle nicht gegen die Tür!« kommandierte Aurora. »Sie könnte aufspringen, und dann fällst du raus und wirst überfahren.«

»Ich glaube kaum, daß ich soviel Glück habe«, sagte Rosie schluchzend.

»Ich wollte von Anfang an nicht mitkommen«, sagte der General. »Man hat mich gezwungen mitzukommen, und jetzt bedaure ich es, aber ich hab's ja von Anfang an gewußt.«

Bei all dem Getrommle und Gehämmere hatte Aurora Mühe, den Wagen richtig zu steuern. Mehrere Autofahrer hupten sie an, weil sie offenbar der Meinung waren, sie befinde sich auf der falschen Spur. Außerdem hatte sie, als sie dicht an Hector herangerückt war, den Rückspiegel verdreht, um ihr Äußeres zu begutachten, und vergessen, ihn wieder in die richtige Position zu bringen, was bedeutete, daß sie sich allein auf ihren Instinkt verlassen mußte, wenn sie herausfinden wollte, was von hinten auf sie zukam. Ihr Instinkt sagte ihr, daß sich vermutlich gewaltige Müllwagen dicht hinter ihr befanden. Ein Strom gewaltiger Müllwagen schien sich durch Houston zu bewegen – es verlangte absolute Konzentration, sicheren Abstand zu ihnen zu halten, und da der Rückspiegel sich in der falschen Position befand, konnte sie nicht wissen, ob sie *wirklich* einen sicheren Vorsprung hatte. Es war ziemlich nervenaufreibend und wurde noch nervenaufreibender, je länger sie fuhr. Plötzlich entschied sie sich, die Fahrspur zu wechseln, in der Hoffnung, daß die Müllwagen, die sich mit ziemlicher Sicherheit hinter ihr befanden, die Gelegenheit ergreifen würden, an ihr vorbeizuziehen, doch statt dessen hupten immer mehr Fahrer, und ein paar schienen sie sogar anzubrüllen.

Das Gehupe und Geschrei der Leute hinter ihnen und rechts und links neben ihnen bewirkte, daß Rosie und Hector ihre eigenen Probleme vergaßen. Beide schauten aus dem Fenster und sahen, daß sich zu beiden Seiten ein Chaos zusammenbraute, welches sich noch verstärkte, weil Aurora, die beschlossen hatte, den Müllwagen genügend Zeit zu geben, um an ihr vorbeizuziehen, plötzlich wieder auf die schnellere Fahrspur wechselte.

»Tu's nicht!« sagten Rosie und der General gleichzeitig.

»Was seid ihr, ein griechischer Chor?« fragte Aurora ärgerlich. »Ich mache, was ich will, und ihr beiden haltet besser den Schnabel, wenn ihr nichts Hilfreiches beizutragen habt.«

»Sie ist wahnsinnig!« sagte der General über die Schulter zu Rosie. »Ich fahre ja nicht mehr so oft mit ihr, deshalb neige ich dazu, es zu vergessen. Sie ist eine gottverdammte Wahnsinnige.«

»Du sagst mir nichts, was ich nicht schon längst weiß«, antwortete Rosie. »Sind noch Kleenextücher da?«

Der General reichte ihr die ganze Kleenex-Packung.

»Wer hat gesagt, daß sie die ganze Packung haben kann?« fragte Aurora. »Das sind meine Kleenextücher. Wahrscheinlich fange ich auch gleich an zu weinen, wenn ihr nicht einen etwas freundlicheren Ton mir gegenüber anschlagt.«

»Und wenn du dich nicht auf dein gottverdammtes Fahren konzentrierst, werden wir alle Grund zum Weinen haben«, sagte der General. »Wir können von Glück reden, wenn wir am Leben bleiben, um überhaupt weinen zu können.«

»Hector, du bist ohnehin kaum lebendig genug, um weinen zu können, ganz egal, was passiert«, wies Aurora ihn zurecht. »Oft genug hätte ich mir ein paar Tränen von dir gewünscht – Tränen, die jedoch niemals geflossen sind.«

»Vielleicht hat er kein Öl mehr in seinen Tränenkanälen«, fügte Rosie hinzu. Sie fühlte sich mittlerweile etwas besser. »Ich hatte mal eine Tante mit diesem Problem. Wir mußten ihr eine Art Fensterputzmittel in die Augen spritzen, damit sie losheulen konnte.«

»Das wäre zumindest *eine* Lösung des Problems«, antwortete Aurora. »Ich glaube, ich spritze dir mal was davon in die

Augen, Hector – dann werden wir ja sehen, ob dir ein Grund zum Weinen einfällt.«

»Hast du Rosie von unserer Kreuzfahrt erzählt?« fragte der General und versuchte abrupt, das Thema zu wechseln. Seiner Meinung nach hatten sie jetzt lange genug auf seinen Tränen beziehungsweise auf ihrer Nichtexistenz herumgehackt.

»Nein, weil es noch nicht beschlossen ist«, antwortete Aurora.

»Selbstverständlich ist es beschlossen«, sagte der General. »Du hast doch selbst gesagt, wir sollten nach Asien fahren.«

»Das war, bevor du dir erlaubt hast, meinen Fahrstil zu kritisieren«, antwortete Aurora. »Du weißt, wie empfindlich ich in diesem Punkte bin. Wie kannst du es wagen, mich mit Hohn und Spott zu überhäufen und gleichzeitig erwarten, daß ich mit dir nach Asien reise?«

»Soll das heißen, ihr fahrt weg und laßt mich allein?« erkundigte sich Rosie mit Panik in der Stimme. »Ich dachte, ihr würdet wenigstens so lange bleiben, bis Willie wieder zurück ist – falls er überhaupt wieder zurückkommt.«

»Beruhige dich, wir fahren nirgendwohin, und wir verlassen dich auch nicht, bevor Willie wieder da ist«, sagte Aurora. »Eine Kreuzfahrt nach Asien verlangt monatelange Planung. Da Hector soeben festgestellt hat, daß ich wahnsinnig bin, will er offensichtlich nicht, daß ich die Planung übernehme, was nur bedeuten kann, daß er sie selbst in die Hand nimmt. Er hat noch nie irgend etwas geplant, es sei denn, man rechnet die Invasion in der Normandie mit, aber ich habe meine Zweifel, ob sie ihn da viel haben planen lassen. Folglich wird das Planungsstadium für die asiatische Kreuzfahrt aller Voraussicht nach mehrere Jahre in Anspruch nehmen. In der Zwischenzeit könnte Willie ein ganzes Dutzend von Entzugskuren machen, wenn er es möchte.«

»Du glaubst also, daß er es beim ersten Versuch nicht schafft, vom Heroin runterzukommen?« fragte Rosie. Sie hatte selbst ihre Zweifel, daß Willie es beim ersten Versuch schaffen würde, und achtete deshalb besonders aufmerksam auf jede Andeutung, die verriet, was andere über dieses Thema dachten.

»Rosie, das war doch nur ein Versprecher«, sagte Aurora. »Mußt du denn immer gleich das Schlimmste aus meinen Worten heraushören?«

Der General dachte darüber nach, wie sehr er Reisebüros haßte oder das Kaufen von Flugtickets oder den Versuch, herauszufinden, welches Hotel Aurora am meisten mißfallen würde. Wenn er alle Vorbereitungen zu treffen hatte und auf der Reise irgend etwas schiefging, dann würde Aurora, da war er sich ganz sicher, in rasende Wut geraten; manchmal geriet sie ja auch dann in rasende Wut, wenn sie selbst alle Vorbereitungen getroffen und alle Hotels ausgesucht hatte. Auf ihre rasenden Wutanfälle folgten häufig Tage, ja, sogar Wochen eisiger Kälte. Als sie damals nach Kairo gereist waren, hatte sie während ihres Aufenthaltes dort kaum mit ihm gesprochen, und auch nur wegen ein oder zwei Pannen, für die er nicht mal verantwortlich gewesen war.

Er hatte das Gefühl, daß sie beide alt wurden – die Reise nach Asien konnte durchaus ihre letzte Kreuzfahrt sein. Eine Luxuskabine und ein großes Bett würden ihm nicht viel helfen, wenn Aurora schon sauer war, bevor sie überhaupt losgefahren waren. Er beschloß, sich der Harmonie zuliebe dafür zu entschuldigen, daß er sie als Wahnsinnige bezeichnet hatte, und setzte seinen Entschluß auf der Stelle in die Tat um.

»Der Harmonie zuliebe – ich bitte um Entschuldigung«, sagte er. »Natürlich bist du nicht wahnsinnig, du fährst nur zufällig wie eine Wahnsinnige.«

»Au Backe, letzteres hättest du lieber nicht sagen sollen«, bemerkte Rosie. »Das macht den Anfang so gut wie zunichte, obwohl der erste Teil deiner Aussage richtig süß war.«

»Ach, macht nichts, ich glaube, er hat es ernst gemeint«,

sagte Aurora. »Er weiß genau, daß er keine Reise planen kann, so daß schon allein die Tatsache zählt, daß er sich zu einer seiner sehr seltenen Entschuldigungen durchgerungen hat, auch wenn er alles verpatzt hat.«

Der General fühlte sich ein wenig erleichtert, doch als er aus dem Fenster schaute, fiel ihm plötzlich auf, daß die Straße, die sie gerade entlangfuhren, nicht von großen, grünen Rasenflächen und herrschaftlichen Häusern gesäumt wurde, wie es in River Oaks der Fall war. Diese Straße hier wurde nur von ein oder zwei Warenhäusern, jeder Menge Unkraut, einer Eisenbahnlinie und ein paar baufälligen, verblichenen Fachwerkhäusern gesäumt.

»Das hier ist nicht die Straße nach Hause«, verkündete er. »Hast du dich zu allem anderen jetzt auch noch verfahren?«

»Halt den Mund, bevor du dir noch mehr Schwierigkeiten einhandelst, als du ohnehin schon hast«, sagte Rosie. »Sie hat sich nicht verfahren, sie fährt nur in Richtung Pig-Stand-Imbiß.«

»Das ist ein kluger Ratschlag, Hector«, sagte Aurora. »Der heutige Tag war das reinste Martyrium, und das Beste, was man nach einem Martyrium tun kann, ist essen. Ich bin sicher – sobald du ein oder zwei Stückchen Fleischpastete probiert hast, wirst du einsehen, daß ich recht habe.«

»Ich mag keine Fleischpastete, aber ihr beiden könnt ja soviel davon in euch hineinstopfen, wie ihr wollt«, sagte der General. »Vielleicht kommen wir dann endlich nach Hause.«

In der kühlen, grünen Nische des Pig-Stand ließ sich der General von Aurora mit zwei oder drei Bissen Fleischpastete füttern und wurde plötzlich sehr müde. Vielleicht lag es an der Streiterei mit Aurora oder am Sitzen und Warten im heißen Auto oder ähnlichem. Es war angenehm gewesen, an Aurora zu denken und an die Luxuskabine und das große Bett, aber im Moment war er so müde, daß er kaum sein Glas Eistee halten konnte. Seine ganze Energie schien dahinzuschwinden, und einen Moment lang überlegte er, ob er kräftemäßig eine Reise nach Asien überhaupt durchstehen würde. Er hatte in Manila gedient und, wenn auch nur kurz, in Burma. Der Gedanke an Asien rief ihm in Erinnerung zurück, wie schwierig es für ihn gewesen war, mit MacArthur zusammenzuarbeiten – und die Zusammenarbeit mit Vinegar Joe Stilwell war auch nicht gerade ein Zuckerschlecken gewesen. Beide Männer waren einfach nicht zufriedenzustellen – irgendwann hatte ihm der Streß sogar ein blutendes Magengeschwür beschert, obwohl er nicht mehr genau sagen konnte, ob es wegen Stilwell oder wegen MacArthur gewesen war. Woran er sich jedoch genau erinnern konnte, war die enorme Erleichterung, als er schließlich wieder auf den europäischen Kriegsschauplatz zurückversetzt wurde. Trotzdem war es mit Sicherheit wesentlich angenehmer, mit Aurora in einer Luxuskabine mit großem Bett nach Asien zu reisen, als für Stilwell oder MacArthur zu arbeiten. Vielleicht würde seine Energie ja wieder zurückkehren, obwohl er jetzt, hier in dieser Nische, den Eindruck hatte, daß sie rapide abnahm. Es hatte ihn schon eine Menge Überwindung gekostet, den letzten Rest der Fleischpastete zu kauen. Inzwischen schaffte er es kaum mehr, die Augen aufzuhalten und aufrecht auf seinem Platz zu sitzen. Er schaute zu Rosie hinüber und entdeckte zu seinem Entsetzen und zu seiner Überraschung General Stilwells Kopf an der Stelle, wo eigentlich Rosies Kopf hätte sein sollen. Er hatte Angst, Aurora anzusehen, aus lauter Furcht, sie könnte wie General MacArthur aussehen. Der General verspürte plötzlich tiefe Traurigkeit – das Leben verlief in seltsamen Bahnen. Daß er und Aurora sich Gedanken über einen Trip nach Asien machten, war noch lange kein Grund dafür, daß seine ehemaligen Kommandanten plötzlich im Pig-Stand aufkreuzten. Er hatte sie schon nicht gemocht, als er noch jung war, und wollte sie auch jetzt nicht sehen, wo er alt war. Das alles war sehr verwirrend – einen Moment wünschte er sich, Aurora hätte sich dazu überreden lassen, nicht in den Pig-Stand zu fahren und die Fleischpastete sausenzulassen. Wenn man sie hätte überreden können, wären sie jetzt vielleicht schon zu Hause, wo er in seinem eigenen Sessel einnicken konnte. Natürlich hätte sich Aurora niemals überreden lassen, darin bestand ja gerade ihr Charme, und das war es auch, was ihm so sehr an ihr gefiel. Selbst Rosie war nicht so einfach zu überreden. Deshalb saßen sie nun im Pig-Stand, während seine Energien aus ihm herausflossen wie Blut aus einer tiefen Wunde und seine ehemaligen Kommandanten nach ihm riefen und er sich sehr, sehr durcheinander fühlte. Der Raum nahm einen Moment eine stechendblaue Farbe an – er stellte sich vor, er befände sich im Hafen von Hongkong, in den er und Aurora per Schiff zusammen einlaufen würden. Er sah sich in seinen weißen Segelhosen – er mußte sich unbedingt neue zulegen. Sie standen an der Reling, während der gewaltige Hafen näher kam. Aber dann verschwand das Blau langsam, und ein Grau, so weit wie der Ozean, breitete sich vor seinen Augen aus. Einen Moment lang, wenn die Kellnerinnen herumgingen, um die Tische abzuräumen, legten sich ein paar Schatten über das Grau, dann verflüchtigten sie sich wieder; das Grau wirkte doch ruhevoll, nun ließ er sich dankbar hineingleiten wie in ein warmes Bad.

Der Kopf des Generals sank zur Seite und ruhte auf Auroras Schulter. Im Moment war sie in die Lösung eines Kreuzworträtsels vertieft, das sie früher am Tage begonnen hatte. Schon des öfteren hatte sie festgestellt, daß sie immer dann, wenn sie mit einem Rätsel nicht weiterkam, im Pig-Stand die Lösung fand. Worte, die ihr zu Hause niemals eingefallen wären, kamen ihr mit Leichtigkeit in den Sinn, wenn sie im Pig-Stand war und ein Stück Kuchen griffbereit neben sich hatte, das ihr das Denken erleichterte.

Rosie blickte über den Tisch hinüber und sah, daß der General eingeschlafen war. Ihr machte das nichts aus. Laß den armen Kerl doch sein Nickerchen machen. Es machte ihr ferner nichts aus, daß Aurora sich mit ihrem Kreuzworträtsel beschäftigte und alle anderen ignorierte. Was sie betraf, konnten sie den ganzen Tag im Pig-Stand verbringen. Der General konnte ein Nickerchen machen, Aurora ihre Kreuzworträtsel bearbeiten, und sie selbst konnte Kaffee trinken und den Moment hinausschieben, in dem sie wieder in ihr kleines Haus zurückkehren und der Tatsache ins Gesicht schauen mußte, daß Willie die nächsten fünfundvierzig Tage nicht bei ihr sitzen würde und die nächsten fünfundvierzig Nächte auch nicht.

»Willst du den armen alten Mann wirklich nach China mitschleppen, oder wohin du sonst fahren willst?« fragte sie und kippte einen weiteren *Sweet'n Low* in ihren Kaffee. »Sieh dir doch nur an, wie erschöpft er aussieht«, fügte sie hinzu und rechnete jeden Moment damit, daß der General zu schnarchen anfangen würde. Er schlief nur selten länger als dreißig Sekunden, ohne sein durchdringendes Schnarchen auszustoßen. Dann klappte einfach sein Mund auf, und das Schnarchen setzte ein.

»Die Kreuzfahrt war seine Idee, aber ich möchte lieber nicht darüber nachdenken, während ich an meinem Kreuzworträtsel arbeite, wenn es dir nichts ausmacht.«

»Du hättest erst gar nicht zustimmen sollen, wenn du es nicht wirklich willst«, sagte Rosie. »Du weißt doch, wie er ist, wenn er sich erst mal auf eine Sache versteift hat.«

»Ja, das sollte ich wohl wissen«, antwortete Aurora. »Immerhin hat er sich ja auf mich versteift, solange ich zurückdenken kann.«

Lorna, eine ältere Kellnerin, die die beiden Frauen schon öfter bedient hatte, kam mit einer dampfenden Kaffeekanne an ihren Tisch. Sie wollte ihre Tassen auffüllen und ein wenig Kaffee über Rosies *Sweet'n Low* schütten, als sie zufällig einen Blick auf General Scott warf, der tot war.

Lorna hatte schon viele Jahre im Pig-Stand gearbeitet und viel erlebt, doch selbst für eine Frau mit ihrer Erfahrung war es ein Schock, einen toten General in einer der Nischen sitzen zu sehen.

»Ach du lieber Gott«, sagte sie mit einer Stimme, die Rosie veranlaßte aufzuschauen. Doch auf Aurora hatte ihre Stimme keinerlei Wirkung, denn Aurora schaute nur selten auf, wenn sie sich in ein Kreuzworträtsel vertieft hatte.

Rosie dachte einen Moment, Lorna habe ihren Kaffee verschüttet, was sehr ungewöhnlich gewesen wäre. Lorna war eine so gute Kellnerin, daß sie Kaffee aus drei Meter Entfernung nachgießen konnte. Aber auf dem Tisch befand sich kein verschütteter Kaffee, und als Rosie aufschaute, neigte Lorna taktvoll den Kopf mit der blauen Dauerwelle in Richtung des Generals, der gemütlich an Auroras Schulter ein Nickerchen zu machen schien. Es stimmte schon, sein Mund war offen, doch er schnarchte nicht.

Eine Sekunde später verstand Rosie, warum der General nicht schnarchte – warum er nie wieder schnarchen würde. Sie war wie vom Schlag getroffen – eine Sekunde lang fühlte sie sich schwindlig, aber nur eine Sekunde. Sie mußte an Aurora denken – Aurora hatte noch nicht gemerkt, daß an ihrer Schulter ein toter und kein lebendiger Mann lehnte. Sie klopfte ungeduldig mit einem Finger auf die Tischplatte, was sie häufig tat, wenn sie keine Worte fand.

Rosie schaute hilfesuchend zu Lorna auf, doch Lorna spürte, daß dieses Ereignis sie doch ein wenig stärker aus der Fassung brachte, als gut für sie war. Die Hand mit der Kaffeekanne begann zu zittern und zwang sie, den Gedanken aufzugeben, Rosie noch ein wenig nachzuschenken.

Rosie sah Aurora an und hoffte, sie würde aufschauen – ein Blick würde genügen.

»Meine Liebe«, sagte Rosie und verstummte.

Aurora hatte ein Gefühl, das sie schon früher verspürt hatte – eine Art Beunruhigung. Dieses Gefühl sagte ihr, daß etwas, was sie gar nicht wissen wollte, dabei war, in diesem Moment zu geschehen. Die Atmosphäre im Restaurant hatte sich verändert. Es war auf einmal unheimlich still geworden. Man hörte keinerlei Gläserklirren. Stille breitete sich im Pig-Stand aus, einem Lokal, das normalerweise voller lebhafter Geräusche war.

»Meine Liebe«, sagte Rosie erneut.

Aurora blickte widerstrebend Rosie an, die sehr bleich war. Sie sah Lorna an, die die Kaffeekanne auf den nächsten Tisch hatte stellen müssen. Lorna war ebenfalls sehr bleich – sie schien zu zittern. Schließlich schaute Aurora auch Hector an, der ein wenig zu schwer an ihrer Schulter ruhte.

Sie erkannte sofort, daß sie ihr Kreuzworträtsel nicht beenden würde, jedenfalls nicht jetzt. Der Grund für die Stille im Restaurant war ihr sofort klar und auch, daß ihr Gefühl über das, was sie lieber gar nicht wissen wollte, richtig gewesen war.

Sorgfältig schraubte Aurora die Kappe auf ihren Füllfederhalter.

»Nun, Hector, du mußtest natürlich«, sagte sie mit leiser Stimme. »Du ... mußtest, und ausgerechnet in dem Moment, in dem ich gerade wieder anfing, dich zu mögen.«

»Ich glaube, er hat ein gutes Leben gehabt, dein alter Freund«, sagte Rosie.

3.

Melanie war gerade erst vor zwei Stunden vom Begräbnis des Generals nach Hause zurückgekehrt, als Bruce ihr eröffnete, er schlafe jetzt mit Katie. Er war reichlich zurückhaltend gewesen, als er sie am Los Angeles Airport abgeholt hatte, und dies war der Grund dafür. Auf der Autofahrt ins Valley hatten sie ziemliche Probleme gehabt, ein Gespräch in Gang zu bringen – und noch bevor sie ihr Apartment erreichten, hatte Melanie begonnen, sich zu fragen, warum sie eigentlich zurückgekommen war. Sie war zehn Tage in Houston geblieben – ihre Großmutter und Rosie hatten sich mit der neuen Situation nach dem Tode des Generals abgefunden, deshalb gab es für sie eigentlich keinen wichtigen Grund mehr, noch länger zu bleiben. Als sie mit Bruce telefoniert hatte, war sie nervös geworden. Sie wunderte sich über ihn. Er wollte sich weder auf die eine noch die andere Weise zu ihrer Rückkehr äußern. Er sagte weder, er wolle, daß sie zurückkomme, noch sagte er, er wolle es *nicht*. Seine Stimme hatte bedrückt geklungen, als ob es eine gewaltige Belastung für ihn sei, mit ihr zu reden. Melanie weinte fast jedesmal, wenn sie miteinander gesprochen hatten. Sie sehnte sich nach ihm und wollte, daß auch er sich nach ihr sehnte, aber er sagte nichts dazu, und nach dem Ton seiner Stimme zu urteilen, vermißte er sie nicht im geringsten.

»Warum willst du denn dann überhaupt zurückgehen?« fragte Rosie, als Melanie wieder einmal weinte. »Wenn er nichts Besseres zu sagen hat, dann ist er ein blöder Trottel, und wenn er ein blöder Trottel ist, warum solltest du dann zu ihm zurückkehren? Bleib hier bei uns und hilf mir mit deiner Großmutter.«

»Du meinst wohl, bleib hier und hilf mir mit mir«, sagte Aurora. »Manchmal glaube ich, daß du Hector mehr vermißt, als ich es tue.«

»Das stimmt, ich vermisse ihn schrecklich, ich weiß auch nicht, warum«, antwortete Rosie. »Ich wünschte, ich könnte noch einmal seine kauzige alte Stimme hören.«

»Die Menschen sind merkwürdig«, sagte Aurora. »Aber das ist ja nicht Mellys Problem. Es gibt keinen Grund für sie, hier bei zwei vermodernden alten Frauen herumzusitzen und deprimiert zu sein.«

»Aber Bruce ist ein blöder Trottel«, sagte Rosie. »Er ist ein blöder hinterhältiger Trottel, und das war bereits mein Eindruck, als ich ihn zum erstenmal zu Gesicht bekam.«

»Diese Beschreibung trifft mehr oder weniger auf das gesamte männliche Geschlecht zu, oder?« bemerkte Aurora.

»Nicht auf Willie, ich wünschte, er wäre wieder zurück«, sagte Rosie und wischte sich die Augen. Sie mußte immerzu ihre Augen wischen, sobald Willies Name erwähnt wurde.

Aurora seufzte, weinte jedoch nicht. Sie schaute ihre Enkelin an, mollig und niedergeschlagen, und überlegte, was sie ihr raten sollte. Sehr wahrscheinlich hatte Rosie recht mit ihrer Meinung über den jungen Mann, diesen Bruce, aber die Tatsache, daß sie wahrscheinlich recht hatte, war keine Hilfe für Melanie, die diesen Bruce zu lieben schien.

»Warum verschwindet ihr beiden nicht mal für eine Weile in eurem Sportverein und hüpft da ein bißchen herum?« fragte Aurora. »Melanie täte es gut, zwei oder drei

Pfund zu verlieren, und du mußt deine Gedanken mal von Willie ablenken, falls es dir überhaupt möglich ist, deine Gedanken von Willie abzulenken.«

Erst am Tag zuvor hatten sie die schlechte Nachricht erhalten, daß es mit Willies Therapie gar nicht so gut lief und daß er vielleicht noch einen ganzen Monat zusätzlich in Alabama bleiben mußte. Diese Nachricht war für Rosie nur die Bestätigung dessen, wovon sie ohnehin schon mehr oder weniger überzeugt gewesen war, nämlich daß Willie, geheilt oder nicht geheilt, nicht mehr ihr Freund sein wollte und nie wieder zu ihr zurückkehren würde. Willie rief zwar alle zwei oder drei Tage per R-Gespräch an und behauptete exakt das Gegenteil – daß er es nicht erwarten könne, zu ihr zurückzukommen, und daß er *wirklich* weiterhin ihr Freund sein wolle, aber im tiefsten Inneren ihres Herzens glaubte Rosie ihm kein Wort.

Am nächsten Tag hatte Melanie das Gefühl, wenn sie es jetzt nicht tun würde, würde sie es nie tun. Sie ließ einen Flug reservieren, rief Bruce an und flog nach Los Angeles Airport. Ein weiteres schlechtes Zeichen war gewesen, daß Bruce eigentlich gar nicht zum Flughafen kommen wollte, um sie abzuholen. Er sagte, er müsse eine Doppelschicht an der Tankstelle machen und würde zu erledigt sein, um so weit zu fahren. Er versuchte tatsächlich, sie dazu zu überreden, einen Bus zum Hollywood Burbank Airport zu nehmen, was für ihn wesentlich einfacher wäre.

»Bruce, ich lande um halb zwölf – fast um Mitternacht«, erklärte Melanie. »Muß ich wirklich mitten in der Nacht mit dem Bus quer durch L. A. fahren?«

Als nächstes schlug Bruce vor, daß sie sich von ihrer Großmutter Geld für ein Taxi geben lassen solle – er gab zu, daß eine Busfahrt mitten in der Nacht kein Vergnügen war. Melanie war kurz davor, ihre Geduld zu verlieren – er war so abweisend –, und sie war ferner kurz davor, in Tränen auszubrechen, als Bruce schließlich nachgab und sagte, okay, ich komme und hole dich ab.

Er war tatsächlich am Flughafen, sah nervös aus und

küßte sie nicht auf den Mund, als sie auf ihn zurannte, um ihn zu umarmen. Sie wußte nicht, ob das mit Absicht geschah; vielleicht war er nur zurückhaltend, aufgrund der vielen fremden Leute ringsherum, aber irgendwie hatte sie ein schlechtes Gefühl – nicht gerade ein guter Empfang, wenn man um Mitternacht nach Hause kam. Es war schwer, zurückzukommen und wieder von vorne anzufangen, wenn Bruce so zurückhaltend war. Sie fragte ihn, wie es mit dem Schauspielunterricht lief und welche Filme er gesehen hatte und dergleichen, aber Bruce konzentrierte sich nur aufs Fahren. Er schaute sie nicht an, und als sie zu Hause waren und sie zärtlich zu ihm sein wollte – schließlich war es ihre erste Nacht, seit sie wieder zu Hause war –, da wies er sie zurück und sagte, er sei müde.

»Okay«, sagte Melanie. Immerhin war es mittlerweile ein Uhr morgens, und er arbeitete in einer Tankstelle – vielleicht war er wirklich müde. Aber die Tatsache, daß er sie am Flughafen nicht auf den Mund geküßt und auch ihre Zärtlichkeit zurückgewiesen hatte, wirkte doch recht niederschmetternd auf sie. Es kam nicht oft vor, daß Bruce Zärtlichkeiten zurückwies – Sex war immer eine sichere Sache zwischen ihnen gewesen –, doch jetzt sagte ihr ihr Gefühl, daß diese Sache vielleicht gar nicht mehr so sicher war.

Da sie ahnte, daß er nicht mehr mit ihr sprechen würde, und sie sich noch zu aufgedreht fühlte, um ins Bett zu gehen, fing sie an, ihre Reisetasche auszupacken. Als sie zum Kleiderschrank ging, um ihr Trauerkleid und die anderen Sachen aufzuhängen, bekam sie einen großen Schock. Sie hatten nur einen Kleiderschrank, der immer total überfüllt war, doch jetzt war er es nicht, und der Grund dafür war, daß Bruces Kleider nicht mehr im Schrank hingen.

»Bruce, wo sind deine Sachen – ist eingebrochen worden?« fragte sie plötzlich in Panik.

»Das war kein Einbruch«, antwortete Bruce und schaute schuldbewußt und jämmerlich drein.

»Wo sind denn dann deine blöden Sachen?« fragte Melanie fast schreiend – sie war völlig außer sich. Vielleicht hätte sie sie nicht blöde nennen sollen, Bruce hatte ein paar ganz ordentliche Sachen, aber trotzdem . . .

Er verhielt sich völlig abweisend, er sagte kein einziges Wort.

»Bruce, wo sind deine Sachen?« wollte sie wissen. Sie konnte nichts dafür, sie wurde immer aufgeregter.

»Ich wohne jetzt bei Katie«, sagte er schließlich. »Ich habe meine Sachen zu ihr gebracht.«

Melanie war so verblüfft, daß sie kein Wort hervorbrachte – aber sie hätte etwas sagen sollen, denn in diesem Moment stand Bruce auf, legte zwei Zwanzig-Dollar-Scheine auf den Fernseher und ging aus dem Haus. Bis sie wieder in der Lage war, ein Wort herauszubringen, war er schon fort und niemand mehr da, mit dem sie hätte sprechen können – sie hatte nicht mal jemanden, den sie hätte anrufen können. Ihre einzige Freundin in L. A., wenn man sie überhaupt eine Freundin nennen konnte, war Katie, diese kleine, magere Yuppie-Tussi, die ihr gerade ihren Freund weggeschnappt hatte. Melanie hätte am liebsten hundert Stunden damit verbracht, mit einem der beiden zu reden oder auch mit beiden, aber das ging natürlich nicht – sie war mit Sicherheit die letzte Person, mit der die beiden sprechen wollten. Bruce hatte seine Chance gehabt, hatte aber in den zwei Stunden, die sie zusammengewesen waren, insgesamt wahrscheinlich nicht mal dreißig Worte gesagt.

Es war so merkwürdig – sie beide hatten Katie gerade erst ein wenig kennengelernt. Sie war häufig zum Strandhaus ihrer Mutter gekommen, während Melanie sich dort von ihrer Fehlgeburt erholte. Meistens hatte sie einen Jungen bei sich, und meistens ging sie surfen. Manchmal gingen sie alle vier zusammen chinesisch essen. Hinterher redete Bruce immer nur darüber, was für eine Yuppie-Tussi Katie war. Melanie hatte sie sogar verteidigt und gesagt, dieses Yuppiegetue sei bei Katie etwas ganz Natürliches. Immerhin war Patsy, so nett sie auch war, selbst noch immer ein Yuppie, und Katie war ihre Tochter. Bruce machte sich sogar über Katies dünne Beine lustig; Melanie hatte sie verteidigt und gesagt, daß sie nett sei und schließlich nichts dafür könne, daß sie so dünne Beine habe.

Drei Tage nach ihrer Rückkehr rief Bruce an und fragte, ob sie ihm seine Post schicken könnte; Melanie konnte es nicht verhindern, daß sie losplatzte. »Du hast es wohl geschafft, deine Abneigung gegen dünne Beine zu überwinden, nicht wahr, du Arschloch!« schrie sie.

Bruce, der ihr ja nicht gegenüberstand – er befand sich am anderen Ende der Leitung in Sicherheit –, verhielt sich ganz ruhig und gelassen, was ihr überhaupt nicht half, wenn man bedenkt, in welcher Verfassung sie war.

»Du hast mir ja selbst gesagt, ich soll mich nicht daran stören«, antwortete er.

»Warum hast du es mir nicht schon in Houston gesagt, daß du dich in Katie verliebt hast?« fragte sie. »Warum läßt du mich erst den ganzen Weg hierherkommen, wo du schon längst in sie verliebt warst?«

»So sehr liebe ich sie nun auch wieder nicht«, sagte Bruce völlig ruhig und gelassen. Es war, als habe er soeben erst beschlossen, die Sache mit ihr am Telefon durchzusprechen, ganz ruhig, als habe er Yoga oder ähnliches gemacht. Gerade in dem Moment, als sie so aufgeregt war, daß sie ihm mit einem Knüppel den Schädel hätte einschlagen können, da spielte er plötzlich Mr. Cool. Das war höchst irritierend. Melanie mußte sich sehr zurückhalten, nicht mit größter Lautstärke ins Telefon zu brüllen.

»Wenn du sie nicht liebst, warum mußt du mir das dann antun?« fragte sie.

»Melly, das war ja gar nicht gegen dich gerichtet«, sagte Bruce. »Das war gegen niemanden gerichtet. Es ist halt irgendwie einfach passiert.«

»Vielleicht war es ja wirklich nicht gegen mich gerichtet, aber es hat mich voll getroffen«, sagte Melanie. »Ich habe meinen Job verloren – im Restaurant haben sie gesagt, ich sei drei Tage zu lange weggewesen. Jetzt habe ich also keinen Job mehr, und dich habe ich auch nicht mehr – ich habe überhaupt nichts mehr. Ich wünschte, du hättest es mir gesagt, bevor ich zurückgekommen bin. Jetzt sitze ich den ganzen Tag hier rum und komme mir wie ein verdammter Idiot vor.«

»Du mußt die Dinge etwas positiver sehen«, sagte Bruce kühl.

»Positiver, du Rindvieh?« schrie Melanie. »Was soll ich denn schon positiver sehen? Ich habe vielleicht noch fünf Dollar, die Miete ist fällig, und jetzt muß ich Granny um Geld anbetteln, was ich absolut hasse.«

»Ich verstehe nicht, warum du das haßt«, antwortete Bruce. »Sie ist schließlich deine Großmutter. Sie wird dir deshalb nicht böse sein.«

»Wegen des Geldes wird sie mir vielleicht tatsächlich nicht böse sein, aber sie wird böse sein, daß ich meine Zeit mit einem Arschloch wie dir verplempere«, sagte Melanie. »Ich habe mich heiser geredet, um dich zu verteidigen, und dann passiert so was.«

»Werden meine *Varietys* noch an die alte Adresse geschickt?« fragte Bruce, der versuchte, das Thema zu wechseln. »Ich habe denen einen Nachsendeantrag zugeschickt, aber hier ist bisher noch nichts angekommen.«

»Ja, die sind hier, willst du kommen und sie abholen?« fragte Melanie. Einen Moment lang hatte sie die schwache Hoffnung, wenn sie ihn nur für einen Moment in ihrer Nähe hätte, dann käme er vielleicht zu ihr zurück. Vielleicht war er ja nur kurz durcheinandergeraten – Katie sah ja auf ihre Yuppie-Art tatsächlich gut aus. Aber Katie konnte ohne einen Mann nicht existieren – sie verbrachte jede Sekunde ihres Lebens im Zustand der Verletzlichkeit –, vielleicht war es diese Verletzlichkeit gewesen, die Bruce den Kopf verdreht hatte. Wenn er käme, um seine Post zu holen, würde er die Dinge vielleicht aus einer neuen Perspektive sehen und erkennen, daß Katie in Wirklichkeit doch nicht sein Typ war. Jedenfalls gingen ihr diese Gedanken durch den Kopf. Zumindest mußte sie ihm Auge in Auge gegenüberstehen. Doch eine Sekunde später tat es ihr schon leid, daß sie ihn gefragt hatte, denn Bruce brachte sofort fünf oder sechs Entschuldigungen vor und legte auf. Nachdem er das getan hatte, fühlte sie sich so gottverlassen, daß sie sich eine Stunde lang nicht mehr bewegte. Es gab nichts mehr, wofür es sich zu bewegen lohnte. Wer wußte, ob sie jemals seine Stimme am Telefon wieder hören würde? Unter Druck wurde er zum totalen Schlappschwanz – wahrscheinlich würde ihn allein schon der Gedanke, daß sie wollte, daß er zu ihr käme, davon abhalten.

Als sie sich so gottverlassen fühlte, daß sie sich kaum rühren konnte, klingelte das Telefon – ihre Großmutter rief an – einfach so aufgrund einer Vorahnung. Ihre Großmutter hatte öfter Vorahnungen, soweit es Melanie betraf, und meistens waren sie auch richtig. Sie waren derartig richtig, daß Aurora sich erst gar nicht lange damit aufhielt, mit ihr zu plaudern, um zu erfahren, ob sie richtig lag. Diesmal kam sie sofort zur Sache.

»Was ist los mit meinem Mädchen?« fragte sie, kaum daß Melanie hallo gesagt hatte.

»Darüber möchte ich nicht reden«, antwortete Melanie. »Das ist mein Problem, du kannst mir nicht helfen, und auch Rosie kann mir nicht helfen, es ist einfach hoffnungslos.«

»Das kann nur heißen, daß er dich wegen einer anderen Frau verlassen hat«, sagte Aurora.

»Ja, Patsys Tochter«, gestand Melanie. Obwohl sie vorgehabt hatte, Bruces Auszug eine Weile lang geheimzuhalten, war sie jetzt im Grunde doch froh, es nicht mehr zu müssen. Dinge vor einer Spürnase wie ihrer Granny geheimzuhalten, verlangte eine Menge Energie, und sie hatte einfach nicht mehr genug Energie, jedenfalls nicht im Augenblick.

»Macht es dir viel aus?« fragte Aurora.

»Ja, es macht mir viel aus«, antwortete Melanie. »Wieso fragst du mich so was? Ich liebe Bruce. Wie kannst du auch nur auf den Gedanken kommen, es könnte mir nichts ausmachen?«

Manchmal schaffte es ihre Großmutter, mit zwei Worten dafür zu sorgen, daß jeder ringsherum stinksauer wurde. Es war, als würden ihr die beiden schlimmsten Worte immer auf der Zunge liegen. Ihr machte es überhaupt nichts aus, sie auch auszusprechen.

»Ich hab' nur so geraten«, sagte Aurora. »Was würdest du jetzt lieber tun – den Jungen zurückbekommen oder dich an der anderen Frau rächen?«

»Beides wird nicht passieren, was soll's also?« meinte Melanie. »Vermutlich werde ich keinen von beiden jemals wiedersehen.«

Tatsache war, daß sie *wirklich* den Wunsch verspürt hatte, Katie zu verprügeln. Sie hatte einen Traum gehabt, in dem sie Katie vom Santa-Monica-Pier runterstieß.

»Was glaubst du, wessen Schuld es ist?« wollte Aurora wissen.

»Komm schon, sie sind beide gleich schuld.«

»Vor allem ist es wohl Katies Schuld, denke ich«, sagte Aurora. »Das Männerstehlen liegt in ihrer Natur. Möchtest du wissen, was ihre Mutter im Moment versucht?«

»Wer, Patsy?« fragte Melanie verblüfft. Was tat es zur Sache, was Patsy gerade versuchte?

»Ja, genau die – Patsy«, sagte Aurora. »Die beste Freundin deiner Mutter.«

»Ja, und?« Melanie war ein bißchen ungeduldig. Jetzt, da ihre Großmutter alles herausgefunden hatte, war sie daran interessiert, noch ein bißchen länger über die Bruce-Katie-Affäre zu reden, und hatte kein Interesse an Tratschgeschichten über Katies Mutter.

»Sie versucht, mir meinen Liebhaber zu stehlen«, sagte Aurora. »Ich glaube nicht, daß es ihr schon gelungen ist, aber sie arbeitet dran.«

»Wen, meinst du den Klapsdoktor?« fragte Melanie völlig verwirrt. Obwohl Rosie ihr vor Monaten, lange vor dem Tod des Generals, anvertraut hatte, daß sie vermute, Aurora »besuche« ihren Klapsdoktor, hatte Melanie das nicht allzu ernst genommen.

»Was heißt das, sie ›besucht‹ ihn?« hatte sie von Rosie wissen wollen. »Selbstverständlich besucht sie ihn. Wie soll er denn ihr Klapsdoktor sein, wenn sie ihn nie besucht?«

»Nein, *so* nicht, so meine ich das nicht«, hatte Rosie geantwortet. »Ich glaube, es ist eher so was wie eine Romanze.«

»Nun komm schon, er ist viel jünger«, meinte Melanie. »Er muß eine ganze Reihe von Jahren jünger sein als sie. Warum sollte er sich mit Granny abgeben?«

»Ich weiß ja auch nicht, ob sie zusammen ausgehen oder was sie machen«, sagte Rosie. »Trotzdem, ich glaube, es ist eine Romanze. Pascal meint das auch.«

»Pascal hat doch keine Ahnung. Granny hat gesagt, sie hat ihn mit einer Zwanzigjährigen erwischt«, sagte Melanie.

»Okay, okay«, antwortete Rosie – es war offensichtlich, daß die Geheimnisse, die sie anzubieten hatte, nicht gerade Eindruck auf Melanie machten, und warum sollte sie auch Eindruck auf sie machen? »Ich wollte ja nur, daß du Bescheid weißt, falls sie zusammen abhauen oder so.«

Doch später, nachdem Melanie darüber nachgedacht hatte, wollte sie mehr darüber erfahren. Der Gedanke, daß ihre Großmutter Sex mit einem Mann hatte, der so viel jünger war als sie, war schon ziemlich beunruhigend. Andererseits – warum sollte sie nicht? Sie war nicht mit dem General verheiratet, und ihre Großmutter hatte ihr selbst erzählt, daß sie mit Pascal Sex auf der Couch hatte haben wollen; es gab keinen Grund, weshalb sie nicht aktiv bleiben sollte, sie war ja auch ein aktiver Typ, wenn sie die Gelegenheit dazu hatte. Trotzdem – der Gedanke an Aurora und einen Mann, der soviel jünger war, war schon gewöhnungsbedürftig.

»Der Klapsdoktor«, bestätigte Aurora. »*Mein* Klapsdoktor. Ich hätte die beiden nicht zu meiner Dinnerparty einladen sollen. Jetzt versucht sie, ihn in ihre fettigen Hände zu bekommen.«

»Granny!« sagte Melanie. Sie war entsetzt und fühlte sich vollkommen durcheinander. Was Rosie da angedeutet hatte, war wirklich wahr.

»Melly, ich hoffe, ich schockiere dich nicht«, sagte Aurora. »Ich dachte, es würde dir helfen zu sehen, daß das, was dir gerade passiert ist, mir genauso passieren kann. Aber ich denke, du stellst dir lieber vor, daß deine Großmutter jenseits all dessen ist – daß ich in Sicherheit bin –, daß Alter Weisheit bedeutet oder dergleichen.«

»Du meinst, das bedeutet es *nicht?*« fragte Melanie. Sie hatte es tatsächlich geglaubt, wenn sie an ihre Großmutter dachte – trotz Pascal und trotz der Couch.

»Ich denke, bei manchen ist es so«, sagte Aurora. Sie saß an ihrem Erkerfenster, schaute nach draußen und überlegte, wie Weisheit wohl sein würde. Sie entsann sich, ihrer Mutter die gleiche Frage gestellt zu haben, nachdem sie gerade von einem coolen New Yorker sitzengelassen worden war; sie hatte geglaubt, nie mehr glücklich werden zu können, geschweige denn heiter und gelassen. Ihre Mutter hatte sie nur angeschaut mit ihren großen, grauen, traurigen Augen. Aurora konnte sich nicht daran erinnern, ob sie etwas gesagt hatte. Und jetzt war Melanie von einem gar nicht so coolen Mann aus Houston sitzengelassen worden und davon überzeugt, daß sie nie mehr glücklich werden würde – und die Möglichkeit, nie mehr glücklich zu werden, bestand tatsächlich, wenn sie mit den Jungen nicht etwas energischer umging.

»Du meinst also, daß sie's versucht?« fragte Melanie. »Du glaubst nicht, daß sie ihn wirklich schon verführt hat?«

»Ich glaube, sie hat's noch nicht getan«, antwortete Aurora. »Bedauerlicherweise bin ich wegen der Trauerzeit nicht in der Lage, mit den gleichen Waffen zu kämpfen. Ich fürchte, er ist ein Mann ohne besonderes Rückgrat. Er ist einer von denen, die dazu neigen, mit allem mitzuschwimmen, was gerade dahergeschwommen kommt. Ich fürchte, ich bin nicht besonders optimistisch.«

»Bist du jetzt noch in der Trauerzeit?« fragte Melanie.

»Ja, ich muß versuchen, mich eine Zeitlang gut zu benehmen«, antwortete Aurora.

Als sie das so sagte und ihre Stimme traurig wurde, fühlte Melanie sich irgendwie besser. Ihre Großmutter schien den General wirklich zu vermissen, obwohl sie nicht viel von ihm geredet hatte, als Melanie zu Hause war. Es war gut, daß ihre Granny sich noch in der Trauerzeit befand, selbst wenn das bedeutete, daß Patsy mit dem blöden Klapsdoktor rummachte. Der General hatte lange Jahre mit Aurora zusammengelebt, Melanies ganzes Leben lang – eigentlich sogar noch länger –, er hatte es verdient, daß man um ihn trauerte. Ganz sicher trauerte Rosie um ihn – sie verwandelte sich jedesmal, wenn sein Name erwähnt wurde, in einen Tränenstrom. Bei ihrer Großmutter war das schon etwas anders. Sie hatte sich besser im Griff. Aber wenn sie bereit war, einen Freund zu riskieren, um dem General eine Zeitlang nachzutrauern, dann konnte das nur heißen, daß sie ihn wirklich geliebt hatte, trotz all ihrer Streitereien, von denen einige ganz schön heftig gewesen waren.

»Ich hoffe, sie kriegt ihn nicht«, sagte Melanie.

»Aber du verstehst, was ich meine, nicht wahr?« fragte Aurora. »Wenn die Mutter sich die Freiheit nimmt, einer anderen Frau den Mann wegzuschnappen, dann braucht man sich nicht zu wundern, wenn die Tochter sich ähnlich verhält.«

»Vermutlich, aber trotzdem macht es mich wütend«, sagte Melanie.

»Ich habe auch nicht vorgeschlagen, nicht wütend zu sein«, antwortete Aurora. »Selbstverständlich sollst du wütend sein. Aber trotz ihres Verrats habe ich immer noch ein wenig Sympathie für Katie.«

»Wieso das?«

»Weil ihr eine richtige Erziehung gefehlt hat«, sagte Aurora.

»Unsinn, die hat ihr nicht gefehlt«, erklärte Melanie. »Sie hat die besten Schulen in L. A. besucht. Was ist denn so schlecht an ihrer Erziehung? Sie hatte wenigstens eine Mutter.«

»Na ja, aber sie hatte eine schwache Mutter. Ich glaube nicht, daß ich Patsy wirklich verachte, aber ihr Charakter hat mich mit Sicherheit nie beeindruckt.«

»Sie war nett zu mir, als ich meine Fehlgeburt hatte«,

sagte Melanie. Sie fand es ziemlich ärgerlich, daß ihre Granny jede Gelegenheit ergriff, um Patsy anzugreifen.

»Ich sehe nicht, was an ihr so schlecht sein soll«, fuhr sie fort. »Sie hat mir neue Kleider gekauft. Irgendwie ist sie wie eine Tante für mich.«

»Okay«, sagte Aurora. »Das will ich ja auch gerne zugestehen. Ich mache sie auch nicht mehr schlecht. Ich wollte lediglich darauf hinweisen, daß es ungewöhnlich ist, wenn eine Tochter mehr Charakterstärke zeigt als ihre Mutter, vor allen Dingen, wenn es um Männer geht.«

»Katie mag schlecht sein, aber Bruce ist es auch«, sagte Melanie. »Das gleiche hat er mit Beverley gemacht. Wir kamen prima miteinander aus, aber kaum hatte Beverley diesen Ferrari, war er weg.«

»Ich glaube, er mag diese Yuppies«, fügte sie hinzu und erinnerte sich wieder deutlicher an diese ganze Beverley-Affäre. Was die Klamotten betraf, so waren Beverley und Katie wie siamesische Zwillinge. Vielleicht mochte Bruce diese Yuppies wirklich – er kritisierte sie immerzu, sie sei nicht ordentlich genug oder mache die Wohnung nicht häufig genug sauber oder dergleichen.

»Ich glaube, ich schicke dir ein bißchen Geld, Melly«, sagte Aurora. »Du hast sicher keins mehr.«

»Nicht viel«, gestand Melly.

»Hast du Lust herzukommen?« fragte Aurora.

»Nein!« antwortete Melanie heftig.

»Beruhige dich, ich habe ja nur gefragt«, sagte Aurora. »Ich fürchte, Rosie macht mich noch wahnsinnig, wenn Willie nicht bald zurückkommt.«

»Ist der netter als C. C.?« fragte Melanie – sie hatte noch nicht das Vergnügen gehabt, Willie kennenzulernen.

»Nun, er ist bescheidener«, sagte Aurora. »C. C. neigte dazu, jedesmal, wenn er ein paar hunderttausend Dollar gemacht hatte, großkotzig zu werden. Willie hat noch nie wirklich Geld gehabt und deshalb keinen Grund, großkotzig zu werden. Und das weiß er auch.«

Sie plauderten noch ein Weilchen. Melanie hielt das Gespräch in Gang – sie wollte nicht nach Hause fahren, vermißte jedoch ihre Granny und Rosie. Als Aurora schließlich Schluß machte, kam Rosie an den Apparat.

»Hack nicht auf Bruce herum!« beharrte Melanie. Obwohl Bruce sich schrecklich benommen hatte, konnte sie es im Moment überhaupt nicht ertragen, wenn an ihm herumkritisiert wurde.

»Okay, ich sage nichts, bis ich ihn das nächstemal sehe«, versprach Rosie.

»Warum solltest du ihn jemals wiedersehen?« fragte Melanie. »Wahrscheinlich heiratet er Katie, und dann kann er für den Rest seines blöden Lebens Polohemden tragen.«

»Du glaubst vielleicht, du wärst ihn los, bist du aber gar nicht«, versicherte ihr Rosie. »Eines Tages kommt er zu dir zurück wie ein begossener Pudel.«

»Wie benimmt sich ein begossener Pudel?« fragte Melanie.

»Schuldbewußt«, antwortete Rosie. »Er wird versuchen, ein nettes Plätzchen zu finden, um sich aufzuwärmen.«

Als Rosie auflegte, fühlte Melanie sich schon ein bißchen besser. Ihre Großmutter und auch Rosie schienen beide davon überzeugt zu sein, daß Bruce eines schönen Tages wieder auftauchen würde. Sie irrten sich nur ziemlich selten, also war es durchaus möglich. Schließlich war er auch wieder aufgetaucht, als er genug von Beverley hatte, mit Ferrari oder ohne Ferrari. Katie hatte außerdem nichts zu bieten, was einem Ferrari auch nur halbwegs gleichkam – sie fuhr einen simplen Honda. Bruce haßte das Meer, wie er Wasser überhaupt zu hassen schien, und Katie konnte ohne Surfen nicht existieren. In diesem Punkt konnten sie wahrscheinlich wirklich nicht zusammenkommen.

Da sie schon fast wieder bereit war, ihm zu verzeihen, beschloß sie, seine Post einfach zusammenzupacken und sie ihm zu schicken. Seine Post bestand fast ausschließlich aus den täglichen Ausgaben des *Variety*-Magazins – das tägliche Erscheinen führte dazu, daß sie sich rasch ansammelten. Wenn sie nichts unternahm, würde das Apartment in ein paar Wochen in *Varietys* ertrinken.

Bruce hatte das Magazin abonniert, um herauszufinden, für welche Stücke und TV-Serien gerade Darsteller gesucht wurden, aber soviel sie wußte, war er bisher noch bei keinem Casting gewesen. Er schob es immer wieder vor sich her, weil er sich in der Schauspielschule noch nicht weit genug fühlte.

Da Melanie nichts Besseres zu tun hatte, beschloß sie, auch mal ein paar dieser Besetzungsanzeigen zu lesen. In der High-School hatte sie ein bißchen Theater gespielt – vermutlich hatten neunzig Prozent der Leute, die zu einem Casting gingen, in der High-School ein bißchen Theater gespielt. Vielleicht sollte sie auch mal hingehen. Selbst wenn sie keine Rolle bekam und nicht berühmt wurde, konnte sie ja ein paar neue Freunde finden.

Während sie ein paar der neueren Hefte durchblätterte, las sie, daß zwei TV-Pilotfilme im Valley zu besetzen waren, der eine schon am nächsten Tag bei Warner Brothers. Das paßte gut – sie brauchte nicht mal nach Hollywood zu fahren, sondern konnte den Bus nehmen oder sogar zu Fuß gehen. In einem der Pilotfilme war die Rolle eines Hausmädchens zu besetzen – es fiel ihr auf, weil sie im richtigen Leben als Hausmädchen wahrscheinlich völlig ungeeignet war. Trotzdem, sie konnte ja eine Rosie-Imitation versuchen. Wenn sie und ihre Granny gut aufgelegt waren und einfach nur Unsinn zusammen machten, dann wetteiferten sie oft miteinander, wem die ausgefallenste Rosie-Imitation gelang. Vielleicht konnte sie eine vor dem Besetzungsleiter abspulen und ein berühmter Fernsehstar werden.

Bei diesem Gedanken begann sie, sich eindeutig besser zu fühlen – wenigstens hatte sie in den nächsten paar Tagen etwas zu tun. Es war ein bedeckter und kühler Tag, doch die Vorstellung, wie elend Bruce sich fühlen mußte, falls Katie ihn zwang, an einem solchen Tag zum Surfen zu gehen, konnte ihre Stimmung nicht beeinflussen. Bruce haßte Wasser, trotzdem hatte er sich ein kleines Yuppie-Surf-Häschen als neue Freundin ausgesucht. Der Gedanke an Bruce, der zitternd am Strand stand, bewirkte, daß sie nicht allzu wütend auf ihn war. Es war schon schwer, so richtig wütend zu sein auf einen Burschen, der solch einen Riesenfehler machte. Vielleicht war ihm das eine Lehre – falls er nicht ertrank oder sonstwas anstellte.

Ihre Idee, zum Casting zu gehen und eine Rosie-Imitation zum besten zu geben, regte sie so sehr auf, daß sie ihre Granny per R-Gespräch zurückrief und ihr alles erzählte. Ihr war der Gedanke gekommen, daß Rosie inzwischen vielleicht ein paar Eigenarten entwickelt hatte, die ihr nicht aufgefallen waren, als sie zu Hause war.

»Wieso, ja, hat sie tatsächlich«, sagte Aurora. »Sie verbringt jetzt einen großen Teil des Tages damit, auf dem Kopf zu stehen. Ich glaube kaum, daß es mir gelingen würde diese Eigenart erfolgreich zu imitieren, aber du bist jünger, du wirst es schaffen, wenn du ein bißchen übst.«

»Du meinst, sie macht ihre Hausarbeit, während sie auf dem Kopf steht?« wollte Melanie wissen. Sie hatte nicht bemerkt, daß Rosie auf dem Kopf stand, als sie zu Hause war, aber das war unmittelbar nach der Beerdigung des Generals gewesen, und da hatten sie sich ja alle noch sehr zurückgenommen.

»Nein, sie steht einfach nur auf dem Kopf«, erläuterte Aurora. »Ich finde das sehr beunruhigend. Gerade habe ich meinem Hausmädchen in die Augen geschaut, plötzlich sind es ihre Füße, denen ich ins Auge schaue.«

»Was sonst noch?« fragte Melanie.

»Sie putzt Hectors Medaillen. Jetzt, wo er nicht mehr da ist, um an ihr herumzumeckern, hält sie ihn für einen verkappten Heiligen. Wenn dieser Mann ein Heiliger war, dann ist es ihm gelungen, es sehr gut zu verstecken, aber das kann ich Rosie ja unmöglich sagen. Sie geht mir schon so oft genug an die Kehle, weil ich ihn angeblich mißhandelt habe.«

»Sie poliert seine Medaillen?« fragte Melanie. »Ich habe nie irgendwelche Medaillen zu sehen bekommen.«

»Nun, er hatte eine ganze Menge davon, aber darüber möchte ich lieber nicht reden, sonst fange ich auch noch an zu glauben, daß er heldenhafter gewesen ist, als er es in Wirklichkeit war, und als nächstes heult dir deine Großmutter die Ohren voll.«

»Granny, vermißt du ihn?« fragte Melanie.

Aurora seufzte. Einen Moment lang gab sie keine Antwort.

Melanie bekam Angst – vielleicht war das genau das Falsche, was man fragen konnte, wenn jemand gerade erst gestorben war.

»Tut mir leid«, sagte sie. »Vielleicht möchtest du jetzt noch nicht darüber reden.«

»Oh, nein, das ist schon in Ordnung«, sagte Aurora. »Ich vermisse Hector wirklich. Er war mein Soldat, trotz allem. Über viele lange Jahre hinweg hatten wir eine sehr lebhafte Beziehung. Ich glaube, wir kamen eigentlich ganz gut miteinander aus.«

»Ich habe dich nie mit einem anderen Mann als ihm gesehen«, sagte Melanie, »abgesehen von dem einen Mal, als Pascal dich erwürgen wollte. Es war eben immer der General. Wenn ich daran denke, daß du diesen Klapsdoktor besuchst, dann weiß ich gar nicht, wie ich mir das vorstellen soll. Du und der General, ihr paßtet zusammen, jedenfalls in meinen Augen. Ich kann mir niemanden vorstellen, der so gut zu dir passen würde wie er.«

»Ich weiß, was du meinst«, antwortete Aurora. »Ich denke, viele Probleme entstehen dadurch, daß die Leute anfangen, sich die Beziehungen anderer Leute vorzustellen. Sie können vermutlich nicht anders, aber ich finde es dennoch sehr bedauerlich.«

»Wieso, es ist doch nur Phantasie, wem schadet es?« fragte Melanie.

»Die Menschen neigen dazu, sich von ihren eigenen Vorstellungen mitreißen zu lassen«, sagte Aurora. »Aber wenn dann richtige Leute mit anderen richtigen Leuten richtige Sachen machen und die Dinge, die sie tun, mit den falschen und geheiligten Überzeugungen anderer Menschen zusammenstoßen, dann kann es Probleme geben.«

»Tatsache ist, daß dies die Wurzel allen Übels sein kann«,

fuhr Aurora fort. »Rosie ist neuerdings davon überzeugt, daß Hector besser zu mir gewesen ist, als er es in Wirklichkeit war, ungeachtet der Tatsache, daß sie die letzten zwanzig Jahre hauteng mit ihm zusammengelebt hat. Sie sollte es eigentlich besser wissen, tut es aber nicht; jetzt ist sie die halbe Zeit böse auf mich, weil ich mir ein oder zwei Liebhaber genommen habe, um über Hectors Verfall hinwegzukommen.«

Wieder seufzte sie.

»Ich wollte dir nicht weh tun«, sagte Melanie hastig. »Eigentlich habe ich auch nur angerufen, um dir zu sagen, daß ich bei diesem Casting mitmachen möchte.«

»Du brauchst nicht das Thema zu wechseln, nur weil ich ein bißchen mutlos bin«, sagte Aurora. »Wenn du und alle anderen versuchen, mir das Gefühl der Mutlosigkeit zu ersparen, dann weiß ich nicht, wie ich da wieder rauskommen soll.«

Dann fuhr sie fort: »Glaube nicht, daß ich unverwundbar bin, aber halte mich auch nicht für geschlagen. Ich bin nicht geschlagen; ich bin halt nur ein bißchen mutlos.«

Melanie wußte nicht, was sie darauf sagen sollte. Tatsächlich beängstigte es sie sehr, wenn ihre Großmutter traurig wurde oder wenn sie weinte oder in Verzweiflung geriet. Das passierte zwar nicht häufig, aber wenn es passierte, dann war es erschreckend.

»Ich weiß, du hast allen Grund, traurig zu sein – ich weiß nur nicht, wie ich damit umgehen soll, wenn du traurig bist«, sagte Melanie.

»Nun, das ist menschlich«, antwortete Aurora. »Mir gefiel es auch nicht, wenn meine Mutter Schwächen zeigte. Sie galt immer als die Stärkere. Sie sackte fürchterlich ab, als ihr bevorzugter Liebhaber starb – mir hat das furchtbare Angst eingejagt.«

»War das Sam?« fragte Melanie.

»Sam«, sagte Aurora. »Ihr hübscher Gärtner. Als sie ihn verlor, hörte sie auf, stark zu sein, und die Tatsache, daß der einzige starke Mensch in meinem Leben nun nicht mehr stark war, versetzte mich in eine derartige Panik, daß ich deinen Großvater heiratete.

Die Leute schätzen es nicht, wenn der Starke plötzlich schwach wird«, fuhr sie fort. »Ich glaube, wir alle brauchen die Illusion, daß jemand da ist, der immer stark ist, aber das ist eben nur eine Illusion. Im Moment fühle ich mich mutlos und wäre froh, wenn jemand anderer übernehmen und eine Zeitlang der Starke sein würde, aber ich fürchte, da ist niemand, der diese Aufgabe übernehmen möchte. Rosie ganz bestimmt nicht. Die verbringt ihre Tage lieber damit, auf dem Kopf zu stehen.«

»Ich wünschte, ich hätte deine Mutter gekannt«, sagte Melanie in der Hoffnung, Aurora würde noch etwas aus der Vergangenheit erzählen. Sie wollte mehr wissen über ihre Urgroßmutter und deren Liebhaber, Sam, den Gärtner. Sie hatte natürlich viele Fotos ihrer Urgroßmutter in den Familienalben gesehen – es gab sogar ein paar Bilder von Sam, dem Gärtner. Aber Geschichten waren besser als Bilder – Geschichten vermittelten ihr einfach einen stärkeren Eindruck davon, wie ihre Urgroßmutter gewesen war.

»Nun, sie war eine begnadete Frau, aber am Ende hat sie auch nur ihr Leben bewältigt, wie es die meisten von uns tun«, sagte Aurora. »Ich hoffe, du schaust etwas genauer hin, bevor du heiratest, Melly. Heirate keinen Schlappschwanz, wie ich es getan habe. Sieh zu, daß du jemanden findest, der Pläne hat.«

»Ich heirate vermutlich überhaupt nicht«, sagte Melanie. »Wahrscheinlich gibt es gar keinen, der mich lieb genug hat.«

»Aber ganz bestimmt gibt es jemanden, der dich lieb genug hat«, versicherte ihr Aurora. »Du stehst in der Blüte der Jugend, weißt du, und während dieses Blühens wird dir eine ganze Reihe von jungen Männern begegnen, die dich heiraten möchten.«

»Das bezweifle ich«, meinte Melanie. »Dafür bin ich nicht hübsch genug.«

»Ich sagte doch, du bist dabei aufzublühen. Wenn du

diese Phase hinter dir gelassen hast, wirst du mehr als hübsch genug sein.

Wie auch immer, Schönheit ist nur selten der Grund, warum Leute heiraten. Als ich in deinem Alter war, war ich so plump wie ein Pudding, aber trotzdem umschwärmten mich die jungen Männer scharenweise. Ich hatte eine solche Auswahl, daß ich total verwirrt wurde und deinen Großvater aussuchte. Als er gestorben war, hatte ich immer noch die Wahl, geriet erneut durcheinander und suchte mir Hector aus, vor allem, weil er darauf bestand, ausgesucht zu werden. Es gibt nur zwei Arten von Männern – die beständigen und die unbeständigen, und ich scheine keiner dieser Arten widerstehen zu können.«

»Und was ist mit dem Klapsdoktor?« fragte Melanie. »Zu welcher Sorte gehört der?«

»Zu der unbeständigen«, antwortete Aurora. »Ich mußte ihm praktisch die Hose vom Leib zerren, um ihn ins Bett zu bekommen.«

»Granny!« sagte Melanie leicht schockiert.

»Nun, du wolltest es ja wissen«, sagte Aurora. »Ich habe immer noch Lust auf Sex und sehe nicht ein, warum ich mich deshalb entschuldigen soll, obwohl eine ganze Menge Leute der Meinung sind, ich müßte mich entschuldigen. Sie scheinen zu finden, ich sollte mich auf das Stricken von Babysocken für meine Enkelkinder beschränken, aber ich habe nur ein einziges Enkelkind, und das ist über Babysokken längst hinaus.«

»Bei mir brauchst du dich deshalb nicht zu entschuldigen«, sagte Melanie nervös.

»Es war nicht zu überhören – du klangst entsetzt bei dem Gedanken, daß deine Großmutter einem unbeständigen Psychiater die Hosen vom Leib zerrt«, sagte Aurora. Sie mußte lachen, vor allem über ihre eigene Metaphorik.

»Du denkst sicher, ich bin eine Zumutung, Melanie?« sagte Aurora.

»Oh, nein, du bist ganz einfach du.«

»Na ja, die meisten Leute haben immer gedacht, ich wäre

für jeden eine Zumutung. Wenn ich es wirklich bin, ist es nicht meine Absicht. Ich habe halt immer gedacht, ich müßte mir Mühe geben. Manche Menschen hören auf, sich zu bemühen, und sobald sie das tun, fangen sie an zu verfallen. Ich persönlich möchte eigentlich nicht gerne verfallen, bevor ich es muß.«

»Vielleicht mußt du das überhaupt nicht«, sagte Melanie.

»Na ja, wir folgen ja alle unserem eigenen Schatten«, sagte Aurora. »Der arme Hector ahnte ja gar nicht, daß es ihm schon so bald bevorstand. Er hatte gerade mit mir über eine Kreuzfahrt in den Orient gesprochen. Wir wollten ein großes Bett haben und eine Luxuskabine und uns während der ganzen Überfahrt nur lieben. Er hatte keine Ahnung von Frauen, aber er bemühte sich trotzdem. Vermutlich drehte sich noch sein letzter Gedanke um Sex.«

»Das ist gut«, sagte Melanie. »Ich meine, vielleicht ist es ja sehr merkwürdig, weil er schon so alt war, aber irgendwie ist es gut.«

»Rosie denkt, ich hätte ihn umgebracht.«

»Wie denn – indem du ihn dazu gebracht hast, an Sex zu denken?« fragte Melanie.

»Nein, weil ich so miserabel gefahren bin, daß er einen Anfall bekommen hat«, sagte Aurora. »Allerdings hat sie selbst auch einen Anfall gehabt und ist nicht daran gestorben. Hector hat Tausende von Anfällen bekommen wegen Dingen, die mein Fehler waren, und ist nicht daran gestorben. Nichtsdestoweniger ist Rosie böse auf mich. Das ist wahrscheinlich der Grund dafür, daß sie auf dem Kopf steht. Sie will mir nicht mehr in die Augen schauen.«

Daraufhin brach sie zu Melanies Entsetzen in Schluchzen aus.

»Ich . . . kann nichts dran machen . . . daß Hector gestorben ist«, sagte Aurora mit gebrochener Stimme. »Er hat ganz einfach aufgehört. Er hat . . . keinen Laut von sich gegeben. Weder . . . Rosie noch ich haben gehört, daß Schluß war . . . Ich versuchte gerade . . . mein Kreuzworträtsel zu beenden . . . und als ich aufsah . . . war er weg.«

»Es war nicht deine Schuld. Natürlich war es nicht deine Schuld«, sagte Melanie.

»Was?« fragte Aurora und versuchte, sich zu beherrschen. Rosie hatte gehört, daß sie weinte, und war ins Zimmer gekommen.

»Sag ihr bitte nichts von dem Casting«, sagte Melanie rasch. »Vielleicht verletzt es ja ihre Gefühle, wenn sie hört, daß ich sie nachmache.«

»Nun, das wollen wir natürlich auf keinen Fall«, antwortete Aurora. »Sie ist so empfindlich, wie Proust es war.«

Aurora seufzte, doch Melanie merkte, daß sie sich beruhigte. »Geht es dir jetzt wieder besser?« fragte sie.

»Ich bin funktionstüchtig – ich denke, wir sollten es besser dabei bewenden lassen«, meinte Aurora.

4.

»Ich war schon dem Untergang geweiht, bevor ich geboren wurde«, sagte Wilbur bei einem weiteren Versuch, sich und Tommy zu erklären, wie er im Gefängnis gelandet war. Wilbur war Tommys neuer Zellengenosse. Joey, sein früherer Zellengenosse, war eines Tages im Speisesaal durchgeknallt, oder hatte zumindest so getan, als ob. Jedenfalls wütete er herum wie ein Berserker, brüllte aus vollem Hals und versuchte, sich mit einer Plastikgabel in die Halsschlagader zu stechen. Die Gabel brach ab, doch Joey wurde in die psychiatrische Abteilung eingeliefert, wo er in das Stadium eines Dreijährigen zurückfiel – so hieß es jedenfalls.

Tommy gab nicht viel auf diese Gerüchte. Joey war ohnehin nie viel erwachsener gewesen als ein dreijähriges Kind, abgesehen von seiner Sexualität. Tommy glaubte eher, daß er die Berserker-Show nur abgezogen hatte, um in die Krankenabteilung zu kommen, wo er vielleicht eine Krankenschwester fand, die er vögeln konnte. Joey hatte sich bereits fast durch ihre gesamte Abteilung gehurt – vielleicht war er nur auf der Suche nach frischen Weidegründen.

Unseligerweise bedeutete dies, daß Tommy Wilbur als neuen Zellengenossen bekam und sich endlose Analysen darüber anhören mußte, wie es gekommen war, daß Wilbur bereits zum Scheitern verurteilt war, bevor er geboren wurde. Joey hatte gewissermaßen nur aus seinem Schwanz bestanden; Wilbur bestand nur aus seinem Gehirn. Tommy wußte nicht so recht, ob ihm diese Abwechslung paßte oder nicht, doch außer sich umzubringen, konnte er nicht viel dagegen unternehmen, und das war für die unmittelbare Zukunft nicht geplant. Falls er sich eines Tages in den leeren Raum werfen würde, dann aus politischen Gründen und nicht, weil er einen fetten, übermäßig gebildeten Zellengenossen bekam, der sich bereits dem Untergang geweiht fühlte, bevor er geboren wurde.

»War deine Mutter drogenabhängig?« fragte er. Ein oder zwei Wochen lang hatte er Wilbur auflaufen lassen, aber das wurde langweilig, und so beschloß er, daß er ebensogut herausfinden könnte, warum Wilbur sich dem Untergang geweiht fühlte.

»Nein, meine Mutter war Präsidentin ihres Freundschaftsclubs«, sagte Wilbur.

»Was ist denn ein Freundschaftsclub?« wollte Tommy wissen.

»Das ist ein Club für gelangweilte Kleinstadtfrauen, die sich einbilden, etwas Besseres zu sein, indem sie Bestseller lesen und darüber reden«, erläuterte Wilbur.

»Und deshalb warst du zum Scheitern verdammt?« fragte Tommy. »Bloß, weil deine Mutter gerne Bestseller las?« In nur zwei Wochen hatte er ein Gespür dafür entwickelt, wie er Behauptungen, die Wilbur aufstellte, ins Absurde verkehren konnte.

»Das hat vielleicht eine pränatale Langeweile bei mir aufkommen lassen«, sagte Wilbur, »aber das ist nicht der Grund, warum ich bereits vor meiner Geburt verloren war. Das Problem ist schon mein Name. Wie würde es dir gefallen, wenn du Wilbur heißen würdest?«

»Na ja, toll ist der Name nicht gerade.«

»Nun, ich hasse ihn«, sagte Wilbur. »Ich hasse ihn, und ich hasse meine Eltern, weil sie mich so genannt haben.«

»Du könntest deinen Namen ändern lassen«, schlug Tommy vor.

»Ja, aber bevor ich wußte, daß ich das Recht dazu habe, war es bereits zu spät«, sagte Wilbur. Sein Gesicht war so fett, daß seine Augen kaum sichtbar waren. Die meisten Gefängnisinsassen nannten ihn Blinzler, die Wächter ebenfalls, obwohl er vermutlich gar nicht die Absicht hatte zu blinzeln. Seine Augen waren eben nur von Fett eingerahmt.

»Ich habe mich immer wie ein Wilbur gefühlt und werde mich auch in Zukunft so fühlen«, seufzte Wilbur.

»Ich verstehe nicht, wieso das eine so große Katastrophe sein soll«, bemerkte Tommy. Trotz allem amüsierte er sich manchmal über Wilbur und genoß es geradezu, ihn zu piesacken.

»Ist es aber«, antwortete Wilbur.

»Einer der Wright-Brüder hieß Wilbur«, erläuterte Tommy.

Wilbur überhörte diese Bemerkung.

»Ich schätze, es gibt eine ganze Menge von Leuten, die Wilbur heißen, ein ganz normales Leben führen und einen Eisenwarenladen haben oder so was.«

»Die Eisenwarenbranche zieht mich überhaupt nicht an«, sagte Wilbur.

Was ihn anzog, war die Opernwelt. Mit seinem Kopfhörer hörte er sich Opern an, aber manchmal drangen die Töne seitwärts aus dem Kopfhörer heraus, oder Wilbur schlief ein und die Kopfhörer rutschten ihm runter, was dazu führte, daß noch mehr Töne nach außen drangen. Tommy störte das im allgemeinen nicht, außer wenn er an seinem Code arbeitete. Er hatte Schwierigkeiten, sich zu konzentrieren, wenn die ganze Zelle voller Opernmusik war.

Demjenigen, dem es jedoch viel ausmachte, war ein schwarzer Gefangener namens Dog, der in der Nachbarzelle saß. Dog hatte seinen Spitznamen erhalten, weil er seine

Frau mit einem tiefgefrorenen Hund totgeschlagen hatte. Als er zu der Überzeugung gelangte, daß ihm seine Frau Hörner aufsetzte, brachte er ihren Köter um und fror ihn zwei Wochen lang in der Tiefkühltruhe eines Nachbarn ein; dann holte er ihn heraus und schlug seine Frau damit tot, als sie an der Bushaltestelle stand und auf ihren Bus wartete.

»Stell den Scheiß ab«, befahl Dog Wilbur mehrmals. »Ich hör' mir das Scheißgekreische nicht länger an.«

»Du hörst es doch kaum«, wehrte sich Wilbur – was auch stimmte.

»Kaum ist schon zuviel«, sagte Dog mit finstrer Stimme. Er war gerade erst nach einer längeren Einzelhaft in ihre Abteilung verlegt worden. Man hatte ihn in Einzelhaft gesteckt, weil er einem anderen Gefangenen die Zellentür mit voller Härte an den Kopf geknallt hatte. Dog war ein großer Bursche, doch sein Gegner, ebenfalls ein Schwarzer, war klein gewesen. Dog hatte den Mann so präzise in Position gehalten, daß er die optimale Wirkung erzielte, als er ihm die Tür vor den Schädel knallte. Er hatte so perfekt zugeschlagen, daß der andere Gefangene vier Tage im Koma lag.

Wilbur war nicht vollständig auf den Kopf gefallen. Er drehte die Oper, die er gerade hörte, so leise, daß nur noch ein ganz feines Geräusch zu hören war, selbst dann, wenn die Ohrstöpsel nicht in Wilburs Ohren steckten. Aber er stellte sie nicht völlig aus, und Dog war immer noch nicht ganz besänftigt. »Hasse keine richtige Musik?« fragte er. »Richtige Musik macht mir nix aus.«

»Die gesamte italienische Nation hält das für ganz normale Musik«, erläuterte Wilbur.

Dog gab sich für den Augenblick damit zufrieden, doch sah er nicht gerade glücklich aus.

»Die Italiener mögen ja denken, daß das normale Musik ist, aber wir sind hier schließlich nicht in einem italienischen Knast«, sagte Tommy später, als Dog eingeschlafen war.

»Ich hab's doch runtergedreht«, sagte Wilbur beleidigt.

Obwohl er im Gefängnis saß, benahm er sich in mancher Hinsicht immer noch wie ein weißes Kind aus reicher Familie. Ihm kam es äußerst unpassend vor, seine Opern anders als mit voller Lautstärke zu hören, und er stand auch offen dazu.

»Dog hat seine Frau mit einem tiefgefrorenen Hund totgeschlagen«, rief Tommy ihm ins Gedächtnis zurück. »Diesem anderen Burschen hat er die Zellentür so heftig gegen den Schädel geknallt, daß der Kerl vier Tage lang bewußtlos war.«

»Ich *habe* es doch runtergedreht«, sagte Wilbur verärgert. »Ich habe das Recht, Verdi zu hören, wann immer ich will.«

»Vielleicht wast du *tatsächlich* schon vor deiner Geburt zum Untergang bestimmt«, sagte Tommy. »Wenn Dog dir die Zellentür ein paarmal heftig gegen den Kopf knallt, dann bist du sowieso nicht mehr in der Lage, Verdi zu hören, weil dir dann nämlich das Gehirn aus den Ohren läuft.«

»Die Wärter freuen sich schon darauf, ihn eines Tages mal richtig grün und blau zu prügeln«, sagte Wilbur. »Wenn er mir zu nahe kommt, brülle ich einfach los.«

Tommy gab sich keine Mühe, Wilbur darauf hinzuweisen, daß die Wärter am liebsten alles, was sich bewegte, grün und blau schlagen würden – oder wenigstens alles, was sich nicht so bewegte, wie es ihnen paßte. Wenn Wilbur glaubte, bei ihm würden sie eine Ausnahme machen, weil er aufs Kenyon College gegangen war und ein Jahr lang Musik studiert hatte oder weil seine Familie reich war, dann sollte er das ruhig tun. In Wirklichkeit hielten die Wärter Wilbur für einen fetten, pingeligen Kerl, und es würde vermutlich nicht mehr lange dauern, bis einer der Wärter seinem Unmut dadurch Ausdruck verlieh, daß er seinen Kautabaksaft in Wilburs Kaffee spuckte oder so was in der Art.

Währenddessen machte sich Tommy manchmal einen Spaß daraus, Wilbur über seine Verbrechen auszufragen, die mit ungefähr der gleichen Dummheit und Inkompetenz geplant worden waren wie die meisten der Straftaten, die die Insassen hier im Gefängnis verbüßten. Der einzige Unterschied bei Wilburs Verbrechen war, daß sie beide am Weihnachtsabend begangen worden waren. Am ersten Weihnachtsabend hatte Wilbur einen heißen Scheck für das Weihnachtsgeschenk seiner Frau, einen neuen BMW, ausgeschrieben. Diesmal kam er mit Hilfe seiner Familie noch mit einer Bewährungsstrafe davon. Seine Frau verließ ihn an dem Tag, als sie erfuhr, daß sie den Wagen zurückgeben mußte.

Als er am nächsten Weihnachtsabend feststellte, daß er kein Geld hatte und weder seiner Exfrau noch seinen drei Kindern die opulenten Geschenke kaufen konnte, die sie von ihm erwarteten, betrat Wilbur eine Bank in Mansfield, Texas, und versuchte, sie auszurauben. Ein Sicherheitsbeamter mischte sich ein und wurde von Wilbur mit einem Revolver, Kaliber .44, einem Stück aus seiner umfangreichen Sammlung von Handfeuerwaffen, erschossen. Anschließend ging er zu seinem Wagen auf dem Parkplatz der Bank, setzte sich rein und hörte sich mit seinem Kopfhörer ein Haydn-Konzert an, bis die Polizei kam. Der Sicherheitsbeamte starb, Wilbur bekam zwanzig Jahre bis lebenslänglich.

»Ich hasse Weihnachten«, sagte Wilbur zu Tommy. »Immer diesen Druck, den Glücklichen zu spielen, wenn man es gar nicht ist. Wenn es Weihnachten nicht gäbe, wäre ich jetzt ein freier Mann.«

»Tut es dir leid, daß du den Wachmann umgebracht hast?« fragte Tommy. Neuerdings interessierte er sich für das Problem der Reue, ein Thema, von dem die Gefängnisärzte mehr oder weniger besessen waren. In ihrer Welt war Reue die Qualität, die die Guten von den Schlechten unterschied. Ein Irrer konnte sein Opfer ruhig in blutige Einzelteile zerlegen – wenn er später deswegen ein schlechtes Gewissen hatte, war er in den Augen der Ärzte okay.

Wilbur wirkte überrascht, als Tommy ihn fragte, ob er den Mord an dem Wachmann bereute.

»Ich kannte ihn gar nicht«, antwortete Wilbur. »Er ist mir

eigentlich überhaupt nicht aufgefallen. Ich denke schon, daß ich ihn umgebracht habe, kann mich allerdings nicht daran erinnern.«

Das einzige, was Wilbur wirklich leid zu tun schien, war, daß sein Raubüberfall erfolglos geblieben war und seine Kinder und die Exfrau keine opulenten Weihnachtsgeschenke von ihm bekommen hatten. Seiner Meinung nach lag der wahre Mißerfolg darin, daß er keine opulenten Weihnachtsgeschenke hatte machen können. Die Ermordung des Wachmanns war im Grunde nur ein Zwischenfall, an den er sich nicht besonders klar erinnern konnte.

Joey, Tommys früherer Zellengenosse, hatte, obwohl er sich fast ausschließlich für Sex interessierte, gelegentlich wilde Anfälle von Reue, weil er seinen Bruder und seinen besten Freund umgebracht hatte. Tommy schloß daraus, daß man Joey vielleicht in ein oder zwei Jahren auf Bewährung entlassen würde; sollte Wilbur auf Bewährung entlassen werden, dann würde es nur daran liegen, daß er Weißer war, oder weil seine Familie jemanden bei der Kommission geschmiert hatte, oder weil sich sämtliche Leute im Gefängnis wegen ihm zu Tode langweilten. Jede Menge Straftäter wurden zum Tor hinausgeschubst, weil sie die Seelenklempner, die Wachmannschaft oder beide langweilten.

»Er ist viel zu sehr mit sich beschäftigt, um einen guten Zellengenossen abzugeben«, erzählte Tommy Teddy, als der ihn wieder einmal besuchte. Da seine Großmutter nicht mehr kam, hielt Teddy ihm mit seinen Besuchen die Treue, was ja bereits eine Verbesserung darstellte. Teddy versuchte nicht, ihn dazu zu bewegen, seine Haltung zu ändern. Teddy kannte ihn besser als jeder andere und legte keinen Wert darauf, einen besseren Menschen aus ihm zu machen.

»Nun, die meisten Leute denken, *du* seist ganz schön viel mit dir selbst beschäftigt«, sagte Teddy.

Tommy lächelte. Er mochte seinen Bruder und hatte sogar angefangen, sich auf seine Besuche im Gefängnis zu freuen.

»Die meisten Leute sind blöde«, sagte Tommy. »Ich bin an mir selbst überhaupt nicht interessiert. Ich bin nicht mal sicher, ob ich ein Selbst habe, im üblichen Sinne.«

»Was ist der übliche Sinn?« fragte Teddy. »Vielleicht habe ich ja auch kein Selbst im üblichen Sinne.«

»Aber sicher hast du das«, antwortete Tommy. »Du willst vieles haben, was mich überhaupt nicht interessiert.«

»Ich bin sicher, daß wir unterschiedliche Vorlieben haben, außer Baseball«, sagte Tommy zustimmend. Bevor sie über das Selbst redeten, im üblichen oder in sonst irgendeinem Sinne, hatten sie über die schwindenden Hoffnungen der Cubs diskutiert. »Aber ich verstehe nicht, was du damit meinst, daß du ein geringeres Selbst hast als ich«, fügte er hinzu.

»Ich habe so gut wie überhaupt kein Selbst«, beharrte Tommy mit seinem kleinen, arroganten Lächeln.

»Kapiere ich nicht, du mußt mir ein Beispiel geben«, sagte Teddy. »Irgendwas, das mir verständlich macht, wieso ich ein Selbst habe und du nicht.«

»Du willst Sex mit Jane haben, oder?« sagte Tommy.

»Allerdings, wenn es mir gelingt, ihre Lust zu wecken.«

Tommy lächelte. »Du möchtest, daß Bump groß wird und gesund und glücklich, oder?«

»Aber sicher möchte ich das«, antwortete Teddy. Im Besucherraum befanden sich noch zwei oder drei weitere Gefangene, die sich mit leiser Stimme mit ihren Familienangehörigen unterhielten. Die Gefangenen und die Familienangehörigen sahen gleichermaßen traurig aus. Teddy schoß der Gedanke durch den Kopf, daß zumindest *eine* mathematische Wahrscheinlichkeit bestand, daß Bump aufwachsen und irgend etwas Kriminelles tun würde wie Tommy und daß er dann an einem Ort wie diesem landen würde. Das war ein so schrecklicher, unerwarteter Gedanke, daß er am liebsten sofort nach Hause gefahren wäre, um bei seiner Frau und bei seinem Sohn zu sein. Vielleicht hatte Jane ja Lust, mit ihm zu schlafen. Anschließend würden sie Bump zu Bett bringen und ihm Geschichten vorlesen.

Eine Sekunde lang konnte Teddy sich nichts Schöneres vorstellen, als mit Jane und Bump im Bett zu liegen. Wenn sie sich geliebt hatten, war Jane meistens in verspielter Stimmung – manchmal dachte sie sich Geschichten für Bump aus, wenn sie in dieser Stimmung war. Bumps Lieblingserzählung war eine lange Abenteuergeschichte über ein sprechendes Auto namens Reddy, das um die ganze Welt reiste. Reddys Hauptproblem war eine Horde fanatischer Vegetarier, die das Auto in einen Möhrenkuchen verwandeln wollten. Eine spannende Geschichte, die Bump aufmerksam anhörte, wobei er die Finger seines Vaters und seiner Mutter jedesmal fest umklammerte, wenn Reddy in gefährliche Situationen geriet.

Aber Bump war natürlich noch ein kleiner Junge – er war nicht im Gefängnis. Tommy war's, der im Gefängnis saß und von sich behauptete, er habe kein Selbst. Er zeigte immer noch sein kleines, arrogantes Lächeln. So sehr Teddy seinen Bruder mochte, manchmal war er schockiert über die Art, wie Tommy die Dinge betrachtete. Es ließ sich nicht verhehlen, daß es sich um eine eiskalte Art handelte.

»Also, das ist alles, was ich damit meinte«, sagte Tommy. »Du hast durchaus ein Selbst im üblichen Sinne, denn du hast normale Wünsche und normale Hoffnungen. Ich dagegen wünsche mir überhaupt nichts.«

»Was ist mit deinem Code?« fragte Teddy. »Eine Zeitlang schienst du an deinem Code wirklich interessiert zu sein.«

»Ich glaube, ich wollte etwas, was mich von anderen unterscheidet«, antwortete Tommy. »Das war, als ich gerade anfing, mich an das Gefängnis zu gewöhnen. Ich glaube, ich habe den Seelenklempnern ein bißchen Konkurrenz machen wollen.«

»Wußten die etwas von deinem Code?«

»Nein, aber sie hätten ihn ziemlich interessant gefunden, wenn sie davon gewußt hätten«, sagte Tommy. »Sie wären ausgeflippt bei dem Versuch, meinen Code zu knacken und rauszufinden, wie ich in Wirklichkeit bin oder ob ich vorhatte, jemanden abzuknallen oder sonstwas.«

Teddy verstand das alles nicht so ganz, aber das wollte er nicht sagen. Als er und Tommy zusammen aufwuchsen, hatte er häufig festgestellt, daß er nicht immer alles verstand. Manchmal bat er Tommy, ihm zu erklären, was er gerade machte oder was eine Äußerung bedeutete, aber meistens fragte er gar nicht. In den meisten Fällen tat er nur so, als ob er alles verstanden hätte, und hoffte immer, Tommy würde nicht merken, daß er keinen blassen Schimmer hatte. Eine seiner großen Ängste war, daß Tommy denken könnte, er sei zu blöde und es nicht wert, daß man Geheimnisse mit ihm teilte. Falls das jemals passieren sollte, würde Tommy wohl keine Geheimnisse mehr mit ihm teilen, und er hätte dann wirklich keinen Bruder mehr.

Tommy merkte, daß sein Bruder wegen der Seelenklempner und des Codes ein wenig durcheinander war, und es tat ihm ein bißchen leid, daß er es erwähnt hatte, vor allem, weil es ihn ärgerte, daß er auch nur einen Moment lang daran gedacht hatte, den Gefängnisärzten etwas vorzuspielen, was wiederum zu der merkwürdigen Idee geführt hatte, einen Code zu entwickeln, den sie nie zu Gesicht bekommen würden. Sobald er erkannt hatte, daß die Seelenklempner viel zu uninteressant waren, um sie mit den Geheimnissen seines Geistes zu beeindrucken, fing auch er an, das Interesse an seinem Code zu verlieren – in der letzten Zeit hatte er nur damit herumgespielt, wenn er ein intellektuelles Spielzeug brauchte, das ihn für ein paar Minuten ablenkte.

»Das ist zu existentiell für mich«, sagte Teddy. »Was du dir wünschst, ist, kein Selbst im normalen Sinne zu haben, nicht wahr? Doch das bedeutet trotz allem, daß du in irgendeinem Sinne ein Selbst hast. Granny glaubt ganz fest, daß du ein Selbst hast, ebenso wie Jane und Rosie und alle, die dich kennen.«

»Vielleicht«, sagte Tommy. In Wirklichkeit war es viel interessanter, über die Cubs zu reden. »Ich vermute, jeder wünscht sich irgend etwas, aber ich glaube, ich bin so wunschlos, wie man nur sein kann.

Auf der anderen Seite gibt es Millionen von Dingen, die

ich nicht will«, fuhr er fort. »Zum Beispiel wünsche ich mir keinen Wilbur in meinem Leben. Im Moment ist das das Wichtigste, was ich mir nicht wünsche.«

»Aber was kannst du dagegen tun?« fragte Teddy. Es zählte zu seinen größten Hoffnungen, daß Tommy eines Tages aus dem Gefängnis herauskam und ein akzeptables Leben führte. Es machte ihm zum Beispiel Sorgen, daß Tommy für Bump nur eine Art Mythos war. Er wünschte sich, Tommy würde sich hier gut führen und so schnell wie möglich auf Bewährung entlassen werden, damit er Bump kennenlernen, ihm Geschichten vorlesen oder mit ihm spielen konnte. Doch tief in seinem Inneren, dort, wo die Alpträume entstehen, nistete die Furcht, daß Tommy sich nicht gut führen würde, daß er für immer im Gefängnis *bleiben* und für niemand erreichbar sein würde. Teddy hatte schon mehr als einmal davon geträumt, daß Tommy am Tag vor seiner Freilassung einen Häftling umbringen würde.

»Ich habe nicht die Absicht, ihn umzubringen, falls es das ist, worüber du dir Sorgen machst«, sagte Tommy. »An Wilbur würde ich meine Zeit nicht verschwenden. Er ist zwar ein Saftsack, doch ich kann es aushalten.«

Die Besuchszeit war fast zu Ende. Sie kehrten zum Baseball zurück, was den Abschied für beide irgendwie leichter machte. Baseball war ein Thema, das sie nach Belieben aufnehmen oder fallenlassen konnten – im Grunde war Baseball überhaupt das einzige leichte Thema, das sie hatten. Alles andere, worüber man reden konnte, führte fast immer unweigerlich zu der Tatsache zurück, daß Tommy im Knast saß, während Teddy ein freier Mann war.

»Irgendwelche Grüße an irgend jemanden?« fragte Teddy, als es Zeit wurde.

Sofort wünschte er sich, er hätte das nicht gesagt, denn Tommy schüttelte nur den Kopf. Er hatte keinerlei Fragen gestellt – nicht über den Tod des Generals, über das Begräbnis, oder wie ihre Großmutter damit fertig wurde; nicht über ihren Vater, nicht darüber, wie Melanie in Kalifornien zurechtkam – nichts über niemand.

Auf der Heimfahrt überkam Teddy einen Moment lang Wut über Tommy und sein Verhalten – darüber, daß er niemals eingestand, nicht mal mit einer einzigen Frage, daß er draußen in der Welt eine Familie hatte, die versuchte, ihr Leben zu führen. Aber zwischen der ersten Autobahn und der nächsten verwandelte sich Teddys Wut in Trauer, wie es jedesmal der Fall war. Ärger war keine Gemütsregung, die er sehr lange aufrechterhalten konnte. Es gab Zeiten, da *wollte* er auf Jane wütend sein – ganz sicher Zeiten, in denen er guten Grund hatte, auf sie wütend zu sein; dennoch konnte er nie sicher sein, ob es wirklich Wut war, die er verspürte – vielleicht war es ja auch nur eine Idee von Wut, die ihm durch den Kopf ging.

Als sein Ärger über Tommy verebbt war, spürte Teddy eine so abgrundtiefe Traurigkeit, daß er sich fragte, ob er es verhindern könne, wieder den Verstand zu verlieren. Seine Traurigkeit bewirkte in ihm eine Art zittriges Gefühl, das mit viel Angst durchmischt war. Manchmal, wenn er vom Gefängnis nach Hause fuhr, machte er sich Sorgen, ob er jemals nach Hause kommen würde. Vielleicht brach eine Brücke über ihm zusammen; vielleicht verlor sein Auto zwei Räder, vielleicht kam eine Sturmflut und fegte ihn von der Straße in einen Sumpf. Er wußte, daß das dumme Ängste waren: die Brücken brachen *nicht* über ihm zusammen, der Himmel war klar, und selbst wenn ein oder zwei Räder vom Wagen absprangen, würde er vermutlich zum Stehen kommen, bevor etwas Schlimmes passierte. Er fuhr immer auf der rechten Spur, weil er schnell über die Straße kommen wollte, falls wirklich etwas passierte.

Doch daß seine Ängste unsinnig waren, hieß noch lange nicht, daß sie nicht stark waren: Er zitterte am ganzen Körper, was zum Teil daran lag, daß er es haßte, nach Hause zu kommen. Er wußte, daß er alle Hoffnungen enttäuschen mußte. Wieder einmal mußte er entweder schwindeln, was er jedoch nicht besonders gut konnte, oder zugeben, daß Tommy keine einzige Frage nach ihnen gestellt und ihm auch keinen einzigen Gruß für irgend jemanden mitgegeben hatte. Entweder interessierte er sich überhaupt nicht für sie, oder, falls er sich doch für sie interessierte, wollte er nicht, daß sie es merkten.

»Du fällst doch immer wieder auf ihn rein«, sagte Jane, als er endlich nach Hause kam. Sie ärgerte sich über ihn, wie sie es so oft tat, wenn er von einem Gefängnisbesuch zurückkam. Immer kam er mit Migräne zurück, so bleich und zittrig, daß er es kaum bis ins Bett schaffte. Bump, der sofort merkte, daß es seinem Vater schlechtging, schnappte sich Kermit den Frosch und flüsterte mit ihm in seiner merkwürdigen Kermit-Sprache, manchmal stundenlang. Jane schaffte Teddy ins Bett, legte ihm Eis auf die Stirn, rieb seinen Bauch und wartete darauf, daß das Zittern nachließ, daß er wieder etwas Farbe bekam und Leben in seine Augen zurückkehrte. Was als Therapie begann, endete fast immer als Vorspiel – Jane wurde immer ärgerlicher, noch bevor Teddy sich erholt hatte – sie haßte den Gedanken, daß Tommy siebzig Meilen entfernt in seinem Gefängnis saß und ihr mit seiner Kälte oder seiner Arroganz, oder was es sonst war, den Mann wegsaugte. Die Wut erregte sie so sehr, daß sie schon bald selbst an Teddy herumsaugte oder sich auf ihn setzte und versuchte, ihn in sich hineinzustopfen. Ihr Wunsch, Teddy zu sich zurückzuholen, Tommys Absaugen mit ihrem eigenen Saugen entgegenzuwirken, Teddy in sich aufzunehmen und ihn Tommy zu entreißen, führte zu einem wunderbaren sexuellen Erlebnis. Für Teddy bedeutete es Erholung und Wiederherstellung – Jane war es, die ein wenig abgekämpft zurückblieb.

»Du weißt wirklich sehr gut, wie du meine Kopfschmerzen kurierst«, sagte Teddy und überlegte, ob er Bump und seinen Freund Kermit aus dem Schrank hervorlocken sollte. Vielleicht wollten sie ins Bett kommen und sich die Geschichte von Reddy dem Auto anhören.

»Halt den Mund – ich will nicht, daß du noch mal in dieses Gefängnis fährst«, sagte Jane. Sex oder kein Sex, es gefiel ihr nicht – sie fühlte sich bedroht.

5.

Obwohl Patsy sich einredete, daß nichts passieren würde, konnte sie sich nicht zurückhalten, Jerry Bruckner im Gemüsemarkt aufzulauern. Nach dem Trip nach Galveston hatte sie in stoischer Ruhe zwei Wochen verstreichen lassen, bis sie endlich eines Nachmittags ihren Stolz vergaß. Sie kam nämlich zu dem Schluß, daß ihr Stolz anachronistisch war – er paßte nicht mehr zum Zeitgeist, der es den Frauen gestattete, Männer anzumachen, wenn sie es wollten.

Schließlich hatte auch Aurora Greenway Jerry angemacht. Aurora hatte sie den größten Teil ihres Lebens aus diffusen moralischen Gründen immer etwas abfällig von oben herab betrachtet. Aber kaum hatte Aurora beschlossen, Jerry zu erobern, hatte sie keine Zeit mehr verloren und machte auch kein Geheimnis daraus.

Was Aurora sich erlauben konnte, galt gewiß auch für sie, dachte Patsy. Deshalb postierte sie sich erneut spätnachmittags auf Jamails Parkplatz. Wenn sie seinen Kombi entdeckte, marschierte sie ins Geschäft und überraschte ihn dabei, wie er geistesabwesend auf die Angebote in der Tiefkühltruhe starrte, oder wie er überlegte, wieviel Tomaten er kaufen sollte, oder wie er in sich gekehrt auf das Senfangebot starrte. Jerry aß häufig Sandwiches und probierte gerne ungewöhnliche Senfsorten aus.

»Wir wollen so tun, als sei dies ein Spiel«, sagte Patsy, als sie ihm zum zweitenmal aufgelauert hatte. »Der Name des Spiels lautet ›Entdecke Jerry im Lebensmittelmarkt‹. Ich bin der Jäger und Sie der Gejagte. Die Spielregeln sind ganz einfach: Wenn ich Sie entdecke, müssen Sie mich irgendwohin einladen.«

Jerry wirkte auf eine friedliche Art geschmeichelt. »Das könnte ein lustiges Spiel werden«, sagte er. »Wie oft wollen wir es spielen?«

»Das bestimmt der Jäger«, antwortete Patsy. »Wir spielen es, wenn *ich* Lust dazu habe.«

»Das klingt nicht so, als hätte der Gejagte eine Wahlmöglichkeit.«

»Aber sicher hat er die«, antwortete Patsy. »Dies ist ja nicht der einzige Lebensmittelmarkt in Houston. Wenn Sie nicht gejagt werden wollen, dann brauchen Sie Ihren blöden algerischen Senf ja nur irgendwo anders zu kaufen.«

An dem Abend, als sie ihm zum zweitenmal auflauerte, fuhren sie nach Austin und aßen in einem eleganten Barbecue-Restaurant in Dripping Springs. Um drei Uhr morgens waren sie wieder auf Jamails Parkplatz. Wieder standen riesige Trucks an der Laderampe. Sie waren fast zehn Stunden zusammengewesen und hatten die ganze Zeit fast ununterbrochen miteinander geredet. Auf der Fahrt nach Austin hatten sie sich ziemlich lange über Kunst unterhalten. Jerry ging gerne ins Museum und hatte schon viele besucht, obwohl er keine besonders ausgeprägte Meinung über Kunst besaß. Er schlenderte an den ausgestellten Bildern vorbei, bis er auf eines traf, das ihm gefiel. Dann betrachtete er das Bild etwa eine Minute lang und schlenderte weiter.

»Genau das sind Sie – Mr. Weiterschlendern«, sagte Patsy. »Immer anschauen, niemals anfassen. Warum gehen Sie überhaupt ins Museum, wenn Sie so salopp mit der Kunst umgehen?«

»Ich glaube, ich gehe einfach gerne in schöne Gebäude«, sagte Jerry.

»Dann nennen Sie mir mal ein schönes Gebäude«, verlangte Patsy.

»Das Menil-Museum zum Beispiel«, antwortete Jerry und nannte Houstons neuestes Museum.

»Ich muß zugeben, das ist wirklich ein schönes Gebäude.«

»Warum macht es Ihnen etwas aus, das zuzugeben?« fragte Jerry.

»Weil ich sauer bin auf Sie und bei gar nichts zustimme, was Sie sagen«, antwortete Patsy.

Jerry sagte nichts, lächelte aber ein bißchen traurig.

»Drücken Sie sich immer so ums Nachdenken?« fragte Patsy. Sie rasten mit fast neunzig die dunkle Straße entlang.

»Meistens«, sagte er.

»Von Psychiatern wird erwartet, daß sie in der Lage sind, mit Ärger fertigzuwerden – mit ihrem eigenen und mit dem anderer Leute. Warum widerstrebt es Ihnen, sich mit meinem zu befassen?«

»So bin ich eben«, sagte Jerry.

»Können Sie sich vorstellen, weshalb ich ärgerlich bin?«

»Nun ja. Sie machen ein Angebot, und ich lehne es irgendwie ab.«

»Irgendwie?« fragte Patsy. »Wie kann man ›irgendwie‹ eine Frau ablehnen, die sich anbietet? Entweder Sie lehnen ab, oder Sie lehnen nicht ab, nichts da mit ›irgendwie‹.«

»Immerhin sitze ich mit Ihnen im Auto«, sagte Jerry. »Ich habe Barbecue mit Ihnen gegessen. Vielleicht ist das ja nicht gerade viel, aber es ist auch nicht nichts.«

»Aus meiner Perspektive ist die Linie, die das hier vom Nichts trennt, verdammt dünn«, antwortete Patsy.

Fünfzig Meilen lang sprachen sie kein Wort, dann fing Patsy an, sich nach Aurora zu erkundigen.

»Hat der Tod des Generals irgend etwas verändert?«

»Er hat der Affäre ein Ende gemacht.«

»Ach ja, tatsächlich«, sagte Patsy.

»Warum hat er der Affäre ein Ende gemacht?« fragte Patsy eine Minute später, nachdem sie vergeblich darauf gewartet hatte, daß Jerry seine Aussage näher erklärte.

»Aurora ist in Trauer.«

»Das sollte sie allerdings auch sein«, meinte Patsy. »Der General hat ihr in sehr schweren Zeiten zur Seite gestanden.«

»Ja, das hat sie mir auch gesagt«, stimmte Jerry ihr zu. »Ich selbst habe den Mann nur ein paarmal gesehen.«

»Sie waren ein merkwürdiges Paar, aber ich glaube, sie waren wirklich ein Paar. Hat Aurora Sie tatsächlich als ihren Therapeuten haben wollen, oder war das nur ein Trick?«

»Aurora hat es nicht sehr mit Tricks«, meinte Jerry.

»Nun, das gilt auch für mich, es sei denn, Sie betrachten

es als Trick, daß ich Ihnen im Supermarkt aufgelauert habe.«

Jerry antwortete nicht auf diese Bemerkung – er ließ eine Minute in Schweigen vergehen.

»Schweigen Sie jetzt, weil Sie lieber überhaupt nicht begehrt werden möchten oder weil Ihnen die Worte fehlen, wenn Sie rausfinden, daß Sie *tatsächlich* begehrt werden?« fragte Patsy.

»Eigentlich halte ich mich selbst für denjenigen, der am stärksten begehrt«, sagte Jerry.

Patsy dachte, daß er Witze machte, aber als sie ihn anschaute, erwiderte er ihren Blick mit ernstem Gesicht.

»Der am stärksten begehrt?« wiederholte sie. »Wenn Sie tatsächlich so über sich denken, dann können Sie Ihr Begehren wirklich hervorragend verstecken. Außer Ihrem algerischen Senf würde es mir schwerfallen, etwas zu nennen, was Sie wirklich möchten. Auf jeden Fall sehen Sie nicht so aus, als ob Sie mich möchten.«

»Ich möchte Sie schon, aber ich habe eine Blockade«, sagte Jerry, immer noch sehr ernst. »Sie sind zu gebildet. Ich weiß, es ist lächerlich, vor gebildeten Frauen Angst zu haben, aber so ist es nun mal.«

»O je, und wie lange haben Sie dieses Problem schon, Doktor?« fragte Patsy.

»Seitdem ich aus Las Vegas weg bin«, sagte Jerry. »Als ich nach New York ging und mich als Komiker versuchte, war es sehr stark.«

Patsy wartete. Jerry schien vergessen zu haben, daß sie sich unterhielten, aber dann bemerkte er ihre Ungeduld, schaute sie an und grinste.

»In New York bin ich mit einer sehr gut aussehenden Witwe ausgegangen«, erzählte er. »Ihr Mann war ein hochangesehener Börsenmakler – als er eine Menge Geld verlor, sprang er aus dem Fenster. Sie hatte die medizinische Hochschule besucht und arbeitete ziemlich hoch oben in der Krebsforschung. Sie war eine der schönsten Frauen, die ich jemals gesehen habe, und sehr nett. Sie war in Frankreich zur Schule gegangen und in Harvard auf die Medizinische Fakultät.«

Wieder hielt er inne, zuckte die Schultern und sagte nichts mehr.

»Nun, so was ist ja keine Sünde«, sagte Patsy. »Wie war das denn nun? Was passierte?«

»Ich war paralysiert – mit soviel Bildung konnte ich einfach nicht umgehen«, sagte Jerry. »Ich glaube, wir sind achtzehnmal ausgegangen, aber ich habe sie nicht ein einziges Mal geküßt.«

»Falls es eine Hilfe ist – ich bin nicht in Frankreich zur Schule gegangen, und auch nicht auf die Harvard Medical School«, sagte Patsy.

»Der General hat mir das eine Mal, als ich mit ihm allein war, etwas Interessantes erzählt.«

»Sie sind der schlimmste Ablenker, den ich jemals kennengelernt habe«, sagte Patsy. »Aber ich beiße an, weil ich ja nichts Besseres zu tun habe. Also, was hat Ihnen der General Interessantes erzählt?«

»Daß er versuchen würde, Rosie zu heiraten, wenn Aurora plötzlich sterben sollte«, antwortete Jerry.

»Männer sind faul«, bemerkte Patsy. »Warum soll man sich all die Arbeit machen, nach einer neuen Frau Ausschau zu halten, wenn es direkt im Haus eine gibt, die man schon seit zwanzig Jahren kennt? Ich glaube, Männer halten das für vernünftig, soweit man hier überhaupt von Vernunft reden kann.«

»Und was ist nun mit Aurora?« fragte sie weiter. Sie hatte den Motor abgestellt – sie saßen jetzt auf dem leeren Parkplatz und schauten den dahinziehenden Wolken nach. »Meinen Sie, die Affäre ist *wirklich* zu Ende?«

Jerry überlegte. Es war nicht zu leugnen, daß die Trauer Aurora veränderte. Sie war stiller geworden. Sie redete, lachte oder sang nicht mehr ununterbrochen. Hatte sie sich in sexuellen Dingen früher eher kühl oder derb verhalten, so gab sie sich jetzt würdiger, war zurückhaltend und reserviert. Sie nahm ihre Trauerzeit so ernst, daß sie sich ein wenig dezenter kleidete. Sie trug zwar nicht immer Schwarz, vermied aber grelle Farben und trug häufig einen Schleier über dem Haar.

Und sie ließ Jerry nicht an sich heran – nicht mal, um ihre Hand zu halten oder sie tröstend zu umarmen.

»Ich glaube, ich fühle mich irgendwie schuldig«, gestand sie ihm. »Der Tod läßt manches im Leben unschön erscheinen, weißt du.«

Jerry, der sowieso nicht besonders darauf erpicht gewesen war, mit Aurora zu schlafen, als sie ihm noch nachstellte, entdeckte plötzlich, daß er es vermißte, mit ihr ins Bett zu gehen; aber anstatt darauf zu warten, daß Aurora etwas nachgiebiger werden würden, hatte er angefangen, mit einem weiteren schlanken Mädchen vom Lande mit leicht unregelmäßigen Zähnen ins Kino und schließlich ins Bett zu gehen. Sie hieß Lalani, war zweiundzwanzig, hoffte, Kosmetikern zu werden, und arbeitete im Winchell's Doughnut House, wo er häufig Kaffe trank, sechs Blocks von seinem Haus entfernt. Lalani war in Odessa aufgewachsen.

»Ölfeld-Schrott und auch noch stolz darauf«, sagte sie heiter. »Wahrscheinlich mag ich deshalb dieses fiese alte Herumgebumse.« Sie hatte grünliche Augen und eine umfangreiche Sammlung von Harlequin-Romanen, denen sie an ihren freien Nachmittagen auf einer Romanbörse an der Airline Road neue Exemplare hinzufügte.

»Es ist weit bis dorthin, aber sie haben die meisten Harlequins«, sagte Lalani. Sie lebte von Zwiebelringen, Cheeseburgern und Winchell's Doughnuts; an Leibesübungen hatte sie kein Interesse, es sei denn, daß man Aktivitäten sexueller Natur als Leibesübungen bezeichnete.

»Warum soll ich durch die Gegend rennen und mit den Beinen auf dem Pflaster rumtrampeln, wo ich genausoviel Gewicht verliere, wenn ich mit dir auf diesem hübschen alten Bett herumhopse?« fragte sie, als Jerry sie zum Joggen einlud.

Jerry beschloß, Lalani Patsy gegenüber nicht zu erwähnen – Patsy war auch so schon irritiert genug. Er beendete den Abend, indem er ihr anbot, ihr ein Buch zu leihen, das sie mal erwähnt hatte und das er zufällig besaß. Es war ein Buch über die Sprache des Unbewußten von einem ungarischen Analytiker namens Thaas-Thienemann.

Patsy fuhr mit der Überzeugung nach Hause, daß Jerry ein blöder Trottel sei – es war einfach zu peinlich, sie würde niemals mehr versuchen, ihm in Jamails Supermarkt aufzulauern; aber wie immer änderte sie auch diesmal ihre Meinung, und sie kämpften sich durch weitere sechs langatmige Abende, bis sie schließlich eines Tages zu der Erkenntnis kam, daß nur dann etwas passieren würde, wenn sie die Dinge selbst in die Hand nahm – was sie dann auch eines Nachmittags tat, kaum fünf Minuten, nachdem Aurora zu Jerrys Haus herausgekommen war. Patsy war auf dem Weg zu Jerry gewesen, um ihm das Buch zurückzugeben, erkannte Auroras Cadillac vor dem Haus und hatte gerade beschlossen weiterzufahren, ärgerlicher denn je, als sie sah, wie Aurora aus dem Haus trat. Sie bog rasch rechts ab und hoffte, Aurora habe sie nicht bemerkt, fuhr um den Block und um einen weiteren Block und fragte sich, warum sie sich um diesen Mann eigentlich so bemühte. Jeder, der Aurora Greenway so sehr mochte, wie Jerry das zu tun schien, konnte sowieso nicht besonders interessant sein.

Nachdem sie jedoch um eine ganze Reihe unsäglicher Vorortblocks herumgekurvt war, bog sie wieder in Jerrys Straße ein. Der Cadillac war verschwunden. Patsy war zu ärgerlich, um ruhig nachzudenken, und worüber sie sich am meisten ärgerte, war, daß sie die Tendenz hatte, in letzter Minute einen Rückzieher zu machen. Immer schreckte sie in letzter Minute zurück; ihre beiden Töchter erklärten ihr immer wieder, daß sie einfach zu feige, zu konservativ sei, wenn es um Männer ging. Beide Mädchen waren über die langen zölibatären Phasen ihrer Mutter entsetzt oder behaupteten zumindest, entsetzt zu sein – ihre letzte Phase dauerte nun schon anderthalb Jahre.

»Du mußt es dir einfach nur besorgen lassen, Mom –

vielleicht wärst du dann nicht so kritisch«, erklärte ihr Katie bei ihrem letzten Telefongespräch.

Patsy hob die Hand, um auf Jerrys Türklingel zu drücken, entschloß sich jedoch, es statt dessen mit der Tür zu versuchen. Sie ließ sich öffnen, Patsy betrat das Haus. Jerry saß im Wohnzimmer, in Shorts und einem blauen T-Shirt. Er hatte den Sportteil der Zeitung gelesen. Er sah zu Patsy auf, ein wenig überrascht, aber nicht erschrocken.

»Ich bringe Ihnen Ihr Buch zurück«, sagte Patsy, deren Schüchternheit sich verstärkte. Wie kam sie eigentlich dazu, hier so einfach ins Wohnzimmer dieses Mannes reinzumarschieren?

»Wie fanden Sie es?« fragte Jerry.

»Im Moment finde ich überhaupt nichts, ich will Sie jetzt küssen«, sagte Patsy, nahm ihm die Zeitung ab und faltete sie sorgfältig zusammen. Dann hielt sie ihn auf seiner Couch fest, legte ihren Körper quer über seine Beine.

»Ich will nicht, daß du mir Schwierigkeiten machst – ich will nicht, daß du mich noch länger zurückweist«, sagte sie, während ihre Finger über seinen Nacken glitten und sich in sein Haar wühlten.

6.

Als Aurora früh am nächsten Morgen Jerrys Haus betrat, war das erste, was sie bemerkte, Patsy Carpenters gelber Gürtel, der auf Jerrys alter Couch lag.

Seit Hectors Tod hatte sie es sich angewöhnt, frühmorgens zu Jerry zu fahren, um mit ihm eine Tasse Kaffee zu trinken, bevor seine ersten Patienten erschienen. Sie blieb selten länger als fünfzehn oder zwanzig Minuten. Willie war wieder da, offenbar geheilt; er und Rosie pflegten jetzt länger im Bett zu bleiben, was für Aurora bedeutete, daß frühmorgens niemand da war, eine Zeit, in der sie es besonders schätzte, jemanden bei sich zu haben, mit dem sie Kaffee trinken oder ein kleines Frühstück zu sich nehmen konnte.

Ein paarmal hatte sie Pascal hergebeten, aber Pascal war nicht das, was man einen Morgentyp nennen konnte. Er war entweder stumm wie ein Fisch und noch im Halbschlaf, oder er war hellwach und quengelig, und das letzte, was Aurora zu dieser Stunde auf der anderen Seite ihres Frühstückstisches zu sehen wünschte, war ein quengeliger Mensch.

Jerry Bruckner war auch nicht gerade ein Morgentyp, aber er war kein Franzose, und deshalb bestand wenig Gefahr, daß er ihr den Morgen mit Quengeleien ruinierte, wie Pascal es so oft tat. Bei ihrem letzten Frühstück hatte Pascal sie heftig ausgeschimpft, weil ihr die Himbeermarmelade ausgegangen war, obwohl sie doch genauß wußte, daß Himbeermarmelade seine Lieblingsmarmelade war.

»Pascal, ich bin in Trauer, sprich nicht so mit mir, bloß weil ich deine Himbeermarmelade vergessen habe«, sagte Aurora, bevor sie anfing, ein paar Tränen zu vergießen.

Patsy Carpenters gelber Gürtel hatte einen gewissen Schick – sogar soviel Schick, daß Aurora sich seinerzeit sogar bemüßigt fühlte, ihr deshalb ein Kompliment zu machen. Sie hatte Patsy sogar gefragt, wo sie ihn gekauft hatte, weil sie überlegte, sich einen ähnlichen anzuschaffen.

»Ich habe ihn auf dem Broadway in Sherman Oaks gefunden«, sagte Patsy. »Ich war losgegangen, um Handtücher zu kaufen, und kam am Ende mit diesem Gürtel zurück. Soll ich dir auch so einen Gürtel besorgen, wenn ich das nächstemal hinfahre, Aurora?«

»Nun, wenn du einen siehst, der ›Aurora‹ zu dir sagt, dann tu es«, sagte Aurora.

Jetzt lag dieser gelbe Gürtel auf Jerry Bruckners Wohnzimmercouch, und die etwas zusammengedrückten Kissen veranlaßten Aurora, sich Patsys und Jerrys Körper in einem leidenschaftlichen und hitzigen Liebesakt vorzustellen. Diese Vorstellung hatte eine so schlagende Wirkung, daß sie sich plötzlich ganz schwach fühlte – sie bewegte sich keinen Schritt vorwärts. Jerry hatte die Haustür für sie offen gelassen, befand sich aber nicht im Zimmer. Häufig kam sie ins Haus, während er noch unter der Dusche stand; sie setzte sich an den Küchentisch, trank ihren Tee und wartete, bis er frisch rasiert, jungenhaft und noch ein wenig verschlafen, mit feuchtem Haar, ins Zimmer kam.

An diesem Morgen würde es keinen Kaffee geben. Aurora hörte das Rauschen der Dusche am anderen Ende des Flurs. Sie fühlte sich, als hätte sie einen Tritt in den Magen bekommen. Leise, in der Hoffnung, Jerry werde sie nicht hören, verließ sie das Haus und zog die Tür hinter sich zu. Ihr größter Wunsch war, daß ihr Wagen sofort anspringen würde, damit sie sich rasch aus dem Staub machen konnte und Jerry Bruckner weder sehen noch mit ihm sprechen mußte. Neuerdings neigte der Cadillac dazu, nicht anzuspringen – häufig schien er einfach nicht fahrbereit zu sein, wenn sie den Zündschlüssel drehte. Diesmal war ihre einzige Hoffnung, daß er wenigstens so lange lief, bis sie um die nächste Ecke und außer Sichtweite war, damit der junge Mann, an den sich zu klammern sie närrisch genug gewesen war, ihre Demütigung nicht sehen konnte. Wieder hatte sie das Bild seines und Patsys Körper auf der Couch vor Augen, so klar und deutlich, daß sie kaum den Bordstein vor sich erkennen konnte.

Zum Glück sprang der Cadillac sofort an, so daß sie sich davonschleichen konnte. An der Ecke schaute sie zurück, voller Angst, daß Jerry auf dem Gehweg hinter ihr herrannte oder vor seiner Haustür stand und sich wunderte, warum sie ohne einen Schluck Kaffee wieder weggefahren war. Aber auf dem Gehweg oder vor der Haustür war niemand zu sehen. Sie war in Sicherheit.

Sie überlegte, ob sie zu Pascal fahren sollte – immerhin bestand die Chance, daß er der Situation gewachsen war und ihr wenigstens eine kleine emotionelle Zuflucht bot. Trotz all seiner Quengelei wegen der Himbeermarmelade war er ein Mann von Welt – das war das gute an seiner französischen Herkunft.

Auf der anderen Seite war er ein sehr selbstsüchtiger Mann – vielleicht würde er versuchen, aus ihrer mißlichen

Lage Vorteile für sich herauszuschlagen. Tatsächlich mußte sie bei ihm damit rechnen. Er hatte sie bereits mehrmals beleidigt, indem er sich bei Hectors Ableben gefühllos verhalten hatte. Erst letzte Woche hatte er sie beim Lunch beleidigt, als er ihr offen zu verstehen gab, daß sie jetzt lange genug getrauert hätte.

»Das Leben ist für die Lebenden da«, sagte er.

»Ja, ich weiß, denn ich lebe ja schließlich«, antwortete sie.

»Du lebst nicht – du bist nicht aktiv«, sagte Pascal. »Als meine Frau starb, war ich traurig, aber ich ließ das hinter mir. Ich wurde wieder aktiv.«

»Du hast mir ein Beispiel für deine Aktivität geliefert«, erinnerte ihn Aurora. »Das mag ja alles schön und gut sein, aber im Moment ziehe ich meine Trauer vor, falls es dir nichts ausmacht. Bei all seiner Verschrobenheit hat mir Hector Scott viel bedeutet. Ich hoffe, ich brauche dich daran nicht mehr allzuoft zu erinnern, Pascal.«

Angesichts des derzeitigen Standes seiner Auffassung von Aktivität und Inaktivität dachte sie, daß es doch nicht der richtige Moment sei, Pascal aufzusuchen. Sie dachte an den Pig-Stand-Imbiß und an ein Waffelhaus, das sie mochte, aber ohne große Begeisterung – der Schlag, den sie gerade hatte einstecken müssen, hatte ihr den ganzen Appetit verdorben. Sie fühlte sich zu niedergeschlagen, um essen oder weinen zu können. Sie überlegte, nach Galveston zu fahren und den ganzen Tag auf den Ozean zu starren, doch der Verkehr war zu stark, ihr Wagen konnte stehenbleiben, außerdem war es eine weite Strecke. Sie war barfuß aus dem Haus gegangen, nur mit Nachthemd und Morgenmantel bekleidet, und das würde nicht gerade von Vorteil sein, wenn sie mit der Polizei oder Lkw-Fahrern sprechen mußte, was gut der Fall sein konnte, wenn ihr Wagen wirklich liegenblieb.

Auf einer alten Strecke aus der Zeit, als es in Houston noch keine Schnellstraßen gab, fuhr Aurora vorsichtig nach Norden über den Bayou und in Richtung Osten, an den Eisenbahnanlagen vorbei, bis sie sich in der Nähe des Ship Channels befand. Sie entsann sich, irgendwo unweit der McCarty Street eine offene griechische Freiluftbar gesehen zu haben, wohin die Seeleute kamen, um zu trinken und Karten zu spielen. Sie lag nahe der großen Raffinerien – die Luft roch nach Öl und Salz. Doch sie erinnerte sich an den freundlichen Eindruck, den diese Bar auf sie gemacht hatte, und Freundlichkeit war im Moment das einzige, was sie vom Leben erwartete.

Die Bar – eigentlich kaum mehr als eine Baracke – befand sich immer noch an der alten Stelle, offen für die Brise vom Golf und den Verkehr der McCarty Street. Zwei alte Griechen in Unterhemden saßen an einem kleinen, wackeligen Tisch und schoben kleine Dominosteine aus Elfenbein hin und her. Beide waren untersetzt, beide hatten weißes Haar, beide rauchten, und keiner von ihnen schien überrascht zu sein, als eine große, barfüßige Frau in Nachthemd und Morgenmantel aus einem Cadillac stieg und über den Schotterplatz, der ihnen als Parkplatz diente, auf sie zukam.

»Haben Sie Retsina im Haus?« fragte Aurora mit dem freundlichsten Lächeln, dessen sie heute noch fähig war.

Der Grieche rechts von ihr zog die Augenbrauen hoch und lächelte sie an. »Haben Sie Ihre Schuhe verloren?« fragte er.

»Halt die Klappe! Sie hat sie beim Tanz verloren«, sagte der Grieche links von ihr. Er stand auf und holte einen klapprigen grünen Stuhl herbei, den jemand im Laufe der Nacht auf den Parkplatz gefeuert hatte. Aurora war fast dagegen gefahren, als sie versucht hatte zu parken. Er stellte ihn vorsichtig auf den reichlich unebenen Betonboden der Bar.

»Setzen Sie sich, machen Sie es sich bequem«, sagte er. »Herrlicher Tag heute.«

Der andere Mann stand auf, verschwand kurz und brachte eine Flasche Retsina und ein Glas.

»Lassen Sie es nicht fallen, es ist das letzte Glas«, sagte

er und stellte Flasche und Glas vor Aurora auf den Tisch. »Vielleicht gehe ich heute los und kaufe noch ein paar, falls es nicht zu diesig wird. Aber es ist ein schöner Tag, es wird nicht diesig werden.«

Es ist *wirklich* ein schöner Tag, dachte Aurora. Die Sonne schien durch die vielen Löcher im Dach, das in einem ziemlich komischen Winkel an den Wänden befestigt war.

»Der Hurrikan hat das Dach weggerissen, aber wir haben es wieder angebracht«, erklärte der andere Mann. »Allerdings ist es uns nicht besonders gut gelungen.«

»Es sieht nicht schwierig aus, ist es aber trotzdem«, sagte der andere Mann.

»Außerdem ist es ziemlich durchlöchert«, bemerkte Aurora und goß sich ein Glas Retsina ein. »Werden Sie nicht naß, wenn es regnet?«

»Wenn es regnet, kommen wir nicht her«, sagte einer der beiden.

Aurora trank schnell das halbe Glas Retsina aus, während die beiden sie teilnahmslos beobachteten. Beide hatten große Tränensäcke unter den Augen – identische Tränensäcke. Je länger sie sie betrachtete, desto identischer kamen sie ihr vor. Sie hatten identische Bäuche, identische Unterhemden, identische muskulöse Schultern und identisches weißes Haar. Außerdem waren die Blicke, mit denen sie sie maßen, identisch – welterfahren und doch wachsam. Sie waren Männer, sie war eine Frau, sie war in ihrem Leben aufgetaucht, und nun checkten sie die Situation ab.

»Meine Güte, ich dachte, Sie seien Zwillinge«, verkündete Aurora.

Die beiden Männer schüttelten den Kopf. »Brüder, keine Zwillinge«, sagte der eine.

»Bekomme ich auch eure Namen zu hören?« fragte sie.

»Petrakis«, sagte der eine. »Ich bin Theo, und er heißt Vassily.«

»Also, ich bin Aurora. Mir schmeckt dieser Retsina, aber ich hasse es, allein zu trinken, besonders zu so früher Stunde«, sagte sie.

»Es ist egal, wann man trinkt«, sagte Theo. »Dein Bauch weiß nicht, wie spät es ist.«

»Sind Sie sicher, daß dies das einzige Glas ist?« fragte Aurora. »Welche Bar hat denn nur ein einziges Glas?«

»Die griechische Bar«, bemerkte Vassily. »Jeder, der herkommt, meint, er müsse sich wie ein Grieche verhalten und Gläser kaputtmachen. Ich wollte ja Plastik haben, aber Theo will kein Plastik.«

»Wir streiten uns darüber«, sagte Theo. »Ich finde, Plastik ist klebrig.«

»Da stimme ich sofort zu«, warf Aurora ein, gerade als ein gewaltiger Öltanklaster ein bißchen zu dicht am Straßenrand entlangdonnerte und eine Wolke von Auspuffgas in die Bar pustete. Aurora mußte husten.

Als sie aufhörte zu husten, schauten die beiden Griechen sie immer noch an.

»Ihr beiden macht den Eindruck, als hättet ihr schon alles gesehen, und ich denke, sofern wir hier über die westliche Zivilisation reden, stimmt das auch«, sagte Aurora.

Die Männer sagten nichts.

»Wenn ihr beiden keine Zwillinge seid, wer von euch ist denn dann der Ältere?« fragte sie in der Hoffnung, sie ein wenig zum Sprechen zu bringen.

»Ich wurde zuerst geboren«, sagte Theo. »Ich hab' ihn um ein Jahr geschlagen.«

»Aber mir gehört die Bar«, sagte Vassily. »Er arbeitet nur bei mir.«

Aurora leerte ihr Glas und stellte es umgekehrt wieder auf den Tisch.

»Ich glaube, ich mache es lieber nicht kaputt, weil es euer letztes ist«, sagte sie. »Ich habe heute einen ziemlichen Schock erlitten und möchte lieber nicht allein trinken. Also sparen wir uns das Glas und trinken aus der Flasche.«

Sie nahm einen Zug aus der Flasche und gab sie an Vassily weiter, der ebenfalls einen guten Zug tat und sie an Theo weiterreichte.

Zwei verdreckte junge Seeleute kamen die Straße vom

Ship Channel rauf. Sie ignorierten die Retsinatrinker und schoben ein paar Münzen in eine staubbedeckte Sodamaschine. Eine Weile passierte gar nichts, bis sie schließlich anfingen, gegen die Maschine zu schlagen. Einer trat dagegen, der andere schüttelte sie. Schließlich polterte eine einzelne 7-Up-Flasche heraus. Die beiden Seeleute plazierten sich am anderen Ende der Bar, öffneten die Flasche und tranken gemeinsam daraus.

»Wenn ihr euch beeilt, könntet ihr mir, bevor ich betrunken bin, vielleicht dieses interessant aussehende Dominospiel beibringen, an dem ihr gerade gesessen habt, als ich ankam«, sagte Aurora. Sie leerte den Rest der Retsinaflasche.

Theo stand auf und holte eine weitere Flasche.

»Ich kann euch etwas Merkwürdiges über Elfenbein erzählen«, sagte Aurora und spielte mit einem der Steinchen. »Sie werden schwarz, wenn sie kein Sonnenlicht bekommen. Hier bei euch sieht es allerdings nicht so aus, als würden eure Dominosteine keine Sonne abbekommen.«

»Mit Theo sollten Sie lieber nicht spielen, der betrügt«, sagte Vassily.

»Halt die Klappe – *du* bist derjenige, der betrügt«, sagte Theo friedlich.

»Auf diese Weise habe ich die Bar verloren«, sagte er zu Aurora. »Er hat mich betrogen.«

»Na ja, Theo, wenn ich ihn betrunken kriege, kannst du sie ja vielleicht zurückgewinnen«, sagte sie. Als der Retsina seine Wirkung zu zeigen begann, merkte sie, daß sie Theo eigentlich sehr nett fand. Obwohl er und Vassily genau gleich aussahen, schienen Vassilys Augen nicht so sehr zu funkeln wie die von Theo – selbst wenn der Ausdruck Funkeln auf den ersten Blick vielleicht nicht ganz angebracht schien für einen fetten, alten Griechen mit Tränensäcken unter den Augen.

Trotzdem, Aurora fand, daß in der Art, wie Theo sie anschaute, ein Funkeln lag.

»Was ist passiert, ist dir dein Freund weggelaufen?« fragte er und reichte ihr eine neue Flasche.

»In gewisser Weise, ja«, antwortete Aurora. »Der Hundesohn hat mich wegen der besten Freundin meiner Tochter sitzengelassen.«

7.

»Ich bin betrunken, sturzbesoffen, Gottes größter Säufer!« sagte Aurora, die in die Küche torkelte. Obwohl sich alles hob und senkte, wirbelte und drehte, als befinde sie sich mitten in einem Erdbeben, war sie fest davon überzeugt, es mit eigener Kraft durch die Küche zu schaffen.

Eine Sekunde später erwies sich das als Einbildung: Der Boden schien zu brodeln und riß ihr die Füße weg. Sie fiel flach aufs Gesicht und knallte mit dem Kopf gegen den Türrahmen. Dann rollte sie herum, lag wie ein Käfer auf dem Rücken und versuchte vergeblich, ihre Augen auf Rosie und Willie zu richten, die beide am Küchentisch gesessen und Rommé gespielt hatten, als sie hereingeschwankt war.

»Oh, Scheiße, ich hasse ihn«, sagte sie, bevor sie ohnmächtig wurde.

»Ihr Freund hat sie verlassen, *mich* haßt sie nicht«, rief eine Stimme, die vom Flur kam, der Küche und Garage miteinander verband.

Rosie hatte nicht mal Zeit, ihre Karten auf den Tisch zu legen. Sie schaute kurz nach hinten zu Aurora und dann zu der Person, die gesprochen hatte – ein kleiner, untersetzter weißhaariger Mann in Unterhemd und alten Hosen. Er trug Sandalen, aber ohne Socken, und hatte Tränensäcke unter den Augen. Rosie hatte ihn noch nie zuvor gesehen und wußte nicht, wie sie seine und Auroras Äußerungen zu bewerten hatte. Eine Sekunde lang sagte ihr ihr Instinkt, einfach weiter Rommé zu spielen, in der Hoffnung, das soeben Gesehene sei eine Halluzination.

»Willie, hast du jemals vor weiterzuspielen?« fragte sie in lässigem Tonfall.

Willie hingegen fühlte sich plötzlich in größter Gefahr.

Aurora lag rücklings auf dem Fußboden, direkt neben seinem Stuhl, die Beine weit gespreizt. Er hatte einmal hingeschaut, genau in dem Augenblick, als sie hinfiel und ohnmächtig wurde, und hatte unfreiwillig bis in ihren Schritt schauen können. Obwohl dieser Blick bestenfalls eine Zehntelsekunde gedauert hatte, ging er ihm nicht aus dem Kopf, und das war der Grund, warum er sich in so schrecklicher Gefahr wähnte. Wenn er erneut hinschaute und Auroras Schritt sah, dann war das das Ende, jedenfalls soweit es Rosie betraf. Rosie würde seinen Blick bemerken, und nachdem sie ihm zu verstehen gegeben hätte, daß sie alles bemerkt hatte, würde sie wahrscheinlich nie mehr ein Wort mit ihm reden. Falls sie jedoch nochmals mit ihm reden würde, dann nur, um ihm zu sagen, was für ein schrecklicher Mensch er sei. Es war sogar möglich, daß sie ihn vor die Tür setzte.

Die einzige Sicherheit, an die Willie sich in seinem Dilemma klammern konnte, war, daß er auch nicht den kleinsten Blick auf den gewaltigen weiblichen Körper werfen durfte, der direkt neben seinem Stuhl auf dem Boden lag. Selbst der allerkleinste Blick würde eine Katastrophe für ihn bedeuten – trotzdem spürte er den schrecklichen Drang, nochmals ganz kurz hinzuschauen.

Theo Petrakis, der in der Tür stand, erkannte, daß die beiden Leute in der Küche ein wenig überrascht waren, um es mal milde auszudrücken. Er fand es verständlich: Es passierte wahrscheinlich nicht jeden Tag, daß ihr Boß sturzbetrunken nach Hause kam, lang hinschlug und ohnmächtig wurde. Er hatte Leute an seiner Bar sitzen sehen, die über längere Zeit wie erstarrt waren, weil sie einen Unfall auf der McCarty Street mit angesehen hatten, bei dem nur eine oder zwei Personen getötet oder verstümmelt worden waren. In den ersten Kriegsmonaten war er selbst häufig wie erstarrt gewesen, wenn er sah, daß Menschen getötet wurden; aber nachdem er das ein paar hundertmal gesehen hatte, wie es im Krieg nun mal war, hatte er es sich abgewöhnt, so leicht zu erstarren, und war auch während seiner

Jahre in Houston, in denen er fast soviel Gewalt erlebt hatte wie im Krieg, nicht so leicht zu erschüttern gewesen. Im Krieg lag es auf der Hand, woher diese Gewalt kam, in Houston war es ihm oftmals nicht klar, aber wie auch immer, Theo war nicht so leicht zu erschüttern.

In der augenblicklichen Situation wurde Theo klar, daß er hier derjenige war, der etwas unternehmen mußte, deshalb verließ er seinen Platz an der Tür, ging um den Tisch herum, hockte sich neben Aurora, stellte fest, daß sie sich wirklich k. o. geschlagen hatte, und zog vorsichtig Nachthemd und Morgenmantel ein Stück nach unten.

In den vier Stunden, in denen Theo zugesehen hatte, wie Aurora sich betrank, hatte er sich heftig in sie verliebt. Sehr zum Verdruß seines zynischen Bruders, Vassily, der doch tatsächlich vorgeschlagen hatte, die Polizei zu rufen und Aurora ins Gefängnis bringen zu lassen, als sie einen Moment lang ohnmächtig wurde – sie hatte ein kurzes Nikkerchen gemacht und den Kopf auf den grünen Tisch gelegt –, ohne für die drei ersten Flaschen Retsina bezahlt zu haben.

»Ja, Knast, wo Betrunkene hingehören«, hatte Vassily wiederholt, als Theo ihn fragte, ob er richtig gehört habe.

»Du bist dreißig Jahre betrunken gewesen, hätte man dich vielleicht auch ins Gefängnis stecken sollen?« wollte Theo wissen.

»Nein, ich bin ja auch dein Bruder, diese Dame hier ist aber nicht dein Bruder«, erläuterte Vassily. Er haßte es, wenn Theo sich verliebte. Das war schon oft in ihrem gemeinsamen Leben passiert, und die Konsequenzen waren immer schmerzlich und kostspielig gewesen. Und jetzt passierte es schon wieder, direkt vor seinen Augen, und das ärgerte ihn. Seine einzige Hoffnung war, daß die Polizei kam und diese betrunkene Frau wegschleppte, bevor Theo völlig den Verstand verlor. Jedesmal, wenn Theo den Verstand verlor, bedeutete dies das reinste Chaos, und das Geschäft ging bergab. Außerdem hatte Vassily sein ganzes Leben mit Theo verbracht, außer wenn Theo abhaute, weil er sich verliebt hatte. Obwohl er zugab, daß Theo das Recht hatte, sich zu verlieben, mochte Vassily diese Trennungen nicht.

Als Theo um den Tisch kam, erholte sich Rosie langsam von ihrem Schock und stellte fest, daß sie, insgesamt gesehen, noch viel schockierter war als zuvor. Der kleine Mann, der neben Aurora hockte und versuchte, dafür zu sorgen, daß ihr ohnmächtiger Körper anständig bedeckt war, war offensichtlich doch keine Halluzination. Irgend etwas Furchtbares war passiert, und was es auch immer war, es war die Wirklichkeit. Aurora war tatsächlich betrunken hereingekommen und hatte sich selber k. o. geschlagen. Außerdem war sie mit einem Fremden hergekommen, einem kleinen fetten Mann im Unterhemd. Auf den ersten Blick hatte Rosie befürchtet, er sei irgendein alternder Triebtäter, dem Aurora auf irgendeine Weise zum Opfer gefallen war, aber da er versuchte, Aurora mehr zu bedecken als zu entblößen, war dieses Urteil vielleicht doch etwas zu hart. Vielleicht war er ja gar kein Triebtäter.

»Ham Se 'n Waschlappen?« fragte er neben Aurora auf dem Boden sitzend.

»Aber sicher, was tue ich überhaupt, ich glaube, ich bin verrückt geworden, sie ist ja schließlich nicht die erste Betrunkene, die ich zu Gesicht bekomme«, sagte Rosie und sprang von ihrem Stuhl hoch.

Willie stand ebenfalls auf und verdrückte sich stolpernd in die hinterste Ecke der Küche, um nicht im Weg zu stehen. Es war immer eine seiner Lebensregeln gewesen, sich rauszuhalten, wenn es um schwerwiegende Angelegenheiten ging, und daß Mrs. Greenway ohnmächtig auf dem Küchenfußboden lag, dazu noch ziemlich spärlich bekleidet, kam ihm ganz sicher als schwerwiegende Angelegenheit vor.

Rosie teilte diese Auffassung nicht – Willies Angewohnheit, so wenig wie möglich zu tun, wenn es darauf ankam, Dinge zu erledigen, die erledigt werden mußten, hatte in ihr schon mehrfach den Wunsch geweckt, ihm heftig eins auf die Nase zu geben.

»Willie, du könntest dich nützlich machen, geh rauf und hole ein paar Kissen«, kommandierte sie.

Sie selber holte sofort eine Schale mit Eiswürfeln, ein Geschirrtuch und ein paar Waschlappen und reichte alles an Theo weiter.

»Danke schön, Sie sind Rosie?« fragte er ernst.

»Ja, das bin ich, und wie heißen Sie?«

»Ich bin Theo Petrakis«, antwortete er und streckte ihr über Auroras Körper die Hand entgegen.

»Rosie Dunlup«, sagte Rosie und schüttelte ihm ebenfalls die Hand. »Kann ich einfach Theo zu Ihnen sagen? Ich glaube, das kann ich behalten.«

»Aber sicher«, sagte Theo mit ernstem Gesicht. »Nachdem wir uns jetzt vorgestellt haben, sollten wir wohl besser mit der Arbeit anfangen. Haben Sie eine Abwaschschüssel?«

»Meintest du ein Kopfkissen oder ein Couchkissen?« fragte Willie. Er hatte sich bis zum Fuß der Treppe vorgearbeitet. In solchen Krisenmomenten wollte er keine Fehler machen, und um es zu vermeiden, fragte er lieber noch mal nach.

»Ein Kopfkissen, Willie – ich meine zwei Kopfkissen«, sagte Rosie und versuchte, nicht so zu klingen, wie sie sich fühlte. »Warum sollte ich dich wohl nach oben schicken, um Couchkissen zu holen, wenn es hier an jeder Ecke Couchkissen gibt?«

Willie, der sich schämte, daß er Rosie in einer kritischen Phase verärgert hatte, hastete nach oben.

Rosie und Theo fingen an, Auroras Schläfen zu kühlen.

»Er war Gefängniswärter, bis er mit Rauschgift anfing«, sagte Rosie, sobald Willie weg war. »Mittlerweile ist er runter von dem Zeug, aber ich muß ihm trotzdem noch alles sagen.«

»Ich bin auch auf Dope – Excedrin«, sagte Theo. »Ich glaube, Sie sollten jetzt die Waschschüssel griffbereit halten. Diese Dame hat vier Flaschen Retsina getrunken. Mein

Bruder und ich, wir haben auch getrunken, aber wir haben keine vier Flaschen weggekippt.«

»Ich weiß ja nicht mal, wovon Sie überhaupt sprechen, aber wenn sie vier Flaschen davon getrunken hat, brauchen wir vielleicht mehr als nur eine simple Schüssel. Dann brauchen wir eine Badewanne«, sagte Rosie.

»Wäre sicher nicht verkehrt«, bemerkte Theo.

In diesem Moment stieß Aurora ein wimmerndes Geräusch aus und knirschte mit den Zähnen.

»Oh, Mann«, sagte sie, ohne auch nur ein Auge zu öffnen.

»Willie, mach, daß du mit den Kissen runterkommst, sie kommt langsam zu sich«, schrie Rosie.

»Rosie, schrei nicht so«, sagte Aurora. »Mir platzt der Schädel. Ich muß eine Riesenbeule haben.«

»Meine Liebe, du bist hingefallen und hast dir den Kopf am Türrahmen gestoßen«, sagte Rosie und kühlte Auroras Stirn vorsichtig mit einem Waschlappen und einem Stück Eis.

Willie hatte den Fehler begangen, selbständig entscheiden zu wollen, welche Kissen die besten waren – eine hoffnungslose Tat. Voller Verzweiflung packte er fünf und sauste nach unten.

Aurora gähnte.

»Das fühlt sich gut an«, sagte sie, als weiteres Eis an ihre Schläfen gehalten wurde. »Ist Theo gegangen?«

»Theo zu Ihren Diensten«, sagte Theo.

»Du klingst, als wärst du dicht an meinem Ellenbogen«, sagte Aurora, die Augen immer noch fest geschlossen.

»Meine Güte, ich habe nicht gesagt, daß du hundert Kissen runterbringen sollst«, sagte Rosie gereizt. Sie ärgerte sich darüber, daß Auroras männliche Freunde immer in der Lage waren, mehr Geistesgegenwart aufzubringen als ihre Freunde. Theo schien die Stärke in Person zu sein, im Gegensatz zu Willie, der ständig nur Ärger produzierte.

»Konnt' mich nicht entscheiden«, sagte Willie.

»Rosie, mußt du auf Willie rumhacken, wenn mir der Kopf so weh tut?« fragte Aurora.

»Ich hab' gar nicht auf ihm rumgehackt«, antwortete Rosie, die versuchte, alles in den Griff zu bekommen. »Er hat nur ein paar Kissen zuviel mitgebracht, aber vielleicht brauchen wir sie ja noch, bevor wir fertig sind.«

»Theo, bist du in der Nähe?« fragte Aurora und öffnete vorsichtig ein Auge. Sofort fing der Raum an, sich wie ein Karussell zu drehen. Sie versuchte, sich selbst ein bißchen zu drehen, um dem drehenden Karussell entgegenzuwirken, aber das funktionierte nicht; das Herumwirbeln wurde stärker und zwang sie, das Auge sofort wieder zu schließen.

»Oh, Leute«, sagte sie. Obwohl sie beide Augen fest geschlossen hatte, wirbelten einzelne Teile ihres Körpers immer noch im Raum herum. Sie merkte zu spät, daß das Öffnen des einen Auges ein schwerer Fehler gewesen war – jetzt hörte der Raum nicht mehr auf herumzuwirbeln, und auch sie hörte nicht auf herumzuwirbeln, obwohl sie platt auf dem Boden lag. Ihr Magen signalisierte in bedrohlicher Weise, daß er das allgemeine Herumgewirbele mitmachen wollte.

»Könnte mir jemand ins Badezimmer helfen?« fragte oder vielmehr flüsterte sie. Sie hatte Angst, daß jeder Versuch, ihre Stimme wie üblich zu benutzen, die Krise beschleunigen würde.

Rosie schaute Theo an, der seine Umgebung mit dem geübten Blick des altgedienten Barkeepers musterte.

»Das Spülbecken ist ganz nah«, sagte er.

»Theo, ich weiß, du willst nur praktisch sein, aber ich würde es vorziehen, mich nicht ins Spülbecken zu erbrechen«, flüsterte Aurora. Sie hoffte immer noch, daß das Herumgewirbele irgendwie aufhören würde, oder wenigstens abnehmen würde, aber jede Silbe, die sie aussprach, schien alles nur noch schlimmer zu machen. Ihr kam es so vor, als rase die Küche bereits mit einem galaktischen Tempo durch den Weltraum oder so ähnlich – Astronomie war nicht gerade ihr bestes Fach gewesen.

»Oh, Mann«, sagte sie, »ich fürchte, die Sache wird dringend. Ich glaube, das Beste, wenn nicht sogar das einzig Mögliche ist es, mich rasch irgendwohin zu bringen.«

Als sie dies sagte, wunderte sie sich über ihre Fähigkeit, in einer solchen Krise in vollständigen und deutlichen Sätzen sprechen zu können – es war schon immer so gewesen und führte häufig dazu, die Krise noch zu verstärken, da ihre Ausdrucksweise ihre Helfer, von denen die meisten selbst im gelassensten Moment ihres Lebens keinen zusammenhängenden Satz herauskriegen konnten, oftmals wütend machte.

Theo beschloß, daß es das beste sei, Aurora aufzuheben, um einen schnellen Transport zu ermöglichen. Also schob er seine Arme unter sie und half ihr auf, zu jedermanns Überraschung, vor allem aber zu Auroras Überraschung.

»Was ist los, hat sich die Schwerkraft aufgelöst?« fragte sie, als sie spürte, daß sie in die Luft gehoben wurde.

»Halt den Mund, sonst mußt du noch früher kotzen«, riet Theo.

»Theo, Sie sind absolut in Form, das muß ich Ihnen sagen«, bemerkte Rosie, obwohl Auroras großer Körper ihr fast völlig den Blick auf den Mann versperrte, dem sie dieses Kompliment machte.

»Wenn Willie versuchen würde, Aurora hochzuheben, würde er eine ganze Woche lang auf dem Rücken liegen«, fügte sie mit einem unheilvollen Blick auf den nutzlosen Willie hinzu.

»Der landet schon auf dem Rücken, wenn er nur einen Beutel Eis reinbringen soll«, fuhr sie gnadenlos fort.

»Eis, das ist es! Ich brauche Eis«, wimmerte Aurora.

»Wo sollen wir hin mit ihr?« fragte Theo. Er konnte Aurora zwar tragen, aber das hieß noch lange nicht, daß sie ein Leichtgewicht war.

»Glauben Sie, Sie könnten sie nach oben bringen?« fragte Rosie. »Es ist nur eine Treppe.«

»Ich könnte sie drei Tage lang tragen«, brüstete sich Theo und hoffte, daß Aurora es hörte.

»Oh, Theo«, sagte Aurora und machte ganz kurz die

Augen auf, um zu sehen, wie sie in den nackten muskulösen Armen ihres Erretters lag, der nach starkem Tabak roch.

»Jetzt aber los!« kommandierte Rosie und ging zur Treppe voran.

Auf halber Treppe bekam Theo einen schmerzhaften Krampf im linken Bein, aber stoisch stieg er weiter hinauf, Stufe um Stufe, bis er Aurora sicher auf einem blauen Teppich in ihrem eigenen Badezimmer niederlegen konnte. Von hier aus würden die Badewanne oder die Toilette leicht zu erreichen sein. Er humpelte aus dem Zimmer, aber Rosie blieb bei Aurora und versuchte, ihr mit kalten Tüchern zu helfen. Bevor er noch ganz zur Tür hinaus war, hörte er, wie Aurora anfing, sich zu erbrechen. Trotzdem blieb Rosie bei ihr, um so oft wie nötig die Toilettenspülung zu ziehen.

»Rosie, geh jetzt bitte, ich brauche keine Unterstützung, um meinen Retsina wieder loszuwerden«, sagte Aurora mit sehr schwacher Stimme.

Theo warf nur einen kurzen Blick in Auroras Schlafzimmer, bevor er nach unten humpelte. Er hielt es für indiskret, das Schlafzimmer einer Dame zu inspizieren, während diese krank war. Schlafzimmer waren etwas für gesunde Zeiten, um seinen Körper auszustrecken. Er hoffte, Aurora in gesunden Zeiten einmal in ihrem Schlafzimmer zu sehen.

Unten ließ er sich auf einen Stuhl fallen und fing an, sein Bein zu massieren.

Voller Eifer stellte Willie Theo eine Tasse Kaffee auf den Tisch.

»Wir haben genug davon«, sagte er. »Wie lautet die Diagnose über Mrs. Greenway?«

»Die Diagnose lautet betrunken«, sagte Theo in dem Moment, als Rosie die Treppe herunterkam.

»Sie behauptet, sie könne allein ins Bett kriechen, wenn sie auf der Toilette fertig ist, aber ich weiß nicht – vielleicht kann sie's, vielleicht aber auch nicht«, sagte Rosie. »Ich habe ihr ein Kissen und eine Schüssel hingestellt.«

»Eine Schüssel?« fragte Theo.

»Ja, falls sie nicht hochkommt, um in die Toilette zu erbrechen«, antwortete Rosie. »Sie sagt, daß es möglicherweise den ganzen Tag dauern kann, also will sie nicht gestört werden, aber morgen abend sind Sie und Ihr Bruder zum Essen eingeladen, weil Sie so nett zu ihr gewesen sind.«

»Vassily bring' ich nicht mit, ich mag ihn nicht«, sagte Theo. »Als sie zum erstenmal umkippte, wollte er sie ins Gefängnis bringen. Warum sollte sie ihn abfüttern?«

»Oh, nun, es mag sein, wie es will«, sagte Rosie und benutzte eine von Auroras Lieblingsphrasen. »Was nehmen Sie in den Kaffee? Ich bin froh, daß Willie Ihnen wenigstens das angeboten hat.«

Sie ärgerte sich in zunehmendem Maße über Willie. Er war viel größer als Theo – warum hatte *er* Aurora nicht nach oben getragen?

»Schwarzen Kaffee, ich bin Grieche«, sagte Theo.

»Sie sind so stark – machen Sie Gymnastik, oder sind Sie Gewichtheber oder so was?« wollte Rosie wissen.

»Ich mach' keine Gymnastik – früher habe ich Säcke von Schiffen abgeladen.«

Willie begann, sich traurig zu fühlen – er wünschte sich jetzt nichts sehnlicher, als sich einen Schuß zu verpassen. Alle in der Welt waren weitaus kompetenter als er, das wußte er. Rosie war kompetenter, und der griechische Mann auch. Er selbst dagegen war nicht mal in der Lage gewesen, den Kaffee für ihren Gast schwarz genug zu machen, was ihn seiner eigenen Ansicht nach auf der Kompetenzskala ziemlich tief unten ansiedelte. Es war deprimierend, so nutzlos zu sein, doch Rauschgift machte es erträglicher.

»Haben Sie Zahnstocher?« fragte Theo.

»Wieso, haben Sie Kaffee zwischen den Zähnen?« fragte Rosie grinsend. Sie mochte Theo. Ein Haus, in dem niemand außer ihr, Aurora und Willie lebten, war ihrer Meinung nach ein ziemlich langweiliges Haus. Theo hatte eine ganz eigene Art, die Dinge darzustellen, und außerdem sah er auch noch gut aus. Früher hatte sie gefunden, daß Willie auf seine untersetzte Art gut aussah, doch jetzt fand sie das gar nicht mehr so sehr. Er war vielleicht ihr Problem oder ihre Stütze, aber gutaussehend war er nicht. Theo hatte einen Bruder – velleicht sah der auch gut aus. Vielleicht konnten sie und Aurora und Theo und sein Bruder ein Doppelrendezvous ausmachen. Was sie mit Willie tun würde, falls sich eine solche Situation ergab, war eine Frage, über die sie später nachdenken würde.

»Ich kann auch Karten spielen«, bemerkte Theo. »Wenn wir schon nicht um Geld spielen, könnten wir ja wenigstens um Zahnstocher spielen.«

Als sie nach zwei Stunden mit dem Kartenspiel aufhörten, hatte Theo die ganze Schachtel Zahnstocher gewonnen. Er versuchte, Rosie und Willie mehrere neue Kartenspiele beizubringen, aber ihre Auffassungsgabe reichte für diese Spiele nicht aus – Theo gewann immerzu. Das einzige Geräusch von oben war das gelegentliche Rauschen der Toilette. Als er sämtliche Zahnstocher gewonnen hatte, beschloß Theo, nach Hause zu gehen. »Ich glaube, sie kommt heute nicht mehr runter«, bemerkte er ein wenig traurig. Er war noch eine Weile geblieben, weil er hoffte, noch einen Blick auf Aurora werfen zu können – außerdem hatte er sich gewünscht, sie würde noch einen Blick auf ihn werfen. Leute, die sehr betrunken waren, konnten sich manchmal hinterher an nichts mehr erinnern. Gewisse Stadien der Trunkenheit löschten oftmals das gesamte Erinnerungsvermögen aus, sowohl an den Ort des Ereignisses wie auch an die Leute, die dabeiwaren. Aurora hatte sich in einem ziemlich schlimmen Stadium der Trunkenheit befunden – vier Flaschen Retsina waren schließlich keine Kleinigkeit. Vielleicht würde sie sich weder an ihn noch an seinen Bruder noch an die McCarty Street erinnern. Wenn er am nächsten Abend zum Dinner kam, mit oder ohne Vassily, konnte es gut sein, daß Aurora keine Ahnung hatte, wer er überhaupt war. Er selbst hatte einmal wegen seiner Trunkenheit seine eigene Hochzeit vergessen, die in Ägypten stattgefunden hatte. Er hatte eine ägyptische Frau geheiratet und fast eine Woche lang im Zustand völliger Trunkenheit mit ihr verbracht, weil er zuviel ägyptischen Alkohol konsumiert hatte, an den er nicht gewöhnt war. Er hatte die ganze Angelegenheit vergessen, sobald er wieder an Bord und nüchtern war. Vielleicht hätte er sich an diese Heirat nie wieder erinnert, wenn er nicht per Zufall auf seiner nächsten Reise nach Alexandria in einem Tabakladen auf seine Frau gestoßen wäre. Sie war in Begleitung ihres neuen Ehemannes, eines Engländers, und machte deshalb so gut wie keine Bemerkung darüber, daß er nicht nur die Hochzeitsnacht, sondern die ganze Woche ihrer Ehe total vergessen hatte.

All das veranlaßte ihn zu der Überzeugung, daß Aurora vielleicht zu betrunken war, um sich an ihn erinnern zu können, was bedeutete, daß er sie nie wiedersehen würde. Da er sich in sie verliebt hatte, war das eine ziemlich triste Aussicht, was er auch zu Rosie sagte, die ihm vertrauenswürdig erschien.

»Was ist, wenn sie sich an gar nichts mehr erinnert?« fragte er. »Viele Betrunkene erinnern sich an nichts mehr. Sie will bestimmt keinen zum Dinner haben, an den sie sich überhaupt nicht mehr erinnert.«

»Aurora vergißt Sie schon nicht«, antwortete Rosie. »Sie hat ein Projekt, das ihr hilft, sich an jeden einzelnen Tag ihres Lebens zu erinnern, selbst an die Zeit, als sie noch ein Baby war.«

»Viel Glück dabei«, bemerkte Willie. »Ich kann mich an nichts vor dem dritten Schuljahr erinnern.«

»Und später auch nicht an viel mehr«, fügte Rosie hinzu. »Aber du bist ja auch nicht Aurora. Wenn sie sich erst mal was in den Kopf gesetzt hat, bleibt sie auch dabei. Mich würde es nicht überraschen, wenn sie sich an jeden Tag ihres Lebens erinnern könnte. Sie hat noch all ihre alten Kalender und geht in ihre Garage, um damit zu arbeiten.«

»Kommt mir komisch vor«, sagte Theo. »Warum soll sich einer wünschen, sich an jeden Tag seines Lebens zu erinnern? Das würde einem doch nur den Kopf zum Platzen bringen.«

»Ich weiß nicht, vielleicht fragen Sie sie morgen selbst«, sagte Rosie.

»Ich kann mich höchstens an drei Tage meines Lebens erinnern«, sagte Theo. »Einer war der Tag, an dem der Krieg zu Ende war.«

Je mehr er über Auroras Projekt nachdachte, desto komischer kam es ihm vor. Trotzdem wollte er sie sehen, falls es möglich war.

»Sie hat gesagt, daß ich nach Ihrer Telefonnummer fragen soll, für den Fall, daß sie sich nicht an Ihren Namen erinnern kann«, sagte Rosie. »Sie sagte, sie würde Sie vielleicht anrufen, wenn es ihr wieder bessergeht.«

Sie bot Theo an, ein Taxi zu rufen, aber er schaute sie nur an, als habe sie den Verstand verloren, und machte sich auf den Weg zur Bushaltestelle.

»Er hat gesagt, daß er die meisten dieser Kartenspiele in Jugoslawien gelernt hat«, erzählte Rosie später Aurora, die noch sehr geschwächt war. Bleich wie ein Geist saß sie in ihrem Bett.

»Prima, ich mag weitgereiste Männer«, sagte Aurora.

8.

Den größten Teil dieses Tages war Aurora zu krank, um sich darum zu scheren, ob sie lebte oder starb, sich wieder erholte oder abkratzte, einen Liebhaber hatte oder nicht. Gegen Mittag schaute Rosie herein, um zu sehen, ob es ihr gut genug ging für einen kleinen Imbiß, und fand sie auf dem Fußboden, mitten zwischen Badezimmer und Bett.

»Ich bin nicht tot, ich ruhe mich nur aus, geh wieder nach unten«, sagte Aurora.

»Honey, wenn du zu schwach bist, um zu kriechen, dann brauchst du Hilfe«, erklärte Rosie. Sie bemerkte, daß Aurora den größten Teil der Bettdecke vom Bett gezerrt und sich daraus auf dem Boden, in der Nähe ihres Erkerfensters, eine Art Nest gebaut hatte.

»Gleich begebe ich mich in mein Nest«, sagte Aurora. »Ist mein Grieche gegangen?«

»Ja, aber wie kommst du auf die Idee, daß er dein Grieche ist?« fragte Rosie, die sich darüber ärgerte, daß Aurora immer glaubte, sie könne bekommen, was immer sie wolle, wenigstens, was Männer betraf. Die Tatsache, daß sie immer bekam, was sie in bezug auf Männer wollte, hatte dazu geführt, daß sie jetzt mitten in ihrem Schlafzimmer auf dem Fußboden lag.

»Selbstverständlich ist er meiner«, sagte Aurora. »Wie kannst du es wagen, mir dieses Vorrecht streitig zu machen?«

»Meine Güte, ich habe ja nur mal eine Frage gestellt«, sagte Rosie.

Doch später, nachdem sie einige weitere Male unter schmerzhafter Anstrengung zum Badezimmer gekrochen war, um einen Magen zu entleeren, der bereits leer war, begann Aurora sich an die Abfolge der Ereignisse zu erinnern, die sie in ihren augenblicklichen Zustand versetzt hatten. Eigentlich war es nur eine kurze Folge, deren Anfang und Ende die Entdeckung von Patsy Carpenters Gürtel auf Jerry Bruckners Couch war. Als sie wieder genug bei Kräften war, um überhaupt etwas zu empfinden, war das, was sie empfand, vor allem ein Gefühl des mißbrauchten Vertrauens, so bitter wie die letzten Tropfen Magensäure, die alles waren, was nach soviel Erbrechen von ihrer Körperflüssigkeit übriggeblieben war.

Es war schon fast Abendbrotzeit, als Rosie erneut den Kopf durch die Tür steckte. Aurora befand sich im Bett, die Nachttischlampe brannte, und sie weinte.

Aurora, die sich einsam, hoffnungslos und alt fühlte, erzählte Rosie alles über den Gürtel auf der Couch.

»Also ist es tatsächlich passiert . . . ich meine, du und Jerry?« fragte Rosie voller Erleichterung, daß sie endlich einmal genauere Informationen bekam.

»Ach, ich weiß nicht«, gestand Aurora. »Ich denke, es ist einfach geschehen, weil es eben geschehen ist.«

»Versteh' ich nicht«, sagte Rosie. »Was soll das denn bedeuten?«

»Das heißt, ich wollte und er nicht«, sagte Aurora. »Ich war bei der Sache, er aber nicht. Also ist in gewisser Hinsicht überhaupt nichts passiert. Und das bedeutet, daß ich mich komplett zum Narren gemacht habe und jetzt meine wohlverdiente Strafe bekomme«, fügte sie mit flacher Stimme hinzu. »Ich wußte, daß ich irgendwann dafür Prügel bekommen würde – ich hatte nur nicht damit gerechnet, daß es Patsy Carpenter sein würde, von der ich sie kriege.«

»Vielleicht war sie's gar nicht«, meinte Rosie. »Alles, was du hast, ist ein Gürtel auf einer Couch. Vielleicht bekam sie ja nur ein Jucken und mußte sich kratzen, und dann vergaß sie den Gürtel.«

Aurora schaute sie so böse an, daß Rosie zusammenzuckte. Was hatte sie denn jetzt schon wieder falsch gemacht? Dann kam ihr der Gedanke, daß sie das Jucken und Kratzen vielleicht besser nicht erwähnt hätte.

»Oder vielleicht hat sie nur einen Knopf verloren oder so, oder zuviel gegessen – du weißt es ja nicht«, fuhr sie etwas lahm fort.

Nachts, als sie wach, aber wie leer an ihrem Erkerfenster saß, wurde es Aurora klar, daß Rosie durchaus recht haben konnte. Für den Gürtel auf der Couch könnte es eine ganz harmlose Erklärung geben. Sie glaubte keinen Moment an eine solche Erklärung, aber möglich war es. Was hatte das schon zu bedeuten? Wenn Jerry nicht schon längst mit Patsy schlief, dann würde er in kürzester Zeit mit ihr schlafen, oder mit einer anderen jungen Frau. Was der Anblick des Gürtels auf der Couch bei ihr bewirkt hatte, hatte nur wenig mit Jerry Bruckner zu tun: es war der Beweis für ihre komplette Torheit. Für ein paar Monate Sex mit einem jüngeren Mann, der sie eigentlich gar nicht wollte, hatte sie ihre Würde verloren. Außerdem hatte sie die ganze Problematik von Anfang an erkannt und es trotzdem getan. Ihr ganzes Leben lang hatte sie die Tendenz gehabt, über das Ziel hinauszuschießen, konnte sich aber an keine Gelegenheit erinnern, bei der sie so heftig übers Ziel hinausgeschossen und so hart dafür bestraft worden war.

»Vermutlich hast du ja recht, aber du könntest dich auch irren, denk dran«, sagte Rosie beim Frühstück, während sie für Aurora Pfannkuchen machte. Da klingelte das Telefon.

Aurora, die dicht daneben saß, ignorierte es. Es klingelte mehrmals.

»Soll ich rangehen?« fragte Rosie.

»Kannst du, wenn du möchtest«, meinte Aurora.

Rosie nahm ab und warf Aurora sofort einen ängstlichen Blick zu.

»Das ist Jerry!« flüsterte sie und legte nicht nur die Hand über die Sprechmuschel, sondern auch noch einen Topflappen.

Aurora zeigte keinerlei Reaktion.

»Hallo, Jerry«, sagte Rosie und fragte sich, ob sie ihren Job nicht lieber aufgeben sollte, wenn sie in Zukunft jedesmal zwischen die Fronten geraten würde, wenn das Telefon klingelte.

»Ja, es geht ihr gut, aber sie ist noch nicht runtergekommen. Ich denke, sie ist wahrscheinlich unter der Dusche, soll sie zurückrufen?« sagte Rosie. Aurora runzelte die Stirn, als sie das mit dem Zurückrufen hörte.

»Bitte sagen Sie ihr, sie möchte mich zurückrufen, gestern ist sie nicht gekommen, und jetzt mache ich mir Sorgen um sie.«

»Er sagt, er macht sich Sorgen um dich«, bemerkte Rosie, nachdem sie aufgelegt hatte.

Ohne ein Wort stand Aurora auf, ging in die Garage und kletterte in ihren Wagen.

Kaum war der Wagen warmgelaufen, kroch sie langsam aus der Garage. Sie hatte einen verbissenen Gesichtsausdruck, und zwar nicht, so dachte Rosie, weil sie wie üblich Angst hatte, ihre Kotflügel anzukratzen. Rosie folgte ihr aus der Garage auf die Einfahrt, fest entschlossen, einen letzten Versuch zu machen, sie zur Vernunft zu bringen – oder, falls das zu schwierig war, sie wenigstens dazu zu bewegen, ihr zu sagen, wohin sie fuhr.

»Jerry klang richtig besorgt am Telefon«, sagte sie und

hielt mühelos mit dem Wagen Schritt, während Aurora die Einfahrt hinunterkroch. »Er klang, als würde er dich vermissen.«

Das löste zwar keinerlei Reaktion bei Aurora aus, aber Rosie, voller Hoffnung, begleitete sie weiter in Richtung Straße.

»Ich hoffe, du betrinkst dich nicht schon wieder«, sagte sie, als Aurora auf die Straße bog und den Vorwärtsgang einlegte. »Du ruinierst deinen Körper, wenn du dich schon wieder betrinkst«, fuhr sie mit ihren Ratschlägen fort. Aurora ignorierte sie, schaute, ob die Straße frei war, und fuhr los.

»Der blöde Gürtel könnte auch von jemand anderem sein – von einem Patienten zum Beispiel«, schrie Rosie ihr hinterher, bevor sie über den Hinterhof zu ihrem eigenen kleinen Haus ging, um Willie aus dem Bett zu jagen. Sie hatte das Gefühl, daß sich vor Ende des Tages schlimme Dinge ereignen würden; sie wollte, daß Willie auf und hellwach war – sie rechnete allerdings nicht damit, daß Willie besonders kluge Ratschläge von sich geben würde, erwartete jedoch von ihm, daß er bei ihr saß und Kaffee trank, während sie sich Sorgen machte.

Zu ihrem Ärger mußte sie feststellen, daß Willie sich nicht in dem kleinen Haus befand. Zuerst dachte sie, er sei nach draußen gegangen. In letzter Zeit hatte er sich im Hinterhof zu schaffen gemacht und die Hecken beschnitten – aber als sie nachschaute, stellte sie fest, daß er, falls er sich irgendwo zu schaffen machte, es jedenfalls nicht in ihrem Hinterhof tat. Hastig ging sie ins Haus zurück, in der Hoffnung, ihn in der Küche zu finden, aber in der Küche war er auch nicht, und es sah auch nicht so aus, als sei er in einem der Badezimmer.

Blitzartig kam ihr der Gedanke, Willie sei weg – verschwunden, gegangen, abgehauen. Als ihr dieser einfache Gedanke kam, merkte sie, daß es sie nicht sonderlich überraschte, sondern vielmehr heftig ärgerte. Jetzt war er noch nutzloser als zu der Zeit, als er noch da war!

Gewiß, Willie war langsam; er hatte noch im Bett gelegen, als sie ins Haus gegangen war, um Aurora zu überreden, ein paar Pfannkuchen zu essen. Er war nicht im Hinterhof, aber vielleicht war er ja auf der Allee hinter dem Hof, wanderte dort ziellos umher und überlegte, wohin er wie eine Ratte rennen sollte, falls er rannte.

Rosie sauste auf die Allee, sah nirgendwo einen Willie und joggte rasch um den Block, in der Hoffnung, ihn an der Bushaltestelle zu entdecken. Willie hatte in jüngster Zeit zwei Verkehrsstrafen einkassiert und für seinen kleinen Midget Pick-up Fahrverbot bekommen. Aber an der Bushaltestelle war auch kein Willie. Langsame Leute konnten sich also auch schnell bewegen, wenn sie dabei waren, sich abzusetzen. Sie selber war nie langsam gewesen; vor Jahren, als sie zu dem Schluß gekommen war, daß ihre Ehe nun wirklich am Ende sei, da hatte sie sich wie ein geölter Blitz bewegt – war dann aber doch wieder zurückgekommen, weil ihrem Ehemann, Royce, von einem seiner besten Freunde der Bauch aufgeschlitzt worden war.

Sie ging wieder ins Haus und nahm eine erneute Inspektion vor, rechnete aber nicht ernsthaft damit, jemanden anzutreffen, und traf auch tatsächlich niemanden an.

»Wohin gegangen?« fragte Aurora zwanzig Minuten später, als sie wieder da war, nachdem sie lediglich eine Weile ziellos in der Nachbarschaft herumgefahren war. Sie hatte die Absicht gehabt, zu Jerry zu fahren und mit ihm Tacheles zu reden – sozusagen als Vorstufe, bevor sie ihn vergaß und endgültig über ihn hinwegkam, sofern ihr dies überhaupt gelingen würde. Aber sie hatte noch keine zwei Blocks geschafft, als sie plötzlich das Zittern überkam; eine Weile parkte sie an einer netten Stelle im Schatten der River Oaks, aber das Zittern ließ nicht nach, und bald mußte sie einsehen, daß sie nicht dazu in der Lage war, sich mit jemandem anzulegen, jedenfalls nicht jetzt. Ihr Magen war immer noch ein einziger Knoten, und sie verspürte einen leichten Hunger – ein sicheres Zeichen dafür, daß sie zur Zeit nicht in der Lage war, sich mit einem Mann anzulegen.

Und gerade jetzt, wo sie an der Heimatfront auf Mitgefühl angewiesen war, das sie häufig von Rosie bekam, suchte sich Rosie ausgerechnet diesen Moment aus, um sitzengelassen zu werden, was es ihr unmöglich machte, viel Sympathie rüberzubringen.

»Ach, Kopf hoch!« sagte Aurora. »Wahrscheinlich ist er nur gegangen, um Rasiercreme zu kaufen. Selbst wenn die ganze Welt aus Rasiercreme bestünde, würden die Männer es immer noch schaffen, ausgerechnet dann keine zu haben, wenn man sie rasiert sehen will. Jedenfalls ist das meine Erfahrung mit Männern, und ich habe eine ganze Menge, wie du weißt.«

»Nein, er ist abgehauen«, versicherte Rosie ihr. »Ich wußte, daß er es vorhatte, wenn ich weiterhin so gemein zu ihm wäre.«

»Wenn du das so genau wußtest, warum hast du dann nicht aufgehört, so gemein zu ihm zu sein?« erkundigte sich Aurora. »Wolltest du, daß er geht?«

»Ja und nein«, antwortete Rosie und schaute zum Herd, auf dem ein hübscher Stapel Pfannkuchen darauf wartete, verzehrt zu werden.

»Die Pfannkuchen da sind jetzt für den Mülleimer«, fügte sie hinzu.

Aurora wandte ihre Aufmerksamkeit dem beträchtlichen Stapel Pfannkuchen auf dem Herd zu – sie hatte das Gefühl, als würde sich ihr Magen langsam entknoten.

»Unsinn, diese Pfannkuchen sehen doch noch ganz eßbar aus«, sagte sie. »Wir teilen sie uns. Du kennst meine Prinzipien.«

»Ja, friß soviel, wie du reinstopfen kannst«, schrie Rosie. »Wenn ich auch nur zwei Bissen essen müßte, mit einem solchen Magen, dann würde ich den ganzen Tag erbrechen, so wie du gestern. Ich bin nur noch ein Nervenbündel«, sagte sie, als Aurora die Pfannkuchen gleichmäßig aufteilte und sie auf zwei Teller plazierte. Anschließend verzehrte Aurora ihren eigenen Teller sowie den von Rosie, während Rosie nur dasaß, Kaffee trank und trübselig dreinschaute.

»Ich wünschte, ich würde noch rauchen«, sagte Rosie. »Wenn ich noch rauchen würde, würde ich mir jetzt sofort eine anstecken.«

»Nun, wir müssen den Dingen fest ins Auge blicken, Rosie«, sagte Aurora. »Wir sind beide sitzengelassen worden, und das war's dann. Glaubst du, es könnte in Willies Leben eine andere Frau geben? Oder daß er nur gegangen ist, weil du gemein zu ihm warst? Du warst ja wirklich manchmal gemein zu ihm«, fügte sie hinzu. »Ich glaube, das liegt daran, daß du den Vorteil hattest, mich zum Lehrmeister und Vorbild zu haben, an die vierzig Jahre lang.«

»Nein, es ist nicht dein Fehler«, gestand Rosie. »Ich werde manchmal einfach gemein.«

»Was ist mit meiner ›Andere-Frau-Theorie‹?« fragte Aurora nochmals.

»Möglich ist es, aber nicht wahrscheinlich. Willie ist zu faul dafür. Ich vermute, er fängt wieder mit Rauschgift an. Ich weiß nicht, dieser Entzug, den er er da gemacht hat – ich glaube nicht, daß er ihm viel geholfen hat.«

»Wahrscheinlich nicht«, stimmte Aurora ihr zu. »Ich halte sowieso nichts davon. Meiner Meinung nach sollten die Leute soviel Rauschgift bekommen, wie sie wollen – wenn es sie im Gleichgewicht hält.«

»Oh, der arme Willie hat mit Gleichgewicht nichts zu tun«, sagte Rosie und sah plötzlich noch trauriger aus. »Der Mann ist innen wie Pudding – verstehst du, der zittert andauernd. Wenn ich noch mal von vorne anfangen könnte, würde ich nicht so gemein zu ihm sein.«

»Sieh die Sache mal von dieser Seite – wenigstens hat er nicht mit Patsy Carpenter geschlafen«, kommentierte Aurora.

»Vielleicht war es nur ein Ausrutscher von Jerry«, sagte Rosie. Schließlich kannte sie Patsy so lange wie Aurora und war nicht willens, so hart über sie zu urteilen, wie Aurora es tat. Was immer sie auch sonst noch war, Patsy war unbestreitbar attraktiv, und ging es etwa um etwas anderes, wenn es um Männer ging?

»Blödsinn – Patsy ist ein zielstrebiges Raubtier, wie ich«, sagte Aurora, die sich noch mehr Pfannkuchen wünschte und überlegte, ob sie wohl noch hungrig sein würde, wenn sie jetzt aufstand und welche machte.

»Und die Gene hat sie weitergegeben«, fuhr sie fort. »Vergiß nicht, daß Katie sich gerade Melanies Schwarm unter den Nagel gerissen hat.«

»Schöner Schwarm, die kleine Flasche«, kommentierte Rosie. »Ich lasse mich nie wieder auf etwas ein, das Elend ist einfach zu groß, wenn's zu Ende geht.«

»Falsch, vollkommen falsch«, sagte Aurora und sprang auf. Sie hatte sich für weitere Pfannkuchen entschieden, solange sich ihr Appetit noch im Aufschwung befand.

»Wir beide müssen so rasch wie möglich jemanden verführen«, sagte sie. »Das ist das Prinzip, das meine Mutter immer verfolgte, wenn sie vom Pferd fiel. Ganz egal, wie schmerzhaft der Sturz auch war, sie stand immer wieder auf und stieg sofort wieder aufs Pferd, um nicht die Nerven zu verlieren.«

»Ja, aber was, wenn man die Nerven völlig verliert?« fragte Rosie. »Dies ist nicht mein erstes Rodeo, weißt du. Wenn man hundertmal vom Pferd geworfen wird, könnte es ja durchaus vernünftig sein, sich von Pferden fernzuhalten.«

»Meinetwegen, wenn du eine alte Frau sein willst, okay«, antwortete Aurora. »Du *bist* eine alte Frau, aber wenn du aufgibst und anfängst, dich auch so zu verhalten, dann garantiere ich dir, daß du in ein paar Wochen noch viel älter aussehen wirst.«

Rosie dachte eine Weile über diese Bemerkung nach – sie konnte nichts dagegen einwenden. Im Moment erschien ihr das Leben allerdings als solche Bürde, daß es vielleicht am einfachsten war, es einfach laufen zu lassen und unter die Oberfläche abzusinken.

»Ich bin keine Frau aus Stahl«, bemerkte sie. »Ich weiß nicht, ob ich meine Nerven noch mal zusammenkriege, und außerdem, für wen sollte ich sie denn zusammenkriegen?«

Plötzlich erinnerte sich Aurora daran, daß sie zwei Griechen zum Abendessen eingeladen hatte. Eigentlich konnte sie sich nur noch daran erinnern, daß beide Tränensäcke unter den Augen hatten, Unterhemden trugen und muskulöse Schultern hatten – und daß Öltanklastwagen auf ihrem Weg zum Ship Channel beinahe durch ihre kleine Baracke von Bar rumpelten.

»Hat Theo mich nicht aufgehoben oder so, als ich vollkommen betrunken war?« fragte Aurora. Sie hatte das vage Gefühl, daß ein Satz muskulöser Schultern ihretwegen in Aktion getreten war.

»Er hat dich nicht nur hochgehoben, er hat dich den ganzen Weg nach oben getragen«, erklärte Rosie. »Dabei hat er sich einen Krampf im Bein geholt.«

»Ich bin seit vielen Jahren nicht mehr hochgehoben worden«, sagte Aurora. »Welche Schande, daß ich zu betrunken war, um dieses Gefühl zu erleben.«

»Früher hat er Säcke aus den Schiffen ausgeladen, aber jetzt macht er das nicht mehr«, erläuterte Rosie.

»Du scheinst ihn ja ziemlich gut kennengelernt zu haben, während ich betrunken war«, meinte Aurora und warf einen Blick über die Schulter auf Rosie, während sie die Pfannkuchen wendete.

»Nein, und ich bin auch nicht hinter ihm her; laß mich in Ruhe, mein Herz ist gebrochen«, protestierte Rosie und beschloß, lieber nicht zu erwähnen, daß sie und Theo mehrere Stunden lang Karten gespielt hatten. Doch dann erinnerte sie sich daran, daß sie es Aurora ja bereits gesagt hatte, denn sie hatte ihr berichtet, daß Theo dieses Kartenspiel in Jugoslawien gelernt hatte.

»Ich mache die Pfannkuchen fertig, du setzt dich hin und ißt«, sagte Rosie und hoffte, Auroras mißtrauische Anwandlungen im Keime ersticken zu können, bevor sie sich selbständig machten.

»Ja, ich verhungere«, sagte Aurora. »Wir haben die Petrakis-Brüder heute zum Abendessen bei uns, wir müssen uns ein Menü überlegen.«

»Nein, Theo kommt allein«, sagte Rosie. »Er sagte, er wolle seinen Bruder nicht mitbringen, weil er ihn nicht mag.«

»Nun, noch eine Mitteilung, die er dir und nicht mir anvertraut hat«, bemerkte Aurora. »Das ist meine Dinnerparty, und ich will, daß sie beide kommen, damit ich sie mir ansehen kann, solange ich noch nüchtern bin. Soviel ich weiß, ist Vassily wahrscheinlich der hübschere von beiden.«

»Vassily wollte die Bullen rufen und dich verhaften lassen, als du ohnmächig warst – das hat Theo gesagt«, enthüllte Rosie. »Er sagte, Vassily sei nicht nett zu dir gewesen – warum solltest du ihn abfüttern?«

»Rosie, die meisten Männer sind nicht nett zu mir, obwohl ich Millionen beköstigt habe«, sagte Aurora.

»Ja, aber die meisten Männer versuchen auch nicht, dich ins Gefängnis zu verfrachten, bloß weil du umgekippt bist«, konterte Rosie. Vassily kam ihr wie ein faules Ei vor.

»Nun, davon weiß ich nichts. Er wird schon seine Gründe gehabt haben.«

»Gründe, daß irgendein blöder Cop dich ins Gefängnis karrt?« fragte Rosie, deren Vorurteil gegen Polizisten wieder an die Oberfläche drang. »Was sollten denn das für Gründe sein?«

»Ich habe mich gestern morgen nicht besonders korrekt benommen«, sagte Aurora. »Vielleicht habe ich es versäumt, für meinen Retsina zu zahlen. Vielleicht dachte er, ich wollte ihn betrügen, eine nicht ganz unbegründete Furcht, denn ich war barfuß und im Nachthemd.«

»Du bist in einem Cadillac vorgefahren, ich glaube nicht, daß er dich für pleite hielt«, meinte Rosie. »Egal, am besten rufst du Theo an und machst alles klar mit ihm, denn er hat nicht die Absicht, außer sich selbst noch jemand anderen mitzubringen.«

»Ich glaube, Theo war sehr nett zu mir, bevor ich betrunken wurde«, sagte Aurora. »Der wahre Grund, warum er seinen Bruder nicht mitbringen will, liegt bestimmt darin, daß er verhindern will, daß ich zu dem Schluß komme, sein Bruder sehe besser aus als er.«

»Okay, du kannst mit den Griechen machen, was du willst, ich wünschte nur, Willie käme zurück«, sagte Rosie und stand auf. Sie hatte das Gefühl, daß es jetzt wohl besser wäre, sich auf ihre Hausarbeit zu konzentrieren, denn sonst würde sie den ganzen Vormittag damit verbringen, zu heulen und deprimiert zu sein.

»Ich wünschte, du würdest Jerry anrufen und ihm seine Sorgen erleichtern«, sagte sie. »Er klang ziemlich besorgt.«

»Welche Sorgen? Ich rufe ihn ganz sicher nicht an. Er weiß ja, wo ich wohne. Wenn er Interesse hat, über alles zu reden, soll er es doch versuchen. Und wenn er zu feige ist herzukommen, dann ist es um so besser, daß er ordentlich leidet.«

»Eine Frau aus Stahl, das bist du«, sagte Rosie. »Mir tut Jerry leid. Vermutlich ist er von Patsy einfach nur überfahren worden, und jetzt fühlt er sich schlecht und wünscht, du kämst du ihm zurück.«

»Das bezweifle ich sehr, Rosie – vielleicht bespringen sie sich jetzt gerade«, sagte Aurora. Wieder überkam sie eine Sekunde lang die quälende Vorstellung zweier Körper, beide jünger als sie, die sich brünstig umschlangen.

»Machen was gerade?« fragte Rosie.

»Bespringen, du weißt doch, was das heißt, auch wenn du nicht Shakespeare liest«, antwortete Aurora. »Ich bin sowieso enttäuscht von dir, auch wenn dein Herz gebrochen ist.«

»Warum?« wollte Rosie wissen.

»Weil dir der Hundesohn, der mich hat sitzenlassen, auch noch leid tut«, sagte Aurora und platschte frische Pfannkuchen auf ihren Teller. »Dir tun immer Männer leid, die nicht mal das geringste Quentchen Sympathie verdient haben. Wir sind es, die Sympathie verdienen. Wann wirst du diese einfache Tatsache endlich mal kapieren?«

Rosie hockte vor dem Spülschrank und betrachtete die Ansammlung von Reinigungsmitteln, die sie darin verstaut hatte. Sie fühlte sich so elend, daß sie am liebsten selbst in den Spülschrank gekrochen wäre. Wenn sie sich hier für ein paar Stunden versteckte, käme Willie vielleicht wieder zurück, und damit wäre zumindest ein Problem gelöst. Was Aurora gesagt hatte, war richtig: Männer verursachten unendliche Mühsal und Schmerzen, Frauen waren es, die Sympathie verdienten – und trotzdem, so wütend sie auch auf Männer werden konnte und so gemein sie einzelne von ihnen behandelte, für lange konnte sie ihnen ihre Sympathie nicht verweigern. Irgend etwas hatten sie an sich, das sie früher oder später weich werden ließ.

»Das liegt daran, daß sie eben nur Jungen sind«, sagte sie. »Emma war ein Mädchen, du hast nie Jungen gehabt, du weißt ja nicht, wie das ist. Aber ich hatte vier davon.«

»Ja, und soweit ich das beurteilen kann, verhält sich jeder einzelne deiner Söhne erwachsener, verantwortungsbewußter und besser zu seinen Frauen, als es irgendeiner deiner Freunde jemals dir gegenüber getan hat«, erklärte Aurora. »Wieso hat die Tatsache, daß du verantwortungsbewußte Söhne großgezogen hast, automatisch zu bedeuten, daß du jeden schwachen Mann, der dir begegnet, entschuldigen mußt?«

»Du stellst zu viele Fragen, mein Liebes«, sagte Rosie erschöpft. Sie ging zu dem kleinen Schrank, in dem sie ihren Staubsauger aufbewahrte, und fing an, ihn zusammenzusetzen. Staubsaugen war die beruhigendste Tätigkeit, die sie im Moment ausüben konnte. Wenigstens würde das Auroras Fragen übertönen, die die Eigenschaft hatten, immer schwerer zu beantworten zu sein, je schlechter sie sich beide fühlten.

»Zweifellos tue ich das, und zwar, weil ich herausfinden muß, was an der Welt verkehrt ist und warum«, sagte Aurora. »Geh jetzt, laß deine Maschine laufen, ignoriere mich ganz einfach, wenn du willst.«

Sie bestrich ihre frischen Pfannkuchen großzügig mit Butter und verpaßte ihnen zusätzlich eine noch großzügigere Portion Ahornsirup. Beim Gedanken an ihre Griechen hatte sich ihre Stimmung verbessert, doch sie kippte schlagartig um, als sie sich vorstellte, was Patsy und Jerry jetzt gerade machten, oder falls nicht jetzt, dann eben später am Tag oder, falls nicht heute, irgendwann machen würden.

Was ihren Stimmungswandel bewirkt hatte, war vor allem das Gefühl, daß Patsy und Jerry sie aufs Abstellgleis gedrängt hatten. Wieso gelegentliches Lieben bedeutete, daß man sich auf dem Abstellgleis befand, wußte sie selbst nicht – es war einfach ihr Eindruck. Und in den letzten Jahren hatte sie heftig dafür gekämpft – so schien es ihr jedenfalls –, noch ein wenig länger im Hauptstrom mitzuschwimmen. Häufig empfand sie nicht viel Freude bei ihren Bemühungen; häufig waren ihre Partner bestenfalls unangemessen und schlimmstenfalls pathetisch; häufig bekam ihre Selbstachtung einen Dämpfer dieser oder jener Art, wie es der Fall gewesen war, als sie, von allen guten Geistern verlassen, Jerry verführt hatte – aber wenigstens hatte sie für kurze Zeit das Gefühl, dort zu schwimmen, wo sie wirklich schwimmen sollte, anstelle des Gefühls, lediglich wie eine alte Schildkröte dahinzukriechen, im Seichten, im Schlamm, im Graben.

Jetzt waren Patsy und Jerry die Schwimmer: Was immer sie machten und wie und wann auch immer, es würde vermutlich besser sein als alles, was sie in Zukunft und vielleicht für immer machen würde.

»Ich lass' dich jetzt allein, damit du deine Pfannkuchen essen kannst«, sagte Rosie und trug den Staubsauger zum Fuß der Treppe. Es war schwer, sich um Aurora Sorgen zu machen, wenn sie aß – und angesichts des zweiten Stapels Pfannkuchen auf ihrem Teller konnte man *wirklich* behaupten, daß sie aß.

»Ja, geh nur«, sagte Aurora. »Ich bleibe hier bei meinen Pfannkuchen und mache deine Arbeit für dich.«

Diese Bemerkung verblüffte Rosie. Sie war schon auf halber Treppe, den Staubsauger startbereit im Arm, um selbst ihre Arbeit zu machen. Was meinte Aurora damit? Etwa, daß sie das Staubsaugen übernehmen wollte? Niemand konnte gleichzeitig staubsaugen und Pfannkuchen essen –

aber vielleicht meinte Aurora ja, daß sie staubsaugen wollte, nachdem sie die Pfannkuchen gegessen hatte. Bei seltenen Gelegenheiten bekam sie Lust, Hausarbeit zu machen. Vielleicht war dies hier ja eine solche Gelegenheit.

»Nein, geh und mach sauber«, sagte Aurora, die Rosies erstaunten Blick bemerkte. Heftig wedelte sie mit der Hand in Rosies Richtung.

»Okay, aber was meinst du damit, du machst meine Arbeit für mich?«

»Ich meinte deine philosophische Arbeit«, sagte Aurora. »Irgend jemand muß herausfinden, was schiefläuft bei den Männern und warum. Offensichtlich suchst du dein Heil lieber in hirnloser Arbeit, anstatt dich mit diesen Grundfragen menschlicher Existenz zu beschäftigen.«

»Wenn das Grundfragen menschlicher Existenz sind, dann glaube ich, daß eine Menge Leute, die viel klüger sind als ich, schon daran gearbeitet haben«, sagte Rosie. »Wenn Shakespeare und Eric Hoffer es nicht rauskriegen können, dann habe ich doch so gut wie keine Chance.«

Sie hatte Eric Hoffer mehrmals im Fernsehen gesehen und war sehr beeindruckt von seiner Fähigkeit, zu erklären, warum die Dinge so waren, wie sie waren.

»Was ist mit Sir Kenneth Clark?« fragte Rosie, die sich an einen anderen Fernsehstar erinnerte, der die Dinge ebenfalls beeindruckend erklären konnte. »Er hat so gut wie die gesamte Zivilisation erklärt«, rief sie ihrer Chefin ins Gedächtnis zurück. »Vielleicht könntest du ihm einfach einen Brief schreiben und ihn fragen, warum Männer Rindviecher sind.«

»Nein, danke«, antwortete Aurora. »Da er ein Mann ist, bestehen gute Aussichten, daß er ebenfalls ein Rindvieh ist. Wie auch immer, ich habe den größten Teil meines Lebens damit verbracht, Männer über ihre Fehler zu befragen, und was ist dabei herausgekommen?«

»Du hast zwei Griechen, die zum Abendessen kommen – mindestens aber einen«, sagte sie. »Vielleicht ist ja einer von denen kein Rindvieh.«

»Eine schwache Hoffnung, aber irgendwo muß ich ja anfangen, wenn ich überhaupt anfangen will«, sagte Aurora. »Meinst du, wir sollten Pascal einladen, wenn wir schon kochen?«

»Großer Gott, bloß nicht, du weißt doch, wie eifersüchtig der ist. Der würde vermutlich doppelt so eifersüchtig auf einen sein, der Grieche ist, und noch viel mehr auf zwei, falls auch der Schlimme mitkommt.«

»Trotzdem, ich glaube, ich werde Pascal einladen, auch wenn du dagegen protestierst«, sagte Aurora, während Rosie, die erkannte, daß sich die Stimmung ihrer Chefin zu verbessern schien, den Staubsauber nach oben schleppte.

9.

»Griechen?« fragte Pascal entsetzt. »Du willst, daß ich dich mit Griechen teile? Wo hast du diese Griechen überhaupt aufgegabelt?«

»In einer Bar in der Nähe des Ship Channel«, sagte Aurora kühl. »Was glaubst du denn, wo ich in dieser Stadt Griechen aufgabeln sollte?«

Da sie in Stimmung war, jemanden zu quälen, hatte sie Pascal angerufen, um ihm mitzuteilen, daß er zum Dinner eingeladen sei, um ihre neuen Freunde kennenzulernen. Sie saß in ihrem Erker und schaute in den Spiegel. Obwohl sie sich bemühte, tapfer zu sein und sich vom Leben nicht unterkriegen zu lassen, hatte sie den Eindruck, daß ihren Augen der Glanz fehlte. Tatsächlich, ihrer ganzen äußeren Erscheinung fehlte der Glanz, und es war nicht besonders lustig, Pascal zu provozieren. Er war so berechenbar und sie offensichtlich derartig deprimiert, daß die Wirkung eher schwach ausfiel.

Mehrmals war sie kurz davor gewesen, Jerry Bruckner anzurufen. Ein- oder zweimal hatte sie bereits den Hörer abgenommen, ihn dann jedoch wieder aufgelegt. Ein andermal war sie bereits zum Auto unterwegs, in der Absicht, hinzufahren und ihn in der zehnminütigen Pause zu erwischen, die er zwischen seinen Patienten einlegte, aber noch bevor sie im Wagen saß, machte sie eine Kehrtwendung und zog sich in ihr Schlafzimmer zurück. Sie wußte, daß sie Jerry früher oder später anrufen oder ihn sogar treffen mußte, aber jetzt war sie dafür noch nicht bereit und vermochte nicht vorherzusagen, wann das der Fall sein würde.

»An jeder Ecke gabelst du alles auf, was Hosen trägt«, sagte Pascal.

»Die Hosen, die diese beiden anhatten, waren nichts Besonderes, das kann ich dir versichern«, sagte Aurora. »Aber weil ich nichts Besseres zu tun hatte, habe ich sie mir eben geschnappt.«

»Du bist eine schreckliche Frau!« brach es aus Pascal heraus, als sein Temperament mit ihm durchging. »Jeder, den du aufgabelst, wird von dir besser behandelt als ich.«

»Das stimmt nicht, und noch dazu ist es grammatikalisch falsch«, konterte Aurora. »Wie kannst du deinen Job in einem respektablen Konsulat erledigen, wenn du lediglich so ein gebrochenes Englisch wie eben sprechen kannst?«

»Ich spreche allemal und jederzeit besser Englisch als du Französisch«, antwortete Pascal.

»Ich versuche es jetzt nicht mit Französisch, obwohl ich das früher gemacht habe«, sagte Aurora. »Aber du versuchst es mit Englisch – das Resultat spricht für sich. Nichts als dummes Geplapper. Ich habe dich zum Dinner gebeten. Akzeptierst du oder lehnst du ab?«

Pascal schwieg einen Moment und versuchte, seinen Ärger in den Griff zu bekommen.

»Laß dir Zeit, es eilt nicht«, sagte Aurora. »Es ist nur eine Einladung. Es steht dir frei, anzunehmen oder abzulehnen. Aber falls du zufälligerweise ablehnen solltest, muß ich dir sagen, daß dir jeglicher Stil fehlt.«

Rosie kam in die Küche. Sie hatte wieder angefangen zu rauchen. Aurora schickte sie aus dem Zimmer, aber sie trat nur einen oder zwei Schritte zurück, so daß sie genaugenommen im Flur stand.

»Willie hat Rosie sitzenlassen, das hatte schlechte Auswirkungen auf sie«, sagte Aurora. »Sie raucht wieder.«

Pascal nahm diese Information schweigend entgegen. Es erfüllte ihn mit Bitterkeit, wenn er daran dachte, wie schlecht Aurora ihn behandelte. Das einzige, was ihn davon abhielt, ihr mit deutlichen Worten eine Absage zu verpassen, war die Gewißheit, daß sie ihre Bemühungen verdoppeln und ihn sogar noch schlechter behandeln würde.

»Griechen haben schmutzige Angewohnheiten«, sagte er nach einer Weile. »Die treiben es mit Ziegen.«

»Ich bin sicher, daß das viele tun, aber meine beiden Griechen sind keine Ziegenhirten«, gab Aurora zurück. »Sie haben sich aus dem Schiffsgeschäft zurückgezogen und sich eine hübsche Bar zugelegt.«

»Hübsch? Für dich vielleicht«, sagte Pascal. »Du nennst ja jeden Ort hübsch, an dem sich Männer mit Hosen befinden.«

»Nimm an oder sag ab, acht Uhr, lässige Kleidung«, sagte Aurora.

»Angenommen«, antwortete Pascal und fühlte sich miserabel.

»Das Öl ist im Feuer«, bemerkte Rosie, als sie Aurora auflegen sah.

»Was soll ich denn sonst machen, als Öl ins Feuer zu gießen?« fragte Aurora. »Außerdem, was geht dich das an? Es ist ja nicht dein Feuer.«

»Irgendwie schon, ich wohne hier.«

Das Telefon läutete, es war Melanie, sie war ganz aufgeregt.

»Ich hab' die Rolle – ich hab' sie bekommen! Ich trete in einer Fernsehserie auf«, sprudelte sie hervor. »Ich hatte zuviel Angst, es könnte nicht klappen, deshalb habe ich nicht früher angerufen.«

»Ich meine, es ist ein Pilotfilm«, schob sie rasch nach. »Aber wenn der gut ist und die Leute ihn mögen, soll es eine Serie werden.«

»Melly, das ist ja fast wie ein Wunder«, sagte Aurora. »Ich

bin sehr stolz auf dich, und Rosie wird es auch sein, wenn sie die guten Nachrichten hört.«

Rosie raste zum Telefon und hörte die guten Nachrichten. Sie bekamen sie fast eine Stunde lang zu hören – jede Einzelheit. Melanie erzählte, wie sie für eine zweite Probe bestellt worden war und dann für eine dritte; über ihren schließlichen Triumph und Bruces starke Eifersucht; über seine Trennung von Katie und seinen Versuch, zu Melanie zurückzukehren und wie sie abgelehnt hatte und er ganz verzweifelt war, und über ihren neuen Freund namens Lee, einen jungen Stellvertretenden Direktor, der viele wunderbar billige Restaurants kannte, in die er Melanie zum Essen ausführte. Der letzte Punkt ihres Berichts lautete, daß sie sechzehn Pfund abgenommen hatte, vor allem, weil sie zum Essen viel zu nervös war.

»Sobald ich wußte, daß ich gute Chancen hatte, den Job zu bekommen, war die Vorstellung, ihn vielleicht doch nicht zu bekommen, das Allerschlimmste. Es war eine solche Nervenstrapaze, daß ich regelrecht zusammengeschmolzen bin.«

Während des Gesprächs wurden Aurora und Rosie zusehends heiterer, fast bis zum Übersprudeln, doch ihre übersprudelnde Stimmung hielt kaum länger als eine halbe Stunde an, nachdem Melanie aufgelegt hatte. Sie redeten noch eine Viertelstunde darüber, wie wunderbar es sei, daß Melanie schließlich doch noch einen Triumph erlebt hatte – und verfielen rasch wieder in ihre Depressionen.

»Der Nachteil daran ist, daß sie wohl nie mehr nach Hause kommt, um uns aufzuheitern«, sagte Rosie. »Und wir haben es weiß Gott nötig.«

»Nun ja«, meinte Aurora. »Man ist nur einmal jung.«

Rosie schaute sie merkwürdig an. »Das entspricht aber gar nicht dem, was du früher immer gesagt hast«, erinnerte sie Aurora. »Du hast immer gesagt, man sei so lange jung, wie man es managen könne.«

»Ja, und das war auch richtig. Ich konnte es prima managen, bis zu dem Punkt, als Jerry mit Patsy ins Bett ging. Das hat mir den Wind aus den Segeln genommen. Ja, es hat mir sogar die Segel vom Schiff gehauen.«

»Du weißt immer noch nicht genau, ob er's getan hat«, sagte Rosie. »Dein Schmerz ist vielleicht völlig umsonst.«

»Wenn er es nicht getan hat, wo steckt er dann?« wollte Aurora wissen. »Was hält ihn davon ab, herzukommen und seine Unschuld zu beteuern?«

»Aurora, er weiß ja nicht mal, daß er beschuldigt wird«, sagte Rosie und fragte sich, wieso sie sich eigentlich so sehr für Jerry Bruckner ins Zeug legte, einen Mann, den sie kaum kannte. Soweit sie es beurteilen konnte, war er so schuldig wie der Teufel – ein Hinweis hierfür war die Tatsache, daß Patsy nicht mehr auf ein Schwätzchen ins Haus kam, wenn sie Rosie zur Gymnastikklasse abholte. Sie tauchte jetzt immer erst in letzter Minute auf, ließ Rosie am Straßenrand einsteigen, raste wie der Teufel nach Bellaire und sprach nicht oder nur wenig – in Rosies Augen lauter Anzeichen von Schuld. Ein- oder zweimal war sie versucht gewesen, Patsy knallhart zu fragen, hatte es bisher aber noch nicht getan.

»Er weiß, daß er für irgend etwas beschuldigt wird«, sagte Aurora. »Ich habe ihn jeden Morgen besucht, und jetzt gar nicht mehr. Jeder Blödmann muß merken, daß da etwas nicht mehr in Ordnung ist.«

»Ich weiß überhaupt nicht, warum ich mich damit aufhalte«, sagte Rosie. »Ob er's getan hat oder ob er's nicht getan hat – das bringt mir Willie auch nicht zurück.«

»Rosie, Willie ist seit ein paar Stunden fort«, sagte Aurora. »Vielleicht ist er nur auf Sauftour gegangen.«

»Nein, er trinkt nicht; wenn, dann ist es wohl eher eine Rauschgifttour.«

»Willst du ihn wirklich zurückhaben, oder bist du nur wütend, weil er sich aus deinen Umarmungen losgerissen hat?« fragte Aurora.

»Was für Umarmungen?« wollte Rosie wissen.

»Nun, ich nehme mal an, daß es Umarmungen zwischen euch gegeben hat.«

Rosie sah sehr niedergeschlagen aus. »Einmal, seit er aus Alabama zurück ist«, sagte sie. »Sexualleben kann man das nicht gerade nennen. Ich nenne das überhaupt nichts.«

»Kein Wunder, daß du ihn nicht zurückhaben willst.«

»Jedenfalls nicht besonders«, gestand Rosie. »Aber trotzdem möchte ich wissen, ob er noch lebt oder schon tot ist.«

»Mellys Neuigkeiten sind wirklich prima«, sagte Aurora. »Wenn wir nicht solche selbstsüchtigen alten Hexen wären, würden wir uns wahnsinnig freuen, daß sie solchen Erfolg hat.«

»Ich freue mich ja wahnsinnig für sie«, sagte Rosie. »Nur für mich freue ich mich überhaupt nicht.«

»Trotzdem ist es ein Aufschwung. Ich erinnere mich an ganze Jahre, in denen es nicht die kleinste Andeutung eines Aufschwungs gab. Wenn Teddy jetzt mit seinem Zittern aufhören und Tommy auf Bewährung freigelassen würde, dann hätten wir fast das Schlimmste hinter uns.«

»Außerdem«, redete sie weiter, »würde es uns beiden helfen, wenn wir schöne, distinguierte, begehrenswerte Männer finden könnten, in die wir uns verlieben. Das wäre bestimmt eine wesentliche Verbesserung im Gegensatz zu unserer aktuellen Situation.«

»Ich mag Theo, aber schön würde ich ihn nicht nennen«, gab Rosie zu. »Wie sieht sein böser Bruder eigentlich aus?«

»Identisch«, antwortete Aurora. »Das soll heißen, genau wie Theo. Während ich dabei war, mich zu betrinken, dachte ich, sie könnten Zwillinge sein.«

Das Telefon begann zu klingeln und klingelte viele Male. Auroras Hand war nur ein paar Zentimeter vom Hörer entfernt, aber sie rührte keinen Finger, um ihn abzunehmen.

»Nimm ab, vielleicht hast du eine Kreuzfahrt in die Türkei gewonnen«, bettelte Rosie. Es machte sie verrückt, wenn Aurora sich weigerte, den Hörer abzunehmen. Sie selbst hatte in ihrem ganzen Leben noch kein einziges läutendes Telefon ignoriert. Wie konnte ein Mensch nur so dasitzen und sich die Chance entgehen lassen, eine Kreuzfahrt in die Türkei zu gewinnen?

»Heb bitte ab!« flehte sie Aurora an. »Es könnte Willie sein!«

»Wenn es Willie ist, dann ist es für dich, und du mußt abheben«, sagte Aurora. »Ich habe den starken Verdacht, daß es Pascal ist.«

Rosie raste zum Apparat und riß beim siebten Läuten den Hörer von der Gabel.

»Hallo, bei Greenway«, sagte sie.

»Ich komme nicht«, sagte Pascal. »Ich will keine Griechen sehen. Ich habe in Griechenland gelebt, ich weiß, wie die da sind. Sag ihr, sie soll auf ihr Silberbesteck aufpassen – die stecken sich die Löffel in die Tasche.«

»Sagen Sie es ihr selbst«, antwortete Rosie und hielt Aurora den Hörer hin, aber die weigerte sich standhaft, ihn entgegenzunehmen. Als Rosie ihn ihr vor die Nase hielt, schlug sie ihr die Hand weg.

»Ich kann ihn hören, aber ich rede nicht mit ihm«, sagte Aurora. »Er hat gerade meine Gäste beleidigt.«

»Sie will nicht ans Telefon. Wenn Sie nicht kommen, dann kommen Sie eben nicht«, sagte Rosie. »Ist Ihre Entscheidung endgültig?«

»Endgültig heute, endgültig morgen, endgültig für immer!« sagte Pascal und war so ärgerlich darüber, daß Aurora nicht an den Apparat kommen wollte, daß er auf der Stelle einhängte. In der gleichen Sekunde änderte Aurora ihre Meinung und streckte die Hand nach dem Hörer aus.

»Er hat aufgelegt, und ich gebe auf«, sagte Rosie. Die Anspannungen des Vormittags brachten sie den Tränen nahe. Neuerdings, so schien es, waren Spannungen wirklich zum einzigen Inhalt ihres Lebens geworden: Spannungen mit Willie, Spannungen mit Aurora, Spannung mit sich selbst wegen ihrer Wischiwaschihaltung Willie gegenüber. Wenn eines ihrer Kinder anrief, was selten genug vorkam, ging es immer nur darum, irgendein Unglück zu melden: ein kaputtes Auto, ein verletztes Enkelkind, eine hohe Krankenhausrechnung, ein totes Haustier. Ihre Töchter riefen immer nur unter Tränen an – wo man auch hinschaute, alles führte nur zu noch mehr Spannungen.

Obwohl ihr klar war, daß sie sich mit Willie langweilte, schmerzte es sie sehr, daß er einfach aus dem Bett gekrochen war, sich angezogen hatte und abgehauen war. Und Aurora wollte jetzt nicht mal mit Pascal reden, einem wirklich netten Mann, der lediglich dazu neigte, manchmal etwas übers Ziel hinauszuschießen.

Erledigt, entnervt, völlig blockiert und gebrochen, stieß Rosie den toten Hörer in Auroras Richtung und brach in Tränen aus. Sie rannte heftig weinend aus dem Zimmer und stieß gegen den Staubsauger, den sie dummerweise am oberen Ende der Treppe abgestellt hatte. Der Staubsauger polterte die Treppe hinunter. Rosie griff nach dem Schlauch, trat dabei aber auf ein kleines Zusatzgerät, das sie zum Reinigen der Innenseiten von Lampen benutzte, und folgte dem Staubsauger kopfüber die Treppe hinunter. Irgendwie überholte sie im Sturz das Gerät, und als sie dann am Fuß der Treppe zum Stillstand kam, holte es sie eine Sekunde später ein und verpaßte ihr einen heftigen Schlag auf den Hinterkopf. Als sie jetzt versuchte, sich zur Seite zu rollen und den Staubsauger von sich zu stoßen, verhaspelte sich der Schlauch mit der Maschine, und das lange, schwere Zusatzgerät, das an ihr befestigt war, flog herum und traf Rosie hart aufs Auge. Der Schlag war so hart, daß sie hilflos am Boden liegenblieb, während die Welt um sie herum dunkel wurde und sie in Ohnmacht sank.

Aurora, die gerade dabei war, Pascal zurückzurufen, um ihm ordentlich die Meinung zu sagen, hörte ein fürchterliches Gepolter auf der Treppe. Das Gepolter dauerte eine Weile an. Sofort stand sie auf und lief zur Treppe, wo sie eine scheinbar leblose Rosie vorfand, die unter dem Staubsauger lag.

»Rosie, wach auf, lebst du noch?« fragte Aurora zögernd. »Wenn ich auch gemein zu dir gewesen bin, ich hoffe trotzdem, daß du noch lebst.«

Rosie rührte sich nicht und sagte auch nichts. Sie war völlig k. o. Aurora erinnerte sich daran, daß sie sich erst vor einem Tag selber k. o. geschlagen hatte und nicht daran gestorben war. Vielleicht hatten sie beide sich nur einfach angewöhnt, sich selber k. o. zu schlagen. Andererseits war Hector, den sie schmerzlich vermißte, und in diesem Augenblick mehr als je zuvor, im Pig Stand ruhig eingeschlafen und tatsächlich tot gewesen. Seit jenem Augenblick, als sie hingeschaut und entdeckt hatte, daß Hector tot an ihrer Schulter lehnte, war alles schiefgelaufen: Jerry hatte sie betrogen, und sie hatte zwei Griechen zum Abendessen eingeladen, obwohl sie sie gar nicht kannte, und deshalb würden die beiden aller Voraussicht nach ziemlich lächerlich aussehen und völlig fehl am Platze sein und überhaupt nicht anziehend auf sie wirken – das heißt sofern Rosie nicht tot war und das Abendessen doch stattfand und die Griechen auch wirklich kamen.

»Rosie, Rosie«, sagte sie in ihrem schärfsten Kommandierton, bevor sie vorsichtig die Treppe runterging und aufpaßte, daß sie nicht ausrutschte auf dem endlos langen Staubsaugerkabel, das sich bedrohlich auf den Stufen ringelte.

Rosie reagierte nicht – sie zuckte nicht mal mit den Wimpern. Aurora entfernte den Staubsauger, kniete sich neben ihr Hausmädchen und versuchte, ein Lebenszeichen zu entdecken. Sie legte die Hand auf Rosies Stirn – die fühlte sich alarmierend kalt an –, dann versuchte sie, ihr den Puls zu fühlen, konnte sich aber nicht daran erinnern, welcher Arm der richtige war. Jedenfalls entdeckte sie nichts, was darauf hinwies, daß Rosie noch lebte.

In Panik rannte sie in die Küche und dachte: Erst Hector, jetzt Rosie, was ist, wenn ich sie beide verliere? Sie schnappte sich den Hörer des Küchentelefons und wählte Jerrys Nummer: es gab eine Zeit für Stolz und eine, ihn über Bord zu werfen, und letzteres war jetzt der Fall. Doch es klingelte und klingelte, niemand ging ran. Endlich schaltete sich sein Anrufbeantworter ein – sie erinnerte sich daran, daß er ihn auf zehnmaliges Klingeln eingestellt hatte, um alle bis auf die ganz verzweifelten Patienten abzuschrecken. Sie hängte ein – was sollte es ihr schon helfen, ihm eine

Nachricht zu hinterlassen? Zum Glück hatte sie den Namen und die Nummer der Petrakis-Brüder und ihrer Bar mit Klebestreifen an der Tür des Kühlschranks befestigt, um sie immer griffbereit zu haben. Aurora wählte hastig die Nummer, wobei sie sich in ihrer Panik natürlich verwählte oder ein paar Ziffern ausließ, so daß sie fälschlicherweise bei einem anderen Anschluß landete und eine Frau aufweckte, die sagte: »Ich bring' dich um, wenn du das bist!« Aurora hängte ein, wählte vorsichtig und sorgfältig neu und wäre fast vor Erleichterung in Ohnmacht gefallen, als sie am anderen Ende der Leitung Theos Stimme hörte.

»Theo, es ist dringend, Rosie hat sich vielleicht umgebracht, würde es dir und Vassily etwas ausmachen, ein paar Stunden früher zum Abendessen zu kommen?« fragte sie.

»Wieso, ist die Beerdigung denn schon heute abend?« fragte Theo. Er hatte so viel über die Einladung zum Abendessen nachgedacht, daß er ganz nervös geworden war, und wenn er nervös war, neigte er dazu, ein wenig sarkastisch zu werden.

»Natürlich nicht – ich brauche euch, um festzustellen, ob sie noch lebt.«

»Ihr Hausmädchen ist vielleicht tot«, sagte Theo zu seinem Bruder. »Gehst du mit mir zu ihr?«

»Warum?« fragte Vassily.

»Um die Leiche anzuschauen, vermute ich«, sagte Theo, der die Hand über die Sprechmuschel gelegt hatte.

»Ich arbeite doch nicht für den Rettungsdienst«, sagte Vassily. »Sag ihr, sie soll den Rettungsdienst anrufen, wenn sie jemanden will, der die Leiche anschaut. Soll das heißen, das Abendessen fällt aus?« fragte er verärgert. Obwohl Vassily Aurora nicht besonders mochte, schätzte er kostenlose Mahlzeiten. Irgendwie hatte er geglaubt, Aurora würde vielleicht französischen Kalbsbraten machen, eines seiner Lieblingsgerichte. Jetzt klang es eher so, als würde aus dem Abendessen nichts werden, gerade als er sich schon auf einen köstlichen französischen Kalbsbraten freute, der ihm das Wasser im Mund zusammenlaufen ließ.

»Nicht unbedingt«, antwortete Theo. »Ich weiß ja auch noch nicht, was passiert ist.«

»Warum fragst du mich denn dann? Ich weiß doch auch nicht, was passiert ist«, gab Vassily zurück.

»Was war denn der Grund für ihr Ableben, falls sie denn gestorben ist?« wollte Theo von Aurora wissen.

»Sie ist die Treppe runtergefallen – es wäre mir lieb, wenn ihr rasch herkommen könntet«, sagte Aurora.

»Oh«, meinte Theo. »Das ist das gleiche, was den alten Großvater Paki umgebracht hat. Der ist fast hundert Stufen runtergefallen und noch in der gleichen Nacht gestorben.«

»Meine Güte, du mußt ein großes Haus gehabt haben, wenn es hundert Stufen hatte, die man runterfallen kann«, sagte Aurora genau in dem Moment, als Rosie in die Küche kam. Obwohl sie aufrecht ging und eindeutig lebendig war, bewegte sie sich ziemlich unsicher auf den Beinen.

»Das war kein Haus, das war eine Insel«, sagte Theo. »Da waren hundert Stufen, die zum Wasser führten, und Großvater Paki ist alle hundert runtergefallen.«

»Oh, falscher Alarm, da kommt Rosie, sie ist offensichtlich nicht tot«, sagte Aurora und verlor schlagartig jegliches Interesse am Schicksal des Großvaters Paki.

»Sie ist nicht tot, die Mahlzeit steht«, sagte Theo zu Vassily.

»Mann, ich werd' ein ganz schönes Veilchen kriegen!« sagte Rosie und versuchte, ein Eistablett aus dem Kühlschrank zu zerren. »So hart hab' ich keins mehr aufs Auge bekommen seit dem Tag, als Royce mich verprügelte, weil ich versuchte, ihn totzustechen.«

Trotz ihrer Bemühungen ließ sich das Eistablett nicht bewegen – es war fest angefroren.

»Setz dich hin, setz dich hin, ich bringe dir etwas Eis«, sagte Aurora. »Ich denke, du solltest nicht allzuviel herumlaufen – du könntest innere Verletzungen haben.«

»Ich habe bereits innere Verletzungen – Willie hat mir innere Verletzungen zugefügt, indem er abgehauen ist«, sagte Rosie. Anstatt die Anordnung ihrer Chefin, nicht so viel rumzulaufen, zu beachten, demonstrierte sie, warum sie der Star ihrer Gymnastikklasse war. Sie machte eine Rückwärtsbeuge über das Wasserbecken und ließ einen Strom kaltes Wasser über ihr verletztes Auge laufen.

»Sie ist wahnsinnig geworden«, sagte Aurora zu Theo ins Telefon. »Vor ein paar Augenblicken war sie noch so fertig, daß ich sie für tot hielt, und jetzt macht sie gymnastische Übungen, die kein Mensch, der bei klarem Verstand ist, freiwillig machen würde.«

»Ich denke, die Krise ist vorbei, aber falls du Hilfe beim französischen Kalbsbraten brauchst, könnten Vassily und ich ein bißchen früher kommen«, sagte Theo. Er war ziemlich stolz darauf, wie taktvoll er Aurora klargemacht hatte, was sein Bruder zu essen wünschte.

»Wir haben keinen französischen Kalbsbraten, wir haben *Agneau à la grecque*«, korrigierte Aurora ihn. »Wie kommst du auf die Idee, ich würde zwei lebhaften Männern ein so langweiliges Essen wie französischen Kalbsbraten servieren?«

»Ich bin überhaupt nicht auf die Idee gekommen, Vassily hat sich nur schon darauf gefreut«, sagte Theo und blinzelte seinem Bruder zu.

»Nun, dann sag ihm, er soll sich auf was anderes freuen, und du stell deine Uhr, falls sie falsch geht«, sagte Aurora. »Rosie und ich haben einen anstrengenden Tag hinter uns und erwarten euch pünktlich um acht Uhr.

Es gibt kaum etwas, das mich mehr aufregt als ein Mann, der meint, er müßte mir sagen, was ich kochen soll«, sagte Aurora zu Rosie, nachdem sie den Hörer aufgelegt hatte. »Wenn du nachgibst und sie sagen läßt, was du kochen sollst, dann ist es im Handumdrehen so weit, daß sie dir sagen, wie du zu kochen hast. Sie sagen dir, du solltest die Zwiebeln weglassen, die unbedingt ins Essen gehören. Ich finde das sehr irritierend.«

»Ich glaube kaum, daß es schlimmer ist, als die Treppe runterzufallen und sich mit dem Staubsauger k. o. zu schlagen«, sagte Rosie. Das Wasser lief immer noch über ihr

Auge. Einiges davon lief ihr beim Sprechen in den Mund, was sie zum Stottern brachte. Trotzdem hielt sie das Auge direkt unter den Strahl – sie wußte: wenn sie es nicht kühlte, würde sie eine ganze Woche lang furchtbar aussehen.

»Ich sagte, ich würde dir etwas Eis holen«, sagte Aurora.

»Schön, aber wo ist es?«

Aurora stand auf und brach das festgefrorene Tablett mit einem heftigen Krachen aus seiner eisigen Verankerung.

»Hier ist es, ich könnte damit einen Griechen niederschlagen«, sagte sie.

Auf der anderen Seite der Stadt, in der salzigen Brise, die vom Ship Channel herüberwehte, sah Theo Vassily an und schüttelte den Kopf.

»Kein französischer Kalbsbraten«, sagte er. »Wir bekommen griechisches Essen.«

»Griechisches Essen?« meinte Vassily. »Was weiß die denn schon von griechischem Essen?«

»Ich denke, das werden wir bald erfahren.«

»Ich verstehe nicht, wieso du sie magst«, sagte Vassily. »Sie ist fett und kommandiert rum.«

»Was glaubst du denn, was deine Frau Angela ist?« fragte Theo.

Vassily ignorierte die Bemerkung über seine Frau, die unbestreitbar fett und herrisch war und außerdem gerade dabei, sich von ihm scheiden zu lassen. Seine Gedanken kreisten um die Essensfrage. Es war zu ärgerlich, daß Theos neue Freundin aus River Oaks beschlossen hatte, sie genau mit dem zu füttern, was sie auch zu Hause essen konnten.

»Das ist eine Beleidigung«, sagte er. »Sie glaubt wohl, wir wären zu dumm, um was anderes als Feta-Käse und kleine Lämmer zu essen.«

»Sie hat dich nur gebeten, freundlich zu sein – außerdem, vielleicht ist sie ja eine gute Köchin«, meinte Theo.

»Wenn sie mich gebeten hat, freundlich zu sein, warum

ist sie dann selber nicht so freundlich und kocht das, was ich gerne essen möchte?« wollte Vassily wissen.

»Halt den Mund mit dem französischen Kalbsbraten, vielleicht macht sie den ja nächstes Mal«, sagte Theo und überlegte, ob es angebracht war, Blumen mitzubringen.

»Falls es ein nächstes Mal gibt«, meinte Vassily. »Die Frau hat genug Zeit gehabt, um wieder nüchtern zu werden. Wenn sie dich erst mal im nüchternen Zustand betrachtet hat, kommt sie vielleicht zu dem Schluß, daß du doch nicht so hübsch bist.«

Theo ignorierte seinen Bruder. Er überlegte immer noch wegen der Blumen. Er entschloß sich, welche mitzunehmen, angebracht oder nicht.

»Hoffentlich hat sie französischen Wein«, sagte Vassily.

10.

Die Griechen erschienen pünktlich um acht, trugen schwarze Anzüge und dufteten nicht gerade unauffällig nach Rosenöl, einem Duft des Balkans, den sie sich für besondere Anlässe aufbewahrten.

Rosie, mit einer dramatisch wirkenden schwarzen Augenklappe über ihrem Veilchen, öffnete ihnen die Tür. Aurora war gerade noch rechtzeitig eingefallen, daß sie unter ihren Erinnerungsstücken eine Augenklappe aufbewahrte. Außer ein paar verblichenen Erinnerungen war das alles, was von einer Romanze mit einem dürren Professor übriggeblieben war, der kurzfristig am Bryn Mawr College gelehrt hatte, bevor er jung starb. Sein Name war Justin gewesen, und sie entsann sich, daß er eher feingeistig als feurig gewesen war.

Dennoch hatte sie diese Augenklappe sehr lange aufbewahrt, und jetzt diente sie endlich wieder einem praktischen Zweck.

Die einzige, überhaupt nicht zweckdienliche Tatsache war, daß Rosie sich zu sehr auf das Auge zu verlassen schien, vor dem sie die schwarze Klappe trug. Sie hatte Probleme, Stühle, geschweige denn Wände zu sehen, und war auf ihrem Weg zur Tür, um die Gäste zu begrüßen, mehrfach gegen diese Hindernisse gestoßen. Diese Zusammenstöße lagen zum Teil an der Augenklappe und zum Teil an ihren Nerven. In buchstäblich letzter Minute hatte Aurora beschlossen, sie als Tischdame für Vassily einzuspannen, eine Vorstellung, die Rosie mehr als nur ein bißchen unheimlich war.

»Was ist, wenn Willie plötzlich kommt, während wir essen, und mich mit einem anderen Mann erwischt?« fragte Rosie. »Für was für ein Flittchen wird er mich halten, daß ich nicht mal einen einzigen Tag warten kann, bevor ich mich mit Leuten verabrede?«

»Er wird dich vermutlich für ein Opfer meiner Launenhaftigkeit halten«, sagte Aurora. »Was du ja in Wirklichkeit auch bist. Außerdem wäre es nicht gut für dich, wenn du dein Leben nur für Willie lebst – oder besser: *nicht* lebst – und dich danach richtest, was er denkt, falls er überhaupt denken kann.« Dann begab sie sich nach oben, um sich umzuziehen.

»Vielleicht ist es auch nicht gut, sich mit Griechen einzulassen, weder für dich noch für mich«, antwortete Rosie. Sie war noch nie in Griechenland gewesen, hatte aber auf CNN eine Reihe von politischen Berichten über das Land verfolgt und wußte nicht so genau, ob ihr gefiel, was sie da zu sehen bekommen hatte.

»Wer redet denn von einlassen«, sagte Aurora an der Treppe. »Es handelt sich ja schließlich nur um ein Abendessen.«

Sie war gerade mit dem Schminken fertig, als die Griechen vorfuhren. Sie kamen in einem klapprigen weißen Kombi, der aussah, als würde er nur noch von Kaugummi zusammengehalten. Von ihrem Erkerfenster aus beobachtete Aurora, wie sie ausstiegen. Theo hielt einen kleinen Blumenstrauß in der Hand. Falls sie von ihrem Haus beeindruckt waren, oder von der Gegend, oder überhaupt von irgend etwas, so zeigten sie es jedenfalls nicht. Während sie sie beobachtete, schlurften sie langsam über den Gehweg. Sie machten den Eindruck von bestellten Sargträgern.

»Rosie, sie sind da, gib ihnen was zu trinken und mache ein bißchen Konversation«, kommandierte Aurora vom oberen Treppenabsatz, bevor sie wieder an ihren Schminktisch zurückkehrte, wo sie völlig unerwartet und im ungünstigsten aller Augenblicke in eine nahezu lähmende Depression stürzte. Ihr Körper, an sich schon schwer genug, schien immer schwerer zu werden, und sie verspürte eine Sehnsucht, eine hoffnungslose Sehnsucht nach Jerry. Theo und Vassily, die beiden neuen Männer, die ihr helfen sollten, sich nicht mehr nach Jerry zu sehnen – ihn aus ihrem Gedächtnis zu löschen –, bewirkten allein schon durch ihre Ankunft das genaue Gegenteil. Anstatt ihn weniger zu vermissen, schien sie nur noch zu existieren, um ihn zu vermissen; anstatt aus ihrem Gedächtnis zu verschwinden, füllte er es nur um so mehr aus. Anstatt damit aufzuhören, ihn zu begehren, konnte sie nur noch daran denken, daß sie ihn sehen, ihn berühren, bei ihm sein wollte.

Dieses Gefühl überkam sie mit solcher Heftigkeit, daß sie eine Weile mit ihrem frisch zurechtgemachten Gesicht nur einfach dasitzen und darauf warten konnte, daß das Gefühl vorbeiging. Zu ihrer Sehnsucht und ihrem Wissen darum kam darüber hinaus noch ein gewisser Ärger über sich selbst hinzu. Sein Haus stand ihr immer noch offen; alle Möglichkeiten – ihn zu lieben, ihn zu besitzen – lagen immer noch vor ihr. Aber anstatt zu kämpfen, als sich in ihr der Verdacht gegen Patsy geregt hatte, falls es überhaupt Patsy war, hatte sie die Flucht ergriffen. Es war noch nie ihre Art gewesen, so leicht aufzugeben, doch diesmal war sie einfach geflohen – wenn sie doch nur im Haus geblieben wäre. Jerry wäre schon bald aus der Dusche gekommen. Sie hätte ihn zur Rede stellen können, hätte ihn befragen, hätte mit ihm kämpfen und ihn packen können. Sie hätte ihn möglicherweise zurückgewinnen können. All das hatte sie nicht getan – und warum nicht? Der Wurm in der Rose, der Parasit, der sie schwächte und ihr den Impuls zum Kämpfen nahm – was war er anderes als das Alter? Der Schmerz, der sie am Anfang hatte zögern lassen, brachte sie jetzt, am Ende, dazu zu fliehen – wobei, aller Wahrscheinlichkeit nach, gar kein Grund für ein Ende bestanden hatte.

Sie hatte mehr Kraft als Patsy – sie wußte, daß es so war. Und trotzdem hatte sie ihr sofort kampflos den Sieg überlassen – und nur, weil Patsy jünger war. Widerstandslos hatte sie ihre eigene Ohnmacht in einem Moment akzeptiert, in dem sie all ihrer Stärke bedurft hätte.

»Liebling, sie sind da, kommst du nicht runter?« fragte Rosie, die mit ihrer Augenklappe plötzlich an der Schwelle des Zimmers stand.

»Ja, gewiß, es ist alles eine Farce«, sagte Aurora und stand auf. Sie hatte Gäste, soziale Pflichten. Sie konnte nicht einfach nur dasitzen und sich ihrer Hoffnungslosigkeit hingeben.

Fünf Minuten später begab sie sich nach unten und stellte fest, daß Rosie, offenbar aus Angst vor dem Wohnzimmer, die Griechen in die Küche gebeten hatte, um ihnen einen Drink anzubieten. Der Geruch des Lammbratens, der im Ofen schmorte, vermischte sich mit dem Rosenduft der Griechen.

»Warum so in Schwarz, ist das hier ein Begräbnis?« fragte Aurora und betastete den Stoff von Theos Jackett.

»Er dachte, es sei förmlicher«, sagte Theo und wies mit dem Kopf auf Vassily.

»Ja, aber jetzt, wo ich hier bin, bin ich total locker«, sagte Vassily.

»Sollte er auch, denn er trinkt Wodka, wie andere Leute Orangensaft trinken«, trug Rosie zur Unterhaltung bei. Vassilys Wodkadurst hatte sie völlig sprachlos gemacht. Sie hatte ihm beiläufig einen Drink angeboten, und bevor sie sich noch umgedreht hatte, war die Flasche schon halb leer, was in ihr Zweifel an ihren gastgeberischen Qualitäten wachrief. Was, wenn Aurora jetzt vom Umkleiden runterkam und feststellte, daß beide Gäste bereits sturzbetrunken waren? Theo entdeckte den Wein, den Aurora für das

Dinner ausgesucht hatte, und fragte höflich, ob er etwas davon haben könne.

»Ich bin ein Mann der Traube«, sagte er. »Vas, der liebt Korn.«

»Bringt dich schneller ans Ziel«, bemerkte Vassily.

»Bringt dich schneller ans Ziel, wenn es dein Ziel ist, betrunken zu werden«, kommentierte Theo.

Rosie war so nervös, daß sie den Eindruck hatte, sich betrinken könne durchaus auch ihr Ziel sein, deshalb trank sie mit Vassily ein wenig Wodka. Theo öffnete eine Flasche Wein und verputzte lässig die Hälfte davon, während sie am Küchentisch saßen, sich gegenseitig kennenlernten und auf Aurora warteten. In ihrer Nervosität hatte Rosie sogar daran gedacht, nach oben zu rennen und Aurora vorzuschlagen, sich mal etwas zu beeilen – sie spürte, daß sie nicht mehr lange in der Lage war, mit ihren ausländischen Gästen fertig zu werden, dazu noch ganz allein. Andererseits, wenn man Aurora antrieb, wirkte sich das immer wie ein Bumerang aus. Zum Glück schwebte sie genau in dem Moment die Treppe herunter, als Rosie kurz davor war, in Panik zu geraten.

»Ich sehe, Theo hat sich die Kehle mit ein bißchen Wein angefeuchtet«, sagte Aurora. »Vielleicht sollte ich mir auch ein wenig die Kehle anfeuchten.«

Theo stand sofort auf und schenkte ihr ein Glas ein.

»Vassily ist noch nie in dieser Gegend gewesen«, bemerkte er. »Ich auch nicht, bevor ich Sie getroffen habe.«

»Nun, ihr seid Männer der See, der weindunklen See«, sagte Aurora. »Ich würde auch nicht erwarten, euch so tief im Landesinneren anzutreffen, es sei denn, ihr hättet einen guten Grund dazu, wie zum Beispiel, mich zu erfreuen.«

»Vas muß sich ein bißchen aufheitern«, sagte Theo. »In der letzten Zeit hatte er ziemlich schlechte Karten.«

»Ja«, stimmte Vassily bei. »Ich lasse mich scheiden. Ich hasse meine Frau.«

Rosie kam es so vor, als würde Vassily sie vielsagend ansehen, als er das sagte. Sie hatte gehofft, niemand würde sie vielsagend ansehen, bevor sie ihr Verhältnis zu Willie nicht geklärt hatte – falls sie überhaupt ein Verhältnis mit Willie hatte. Beunruhigt darüber, was ihr wie ein vielsagender Blick vorkam, nahm sie erneut ein wenig Wodka zu sich.

»Rosie, ich sehe, du bist eine glänzende Gastgeberin«, sagte Aurora, »unsere Gäste sehen so glücklich aus, wie Griechen überhaupt nur aussehen können. Das ist die beste Gelegenheit für einen kleinen Rollentausch – du übernimmst weiterhin die Rolle der Gastgeberin, und ich versuche, in die Rolle des Küchenmädchens zu schlüpfen. Wenn mir alles über den Kopf wächst, kann Theo mir helfen. Er sieht wie ein Mann aus, der seine Erfahrungen mit Küchenmädchen hat.«

»Okay, in Ordnung«, sagte Rosie. Sie hatte keine Ahnung, wie Aurora sich das vorstellte.

»Es hat sich etwas abgekühlt«, sagte Aurora. »Warum gehst du nicht mit unseren Gästen in den Hof hinaus? In ein paar Minuten kommt das Küchenmädchen mit den Meeresfrüchten hinterher.«

»Shrimps, möchte ich wetten«, sagte Vassily, als er aufstand und Rosie und Theo nach draußen folgte.

»Shrimps, und einige andere Delikatessen«, sagte Aurora, der auffiel, daß Vassily jetzt sie vielsagend anschaute. »Und hinterher gibt es einen ausgezeichneten Lammbraten.«

Der Lammbraten war tatsächlich ausgezeichnet. Die Brüder Petrakis griffen reichlich zu – zu ihrer eigenen Zufriedenheit und zu der der Köchin –, während Rosie, beflügelt von Unsicherheit und alkoholischen Getränken, lebhaft mit den beiden über das einzige Thema plauderte, das sie gemeinsam hatten: Shreveport in Louisiana, wo die Brüder, wie sich herausstellte, früher »geschäftliche Interessen« verfolgt hatten, wie Vassily es ausdrückte. Rosies Heimatstadt, Bossier City, lag genau auf der anderen Seite des Flusses. Durch die Tatsache, daß sie und die beiden Griechen eine Zeitlang am gleichen Ort gelebt hatten, fühlte sich Rosie den beiden näher, als sie es geglaubt hatte. Sie trank reichlich Wodka und ein oder zwei Gläser Wein und hörte auf, sich wegen Vassilys vielsagenden Blicken zu viele Gedanken zu machen.

Tatsächlich war Rosie, als das Lamm serviert wurde, zu der Überzeugung gelangt, daß dies die beste Dinnerparty sei, die Aurora jemals gegeben hatte. Erstaunlicherweise war es Aurora ernst gewesen mit dem Vorschlag eines Rollentausches. Rosie stellte fest, daß es diesmal sie war, die das Gespräch in Gang hielt. Wenn es auch nur geographische Erinnerungen der Art waren, an welcher Straßenecke dieser oder jener Laden in der Shreveport-Bossier-City-Region gelegen hatte – jedenfalls war sie es, die am meisten redete. Aurora war die ganze Zeit in Bewegung und trug das Essen auf; wenn sie Platz nahm, war sie liebenswürdig, aber nicht besonders gesprächig.

»Normalerweise ist sie es, die auf solchen Dinnerparties das Gespräch bestreitet«, sagte Rosie zu Theo, als Aurora gerade mal den Raum verlassen hatte. »Ich weiß auch nicht, was heute mit ihr los ist.«

»Nichts ist mit mir los – wenn man schon das Glück hat, einen griechischen Chor im Haus zu haben, dann sollte man den Mund halten und das Publikum reden lassen«, sagte Aurora, die gerade rechtzeitig zurückgekommen war, um Rosies Bemerkung mitzubekommen.

Tatsache war jedoch, daß wirklich etwas mit ihr geschehen war: eine Erschöpfung der Seele, das Gefühl, sich in einer Tretmühle zu befinden, die sich immer langsamer drehte. Es wollte keine gute Laune und Party-Stimmung bei ihr aufkommen. Sie gab sich Mühe, war aber einfach nicht in Form. Natürlich hatten ihre Gäste sie noch nie in Bestform erlebt, und deshalb verzehrten sie genüßlich ihr Lamm und tranken zufrieden ihren Wein und ahnten nicht, was ihnen entging.

»Ich muß schon sagen, ihr seid ein wortkarges Publikum«, bemerkte Aurora, als sie und Rosie die beiden Griechen zu ihrem Kombi begleiteten.

»Das ist Ihr Fehler«, antwortete Theo. »Es gab so viel zu essen, daß wir gar keine Zeit hatten, etwas zu sagen.«

»Mir gefällt die Gegend hier«, sagte Vassily und betrachtete die gepflegten Rasenflächen vor den Häusern. »Sehr hübsch, finde ich. Und überhaupt nicht staubig.«

»Jedenfalls waren Sie selber ja auch ziemlich schweigsam«, sagte Theo und betrachtete Aurora aus der Nähe. »Ich glaube, Sie regen sich immer noch über den Kerl auf, der Sie versetzt hat.«

»Ein wenig schon«, gestand Aurora. »Wie scharfsinnig von Ihnen, das zu bemerken.«

»So klar und deutlich wie der helle Tag«, sagte Theo. »Sie sind zwar hier, aber in Wirklichkeit sind Sie ganz woanders. Vassily verhält sich genauso, wenn er wegen seiner Freundin deprimiert ist.«

»Freundin?« fragte Aurora. »Ich dachte, er wäre wegen seiner Frau deprimiert.«

»Nicht doch, er ist nicht deprimiert wegen Angela, er will sie nur umbringen.«

»Ich verstehe«, sagte Aurora.

»Sie würden es wirklich verstehen, wenn Sie Angela mal kennenlernen würden. Sie ist eine Terroristin.«

Rosie und Vassily waren ein Stück den Gehweg entlangspaziert und vertieften sich weiter in ihre Erinnerungen an Shreveport, während Vassily gleichzeitig die Häuser in der Nachbarschaft bewunderte.

»Ich bin fest davon überzeugt, Vassily kommt zurecht, auch mit einer Terroristin«, sagte Aurora. »Aber bei Ihnen bin ich mir da nicht so sicher.« Während sie sprach, legte sie ihm leicht die Hand auf die Schulter.

»Nein, ich bin schon okay«, sagte Theo. »Ich komme schon zurecht.«

»Na ja, Sie sehen mir eher so aus, als hätten Sie einen weichen Kern«, sagte Aurora. »Erzählen Sie mir von Ihren Enttäuschungen.«

Theo überlegte. Aurora nahm den Arm von seiner Schulter und ging zum Kombi. Sie wollte sich den Wagen anschauen, während Theo über seine Herzensangelegenheiten nachdachte. Sie trat ein paarmal gegen eines der

Hinterräder, um zu sehen, ob alles in Ordnung war, was sie dann auch mit Zufriedenheit feststellte.

»Die Schlimmste war meine zweite Frau, eine Deutsche«, sagte Theo. »Dann kam Becky, aber mit der hätte ich mich nie einlassen sollen, sie war zu jung für mich – sie liebte es, so richtig loszulegen und die ganze Nacht durchzutanzen, was ja völlig in Ordnung ist, wenn man jung ist, aber ich war eben nicht mehr so jung.«

Aurora schwieg und betrachtete ihn über den Gehweg hinweg. Der Kombi stank wie ein Meeresungeheuer.

»Ich fürchte, genau das war das Problem mit meinem Kerl«, sagte Aurora. »Er war jung, ich nicht – obwohl ich in diesem Fall diejenige war, die richtig loslegen wollte. Er schien allerdings überhaupt nichts so richtig machen zu wollen.«

»Ein Blindgänger«, sagte Theo. »Die jungen Kerle von heute haben überhaupt keine richtige Energie mehr. Es ist, als wüßten sie gar nicht, wie man leben soll.«

»Nun, ich jedenfalls weiß das«, sagte Aurora. »Ich glaube, ich weiß, wie ich leben soll.«

»Ich glaube«, fuhr sie fort, »mein Problem ist, daß ich nicht weiß, wie ich *aufhören* soll zu leben. Die meisten Leute wären erleichtert, wenn ich einfach aufhören würde, aber ich will gar nicht aufhören.« Einen Moment lang fühlte sie sich von der Klarheit ihrer Einsicht verwirrt.

»Sogar als ich noch jünger war, wollten sie, daß ich aufhöre – schon vor zwanzig Jahren wollten sie, daß ich aufhöre«, sagte sie, den Tränen nahe.

»Warum sollten Sie aufhören? Sie sind wunderschön!« sagte Theo. Er konnte die Traurigkeit in Auroras Stimme hören und verspürte den Drang, sie zu umarmen. Aber genau in dem Moment, in dem das Liebesgefühl ihn zu übermannen drohte, kamen sein Bruder und Rosie wieder zu ihnen zurück.

»Hier gefällt es mir«, sagte Vassily. »Sobald ich reich bin, ziehe ich hierher.«

»Ihr Kombi stinkt wie ein Fischkutter«, sagte Aurora, die

sich hastig aus ihrem seelischen Tief hocharbeitete. »Woher kommt das?«

»Weil wir Fisch damit transportieren, wenn wir nichts anderes zu tun haben«, sagte Vassily.

Theo fiel es sehr schwer, sein Gefühl überwältigender Liebe Aurora gegenüber zu unterdrücken. Zum millionsten Male in seinem Leben wurde ihm bewiesen, daß sein Bruder kein Gefühl für den richtigen Zeitpunkt hatte und auch keinerlei Empfindsamkeit für das, was in seiner unmittelbaren Umgebung vor sich ging. Er hätte sehr gut mit Rosie einen etwas längeren Spaziergang machen können – nur fünf Minuten länger –, aber nein, er war schon wieder zurück, und bevor Theo noch die Chance gehabt hatte, etwas Nettes zu Aurora zu sagen, waren die üblichen Höflichkeiten ausgetauscht, der Abend zu Ende und er auf dem Nachhauseweg quer durch Houston – mit Vassily, der ziemlich betrunken war und sich glücklich fühlte.

»Merkst du eigentlich nie etwas?« fragte Theo wütend.

»Ich hab' doch was gemerkt – ich habe gesagt, das wär 'ne nette Gegend, hast du mich nicht verstanden?« antwortete Vassily zufrieden.

»Interessant, daß sie in Shreveport gelebt haben«, sagte Rosie, als sie und Aurora den Abwasch machten. »Soviel habe ich nicht mal über Shreveport geredet, als F. V. D'Arch noch lebte.«

F. V. D'Arch, gebürtig aus Shreveport, war viele Jahre lang General Scotts Fahrer gewesen, bis ihn eines Tages in der Garage der Schlag traf und seinem Leben ein Ende machte.

»Nett, unsere Griechen, nicht wahr?« sagte Aurora, die Hände ins Spülwasser versenkt. Rosie trocknete die Weingläser ab. Schon die Art, wie Aurora das sagte – unsere Griechen –, gab Rosie ein gutes Gefühl, ein sehr gutes Gefühl. Nach all den vielen Jahren hatten sie beide schließlich doch einmal ein Doppelrendezvous gehabt.

11.

Als Jerry Bruckner am nächsten Tag seine Haustür öffnete, um die Zeitung zu holen, saß Aurora auf den Stufen. Er bekam einen Schrecken und etwas Angst, obwohl sie ihn gelassen ansah. In ihren Augen war etwas Mädchenhaftes und Zurückhaltendes.

»Ich dachte, du würdest nie mehr zurückkommen«, sagte er und kam sich ziemlich dumm vor.

»Ich bin nicht zurückgekommen«, antwortete Aurora. »War das Patsy, die den knallgelben Gürtel auf der Couch zurückgelassen hat?«

»Ja, sie hat ihn vergessen«, sagte Jerry.

»Hast du sie gebumst, bevor sie ihn liegenließ?«

»Hm.«

»Das soll wohl ›ja‹ heißen, nehme ich an«, sagte Aurora.

»Es heißt ›ja‹, und es tut mir leid. Ich habe dich vermißt.«

»In Zukunft kannst du mich richtig vermissen«, sagte Aurora und stand auf. »Leb wohl.«

Sie ging rasch hinunter zum Gehweg, ohne einen Blick zurück, und sie schaute auch nicht zurück, als sie im Wagen saß. Sie ließ den Motor an und fuhr einfach davon. Jerry war ihr nachgegangen, als sie zum Auto ging, und hatte angefangen zu diskutieren. Aber er sah ein, daß Aurora nicht hergekommen war, um zu diskutieren, deshalb hörte er damit auf. Er schaute ihr nach und ging wieder ins Haus; die Zeitung vergaß er.

»Selbstverständlich ist sie nicht hergekommen, um zu diskutieren, sie kam, um sicher zu sein, und nur deshalb«, sagte Patsy, als sie am gleichen Tag darüber sprachen. Sie lagen auf Patsys Bett in ihrem geräumigen Schlafzimmer im ersten Stock. Als Jerry aufstand, um die Klimaanlage einzustellen, schaute er aus dem Fenster und sah Katie, Patsys jüngere Tochter, die aus L. A. zu Besuch gekommen war, oben ohne auf einer Luftmatratze in dem großen Swimmingpool ihrer Mutter faulenzen. Wie ihre Mutter hatte auch Katie kleine Brüste. Aber im Gegensatz zu ihrer Mutter war Katie noch zu jung, um sich Sorgen zu machen.

Jerry ging zum Bett zurück und dachte darüber nach – wie er es neuerdings fast dauernd tat –, daß es nun langsam wirklich Zeit wurde, die Stadt zu verlassen. Er hatte es ehrlich gemeint, als er sagte, er habe Aurora vermißt. Er vermißte sie sogar sehr. Patsy war jünger und hübscher, aber sie war auch gehemmter und weniger lustig. Patsy machte sich viele Sorgen, und trotz all ihrer Bemühungen, sich zu entspannen und sich treiben zu lassen, schienen ihre Sorgen sie einzuengen. Sogar bei der Liebe, nach der sie sich geradezu verzweifelt sehnte, gab es diese Zurückhaltung, nicht wegen seiner Wünsche und Vergnügungen oder wegen ihrer eigenen; sie war nicht richtig gehemmt – trotzdem war da etwas Trauriges in Patsys Sex: Sie war gierig und schien genau deswegen unzufrieden mit sich selbst zu sein. Das war der Punkt, in dem sie sich am stärksten von Aurora unterschied.

»Ich wußte, daß sie es wußte – sie ist ja nicht dumm«, sagte Patsy. »Es ist jetzt einen Monat her. Aurora spricht nicht einfach einen Monat lang nicht mehr mit einem, wenn sie nicht überzeugt ist, einen guten Grund dafür zu haben. Und dieser Grund bin ich. Ich frage mich, ob sie jemals wieder mit mir reden wird.«

Jerry dachte an Lalani, seine Freundin aus dem Doughnut-Laden. Lalani hatte viel größere Brüste als Katie und war wie Katie zu jung, um sich Sorgen zu machen. Obwohl ihm klar war, daß dies zu seinem Charakter gehörte, wußte Jerry schon lange, daß er, wenn es wirklich darauf ankam, Frauen bevorzugte, die entweder zu jung oder zu dumm waren, um sich Sorgen zu machen.

»Was macht das schon, wenn sie's rausgekriegt hat?« fragte Patsy und stützte sich auf ihren Ellenbogen, um Jerrys Gesicht zu studieren – sein Gesicht faszinierte sie. Es war attraktiv und intelligent, doch zugleich auch passiv und leer. Die einzelnen Elemente waren da, doch das Ganze entzog sich ihrem Zugriff. Anfangs hatte sie gehofft, ihn zu küssen würde dazu führen, daß sich das Ganze zeigte, doch dem war nicht so. Küssen, Bumsen, das Vorspiel, der Liebesakt – meistens sagte ihr das etwas, aber Jerry zu küssen sagte ihr lediglich, daß sie einen ziemlich merkwürdigen, doch tatsächlich wirklich attraktiven Mann küßte.

»Angenommen, ich hätte meinen blöden Gürtel nicht vergessen und sie hätte nichts rausgefunden«, fragte sie. »Was hättest du dann gemacht? Hättest du einfach weiter mit uns beiden geschlafen?«

»Ich habe nicht mit ihr geschlafen«, sagte Jerry und erinnerte sie damit an einen Punkt, den er für wichtig, mindestens aber für bezeichnend hielt. »Ich habe seit dem Tod von General Scott nicht mit ihr geschlafen.«

Patsy hielt diesen Punkt, auf den Jerry so stolz war, für ein dämliches, geschwätziges Argument, was sie ihm auch schon früher einmal gesagt hatte.

»Eine Unterbrechung ist nicht das gleiche wie Schluß machen, also erzähl' mir nicht, du hättest mit ihr Schluß gemacht«, sagte sie nachdrücklich. »Ich würde auch aufhören, mit meinem neuen Freund zu schlafen, wenn der alte sich zum Sterben hinlegt. Ich würde auch eine Trauerzeit einhalten. Aber die würde nun auch nicht ewig dauern. Und nach und nach würde ich wollen, daß mein neuer Freund mich ins Bett holt, wenn er noch leibt und lebt.«

Jerry sagte nichts. Er sagte häufig nichts, wenn Patsy ein Argument vorbrachte, das sie für wichtig hielt. Argumente, die bei irgendeiner Diskussion sehr wichtig wirkten, hatten unter Umständen gar nichts mehr zu bedeuten, wenn man sie ein paar Tage ruhig liegenließ.

»Also, was hättest du gemacht, wenn sie dich wieder gewollt hätte?« fragte Patsy. »Sag mir das. Das ist keine Frage, der du so einfach ausweichen kannst.«

»Vielleicht hätte ich die Stadt verlassen«, antwortete Jerry.

»Das ist die Methode der Feiglinge«, bemerkte Patsy.

»Könnte aber trotzdem der beste Weg sein«, sagte Jerry. »Du weißt, Feiglinge sind manchmal die Überlebenden.«

Trotz ihrer hübschen Brüste und ihrer fehlenden Sorgen hatte er nur noch wenig Kontakt mit Lalani, obwohl, insgesamt betrachtet, Lalani ein hübsches Gegengewicht zu Patsy darstellte: Sie war unanständig, wo Patsy übermäßig kultiviert war; sie hatte handfeste Instinkte, während Patsys Instinkte nur schwach entwickelt waren; sie hatte überhaupt kein Interesse an Dingen, von denen Patsy zuviel wußte, und sie hatte keine gefühlsmäßigen Vorbehalte, von denen Patsy zu viele hatte.

Er hätte sicher noch viel mehr Kontakt mit Lalani gehabt, wenn er nicht bei seiner ewigen Suche nach der hübschen Frau ohne Sorgen eine neue Eroberung gemacht hätte. Seine neueste Entdeckung war ein neunzehnjähriges hispanisches Mädchen namens Juanita, die an der Theke eines rund um die Uhr geöffneten Tamale-Imbisses in den Heights arbeitete. Aufgrund einer geographischen Ironie, die zu auffällig war, als daß Jerry sie hätte einfach ignorieren können, befand sich dieser Tamale-Imbiß genau gegenüber jener Auffahrt zum Highway I-10, auf der Jerry gestanden hatte, als er eines schönen Tages von Julie weggegangen war, seiner ersten Freundin in Houston. Wenn er am Tamale-Imbiß stand, etwas aß oder versuchte, mit Juanita zu flirten, konnte er genau die Stelle sehen, an der die schwarze Krankenschwester angehalten hatte, um ihn am Hochzeitstage von Julies Schwester nach Galveston mitzunehmen.

Er versuchte, Juanita die Bedeutung dieser Ironie klarzumachen, vor allem, weil ihm das die Chance bot, das Gespräch mit ihr zu verlängern, aber Juanita hatte dafür kein Interesse und machte daraus auch kein Geheimnis. Warum sollte es sie interessieren, daß dieser gutaussehende Americano auf der anderen Seite des Highways getrampt war? Sie wußte – das ganze Gerede diente wahrscheinlich einzig dazu, ihr sein Interesse an ihr zu signalisieren. Sie war zierlich, hübsch und steckte selber voller Gesprächsstoff; jede Menge Burschen kamen an den Tamale-Stand und zeigten ihr Interesse – aber sie hätte es besser gefunden, wenn er sie gefragt hätte, ob er sie zum Tanzen oder so einladen dürfte.

Juanita war eine Illegale, aber darüber machte sie sich keine besonderen Sorgen – die Leute von der Einwanderungsbehörde sahen nicht so aus, als kämen sie hierher und behelligten ein Mädchen, das so hübsch war wie sie.

Doch Jerry kam immer wieder vorbei, und sie fing an, ihn zu mögen, auch wenn sein Gerede sie ein bißchen langweilte. Eines Tages verriet sie ihm ihren Traum – ihr Traum war es, in Los Angeles zu leben. Ihr Englisch hatte sie durch die Lektüre von Filmmagazinen gelernt, und jetzt wollte sie nur noch nach L. A. gehen. Jerry war ein gutaussehender Bursche – Juanita hatte sofort erkannt, daß er hauptsächlich herkam, um sie zu sehen, nicht, um Tamales zu essen – was durchaus in Ordnung war. Er sah aus wie einer, der vielleicht kurz davorstand, weiterzuziehen. Wenn er sie so gerne mochte, vielleicht würde er sie ja mitnehmen. Und wenn er sie nicht den ganzen Weg bis nach L. A. mitnahm, brachte er sie jedenfalls ein Stück näher an die Stadt heran. Wenigstens bis Phoenix oder Tucson, hoffte Juanita. Wenn irgendein Kerl sie so weit mitnahm, war sie ziemlich sicher, den Rest des Weges aus eigener Kraft zu schaffen.

Natürlich hatte ihr Freund Luis ihr angeboten, sie nach L. A. mitzunehmen, doch sie glaubte eigentlich nicht, daß daraus was würde. Luis war Aushilfskellner in einer Hähnchenbraterei – auch er war illegal im Land. Juanita hatte innerlich bereits beschlossen, nicht mit ihm nach Kalifornien zu gehen. Selbst wenn er das Geld für die Bustickets zusammenbekäme – sie würden es einfach nicht schaffen. Luis roch bereits meilenweit nach einem illegalen Einwanderer – die Behörden hatten ihn schon zweimal nach Mexiko zurückverfrachtet.

Zum Glück war Luis, der in seinem Hähnchenschuppen doppelte Schicht arbeitete, sehr beschäftigt, sonst hätte es ganz bestimmt Probleme gegeben. Er liebte sie so sehr, daß er sich an seinem freien Tag immer in der Nähe ihres Tamale-Stands herumtrieb und beobachtete, ob sie zu ihren

Kunden etwa übertrieben freundlich war. Wenn sie zu einem männlichen Kunden auch nur ein klein wenig freundlich war, konnte sie sich auf eine böse Szene gefaßt machen, wenn sie das nächste Mal zusammenwaren. Er war so besessen von der Idee, Juanita ganz für sich allein zu haben, daß er damit drohte, sie umzubringen, wenn sie mal zu jemandem nett war – und den Kunden auch. Ein- oder zweimal war er am Tamale-Stand so wütend geworden, als er sie beobachtete, wie sie zu einem Kunden nett war, daß er explodierte und Leute bedrohte, die er nie zuvor gesehen hatte; auch Juanita und den Manager des Tamale-Stands hatte er bedroht. Einmal hatte er sogar ein Messer gezogen und war auf einen Schwarzen damit losgegangen. Der Manager rief die Polizei, aber Luis war verschwunden, bevor die am Tatort eintraf. Wenn sie ihn erwischt hätten, wäre er todsicher wieder nach Mexiko geschickt worden.

Juanita machte es eigentlich nichts aus, daß Luis so besessen von ihr war – manchmal mochte sie es sogar. Aber das hieß ja nicht, daß sie deshalb wirklich die Absicht hatte, mit ihm nach L. A. zu gehen. Ihr gefiel der Gedanke, daß sie dafür wohl zuviel gesunden Menschenverstand hatte. Dieser nette, stille Americano, der alle paar Tage an den Stand kam, schien ihr viel bessere Chancen bieten zu können. Eines Abends nahm sie ihren Mut zusammen und fragte *ihn*, ob er mit ihr tanzen gehen würde – vielleicht war der Bursche ja zu schüchtern, um sie zu fragen, oder er dachte, sie sei eventuell noch zu jung. Er sah irgendwie überrascht aus, als sie ihn fragte, aber er sagte auch nicht nein. Er sagte ja, gerne, falls er am Wochenende nicht allzuviel zu tun habe. Bis zum Wochenende waren es nur noch ein, zwei Tage, Juanita wurde ganz aufgeregt und überlegte, ob sie einen neuen Freund gefunden hatte, mit dem sie tanzen gehen konnte. Zum Glück arbeitete Luis am Samstag abend – er würde also schon mal nicht stören.

»Manchmal wünsche ich mir, ich wäre ein Virus in deinem Gehirn«, sagte Patsy zu Jerry – sie gab sich erst gar keine Mühe, ihren Ärger zu verbergen. »Du driftest ständig weg von mir, und ich habe keine Ahnung, wohin du eigentlich treibst. Wenn ich so ein Virus wäre, wäre ich wenigstens da. Ich würde mich so tief in dir einnisten, daß du einfach von Zeit zu Zeit über mich nachdenken müßtest.«

»Wenn ich zuviel an dich denke, fühle ich mich schuldig«, sagte Jerry.

»Schuldig? Quatsch«, sagte Patsy. »Du siehst nicht so aus, als ob du dich sehr schuldig fühlst – natürlich denkst du ja sowieso nicht an mich.«

»An wen denkst du, wenn du schon nicht an mich denkst?« fragte sie nach einer Pause.

»An Bruno Bettelheim«, sagte Jerry – seine Standardantwort. In Wirklichkeit hatte er an Juanitas Einladung gedacht. Vielleicht ging er tatsächlich mit ihr am Samstag abend tanzen. Dann würden sie vielleicht einfach die Straße entlangfahren – anstatt die Ostauffahrt zur I-10 zu nehmen, könnten sie ja diesmal die westliche Auffahrt nehmen. Sie könnten den größten Teil der Nacht durchfahren und dann den ganzen Tag in einem Kleinstadt-Motel in West-Texas verschlafen. Es schien an der Zeit zu sein, nach Nevada zurückzukehren, aber die Rückkehr nach Nevada war nun auch wieder nicht so dringend, daß er auf der Stelle dahin mußte – er könnte die gesprächige und kurvenreiche Juanita nach Los Angeles, in die Stadt ihrer Träume, bringen, ihr helfen, dort Fuß zu fassen, und dann nach Norden gehen, nach Tahoe oder Elko oder wofür immer er sich auch entscheiden würde.

»Ich glaube dir nicht, daß du dich schuldig fühlst. Warum solltest du auch? Du hast mich nicht verletzt«, sagte Patsy.

»Ich fühle mich ganz allgemein schuldig, wenn ich an Frauen denke«, sagte Jerry. Das war fast die Wahrheit, denn meistens stimmte es. »Und ich fühle mich besonders schuldig, wenn ich an eine besondere Frau denke.«

Patsy stand auf und zog ein Kleid an. Sie hatte dieses unterdrückte eigenartige Gefühl, das sie immer bekam, wenn der Augenblick der Trennung bevorstand. Teilweise bestand es aus all den unbeantworteten Fragen, die durch ihr

Inneres zu kreisen schienen – vor allem, warum sie Jerry von Anfang an so unbedingt haben wollte. Warum hatte sie soviel Zeit und soviel Hoffnung in ihn investiert? Sie hatte ihn buchstäblich jeden Schritt des Weges schleppen müssen, auf den sie ihn gebracht hatte, und selbst so hatte ihre Affäre nur einen Monat angedauert. Sie hatte Männer in ihrem Leben gekannt, die ihr das Gefühl gaben, ein interessanter Mensch zu sein; jetzt schien sie nur noch Männer zu finden, die ihr genau das gegenteilige Gefühl vermittelten, und im Augenblick hatte sie genau dieses gegenteilige Gefühl. Sie kam sich langweilig und ein bißchen dumm vor, aber warum bloß? Vielleicht hatte sie Jerry nur haben wollen, weil Aurora Greenway ihn hatte. Also stellte sie ihm nach und bekam ihn, sie hatten ein wenig netten Sex, ein paar lebhafte Gespräche und ein oder zwei exzellente Abendessen, die sie entweder gekocht oder bezahlt hatte, und das schien auch schon alles zu sein. Eine Trennung schien anzustehen, aber es lag weder eine besondere Dringlichkeit noch eine Tragik darin – sie hatten sich eigentlich kaum kennengelernt. In gewisser Weise war der interessanteste Aspekt an dieser ganzen Affäre Auroras vollständiges Schweigen, was sie beide betraf: dieser Gedanke machte Patsy noch trauriger. Wenn es das kennzeichnende Merkmal dieser Liebesaffäre war, daß Aurora Greenway, die sonst immer aggressiv war, sich nicht mal die Mühe einer Herausforderung gemacht hatte – was sagte das aus?

»Wäre es dir lieber, wenn wir einfach vergessen, daß wir uns kennen?« fragte Patsy, die sich wieder aufs Bett setzte. Sie saß weit genug von Jerry entfernt, so daß er sie nicht berühren konnte – nicht, daß er besonders erpicht darauf war, dies zu tun. Eher schon war es möglich, daß sie selbst dann ihren Ärger vergaß und ihn berühren würde. Sicher wäre es nicht das Ende der Welt, wenn sie ihren Ärger vergaß und ihn berührte, aber jetzt im Moment wollte sie das lieber nicht tun.

»Ich glaube nicht, daß ich vergessen könnte, dich zu

kennen«, sagte Jerry. »Ich kenne dich und habe ein gutes Gedächtnis. Ich werde nicht vergessen, daß ich dich kenne.«

»Das ist eine unaufrichtige Antwort«, sagte Patsy. »Es geht hier nicht um dein gutes Gedächtnis. Auch ich habe ein gutes Gedächtnis, aber ich habe Liebhaber gehabt, die ich vollkommen vergessen habe – ich meine vollkommen. Wenn ich ihnen auf der Straße begegnen würde, würde ich sie nicht erkennen, und wenn einer dieser Männer, die ich vergessen habe, auf einer Party zu mir käme und sagte: ›Hallo, wir haben früher miteinander gebumst, wie geht es dir?‹, dann würde ich ihn vermutlich ohrfeigen.«

»Ich verstehe es immer noch nicht«, sagte Jerry. »Ich bin sicher, daß ich dich nicht vergessen werde – niemals.«

»Warum nicht?« fragte sie, obwohl seine Bemerkung ihr ein wenig Hoffnung gab. Es war möglich, daß sie wenig Gefühl bei ihm mit gar kein Gefühl gleichsetzte.

»Einmal, weil du mehr über Rilke weißt als jeder, mit dem ich jemals gesprochen habe«, sagte Jerry.

»Oh, fick dich doch ins Knie!« sagte Patsy tief verletzt. »Das kommt doch alles nur, weil ich mal einen Freund hatte, der ihn übersetzt hat. Lies diese neue Biographie, dann weißt du genauso viel über Rilke wie ich.«

»Ja, aber du vergißt, daß ich kaum Frauen kenne, die Biographien lesen«, sagte Jerry. »Ich kenne hauptsächlich Frauen, die an Tischen servieren. Falls die überhaupt etwas lesen, dann meistens nur ihr Horoskop.«

»Also erinnerst du dich lediglich daran, daß ich eine gute Schulbildung erhalten habe – besten Dank!« sagte Patsy. »Da wäre es mir fast lieber, man würde sich daran erinnern, daß ich gut einen blasen kann.«

»Ich hatte nicht die Absicht, dich wütend zu machen«, sagte Jerry. »Was ist denn schlecht daran, wenn man sich an jemanden erinnert, weil er viel von etwas versteht? Die meisten Leute wissen kaum irgendwas.«

»Du bist so gottverdammt passiv, daß ich dich immer dazu zwingen muß, dich selbst zu erklären«, sagte Patsy. »Und wenn ich dich dann dazu gezwungen habe, hasse ich deine Erklärungen. Ich glaube, es ist wirklich besser, wenn du jetzt abhaust, und schau gefälligst nicht aus dem Fenster auf die Titten meiner Tochter, wenn du verschwindest.«

Wütend lief sie nach unten und öffnete eine Flasche Rotwein. Während sie trank und versuchte, sich zu beruhigen, kam Jerry in die Küche. Er wirkte trübselig und deprimiert, aber nicht deprimiert genug, um es Patsy recht zu machen.

»Ich wollte dich wirklich nicht wütend machen«, sagte er. »Es war nur eine Art von philosophischer Unterhaltung.«

»Alles, was du sagst, ist eine philosophische Unterhaltung«, bemerkte Patsy. »Selbst wenn ich so fertig bin wie jetzt, bin ich immer noch ein emotionaler Mensch. Vielleicht würde mir ab und zu auch mal eine *emotionale* Unterhaltung guttun.«

»Könnte sie auch ein bißchen gemischt sein?« erkundigte sich Jerry.

»Aber sicher, nur deine sind nicht gemischt, die sind einfach nur philosophisch«, antwortete Patsy. »Sie verpassen den Menschen lediglich Depressionen – jedenfalls machen sie mich depressiv. Jede einzelne von ihnen gibt mir das Gefühl, mein Leben sei eine einzige Pleite. Das hat furchtbare Auswirkungen auf eine Frau.«

»Aber dein Leben ist doch gar nicht eine einzige Pleite.«

»Woher willst du das denn wissen?« fragte Patsy. Sie hätte ihm am liebsten die Weinflasche an den Kopf geworfen. »Hab' ich dir nicht gesagt, du sollst abhauen?« schrie sie. Sie spürte, je länger er blieb, desto wütender würde sie werden, und dann würde es eine wirklich gemeine Auseinandersetzung geben – so schlimm, daß Katie es hören würde, was sie vermeiden wollte. Die Kinder hatten schon genug gemeine Auseinandersetzungen mitbekommen, als sie noch mit deren Vater verheiratet gewesen war.

Auf dem Heimweg beschloß Jerry, beim Tamale-Stand vorbeizufahren und Juanitas Einladung, tanzen zu gehen, anzunehmen. Er fühlte sich in der Stimmung für eine Jüngere – eine, die sich weniger Gedanken machte.

12.

Für Bump war die Frage nach seiner eigenen Zukunft das wichtigste Thema.

»Meint ihr, ich sollte im Iran leben?« fragte er eines Morgens seine Eltern, als sie sich gerade anzogen, um in den Park zu gehen. Jedenfalls war sein Vater gerade dabei, sich anzuziehen, seine Mutter lag noch im Bett. Sie war wach, schien jedoch keine besondere Eile zu haben, aufzustehen und mit ihnen in den Park zu gehen.

»Na ja, wenn du im Iran leben willst, sollten wir langsam anfangen, dir Farsi beizubringen«, sagte Teddy.

»Ist das die Sprache, die man im Iran spricht?« erkundigte sich Bump. Er ärgerte sich über seine Mutter, weil sie faul war. Ein nackter Fuß schaute unter der Bettdecke hervor. Er packte ihn und versuchte, sie daran aus dem Bett zu ziehen. Aber das klappte nicht – sie war viel zu schwer für ihn.

»Du sollst jetzt aufstehen«, sagte er energisch. »Steh auf und komm mit.«

»Du bist nicht mein Boß, Bump«, konterte Jane.

»Nein, aber du hast gesagt, du kommst mit in den Park«, sagte Teddy, um sie daran zu erinnern.

»Ich habe gesagt, ich würde mitgehen, habe aber nicht gesagt, wann«, antwortete Jane mit einem Lächeln. »Es ist Sonntag morgen, und ich brauche nicht zu arbeiten – ich möchte noch ein bißchen länger im Bett bleiben.«

»Nein, du mußt *jetzt* mitkommen«, sagte Bump. »Du hast gefälligst zu gehorchen.«

»Gehorchen? Wem, mein Junge?« amüsierte sich Jane. »Dir habe ich ganz bestimmt nicht zu gehorchen.«

»Doch, das mußt du – sonst beiße ich dich.« Bump war wütend, weil sie einfach im Bett liegenblieb. Er versuchte, in ihren Fuß zu beißen, aber Jane war schneller und zog den Fuß unter die Decke zurück. Bevor Bump sich noch bewegen konnte, hob sie ihn blitzschnell aufs Bett und schüttelte ihn – sie war ein schnelles, gemeines Tier, wenn sie böse war.

»Du darst mich nicht beißen, hast du verstanden?« sagte sie.

»Schüttele ihn nicht so heftig, er hat dich ja gar nicht richtig gebissen«, sagte Teddy. Er haßte die inzwischen häufigen, heftigen Auseinandersetzungen zwischen seiner Frau und seinem Sohn.

»Er hat mich vor ein paar Tagen gebissen, daß es blutete«, sagte Jane. »Es hat ihm überhaupt nicht leid getan. Ich glaube, er ist ein richtiger kleiner Soziopath.«

»Jetzt komm aber, er ist ja nicht mal vier«, sagte Teddy.

»Ich will im Iran leben«, wiederholte Bump, als seine Mutter ihn losließ.

»Dann geh doch, ich hoffe, die Ayatollahs erwischen dich.«

»Wenn du jetzt nicht mit in den Park kommst, beiße ich dich, wenn du das nächste Mal schläfst«, drohte Bump und glitt vom Bett herunter. Er wünschte, er hätte irgend etwas, womit er seiner Mutter weh tun könnte, aber ihm fiel nichts ein, und als er mit seinem Vater den Park erreicht hatte, war er schon nicht mehr ganz so wütend.

»Sie hat gesagt, irgendwas sollte mich erwischen, wenn ich im Iran lebe«, sagte Bump zu seinem Vater. »Was ist das, was mich erwischen soll?«

»Die Ayatollahs«, antwortete Teddy. Der Park war friedlich, fast menschenleer – nur ein oder zwei Elternpaare waren mit ihren Kindern so früh unterwegs. Bump hätte die Rutsche für sich allein gehabt, was ihm nur sehr selten gelang, aber er schien mehr Interesse am Fragen als am Rutschen zu haben.

»Was macht ein Ayatollah?« fragte er vom höchsten Punkt der Rutsche herunter.

»Ein Ayatollah ist ein heiliger Mann«, sagte Teddy, bevor Bump losrutschte.

Sobald sie im Park waren, weg von Jane, fühlte Teddy sich viel gelassener. Zuzusehen, wie Bump selig die Rutsche heruntersauste, so wie jeder kleiner Junge das tut, erfüllte ihn mit einem Gefühl von Normalität oder Ordnung – das war etwas, was er immer verlor, sobald Jane und Bump ihre Streitigkeiten begannen. Einige dieser Auseinandersetzungen machten ihm angst, weil keiner von beiden sich zurückhielt. Was war, wenn Jane Bump das Genick brach, wenn sie ihn so heftig schüttelte? Was war, wenn Bump sich an seine schlafende Mutter heranschlich und sie mit einem spitzen Bleistift ins Auge stach? Er sagte sich immer wieder, seine Phantasie gehe mit ihm durch, konnte aber nichts dagegen tun. Seine größte Angst war, daß Jane oder Bump sich bei einer dieser Zankereien gegenseitig ernsthaft verletzen würden. Wenn das passieren würde, wäre das Leben nicht mehr das gleiche – jedenfalls nicht sein Leben. Dann würde es die Art von Leben werden, die Tommy führte, nur außerhalb eines Gefängnisses und nicht drinnen.

Bump landete am unteren Ende der Rutsche, blieb aber noch sitzen.

»Was macht denn ein heiliger Mann?« fragte er, denn das Thema Iran, ein Land, von dem sie oft im Radio hörten, nahm ihn ganz in Beschlag.

»Sie beten – die sind wie Priester oder Pfarrer«, sagte Teddy, doch plötzlich ging ihm auf, daß dies für Bump wahrscheinlich keine besonders gute Erklärung war, denn Bump hatte noch nie eine Kirche von innen gesehen.

»Kochen sie kleine Jungen in einem Ofen?« fragte Bump.

»Nein, die tun kleinen Jungen überhaupt nichts – du wärst vollkommen in Sicherheit, selbst wenn hundert Ayatollahs jetzt in diesem Moment hier im Park wären. Wie kommst du auf diese Idee?«

»Meine Mutter hat gesagt, sie hätte mich in ihrem Bauch gekocht«, sagte Bump. »Sie hat mich gekocht, aber ich kam raus, bevor ich verbrannt bin.«

»Deine Mutter hat das gesagt?« erkundigte sich Teddy. Er traute seinen Ohren nicht. Seitdem Bump sprechen konnte, hatte er angefangen, solche Sachen zu sagen, und sie Jane zugeschrieben, die immer abstritt, jemals so etwas gesagt zu haben.

Bump nickte, als er von der Rutsche aufstand. »Ich mache

mir Gift und geb' ihr das zu trinken, dann wird sie ganz schwarz«, sagte er. »Dann kann sie mich wieder in ihren Bauch stecken und so lange kochen, bis ich verbrenne.«

»Aber sie kann dich ja überhaupt nicht wieder in ihren Bauch zurückstecken«, sagte Teddy. »Du bist ja schon viel zu groß, um in irgend jemandes Bauch zu passen.«

»Ich könnte in den Bauch eines Riesen passen«, fuhr Bump fort und kletterte auf der Leiter wieder nach oben. »Ich passe in den Bauch von einem Wal oder einem Grizzlybär oder von einem Elefanten rein.«

»Richtig, aber deine Mutter ist nur eine Menschenfrau«, erklärte Teddy. »Sie ist ja kein Riese und kein Wal und kein Grizzlybär oder Elefant.«

»Sie könnte sich aber selbst aufblasen und ein Riese werden«, sagte Bump, der von oben seinen Vater anschaute. »Das hat sie mir selber gesagt.«

»Oh, Bump, ich glaube, jetzt phantasierst du aber«, sagte Teddy. »Ich glaube nicht, daß deine Mutter dir gesagt hat, sie könnte sich selber aufblasen und ein Riese werden.«

»Sie hat mir das im Traum gesagt. Sie hat gesagt, sie würde mich verschlucken und mich in ihrem Bauch kochen, bis ich ganz verbrannt wäre.«

Dann sauste er wieder die Rutsche runter.

»Ich glaube, du hast nur einen schlechten Traum gehabt«, meinte Teddy. »Deine Mutter wird dich überhaupt nicht verschlucken und in ihrem Bauch kochen. Das ist vollkommen unmöglich, außerdem will sie das doch gar nicht.«

»Ich traue meiner Mutter nicht«, sagte Bump. Er bremste am Ende der Rutsche ab und ließ seine Beine baumeln.

»Du solltest ihr aber trauen«, sagte Teddy. »Sie ist eine sehr gute Mutter.«

»Vielleicht lass' ich eine Bombe auf sie drauffallen, und die reißt ihr den Kopf weg«, sagte Bump. »Sind die Ayatollahs am ganzen Körper schwarz?«

»Nein, sie tragen nur schwarze Kleider«, antwortete Teddy.

»Vielleicht gehe ich nach Island, wo die Seelöwen wohnen«, sagte Bump. »Seelöwen essen keine kleinen Jungen.«

»Hey, seit wann hast du denn Angst davor, aufgegessen zu werden?« fragte Teddy, als Bump runtersprang und zur Schaukel ging.

»Ich habe den Bauch von meiner Mutter angefaßt, der war so heiß wie ein Ofen«, sagte Bump und nahm Teddys Hand.

»Der Bauch von allen Leuten ist mehr oder weniger heiß«, erklärte Teddy. »Auch dein Bauch ist manchmal so heiß wie ein Ofen.«

Bump schob die Hand unter sein Hemd und befühlte seinen Bauch. »Wenn ich einen winzigkleinen Jungen finden würde, der nur so groß wie ein Käfer ist, dann würde ich ihn in meinen Bauch tun und kochen«, sagte er grinsend.

Sie spielten eine Stunde lang zusammen im Park, aber Jane kam nicht. Als sie schließlich wieder nach Hause gingen, sahen sie Claudias Auto vor dem Apartment stehen. Als sie nach oben kamen, war die Schlafzimmertür geschlossen. Auf dem Nachhauseweg hatte Teddy sich in dem Seven-Eleven-Laden, in welchem er arbeitete, eine Zeitung gekauft, um die Stellenangebote zu studieren. Innerhalb einer Woche waren in Houston drei Läden in die Luft geflogen, einer davon nur sechs Blocks von dem entfernt, in dem Jane und Teddy arbeiteten. Sie hatten darüber geredet und beschlossen, daß es Zeit sei, daß sie beide oder wenigstens einer von ihnen sich einen neuen Job suchte.

Während Teddy die Stellenangebote durchging, zog Bump sich in seinen Schrank zurück und führte ein langes Selbstgespräch. Als Claudia und Jane später aus dem Schlafzimmer rauskamen, tauchte auch Bump wieder auf und sagte, er wolle ein Ayatollah sein.

»Gib mir ein paar schwarze Sachen«, verlangte er. Jane drapierte ihn in ein schwarzes Hemd und wand ihm aus einem schwarzen Schal einen Turban. Im Bad hatten sie einen Spiegel, der bis zum Boden reichte – Bump stellte sich davor und betrachtete sich. Als er rauskam, lächelte er übers ganze Gesicht.

»Ich mag es, ein Ayatollah zu sein«, sagte er.

Jane und Claudia waren ausgelassener Stimmung. Nach einer Debatte über das ideale Frühstück machte Jane Arme Ritter.

»Ich sollte das eigentlich nicht essen«, sagte Claudia. »Ich werde jeden Tag fetter.« Es stimmte schon – Claudia war rundlich, aber das glich sie durch Fröhlichkeit und Optimismus wieder aus. Obwohl Teddy ein paar Momente der Eifersucht durchlebt hatte, als er nach Hause kam und die Schlafzimmertür verschlossen fand, war er, im allgemeinen, doch froh, daß Claudia ein Teil von Janes Leben und damit ein Teil seiner Familie war. Claudia war wirklich der einzige Mensch, der Jane aus ihren verrückten und schlechten Stimmungen herausholen konnte. Wenn Claudia nicht gekommen wäre, hätte es gut sein können, daß Jane den ganzen Tag in ihrer streitlustigen Stimmung geblieben wäre, was noch mehr Kämpfe mit Bump bedeutet hätte, noch mehr Schütteln, und vermutlich auch Krach mit Teddy. Sein Magen war auch jetzt schon wie zugeschnürt, und wenn Claudia nicht gekommen wäre, hätte sich dieser Knoten bis zum Abend nur noch verstärkt.

»Er sieht aus wie ein kleiner Rockstar«, sagte Claudia und meinte Bump – er hatte die Lust an seinem Ayatollah-Kostüm verloren und es beiseite gelegt. Jetzt matschte er im Sirup herum und versuchte, mit einem Finger Buchstaben darin zu schreiben.

»Ich versuche, das Alphabet zu schreiben, aber es geht im Sirup unter«, sagte er und lachte. Seine Haare waren noch nie im Leben geschnitten worden; lange, braune Locken fielen ihm fast bis auf die Schultern. Manchmal schüttelte er heftig den Kopf, damit die Locken herumwirbelten.

»Vielleicht sollten wir ihm heute morgen die Haare schneiden«, schlug Jane vor. Sie sah rosig und sehr fröhlich aus. Ab und zu griff sie unter den Tisch und kitzelte Teddys Oberschenkel, in der Hoffnung, ihn davon zu überzeugen, daß sie ihn, obwohl Claudia da war, immer noch wollte.

»Vielleicht«, sagte Teddy. »Oder wir gehen mal zu einem Friseur und lassen es von einem Fachmann machen.«

»Nichts da«, sagte Jane. »Kein Friseur faßt die Haare von meinem kleinen Jungen an.«

Bump versuchte immer noch, Buchstaben in den Sirup zu malen. »Meinst du, ich werde jemals Flügel bekommen?« fragte er.

»Warum willst du denn Flügel haben, mein Schätzchen?« fragte Jane und küßte seinen Nacken.

»Wenn ich Flügel hätte, könnte ich hoch in die Luft fliegen und Bomben auf die Leute fallen lassen«, sagte Bump. »Wenn dann alle Leute tot wären, könnte ich bei den Geiern leben.«

»Ja, aber Vögel können einen picken«, sagte Jane.

»Was würdest du denn machen, wenn dich ein großer Vogel pickt?« fragte Claudia.

Bump überlegte einen Moment. Wenn er guter Stimmung war, hatte er das Lächeln eines Engels. »Ich würde mir etwas Armer Ritter nehmen, und wenn der Vogel mich dann pickt, würde ich ihn im Sirup ertränken«, sagte er mit seinem schönsten Lächeln.

»Phantasie hat er, das muß ich wirklich sagen«, meinte Teddy später am Abend. Er hatte Bump gerade ein gutes Dutzend Geschichten vorgelesen, die letzte von Tomi Ungerer, deren Held ein Geier war. Dieser Geier namens Hugo war seither Bumps Lieblingsfigur.

»Wenn alle Leute auf der ganzen Welt tot wären, gäbe es dann genug Geier, um die Leichen aufzufressen?« fragte Bump mit einem langen, gewaltigen Gähnen. Bevor Teddy noch antworten oder auch nur nachdenken konnte, war Bump bereits eingeschlafen.

»Es ist gut, daß er soviel Phantasie hat«, meinte Jane.

»Ich weiß, daß das gut ist«, sagte Teddy. »Ich wünschte, ich könnte mich an meine eigenen Phantasien erinnern, die ich in seinem Alter hatte. Seine sind so gewalttätig. Ich denke die ganze Zeit darüber nach, ob meine auch so waren.«

»Machst du dir Sorgen oder so was, weil Bump gewalttätige Phantasien hat?« fragte Jane. Sie lag im Bett, hatte aber ihr Nachthemd nicht angezogen, was häufig ein Anzeichen dafür war, daß sie auf sexuelle Aufmerksamkeiten aus war.

Teddy war mehr als bereit, ihr seine sexuelle Aufmerksamkeit zu widmen, zögerte aber zugleich. Manchmal hatte er das Gefühl, daß Jane jetzt nur noch Claudia wollte. Nach Claudias Besuchen war sie immer in bester Stimmung.

»Ja, ich glaube, ein wenig schon«, gab er zu und zog sich die Schuhe aus. »Er scheint die ganze Zeit nur darüber zu phantasieren, wie er uns vergiften oder mit Bomben bewerfen kann.«

»Möchtest du etwas von einer Phantasie hören, die ich mit sieben oder acht hatte?« fragte Jane. Er saß auf der Bettkante und hatte ihr den Rücken gekehrt. Sie kam etwas näher und griff von hinten um ihn herum, um seinen Gürtel zu lösen. Als das geschafft war, fing sie an, seine Hose zu öffnen.

»Aber sicher«, sagte Teddy. »Glaubst du vielleicht, ich wollte nichts über die Phantasien meiner Frau erfahren?«

»Ich habe geträumt, der Weihnachtsmann wäre mit seinem Schlitten direkt in mein Schlafzimmer gefahren«, sagte Jane. Sie rekelte sich auf dem Rücken. Teddy stand auf und zog sich ganz aus.

»Damit er dir die Geschenke ins Bett bringen konnte?« fragte er.

»Nein, er sprang vom Schlitten, hüpfte in mein Bett und leckte meine Möse«, sagte Jane lächelnd. »Mann, ich kann dir sagen, das war vielleicht 'ne irre Vorstellung. Die hat mir richtig was gegeben.«

»Prima«, sagte Teddy. »Du willst jetzt also, daß ich den Weihnachtsmann bei dir spiele, ja?«

»Du bist ja neuerdings so zurückhaltend bei mir, Theodore«, sagte Jane später, nachdem sie miteinander geschlafen hatten. »Ich meine, du bist ein prima Liebhaber – wenn du es nicht wärst, würde ich nicht mit dir leben wollen und hätte auch kein Kind von dir. Woher kommt diese Scheu?«

»Vielleicht habe ich eine angeborene Scheu«, meinte Teddy.

»Nein, die hast du nicht – da steckt mehr dahinter«, sagte Jane. »Wenn du in Fahrt bist, bist du der Größte – ich frage mich nur manchmal, ob ich in der Lage bin, dich in Fahrt zu bringen.«

»Du hast mich blitzschnell in Fahrt gebracht«, antwortete Teddy, obwohl er eine gewisse Traurigkeit empfand. Nach dem Sex hatte er manchmal dieses Gefühl des Sichzurückziehens. Es war, als ob etwas ganz Normales – sein Penis, der sich aus Jane zurückzog – einen unnatürlichen Dreh bekam, ein unnatürliches Tempo oder etwas Ähnliches. Er fühlte sich dann, als würde er sich vom Glück zurückziehen, von seiner Frau, von seinem Kind, vom normalen Leben. Er fühlte sich, als gleite er dem Rand der Welt entgegen – das gleiche Gefühl dieses Gleitens hatte er verspürt, kurz bevor er zum erstenmal in die psychiatrische Klinik eingeliefert worden war.

»Rein äußerlich kriege ich dich durchaus auf Touren«, stimmte Jane zu, während ihre großen Augen in seinem Gesicht forschten. »Aber in deinem Inneren hast du diese Scheu.«

Teddy gab keine Antwort. Er hoffte, Jane würde jetzt lesen oder sich schlafen legen, aber sie tat nichts dergleichen.

»Es ist doch nichts Schlimmes dabei, sich morgens eine Muschi und abends einen Schwanz zu wünschen«, sagte sie. »Oder siehst du das anders?«

»Ich habe nichts dagegen – ich sage ja gar nichts«, antwortete Teddy. »Ich mag Claudia. Ich wüßte nicht mal, ob ich im Augenblick mit dir fertig würde, wenn Claudia nicht da wäre.«

»Ich weiß auch nicht, ob du das schaffen würdest«, sagte Jane. »Aber wenn das so ist, warum machst du dir dann Sorgen? Claudia bleibt hier.«

»Wegen Claudia mache ich mir keine Sorgen«, antwortete Teddy. Es sah nicht so aus, als wolle Jane lesen, deshalb schaltete er die Nachttischlampe aus. Sie stand auf, ging ins Bad, kam zurück, stand einen Moment vor dem Bett und zog ihr Nachthemd an.

»Worüber machst du dir denn eigentlich Sorgen?« fragte sie.

»Ob ich verrückt werde, glaube ich wenigstens.«

»Teddy, untersteh dich, verrückt zu werden«, sagte Jane und strich ihr Nachthemd glatt. »Untersteh dich! Ich verzeihe es dir niemals, wenn du das tust.«

13.

Es war Shirley, die hübsche Rothaarige aus der Garderobe, die mehr oder weniger Melanies Leben rettete, oder wenigstens ihre Gesundheit, indem sie es arrangierte, daß Bruce einen Job als Statist in einem billigen kleinen Horrorfilm bekam, der draußen in Azuza abgedreht wurde. Bis zu diesem Tag hatte Melanie versucht, ihre ganze Kraft für ihren Job als Schauspielerin in dem Pilotfilm zu einer Slapstickkomödie zu retten, aber Bruce hatte sie langsam, aber sicher fertiggemacht. Die halbe Zeit kam sie erst gegen Mitternacht in ihr Apartment zurück und mußte um sechs Uhr früh schon wieder aufstehen, und dann saß Bruce da, der nur darauf wartete, sich sofort mit ihr darüber zu streiten, daß sie ihn verlassen und sich sofort einen neuen Freund gesucht habe. Er haßte es, daß sie eine neue Beziehung hatte – sie wagte es nicht einmal, Lee, ihren neuen Freund, mit nach Hause zu bringen, aus lauter Angst, Bruce würde auf ihn losgehen oder so was – aber was Bruce tatsächlich völlig verrückt machte, der wahre Grund für sein Verhalten, war, daß sie einen Job beim Fernsehen hatte und er nicht.

»Ich weiß, daß die mich sofort nehmen, wenn du nur fragen würdest«, sagte er tausendmal. »Kannst du nicht einfach mal fragen?«

»Nein, du Arschloch, kann ich nicht!« sagte Melanie immer wieder. »Es ist schon ein Wunder, daß ich selber einen

Job habe. Ich habe noch nie zuvor geschauspielert, ich kenne keinen Menschen, ich habe keinerlei Einfluß und sitze von einer Minute zur anderen auf der Straße, wenn ich irgendwas mache, was denen nicht paßt. Ich bin doch nicht Greta Garbo oder Madonna oder sonst jemand. Ich habe nicht mal eine Schauspielerausbildung.«

Für Bruce, der auf der Couch saß, Hasch rauchte und sauer war, war das alles ohne Bedeutung.

»Glaub mir doch, niemand in Hollywood hat weniger Einfluß als ich, geht das nicht in deinen Kopf rein?« wiederholte Melanie.

»Du könntest mir durchaus einen Job verschaffen, aber du willst einfach nicht«, sagte Bruce, bevor er aus dem Apartment stürmte. »Du willst nicht – wegen *ihm*.«

Normalerweise weinte Melanie, wenn er wegrannte – zum Teil aus Müdigkeit. Bruce lag falsch, wenn er glaubte, sie könne so einfach zum Manager oder zum Produzenten gehen und ihrem Freund einen Job verschaffen, aber bei dem Thema Lee lag er nicht so ganz falsch. Das letzte, was sie sich wünschte, war, gleichzeitig mit Bruce und Lee klarkommen zu müssen, noch dazu am gleichen Drehort, wo es sie sowieso schon alle Energie kostete, die sie aufbringen konnte, sich auf ihre Szenen zu konzentrieren, damit sie spielen konnte, wenn ihr Stichwort kam. Der Drehort war wie ein transportabler Slum, die Arbeitsstunden endlos, und sie selbst stand zu weit unten auf der Leiter, um einen eigenen Wohnwagen, eine eigene Garderobe oder auch nur einen eigenen zusammenklappbaren Federstuhl zu haben – bei all dem hatte sie schon alle Kraft nötig, um einen klaren Kopf zu behalten, ohne sich auch noch um zwei eifersüchtige Mannsbilder kümmern zu müssen – es war ja nicht so, daß es nicht genügend Anlässe zur Eifersucht innerhalb der Crew gegeben hätte. Ein paar Zimmerleute und der Boß hatten sie bereits mit Blicken gemustert, die ihr Interesse anmeldeten. Lee war der jüngste Art Director auf dem Set, frisch von der New York University Film School, ein wenig zu forsch, auch noch einer von der Ostküste, und er neigte dazu, gelegentlich ein bißchen herablassend mit der Mannschaft umzuspringen, weshalb ihn natürlich alle haßten; eine ganze Reihe von ihnen wäre nur zu gerne bereit gewesen, seine Freundin zu vögeln, einfach um ihn wieder auf den Teppich zu holen.

Als die Filmleute, oder wenigstens die meisten von ihnen, einmal über eine ihrer Szenen lachten, war Melanie so tief in ihre Rolle versunken, daß sie überhaupt nichts bemerkte. Als Shirley ihr später davon erzählte, hätte Melanie es fast nicht geglaubt.

»Die mögen dich, Schätzchen – die haben gemerkt, daß du Talent hast«, sagte Shirley. Shirley war um die Fünfzig und hatte ihre Höhen und Tiefen durchlebt. Sie hatte vier Töchter – von vier verschiedenen Männern – und zeigte sofort ein mütterliches Interesse an Melanie. Das machte einen großen Unterschied. In den ersten ein, zwei Tagen hatte Melanie sich total verloren gefühlt – sie kannte die Sprache der Filmleute nicht, wußte nicht mal, wer hier der Boß war, wußte überhaupt nichts. Zunächst einmal gab sie sich alle Mühe, schnell zu lernen und sehr vorsichtig zu sein, wie man es in einem schrecklichen Traum tut. In ihrem Unterbewußtsein hatte sie noch ein wenig Angst, sie hätte den Job nur aufgrund einer Mischung aus Traum und Irrtum bekommen; sie hatte Angst, der Fehler werde entdeckt oder der Traum wäre zu Ende, und dann hieße das für sie die Rückkehr zur alten fetten Melanie, einer arbeitslosen Person ohne Freund.

Manchmal glaubte sie auch, daß der einzige Grund, weshalb Lee sie mochte, die Tatsache war, daß sie so wenig typisch Hollywood war. Lee hatte eine große New Yorker Klappe; er gab sich keine Mühe, mit seiner Meinung hinter dem Berg zu halten, Südkalifornien sei in Wirklichkeit »die letzte Provinz«. Er brachte Zeitschriften wie *Cahiers du Cinéma* mit zur Dreharbeit und ließ sie herumliegen, damit keiner daran vorbeikonnte, ohne zu bemerken, was für ein toller Typ er doch war. Er gab auch klar zu erkennen, daß es keineswegs seine Absicht war, für immer und ewig Zweiter

Art Director zu bleiben – all das zusammen führte dazu, daß Lee beim Personal nicht besonders beliebt war, vor allem nicht bei den älteren Mitgliedern der Mannschaft, die schon Dutzende von smarten New York Kids mit großer Klappe hatten kommen und gehen sehen in den dreißig, vierzig Jahren, die sie schon dabei waren.

Als Shirley ihre Bemerkung machte, die Crew habe durchaus erkannt, daß sie Talent habe, hüpfte Melanies Herz vor Freude – bis zu diesem Augenblick war der einzige Moment, in dem sie gespürt hatte, daß sie wenigstens ein kleines bißchen gut war, in ihrem achten Schuljahr gewesen, als sie einen nationalen Mathematikwettbewerb gewonnen hatte. Kurz nachdem Shirley das gesagt hatte, bemerkte Melanie, daß die Leute bei ihren Szenen gelegentlich lachten. Als sie einmal eine Aufnahme beendete, in der sie sich selber mit ihrer Rosie-Parodie übertroffen hatte, bog sich die gesamte Mannschaft vor Lachen. Das gab ihr ein wunderbares Gefühl, vor allem, weil eine ganze Menge Leute anschließend zu ihr kam und sie umarmte und anlächelte und ein paar Worte sagte. Danach konnte sie es sich schon leisten zu glauben, daß das, was ihr hier passierte, doch kein Traum oder Irrtum war; es könnte vielleicht etwas sein, was für länger blieb. Vielleicht war sie ja wirklich eine Schauspielerin. Vielleicht hatte sie doch Talent, und dieses Gefühl war so wunderbar, daß es das Negative mehr als wettmachte – den schmutzigen Drehort, die langen Stunden, kein Stuhl zum Sitzen, Lees Unbeliebtheit, all das. Anstatt es zu hassen, wie sie es in den ersten beiden Wochen getan hatte, fing sie an, alles zu lieben, und hoffte, daß es so blieb.

Doch der glücklichste Umstand von allen war, daß einer von Shirleys früheren Ehemännern Herstellungsleiter beim Film war, und zwar ein guter.

»Eddie hat immer einen Film«, sagte Shirley. »Er hat zwar nicht immer 'nen guten, aber 'nen Film hat er immer.«

Zum Glück hatte Eddie noch Sympathien für Shirley – offenbar war er der einzige der vier Ehemänner, bei dem dies noch der Fall war. Er erwies ihr mit Begeisterung kleine Gefälligkeiten, zum Beispiel verschaffte er einem Burschen, den er nie zu Gesicht bekommen hatte, einen Job als Mädchen für alles.

Aus Melanies Sicht änderte diese kleine Gefälligkeit alles, jedenfalls was Bruce betraf. Seine mürrische, aggressive und verächtliche Haltung änderte sich von Grund auf, Bruce wurde fast schon zu dankbar. Trotz seines ablehnenden Urteils über Melanies Beziehung zu Lee stellte sich nach einigem Nachfragen heraus, daß er sich selber nicht allzuviel Mühe gegeben hatte, seine Beziehung zu Katie tatsächlich zu beenden.

»Sie geriet irgendwie wieder ins Bild«, gab er schließlich zu. Dies zu hören, bewirkte schon, daß Melanie sich sofort besser fühlte. Obwohl sie keinen Grund hatte, sich deswegen, weil Bruce einsam war und ohne Freundin dastand, irgendwelche Vorwürfe zu machen, verspürte sie trotzdem ein gewisses Schuldgefühl. Im Augenblick war sie jedoch froh, ihr Leben mit Lee genießen zu können.

Und was alles noch besser machte war, daß Eddie Bruce wirklich mochte, und als der Horrorfilm abgedreht war, nahm er Bruce mit zu seinem neuen Auftrag, einem Spionagefilm, der in einem der größeren Studios gedreht wurde.

So schnell den zweiten Job zu bekommen, verursachte in Bruce ein derartig gutes Gefühl, daß er selber vorschlug, er und Katie sollten mit Lee und Melanie zusammen essen gehen. Melanie war von der Idee nicht besonders angetan, aber sie sprach mit Lee darüber, und der stimmte zu. Sie beschlossen also, am Sonntag nach Venice zu fahren und Sushi zu essen.

Als der Sonntag kam, zeigte sich, daß ein Ergebnis dieses Essens sein sollte – Melanie wußte, daß sie das hätte voraussehen müssen –, daß sich Lee für Katie interessierte, die sporadisch die University of California in Los Angeles besucht und dort die gleiche Filmklasse absolviert hatte wie Lee an der New York University. Sie fingen an, die Filmklasse der UCLA mit der Filmklasse der NYU zu vergleichen, und wandten sich dann den tschechischen und russischen

Regisseuren zu und sprachen schließlich sogar über die holländischen Regisseure. Melanie beteiligte sich nicht besonders lebhaft an der Unterhaltung, denn sie hatte noch nie einen Film von einem der Leute gesehen, über die da gesprochen wurde.

Das überraschendste an diesem Gespräch war, daß Bruce viel mehr dazu beitrug, als Melanie jemals erwartet hätte. Offenbar verbrachte er seine Freizeit in Katies Haus damit, sich Videos der wichtigen ausländischen Filme anzusehen, oder er las all diese schicken Filmmagazine, die Katies Mutter abonniert hatte und die Katie aus dem Haus ihrer Mutter in L. A. mitgehen ließ.

Es war schon ganz schön spannend, zuzusehen, wie Bruce sich so in einen hochgestochenen Typen verwandelte – als ob er seit hundert Jahren Filmgeschichte studieren würde; nicht weniger spannend war es für Melanie, mitzuerleben, wie sich die große sexuelle Rivalität zwischen Lee und Bruce verflüchtigte. Bis sie ihren rohen Tintenfisch verzehrt hatten, waren sie schon fast Freunde geworden. Alle drei – Bruce, Lee und Katie – taten ihr Bestes, um über Melanies Kopf hinweg zu reden, ein Benehmen, das sie normalerweise sehr ärgerte. Doch diesmal ärgerte es sie nicht – sie stopfte jede Menge Sushi in sich hinein und fühlte sich wirklich guter Dinge. Was sie in so gute Stimmung versetzte, war ihr Gefühl, hinter all dem klugen Geschwätz der drei stehe einzig deren Wunsch, sie zu beeindrucken – schließlich, soviel die auch über den neuen holländischen Film sagen konnten, schließlich war sie es, die eine Rolle in einem Fernsehpilotfilm hatte. Sie war es, die hier als Schauspielerin arbeitete – egal, ob es sich dabei um den Pilotfilm zu einer Serie handelte, die vielleicht niemals gedreht werden würde. Und Lee war auch nur einer von einer Million Art Directors, und Bruce war auch nur einer von Millionen Statisten, und Katie ging überhaupt noch zur Schule, und auch das nur ziemlich halbherzig. Es war Melanie, die eine richtige Rolle in einem richtigen Film hatte, die anderen waren ja nur neidisch und zeigten es auf die einzige Art, derer sie fähig waren – sie versuchten, bei ihr mit ihrem großen Wissen über alles, was mit dem Film zu tun hatte, Eindruck zu schinden. Melanie aß und ließ das große Wissen an sich vorbeirauschen. Sie wußte selber, daß sie nicht besonders viel wußte, doch sie wußte auch, daß sie etwas zu haben schien, was keiner von den dreien hatte – die Fähigkeit, vor einer Kamera lustig zu sein. Vielleicht war das ja nichts, was sie für immer hatte – woher sollte sie das wissen? Aber im Moment hatte sie diese Fähigkeit, und das gab ihr Oberwasser in der kleinen Gruppe gleichrangiger Sushi-Esser.

Doch später, als sie und Lee zu Hause waren und sie kurz davor war, in ein gemütliches Nickerchen zu versinken, kam Lee plötzlich mit hochgerecktem Penis aus dem Badezimmer. Bevor Melanie noch umschalten und sich in einen Wachzustand versetzen konnte, eröffnete Lee ihr, was ihm als hübsches kleines Sonntagnachmittagsvergnügen für sie beide vorschwebe: Analsex.

»Nichts da, schlag dir das aus dem Kopf«, sagte Melanie. Sie hatte in dieser Richtung einige Experimente gemacht, die nicht besonders erfolgreich gewesen waren. Natürlich konnte es gut sein, daß sie eines Tages Lust auf weitere Experimente dieser Art bekam und daß die erfolgreicher verlaufen würden, aber jetzt, in diesem Augenblick, war sie überhaupt nicht in Stimmung für so was.

»Warum nicht, was ist denn falsch daran?« wollte Lee wissen. Er setzte auf der Stelle eine stinksaure, gereizte Miene auf, was er immer tat, wenn ihm irgendwas verweigert wurde, was er gerade jetzt haben wollte.

»Ich habe ja nicht gesagt, daß irgendwas daran falsch ist«, antwortete Melanie. »Ich habe nur gesagt, daß ich jetzt nicht will.«

»Aber *ich* will«, sagte Lee. »Können wir jemals auch mal das tun, was ich möchte?«

»Nun werd' nicht gleich sauer«, sagte Melanie. »Wir können jede Menge Sachen machen, die du willst. Wir *machen* sogar immer jede Menge Sachen, die du willst. Ich bin nur zufällig heute nachmittag nicht in der Stimmung für Arschficken.«

»Woher willst du das wissen? Wir haben ja noch nicht mal angefangen«, sagte Lee, der noch beleidigter und gereizter aussah als vorher.

»Ich weiß selber, wofür ich in Stimmung bin und wofür nicht«, sagte Melanie, die langsam ärgerlich wurde. Trotz ihrer klaren Absage war Lee hinter sie gesprungen und war deutlich dabei, sich an ihr zu schaffen zu machen. Melanie verhinderte dies, indem sie sich auf den Rücken warf und die Füße hob, als wolle sie nach ihm treten. Diese Bewegung machte ihn wütend, er fummelte weiter herum, bis Melanie ihn schließlich mit beiden Füßen wegstieß. Obwohl sie die Füße warnend gehoben hatte, schien Lee nicht die Idee gekommen zu sein, sie könnte ihn tatsächlich treten. Er war zu sehr damit beschäftigt, sie mit seinem Schwanz zu attackieren. Ihre beiden Fersen trafen ihn an der Brust und warfen ihn direkt vom Bett runter – Lee war kein sehr großer Bursche.

»Huch, das wollte ich nicht, tut mir leid«, sagte Melanie, aber so schnell ihre Entschuldigung auch kam, sie kam nicht schnell genug. Bevor sie noch einen Finger rühren konnte, riß Lee sie vom Bett herunter und fing an, mit beiden Fäusten auf sie einzuschlagen.

»Lee, aufhören! Das war doch nur ein Versehen!« schrie Melanie und bedeckte ihr Gesicht mit beiden Armen. Sofort schoß es ihr durch den Kopf, wenn sie morgen mit einem blauen Auge oder einer geschwollenen Lippe bei den Dreharbeiten aufkreuzte, das wär's dann gewesen: Man würde sie stehenden Fußes an die Luft setzen. Unter allen Umständen mußte sie ihr Gesicht schützen, und sie schützte es auch – sie bekam einen harten Schlag auf den Hinterkopf, als er sie aus dem Bett zerrte, und ein paar blaue Flecken auf den Armen, aber Lee fuchtelte eigentlich nur mit seinen Armen in der Luft herum; er war viel zu wütend, um seine Schläge richtig plazieren zu können. Er rauchte zuviel und war überhaupt nicht besonders gut in Form – vermutlich dauerte es noch keine dreißig Sekunden, bis er erschöpft war und mit dem Prügeln aufhörte. Doch er war immer noch richtig wütend. Bevor Melanie sich von dem Gewitter von Schlägen erholen konnte, nannte er sie Fotze und Hündin und noch drei oder vier andere nette Dinge – dann stand er auf und stürmte zur Tür hinaus.

Melanie versuchte nicht, ihn aufzuhalten – sie war zu verblüfft, und als sie sich erholt hatte, zu enttäuscht. Wegen Bruce hatte sie Lee beinahe zum erstenmal tagsüber mit nach Hause genommen. Als sie nach dem gemeinsamen Essen ins Apartment kamen, hatte sie sich zufrieden gefühlt – sie freute sich darauf, es sich mit Lee in ihrem eigenen Umfeld gemütlich zu machen. Ihr war es wie ein großer Luxus vorgekommen, einfach nur mit Lee zu Hause zu sein. Sie hatte überlegt, ob sie ihm Pasta zum Abendessen machen sollte – sie hatten noch nie auch nur eine simple Mahlzeit in ihrem Apartment zusammen eingenommen. Sex wäre auch willkommen gewesen; nach ihrem Nickerchen wäre sie vermutlich dafür in der richtigen Stimmung gewesen, obwohl der Sex mit Lee bisher eigentlich nicht so welterschütternd gewesen war – die endlosen Arbeitsstunden, die Sorgen mit Bruce oder sonstwas hatten ihre Reaktionen immer etwas beeinträchtigt. Lee hatte etwas von einem Kaninchen, an einem langen Vorspiel war er nicht interessiert, doch Melanie war zuversichtlich, ihn mit etwas Geduld auf die richtige Spur zu führen – sie fühlte sich wirklich stark zu Lee hingezogen; sie hatte die optimistische Meinung, ihr Liebesspiel werde sich verbessern, sobald sie sich beide etwas entspannten und sie ihn dazu bringen könnte, sich bei ihr etwas mehr Zeit zu nehmen.

Aber jetzt war alles am Ende – er war ihr zum falschen Zeitpunkt mit dem falschen Vorschlag gekommen; vermutlich würde er ihr niemals verzeihen, daß sie ihn von dem blöden Bett runtergetreten hatte. Bevor sie es noch richtig merkte, heulte sie auch schon los und tat das für den Rest des Nachmittags. Des öfteren schaute sie sich im Spiegel an, ob sie auch kein blaues Auge bekam, und wenn sie weder weinte noch in den Spiegel schaute, dann schaute sie vor allem aus dem Fenster und hoffte, Lee würde darüber hinwegkommen und zurückkehren. So ganz glaubte sie selber nicht daran, daß das passieren würde – dafür war er zu arrogant –, aber eine oder zwei Stunden lang hoffte sie es doch.

Später, als sie sich sehr einsam fühlte und darüber erschrocken war, daß eine Beziehung, die ihr meistenteils Freude gemacht und auf die sie gebaut hatte, innerhalb von fünf Minuten in die Brüche gehen konnte und noch dazu aus einem so dummen Anlaß, da rief sie Rosie an und erzählte ihr, was passiert war.

»Analsex, huch!« sagte Rosie.

Aurora befand sich zufällig in diesem Moment in der Küche und kostete ein paar Kalbsnierchen, die sie für Pascal gekocht hatte. Er hatte sich für seine Grobheit so oft entschuldigt, daß Aurora irgendwann entschied, genug sei genug, und ihn zm Abendessen eingeladen hatte.

Als sie Rosie das Wort »Analsex« aussprechen hörte, sah sie überrascht auf.

»Er hört sich für mich wie ein kleiner Macho-Doofmann an«, fügte Rosie hinzu. »Ohne den bist du besser dran.«

»Rosie, du und Granny, ihr erzählt mir das die ganze Zeit«, beklagte sich Melanie. »Jedesmal wenn ich mit einem Kerl reinfalle, versucht ihr mir klarzumachen, daß ich ohne den Typen besser dran sei.«

»Ja, und das stimmt sogar, vor allem wenn Analsex alles ist, woran er denken kann«, beharrte Rosie. Dann erinnerte sie sich an ihre eigenen Probleme mit C. C. und an den oralen Sex, vor allem im Auto; eine Sekunde lang verspürte sie eine Traurigkeit. Wenn man das vergaß, war C. C. gar nicht so schlecht gewesen.

»Männer sind komisch, jedenfalls neunzig Prozent von ihnen«, sagte sie.

»Das mag ja stimmen, aber ich brauche trotzdem einen«, sagte Melanie. »Ich bin eben keine gute Einzelgängerin. Ich bin viel besser dran, wenn ich einen Mann um mich herum habe, auch wenn er nicht perfekt ist.«

»Was war das mit Analsex?« fragte Aurora und unterbrach ihre Beobachtung der Kalbsnierchen.

Melanie hatte nicht gewußt, daß sich ihre Großmutter im gleichen Raum befand wie Rosie – bis sie ihre Stimme hörte, weit entfernt, aber deutlich.

»Oha, kann Granny uns hören?« fragte sie.

»Ja, sie kocht gerade«, antwortete Rosie und kam sich etwas hölzern vor. »Ich glaube, Pascal ist wieder auf der Bildfläche erschienen.«

»Rosie, das ist aber reichlich voreilig«, sagte Aurora. »Die Tatsache, daß er zum Abendessen kommt, heißt noch lange nicht, daß er wieder auf der Bildfläche erschienen ist.«

»Im Augenblick gibt's überhaupt keine Bildfläche«, fuhr sie mit leicht abfallender Stimme fort. »Im Augenblick gibt's nur eine verschwommene Vorstellung.«

»Pascal könnte alles wieder ins rechte Licht rücken, wenn er seine Karten richtig ausspielt«, sagte Rosie in der Absicht, zur Abwechslung mal etwas Positives zu sagen.

»Seine Karten sind hauptsächlich Miese«, sagte Aurora. »Wieso fragt Melanie dich zu Analsex?«

»Sag ihr nichts! Das führt ja doch nur dazu, daß sie Lee haßt, falls sie ihn jemals zu Gesicht bekommt«, sagte Melanie. Sie hatte gehört, wie die Stimme ihrer Großmutter immer lauter wurde.

»Ich glaube, sie möchte selber mit dir sprechen«, sagte Rosie, da es offensichtlich war, daß Aurora genau das vorhatte.

»Mist!« sagte Melanie. »Im Moment will ich gar nicht mit Granny reden, sondern nur mit dir.«

»Liebes, sie ist einfach nur aufgeregt, weil ihr neuer Freund sie gerade verlassen hat«, sagte Rosie zu Aurora und bedeckte dabei den Hörer mit der Hand; gleichzeitig versuchte sie, Aurora mit Blicken klarzumachen, daß es im Augenblick besser sei, sich aus der Sache herauszuhalten.

»Na ja, wenn man mich nicht sprechen will, dann will man mich eben nicht sprechen«, sagte Aurora, die die Botschaft durchaus verstand, ja sogar überdeutlich verstanden hatte. Sie wandte sich wieder ihren Kalbsnierchen zu, aber nicht leichten Herzens, wie es normalerweise bei ihrer Kocherei der Fall war.

»In einer Minute wird sie dich wohl sprechen wollen«, sagte Rosie, der der Ausdruck auf Auroras Gesicht gar nicht gefiel. »Im Augenblick will sie halt jemanden sprechen, dem sie sich anvertrauen kann.«

»Ist sie wütend?« fragte Melanie und kaute auf ihren Fingernägeln herum. Sie haßte es, mit Rosie über private Dinge zu reden, wenn sie wußte, daß ihre Großmutter sich im selben Zimmer befand.

»Nein, im Moment heult sie«, sagte Rosie mit einem Seufzer – sie fühlte gleichzeitig Sympathien für Aurora und für Melanie. Sie selber befand sich mal wieder mitten zwischen den Fronten, wie schon so oft.

»Das könnte aber auch an den Zwiebeln liegen, wir fangen nämlich gerade an zu kochen«, sagte sie. Sie begann selber, sich traurig zu fühlen – es war schrecklich, mittendrin zu sein, wenn Großmutter und Enkeltochter gleichzeitig unglücklich waren.

»Das liegt nicht an den Zwiebeln«, sagte Aurora, aber nicht so laut, daß Melanie es hören konnte. Die Tatsache, daß kein Mitglied ihrer Familie sich in Krisenzeiten ihr anvertrauen wollte oder sich in der Vergangenheit jemals anvertraut hatte, gab ihr einen Stich ins Herz. Jahr um Jahr, Dekade um Dekade schien es so zu sein, als sei allein Rosie die Empfängerin aller vertraulichen Dinge – zuerst war das so bei Emma gewesen und jetzt bei Melanie. Sie fühlte sich ausgeschlossen und hatte sich immer schon ausgeschlossen gefühlt. Was war sie eigentlich, wenn nicht Mutter und Großmutter? Es schien beinahe eine zu große Bürde zu sein, doch sie machte stoisch weiter mit ihrer Kocherei, wenn auch unglücklich.

Später, als das Abendessen mit Pascal einigermaßen gut, wenn auch auf Auroras Seite etwas steif, überstanden war, rief Melanie an, um sich bei Aurora dafür zu entschuldigen, daß sie am Nachmittag nicht mit Aurora gesprochen hatte.

Melanie fühlte sich bereits besser. Sie hatte mehrere

Stunden damit verbracht, über ihre Beziehung zu Lee nachzudenken, und hatte dabei festgestellt, daß sie sich nur an eine einzige Gelegenheit erinnern konnte, bei der er wirklich nett zu ihr gewesen war. Die ganze andere Zeit war mehr hart an der Grenze des Erträglichen gewesen.

Außerdem hatte sie Schuldgefühle wegen ihrer Granny – es war nicht schwer, an Auroras Stimme zu erkennen, ob sie glücklich war oder nicht –, und jetzt klang sie gar nicht glücklich.

»Bist du wütend auf mich, weil ich heute nachmittag nicht mit dir gesprochen habe?« fragte Melanie. Bei ihrer Großmutter hatte es keinen Zweck, um den heißen Brei herumzureden; am besten rückte man gleich mit der ganzen Wahrheit heraus.

»Nun, ich bin wegen einer ganzen Reihe von Dingen ärgerlich, Melly«, gab Aurora zu. »Dies hier ist nur eines von vielen, aber so wichtig ist es nun auch wieder nicht.«

»Granny, du bist meine Eltern für mich«, erklärte Melanie. »Mein Vater will es nicht sein, und meine Mutter ist tot. Du bist der einzige Mensch, den ich habe, dem ich Dinge verschweigen kann – und jeder braucht doch Eltern, vor denen man etwas verbergen kann, oder?«

»Es mag zwar ungewöhnlich sein, aber bei mir war das nicht der Fall«, sagte Aurora nachdenklich. »Jedenfalls traf das nicht auf meine Mutter zu – meinem Vater habe ich allerdings in meinem ganzen Leben nicht ein einziges wichtiges Geheimnis anvertraut.«

»Aber deiner Mutter konntest du alles anvertrauen? Sogar Dinge über Sex?« fragte Melanie neugierig.

»Meine Mutter war der einzige Mensch, dem ich wirklich alles sagen konnte«, antwortete Aurora. Sie verzieh Melanie sofort, deren Stimme wie die eines traurigen, verletzten kleinen Mädchens klang.

»Wenn ich jetzt so zurückschaue, bin ich sicher, daß es schon merkwürdig war, daß ich meiner Mutter wirklich alles sagen konnte«, erinnerte sich Aurora. »Ich glaube nicht, daß ich ihr irgend etwas verheimlicht habe.«

»Da hast du Glück gehabt«, sagte Melanie. »Es muß wunderbar sein, seiner Mutter alles sagen zu können.«

»Ja, es war wunderbar«, stimmte Aurora zu. »Sie war eine sehr freimütige Frau mit einer bemerkenswert offenen Denkweise – wirklich sehr bemerkenswert, wenn man sich ihre Zeit und ihre Lebensumstände vergegenwärtigt.«

Sie war einen Moment still und erinnerte sich an ihre Mutter und die langen Gespräche, die sie mit ihr gehabt hatte.

»Das schlimme war nur, daß ich damals sehr jung war«, sagte sie. »Ich hatte nichts Schwieriges zu erzählen. Einmal hatte ich eine kleine, unbedeutende Geschlechtskrankheit, darüber habe ich auch mit ihr gesprochen.«

›Hast du *wirklich?*« fragte Melanie.

»Ja, habe ich«, antwortete Aurora. »Meine Mutter war völlig durcheinander, aber auch sehr praktisch veranlagt. Sie hat mich selber zum Arzt begleitet.«

»Ich glaube, heute hättest du ihr viel kompliziertere Dinge zu erzählen, nicht wahr?« sagte Melanie.

»Ganz bestimmt«, pflichtete Aurora bei. »Das ganze spätere Leben ist selber eine komplizierte Angelegenheit. Aber meine Mutter starb, bevor sie viel darüber gelernt hatte, und das Resultat ist, daß ich nur unzureichende Ratschläge bekam und mein Leben nicht besonders gut gemeistert habe.«

»Ich glaube aber doch, daß du es sehr gut gemeistert hast«, sagte Melanie.

»Nein, nein – die fehlenden Ratschläge hatten häufige Niederlagen zur Folge«, versicherte ihr Aurora.

»Sind dafür nicht die Klapsmühlenärzte da?« fragte Melanie.

»Ja, wahrscheinlich sind sie dafür da«, sagte Aurora. »Aber da meiner mir erlaubte, ihn zu verführen, und nur kurze Zeit später Patsy Carpenter erlaubte, ihn zu verführen, glaube ich nicht, daß ich von seiner Seite angemessene Ratschläge erwarten kann.«

»Du könntest dir ja einen anderen Klapsmühlendoktor aussuchen«, meinte Melanie.

»Das könnte ich, aber ich glaube, ich möchte doch lieber das Thema wechseln«, sagte Aurora. »Werde ich jemals erfahren, warum Rosie heute nachmittag über Analsex geredet hat?«

»Ich glaube schon, daß du das wissen darfst«, sagte Melanie. »Mein Freund wollte das machen, und ich wollte nicht, und deshalb haben wir uns getrennt.«

»Ich meine, ich wollte es *heute* nicht«, fügte sie hinzu. »Damit will ich nicht sagen, daß ich grundsätzlich dagegen bin.«

»Es setzt schon eine ganz besondere Stimmung voraus«, sagte Aurora lässig. Sie dachte immer noch an ihre Mutter und an die Art, wie sie mit ihrem Ring spielte und ihn unablässig am Finger drehte, wenn sie sich mit einem Problem beschäftigte, das Aurora ihr anvertraut hatte.

Melanie versuchte, sich ihre Großmutter beim Analsex vorzustellen, doch ihre Einbildungskraft brachte nichts zustande – ihre Einbildungskraft war ihr nicht mal eine besondere Hilfe, wenn sie sich vorzustellen versuchte, sie mache es mit Lee.

»Jedenfalls bin ich mal wieder ohne Freund«, sagte sie. »Aber ich denke, ich darf mich nicht beklagen. Ich weiß, es gibt bestimmt viel schlimmere Schicksale.«

»Stimmt, aber nicht allzu viele«, sagte Aurora und erinnerte sich daran, wie fehl am Platze und gelangweilt sie sich an diesem Abend gefühlt hatte, als sie das Abendessen mit Pascal hinter sich bringen mußte.

»Was soll das heißen?« fragte Melanie. »Bist du wirklich so unglücklich?«

»Ich bin nicht gerade überschäumend glücklich in diesen Tagen«, gab Aurora zu. »Ich fürchte, ich bin eine sehr anspruchsvolle Person, und das hat mich dazu verführt, in meinem Leben die falschen Leute zu akzeptieren. Selbst wenn ich ziemlich genau weiß, daß es die falschen Leute sind, akzeptiere ich sie dennoch, bloß um nicht allein zu sein.«

»Ich scheine wirklich unfähig zum Glück zu sein, wenn ich keinen Lover habe«, fügte sie hinzu.

»Willst du nicht versuchen, deinen Klapsdoktor von Patsy zurückzuerobern?« fragte Melanie. »Ich wette, du schaffst es, wenn du's richtig versuchst.«

Aurora ließ diese Frage eine kurze Zeit im Raum stehen. Sie hatte das Gefühl, dies sei das falsche Thema, um es mit ihrer Enkelin zu diskutieren. Allerdings hatte sie andererseits gerade erst ihre Mutter gelobt wegen ihrer Offenheit, über solche Dinge miteinander reden zu können. Außerdem war das eine schwere Frage: Würde sie aktiv um Jerry kämpfen oder nicht? Während der letzten Wochen hatte sie selber nicht vorgehabt, um ihn zu kämpfen, aber jetzt, nach Melanies Frage, wurde ihr klar, daß sie, soweit es ihn betraf, noch keine klare Entscheidung getroffen hatte.

»Ich könnte tatsächlich so närrisch sein«, sagte sie. »An diesem Punkt scheine ich nur die Wahl zwischen Dummheit und Resignation zu haben, und ich glaube wirklich, daß Narrheit vielleicht die ehrenvollere Alternative ist. Ich war schon früher eine Närrin, aber irgendwie hat mich das auf Trab gehalten. Vielleicht muß ich wieder mal eine Närrin sein.«

Melanie versuchte, ihr noch etwas über ihren neuen Job zu erzählen oder sonst etwas, was ihre Großmutter in etwas bessere Laune versetzen könnte, doch als das Gespräch schließlich zu Ende war, war Aurora noch immer ziemlich gedrückter Stimmung.

Melanie blieb bis ungefähr zwei Uhr nachts wach und hoffte, Lee würde anrufen und sich entschuldigen, aber das war nicht der Fall. Am nächsten Tag sah sie ihn von weitem, als sie zu ihrem Maskenbildner ging. Sie wollte ihm zuwinken, aber er schaute nicht in ihre Richtung, daher ließ sie es bleiben. Als sie dann zurechtgemacht wurde, riskierte er gerade einem der Stars gegenüber eine freche Lippe und wurde auf der Stelle gefeuert. Als Melanie zur ersten Szene ging, war er schon weg. Es war schon verblüffend zu sehen, wie blitzschnell man weg vom Fenster sein konnte, wenn man nichts Wichtigeres als ein Art Director war.

»Liebes, ohne den bist du besser dran«, sagte Shirley, als sie von der Trennung erfuhr.

»Du klingst genau wie meine Großmutter!« sagte Melanie ein wenig bitter. Sie war immer noch ziemlich aufgeregt; es war eine offene Wunde, und man sollte doch meinen, die Leute würden das merken!

Aber sie war Shirley deshalb nicht böse. Immerhin hatte Shirley viel getan, um Bruce einen Job zu verschaffen, und das war immer noch das Netteste, was jemand für einen von den beiden getan hatte, seitdem sie nach Hollywood gekommen waren.

14.

Pascal, der sich wärend des Abendessens bei Aurora sehr darum bemüht hatte, sein bestes Benehmen an den Tag zu legen, dachte den größten Teil des folgenden Tages nach und kam zu dem Schluß, daß er mit dem Tenor des vergangenen Abends sehr unzufrieden war. Er war sich sicher, daß man ihn auf vielfältige, wenn auch subtile, aber charakteristische Weise geringschätzig behandelt hatte: Die Umarmung, die er bei seiner Ankunft erhielt, war flüchtig, und der Kuß zum Abschied war noch viel flüchtiger gewesen. Die Konversation, die normalerweise so lebhaft war, wenn Aurora ihre Gedanken hierhin und dorthin springen ließ, war langweilig gewesen, so belanglos wie ihre Umarmung. Sie hatte ihn sogar erneut nach dem Klatsch über Madame Mitterrand gefragt, vermutlich die langweiligste Frage, die man einem Mitglied des diplomatischen Corps von Frankreich überhaupt stellen konnte.

Am Tag nach dem Abendessen war er sehr schlechter Laune; am Abend begann er, Cognac zu trinken, und trank und trank, bis er aus dem Sessel kippte, als er nach dem kleinen Apparat greifen wollte, mit dem man die Fernsehkanäle umschalten kann. Irgendwann hatte er das Ding fallen lassen und außer Reichweite getreten. Er lehnte sich vor, um es hochzunehmen, kippte aus dem Sessel und fiel auf dem Fußboden sofort in einen Tiefschlaf und erwachte am nächsten Morgen mit rasenden Kopfschmerzen, gerade noch rechtzeitig, um sich zu rasieren und ins Büro zu fahren. Er beschimpfte seine Sekretärin wegen eines Tippfehlers und hätte fast Krach mit Solange bekommen, die unfähig war, das Faxgerät auf der Stelle in Gang zu bringen.

»Es muß sofort funktionieren!« verlangte Pascal, in dessen Kopf es immer noch dröhnte.

Solange starrte ihn mit eisigem Blick an – eigentlich war sie, alles in allem, eine sehr gelassene junge Frau – zu gelassen, seiner Meinung nach.

»Wie Sie sehen können, funktioniert es eben jetzt *nicht sofort*«, sagte sie. »Ich glaube, es hat die Nachricht nicht gehört.«

»Welche Nachricht?« fragte Pascal. Er fragte sich beunruhigt, ob irgendwo in der Welt irgend etwas Entsetzliches passiert war, wovon er nichts wisse. Vielleicht sogar etwas, das das Schicksal Frankreichs betraf.

»Die Nachricht, daß es für Monsieur Pascal *jetzt sofort* zu funktionieren hat!« sagte Solange und schaute ihn von oben bis unten mit offensichtlichem Mißvergnügen an.

In diesem Moment kam ihr der Mann grotesk häßlich vor: rote Augen, ein rotes Gesicht, hohlwangig. Ihr erschien es im nachhinein merkwürdig, daß sie diese Häßlichkeit früher einmal attraktiv gefunden hatte; aber – da gab es kein Entrinnen – so war es gewesen. Natürlich war es eine tolle Story für ihre Freundinnen, wenn sie ihnen von ihrer Affäre mit einem Mann erzählte, der einen krummen Penis hatte; sogar ein paar ihrer männlichen Freunde brachen in Gelächter aus, wenn sie ihnen dieses krumme Ding beschrieb, obwohl sie dem einen Liebhaber normalerweise niemals etwas über den Penis eines anderen Liebhabers erzählen würde.

»Oh«, sagte Pascal, als er erleichtert feststellte, daß Frankreichs Schicksal nicht beeinträchtigt worden war, ohne daß er sofort davon erfahren hatte.

»Ich habe Cognac getrunken«, fügte er hinzu, sozusagen als Entschuldigung für sein mürrisches Benehmen.

Solange starrte ihn weiterhin mit eisigem Blick an. Sie klappte das Faxgerät auf, stellte fest, daß das Papier zu Ende war, stöckelte den Gang hinunter, kam mit einer neuen Papierrolle zurück, legte sie in das Gerät und klappte den Deckel mit lautem Knall wieder zu.

»Jetzt wird es Monsieurs Befehle auf der Stelle ausführen«, sagte sie.

»Warum können Sie nicht etwas freundlicher zu mir sein?« fragte Pascal. »Mir tut heute morgen alles weh. Ich habe eine schlimme Nacht hinter mir. Ich bin alt und einsam. Früher waren Sie mal nett zu mir, aber jetzt nicht mehr.«

»Weil Sie sich wie ein Schwein benehmen«, sagte Solange. »Suchen Sie sich eine Sau, die nett zu Ihnen ist.«

Sie stellte das Faxgerät an und ging. Während das Fax durchlief, machte das Gerät ein kleines Grrr-Geräusch, das wie das Grollen eines kleines Tieres klang. Pascal spürte, wie Verzweiflung in ihm hochkroch. Er hatte Angst davor, Solange erneut herzuzitieren, aber das Fax lief nicht so reibungslos durch das Gerät, wie es sollte. Es lag nur einfach im Eingabefach, während die Maschine vor sich hin grollte.

Schließlich, als dieses Grollen, Solange, sein Job, Houston und sein ganzes Leben insgesamt ihm vollkommen unerträglich vorkamen, ging Pascal einfach davon. Das Fax war ohnehin zu blöde, um durchgegeben zu werden. Der Bürgermeister von Houston hatte den Wunsch, Präsident Mitterrand solle nächstes Jahr die »Fat Stock Show« eröffnen. Es sollte extra ein Spießbratenessen zu seinen Ehren geben, wenn er nur so gut sein wolle zu kommen. Noch besser wäre es, wenn man erlauben würde, daß er mit der Concorde anreiste, obwohl die Concorde normalerweise wegen der Lärmbelästigung in Houston nicht landen durfte. Nichts davon würde jemals wirklich geschehen – welchen Sinn würde es da machen, wenn das Fax tatsächlich am Quai d'Orsay ankäme? Sollte doch der nächste, der faxen wollte, die Maschine reparieren. Die eisigen Blicke von Solange waren für ihn wie Stiche ins Herz. Ihm war zum Heulen zumute – vielleicht würde es seinem Kopf guttun, wenn er heulte. Er schloß sich in sein winziges Büro ein und erinnerte sich daran, daß Aurora ihn mit ihrer Gleichgültigkeit beleidigt hatte, und plötzlich wurde sein Zorn so heftig, daß er sich nicht mehr unter Kontrolle hatte. Er riß den Hörer ans Ohr und wählte ihre Nummer in der Absicht, sie mit Schimpfworten zu überschütten.

»Hallo«, sagte Aurora. Sie lag im Bett und bemühte sich, ein paar Sätze Proust zu bewältigen, etwas, was sie immer nur dann versuchte, wenn ihr Stimmungsbarometer so tief stand, daß sie gar nichts anderes mehr tun konnte.

»Du warst wie eine Schnecke!« brach es aus Pascal hervor. »Eine dicke weiße Schnecke. Ich rufe an, um dir zu sagen, daß ich nie mehr kommen werde – ich lasse mich nicht so beleidigen.«

»Moment mal, noch mal von vorne«, sagte Aurora. »Habe ich mir die Mühe gemacht, den Hörer abzunehmen, nur um zu hören, daß du mich eine Schnecke nennst? Gewiß, ich bin etwas groß und ganz gewiß weiß, aber wieso erinnere ich dich an eine Schnecke? Ist eine Schnecke nicht eine Art Wurm? War ich wirklich so dumm, Kalbsnierchen für einen Mann zu machen, der mich mit einem Wurm vergleicht?«

»Du hast überhaupt nicht an mich gedacht«, sagte Pascal. »Ist es wegen der Griechen?«

»Nein, es liegt daran, daß du ein langweiliger alter Furz bist«, sagte Aurora. »Ich habe mehrmals versucht, während dieses, wie ich zugeben muß, langweiligen Dinners an dich zu denken, aber die Wahrheit ist, es war, als würde man einen toten Kanal im Fernsehen einschalten. Nicht viel zu sehen und noch weniger, an was man denken könnte.«

»Mir tut der Kopf weh, ich bin alt und einsam«, sagte Pascal, dessen Ärger sich verflüchtigte. Er war entsetzt, daß er die Kontrolle über sich so vollständig verloren hatte; er hatte Aurora tatsächlich eine Schnecke genannt. Eine Schnecke? Wieso waren ihm diese Worte über die Lippen gekommen? Wahrscheinlich würde sie ihm das niemals vergeben. Er hatte das Gefühl, seine einzige Hoffnung liege darin, so bedauernswert wie möglich zu wirken, was ihm nicht schwerfiel, denn er fühlte sich hundeelend.

»Du verdienst es auch, einsam zu sein, wenn es das einzige ist, was du kannst, mich eine Schnecke zu nennen«, sagte Aurora. »Ich werde es Rosie erzählen, und dann machen wir dich fertig.«

»Bitte nicht, ich bin ein gebrochener Mensch«, jammerte Pascal. Sein ganzes Leben war ein einziger Trümmerhaufen, er hatte nichts mehr und fing an zu weinen.

»Mist, verdammter, jetzt fängst du an zu flennen, weil ich gemein zu dir war«, sagte Aurora. Rosie kam ins Zimmer, den Arm voller frischer Bettlaken, ein sicheres Zeichen, daß Aurora jetzt gebeten wurde, das Bett zu verlassen, damit sie die Laken wechseln konnte.

»Pascal hat mich eine Schnecke genannt, und jetzt flennt er«, sagte Aurora und hielt Rosie den Hörer entgegen, falls sie das Geflenne hören wollte.

»Ich will das nicht hören, wer will schon zuhören, wenn ein Franzmann heult?« sagte sie. »Du mußt aus dem Bett raus, damit ich es beziehen kann.«

»Jetzt, wo ich erst beim zweiten Satz Proust bin?« fragte Aurora grinsend. »Normalerweise lese ich immer mindestens fünf oder sechs Sätze, bevor ich aufgebe.«

»Ist mir egal, beweg dich, ich bin schon viel später dran, als ich um diese Tageszeit sein müßte.«

»Es wäre besser, tot zu sein, als ein solches Leben zu führen«, sagte Pascal, dessen Tränenstrom versiegte.

»Nun, das ist reine Spekulation, Pascal«, sagte Aurora. Irgendwie übte sein Schluchzen eine anregende Wirkung auf ihre Stimmung aus. »Es könnte eine schlimme Sache sein, tot zu sein«, fuhr sie fort. »Glaubst du, die französische Regierung kann ein paar Stunden auf dich verzichten?«

»Warum?« fragte Pascal. Ihre Drohung, ihn »fertigzumachen«, war nichts, was man auf die leichte Schulter nehmen sollte.

»Pascal, wenn du hier anfängst, großartig Fragen zu stellen, dann vergiß es«, sagte Aurora. »Beantworte nur meine Frage: Kannst du dich zum Mittagessen freimachen oder nicht?«

»Ja, ich kann mich zum Mittagessen freimachen«, sagte Pascal. »Ich kann mir zu jedem Mittagessen freinehmen. Solange war gemein zu mir wegen des Faxgerätes.«

»Nun, das ist eine Sache zwischen dir und deiner jungen Geliebten«, sagte Aurora. »Reiß dich zusammen, und sieh zu, daß du um zwölf hier bist.«

»Okay, aber ich will nicht, daß du mich fertigmachst«, sagte Pascal. »Ich bin auch so schon fertig genug.«

»Wenn du dich korrekt benimmst, mache ich dich vielleicht nicht fertig, aber ich tu's ganz bestimmt, wenn du nicht pünktlich hier bist«, sagte Aurora und legte auf.

»Ich wußte doch, daß er wieder auf der Bildfläche erscheint«, sagte Rosie.

Aurora verließ widerstrebend ihr Bett und nahm in ihrem Erker Platz, nachdem sie Proust wieder ins Bücherregal gestellt hatte. Heute sah es nicht nach einem Sechs-Sätze-Proust-Tag aus.

»Er ist ziemlich fertig heute«, sagte sie. »Ich glaube, ich habe mich erweichen lassen. Ich denke, wir nehmen ihn mit, damit er unsere Griechen kennenlernt.«

»Wir? Wieso muß ich denn da mitgehen?« fragte Rosie.

»Nun, die beiden sind Brüder, und wir sind wie Schwestern«, sagte Aurora. »Ich denke, wir sollten unsere Tradition des Doppelrendezvous fortsetzen, soweit es unsere Griechen betrifft.«

»Ich weiß nicht, ich habe Angst, daß es zu chaotisch wird«, meinte Rosie. »Stell dir mal vor, ich verliebe mich in den gleichen Mann wie du? Wenn ich dabei gewinne, wirfst du mich raus. Aber wenn ich Angst habe, rausgeworfen zu werden, kann ich mich nicht entspannen und genieße überhaupt nichts bei der ganzen Sache.«

»Mensch! Du bist vielleicht schon weit voraus, wenn ich jemals jemanden weit voraus gesehen habe«, sagte Aurora. »Bis jetzt hat sich ja noch keiner von uns verliebt – und ich glaube kaum, daß wir soviel Glück haben werden.«

»Ich glaube trotzdem, daß es chaotisch wird«, meinte Rosie. »Alles, was du anfängst, ist innerhalb von fünf Minuten chaotisch, und alles, was ich anfange, ist schon chaotisch, bevor es überhaupt richtig losgeht. Ich finde einfach, wir brocken uns da ganz schön was ein.«

»Und wennschon, mir ist Chaos lieber als ein endloses Nichts«, antwortete Aurora.

»Was ist denn so schlimm an einem Nichts?« fragte Rosie.

»Willst du wirklich dein Leben leben, indem du immer nur meine Bettlaken wechselst?« antwortete Aurora. »Wäre ein bißchen Durcheinander nicht besser als tagaus, tagein dieses absolute Nichts?«

»Wenn Willie sich wenigstens zu einem Telefonanruf aufraffen könnte, dann ginge es mir ja schon viel besser«, sagte Rosie. »Ich weiß, daß er nur deshalb nicht anruft, weil er sich schämt, daß er weggerannt ist. Es ist ja nicht so, daß ich ihn unbedingt zurückhaben will. Ich will ja nur, daß er einmal anruft, damit ich weiß, daß der arme Trottel noch lebt.«

»Ich gebe ja zu, daß Willie sich nicht besonders rücksichtsvoll benommen hat«, sagte Aurora. »Auf der anderen Seite hat er dich aber auch nicht aus heiterem Himmel angerufen und dich eine Schnecke genannt, wie Pascal es gerade eben mit mir getan hat.«

»Und was sollen wir machen, wenn wir bei den Griechen ankommen?« fragte Rosie. Die Vorstellung, da hinzugehen, hatte sie im ersten Moment entsetzt, doch nachdem der Gedanke ein paar Minuten in ihrem Kopf herumgegeistert war, fand sie es nicht mehr so entsetzlich. Schließlich war es heller Tag, und sie mochte diesen Feta-Käse. Vielleicht konnte man ein kleines Treffen auch ohne allzuviel Chaos hinkriegen.

Aurora hatte die Telefonnummer der Griechen für alle

Fälle an ihr Telefon geklebt, sie wählte die Nummer und bekam Vassily an den Apparat.

»Jungs, wir sind es«, sagte sie. »Wir kommen zu Besuch rüber.«

»Bringen Sie noch etwas von dem ›Lamm auf griechische Art‹ mit, wenn Sie noch was haben«, sagte Vassily. »Das war ein ganz hervorragendes ›Lamm auf griechische Art‹«, sagte er.

»Das mag ich an den Griechen«, antwortete Aurora. »Das sind Männer mit Appetit. Außerdem stürzen sie sich sofort ins Gespräch, und das ist mehr, als ich von den Männern anderer Nationalität sagen kann. Wie geht es meinem Freund Theo?«

»Wir haben neue Gläser für die Bar bekommen«, antwortete Vassily. »Theo poliert sie gerade.«

»Na gut, sagen Sie ›Hallo‹ zu ihm«, sagte Aurora. »Rosie und ich sind gegen Mittag da, und vielleicht bringen wir noch einen alten Franzmann mit, den Sie kennenlernen sollten.«

»Hoffentlich ist er nicht aus Paris«, sagte Vassily. »Ich hasse Leute aus Paris.«

»Nein, er stammt aus der Bretagne. Falls er mir irgend etwas Gemeines sagt, hoffe ich, daß Sie ihm eine reinhauen.«

»Theo kann das machen, ich schlage mich nicht mehr«, sagte Vassily.

»Warum nicht?«

»Weil ich immer verliere. Theo verliert auch, aber er ist ein alter Raufbold. Vielleicht ist er bereit, diesem alten Burschen aus der Bretagne die Hucke vollzuhauen.«

Als Pascal Punkt zwölf vor Auroras Haustür angestolpert kam und versuchte, so mitleiderregend wie möglich auszusehen, machte sie die Tür auf und schlug ihm blitzschnell mit der Faust auf sein Kinn. Obwohl sie ihn wirklich nicht besonders hart getroffen hatte, bekam er einen Schreck – außerdem hatte ihr Fingerring seine Haut leicht verletzt.

»So!« sagte Aurora. »Ich habe den Vormittag damit zugebracht, mich all der häßlichen Dinge zu erinnern, die du über die Jahre zu mir gesagt hast. Du hast es verdient, eine gescheuert zu bekommen, und jetzt hast du dein Quantum abgekriegt.«

Pascal war derartig geschockt, daß man ihn geschlagen hatte, daß er kein Wort zu seiner Verteidigung herausbekam. Er wußte nicht, was er sagen sollte.

»Könnte ich bitte ein Kleenex haben?« fragte er schließlich.

Auf der Fahrt zur McCarty Street ließ er sich zwei weitere geben. Der Schnitt war winzig, aber tief. Aurora und Rosie schienen in bester Laune zu sein, Pascal hingegen war keineswegs guter Stimmung. Man hatte ihn auf den Rücksitz verbannt – Aurora behauptete, sie brauche Rosie vorne, damit sie ihr die Richtung zeige. Pascal war der Meinung, es stecke mehr dahinter; zuerst hatte man ihn geschlagen, dann wurde er ausgesperrt. In seiner Traurigkeit konnte er kaum ein Wort verstehen, das die beiden Frauen miteinander sprachen. Außerdem sahen die Straßen, durch die sie fuhren, alarmierend gewalttätig aus. Das war die Art von Straßen, die er nie besuchte, egal, in welchem Teil der Welt er sich befand. Aurora blieb an sehr vielen Ampeln stehen, was ihm äußerst riskant vorkam. Mörderisch wirkende Männer, junge und alte, schwarze, braune und weiße, starrten sie vom Gehweg aus an. Die beiden Frauen kümmerten sich nicht darum – sie hatten sich feingemacht und schnatterten wie fröhliche junge Mädchen.

Schließlich landeten sie – immer noch ungemordet – vor einer kleinen grünen Hütte, die dicht an einer staubigen Straße stand, von der aus man die Schiffsmasten der Docks im Ship Channel sehen konnte. Zwei Männer in Unterhemden saßen in der Hütte und starrten sie an.

»Sie sind im Unterhemd«, sagte Rosie einigermaßen schockiert. Früher hatte sie nicht sehr weit von hier gewohnt – tatsächlich hatte sie die ganzen zweiundzwanzig Jahre ihrer Ehe nicht weit von hier entfernt gewohnt –, und ihr war bekannt, daß die übliche Kleidung in der McCarty-Street-Gegend sich veränderte; doch die Griechen hier im

Unterhemd zu sehen, ließ sie zusammenzucken. Für sie wirkte das wie eine Provokation, und sie erinnerte sich an ihre eigene Befürchtung, die Geschichte könnte chaotisch verlaufen. Männer, die zu einer Verabredung im Unterhemd aufkreuzten, hatten ihrer Meinung nach nur eines im Kopf, und für sie war es keine Frage, was das wohl sein könnte.

»Unsinn, das ist nur ihre Nationaltracht«, sagte Aurora, nachdem Rosie ihr erklärt hatte, warum sie so schockiert war.

»Pascal, blutest du dich zu Tode? Wenn nicht, warum bist du dann so still?« fragte Aurora, die sich rumdrehte, um ihn anzuschauen.

»Jedenfalls werden wir bestimmt eine Menge Spaß mit den Griechen bekommen, sei also bloß nicht so trübsinnig«, sagte sie und öffnete die Wagentür.

Pascal hatte jedoch sehr wohl die Absicht, absolut trübsinnig zu bleiben, doch innerhalb von zehn Minuten hörte er auf mit dem Trübsalblasen – zu seiner eigenen großen Überraschung – und amüsierte sich prächtig, sogar ganz außerordentlich prächtig. Das Geschäft war an diesem Tag ruhig in der Akropolis-Bar. Die Petrakis-Brüder hatten die vormittägliche Ruhe dazu benutzt, allerhand Vorräte einzukaufen. Theo und Vassily stellten sich zu Pascals Überraschung als charmante Burschen heraus. Retsina wurde aufgetischt, Theo hatte die neuen Gläser der Bar blitzblank poliert, es gab ausgezeichneten Feta-Käse, Oliven und schmackhafte kleine Sardinen. Die beiden Männer behandelten Pascal wie einen Freund; sie weigerten sich, für den Retsina oder das andere Geld anzunehmen. Theo betätigte ein paarmal einen verstaubten Musikautomaten, und schon erklang griechische Musik. Alle tanzten, Aurora mit Vassily, Theo mit Rosie; dann brachte Aurora Pascal dazu, mit ihr zu tanzen – die Griechen gaben ihm sogar ein Pflaster für sein Kinn, das gelegentlich noch etwas blutete. Pascal entschied, die Griechen seien nette Kerle; immerhin Europäer wie er selber. Obwohl er die Griechen bisher nicht ausdrücklich zu den Europäern gezählt hatte, behandelten

Theo und Vassily ihn mit solcher Aufmerksamkeit, daß er seine Meinung änderte und ihnen die Mitgliedschaft in Europa zuerkannte. Sie waren zivilisierte Männer – sie hätten sogar Franzosen sein können.

»Was hältst du von ihrem französischen Freund?« fragte Vassily, nachdem sich die Partygäste in den Cadillac gezwängt und von dannen gerumpelt waren.

»Wer sagt, daß das ihr Freund ist?« fragte Theo.

»Na ja, er war schließlich bei ihr – es sei denn, du glaubst, er sei mit Rosie gekommen«, antwortete Vassily. Er glaubte, Interesse an Aurora gefunden zu haben, sagte das aber nicht – es war besser, abzuwarten und zu schauen, was ein zweites Mal bringen würde, falls es ein zweites Mal gab.

»Ich fand, er sah halb tot aus«, sagte Theo und verspürte einen Anflug von Melancholie. Er spürte, daß Schwierigkeiten in der Luft lagen. Normalerweise ging er außer Landes, wenn er Schwierigkeiten auf sich zukommen sah – aber inzwischen hatte er alle Länder abgegrast und hatte im Moment auch keine Lust, sich zu verändern. Trotzdem hatte er das Gefühl, ein Wirbelsturm von Schwierigkeiten braue sich dicht am Ufer zusammen.

»Dann hoffe ich aber, daß die tote Hälfte die von der Hüfte abwärts ist«, meinte Vassily.

»Oha, ich wußte doch, du hast dich verliebt«, bemerkte Theo.

»Ich habe mich überhaupt nicht verliebt, ich traue nur keinem Franzmann«, gab Vassily zurück.

15.

Als Jerry mit Juanita am Samstag zum Tanz ging, wie sie es verabredet hatten, erwartete er, daß er sich wie ein Großvater vorkam, der mit einem Teenager tanzt, und so kam er sich tatsächlich auch vor, aber er war der einzige, der das bemerkte. Die Tanzhalle war eine Scheune irgendwo an der North Main Avenue; sie war gerammelt voll von Leuten, viele amerikanisch-mexikanische Pärchen seines Alters oder sogar noch älter, die alle eifrig tanzten, einige sogar recht gut. Anfangs war Juanita, die sich ordentlich herausgeputzt hatte und wie wild auf ihrem Kaugummi herumkaute, etwas verärgert über die Steifheit, mit der er sich auf der Tanzfläche bewegte, aber dann fand sie heraus, daß er, anders als Luis, nicht eifersüchtig oder wütend wurde, wenn sie mit anderen Männern tanzte, und folglich tanzte sie mit einer ganzen Reihe von jungen Männern, während Jerry am Rand der Tanzfläche stand und froh war, daß er in Ruhe ein Bier trinken und zuschauen konnte. Juanita wurde ein bißchen beschwipst und schwitzte heftig, aber sie amüsierte sich prächtig – Jerrys schwache Leistung als Tänzer machte ihr nicht viel aus. Als sie genug vom Tanzen hatte, nahm sie ihn an die Hand und ging mit ihm nach Hause – oder vielmehr in eine Wohnung, die sie sich eigens zu diesem Zweck geliehen hatte, vor allem, weil sie wegen Luis ziemlich böse war. Beim Tanzen war er nicht aufgekreuzt, aber das hieß noch nicht, daß er keine Schwierigkeiten machen würde, falls er in ihre Wohnung kam und die beiden im Bett erwischte.

»Du bist jetzt mein Freund, deshalb will ich einen Ort, an dem wir unsere Ruhe haben«, sagte sie zu Jerry.

Der Ort war das Einzimmerapartment einer Freundin an der Seventh Street. Liebhaber und Liebhaberin zu werden verwandelte das Bett in ein Schweißbad, aber sie schliefen ungestört, wie Juanita es gewollt hatte. Am nächsten Morgen erwachte sie mit dem Wunsch, Jerrys Haus kennenzulernen.

»Luis findet uns da nicht, wir können den ganzen Tag bumsen«, sagte sie, obwohl ihr sexuelles Interesse eher mechanisch war – es gehörte eben dazu, Liebhaber und Liebhaberin zu sein. Besonders tief ging das nicht.

Auf der Fahrt zu Jerrys Haus machten sie Pause, um irgendwo Pfannkuchen zu essen. Während sie aßen, erklärte ihr Jerry, er habe beschlossen, die Stadt zu verlassen – und dann, beim Kauen, als er sah, daß sie ein trauriges Gesicht machte, fragte er sie, ob sie Lust habe, mit ihm nach Los Angeles zu gehen.

»Oh, Mann, aber klar doch – mein Traum wird wahr«, sagte Juanita, und ihre schwarzen Augen blitzten auf.

Jerry wollte ein paar Sachen packen und noch am gleichen Nachmittag abreisen, aber Juanita, die trotz ihres Eifers, nach Los Angeles zu kommen, vor dieser plötzlichen Entscheidung doch etwas Angst bekam, fragte ihn, ob sie nicht noch eine Woche warten könnten.

»Meine Schwester, die in Galveston arbeitet, die wollte am nächsten Samstag zum Tanzen herüberkommen – ich meine, ich sollte meine kleine Schwester noch mal sehen, bevor wir uns trennen«, sagte sie.

Juanita war ein sehr hübsches Mädchen, und das Wissen, daß der größte Traum ihres Lebens in Erfüllung gehen würde, machte sie noch hübscher. Sie verbrachten den ganzen Tag in Jerrys Haus, sahen fern oder saßen, in Badetücher gewickelt, in seinem Garten und tranken Tee. Wieder hatte Jerry das Gefühl, ein Großvater mit einem Teenager zu sein – ohne Make-up wirkte Juanita wie ein fünfzehnjähriges Mädchen mit strahlenden Augen. Sie bestand nur aus Lebhaftigkeit, Geplapper, Aufregung und Glück. Er beobachtete sie versunken und trotz seiner Zuneigung mit einem gewissen Grad von Traurigkeit. Während er Juanitas Geplapper und Gezwitscher zuhörte, dachte er auch an seine Patienten – die Patienten, die er in einer Woche verlassen würde; die er am liebsten schon heute verlassen hätte.

Es erschien ihm, als befänden sich seine Patienten genau am entgegengesetzten Pol wie Juanita. Sie war ein hübsches Mädchen auf dem Weg nach oben, voller Energie, Frivolität und Pfeffer. Seine Patienten hingegen waren sämtlich Menschen auf der abschüssigen Bahn des Lebens, Leute, die von der Abwärtsbewegug gepackt und nie mehr losgelassen werden würden. Die Kraft der Abwärtsbewegung würde sie nur tiefer und tiefer hinabziehen, und erst das Ende des Lebens würde sie anhalten lassen.

Seine neue Zuneigung zu Juanita ließ ihn den Wunsch verspüren, ihr wirklich helfen zu können, der abschüssigen Bahn zu entkommen. Er wünschte ihr, daß sie durch ihre eigene Freundlichkeit und Lebhaftigkeit nach oben getragen würde. Heute war ihr erster Tag als Liebende. Jerry wünschte sich, er könnte sich für sie einen Wunsch aussuchen und ihn wahr werden lassen; dennoch fühlte er sich traurig, weil er nicht daran glaubte, daß sein Wunsch für dieses Mädchen *wirklich* in Erfüllung gehen würde. Die Abwärtsbewegung des Lebens packte jeden – auch Juanita würde ihr wohl nicht entgehen.

Am Abend gingen sie mit einer von Juanitas Freundinnen ins Kino; sie war das Mädchen, von dem Juanita sich die Wohnung in der Seventh Street geliehen hatte. Die Freundin war ein großes, mageres Mädchen namens Maria, das ununterbrochen redete, auch während des Films.

Auf der Heimfahrt dachte Jerry an Aurora. Er vermißte sie, wie sie es ihm vorausgesagt hatte – einen Moment lang hatte er den Wunsch, einfach zu ihrem Haus zu fahren und an ihre Tür zu klopfen. Er wußte, daß er sich von Aurora verabschieden wollte, obwohl er bei seinen vielen Abschieden nur selten jemandem Lebewohl sagte. Den größten Teil des Nachmittags war er trüber Stimmung gewesen, und er kannte den Grund dafür: diese Verzögerung. Er hatte Houston an diesem Morgen verlassen wollen. Eine ganze Woche zu warten, damit Juanita ein letztes Mal mit ihrer Schwester tanzen gehen konnte, fand er nicht ganz in Ordnung.

Abreisen bedeutete weggehen – schiere Freiheit. Jede Verzögerung zerstörte für ihn ein Stück dieser Freiheit. Das traf allerdings auch auf das Verabschieden zu. Den Leuten zu sagen, daß man abreiste, rückte die ganze Abreise in ein völlig anderes Licht. Sie wurde dadurch zivilisiert und würde das genaue Gegenteil ihrer ursprünglichen Bedeutung.

Jerry hatte nicht die Absicht, sich von Patsy oder Lalani oder Sondra oder von einem seiner Patienten zu verabschieden. Aber Aurora hätte er sehr gerne gesehen und ein paar Minuten ihrer Stimme gelauscht, auch dann, wenn ihre

Stimme Schlimmes über seinen Charakter und sein Verhalten sagen würde. Wenn irgend jemand sich der Abwärtsbewegung entgegenstemmte, dann war es Aurora.

Er ließ sich bis zum Anfang der River Oaks Avenue treiben, nahm sich dann aber zusammen und fuhr nach Hause. Aurora wollte ihn sicher nicht sehen, und es gab auch keinen Grund dafür. Er saß auf seiner Couch und sah bis drei Uhr morgens fern – die *Late Show* und die *Late Late Show*. Sie brachten ein Doris-Day-Festival, die in beiden Shows auftrat.

Während der Werbung oder wenn sein Interesse an Doris und ihren Mätzchen nachließ, blätterte Jerry in den Unterlagen seiner Patienten. Da er ja jetzt noch eine Woche hier war, fand er es richtig, den einen oder anderen seiner ernstlich kranken Patienten an einen anderen Psychotherapeuten zu überweisen. Aber es war nicht leicht, die ernstlich Kranken auszusortieren, da sie sämtlich vor allem an Vernachlässigung litten. Mrs. Fry war so ein typischer Fall: Seit achtzehn Jahren hatte ihr Ehemann keinerlei sexuelles Interesse mehr an ihr gezeigt. Mr. Milbank, die gleiche Geschichte: Seine Frau bekam jedesmal Magenschmerzen, wenn er versuchte, sie zu lieben. Die drei Kinder von Mrs. Henwood riefen niemals an, auch nicht zu Weihnachten, noch nicht mal zum Muttertag. Sie lebte allein. Auch Mrs. Dawson lebte allein – ihre Tochter, die bereits siebenunddreißig Schlaganfälle hinter sich hatte, war in »das Haus« gebracht worden, wie Mrs. Dawson sich ausdrückte.

Jerry kam der Gedanke, seine ganze Patientenkartei irgendeinem jungen Arzt zuzuschicken, der gerade erst anfing. Wenn er alle Patienten übernahm, käme ein regelmäßiges Einkommen dabei heraus, und er hätte zugleich eine solide Einführung in das Leben des Psychotherapeuten.

Seine Patienten waren vor allem Leute, an denen einfach alle Mitmenschen ihr Interesse verloren hatten – jegliches Interesse. Es waren eben Leute, die alt wurden. Die meisten von ihnen waren eigentlich schon von Anfang an ziemlich uninteressant gewesen, selbst zu ihren besten Zeiten, aber kaum hatten sie die hinter sich, da wurden sie – für Nachbarn und Freunde, für Ehepartner und Kinder – noch uninteressanter, als sie es vorher schon gewesen waren. Als sich mit der Zeit überhaupt keiner mehr für sie interessierte, verloren sie selber auch jegliches Interesse an sich selbst – sie ließen sich hängen, achteten nicht mehr auf sich, vernachlässigten ihre kleinen Pflichten, brachten ihren geregelten Tagesablauf durcheinander und kümmerten sich nicht mehr um ihre Rechnungen. Aber dieses Hängenlassen war noch nicht vollständig, sonst wären sie ja nicht zu ihm gekommen. Der Gedanke, sie seien vielleicht doch ein wenig interessant, irgend jemand müsse doch ein wenig Aufmerksamkeit für ihre Probleme aufbringen, das war es, was diese Leute zu ihm geführt hatte.

Und jetzt war auch er nur einer von denen, die sie fallenließen, indem er ihnen durch sein Verschwinden klarmachte, daß auch er nicht in der Lage war, sich für sie zu interessieren.

Das war die traurige, aber übliche Geschichte seiner Patienten, doch es war nicht die Geschichte von Mr. Mobley, der im Jahre 1946 seinen kleinen Sohn überfahren und getötet hatte, als er mit seinem Wagen rückwärts aus der Einfahrt fuhr, um ihn für einen großen Familienurlaub in Colorado Springs zu beladen. Mobley war damals erst fünf Jahre verheiratet gewesen, seine junge Familie hatte sich noch nie einen gemeinsamen Urlaub leisten können, und in der Aufregung der Reisevorbereitungen hatte niemand mehr so richtig auf das Baby geachtet, das in der Einfahrt auf dem Boden herumkrabbelte und versuchte, einen Grashüpfer zu fangen, als es überfahren und getötet wurde.

Fünf Jahre waren vergangen. Die Familie Mobley hatte sich immer noch nicht richtig gefangen, doch sie lebten einigermaßen und planten sogar ein großes Weihnachtsfest für ihre beiden Töchter, May und Billie, acht und neun Jahre alt. Aber irgend etwas passierte mit den Weihnachtsbaumlichtern. May und Billie hatten zwei kleine Freundinnen über Nacht eingeladen, und alle Kinder waren gerade eingeschlafen. Mr. Mobley war im Auftrag einer Sägemühle, bei der er arbeitete, mit einem Holztransport nach Alexandria in Louisiana unterwegs. Mrs. Mobley schlief im ersten Stock. Als sie das Feuer bemerkte, war der Rauch im Treppenhaus bereits so stark, daß sie nicht mehr durchkam – ihr blieb nur noch die Möglichkeit, aus dem Fenster zu springen. Später sagte ihr der Untersuchungsrichter, zu diesem Zeitpunkt seien ihre kleinen Mädchen wegen der starken Rauchentwicklung sowieso schon tot gewesen. Alle vier starben, es war die schlimmste Katastrophe, die sich in der Kleinstadt Cypress in Texas jemals über Weihnachten ereignet hatte. Mr. Mobley hörte davon im Radio seines Lastzugs, als er sich auf dem Rückweg von Alexandria zu seiner Familie befand.

Ein paar Jahre später starb Mrs. Mobley an den Folgen eines Schlaganfalls. Mr. Mobley, der sich selber als bloß mittelmäßigen Christen bezeichnete, hielt es für eine Gnade Gottes, daß er sie zu sich rief. Er selber hatte keinen Anteil an dieser Gnade. Er war in den Achtzigern, kleidete sich ordentlich, lebte von der Wohlfahrt, sah ein bißchen fern, machte ein paar Gartenarbeiten, rauchte stark, trank gelegentlich und wurde Nacht für Nacht und Jahr für Jahr von unerträglich schlimmen Bildern vom Tode seiner Kinder gepeinigt.

»Wenn ich geahnt hätte, daß so etwas Schlimmes hätte passieren können, hätte ich nie, niemals Kinder gehabt, der Herrgott sei ihnen gnädig«, sagte er bei jedem seiner Besuche zu Jerry, wenn er wieder einmal ihren Tod beschrieben hatte – in dem wiederholten, hoffnungslosen Versuch, irgendwelche Hinweise auf die Gründe zu finden, die den Tod seiner Kinder und den Zusammenbruch seines eigenen Lebens verursacht hatten.

Diese Worte waren Mr. Mobleys Kehrreim, sein Lamento, sein Aufschrei. Einmal in der Woche kam er zu Jerry, um ihm all das zu erzählen, und wie immer, wenn er zu sprechen anfing, verlor er die Kontrolle über seine Stimme, weinte ein wenig, faßte sich wieder und schleppte sich durch die ganze schreckliche Geschichte bis zu ihrem Ende.

»Ich würde liebend gerne heute abend sterben«, sagte er dann irgendwann während dieser Stunde. »Teufel auch, ich bin doch bereit, noch heute nachmittag zu sterben. Das ist das einzige, was ich noch erwarte.«

Als Jerry eines Tages wissen wollte, ob der alte Mann überhaupt noch so etwas wie Hoffnung verspürte, fragte er ihn nach seiner Meinung über ein Leben nach dem Tode. Hatte er die Hoffnung, wieder mit seiner Frau und seinen Kleinen vereint zu sein, sobald die Totenglocke für ihn läutete?

Mr. Mobley schüttelte den Kopf. »Himmel? Ich denke, das sind doch bloß Märchen«, sagte er. »Mir reicht es, wenn ich sterben kann und mein Gehirn ausgeschaltet wird. Wissen Sie, ausgeschaltet wie bei einem Fernseher, damit ich diese furchtbaren Bilder nicht mehr vor mir habe.«

Jerry schrieb einen kurzen Brief an einen jungen Psychotherapeuten, den er eines Abends bei einem Baseballspiel im Astrodome kennengelernt hatte. Er gab ihm Mr. Mobleys Adresse und Telefonnummer und bat ihn, sich mit dem Patienten in Verbindung zu setzen. Dann schrieb er ein paar Zeilen an Mr. Mobley und gab ihm Name und Rufnummer des jungen Arztes an; er fügte hinzu, er habe den jungen Arzt gebeten, ihn, Mr. Mobley, anzurufen. Und dann noch, daß es ihm leid täte, ihn nicht mehr länger behandeln zu können, aber er fühle, daß die Zeit für ihn gekommen sei, nach Nevada zurückzugehen, in seine Heimat.

Er klebte den Brief zu – und griff instinktiv nach einem neuen Blatt Papier. »Liebe Aurora« schrieb er oben hin. Er schrieb auch das Datum, doch dann schienen seine Gedanken nicht mehr vorwärtszukommen. Er konnte sich nicht darauf konzentrieren, was er ihr sagen wollte – er konnte sich nicht mal entscheiden, ob er überhaupt etwas sagen sollte; noch nicht einmal einen Anfangssatz vermochte er zu Papier zu bringen.

Der leere Bogen mit Auroras Namen lag die ganze Woche

auf seinem Schreibtisch und wurde nicht angerührt. Nach und nach kamen seine Patienten und gingen wieder. Mr. Mobley schlurfte herein und stieß erneut seinen Schrei gegen das Schicksal aus; als er weg war, brachte Jerry den Brief zur Post, in dem er ihn an diesen jungen Arzt verwies, und schickte auch den Brief an den jungen Arzt ab.

Am Freitag, als sein letzter Patient gegangen war, kamen die drei Nachbarsjungen, die er dafür angeheuert hatte, und fingen an, seine psychiatrische Bibliothek zu verpacken. Sie arbeiteten die ganze Nacht hindurch und karrten die letzten Kartons am Vormittag des folgenden Tages zum Lagerraum an der Airline Road. Einem der Teenager hatte er vor einer Woche die Schlüssel zum Haus gegeben, als er noch dachte, er würde sofort abreisen. Eine ganze Woche lang hatte er sie hingehalten. Schließlich waren sie unruhig geworden – Jerry hatte ihnen gesagt, sie könnten im Haus eine Party veranstalten, falls er jemals wegziehen sollte. Sie mußten saubermachen, die Möbel zur »Mission des Guten Willens« bringen und dem Hausbesitzer die Hausschlüssel übergeben. Sie waren gut bezahlt worden und akzeptierten die Verzögerung, aber jetzt war klar zu erkennen, daß sie seine sofortige Abreise herbeisehnten. Jetzt wollten sie ihre Party feiern.

Kurz bevor er Juanita und ihre Schwester abholen sollte, um mit ihnen tanzen zu gehen, nahm Jerry das Blatt mit Auroras Namen darauf noch mal zur Hand. Die ganze Woche lang hatte er es vorsichtig hin und her bewegt, aber jetzt, da er abreisen wollte, konnte er es nicht länger liegenlassen. Auf einem leeren Bücherregal, das er als Schreibtisch benutzte, schrieb er rasch:

Liebe Aurora!
Du hattest recht. Ich habe Dich sehr vermißt. Ich verlasse Houston noch heute – es geht zurück nach Nevada, denke ich. Ich plane zwar nicht, auf dem kürzesten Weg nach Hause zu reisen, aber irgendwann lande ich doch einmal dort.

Du warst mir eine große Hilfe, und dafür möchte ich Dir danken.

In Liebe,
Jerry.

Auf dem Weg zu den Hights sprang er vor einer roten Ampel aus dem Wagen und warf den Brief in einen Briefkasten. Er wußte, daß es wohl kaum ein Brief oder eine Mitteilung war, auf die er besonders stolz sein konnte, aber immerhin hatte er von sich hören lassen. Mit erleichtertem Herzen fuhr er weiter zu Juanitas Apartment.

Marietta, Juanitas kleinere Schwester, war eine Miniaturausgabe von Juanita. Sie behauptete, schon sechzehn zu sein, Jerry hielt sie aber eher für vierzehn. Als besonderes Ereignis vor dem Tanz führte er die beiden Mädchen in ein sehr teures und schickes Yuppie-Restaurant aus. Die Mädchen waren aufgeregt und nervös; angesichts einer solchen piekfeinen Umgebung verfielen sie in ein untypisches Schweigen. Jerry hatte alle Mühe, wenigstens ein Mindestmaß von Gespräch aufrechtzuerhalten, aber kaum waren sie auf der Tanzfläche, fiel jegliche Zurückhaltung von ihnen ab. Beide Mädchen taten schon bald das, was Juanita vor einer Woche bereits getan hatte – sie tanzten mit jedem jungen Mann, der den Mut aufbrachte, sie aufzufordern.

Jerry tanzte ein paarmal mit Juanita – sie wäre blamiert gewesen, wenn er es nicht getan hätte –, doch meistens stand er in der Nähe der Tanzfläche und trank Bier. Seine Gedanken waren bereits auf dem Highway. Die Tanzhalle lag nur zwei Blocks davon entfernt; wenn er zur Toilette ging, konnte er das Dröhnen der Schnellstraße hören. Sie erstreckte sich den ganzen Weg entlang bis Santa Monica. In zwei Tagen, höchstens drei, falls sie bummelten, konnten er und Juanita bereits Burritos am Pier von Santa Monica essen. Dazwischen lagen nur die Wüste, die lange Straße und der Himmel.

Irgendwann hatten die beiden Mädchen sich ausgetanzt.

Auf dem Weg zum Auto fing Marietta an zu weinen, weil sie daran dachte, daß ihre große Schwester nun ins weit entfernte Kalifornien aufbrach.

»Ist schon in Ordnung«, beruhigte Juanita sie. »Du kannst nachkommen, sobald ich einen guten Job gefunden habe. Wir können uns dort gemeinsam ein Apartment nehmen.«

Sie wollten Marietta bei Maria an der Seventh Street absetzen – am anderen Morgen wollte Maria sie nach Galveston bringen, wo sie bei einer Tante und zahlreichen Vettern wohnte.

Wegen des Andrangs vor der Tanzhalle hatten sie fast drei Blocks entfernt parken müssen. Jerry ging ein wenig voraus, damit die beiden Mädchen sich ungestört voneinander verabschieden konnten. Juanita war genauso aufgeregt wie er selbst über ihre Abreise – sie war bereits auf dem Sprung, wollte aber Mariettas Traurigkeit auch nicht einfach auf die leichte Schulter nehmen. Sie gab sich Mühe, heiter und locker über ihre gemeinsame Zukunft in L. A. zu plaudern, während sie mit ihrer Schwester ein paar Schritte hinter Jerry herging.

Als Jerry sich vorbeugte, um den Wagen aufzuschließen, fielen ihm die Schlüssel aus der Hand und rutschten unter den Wagen. Er mußte in die Hocke gehen, um sie zu erreichen, aber hinhocken reichte nicht. Schließlich kniete er auf dem Bordstein, beugte sich weit vor und tastete unter dem Wagen so weit herum, wie er nur konnte. Schließlich erreichte er die Schlüssel auch, weit entfernt beim Hinterrad. Gerade als er wieder aufstehen wollte, sprang jemand vor ihn hin und schlug ihn mit der Hand ins Gesicht. Erschrocken bickte Jerry auf und sah einen mageren mexikanischen Jungen vor sich. Er hatte ihn vorhin am Bordstein auf der anderen Straßenseite sitzen sehen, etwa einen Block zuvor, aber vielleicht war das auch ein anderer gewesen, er wußte es nicht genau. Wieder machte der Junge eine blitzschnelle Handbewegung vor seinem Gesicht. Als er dies tat, erblickte Juanita, die ein paar Schritte hinter ihnen war, den Jungen und stieß einen schrillen Schrei aus.

»Luis, nicht – verschwinde!« schrie sie.

Der Junge brüllte ihr etwas zu – Jerry verstand die Worte nicht. Er kniete immer noch halb auf dem Boden. Als er aufstand, schrie Juanita erneut.

»O mein Gott, o mein Gott!« Sie drehte sich um und versuchte wegzurennen, aber der Junge erwischte sie, bevor sie auch nur ein paar Schritte gemacht hatte. Jetzt begann auch Marietta zu schreien – sie versuchte, ihre Schwester von dem Jungen wegzuzerren, der aber drehte sich blitzschnell um und machte auch vor Mariettas Gesicht diese kurze Handbewegung.

»Hey, warte mal!« sagte Jerry, oder er versuchte es wenigstens – aber in der ganzen Aufregung glaubte er nicht, daß man ihn hören konnte. Als der Junge vor ihn sprang, hatte er einen Moment lang Angst gehabt – er dachte, es wäre ein Überfall –, aber jetzt wurde ihm klar: Das war Luis, Juanitas rasend eifersüchtiger Freund, der eine Woche später auftauchte als erwartet. Er war nur ein mageres Bürschchen, nicht größer als Marietta und wohl auch kaum älter. Die Mädchen mußten jetzt mit ihrem Geschrei aufhören und ins Auto steigen, damit sie alle von hier verschwinden konnten. Der Junge würde sich schon wieder beruhigen, sobald sie weg waren.

Luis packte Juanita bei den Haaren und machte bei ihr die gleiche Handbewegung wie bei Marietta. Beide Mädchen hatten aufgehört zu schreien. Jerry konnte sogar die Musik aus der drei Blocks entfernten Tanzhalle wieder hören.

Er ging auf die drei Teenager zu, um sie auseinanderzubringen, aber er merkte, daß er nicht gerade gehen konnte. In der Tanzhalle war es sehr heiß gewesen, er hatte mehrere Gläser Bier getrunken – wahrscheinlich war er leicht betrunken. Bevor er die Gruppe noch erreichte, sah er Juanita auf den Gehweg fallen.

Marietta rannte vom Gehweg auf die Straße – dann stürzte sie auch zu Boden.

Jerry wollte die paar Schritte zu Juanita gehen und ihr aufhelfen, doch er taumelte vom Gehweg auf die Straße.

Einen Augenblick hatte er das Gefühl, sich in einem dieser Träume zu befinden, in denen man niemals dorthin gelangt, wo man hin möchte – niemals ganz, niemals richtig. Das Ziel liegt vor Augen, aber es ist unerreichbar. Als er schwankte, wäre er beinahe über Marietta gestolpert; dann machte er eine vollständige Drehung und landete an der Beifahrertür seines Wagens. Er spürte, daß er dicht davor war das Bewußtsein zu verlieren – daß er dicht davor war, hinzustürzen. Er konnte sich nicht vorstellen, derartig betrunken zu sein – zum Umfallen betrunken – nach den paar Glas Bier. Dann verlor er für einen Moment das Bewußtsein und fiel auf die Kühlerhaube seines Wagens. Er öffnete die Augen und versuchte, sich an der Autoantenne festzuhalten, schaffte es aber nicht und ließ erneut seine Autoschlüssel fallen. Langsam rutschte er an der Seite des Wagens zu Boden, als befinde er sich an einem steilen Abhang. Die Straße kippte, der Abhang erstreckte sich weit vor ihm wie die Auffahrt zum Highway, wie die Auffahrt zu dem Highway, der ihn auf die lange Reise brachte, die er so gerne machen wollte – die Straße nach El Paso, nach Kalifornien, nach Hause in Nevada.

Als das Würgen einsetzte, verspürte er eine Traurigkeit – die Traurigkeit von einem, der weiß, daß er die Straße nicht betreten hatte, als er sie hätte betreten sollen, daß er nicht abgereist war, als er wirklich hätte abreisen sollen.

Seine Wagenschlüssel lagen dicht neben seinem Kopf, sie waren nicht verloren, nicht unter den Wagen gerutscht. Sie lagen nur ein paar Zentimeter vor seinen Augen. Das Licht der Straßenlaterne fiel darauf, als es die Blutlache streifte, in der sie lagen. Die Mädchen schrien nicht, Houston war friedlich, Luis war weg, und der große Highway, zwei Blocks von ihm entfernt, dröhnte in seinen Ohren wie eine Brandung. Er schaute auf seine Schlüssel, als ihm die Augen zufielen.

16.

Als Patsys Anruf kam, befanden sich Aurora und Rosie im Beverley Wilshire Hotel. Sie waren spontan nach Kalifornien geflogen, als Melanies Einladung kam, sie am Drehort zu besuchen. Der Pilotfilm für die Slapstickfilmserie war so gut wie im Kasten. Melanie hatte den Eindruck, daß sie hier gute Arbeit machte, jedenfalls sagten ihr das alle; und jetzt hatte sie genug Selbstvertrauen, um ihre Großmutter und Rosie für einen Tag ins Studio einzuladen.

Zunächst lief auch alles prima. Aurora und Rosie wurden schon bald herzlich willkommen geheißen. Bevor der Vormittag zu Ende war, schwatzten sie schon zwanglos mit den Schauspielern und den Filmleuten. Schwierigkeiten gab es erst, als Melanie eine Szene zu spielen hatte und Rosie zu ihrem Entsetzen und ihrer Schande merkte, daß Melanies Rolle eine Parodie auf sie selbst war, und zwar auf eine Rosie der allerschlimmsten Sorte. Melanie ihrerseits war schockiert, als sie nach Beendigung der Szene erfuhr, daß Rosie nach draußen gegangen und in Tränen ausgebrochen war. »Das ist alles, was ich bin, das ist alles, was ich jemals gewesen bin – ein Clown!« sagte sie zu einem der Wachmänner, der weder wußte, wer sie überhaupt war, noch wovon sie eigentlich sprach. Schließlich versteckte sie sich im Garderobenwagen, wo Shirley und einige andere sie nach Kräften trösteten.

Stunden später, nachdem Melanie und jeder der Filmleute Rosie versichert hatten, das, was Melanie hier darstelle, sei eine Art der Anerkennung, und daß der Charakter, den sie spielte, die einzig bewundernswerte Person in dem ganzen Film sei und daß ganz Amerika sie lieben und ihren wahren Wert erkennen würde, da erst schüttelte Rosie alles von sich ab und konnte das Leben wieder genießen. Aurora war ein bißchen verärgert darüber, daß Rosie so viel Aufmerksamkeit auf sich zog, doch hielt sie sich zurück und ging später mit Rosie sogar zum Shopping auf den eleganten Rodeo Drive.

Rosie pflichtete ihr bei, daß der Rodeo Drive tatsächlich sehr schick war, aber was ihr am besten gefiel, waren die kostenlosen Toilettenartikel im Beverley Wilshire Hotel. Es gab sogar kostenlose Q-Tips, ein Luxus, von dem Rosie zeitlebens nur geträumt hatte. Auch Aurora liebte die Toilettenartikel. Sie saßen in Auroras Zimmer am Fenster, schauten zu den Hollywood Hills hinüber und warteten auf Melanie, damit sie alle gemeinsam zum Abendessen gehen konnten. Da klingelte das Telefon.

»Das muß Melly sein, wahrscheinlich ist sie schon unten«, sagte Aurora. Sie hatten geplant, nach Venice zum Essen zu fahren – Melanie hatte ihnen versichert, daß es ihnen dort gefallen würde.

Rosie war näher am Telefon und hob den Hörer ab. Aurora schaute sie erwartungsvoll an, mußte aber sehen, wie Rosies Gesicht plötzlich den Ausdruck wechselte, und zwar auf eine Weise, die keinen glücklichen Abend verhieß.

»Wirklich?« sagte Rosie.

»Patsy ist am Apparat«, fuhr sie fort und schaute Aurora traurig an.

Auroras erster Gedanke war, daß Willie vielleicht gestorben oder getötet worden war. Seit Willies Verschwinden hatte sie immer eine leichte Angst verspürt, eines Tages würde sie den Hörer abnehmen und erfahren, daß er gestorben oder getötet worden war.

»Ist das Willie, Liebes?« fragte sie und kam zu Rosie herüber, um den Hörer an sich zu nehmen.

»Nein, nicht Willie, setz dich lieber hin«, antwortete Rosie. Sie sah wie betäubt aus, obwohl sie noch einen Moment zuvor zufrieden und glücklich ihre Fingernägel poliert hatte. Sie hielt Aurora den Hörer entgegen.

»Ja?« sagte Aurora – Rosies Gesichtsausdruck hatte sie unsicher gemacht.

»Aurora, ich habe leider schlechte Nachrichten«, sagte Patsy. »Ich wußte nicht, daß ihr nicht in der Stadt seid, sonst hätte ich euch schon früher erreicht.«

»Ich glaube, es ist auch jetzt noch früh genug«, sagte Aurora. »Wer ist tot?«

»Jerry Bruckner ist am Samstag abend ermordet worden«, fuhr Patsy fort. »Jemand hat ihm auf der Washington Avenue die Kehle durchgeschnitten. Wie es scheint, war er mit zwei jungen mexikanischen Frauen auf einer Tanzveranstaltung gewesen. Die Mädchen waren Schwestern – auch sie sind ermordet worden – auf die gleiche Weise.«

»Weiß man, wer's getan hat?« fragte Aurora und dachte an einen Serienkiller wie Jack the Ripper.

»Ja, er sitzt in Untersuchungshaft – er ist erst neunzehn«, sagte Patsy. »Er war mit einem der Mädchen befreundet – es scheint, daß sie kurz davorstand, mit Jerry die Stadt zu verlassen. Ich habe das Bild des Jungen in der Zeitung gesehen. Ein richtiges Kind noch. Das Mädchen, mit dem Jerry etwas hatte, war neunzehn, ihre Schwester fünfzehn.«

Rosie behielt Aurora im Auge, um zu sehen, ob sie vielleicht ohnmächtig wurde. Sie wurde aber nicht ohnmächtig, sondern hielt bloß den Hörer in der Hand und sagte kein Wort. Sie hatte nur den Kopf gesenkt.

»Jerrys Wagen war bereits gepackt«, sprach Patsy weiter. »Er hatte bereits arrangiert, daß seine Möbel weggegeben und seine Bücher eingelagert wurden. Ich glaube, sie wollten noch am gleichen Abend abreisen. Dieser Junge hat ihnen einfach aufgelauert. Wenn sie nicht zu der Tanzveranstaltung gegangen wären, dann würden sie jetzt wohl noch leben.«

Sie machte eine lange Pause.

»Es tut mir leid, daß ich dir so schlechte Nachrichten mitzuteilen habe«, sagte Patsy. Dann brach ihre Stimme – sie hatte sich zu dem Anruf bei Aurora selber zwingen müssen, und jetzt, nachdem sie angerufen hatte, brach alle Traurigkeit und Wirrnis, die sie verspürte, aus ihr heraus.

»Etwas tut mir noch viel mehr leid als das«, sagte sie mit zitternder Stimme. »Es tut mir leid, daß ich jemals mit ihm geschlafen habe – ich wünschte, ich hätte ihn in Ruhe gelassen. Du kannst Menschen besser festhalten als ich. Wenn ich ihn in Ruhe gelassen hätte, wäre er jetzt vielleicht noch bei dir, und das hier wäre gar nicht passiert.«

»Wenn du die Mädchen meinst«, sagte Aurora, »ich glaube, das lief bereits, als er noch bei mir war. Ich bezweifle, daß ich jemals seine ungeteilte Aufmerksamkeit besessen habe. Ich bezweifle sogar, daß überhaupt eine von uns beiden sie besaß oder daß überhaupt jemand sie jemals für länger besessen hat. Die Art von Mann war er nicht.«

»Nein, aber ich glaube trotzdem, daß alles meine Schuld ist«, sagte Patsy in ihrem verzweifelten Bemühen, sich zu entschuldigen. »Ich habe nie gemerkt, wann ich mich aus einer Sache rauszuhalten hatte . . . oder ich schaffe es einfach nicht. Ich weiß es selber nicht.«

Aurora fühlte, daß sie sich festhalten mußte – ihre Gedanken schienen wild durcheinanderzuwirbeln. Einen Moment lang war alles ein wildes Durcheinander, im nächsten schien sie alles nur allzu klar zu sehen – entschieden zu klar. Dieses Durcheinander mußte sie zu einer Klarheit bringen. Dieses Durcheinander machte ihr zuviel Angst.

»Du kannst ruhig mit dem Wenn und Aber aufhören, Patsy«, sagte sie. »Unser ewiges Wenn und Falls ändert jetzt auch nichts mehr. Du hattest schon immer die Neigung, die Schuld allein bei dir zu suchen, aber diesmal solltest du es wirklich schaffen, dich unter Kontrolle zu bekommen.«

»Ich kann mich aber nicht unter Kontrolle bekommen – es ist das einzige, woran ich denken kann«, antwortete Patsy.

»Wenn er mit zwei jungen Mädchen zu einer Tanzveranstaltung gegangen ist, kann man wohl kaum sagen, daß das deine Schuld war«, sagte Aurora. »Das war hauptsächlich *seine* Schuld – obwohl das natürlich nicht heißt, daß es mir nicht leid tut, was passiert ist.«

Sie hatte den Eindruck, sie solle die Gelegenheit ergreifen und mit Patsy etwas energischer über diese merkwürdige Tendenz reden, immer alle Schuld bei sich zu suchen – für jedes Unglück im Leben, für jeden Stein auf dem Weg, für jede Tragödie. Seit Patsy ein Teenager gewesen war, kaum älter als die beiden Mädchen, die jetzt ermordet worden waren, hatte sie mit ihr immer wieder über ihre Fehler gesprochen. Das war eine vertraute Sache – und sie war überzeugt, so lange wie möglich vertraute Dinge tun zu müssen, etwa mit Patsy über ihre Fehler zu reden, über alles, was ihr vertraut war.

Das schien ihr in einem solchen Augenblick das sicherste zu sein – doch nur einige Momente später erkannte sie, daß sie diesen Kurs nicht beibehalten konnte. Das Durcheinander ihrer Gedanken wurde heftiger – sie hatte jetzt keinen klaren Blick mehr auf die Realität –, alles, was sie noch tun konnte, war, Rosie den Hörer entgegenzuhalten, dann nahm sie ein Kissen und begrub ihr Gesicht darin.

Rosie nahm den Hörer. »Ich glaube, der Damm ist jetzt gebrochen«, sagte sie. Sie versuchte, den Arm um Aurora zu legen, aber Aurora rollte sich vom Bett herunter und wankte ins Badezimmer.

»Ja, das mußte auch sein«, sagte Patsy. »Ist Melanie bei euch?«

»Nein, aber sie kommt gleich«, antwortete Rosie. »Ich bin froh, wenn sie hier ist. Wir haben eine lange Nacht vor uns.«

»Glaubst du, daß Aurora mich haßt?« fragte Patsy. Sie wußte, daß das jetzt eine unpassende Frage war, aber sie mußte sie einfach stellen.

»Ach, nicht doch, sie wird darüber hinwegkommen«, sagte Rosie. »Ich glaube, sie will dich wohl nicht mehr in der Nähe ihrer Freunde sehen, aber das hat sie eigentlich nie gewollt. Sie will ja sogar mich nicht in der Nähe ihrer Freunde sehen, und schau, wie harmlos ich bin.«

Aus dem Badezimmer hörte sie das Geräusch von strömendem Wasser, Wasser, das mit voller Kraft rauschte. Aurora machte das häufig, wenn ein Unglück passierte und ein Badezimmer in der Nähe war. Sie wollte nicht, daß jemand sie weinen hörte. Rosie erinnerte sich daran, wie das Wasser rauschte und rauschte in diesem miserablen Hotel in Nebraska – damals, in der Nacht, als Emma starb.

Und erst kürzlich, als General Scott gestorben war, war auch viel Wasser geflossen.

»All ihre Tränen, die sie für mich weint, sind vergebens«, sagte Patsy. »Ich habe Jerry eigentlich nicht besonders gut gekannt, aber ich glaube nicht, daß er ein schlechter Mensch war.«

»Wegen ihm wurden zwei Mädchen ermordet«, sagte Rosie. »Ein erwachsener Mann, der genug Verstand hat, um Arzt zu werden, sollte auch genug Verstand haben, besser auf seine Freundinnen aufzupassen, vor allem, wenn er so junge Freundinnen hat.«

Patsy beschloß, das Gespräch zu beenden – sie legte keinen Wert auf Rosies Urteil über Jerry, jedenfalls nicht im Moment.

»Glaubst du, daß ihr nach Hause kommen könnt?« fragte sie. »Morgen findet die Beerdigung statt.«

»O ja, wir kommen nach Hause«, antwortete Rosie. »Wer hat das Begräbnis arrangiert?«

»Ich«, sagte Patsy. »Ich habe ihnen gesagt, ich sei eine Freundin von Jerry.«

Später, nachdem Melanie dagewesen war, mit Entsetzen die schlechte Nachricht gehört und die Veränderung im Wesen ihrer Großmutter gesehen hatte, nachdem sie dann vom Zimmerservice etwas zu essen bekommen hatte und wieder nach Hause geschickt worden war, saßen Aurora und Rosie in Auroras Zimmer am Fenster und schauten nach Beverly Hills hinüber. Rosie konnte es einfach nicht fassen, daß die beiden Mädchen noch so jung gewesen waren. Für sie schien dies das schlimmste an der ganzen Sache zu sein – daß dieser Mann zwei so junge Mädchen, soviel jünger als er, zu einer Tanzveranstaltung in einer so gefährlichen Gegend der Stadt ausgeführt hatte und dann nicht besser auf sie und sich aufgepaßt hatte.

Sie schnitt dieses Thema mehrmals an, aber Aurora reagierte nicht. Sie saß einfach nur da und starrte aus dem Fenster.

Aber Rosie konnte einfach nicht aufhören damit – sie

konnte nichts dagegen tun. Immer wieder dachte sie an das jugendliche Alter der beiden Mädchen, und wie hübsch sie wohl in ihren Partykleidern ausgesehen hatten.

Nachdem sie schließlich vier- oder fünfmal von den Mädchen angefangen hatte, schaute Aurora sie mit einem Aufblitzen von Verärgerung in ihren Augen an.

»Hör auf, davon zu reden!« sagte sie. »Kein Wort mehr! So jung, wie sie waren, waren sie seinem Alter viel näher, als ich es bin. Machst du dir das nicht klar?«

Darüber hatte Rosie nicht nachgedacht – es war ihr einfach nicht in den Sinn gekommen.

»O Gott, es tut mir leid«, sagte sie und wünschte, sie hätte kein Wort über die Mädchen oder sonst etwas gesagt. In gewisser Hinsicht verstand sie, was Aurora meinte, aber andererseits verstand sie nicht, wo der Unterschied lag. Aurora war alt genug, um auf sich selber aufzupassen, aber die beiden Mädchen waren es nicht gewesen.

Doch jetzt war nicht der richtige Zeitpunkt, sich darüber zu streiten, das wußte Rosie. Lange Zeit sagte keine der Frauen ein Wort. Sie saßen am Fenster, schauten auf den Rodeo Drive hinunter und auf all die Jahre zurück, die hinter ihnen lagen, bis der Himmel wieder heller wurde und die Autos auf der belebten Straße zu hupen begannen.

17.

Als sie am Nachmittag des nächsten Tages müde und traurig nach Hause kamen, fanden sie Jerrys Brief in der Post. Aurora glaubte, die Handschrift auf dem Umschlag zu kennen, aber es gab keine Absenderangabe, und sie brauchte eine Weile, bis sie erkannt hatte, daß es Jerrys Handschrift war. Als ihr dies klar wurde, drückte sie den Brief sofort Rosie in die Hand.

»Bitte lies mir das vor«, sagte sie. »Der ist von Jerry.«

Aber Rosie wollte den Brief nicht nehmen. Sie zuckte zurück.

»Der kommt von jenseits des Grabes«, sagte sie. »Ich bin viel zu abergläubisch, um so was zu lesen.«

Aurora nahm den Brief mit nach oben und las ihn im Badezimmer hinter verschlossener Tür. Was sie besonders traurig machte, war die Tatsache, daß der Brief auf einfachem Papier geschrieben war – Jerry hatte sich nie genug als Arzt gefühlt, um einen offiziellen Briefkopf drucken zu lassen. Er wollte sich nicht einmal selber einen Titel verleihen – das brachte sie zum Nachdenken darüber, wie leer dieser Mann sich gefühlt haben mußte. Er war in ihren Augen gewiß klug und freundlich genug gewesen, um ein paar kleine Siege zu erringen oder so viel Vertrauen in seine eigenen Fähigkeiten zu setzen, daß er sich wenigstens einen offiziellen Briefbogen hätte leisten können. Trotzdem benutzte er stets Blankopapier. Er hatte ihr sogar irgendwann einmal gesagt, er habe sich mehr als Psychotherapeut gefühlt, während er noch seine Comedy-Nummer abzog, als er sich je seit Eröffnung seiner Praxis gefühlt hatte. Die Tatsache, daß seine Patienten seine Arbeit dadurch anerkannten, daß sie immer und immer wieder kamen, hatte ihm nicht ausgereicht, um sich als Arzt wirklich legitimiert zu fühlen.

Das alles wirkte sehr traurig – zu traurig eigentlich, um es für sich zu behalten. Außerdem war die Notiz mehrdeutig. Obwohl er eindeutig die Absicht gehabt hatte, ihr ein Kompliment zu machen und seinen Dank auszusprechen, verstand sie das Kompliment nicht. Wieso war sie ihm eine große Hilfe gewesen? Verwirrt, doch entschlossen, ging sie mit dem Brief wieder nach unten zu Rosie, die diesmal auch bereit war, ihn zu lesen.

»Sehr nett«, meinte Rosie. »Und richtig kurz.«

»Ja, das finde ich auch«, sagte Aurora. »Ich hatte nie das Gefühl, den Mann sehr gut gekannt zu haben, und jetzt denke ich sogar, daß ich ihn überhaupt nicht gekannt habe. Er sagt, daß ich ihm eine große Hilfe war, und das wäre ich auch gerne gewesen, aber im Moment sehe ich nicht, wie ich überhaupt eine Hilfe gewesen sein soll.«

»Er wollte wohl damit zum Ausdruck bringen, daß wenn du dich nicht in ihn verliebt hättest, er im letzten Teil seines Lebens wirklich gar kein Glück gehabt hätte«, sagte Rosie.

»Selbstverständlich hatte er keine Ahnung, daß dies wirklich der letzte Teil seines Lebens war«, sagte Aurora. »Ich frage mich, ob Patsy auch einen Brief bekommen hat – immerhin war sie auch in Jerry verliebt.«

»Ich denke, wir fragen sie beim Begräbnis«, schlug Rosie vor.

»Nein, das tun wir nicht«, antwortete Aurora. »Wenn sie keinen bekommen hat, und ich lasse raus, daß ich einen bekommen habe, dann wird ihr Minderwertigkeitskomplex nur noch größer. Wenn sie auch hinterhältig war, das sollten wir ihr nun doch nicht antun.«

»Soll das heißen, daß du ihr vergibst und alles vergißt?« fragte Rosie. Sie hoffte, daß Patsy eines Tages das Haus wieder betreten durfte, damit sie eine Tasse Tee zusammen trinken und ein bißchen schwatzen konnten, bevor sie gemeinsam zu ihrem Gymnastikunterricht lossausten.

»Ich scheine die Art von Mensch zu sein, der mehr vergibt, als er vergessen kann«, sagte Aurora. »Der Mann ist tot – warum soll ich Patsy hassen? Auf der anderen Seite werde ich wohl nicht so bald vergessen können, was sie getan hat.«

»Vielleicht sagt sie mir ja selbst, ob sie einen Brief bekommen hat«, meinte Rosie. »Ich bezweifle jedoch, daß er ihr ebenfalls geschrieben hat. Du bist schon eher der Typ, dem so ein Mann Briefe schreibt.«

»Eines Tages bitte ich dich vielleicht mal, mir diese Bemerkung zu erklären«, sagte Aurora. »Er hat mir keine Briefe geschrieben. Er hat mir lediglich eine kurze Notiz geschrieben. Ich weiß überhaupt nicht, was du damit meinst.«

Als Rosie jetzt darüber nachdachte, wußte sie es eigentlich selber nicht mehr so genau, obwohl sie spürte, daß ihre Worte doch irgendwie das Richtige trafen.

Man hatte eine Kopie von Jerrys Testament im Handschuhfach seines Wagens gefunden. Er verlangte eine Feuerbestattung, und die erhielt er auch; da er keine lebenden Verwandten hatte oder jedenfalls niemand welche kannte, unterschrieb Patsy den Auftrag zur Einäscherung. Und dann, wieder einmal unfähig, ihrem eigenen Geschmack zu widerstehen, hatte sie eine kleine Gedächtnisfeier in der Rothko-Kapelle arrangiert. Eine ganze Menge von Jerrys Patienten kam. Außer einem großen, nervösen Jungen, der Aurora auf unangenehme Weise an Teddy erinnerte, waren alle Patienten, die gekommen waren, schon im fortgeschrittenen Alter. Kein einziger sah aus, als ginge es ihm besonders gut. Und in dieser Umgebung fühlten sie sich auch nicht wohl – die meisten von ihnen waren bestimmt noch niemals zuvor in der Rothko-Kapelle gewesen; außerdem war es ziemlich unwahrscheinlich, daß irgend jemand hier über Mark Rothko Bescheid wußte oder eine Vorstellung davon hatte, was man mit seinen gewaltigen, nüchternen Gemälden eigentlich anfangen sollte.

»Patsy übertreibt mal wieder«, flüsterte Aurora Rosie zu. »Sie kann es einfach nicht lassen, auch nicht, wenn jemand gestorben ist. Warum konnte sie sich nicht eine kleine, konfessionslose Kapelle aussuchen? Die meisten Leute wissen hier doch nicht einmal, wo sie sich hinsetzen sollen.«

Aurora hatte darauf bestanden, daß Pascal sie beide begleitete, und auch er schien nicht recht zu wissen, wo er sich aufhalten sollte. Nervös zappelte er herum, obwohl sie nur zehn Minuten in der Kapelle gewesen waren.

Unter den Trauergästen waren auch drei großgewachsene, breit lächelnde junge Frauen – sie trugen billige Kleider und hatten vom Weinen rote Augen, anders als die ältlichen Trauernden, die Jerrys Ableben mit ihrem erschöpften Stoizismus hinnahmen.

»Wie alt schätzt du diese Mädchen?« fragte Aurora, während sie zusahen, wie die jungen Frauen über den Rasen gingen, nachdem alle die Kapelle verlassen hatten.

»Mitte Zwanzig«, antwortete Rosie. »Sehen alle aus wie Kellnerinnen.«

»Nun, allerdings hübsche Kellnerinnen«, bemerkte Aurora. »Sie sehen so gesund aus – nicht so angekränkelt wie wir.«

»Red du nur von dir selber«, meinte Rosie. »Ich bin jedenfalls nicht kränklich. Ich bekomme lediglich ab und zu Kopfschmerzen.«

»Wer war dieser Mann, der umgebracht wurde?« fragte Pascal. Im richtigen Leben hätte er sich von solchen Leuten ferngehalten, die sich an Orte begaben, an denen man die Kehle durchgeschnitten bekommen konnte, und er hielt sich am liebsten auch jetzt von ihnen fern, als sie schon tot waren.

»Einer meiner Ärzte – du hältst gefälligst den Mund!« kommandierte Aurora. Sie mochte es einfach nicht, wenn er nachforschte.

Müde und mit der Überlegung im Kopf, ob es sich eigentlich lohnte, eine solche Frau zu kennen, schleppte sich Pascal in sein Konsulat zurück, das nur wenige Blocks entfernt lag.

»Ich denke, das war's dann«, sagte Patsy, die zu ihnen trat und ziemlich nervös war – Aurora sah friedlich aus, aber Patsy wußte nicht, ob sie ihr trauen konnte. »Wollt ihr beiden mitkommen, um Jerrys Asche in alle vier Winde zu zerstreuen?«

»Ich jedenfalls nicht«, sagte Rosie. »Ich fass' doch keine Asche an, wenn diese Asche früher einmal ein Mensch gewesen ist.«

Die Wahrheit war, daß sie eine Heidenangst vor Krematorien hatte. Was war, wenn ein Mensch nur scheintot war und plötzlich aufwachte und feststellen mußte, daß er in einer Art Ofen lag, um verbrannt zu werden? Sie wollte sich das lieber nicht vorstellen.

»Ich wußte nicht, daß das zur Veranstaltung gehört«, sagte Aurora. »Wo sollen wir die Asche verstreuen?«

»In Galveston, ins Meer«, antwortete Patsy.

»Aber zuerst wollen wir zum Pig-Stand gehen«, bestimmte Aurora. »Ich muß mich erst mit einem Stück Fleischpastete stärken.«

Rosie erklärte sich bereit mitzugehen, allerdings nur unter der Voraussetzung, Jerrys Asche nicht berühren oder auch nur anschauen zu müssen. Die Urne wurde in Patsys Kofferraum verstaut, und Rosie durfte vorne sitzen, so weit wie möglich von der Asche entfernt. Trotzdem hielt sie sich während der kurzen Fahrt zum Pig-Stand dicht ans Armaturenbrett gepreßt. »Ich werde eben einfach nervös, wenn ich daran denke, tot zu sein«, sagte sie.

Am Pig-Stand bekam Patsy einen Weinkrampf und regte sich dermaßen auf, daß sie ihre Pastete nicht zu Ende essen konnte. Verlegen stand sie auf und wanderte draußen herum, bis sie mit dem Weinen aufhören konnte.

Rosie rauchte und trank Kaffee. Aurora, die ungewöhnlich schweigsam war, aß drei Portionen Fleischpastete. Dolly, die Kellnerin, versuchte, freundlich zu sein, war jedoch ein bißchen entnervt. Rosie verriet ihr, daß sie eine Urne mit der Asche eines Mannes im Auto hatten. Dolly erinnerte sich daran, daß Auroras alter Freund direkt hier in ihrer Bude verstorben war – und jetzt fuhr sie mit menschlicher Asche im Auto herum! Eigentlich mochte Dolly Aurora – sie war immer freundlich und gab ein gutes Trinkgeld –, aber sie schien die Eigenart zu haben, daß um sie herum immerzu Leute starben, und das war kein gutes Zeichen.

Nach dem Essen bestand Aurora darauf, zur Akropolis-Bar zu fahren. Sie war der Überzeugung, es müsse einen Leichenschmaus geben, und die Akropolis-Bar war ihrer Meinung nach eine sehr gute Wahl.

»Ich steige mal eben aus und gebe den Petrakis-Brüdern eine kurze Vorwarnung«, sagte sie.

Theo und Vassily waren da und saßen auf ihren Stühlen.

Aurora stieg aus dem Wagen, und Rosie winkte, während Patsy, die sich elend fühlte, einfach nur dasaß.

»Wir bringen einen alten Kameraden zu seiner letzten Ruhe ins Meer«, sagte Aurora zu den Brüdern. »Seine Asche befindet sich in meinem Kofferraum. Ich dachte, auf dem Rückweg sollten wir hier anhalten und einen kleinen

Leichenschmaus veranstalten. Das Leben ist für die Lebenden, nicht wahr?«

»Das Leben für die Lebenden«, stimmte Theo zu. »Wollen Sie eine Band haben?«

»Nun, ist denn eine zu haben?«

»Gleich drüben auf der anderen Straßenseite, einen Block zurück, gibt's eine Band«, sagte Theo. »Die dürfte zu haben sein.«

»Jedenfalls der größte Teil der Band«, korrigierte ihn Vassily. »Bobby ist im Knast.«

»Na ja, der kann ja sowieso nicht gut spielen.«

»Wir sind mit allem einverstanden, was ihr arrangieren könnt«, sagte Aurora.

In Galveston zog sie ihre Schuhe und Strümpfe aus und watete mit Patsy in die warme, schmutziggraue Brandung hinaus. Patsy verstreute den größten Teil der Asche. Aurora blieb hinter ihr und wünschte sich, Jerry hätte sich dazu aufraffen können, ihr einen längeren Brief zu schreiben; aber das hatte er nicht getan – das Geheimnis seines Charakters würde also niemals gelüftet werden.

»Wir hätten seine Asche auf dem Highway verstreuen sollen«, bemerkte sie auf der Rückfahrt. »Jerry ist immer eher ein Mann der Highways als ein Mann der See gewesen.«

»Ich weiß, aber die See ist schöner«, sagte Patsy. »Die See gilt doch als unsere Heimat.«

»Sprich du nur für dich selber, meine Heimat ist sie jedenfalls nicht«, bemerkte Rosie. Sie hatte Kopfschmerzen und wünschte sich, bereits zu Hause zu sein. Sich einen ganzen Nachmittag Zeit für ein Begräbnis zu nehmen, war nicht ihre Art, die Dinge zu erledigen.

Sobald Theo sie zurückkommen sah, ließ er die Band unter dem Hüttendach der Akropolis-Bar loslegen. Durch ein schieres Wunder hatte Bobbys Freundin diesen am Vormittag auf Kaution aus dem Gefängnis freibekommen, so daß die Stärke der Band ungeschmälert war.

Doch Aurora war der Meinung, die Band habe nicht genug Power, um einen Leichenschmaus richtig zu begehen.

»Die klingen so nach Musikbox«, sagte sie zu Vassily. »Ich hatte mir etwas Urtümlicheres erhofft.«

»Etwas Dionysischeres«, warf Patsy ein.

»Oh, die Jungs sind schon ganz gut«, sagte Theo, der nicht genau wußte, wie er Patsys Bemerkung aufzufassen hatte. »Es kommt nicht oft vor, daß sie in Schwierigkeiten geraten. Bobby ist eben ein bißchen eifersüchtig – und das hat ihn auch ins Gefängnis gebracht.«

Aurora hatte Sand an ihren Beinen, genau wie Patsy. Vassily bemerkte dies – der Anblick verschaffte ihm einen leichten erotischen Kitzel. Diese traurige Frau, Patsy, hatte dünne Beine, aber das war schon in Ordnung. Tatsache war, daß dieser Umstand die erotische Spannung noch verstärkte. Theo neckte ihn deswegen immer, aber er mochte nun mal Frauen mit dünnen Beinen.

Aurora kippte sieben oder acht Glas Retsina hinunter, tanzte jedoch nicht und wirkte etwas unnahbar. Theo fühlte sich ein wenig verletzt. Die Erwartung ihres ersten Treffens hatte sich nicht erfüllt, und langsam kroch in ihm die Angst hoch, daß es sich auch nie erfüllen werde. Vermutlich hatte sie den Mann geliebt, dessen Asche sie gerade verstreut hatten. Falls das zutraf, würde sie wohl noch einige Zeit brauchen, um über seinen Tod hinwegzukommen. Es war einfacher, tote Menschen zu lieben als lebendige, und zwar aus dem einfachen Grund, weil sie nicht mehr ständig da waren, um einen zu verunsichern. Er selber liebte immer noch seine dritte Frau, Eta, eine Jugoslawin. Eta war bei einem Autounfall in Brighton, in England, zu Tode gekommen. Sie hatte sich geweigert, die britische Gewohnheit des Linksfahrens zu akzeptieren. Sie war hartnäckig, wie so viele Jugoslawen. Eta hatte ihn häufig verflucht, aber ihre Liebe war leidenschaftlich gewesen, und er konnte nichts daran ändern, daß er sie noch immer liebte – obwohl er durchaus der Meinung war, das dies ganz anders werden würde, wenn Aurora nicht mehr ganz so unnahbar wäre.

»Sie sind so kühl heute, so spröde«, sagte er und schaute sie traurig an.

»Na und – ich habe einen Freund verloren, also laß mich in Ruhe«, sagte Aurora.

Auf dem Weg nach Hause sagte Rosie: »Du warst gemein zu Theo, obwohl er losgezogen ist und die Band besorgt und alles andere arrangiert hat.« Der Retsina war ihr sehr leicht durch die Kehle geflossen – sie hatte das Gefühl, etwas betrunken zu sein.

»Ich weiß nicht, ob ich will, daß sich bei meinem Begräbnis alle Leute betrinken«, sagte sie. »Das kommt mir einfach nicht respektvoll genug vor, jedenfalls nicht für mich.«

»Dann bleibst du besser am Leben, bis ich abgetreten bin«, sagte Aurora. »Ich werde mich nämlich ganz bestimmt betrinken, wenn du abtrittst und ich noch gut dabei bin.«

»Ich weiß überhaupt nicht, wie du an diese Band gekommen bist«, sagte Patsy. »Die sahen gut aus, nicht wahr? Ich mochte sie.«

»Griechen sind immer leicht zu finden«, meinte Aurora. »Du brauchst nur zum nächsten Hafen zu gehen, um einen Griechen zu finden – wenn nicht sogar gleich mehrere von ihnen.«

Am Abend nach dem Leichenschmaus rief sie Theo an und entschuldigte sich bei ihm, weil sie so barsch mit ihm umgesprungen war. Im Hintergrund konnte sie die Band spielen hören – vermutlich die gleiche Band –, die stupide vor sich hin dudelte.

Theo war froh über ihren Anruf – seitdem sie weggegangen war, hatte er Trübsal geblasen und war schlechter Stimmung gewesen.

»Ich würde mir so sehr wünschen, einfach rüberkommen zu können, um Sie zu sehen«, sagte er. Obwohl er genau wußte, daß es noch viel zu früh war, um sich zu erklären – immerhin war gerade erst ein Mann gestorben, den sie wahrscheinlich geliebt hatte –, bereitete es ihm Schwierigkeiten, ihr gegenüber seine Liebe nicht zu gestehen.

»Nun, ich bin noch auf, kommen Sie rüber, und besuchen Sie mich einfach«, sagte Aurora.

»Bring mir die Telefonnummer von der mit den dünnen

Beinen mit«, verlangte Vassily von Theo, der vor Glück wie vor den Kopf gestoßen war und sich jetzt hastig auf die Sokken machte.

Er raste zu Auroras Haus, aber zu seiner Enttäuschung mußte er feststellen, daß sich nichts geändert hatte. Sie war in ihren Morgenmantel gehüllt, gab ihm Cognac zu trinken und war unnahbar.

»Du wirkst, als wärst du weit fort, wohin bist du gegangen?« versuchte er, einen Scherz zu machen. Sie hatte ihn in ihre hell erleuchtete Küche geführt, um ihm den Cognac zu kredenzen.

»Vielleicht habe ich nur den Rückwärtsgang eingelegt«, antwortete Aurora. Ihr Gesichtsausdruck war freundlich, aber nicht ermutigend.

»Das Leben den Lebendigen«, erinnerte sie Theo.

»Rückwärtsgang bedeutet nicht Tod«, sagte Aurora. »Ich lebe durchaus, ich habe lediglich eine andere Gangart eingelegt.«

»Ich wünschte, du würdest wieder umschalten, damit wir zusammenkommen können«, sagte Theo. »Ich meine, ich weiß, daß heute vielleicht der falsche Tag ist, so etwas zu sagen, aber wenn man so ein Gefühl hat, ist es doch besser, es zu sagen, oder nicht?«

»Aber natürlich ist es besser, es zu sagen«, pflichtete Aurora bei.

»Na ja, ich habe aber das Gefühl, wenn ich es sage, wirfst du mich raus«, meinte Theo.

»Nein, ich mache dich zu meinem händchenhaltenden Freund«, sagte Aurora und nahm seine Hand. Sie fühlte sich angenehm an und hatte zwei oder drei Narben, über die sie mit dem Finger strich.

»Die habe ich bekommen, als ich an einer Drehbank gearbeitet habe«, sagte Theo.

Aurora gab keine Antwort.

»Du meinst, das war's – Händchen halten?« fragte Theo. Er hatte es ausgesprochen, und jetzt befand er sich auf unsicherem Gelände.

»Genau – nimm es so oder laß es bleiben«, sagte Aurora. »So jung, wie du bist, solltest du's vielleicht besser bleibenlassen.«

»Ich lasse es nicht bleiben«, versicherte ihr Theo – er liebte sie viel zu sehr. Außerdem änderten Frauen ihre Meinung.

»Verpaß nur nicht zuviel von deiner Jugend, wenn du darauf wartest, daß ich meine Meinung ändere«, sagte Aurora sofort. Theo fand, sie sah traurig aus – viel zu traurig; ihm war es egal, ob sie ihre Meinung änderte oder nicht.

»Vassily möchte die Telefonnummer von dem Mädchen haben, das bei dir war«, sagte er, weil er das Gefühl hatte, daß es an der Zeit sei, das Thema zu wechseln.

»Dieses ›Mädchen‹ hat drei erwachsene Kinder«, informierte ihn Aurora. »Dein Bruder ist das, was ich urtümlich nenne. Ich weiß nicht, ob er an einer Beziehung des Händchenhaltens interessiert ist.«

Theo zuckte die Schultern. »Ich hab' ihn schon gesehen, wie er froh war, wenigstens das zu bekommen. Seine vorletzte Frau hat ihn vier Jahre lang nicht rangelassen.«

»Ich glaube, solche Zeiten gibt es für jeden von uns«, sagte Aurora.

»Ja, für mich gab es sie, als Eta bei dem Unfall ums Leben kam. So blieb es dann sechs Jahre lang.«

»Du meine Güte«, meinte Aurora.

»Ich hab's überlebt, das bringt einen nicht um. Vassily hat keinen gesunden Menschenverstand, er ist besser dran, wenn er keine Frau hat.«

Am nächsten Morgen rief Patsy bei Aurora an. Sie klang ziemlich durcheinander.

»Einer von deinen Griechen hat mich gerade angerufen und um ein Rendezvous gebeten«, sagte sie.

»Ja, Vassily«, antwortete Aurora. »Nachdem sie uns mit einem kostenlosen Leichenschmaus bedient haben, dachte ich, ich könnte ihm deine Telefonnummer nicht gut vorenthalten.«

»Ich weiß nicht, was ich machen soll«, sagte Patsy. »Ich

meine, ich mochte die beiden, aber wir haben uns nur ein einziges Mal gesehen, außerdem waren die Umstände ein bißchen ungewöhnlich. Ich weiß nicht, worüber wir bei einem Rendezvous reden sollen.«

»Obwohl mich das nichts angeht«, sagte Aurora, »ich hoffe, du hast zugesagt. Vielleicht ist es für dich ja mal ganz interessant, auch mal mit jemandem auszugehen, der kein Künstler oder ein verkrachter Künstler ist.«

»Ein Mann des Volkes, um es mal so auszudrücken«, fügte sie hinzu.

»Tatsächlich habe ich schon ein paar von dieser Sorte gehabt«, antwortete Patsy. »Erinnerst du dich an meinen Rodeo-Clown? Außerdem gab es da einen Zimmermann – eigentlich mehrere Zimmermänner – und meinen Helikopterpiloten in Vietnam und meinen halbprofessionellen Baseballspieler«, zählte sie auf und erinnerte sich an ihre verschiedenen Bemühungen um Männer aus dem Volke.

»Nun, dieser Ball ist jetzt bei dir«, sagte Aurora. »Wirf ihn zurück, wenn du das willst.«

Als sie später Rosie erzählte, Vassily habe Patsy um ein Rendezvous gebeten, zeigte sich Rosie keineswegs überrascht.

»Ich habe gesehen, wie er ihre Beine angestarrt hat«, sagte sie. Insgeheim war sie froh, daß es um Vassily ging und nicht um Theo. Sie hatte nämlich eine Schwäche für Theo. Obwohl er ganz offensichtlich an Aurora interessiert war, lächelte er sie, Rosie, manchmal auf eine Weise an, die zu bedeuten schien, er sei auch an ihr interessiert. Und wenn er es war, dann war sie es auch – Aurora hin oder her –, dieser Theo hatte eine richtig nette Art.

18.

»Liebes, das macht einfach keinen Sinn«, sagte Rosie. »Du hattest ja bereits aufgehört, dich mit ihm zu treffen, und er war sowieso schon dabei, die Stadt zu verlassen. Vielleicht hättest du nach diesem kleinen Brief nie wieder was von ihm gehört.«

Aurora hatte lediglich eine Orange zum Frühstück gegessen. Eigentlich hatte sie die Orange gar nicht ganz aufgegessen – sie hatte sie nur in kleine Stückchen zerlegt. In den Monaten nach Jerrys Tod hatte sie bereits zwanzig Pfund abgenommen. Sie hatte aufgehört, all die Dinge zu tun, die sie ihr ganzes Leben lang getan hatte, und darüber machten sich alle Sorgen. Sie hatte aufgehört, Fernsehen zu gucken, aufgehört, sich etwas Neues zum Anziehen zu kaufen, auszugehen, sich hübsch zurechtzumachen, Affären zu haben oder auch nur zu flirten, und sie hatte buchstäblich aufgehört zu essen. Diese Verhaltensänderungen alarmierten ihre Nachbarn und Freunde, Liebhaber und Enkelkinder, aber am meisten hatte es Rosie alarmiert, denn sie war die einzige Person, die es jeden Tag mit ansehen mußte, noch dazu aus größter Nähe.

»Sprichst du jetzt nur für dich selber, oder bist du zu einem Einpersonenkomitee ernannt worden, das mich an meinem eigenen Frühstückstisch bedrängen soll?« fragte Aurora und schaute auf.

»Nun, alle machen sich Sorgen um dich, du bist nicht mehr wie früher«, sagte Rosie.

»Im Gegenteil, ich bin genau so wie ich zu dieser Zeit meines Lebens eben bin«, sagte Aurora. »Mir ist schon klar, daß ihr mich alle lieber so hattet, wie ich früher war, aber ich kann nichts daran ändern, daß ich nicht mehr so bin wie früher.«

»Du könntest es aber wieder sein, wenn du nur über Jerry hinwegkommen würdest«, sagte Rosie. »Du hast mich getrieben, bis ich schließlich über Royce hinwegkam, warum kann ich dich nicht treiben, über Jerry hinwegzukommen?«

»Ein schlechter Vergleich«, sagte Aurora. »Du warst jung und aktiv, als Royce starb. Du hattest noch viele produktive Jahre vor dir, und ich war entschlossen zu verhindern, daß du sie verschleuderst. Ich gebe zu, ich hoffte, du würdest etwas Besseres kriegen als bloß C. C. oder Willie, aber diese Art von Pech konnte niemand vorhersehen.«

»Da ist noch ein anderes Thema, über das wir sprechen müssen«, sagte Rosie unbehaglich. »Arthur hat mir mittlerweile dreimal einen Antrag gemacht – ich muß mich entscheiden, was ich machen soll. Aber ich kann mich nicht entscheiden – nicht wenn du so bist wie jetzt.«

»Was soll das heißen, ›so wie du jetzt bist‹?« fragte Aurora gelassen. »Ich bin sauber, verstehst du! Ich bade jeden Tag. Ich putze mir die Zähne. Ich gehe zum Arzt, um mich untersuchen zu lassen, und bisher hat mich noch niemand wegen irgendwelcher Verhaltensstörungen angesprochen. Meine Lebenszeichen sind so lebendig wie eh und je. Ich verstehe nicht, wie die bloße Tatsache, daß ich ein Leben nach meinem Geschmack führe, die Leute auf die Idee kommen läßt, von mir als ›so wie du jetzt bist‹ zu reden.«

»Außerdem«, fuhr sie nach einer kleinen Pause fort, »interessiere ich mich immer noch für die Leute, an denen ich interessiert bin.«

»Tut mir leid, daß ich das Thema angesprochen habe, aber ich bin ja selber völlig durcheinander«, sagte Rosie und setzte sich an den Tisch.

»Ich finde es schrecklich, daß ihr mich alle seit Jahrzehnten bedrängt, abzunehmen, und ihr dann anschließend nichts Besseres zu tun habt, als mich als ›so wie jetzt‹ zu bezeichnen, wenn ich tatsächlich ein paar Pfunde runter habe«, bemerkte Aurora. Sie stand auf, um in ihr kleines Büro über der Garage zu gehen, wo sie ihre Tage damit verbrachte, mit dem Computer, dessen Bedienung Teddy ihr beigebracht hatte, an ihrem Erinnerungsprojekt zu arbeiten. Rosie wirkte mehr als verwirrt – sie sah so aus, als wolle ihr gleich das Herz brechen.

»Ich habe mehr als vierzig Jahre für dich gearbeitet«, sagte sie. »Ich dachte, ich könnte weiter hier leben und für dich arbeiten und daß es nie anders sein würde, als es bisher immer gewesen ist. Ich glaube, ich habe Angst davor, Arthur zu heiraten und wegzuziehen.«

»Rosie, Arthur Cotton lebt gegenüber auf der anderen Straßenseite«, sagte Aurora, der die zitternde Stimme und die traurigen Augen ihrer Vertrauten sehr zu Herzen gingen.

»Auf der anderen Straßenseite zwei Häuser weiter unten«, korrigierte sie Rosie, obwohl sie wußte, daß diese Korrektur lächerlich war. Vom Schlafzimmerfenster ihres Freiers Arthur Cotton aus konnte sie einen vertrauten Teil ihrer Straße überblicken und Auroras Schlafzimmerfenster sehen. Der Umzug – wenn sie ihn denn wirklich machte – wäre für die meisten eigentlich gar kein richtiger Umzug; aber der Gedanke daran ängstigte Rosie mehr als jeder andere Umzug in ihrem Leben, über den sie jemals nachgedacht hatte.

»Es ist eben nur so, daß ich dann nicht mehr für dich arbeiten würde«, sagte sie. »Wenn ich nicht mehr deine Haushälterin wäre, wär's ja vielleicht etwas anderes. Du magst Arthur in Wirklichkeit nicht besonders – du weißt, daß es so ist.«

»Das stimmt, aber es ist ja nicht so, daß ich ihn ablehne«, sagte Aurora. »Irgendwie habe ich es geschafft, daß er mir all die Jahre über völlig gleichgültig geblieben ist. Was ich nicht mochte, war der Name seiner verstorbenen Frau.«

»Eureka – was ist denn daran so schlimm?« wollte Rosie wissen.

»Eigentlich nichts«, antwortete Aurora. »Nur daß es auf einer einzigen Straße eine Eureka und eine Aurora gab, war mir ein bißchen zuviel.«

»Egal, wenn ich ihn heirate und zu ihm ziehe, wer weiß, was dann alles passiert?« sagte Rosie. »Vielleicht verändert sich dann alles zu sehr.«

»Warum sollte es?« fragte Aurora – obwohl sie selber bereits über diese Frage ein paarmal nachgedacht hatte.

»Nun, ich wäre zum Beispiel nicht mehr hier in der Küche, um an dir herumzumäkeln«, sagte Rosie. »Vielleicht würden wir uns entfremden, und eines Tage sind wir vielleicht keine Freundinnen mehr.«

Aurora seufzte, kam zurück und nahm wieder am Tisch Platz. Arthur Cotton war ein Versicherungsvertreter und noch dazu sehr reich. Er liebte seinen Rasen, und während der letzten dreißig Jahre hatte er beim Mähen häufig mit Rosie ein Schwätzchen gehalten, wenn sie auf dem Weg zur Bushaltestelle zufällig bei ihm vorbeiging. Vor fünf Monaten war seine Frau, Eureka, tot umgefallen. Drei Wochen nach der Beerdigung bat er Rosie um ein Rendezvous. Beim dritten Rendezvous hatte er ihr einen Heiratsantrag gemacht. Er sagte Rosie, er habe sich insgeheim seit vielen Jahren nach ihr gesehnt. Rosie konnte und wollte Arthur gegenüber nicht so tun, als habe auch sie sich dreißig Jahre nach ihm gesehnt – ihre geballte Leidenschaft für ihn reichte gerade mal dafür aus, ein- oder zweimal zu Aurora zu sagen, sie fände Arthur in seiner pummeligen Art ganz nett.

Dennoch ließ sein Antrag sie auch nicht gänzlich ungerührt. Willie hatte nie mehr angerufen – nicht ein einziges Mal; sie fühlte sich wie im Niemandsland und wollte da heraus. Was ihr angst machte, war die Vorstellung, nach vierzig Jahren bei Aurora den Abschied zu nehmen. Was würde sie dann sein, wenn sie keine Haushälterin mehr war? Diese Frage krallte sich fest in ihren Gedanken; sie konnte nicht verhindern, sich diese Frage immer wieder zu stellen.

Im Inneren wünschte sich Aurora, Eureka Cotton hätte es geschafft, noch ein paar Jahre lang nicht tot umzufallen. Ein bißchen mehr Langlebigkeit auf ihrer Seite hätte allen Beteiligten ein unangenehmes Dilemma ersparen können. Aber Eureka hatte es nicht geschafft, und nun saßen sie da.

»Rosie, hör mir mal zu«, sagte Aurora schließlich. »Du und ich haben in dieser Küche zweiundvierzig Jahre zusammen gelebt. Du warst bei mir in der Nacht, als mein Mann starb. Du warst bei mir in der Nacht, als meine Tochter starb. Du warst bei mir, als wir rauskriegten, daß Tommy seine Freundin erschossen hatte. Ich hoffe, daß ich auch dir bei verschiedenen Familientragödien ein wenig Hilfe geben konnte. Du bist nicht nur meine Freundin, du bist meine beste Freundin, und daran wird sich auch nichts ändern. Du solltest dir die Frage stellen, ob du glaubst, mit Arthur Cotton glücklich werden zu können. Das ist die einzig wichtige Frage.«

Rosie fing an zu weinen. Es war lieb von Aurora, ihr zu sagen, daß sie ihre beste Freundin war – und es stimmte natürlich, Aurora war schon lange *ihre* beste Freundin. Aber trotzdem verspürte sie ein Gefühl von Unsicherheit. Eine Heirat konnte die Dinge ins Gegenteil verkehren und bewirken, daß alles ganz anders wurde. Kleine Dinge, die sie gerne mit Aurora zusammen gemacht hatte, zum Beispiel, sich Seifenopern im Fernsehen anzuschauen, würde sie vielleicht nicht mehr tun können. Nur am Tisch zu sitzen und sich zu unterhalten, das alles würde vielleicht nicht mehr dasselbe sein, wenn sie die Straße ein Stück weiter unten wohnte.

»Ich weiß, Arthur ist wichtig, aber der Gedanke, dich zu verlassen, macht mich nervös«, sagte Rosie. »Du bist immer noch aufgewühlt wegen Jerry, du ißt nicht richtig, und du achtest auch nicht mehr so auf dich, wie du das sonst immer getan hast. Ich hätte einfach das Gefühl, dich in der Zeit der Not im Stich gelassen zu haben.«

»Rosie, noch verhungere ich nicht«, erklärte Aurora. »Ich habe im Moment lediglich mehr Interesse für mein Erinnerungsprojekt als fürs Essen. Ich habe viele Jahre damit zugebracht, mich vollzustopfen, wie du sicher besser als sonst jemand weißt. Warum soll ich damit nicht mal eine Weile aufhören?«

Rosie ließ dieses Thema beiseite und wandte sich einem neuen zu.

»Noch eine andere Sache – Arthur ist reich, und ich bin zeit meines Lebens nur eine arbeitende Frau gewesen. Er will mit mir nach Paris fliegen und mir Pelzmäntel kaufen und Smaragde – er will mich zum Essen nur noch ins Maxim ausführen, aber mein Magen wird mit all diesem tollen Essen nicht fertig. Ich sage dem armen Mann immer, daß er versucht, aus einem Schweineohr eine Seidentasche zu machen, aber er hört ja nicht auf mich.«

»Die Sache *kann* ja nur schiefgehen, wenn du mit dieser Einstellung herangehst«, sagte Aurora. »Was ist denn schlecht an Pelzmänteln und Smaragden?«

»Vielleicht bin ich auch einfach nur zu alt, um noch auf die andere Straßenseite zu wechseln«, meinte Rosie. »Ja, wenn er mich weiterhin bei dir arbeiten ließe, dann würde ich ja vielleicht zustimmen, aber das wird er nicht wollen, glaub' ich.«

»Nein, Arthur ist viel zu konservativ, um seine Frau als Hausangestellte arbeiten zu lassen. Im Gegenteil – anstatt selber Dienstmädchen zu sein, wird er zweifellos von dir erwarten, daß du selber eines einstellst.«

»Na, das klappt doch niemals; ich würde doch eher sterben, als einem anderen Menschen eine Anweisung geben zu können«, sagte Rosie.

»Das kann ich nur schwer glauben, da du mir bereits Millionen von Anweisungen erteilt hast«, meinte Aurora. »Vierzig Jahre lang hast du mich aus meinem eigenen Bett herausgescheucht, wo ich es immer sehr gemütlich fand, nur damit du es in Übereinstimmung mit irgendeiner geheimnisvollen Regel, der du offenbar gehorchen mußt, in Ordnung bringen kannst.«

»Ja nun«, sagte Rosie. Es stimmte schon, daß sie manchmal Aurora ziemlich herumkommandierte. Ein bißchen jedenfalls.

»Ich, toll«, sagte Aurora. »Du kannst ganz hervorragend mit der Peitsche umgehen, wenn du Lust dazu hast. Ich bin sicher, ich hätte Proust schon vor Jahren fertiggelesen, wenn du mich nicht immer genau in dem Moment aus meinem Bett vertrieben hättest, wenn ich mich gerade so richtig eingelesen hatte.«

In den drei Wochen seit Jerrys Tod hatte Aurora sich in ihrem kleinen Garagenbüro eingeschlossen und ausschließlich Proust gelesen. Gelegentlich ließ sie das Buch sinken und brütete; bei anderen Gelegenheiten legte sie das Buch beiseite und weinte, nicht so sehr wegen des verlorengegangenen Paris oder wegen ihrer eigenen verlorenen

Liebe – sondern vor allem wegen ihres eigenen Gefühls für die verlorene Zeit. Irgendwie hatte sie ihr Leben dahingleiten lassen und nichts erreicht. Sie registrierte in diesen Stunden der Trauer, daß sie niemals ernsthaft versucht hatte, ein großes Werk zu hinterlassen, wie Monsieur Proust. Vielleicht besaß sie ja nicht mal genügend Verstand, um auch nur ein Werk von geringem Wert zu schaffen – trotzdem erschien es ihr, als habe sie durchaus genug Verstand und genug Individualität, um eigentlich mehr erreichen zu können. Ihre Mutter hatte immer gehofft, sie würde schreiben, oder – wenn das nicht klappte – wenigstens singen, aber sie hatte weder das eine noch das andere geschafft. Im Endeffekt hatte sie lediglich dahingelebt, ziemlich intensiv an menschlichen Erfahrungen teilgehabt, die sie verinnerlicht hatte, aber dennoch nichts damit angefangen. Das war natürlich das Gewöhnliche, doch die Gewißheit, daß sie das Gewöhnliche nicht übertroffen hatte, ließ sie unzufrieden und rastlos zurück. Ihr kam es so vor, als verarbeite sie alle Erfahrungen zu leidenschaftlich – so leidenschaftlich, daß sie nie wirklich die Zeit fand, über sie nachzudenken.

So wie sie die Dinge sah, war das Erinnerungsprojekt ihre letzte Chance. Was immer sie mit ihrem neuen Computer erreichen würde und mit ihrem riesigen Archiv von Gesellschaftskalendern, Tischkarten, Babytagebüchern, Reisenotizen, Konzertprogrammen, Theaterzetteln und dergleichen – wenn man Emmas wenige Notizen mitzählte, umfaßte die Sammlung vier Generationen –, es würde sicher kein großes Werk oder eine Neuschöpfung werden, wie es bei Proust der Fall gewesen war, aber es würde gewiß etwas sein, das die Tiefe ihres Wesens widerspiegelte oder wenigstens bewies, daß es eine tiefere Seite bei ihr gab.

»Ich kann den armen Kerl nicht einfach hängenlassen, ich muß ja oder nein sagen«, meinte Rosie, die immer noch von Gedanken an Arthur Cotton gequält wurde.

»Entschuldige bitte meine Direktheit, aber hast du schon mit ihm geschlafen?« fragte Aurora.

»Na ja, fast«, antwortete Rosie. »Er war ziemlich nervös. Er sagte, er sei nervös, weil er Angst habe, im letzten Augenblick einen Herzschlag zu erleiden.

Eigentlich ist es mir egal, ich fühle mich sowieso nicht besonders stark zu ihm hingezogen«, fügte sie hinzu. »Ich finde, er ist ganz nett, aber seine Nettigkeit hat auch irgendwo ihre Grenzen.«

»Warum gibst du dann nicht erst mal Theo eine Chance, bevor du dich an diesen reichen Mann kettest?« fragte Aurora. »Theo bringt sich um, nur um mit dir ausgehen zu dürfen.«

»Das ist aber nur so, weil er es bei dir schon aufgegeben hat«, antwortete Rosie. Es stimmte schon, daß sie immer noch eine Schwäche für Theo hatte, und es stimmte auch, daß er sie in letzter Zeit mehrmals um ein Rendezvous gebeten und ihr kleine Geschenke mitgebracht hatte – meistens ganz besonders leckere Oliven oder Feta-Käse oder dergleichen –, und trotzdem, irgendwie gab er ihr nicht das richtige Gefühl, weil sie wußte, daß er es nur wegen seiner Verzweiflung über Aurora tat. Wie alles andere, was ihr passierte, schien auch Theos Werben unglaubliche Schwierigkeiten mit sich zu bringen.

»Alles führt genau zu dem zurück, worüber ich von Anfang an mit dir reden wollte«, sagte Rosie.

»Ach ja, mein jetziger Zustand«, warf Aurora ein. »Mir ist klar, daß praktisch jeder im Universum nicht damit einverstanden ist, aber ich weiß den Grund dafür nicht. Ich bin gesund, in stabiler Verfassung und beschäftigt – reicht das denn nicht?«

»Nein, es reicht nicht, weil du dich gar nicht mehr bemühst«, sagte Rosie. »In all den Jahren, wenn einer von uns zu Boden ging und einfach aufgeben wollte, bist vor allem du es gewesen, die sich Mühe gegeben hat, uns wieder auf die Beine zu bringen.«

»Was nur darauf zurückzuführen ist, daß ich eine sehr selbstsüchtige Frau bin und mir diese Selbstsucht eine gewisse Energie verliehen hat«, antwortete Aurora. »Ich war besitzergreifend, und das mochtet ihr, obwohl ihr immer darüber geschimpft habt. Und jetzt, wo ich nicht mehr so besitzergreifend bin, weiß keiner von euch mehr, was er mit sich anfangen soll.«

»Genau«, sagte Rosie. »Wann fängst du wieder an, besitzergreifend zu sein?«

»Und was ist, wenn ich das nie wieder sein werde?« wollte Aurora wissen. »Die Jahre sind wie im Flug vorübergegangen, und jetzt sind wir, du und ich, alte Frauen – zumindest sind wir keine jungen Frauen mehr. Ich habe kein Interesse mehr daran, besitzergreifend zu sein. Da wir schon über meine Verfassung reden, möchte ich noch darauf hinweisen, daß das, was alle um mich herum so schockierend finden, eine *geistige* Einstellung ist, die ich mir zugelegt habe. Wenn mir mein Gefühl sagt, daß ich mein Leben voll gelebt habe, dann möchte ich jetzt darüber *nachdenken* können. Einfach nur *nachdenken*, verstehst du?«

»Ich hab's gehört, aber verstehen tu' ich's nicht«, sagte Rosie. »Was tust du, wenn du da draußen sitzt und diese alten Kalender durchblätterst, bis du dich an jeden Tag deines Lebens erinnern kannst? Was bedeutet es denn, wenn du dich an alles erinnerst? Das ist doch eh bloß alles alter Kram, der längst vorbei ist. Was hast du davon, wenn du dich daran erinnerst?«

»Das weiß ich nicht, warum?« gab Aurora heiter zurück. »Ich bin noch nicht weit gekommen mit meinem Erinnerungsprojekt. Aber ich weiß, daß die Arbeit an diesem Projekt genau das ist, was ich machen will. Ich kümmere mich nicht um das Gesellschaftliche, ich will nicht reisen, ich habe kein Interesse mehr an Männern und ihren Penissen. Ich will ganz einfach nur an meinem Projekt arbeiten. Vielleicht sitze ich für Monate daran oder für den ganzen Rest meines Lebens. Ich weiß es nicht, und ich weiß auch nicht, wieso es das ganze Universum aus dem Gleichgewicht bringt, bloß weil ich beschlossen habe, zur Abwechslung mal meinen Geist zu benutzen, anstatt meinen Körper gewähren zu lassen.«

»Du wolltest immer glücklich sein«, sagte Rosie. »Deshalb war es immer so schön, dich um sich zu haben, selbst wenn du gelegentlich mal etwas herrisch warst. Du warst einfach *entschlossen*, glücklich zu sein. Ich glaube, genau das ist es, was ich jetzt vermisse.«

»Ja, ich weiß, was du meinst«, sagte Aurora – manchmal vermißte sie ihre guten Geister selber. In ihrer eigenen Erinnerung war es nicht so sehr so gewesen, daß sie stets entschlossen war, glücklich zu sein, sondern vielmehr, daß sie entschlossen war, gegen das ununterbrochene Gezerre des Unglücklichseins anzukämpfen, was ihrer Meinung nach nur die übliche Heimsuchung des Erwachsenenlebens war.

»Ich wollte mich nie geschlagen geben«, sagte sie zu Rosie. »Ich glaube, ich bin wie ein alter Hund. Ich richte mein Augenmerk jetzt hauptsächlich auf die andere Seite des Lebens.«

»Nun, ich hasse das«, gab Rosie zurück. »Ich bin fast genauso alt wie du und denke darüber nach zu heiraten. Vielleicht fliege ich sogar nach Paris, rüber nach Frankreich. Ich bin nicht glücklich, aber auch ich gebe nicht auf. Wir beide stecken wirklich irgendwie gemeinsam da drin – es ist einfach nicht fair von dir, jetzt Schluß machen zu wollen und mich alleine strampeln zu lassen.«

»Im Leerlauf zu sein heißt doch nicht aufzugeben«, sagte Aurora haarspalterisch. »Der Motor läuft immer noch. Der Wagen könnte jederzeit plötzlich wieder einen Gang einlegen und jemanden überfahren.«

Rosie schüttelte den Kopf. »Das heißt letztendlich, daß du aufgibst. Ich schätze, das ist alles wegen Jerry, obwohl du dich nicht mehr mit ihm getroffen hast und er kurz davorstand, die Stadt zu verlassen.«

»Aha, damit wären wir also wieder am Anfang angelangt, na dann erst mal auf Wiedersehen«, sagte Aurora. »Ich muß an meinen Konzertprogrammen arbeiten. Ich scheine mehr als tausend Stück davon zu haben, was mir allerdings merkwürdig vorkommt.«

»Ich finde nicht, daß das merkwürdig ist«, meinte Rosie. »Du bist doch ständig in die Oper gelaufen.«

»Aber ich kann mich so nicht daran erinnern – das ist es ja gerade, was mein Erinnerungsprojekt so interessant macht. Ich habe die Konzertprogramme, folglich muß ich immerzu in Konzerte gegangen sein, allerdings kann ich mich nicht daran erinnern, so oft im Konzert gewesen zu sein. Rudyard haßte es auszugehen – ich mußte ihn jedesmal beschwatzen oder Tricks anwenden, wenn es ein Programm gab, das ich wirklich gerne hören wollte.«

»Wenn das die Art ist, wie du dich daran erinnerst, dann hat dein Erinnerungsprojekt noch eine lange Reihe von Jahren vor sich«, meinte Rosie nüchtern.

»Was soll das denn heißen, wenn ich fragen darf?« verlangte Aurora zu wissen.

»Solange ich dabei war, hast du Rud nie beschwatzen oder bei ihm Tricks anwenden müssen«, sagte Rosie ein bißchen zu rachsüchtig, wie es Aurora vorkam. »Du hast ihm vor allem immer gesagt, er solle aufstehen und sich anziehen – er habe jetzt mit dir ins Konzert zu gehen.«

»Ach, ja nun, ich bin vielleicht gelegentlich ein bißchen zu herrisch gewesen, wenn zufällig mal ein guter Solist oder ein Dirigent angekündigt war, nach dem ich zufällig verrückt war«, sagte Aurora. »Wie unsensibel von dir, dich an die paar Male zu erinnern, bei denen ich Rud gegenüber ein bißchen zu herrisch war, und all die vielen Male zu vergessen, bei denen ich ihn beschwatzen mußte.«

»Mir fällt ein, daß du Rud nicht gedrängt hast mitzugehen, als dieser alte, fette Engländer, nach dem du so verrückt warst, zufällig am Dirigentenpult stand«, rief ihr Rosie ins Gedächtnis zurück.

»Sir Thomas Beecham, selbstverständlich war ich verrückt nach dem«, gab Aurora zu. »Selbstverständlich habe ich Rud zu solchen Veranstaltungen nicht mitgeschleppt. Tatsache ist, ich war sehr traurig, daß Sir Thomas als Opfer widriger Umstände in seinen späteren Jahren gezwungen war, vor Barbaren zu dirigieren, und ich war durchaus gewillt, ihn dafür auf jede erdenkliche Weise, die mir möglich war, zu entschädigen.«

»Und? Hast du?« fragte Rosie. Sir Thomas Beecham war in jenen Jahren des öfteren bei Aurora zum Dinner gewesen. Rosie konnte sich daran erinnern, daß er sehr laut redete und sehr schwer zufriedenzustellen war, wenn's ums Essen ging.

»Außerhalb von New York gibt es nichts Vernünftiges zu essen«, hatte er mehrmals betont, sogar dann, wenn er Auroras köstliche Speisen verzehrte, und zwar mit bestem Appetit. Rosie fand diese Art, sich zu benehmen, widerlich. Wenn sie der Boß und nicht nur die Haushälterin gewesen wäre, dann hätte sie ihm ganz bestimmt gesagt, er solle doch damit aufhören, sich einen dritten Nachschlag geben zu lassen, wenn ihm das Essen hier nicht schmeckte. Von ihr aus hätte er jederzeit gerne nach New York zurückgehen können, ihr wäre das nur recht gewesen. Aber sie war nicht der Boß, und die meisten ihrer Kinder waren noch zu Hause, deshalb brauchte sie den Job. Die Beecham-Dinners fanden meist dann statt, wenn Rud – Auroras Ehemann – mal wieder auf seinen geheimnisvollen Fischzügen war – das Geheimnisvolle daran war, daß er nie auch nur einen einzigen Fisch mit nach Hause brachte. Es war völlig klar, daß Aurora jederzeit mit dem alten Sir Thomas ins Bett gehüpft wäre, aber der mußte immer ziemlich bald weiterziehen, und Rosie hatte nie genau erfahren, ob Aurora jemals in der Lage gewesen war, ihn auf »jede nur erdenkliche Weise« zu entschädigen.

»Entschuldige bitte, ob ich was habe?« fragte Aurora.

»Ob du mit dem alten weißhaarigen Furzer geschlafen hast?« wiederholte Rosie. Nachdem Aurora sie schließlich gefragt hatte, ob sie, Rosie, mit Arthur geschlafen habe, glaubte sie es sich herausnehmen zu können, Aurora zu fragen, ob sie mit Sir Thomas Beecham geschlafen habe.

»Da war nichts«, gestand Aurora. »Außer ein bißchen herumfummeln hat sich nichts ergeben.«

»Und das ist es nun, was du machst, wenn du da hinten

mit den ganzen alten Kalendern hockst?« fragte Rosie. »Du versuchst, dich daran zu erinnern, mit wem du herumgefummelt hast und mit wem nicht?«

»Nein, weil ich nämlich in meinem ganzen Leben mit keiner besonders bedeutenden Persönlichkeit herumgefummelt habe, wie du dich auszudrücken beliebst. Als Verführerin von Berühmtheiten habe ich kaum etwas aufzuweisen, im Grunde überhaupt nichts.«

»Darüber würde ich keinen Moment nachgrübeln, das sind ja vermutlich doch nur Blindgänger, wie die meisten Männer«, sagte Rosie.

»Du sagst wahrscheinlich die Wahrheit, du lebenskluge Frau«, sagte Aurora. »Ich hätte aber trotzdem gerne ein einziges Mal eine Berühmtheit ausprobiert, nur um sicherzugehen, und Sir Thomas Beecham hätte ganz hoch oben auf meiner Liste gestanden. Es ist kaum damit zu rechnen, daß mir noch mal jemand dieses Kalibers über den Weg läuft.«

»Ja, aber das kann man nie wissen«, meinte Rosie. »Ich habe ganz sicher nie damit gerechnet, daß mir Arthur Cotton über den Weg läuft, aber er tat es, und nun schau dir die Zwickmühle an, in der ich jetzt sitze.«

Später, als sie in ihrem kleinen Büro saß, mit staubigen Händen von all dem Hantieren und Sortieren der vielen Hundert Konzertprogramme – ihrer eigenen, die ihrer Mutter und ihrer Großmutter –, dachte Aurora darüber nach, ihr Erinnerungsprojekt werde, wenn es schon zu nichts besserem taugte, zumindest aber deutlich machen, wie grundlegend wichtig Musik und Theater im Leben der Frauen ihrer Familie gewesen waren. Die Konzertprogramme reichten fast hundert Jahre zurück, und in den Kartons befand sich noch eine fast gleich große Menge von Theaterzetteln.

Ihr kam der Gedanke, daß, wenn sie sich die Mühe machte, jedes einzelne Konzert in ihren Computer einzugeben, sie dann am Ende genau erfahren würde, wie oft sie, ihre Mutter und ihre Großmutter einer bestimmten Musik gelauscht hatten. Wie oft sie Debussy, wie oft sie Mozart, wie oft sie Haydn gehört hatten. Wenn sie dann das gleiche mit den Theaterzetteln machte, würde sie auch die Theatervorlieben ihrer Vorfahren herausfinden – ob Shakespeare, O'Neill, Ibsen oder Shaw.

Aber es war eine beängstigende Menge von Konzertprogrammen – sie bedeckten den Fußboden, und das träfe auch auf die Theaterzettel zu, wenn sie jemals dazu käme, sie auszupacken. Ihr schien es, als brauche sie einen Assistenten – am besten sogar zwei. Sie dachte an Teddy und Jane – beide besaßen Computer und hatten auch viel Zeit. Sie hatten ihre Jobs bei Seven-Eleven aufgegeben, wo es mittlerweile so gefährlich geworden war, daß man den Kunden dort das Wechselgeld hinter einer Plexiglasscheibe herausgeben mußte.

»Das nimmt einem irgendwie den Spaß an der Sache«, hatte Jane gesagt. Im Moment bezogen sie beide Arbeitslosenunterstützung; sie schienen nichts anders zu tun zu haben, als tote Sprachen zu studieren und ihr brillantes Kind zu verwöhnen. Aurora beschloß, ihnen einen Besuch abzustatten und ihnen eine vorübergehende Beschäftigung an ihrem Erinnerungsprojekt anzubieten. Jane liebte die Musik – sie konnte die Konzertprogramme bearbeiten; und Teddy, der trotz seiner Antidrepressiva immer noch Anzeichen von seelischer Instabilität zeigte, konnte sich mit den Theaterzetteln befassen.

Dann blieben noch acht Regalböden voller Kalender übrig, Tischkalender, weitere Tagebücher und Objekte der Erinnerung – lauter Quellen einer groben Chronologie, aus der Aurora mehr oder weniger eine Tag-für-Tag-Chronik ihres Lebens zu erstellen hoffte. Sie wußte duchaus, daß es sich um eine exzentrische Hoffnung handelte: Immerhin hatte sie fünfundzwanzigtausend oder mehr Tage gelebt, und es konnte ihr durchaus an der Zeit fehlen, diese Jahre und Monate, Wochen und Tage auf der Suche nach ihren Anfängen, an die sie sich nicht mehr erinnern konnte, zu durchforsten.

Die Wahrheit war, daß sie sich an die meisten – eigentlich sogar an fast alle – dieser Tage nicht mehr erinnern konnte, und es war ihr auch klar, daß die Kalender und Tagebücher auf ihren Regalen nicht allzu viele von ihnen mit ihren zahllosen Einzelheiten ans Licht bringen würden. So wie sie selber, hatten auch ihre Mutter und ihre Großmutter nur sehr spärlich Tagebuch geführt. So kurz waren ihre Eintragungen – auch ihre eigenen –, daß ihr Gefühl, wenigstens ab und zu einen Kratzer auf dem Felsgestein der Zeit hinterlassen zu müssen, das merkwürdigste an der ganzen Geschichte war. Doch hatten alle drei ihre Kratzer hinterlassen – sie hatten nur selten einen Tag ausgelassen, obwohl sie meistens nicht einmal einen vollständigen Satz hingekritzelt hatten.

Eine typische Eintragung ihrer Großmutter, Catherine Dodd, lautete etwa: »Boston verlassen«, oder »Nach Hause gekommen, Betten staubig«. Ein Picknick in New England, eines von der Art, die Renoir hätte malen können, bekam von Catherine Dodd lediglich einen knappen Pinselstrich: »Schlechte Muscheln, Charley krank.«

Ihre eigene Mutter, Amelia, war ähnlich knapp in ihren Formulierungen. Eine Eintragung, die gemacht wurde, als Aurora fünf war, lautete: »Aurora spuckte Bob an.« Aurora konnte sich überhaupt nicht daran erinnern, wer Bob eigentlich gewesen war – sie hatte keinen Vetter namens Bob. Obwohl sie die Tagebücher dieses Zeitabschnitts sorgfältig nach weiteren Hinweisen auf einen Bob durchsuchte, fand sie nichts. So sehr sie sich auch bemühte, sie konnte sich nicht daran erinnern, einen kleinen Jungen angespuckt zu haben – obwohl sie, wie sie sofort zugab, dazu durchaus in der Lage gewesen wäre: Tatsächlich erinnerte sie sich ihres häufigen Zorns auf kleine Jungen, als sie etwa sechs Jahre alt war; sie war sehr eifersüchtig, weil die Jungen so sehr viel mehr Freiheit und folglich auch mehr Spaß hatten als kleine Mädchen. Vermutlich hatte sie tatsächlich einen angespuckt – aber worum ging es dabei genau?

Ihre eigenen Tagebücher waren auch nicht besser, wie sie zugeben mußte. Sie war nur selten zu mehr als drei oder vier Worten über irgendeinen Tag in der Lage gewesen, die häufig nicht ausführlicher waren als »Trevor, Hummer« oder »Edward, miserabler Tänzer« oder »Beulah hat den Fisch zerkocht«. Die meisten ihrer Notizen bewiesen ihre kritische Einstellung. Sie hatte immer behauptet, ihre kritische Einstellung sei lediglich ein Nebenprodukt ihres hohen Lebensstandards; aber nachdem sie ein Jahrzehnt oder mehr ihrer Tagebücher durchgesehen hatte, war sie gezwungen zuzugeben, daß ein unparteiischer Richter – beispielsweise ein Biograph – vermutlich zu dem Schluß kommen würde, sie sei wirklich eine Frau mit einer sehr kritischen Einstellung gewesen. Jahr für Jahr waren die drei oder vier Worte, die sie irgendeinem beliebigen Tag zuordnete, Worte der Klage gewesen: zerkochter Fisch, Liebhaber, die nicht tanzen konnten, Polizisten, die ihr Strafzettel verpaßten, Konzerte, bei denen die Holzbläser schwach oder die Solisten einfach schlecht waren.

Wenn sie die Unterlagen, die sie hinterlassen hatte, insgesamt betrachtete, dann fand sie sie derartig ernüchternd, daß sie sich gelegentlich fragte, warum sie jemals den Wunsch verspürt hatte, sich an ihr früheres Leben zu erinnern. Sie war immer der Meinung gewesen, sie habe meist ein glückliches, ja sogar überschwengliches Leben geführt, und doch hatte nichts von ihrem *Esprit* und ihrer Einschätzung der Wechselfälle des menschlichen Lebens seinen Niederschlag in ihren Notizen gefunden.

Das ließ ihr Vorhaben noch exzentrischer erscheinen: Warum sollte sie Monate oder vielleicht Jahre darauf verschwenden, sich ihres Lebens zu erinnern, wenn dieses nur aus Leuten bestanden hatte, die nicht tanzen konnten oder nicht wußten, wie man Fisch kocht, oder aus Holzbläsern, die ihr Geld nicht wert gewesen waren?

Des Nachdenkens müde, öffnete Aurora eine Schublade, in der sie Jerrys kurzen Brief und ihr einziges Foto von ihm aufbewahrte, einen Schnappschuß, den sie selber gemacht hatte, als er im Bademantel auf seiner hinteren Treppe saß und wie ein großes, schläfriges und leicht mürrisches Kind dreinschaute.

Dieses kleine Bild und der Brief sagten mehr über ihr Leben aus – oder berührten sie jedenfalls mehr – als all die Erinnerungsstücke, die sie da ausgepackt und hin und her gerückt hatte.

Das Bild und der Brief gaben ihr das Gefühl, es sei insgesamt gesehen doch nicht so falsch gewesen, hinter Jerry hergewesen zu sein. Er war zwar ein merkwürdiger Mann, aber gewiß auch ein netter Mann gewesen. Noch besser war, daß es nicht so planlos gewesen war – jedenfalls nicht von ihrer Seite aus –, wo doch so viele ihrer vorherigen Liebschaften wirklich planlos verlaufen waren, was sie auch erwartet hätte, wenn Pascal oder einer der Petrakis-Brüder an Jerrys Stelle gewesen wäre.

Wenigstens war ihre letzte wirkliche Liebe nicht planlos gewesen. Sie hatte das Gefühl, einer der Gründe für Jerry Bruckners Traurigkeit sei gewesen, daß alle seine Liebesaffären in gewisser Weise planlos verlaufen waren. Vermutlich war er einer jener passiven Männer, die jede Frau, und jede zu ihrer Zeit, so akzeptierten, wie sie das Wetter akzeptieren konnten.

Und dann, urplötzlich, während sie noch an Jerry dachte – wie tröstlich es für sie doch war, daß er daran gedacht hatte, ihr die paar Zeilen zu schreiben –, erinnerte sie sich an Hector Scott und den sinnlosen Streit, den sie hatten, kurz bevor er im Pig-Stand umkippte. Mit der Erinnerung kam ein Sturzbach von Tränen – es schien im Leben nichts Beständiges zu geben, wirklich gar nichts. Sich wegen Jerry besser zu fühlen führte nur dazu, daß sie sich wegen ihres alten Soldaten schlechter fühlte, der immerhin viele Jahre loyal an ihrer Seite gekämpft hatte.

»Ich fühle mich besser wegen Jerry, hab' mir aber die Augen aus dem Kopf geheult, als ich an Hector dachte«, sagte sie zu Rosie, als sie wieder in der Küche saß und Tee trank.

»Der General ist tot, es hat keinen Zweck, sich wegen ihm schlecht zu fühlen, außerdem hatte er auch mit sich selber ja nur wenig Mitleid«, sagte Rosie. »Warum hilfst du mir nicht bei meinen Problemen, anstatt dich wegen alter und dahingegangener Liebhaber zu grämen?«

»*So gut* fühle ich mich nun auch wieder nicht«, antwortete Aurora.

»Wünschst du dir jetzt, du hättest es lieber nicht getan?« fragte Rosie – sie war immer schon neugierig gewesen, wie Aurora es wohl rechtfertigen würde, daß sie mit Jerry geschlafen hatte.

»Nein, ich bin stolz darauf, daß ich es getan habe«, antwortete Aurora. »Es verlangte Mut von mir, und ich glaube nicht, daß ich sehr viele Dinge in meinem Leben getan habe, die wirklich Mut verlangten.«

Sie rührte mit dem Finger in ihrem Tee herum und leckte ihn ab – ein nur wenig damenhaftes Benehmen, das sie sich neuerdings zugelegt hatte.

»Eine Zeitlang habe ich mir tatsächlich gewünscht, ich hätte es nicht getan, denn es tat so weh«, gestand sie. »Aber jetzt bin ich froh, daß ich es getan habe, auch wenn es immer noch weh tut.«

»Ja, aber die große Frage ist doch – werde ich glücklich sein, wenn ich Arthur Cotton heirate?« sagte Rosie. »Oder werde ich mir, falls ich ihn heirate, für den Rest meines Lebens wünschen, ich hätte es nicht getan?«

»Wenn Willie doch nur mal angerufen hätte, nur ein einziges Mal, dann wäre es nie soweit gekommen – jedenfalls glaube ich nicht, daß es soweit gekommen wäre«, fügte sie hinzu.

»Denkst du wirklich immer noch so viel an Willie wie früher?« fragte Aurora.

»Jede Nacht – wirklich jede Nacht, ob ich bei Arthur bin oder nicht«, gestand Rosie. »Ich liebte Willie, nur habe ich es nicht gemerkt, bis es zu spät war.«

»Ich bezweifle, daß ihm klar war, wie tief das bei dir ging«, bemerkte Aurora. »Willie war nicht besonders feinfühlig.«

»Er war schlimmer als das, er war schlicht und einfach strohdumm«, sagte Rosie. »Aber das macht nichts. Irgendwas an Willie berührte mich ... verstehst du, was ich meine?«

Aurora dachte an den jungenhaften Jerry Bruckner, wie er da im Bademantel auf seiner Hintertreppe saß.

»Ja, Liebes, ich weiß, was du meinst«, sagte sie.

19.

Tommys persönliche Überlebensregel für das Gefängnisleben war es, niemals eine Meinung zu äußern – keine Meinung zu keinem Thema. Das Gefängnis war wie ein See aus Kerosin, von dessen Oberfläche unablässig Schwaden aus Zorn und Haß hochloderten. Eine Äußerung, die irgendeiner in den falschen Hals bekam, die irgend jemandes Neid anstachelte oder irgend jemandes Vorurteil anheizte, konnte diese Schwaden entzünden und einen in Flammen einhüllen.

Tommy war sich im klaren darüber, daß er seinen Hochmut nicht ganz unter Kontrolle hatte. Bestimmte Grade von Widerwärtigkeit oder Borniertheit verleiteten ihn von Zeit zu Zeit zu Sarkasmus oder mindestens zu kalter Zurückweisung. Außerdem war er – auch wenn er selbst keinen besonderen Wert darauf legte – ein Mensch und konnte sich nicht ständig selbst davon abhalten, eine Meinung zu äußern, wie er auch seine vollkommene Verachtung für Mickey Cleburne, den neuen Anhänger seines Zellengenossen Wilbur, nicht verbergen konnte.

Mickey war in Tommys Augen der tpyische Vertreter des Südstaaten-Kettensägen-Massaker-Monsters – wobei der Ausdruck »Monster« in diesem Zusammenhang speziell für Mickey hätte erfunden werden müssen, darin waren Tommy und Wilbur sich einig. Mickey war so sehr jenseits des üblichen Stiernackenverhaltens oder sogar der Stiernackenmeinungen, daß diese Bezeichnung nicht völlig auf ihn zutraf. Er war viel eher eine weiße Müllratte, Format Extragroß. Von seiner Körpergröße abgesehen war er auch schmierig, hatte einen stinkenden Atem und üble Akne und die Angewohnheit, wie ein Verrückter seine Fingerknöchel knacken zu lassen, von denen alle zehn mit der Südstaatenflagge tätowiert waren.

Mickey Cleburne haßte fast alles und jeden. Tommy haßte er von Anfang an, weil Tommy gebildet war, aber auch wenn er keine Bildung besessen hätte, hätte Mickey ihn gehaßt, weil er, Tommy, aus der Stadt stammte. Mickey haßte alle Leute, die aus der Stadt kamen, und war selbst bei Leuten aus Kleinstädten kein bißchen tolerant. Das einzig Gute an Kleinstädten – aus seiner Sicht – war, daß es dort diese rund um die Uhr geöffneten Läden gab. Mickey liebte es, solche Läden auszurauben; außerdem liebte er es, den entsetzten Angestellten eine oder zwei Minuten lang seine Schrotflinte unters Kinn zu halten, nur um sie vor Angst schlottern zu sehen, bevor er sich wieder in die großen Pinienwälder und die Sicherheit der Sümpfe zurückzog, wo er Alligatoren und Waschbären jagte. Bevor er das Vergnügen kennenlernte, Kleinstadt-Geschäfte zu überfallen, hatte er sich seinen Lebensunterhalt mit dem Einfangen von Giftschlangen verdient – er griff sich fünfzig oder sechzig Mokassinklapperschlangen oder Sumpfvipern aus seinen Fallen heraus, kippte sie in ein Faß, das auf seinem Kombi installiert war, und verkaufte sie an ein Laboratorium in Lufkin, Texas.

Die Tätowierungen der Südstaatenflagge auf seinen Fingerknöcheln hatte er sich auf einem Trip nach Texarkana geholt – sie hatten noch ein bißchen geblutet, als Mickey durchdrehte, Amok lief und fünf Personen in einem einzigen Seven-Eleven-Laden niederschoß, und zwar bloß, weil die junge Frau, die an diesem Abend hinter der Kasse stand, nach seinem Führerschein fragte, als er mit einem Sechserpack Bier abmarschierte. Keiner von den fünf Leuten starb, und Mickey Cleburne fand sich schon bald an einem Ort wieder, der voll von Leuten war, die er am meisten haßte – Schwarze und Braune standen ganz oben auf seiner Liste. An einem solchen Ort ist es nicht unbedingt von Vorteil, zehn

Südstaatenflaggen auf den Händen tätowiert zu haben, doch Mickey machte sich keine Mühe, sie zu verbergen. Was ihn am meisten mit Stolz erfüllt hätte, wäre gewesen, für den Süden zu sterben. Mickey konnte lediglich ein paar Worte lesen, aber er konnte zuhören, und als Kampflied suchte er sich Hank Williams' »The South Shall Rise Again« aus.

Mickey Cleburne glaubte an jedes einzelne Wort in diesem Lied und war bereit, dafür zu kämpfen. Daß er Wilburs Anhänger geworden war, wobei er die Tatsache übersah, daß Wilbur aus einer Stadt stammte und außerdem noch Bildung hatte, lag einzig daran, daß auch Wilbur den Süden liebte und seine ruhmreiche Geschichte kannte. Wilbur war ein Bürgerkriegsspezialist und hatte früher Orden und Ehrenzeichen gesammelt. Ihm gefiel der Gedanke, in diesem Gefängnis die führende Autorität beim Thema »Schlachten des Bürgerkriegs« zu sein, und er verbrachte Stunden damit, Mickey die ruhmreichen Kriegstaten all dieser tapferen Bürgerkriegshelden wie Forrest und Beauregard, Mosby und Stonewall-Jackson zu schildern. Tommy, der mit einem etwas kritischeren Ohr als Mickey zuhörte, hatte den Verdacht, daß Wilbur sich das meiste davon bloß ausdachte, doch er behielt seine Vermutungen für sich und gab sich Mühe, Mickey nicht anzuschauen, wenn Wilbur seine Bürgerkriegsshow abzog. Er wußte, daß Mickey ihn haßte. In Mickeys blutunterlaufenen Augen loderte der Haß der Ausgestoßenen – der verächtlich betrachteten südlichen Sumpfbewohner, die man noch stärker als die Schwarzen verachtete in den kleinen Nestern unten im Süden.

Tommy hatte nicht das Bedürfnis, Mickeys Haß allzu genau zu analysieren. Er hatte einmal gehört, daß ein tollwütiger Hund einen nicht angreifen würde, wenn man keinen Augenkontakt mit ihm suchte, und dieses Prinzip übertrug er auch auf Mickey. Er schaute ihm niemals in die Augen. Wenn Mickey Wilbur unbedingt verehren wollte, weil der ihm von Bürgerkriegsschlachten die Ohren vollaberte, dann war das in Ordnung. Tommy wollte nur verhindern, das Streichholz zu entflammen, das die Kerosindämpfe des Hasses in Mickey zur Explosion bringen würde.

Aber einmal machte Tommy einen Fehler. Eines Tages sprach Mickey beim Hofausgang über seinen Traum – er hatte nur einen einzigen, den Tommy und Wilbur schon sehr oft gehört hatten. Er handelte von Mickeys Flucht aus dem Gefängnis, wie er sich durch die Wälder bis Idaho durchschlug und ein einfacher Soldat in der »Armee der Arischen Nation« wurde.

»Das ist edelmütig«, sagte Wilbur. »Du hast bestimmt das Zeug dazu, Mick. Aber da gibt es ein Problem mit deinem Plan.«

»Welches?« fragte Mickey.

»Du bist längst aus den Wäldern heraus, lange bevor du nach Idaho kommst«, sagte Wilbur. »Stimmt's, Tommy?«

»Ja, das stimmt«, sagte Tommy.

»Jede Menge weites, offenes Land im Westen«, fuhr Wilbur fort. »Aber vielleicht kannst du ja per Anhalter reisen. Wenn du den richtigen Trucker erwischst, nimmt der dich vielleicht die ganze Strecke mit. Manche Trucker haben viel Sympathie für die ›Arische Nation‹.«

Mickey dachte darüber nach. Er war noch nie über den Osten von Texas hinausgekommen – eine Welt ohne Bäume war jenseits seiner Vorstellungskraft. Aber wenn er durch eine baumlose Welt hindurch mußte, um sich der »Armee der Arischen Nation« anzuschließen und dem Süden zu helfen, wieder groß zu werden, dann würde er das tun.

»Ich könnte eine Karre klauen«, sagte er. Er wußte, daß er zum Trampen keine Lust hatte. Das hatte er mehrfach versucht, wenn seine alten Karren unter ihm zusammengebrochen waren, aber es hatte nicht funktioniert. Die Leute ignorierten ihn einfach. Einmal waren sogar zwei von seinen Brüdern einfach an ihm vorbeigefahren, ohne ihn auch nur zu sehen. Wenn er versuchte, zur »Arischen Nation« zu trampen, konnte es sein, daß er nie dort ankam. Deshalb war sein neuer Plan, jemandem die Karre aus der

Einfahrt zu klauen und die ganze Nacht durchzufahren, bis er in Idaho war.

»Vielleicht wollen sie dich als Soldaten für ein Selbstmordkommando haben«, sagte Wilbur und schaute Mickey an. Er wollte Big Micks Hingabe an den Süden testen – das einzige, für das Mickey so etwas wie Treue empfand.

»Ich hab' noch nie gehört, daß die ›Arische Nation‹ Selbstmordkommandos hat«, meinte Tommy. Eigentlich wollte er sich gar nicht in das Gespräch einmischen, aber Mickey Cleburne starrte ihn sowieso schon finster an, und Tommy dachte, es sei vielleicht unklug, sich allzu auffällig aus dem Gespräch rauszuhalten.

»Nein, aber sie bräuchten ein paar«, sagte Wilbur. »Sie könnten Mick mit ein bißchen Plastiksprengstoff verdrahten, und dann könnte er wahrscheinlich das ganze Oberste Bundesgericht in die Luft jagen, wenn er es versucht. Der Oberste Bundesgerichtshof war es, der den Süden vernichtet hat, als er anfing, Nigger in Schulen für Weiße gehen zu lassen«, dozierte Wilbur. Er verpaßte Mickey des öfteren kurze Unterrichtsstunden in Staatsbürgerkunde und erklärte ihm, welche Institutionen und Behörden am meisten zum Niedergang des Südens beigetragen hatten.

Mickey hatte eigentlich nicht daran gedacht, sich selbst in die Luft zu jagen, um den Obersten Bundesgerichtshof auszuradieren – er hatte vor allem vor, ein bißchen rumzuballern. Er hoffte, ein paar Schwarze umlegen zu können oder, wenn das nicht klappte, wenigstens ein paar Schlitzaugen oder Mexikaner. Erst vor ein paar Tagen war ein Mann irgendwo in einer Stadt in Kalifornien durchgeknallt und hatte mit seiner Maschinenpistole in einen Schulhof voller Kinder geballert, wobei mehrere starben. Die meisten toten Kinder waren Asiaten gewesen, was Mickey auf den Gedanken brachte, die »Arische Nation« stecke vielleicht hinter dem Massaker.

Einige Mithäftlinge hatten ihm erzählt, in Kalifornien wären die Schlitzaugen so häufig wie die Nigger im Süden – vielleicht hatte die »Arische Nation« ein paar Schlitzaugenkinder abknallen lassen, um denen eine letzte Warnung zu erteilen, daß sie jetzt entweder aus Amerika rausmußten oder alle abgeknallt würden.

»Ich will erst mal 'n Haufen Nigger abknallen«, sagte Mikkey, der sich sein Leben nach dem Gefängnis ausmalte. »Aufknüpfen is' für die genau richtig – das wasse verdien'. Ich möcht' je'n Nigger innen ganzer Welt sehn, wie 'r an 'nem Baum hängt, bis ihm die Zunge aus'm Hals hängt.«

»Mann, das ist vielleicht 'ne Vorstellung«, sagte Wilbur. »Und nach den Niggern, wen willste dann abknallen? Mexikaner oder Schlitzaugen?«

»Gottverdammte gelbe Schlitzaugen«, sagte Mickey. Er hatte in seinem Leben nur sehr wenige Asiaten zu Gesicht bekommen, aber im Fernsehen kamen sie ihm genauso schlimm vor wie die Nigger.

»Du solltest aber vorsichtig sein, wenn du dich an die Asiaten ranmachst«, sagte Tommy.

Mickey starrte ihn nur an.

»Wieso das?« wollte Wilbur wissen.

»Weil die raffinierter sind als wir, das ist der Grund«, antwortete Tommy.

Im selben Moment wußte er, daß er das besser nicht gesagt hätte, aber er hatte sich zu sehr über Wilbur geärgert, um den Mund halten zu können. Wilbur schätzte es, Mickey als seinen »Schüler« anzusehen; es gefiel ihm, ihn mit seinen Bürgerkriegsgeschichten zu verblüffen und ihm zu helfen, seine Phantasien über das Töten zu entwickeln, die er ausführen würde, sobald er erst mal ein einfacher Soldat in der »Arischen Nation« geworden war. Auf Wilburs Seite war das alles nur ein Spaß – und Tommy konnte es nicht lassen, dem Ganzen einen Dämpfer von der Seite zu verpassen.

»Wer hat das Kung-Fu erfunden? Wir jedenfalls nicht«, fügte er als Argument hinzu. »Ein einziger guter Ninja-Fighter könnte die Hälfte all der harten Jungs in diesem Gefängnis hier fertigmachen und sämtliche Wärter noch dazu.«

»Oh, die Wärter sicher«, stimmte Wilbur zu. »Mickey

könnte vermutlich die Wärter selber erledigen – der braucht dafür keinen Ninja-Fighter.«

»Warum stachelst du ihn eigentlich so auf?« fragte Tommy Wilbur, als sie abends in ihrer Zelle allein waren. »Der kommt doch nie bis Idaho. Dafür ist der doch viel zu doof. Ich glaube nicht mal, daß die ›Arische Nation‹ ihn überhaupt haben will.«

»Er ist groß, dumm und häßlich, das stimmt schon«, antwortete Wilbur. »Aber du hättest das nicht sagen sollen über die Asiaten, die raffinierter sind als wir. Mickey gefällt der Gedanke nicht, daß so ein gelbes Schlitzauge besser sein könnte als ein weißer Amerikaner aus dem Süden.«

»Das ist Pech«, sagte Tommy. »Asiaten sind nun mal besser als wir. Schau dir nur die Statistiken an.«

Wilbur sah ihn bloß an und grinste. »Statistiken gehen Mickey links am Arsch vorbei.«

Tommy sah ein, daß er tatsächlich unvorsichtig gewesen war. Mickey Cleburne fing an, ihn zu beobachten, sagte aber nichts, sondern sah ihn nur an, wenn sie beim Hofgang oder im Speisesaal waren. Seine Verehrung für Wilbur ließ nicht nach, er war bei ihm, wenn sie Sport machten, aß gleichzeitig mit ihm und hörte ihm schweigend zu, wenn Wilbur seine Geschichten über die großartige Südstaatenkavallerie und tollen Siege der Südstaatenarmee erzählte.

Es gab eine Zeit, da hoffte Tommy, Mickey lasse sich vielleicht von einer anderen, interessanteren Zielperson, als er es war, von ihm ablenken. Wilbur war gerade mitten in seinem Geschwätz über den Aufstieg des Südens, als Dog, der Schwarze in der nächsten Zelle, der Wilbur nicht ausstehen konnte, zufällig vorbeikam und Wilbur eine leichte Kopfnuß mit seinem Fingerknöchel verpaßte – genau so, wie ein erfahrener Pflanzer eine Wassermelone prüft, ob sie schon reif ist.

»Red du nur deine ganze Scheiße, wenn du willst, Mutterficker«, sagte Dog. »Der Süden wird tatsächlich wieder groß werden, aber du bist nicht dabei, denn all ihr weißen Scheißkerle seid dann längst hinüber. Diesmal wird's ein *schwarzer* Süden sein, der groß wird.«

Er ging weiter. Wilbur war so erschrocken, daß er am ganzen Körper zitterte. Er war zwar arrogant, wenn er unter Weißen war – aber er war nicht arrogant genug, um keine Angst zu haben –, er wußte, daß er einen Feind hatte, und zwar gleich nebenan.

»Den Hurensohn sollte man aufknüpfen, bis ihm seine gottverdammte schwarze Zunge aus dem Maul hängt«, sagte Mickey.

Weder Wilbur noch Tommy gaben eine Antwort.

Ein paar Tage lang beobachtete Tommy Mickey, um zu sehen, ob er irgendwie vorhatte, Dog umzubringen. Er war sich sicher, daß Mickey es versuchen würde. Schließlich hatte Dog sein Idol beschimpft, den Hohenpriester seiner Religion. Mickey liebte noch einen anderen Song von Hank Williams jr.: »A Country Boy Can Survive.« Das handelte von den großen Fähigkeiten und dem Einfallsreichtum der Burschen vom Lande – die konnten Wild abhäuten, Angelschnüre auslegen und sich gegen Lackaffen aus der Stadt, die Springmesser hatten, verteidigen. Tommy dachte, Mikkey würde vielleicht seine Landburschenfähigkeiten unter Beweis stellen wollen, indem er versuchte, Dog umzubringen, aber da irrte er sich. Mickey ließ Dog absolut in Ruhe und fuhr statt dessen fort, Tommy mit seinen blassen, wäßrigen Sumpfaugen anzustarren.

»Ich wünschte, du würdest mal deine Bulldogge zurückpfeifen«, sagte Tommy eines Abends zu Wilbur. »Diese ewige Anstarrerei geht mir langsam auf die Nerven.«

»Nun, warum redest du nicht mal selber mit ihm?« fragte Wilbur.

»Weil das alles nur noch schlimmer macht«, antwortete Tommy. »Der hört nur auf dich – auf den Großmeister des Südens.«

Wilbur setzte sein selbstgefälliges Lächeln auf. »Das gefällt mir«, sagte er. »Großmeister des Südens. Geht leicht über die Lippen. Vielleicht trete ich beim Ku-Klux-Klan ein, wenn ich hier raus bin. Ich wette, ich würde schnell aufsteigen.«

»Würdest du ganz bestimmt«, sagte Tommy. »Fang schon mal an zu üben, indem du deinem Jungen sagst, er soll seine blöden Blicke bei sich behalten.«

»Warum sagst du ihm nicht, du hättest gar nicht im Ernst gemeint, die Schlitzaugen wären raffinierter als wir?« fragte Wilbur. »Sag ihm, du hättest nur Spaß gemacht. Vielleicht glaubt er dir das ja.«

»Sie sind aber wirklich besser als wir«, sagte Tommy.

»Dann bin ich froh zu sehen, daß du bereit bist, für deine Überzeugungen zu sterben«, sagte Wilbur gähnend.

Tommy beschloß, in den kommenden Tagen zum Gegenangriff überzugehen, zumindest beim Blickkontakt. Anstatt Mickeys Augen auszuweichen, begann er, Mickey anzustarren, bevor der ihn anstarrte. Wenn sie Blickkontakt hatten, starrte Tommy ihm fest in die Augen, bis Mickey schließlich den Kopf zur Seite drehte und wegging.

Danach fühlte Tommy sich etwas besser. Er wußte, daß Mickey ihn immer noch haßte, glaubte aber, daß er sich jetzt ein bißchen mehr zurückhalten würde. Mickey verbrachte jetzt nicht mehr soviel Zeit bei Wilbur. Er sprach auch nicht mehr über seinen Plan, der »Arischen Nation« beizutreten. Er war immer noch eine Bedrohung, aber zum Glück nur noch eine mäßige. Tommy wußte, daß er beim Zusammentreffen zu mehreren daran denken mußte, Mickey im Auge zu behalten – ihn immer vor sich zu haben. Solange Mickey sich vor ihm befand, war Tommy zuversichtlich, mit ihm fertig zu werden, falls Mickey ihn angreifen sollte. Er fing sogar an, sich mit Sport auf eine solche Situation vorzubereiten. In der High-School hatte er zeitweise eine Vorliebe für Kampftechniken gehabt; er verlor jedoch das Interesse, bevor er es zum schwarzen Gürtel brachte, hatte jedoch immerhin einen gelben Gürtel geschafft. Er fing an, in seiner Zelle Judoübungen zu machen.

Wilbur machte keine Übungen. Er war bereits außer

Atem, wenn er zweimal einen Basketball geworfen hatte. Als Tommy seine Übungen machte, beobachtete ihn Wilbur von seiner Koje aus. Er wirkte gelangweilt.

»Schlitzaugentraining hilft dir auch nicht, wenn Big Mikkey kommt«, sagte er.

»Das ist deine Meinung«, antwortete Tommy. »Vielleicht rettet mich das. Nur weil dein fetter Jünger weiß, wie man Angelschnüre legt, heißt das noch lange nicht, daß er sich einfach ranschleichen und mich strangulieren kann.«

»Du hast zuviel Vertrauen in die Statistiken, Arschloch«, sagte Wilbur.

Tommy machte weiter mit seinen Übungen. Eine Zeitlang hatte er das Gefängnisleben akzeptiert und mochte es sogar. Es war ein Ort, wo er sich zurückziehen konnte, wo er unsichtbar war und sich in Ruhe seine Gedanken machen konnte. Mit den Unbequemlichkeiten und der Reglementierung zurechtzukommen, verlangte Disziplin, aber das war etwas, was er durchaus schätzte.

Was ihm jedoch immer mehr zu schaffen machte, waren seine Mitinsassen. Er war es satt, sich mit verwöhnten Typen wie Wilbur oder gefährlichen Brutalos wie Mickey Cleburne auseinanderzusetzen – und Mickey war durchaus nicht der einzige gefährliche Brutalo in diesem Knast.

Ab und zu kam Tommy der Gedanke, hier rauszukommen. Das würde allerdings nicht so bald sein – er mußte noch fast zwei Jahre warten, bis eine Entlassung auf Bewährung geprüft werden konnte –, aber das war wenigstens keine hoffnungslos lange Zeitspanne. Die Zeit verging hier schnell. Eines Tages hatte er zufällig einem der Gefängniswärter geholfen, einen Computer zum Laufen zu bringen. Tommy war früher ein geschickter Hacker gewesen – doch er hatte sich nicht mit genügend Energie drangehalten; dennoch zeigte sich jetzt, daß er mehr von Computern verstand als sonst jemand im ganzen Gefängnis. In der letzten Zeit war er im Durchschnitt einmal pro Woche gebeten worden, irgendein Programm zu entwirren oder einen anderen Computer zum Laufen zu bringen. Wenn sie Tommy heranzogen, war das für sie einfacher, als einen Computerfachmann den ganzen Weg von Houston hierherkommen zu lassen – und Tommy war sowieso schneller als die meisten Computerreparaturleute. Es gefiel ihm, wenn die Gefängnistypen zu ihm kamen und ihn um Hilfe bei irgendeinem Problem baten. Es war gut, wieder mit Computern zu arbeiten. Teddy sagte er nicht, was er hier machte, doch dachte er darüber nach, ob er und Teddy nicht irgendwas mit Computern gemeinsam machen sollten, sobald er hier rauskam. Sie könnten Computerspiele erfinden oder so etwas und vielleicht sogar einen kleinen Laden aufmachen.

Als Tommy über seine Zukunft nach der Gefängniszeit zu phantasieren begann, ließ seine Aufmerksamkeit ein bißchen nach. Mehr als einmal spürte er eine Panikreaktion, wenn er draußen auf dem Sportplatz war und merkte, daß er Mickey nicht mehr im Blick hatte. Das passierte ihm auch im Speisesaal. Tommy wußte, daß er seine Gedanken zusammenhalten mußte und nicht einfach herumschweifen lassen konnte; all seine Disziplin und sein ganzes Training hatten nur das eine Ziel, ihn ständig aufmerksam sein zu lassen. Auch wenn er während einer ganzen Woche nur ein einziges Mal für fünf Minuten geistig abwesend war, war das nicht in Ordnung. Er befand sich im Gefängnis, er hatte einen Feind, und er mußte sich dieser einen Tatsache immer bewußt sein. Nachts, wenn er hinter Schloß und Riegel vor Mickey in Sicherheit war, konnte er sein neugewonnenes Interesse an einer Zukunft ein wenig schweifen lassen.

Einen kurzen Moment, vielleicht nur ein oder zwei Sekunden bevor der Schmerz kam und ihm einen Schrei herauspreßte, spürte Tommy, daß er wieder einmal nicht bei der Sache gewesen war. Er war auf dem Sportplatz und dribbelte mit einem Basketball herum – sie hatten gerade ein kurzes Spiel gemacht. Trotz seiner geringen Körpergröße war er kein schlechter Basketballspieler – er beherrschte einen Drehhochsprung, der sehr wirkungsvoll war. Gerade als er hochspringen wollte und sich dabei in der Luft seitwärts drehte, um zu werfen, da bemerkte er, daß die Burschen in seiner Nähe alle wegschauten. Die Leute waren plötzlich nicht mehr so dicht bei ihm wie zuvor, was er nicht schnell genug gemerkt hatte. Gerade war er noch mitten in einer Menschengruppe gewesen, und jetzt plötzlich nicht mehr. Die anderen waren zwar noch da, aber nicht mehr so nah – sie hielten eine gewisse Distanz und schauten alle irgendwo anders hin. Es hatte sich zuviel freier Raum um ihn herum gebildet.

Tommy versuchte blitzschnell, Mickey auszumachen, doch bevor er noch den Kopf drehen konnte, um den Sportplatz zu überblicken, stach dieser Schmerz, und er fing an zu schreien. Es war ein brennender Schmerz, als ob man mit einer langen glühenden Nadel in sein Rückgrat stieß, immer stieß und stieß. Er fiel zu Boden und versuchte wegzukommen. Im Fallen versuchte er, sich an dem Basketball festzuhalten, aber der rollte ihm weg. Dann drehte er sich um, um dem Schmerz zu entkommen, und sah Mickey Cleburne, der auf ihn herabschaute.

»Der alte Gator hat 'nen scharfen Zahn«, sagte er und ging weg.

Sogar als er da in seinem Schmerz am Boden lag und der erste Wärter sich ihm vorsichtig näherte, spürte Tommy vor allem ein Gefühl der Überraschung.

Was ihn so überraschte, war, daß der Sumpfbewohner Mickey Cleburne etwas so gut ausdrücken konnte.

20.

Aurora und Rosie waren seit fast neun Stunden im Gefängniskrankenhaus, liefen auf und ab und setzten sich wieder, als endlich die Nachricht kam, Tommy werde es überleben. Es war ihnen nicht gelungen, Teddy und Jane zu erreichen: Später stellte sich heraus, daß die beiden genau an diesem Tag mit Bump an den Strand gefahren waren. Rosies Hochzeit – sie hatte schließlich in den sauren Apfel gebissen und

Arthur Cotton geheiratet – sollte am kommenden Tag stattfinden. Es gab noch tausend Dinge zu tun, aber Rosie wollte kein Wort davon hören, daß Aurora allein zum Gefängnis fahren wollte.

»Das ist Emmas Junge, der da liegt«, sagte sie. »Für mich ist er wie mein eigenes Kind.«

Mickey Cleburne hatte Tommy mit einem zehn Zentimeter langen Stück Draht gestochen, das er irgendwo gefunden hatte, wahrscheinlich erst am Tag der Tat. Er hatte eine Schlaufe in den Draht gebogen, um seine Finger reinzustekken, und immer noch genug Draht übrig, um einen wirkungsvollen Fleischspieß daraus zu machen. Er stach bei Tommy sechsmal zu. Ein Lungenflügel und eine Niere waren durchstoßen und die Milz verletzt.

Als die beiden Frauen das Gefängnis verließen und in die schwüle Nacht hinausgingen, verspürten sie beide Erleichterung – geradezu eine Beschwingtheit. Sie hatten für einen Moment an Tommys Bett im Gefängniskrankenhaus stehen dürfen, und er hatte sie angelächelt. Es war nur ein kurzes, schwaches Lächeln gewesen, aber ihnen war es vorgekommen, als ginge die Sonne auf. Sie hatten beide Angst gehabt, Tommy würde sie – falls er sie überhaupt anschaute – feindselig oder desinteressiert ansehen, wie er es schon so oft vorher getan hatte.

Aber Tommy war überhaupt nicht feindselig gewesen – er hatte versucht, sie anzulächeln. Rosie war so tief bewegt, daß ihr ganz schwindelig wurde. Aurora hatte die Fahrt zum Krankenhaus übernommen, und Rosies Absicht war es, die Rückfahrt zu übernehmen, aber ihre Schwäche machte ihr einen Strich durch die Rechnung.

»Du mußt auch noch die Rückfahrt übernehmen, Liebes«, sagte sie zu Aurora. »Wenn ich jetzt auf den Highway rausfahre, werde ich vielleicht ohnmächtig.«

»Ich kann mich nicht erinnern, Tommy jemals so freundlich gesehen zu haben«, sagte Aurora. »Trotzdem meine ich, wir sollten uns deshalb keine allzu großen Hoffnungen machen. Er war mit Beruhigungsmitteln vollgepumpt. Wenn wir das nächstemal kommen, ist er vielleicht wieder ganz der alte.«

»Es schadet aber nicht, sich ein wenig Hoffnung zu machen«, sagte Rosie. Die Schnellstraße nach Süden durch die Pinienwälder war fast völlig leer, obwohl ab und zu ein oder zwei Trucks zügig an ihnen vorbeifuhren.

»Ich habe immer versucht, mir Hoffnungen zu machen«, sagte Aurora, die sich ziemlich erschöpft fühlte. »Während der Jahre habe ich bestimmt viel mehr Hoffnungen gehabt als du. Trotzdem habe ich viele Niederlagen erlitten, vor allem durch die Kinder.«

»Kinder leben nur für ihre eigenen Hoffnungen«, meinte Rosie. »Keines meiner Kinder hat sich je darum gekümmert, was ich mir erhofft habe. Du denkst, daß diese Ehe, die ich vor mir habe, ein großer Fehler ist, oder?«

Aurora war gerade dabei, an einem kleinen Pick-up vorbeizuziehen. Der Pick-up war bisher ziemlich langsam gefahren, aber jetzt, da Aurora sich gerade anschickte, ihn zu überholen, schien er seine Geschwindigkeit zu erhöhen. Der Cadillac schaffte es, mit ihm auf gleiche Höhe zu kommen, aber das war auch schon alles, was herauszuholen war. Alle Bemühungen vorbeizuschieben, waren vergeblich, doch sie wollte nicht aufgeben und wieder zurückfallen. Sie ärgerte sich über den Pick-up; außerdem war sie sicher, daß sich irgendwo hinter ihr die Riesentrucks stauten, alle kurz davor, sie anzuhupen, wenn sie nicht von der Überholspur verschwand. Insgesamt war das keine Situation, in der sie sich schon wieder auf eine Diskussion über Rosies Chancen, ihr Glück auf der anderen Straßenseite als Frau von Arthur Cotton zu finden, einlassen wollte.

»Rosie, ich überhole gerade ein Auto, genauer gesagt einen Pick-up«, sagte sie. »Ich habe dir schon hundertmal gesagt, daß ich nicht zu dieser Heirat Stellung nehme. Ich kenne Arthur Cotton kaum. Ich habe gehört, daß er ein rechtschaffener Mann sein soll – nach allem, was ich weiß, kann er dich sehr glücklich machen. Was soll ich denn sonst noch dazu sagen?«

Rosie seufzte. »Ich habe von dieser Rechtschaffenheit bisher noch nicht viel mitbekommen, falls damit das gemeint ist, was ich glaube, was damit gemeint ist«, sagte sie. »Ich wünschte mir nur, ich wüßte, ob ich alles richtig mache. Es ist einfach nicht in Ordnung, daß du mir nicht sagst, was du wirklich darüber denkst – aber du sagst es mir einfach nicht. Nicht, was du *wirklich* denkst.«

»Weißt du was?« antwortete Aurora. »Ich habe das *wirkliche* Nachdenken schon vor mehreren Monaten aufgegeben. Ich bin alt geworden oder so – ich weiß es nicht. Aber du brauchst mich erst gar nicht nach meinem wirklichen Denken zu fragen, weil ich das nicht mehr kann. Wenn ich es versuche, bekomme ich entweder Kopfschmerzen, oder meine Gedanken schwirren ziellos umher. Die halbe Zeit, die wir in diesem Wartesaal verbracht haben, habe ich nicht ein einziges Mal an Tommy gedacht. Ich habe mein Leben lang versucht, etwas zu gelten, aber jetzt weiß ich nicht mehr, ob ich überhaupt irgendwas gelte. Verstehst du, was ich meine?«

»Nein, aber laß uns zum Pig-Stand-Imbiß fahren, falls wir jemals an diesem Pick-up vorbeikommen«, sagte Rosie. »Wenn ich nicht sehr bald was in den Magen bekomme, falle ich noch wegen all dieser Sorgen in Ohnmacht.«

Die Lichter auf dem Parkplatz des Pig-Stand-Imbiß leuchteten orangefarben im Nebel von Houston. Die Dämmerung war nicht mehr fern. Trotz dieser späten Stunde warfen sich zwei Männer in Baseballtrikots unter dem orangenfarbenen Licht träge einen Softball zu.

»Meinst du, mit diesen Männern da ist alles in Ordnung?« fragte Aurora, die die Männer mit dem Softball beobachtete. »Das ist doch keine normale Tageszeit für Baseball.«

»Laß die doch in Ruhe, die spielen doch nur Fangen, außerdem ist das hier ein freies Land«, sagte Rosie.

Im Pig-Stand-Imbiß wurden sie sofort bedient, aber auch nervös beobachtet von den Kellnerinnen. Seit Hector Scotts Ableben an Tisch Nr. 6 war die lässige Kameradschaftlichkeit, in der Aurora und Rosie früher mit den Kellnerinnen umgegangen waren, nicht mehr ganz so lässig. Es wurden zwar die gleichen Worte gewechselt, die gleichen Fragen gestellt, die gleichen Bestellungen aufgenommen und das gleiche Essen serviert, aber irgend etwas hatte sich doch verändert.

»Ich glaube, sie fürchten neuerdings, daß jedesmal einer stirbt, wenn wir herkommen«, bemerkte Aurora, die die Kellnerinnen beobachtete, wie sie möglichst weit entfernt von ihnen die Köpfe zusammensteckten. »Ich finde, das ist ziemlich unfair. Immerhin ist Hector der einzige Mensch, der in all den Jahren, in denen wir hierherkommen, hier gestorben ist. Ich hätte nicht gedacht, daß sie uns das so lange nachtragen.«

Als sie zahlten, gratulierten zwei der Kellnerinnen und die ältliche Kassiererin Rosie zur bevorstehenden Hochzeit.

»Sie hätten uns Ihren Empfang ausrichten lassen sollen«, sagte Marge, die ältliche Kassiererin, tadelnd zu Rosie. »Wir richten ständig alle möglichen Empfänge aus und machen unsere Sache verdammt gut. Ich serviere dabei immer den Punsch.«

»Es ist ja nur ein kleiner Empfang«, antwortete Rosie, der diese Aufmerksamkeit peinlich war.

»Das war reichlich gelogen«, sagte Aurora draußen auf dem Parkplatz. Die beiden Männer spielten nicht mehr mit dem Softball – der Parkplatz war leer, bis auf sie beide und den leichten Nebel.

»Deine ganze Familie kommt, und das allein heißt schon, daß es keine kleine Hochzeit wird«, fuhr Aurora fort. »Ich gebe zu, der Bräutigam wäre wahrscheinlich sehr verblüfft bei dem Gedanken, der Pig-Stand-Imbiß würde seinen Empfang ausrichten, aber ich persönlich finde, es wäre gar keine so schlechte Idee gewesen. Ein paar Pig-Sandwiches und jede Menge Alkohol würden Arthur vielleicht ein wenig auflockern – alles, was ich bisher in diese Richtung versucht habe, war ein Fehlschlag.«

Sie hatte für Rosie und Arthur zweimal ein Abendessen gegeben, aber keines davon war ein Erfolg gewesen. Jedesmal hatte Rosie anschließend lange geweint und Aurora die halbe Nacht vom Schlafengehen abgehalten mit der Frage, ob sie, Rosie, hiermit das Richtige oder Falsche tue. Aurora hatte versucht, die Petrakis-Brüder einzuladen, sie hatte versucht, Pascal einzuladen, und sie hatte Jane und Teddy bei beiden Gelegenheiten dazugebeten – aber zum erstenmal, oder genauer: zweimal hatte ihre Strategie versagt, gar nichts hatte geklappt.

»Diese Kellnerinnen denken alle, ich wäre bloß eine blöde alte Närrin, das kann ich an ihren Augen ablesen«, sagte Rosie.

»Unsinn, ich habe davon überhaupt nichts gemerkt, und ich habe ihre Augen ebenfalls gesehen«, antwortete Aurora. »Die haben deinen Bräutigam doch nie zu Gesicht bekommen – woher sollten sie wissen, ob du einen Fehler machst oder nicht? Das weißt du doch nicht mal selber.«

»Ich bin selber Kellnerin gewesen, wie du weißt«, sagte Rosie. »Ich weiß genau, wie Kellnerinnen denken. Wenn sie Arthur sehen, werden sie denken, ich hätte diesen fetten kleinen Typen in mein Bett gezerrt, bloß weil er reich ist. Kellnerinnen hassen die Vorstellung, daß ein altes Mädchen vom Lande wie ich mit einem Schlag zu Geld kommt. Sie fragen sich die ganze Zeit, wieso ihnen so was nicht passiert.«

»Rosie, versuch doch mal, ein bißchen positiv zu denken«, drängte Aurora. »Du brauchst ja nicht für immer und ewig positiv zu denken – versuch's doch mal auf Probe nur für vierundzwanzig Stunden oder so. Wenn nötig, dann tu doch so, als wärest du ich, so wie ich früher mal war. Sing Arien unter der Dusche. Dann fühlst du dich besser, wir schaffen den Tag, und so, wie ich dich kenne, wirst du so glücklich sein wie ein Fisch im Wasser in deinem neuen Leben als meine Nachbarin, nicht mehr als meine Haushälterin.«

»Das ist der andere Punkt, der mir zu schaffen macht«, meinte Rosie, die alles andere als fröhlich aussah. »Wen bekommst du jetzt zum Saubermachen? Du hast gesagt, du suchst dir jemanden, aber jetzt ist mein Hochzeitstag da, und du hast immer noch niemanden.«

»Tatsächlich habe ich Kontakt mit einer geeigneten Frau aus Guatemala aufgenommen«, informierte Aurora sie heiter. Das war natürlich gelogen. Was sie vor Rosie verheimlichte, war ihre kürzlich getroffene Entscheidung, ihre Hausarbeit selber zu erledigen, sobald Rosie verheiratet war. Neuerdings hatte sie das Gefühl, die Arbeit an ihrem Erinnerungsprojekt zwinge sie viel zuviel zu einer sitzenden Tätigkeit – alles, was sie dabei tat, war, über ihrer Garage zu hocken, Tee zu trinken und über ihr Leben nachzudenken. Manchmal fand sie es ja ganz interessant, über ihr Leben nachzudenken, manchmal aber auch nicht. In letzter Zeit hatte sie stets mehr über das Leben anderer Menschen nachgedacht als über ihr eigenes, zum Beispiel über Jerry oder über Rosie. Rosies anhaltende und tiefgehende Sorgen über ihre bevorstehende Heirat berührten sie sehr, wenn sie dies gelegentlich auch als Störung empfand. Sie fing an, ein wenig darüber nachzudenken, wie es wäre, wenn sie selbst an Rosies Stelle wäre, und hatte für sich beschlossen, ein möglicher Weg, das herauszufinden, könnte sein, die Hausarbeit selber zu machen. Wenn sich dann herausstellte, daß es ihr nicht gefiel, wie Rosie zu sein, konnte sie sich immer noch nach einer geeigneten Frau aus Guatemala umsehen.

Außerdem war sie aufs Alleineleben neugierig geworden – in ihrem eigenen Haus einmal allein. Eines von den Dingen, die ihr beim Durcharbeiten ihrer persönlichen Tagebücher aufgefallen waren, war die Tatsache, wie wenig Zeit in ihrem Leben sie mit sich allein verbracht hatte. Rosie beispielsweise war zweiundvierzig Jahre lang buchstäblich jeden Tag in ihrer Nähe gewesen; das sprach ja schon für sich selbst. Hector Scott, so wie sie sich an ihn erinnerte, schien während der Jahre, die sie gemeinsam gelebt hatten, kaum jemals das Haus verlassen zu haben, und Rudyard war auch nicht viel besser gewesen. Ihr wurde bewußt, daß sie ihr achtes Jahrzehnt begonnen hatte, ohne einmal wirklich Einsamkeit erfahren zu haben. Sie hatte immer angenommen, das Alleinsein würde ihr keinesfalls zusagen, doch hatte sie es ja niemals versucht, jedenfalls nicht lange genug, um es beurteilen zu können. Aber jetzt, durch das Auftauchen von Arthur Cotton, hatte sie die Möglichkeit, es herauszufinden. Weit davon entfernt, Angst davor zu haben, fing sie sogar an zu glauben, daß es ihr gefallen könnte.

»Keiner weiß heutzutage mehr, wie man ein Haus richtig sauberhält – ganz egal, ob sie aus Guatemala kommen oder sonstwoher«, sagte Rosie mit fester Stimme, als sie in ihre Straße einbogen. Sie schaute aus dem Autofenster zu Arthur Cottons Haus hinüber, zu dem Haus, in das sie morgen als Ehefrau einziehen würde, und fühlte sich traurig – wie ihre Mutter immer gesagt hatte: »Ganz tief innen traurig.« Warum hatte sie es getan, warum hatte sie ja gesagt, wenn ihr nicht nach Ja zumute war – nicht nach einem aufrichtigen Ja – nicht wirklich?

»Ich komme jeden Tag rüber und schaue genau nach«, sagte sie und klammerte sich in ihrer Traurigkeit an das einzige, von dem sie wußte, daß sie es wirklich gut konnte, und das war die Fähigkeit, ein richtig saubergemachtes Haus von einem, das nicht in Ordnung war, zu unterscheiden.

»Du kannst so lange nachschauen, bis du schwarz wirst«, versicherte Aurora ihr. »Alles, was du in meinem Haus machen willst, kannst du machen. Sag nur Arthur nichts davon, daß du eine Doppelverdienerin bist, dann ist alles in bester Ordnung.«

»Übrigens«, fuhr sie fort und griff eine Frage auf, die im Verlauf des Gesprächs offengeblieben war. »Was glaubst du denn eigentlich, was Rechtschaffenheit bedeutet?«

Rosie schaute peinlich berührt drein. »Ich hätte das nicht sagen sollen«, meinte sie. »Ich hab' eigentlich gar keine Ahnung, was das Wort bedeutet. Vermutlich würde ich es in einem Wörterbuch nachschauen, wenn ich eins hätte.«

Aurora bog in ihre Einfahrt ein, hielt den Wagen jedoch ein Stück vor der Garage an. Drei Eichhörnchen saßen mitten auf ihrem Rasen und starrten sie an.

Aurora blickte Rosie erwartungsvoll an.

»Ich dachte, es hätte was mit Sex zu tun – es klingt jedenfalls so«, gestand Rosie. »Aber ich könnte nicht sagen, ob Arthur viel davon hat, weil wir es bisher noch nicht miteinander gemacht haben.«

»Ich verstehe«, sagte Aurora. »Ist er immer noch so nervös?«

»Er ist immer noch so nervös«, bestätigte Rosie.

»Großer Gott«, sagte Aurora. »Der Mann hat doch Zeit genug gehabt, einen hochzukriegen. Was, glaubst du, ist mit ihm los?«

»Nun, zunächst mal ist er völlig aus der Übung«, sagte Rosie. »Mit Heureka, seiner Frau, hat er die letzten vierzehn Jahre vor ihrem Tod überhaupt nicht mehr geschlafen. Das macht zusammen mit der Zeit, die wir uns jetzt kennen, fünfzehn Jahre ohne Übung.«

»Großer Gott«, sagte Aurora nochmals. »Kein Wunder, daß du Probleme hast, über diese Verbindung positiv zu denken. Aber du mußt es trotzdem versuchen. Vielleicht kommt er wieder in Fahrt, wenn ihr erst mal in Cozumel seid.«

Rosie und Arthur hatten beschlossen, ihre Flitterwochen lieber in Cozumel als in Paris zu verbringen, denn Rosie war von einem Plakat, das sie im Reisebüro gesehen hatte, so begeistert gewesen.

»Mag sein, aber was ist, wenn es dort immer noch nicht klappt?« fragte sie.

»Cozumel ist sehr romantisch«, sagte Aurora und beobachtete die drei Eichhörnchen. »Ich bin sicher, Cozumel läßt dich nicht im Stich.«

»Schön, aber wenn es trotzdem nicht klappt?« fragte Rosie. »Was mache ich dann? Was mache ich, wenn er nur weiß, wie man viel Geld ausgibt? Wieviel Pelzmäntel kann man denn in einem Klima, wie es dort herrscht, tragen?«

»Sicher nicht sehr viele«, gab Aurora zu. »Wir hätten besser schon früher mal über dieses Thema reden sollen. Ich bin wahrscheinlich davon ausgegangen, daß es in diesem Punkt in letzter Zeit Fortschritte gegeben hat. Ich dachte, diese Fortschritte hätten für dich den Ausschlag gegeben, ja zu sagen.«

»Nein, ich konnte einfach nur nicht mehr«, sagte Rosie. »Er ist so lieb zu mir, weißt du. Da bin ich schließlich einfach schwach geworden.«

Und dann, überwältigt von ihrer Trauer, der »ganz tief innen« und der nicht ganz so tiefen, fing Rosie an zu weinen. Zunächst weinte sie nur ein wenig, doch dann begann sie zu schluchzen, immer heftiger und heftiger. Eine Zeitlang dachte Aurora, es sei lediglich ein schwaches Weinen, ein typisches Hochzeitstagsweinen, doch dann merkte sie, daß es ein wirklicher Ausbruch war. Sie rutschte über den Sitz und legte ihre Arme um Rosie, ihr Hausmädchen, ihre beste und älteste Freundin, und ließ sie all ihren Schmerz und all ihre Angst herausweinen. Die Eichhörnchen auf dem Rasen hatten aufgehört, sie zu beobachten – sie gingen ihrer Tätigkeit nach. Rosies magere Brust bebte heftig – sie war tief aufgewühlt. Aurora hielt sie fest im Arm und wartete, bis die Sonne mit ihren ersten Strahlen die Häuser streifte und ihr Licht auf den grünen Rasen warf.

IV

ROSIES PROBLEM

1.

Vier Monate und einen Tag nach Rosie Dunlups Hochzeit mit Arthur Cotton wurde bei ihr Bauchspeicheldrüsenkrebs diagnostiziert. Sie hatte Schmerzen bei ihren Gymnastikstunden bekommen – innerhalb von zwei Wochen hatte sie Probleme mit Übungen, die ihr früher hervorragend gelungen waren.

Patsy Carpenter bestand darauf, daß sie sich im Medical Center untersuchen lassen sollte.

»Da will ich nicht hin, ich bin noch nie in einem Krankenhaus gewesen, außer als ich meine Kinder gekriegt habe«, sagte Rosie. »Ich bin abergläubisch bei Krankenhäusern. Das letztemal war ich in einem Krankenhaus, als man Royce aufgeschnitten hatte.«

»Rosie, nun aber komm«, sagte Patsy. »Wahrscheinlich ist es sowieso nur eine Kleinigkeit. Wir gehen einfach hin und lassen mal nachschauen.«

»Wenn ich das tue – dann kein Wort darüber zu Aurora«, sagte Rosie – die Schmerzen waren inzwischen ziemlich heftig geworden. »Sie hat nicht mal 'ne Haushälterin, die ganze Wohnung ist heruntergekommen.«

»Oh, das stimmt aber nicht«, antwortete Patsy. »Für eine Frau, die kaum jemals in ihrem Leben selber einen Finger krumm gemacht hat, außer um einem Mann zuzuwinken, kommt sie sehr gut zurecht mit sich selbst als Haushälterin, finde ich.«

»Finde ich nicht, hinter sämtlichen Vorhängen ist es staubig«, beharrte Rosie auf ihrer Meinung.

Aber sie ging tatsächlich ins Krankenhaus und erfuhr dort, daß der Krebs in ihrer Bauchspeicheldrüse bereits ziemlich weit fortgeschritten sei und es nur wenig gebe, was man da noch tun könne.

»Leider kann man eine Bauchspeicheldrüse nicht transplantieren«, sagte der junge Arzt. »In Kanada machen sie Experimente mit Bauchspeicheldrüsenkrebs – unter anderem durch Vereisung. Wenn Sie das versuchen wollen, sind wir gerne behilflich, das für Sie zu arrangieren.«

»Ich hab' dir doch gesagt, daß ich abergläubisch bin«, sagte Rosie zu Patsy, als die sie nach Hause brachte. »Wenn ich erst gar nicht hingegangen wäre und die nichts festgestellt hätten, dann wüßte ich auch nichts davon, und dann ginge es vielleicht ganz einfach von selber wieder weg.«

»Eine bösartige Entzündung geht im Normalfalle nicht einfach wieder weg«, sagte Patsy. »Höchstens du selber gehst weg.«

»Die sagen doch immer, daß es auf die richtige Einstellung ankommt. Ich könnte ja versuchen, die richtigen Lebensmittel und so was zu essen.«

»Ich meine, du solltest nach Kanada gehen und diese neue Methode ausprobieren«, meinte Patsy. »Vielleicht harmoniert das ja prima mit deinem Stoffwechsel oder so. Vielleicht könnte das den Krebs für eine Weile stoppen. Ich würd's probieren, wenn ich an deiner Stelle wäre.« Mit Rücksicht auf Rosies Zustand fuhr sie etwas vorsichtiger, als es sonst ihre Gewohnheit war.

Rosie schaute auf ihren teuren Ehering und die noch teureren Armreifen, die Arthur ihr direkt nach der Hochzeitsreise geschenkt hatte. Beides paßte nicht richtig zu ihr – und beides würde niemals richtig zu ihr passen. Sie verspürte den Drang, die Dinger abzustreifen und aus dem Fenster zu werfen, aber sie tat nichts dergleichen. Das würde Arthur das Herz brechen, und Arthur war immerhin süß. Aber wenn das, was der Arzt gesagt hatte, wirklich stimmte, dann würde Arthur sie ja auf jeden Fall verlieren, vermutlich ohne sie jemals richtig besessen zu haben. Cozumel hatte auch nichts gebracht – sie hatten ihre Ehe nur ein einziges Mal einigermaßen vollzogen, und dieses eine Mal war aus ihrer Sicht auch nur so kurz und unwesentlich gewesen, daß sie sich nicht ganz sicher war, ob man das überhaupt als Vollzug der Ehe bezeichnen könne. Arthur entschuldigte sich ununterbrochen für seine Impotenz, und jetzt mußte sie zu ihm nach Hause und ihm sagen, daß sie Krebs hatte.

»Ich wünschte, ich wäre bereits tot, dann bräuchte ich Arthur wenigstens nichts davon zu sagen.«

»Rosie, hör auf, so zu reden«, sagte Patsy.

»Warum?« fragte Rosie. »Das ist genau das, was ich fühle.«

2.

»Na also, ich wußte doch, daß etwas nicht stimmt«, sagte Aurora später am Tag, als sie die Neuigkeiten erfuhr.

»Wieso, sehe ich so aus, als ob ich im Sterben läge, oder was?« fragte Rosie. Es lag ihr auf der Zunge, Aurora zu fragen, ob sie wieder in deren Haus einziehen dürfe. Selbst wenn es Arthur das Herz brechen würde – das war wirklich das, was sie am liebsten getan hätte.

»Du siehst nicht so aus, als ob du im Sterben lägest, aber in letzter Zeit hast du mich nicht mehr gepiesackt«, sagte Aurora. »Zweiundvierzig Jahre lang hast du mich buchstäblich jeden Tag gepiesackt, aber neuerdings hast du damit aufgehört. Ich wußte sofort, daß das Schwierigkeiten bedeutet – ich hatte nur nicht geahnt, daß es so was bedeutet.«

»Du nimmst dir einfach nicht genug Zeit, um hinter den Vorhängen sauberzumachen, aber das ist ja deine Sache. Ich hab' mir gedacht, ich werde einfach mal versuchen, etwas kürzerzutreten«, sagte Rosie. »Du hast gesagt, du würdest dir eine Frau aus Guatemala holen, aber in Wirklichkeit hast du das überhaupt nicht getan.«

»Das stimmt«, antwortete Aurora, »aber ich kann mir immer noch eine nehmen, wenn ich feststelle, daß ich tatsächlich versage. Ich wollte es eben zunächst mal alleine ausprobieren. Das Haus in Ordnung zu halten, gibt mir immerhin was zu tun.«

»Trotzdem hast du diese Aus-den-Augen-aus-dem-Sinn-Haltung«, sagte Rosie. »Damit bist du geboren worden, und die hast du immer noch. Wenn du einfach keinen Staub sehen willst, dann tust du so, als wäre da auch keiner. Irgendwann holt dieser Trick dich immer wieder ein, früher oder später.«

»Soll er mich doch wieder einholen«, meinte Aurora. »Aber jetzt müssen wir mit dir und deinem Problem fertig werden, das viel ernsthafter ist als ein bißchen Staub hinter den Gardinen.«

Rosie hob die Schultern. »Es hat mich erwischt – da gibt's nichts, was ich groß dagegen machen könnte.«

»Was sagt dein neuer Ehemann zu der ganzen Geschichte?«

»Er will, daß ich Bestrahlungen und Chemotherapie mache«, sagte Rosie. »Er sagt, sie hätten da drüben wirklich sehr gute Krankenhäuser, was wohl auch stimmt.«

»Und was ist mit Kanada und der neuen Behandlung, die der Arzt vorgeschlagen hat?« fragte Aurora. »Ich gehe mit dir, wenn du das ausprobieren willst. Arthur kann ja auch mitkommen, wenn er will. Wenn du bereit bist, können wir gleich morgen losfahren. Es klingt alles so, als ob Schnelligkeit jetzt das wichtigste wäre.«

»Ich gehe nicht nach Kanada, unter gar keinen Umständen«, sagte Rosie. Ich kenne da keinen Menschen, und außerdem ist es viel zu weit weg. Meine Kinder würden sich total verirren, wenn sie mich mal besuchen wollten. Danke, Liebes«, sagte sie und schaute Aurora an. »Es ist lieb von dir, daß du mir anbietest, mich zu begleiten.«

»Selbstverständlich gehe ich mit dir«, sagte Aurora. »Was glaubst du denn, wer ich bin?«

»Jedenfalls bist du bei Schwierigkeiten besser als Arthur, das ist mal sicher«, meinte Rosie. »Der Mann heult ununterbrochen, seitdem ich es ihm gesagt habe.«

»Er hat dich schließlich gerade erst geheiratet – ich finde, du solltest ihm erlauben, seine Gefühle zu zeigen. Ich mag ihn inzwischen mehr, als ich es je für möglich gehalten hätte, falls dir das ein Trost ist.«

Rosie schüttelte den Kopf. Unglücklicherweise mochte

sie ihren neuen Ehemann nicht lieber, als sie es für möglich gehalten hatte. Es war nicht so, daß sie ihn nicht leiden konnte – es war eben nur so, daß sich ihre Zuneigung zu ihm zu ihrer Enttäuschung nicht vergrößert hatte.

»Er glaubt, daß ich Krebs habe, weil ich keinen Sex bekomme«, erklärte sie Aurora.

»Typisch Mann«, sagte Aurora.

»Ja, nicht wahr? Ich hab' ihm gesagt, wenn man Krebs bekäme, weil man keinen Sex hat, dann wäre die halbe Menschheit schon an Krebs gestorben, aber er hat mir gar nicht zugehört.«

»Also bist du bereit, die Chemotherapie und die Bestrahlungen auszuprobieren?« fragte Aurora.

»Ich glaube nicht«, antwortete Rosie. In Wirklichkeit hatte sie darüber noch keine Entscheidung getroffen. »Ich glaube, ich versuche es erst mal mit der richtigen Ernährung und so.«

»Dann koche ich dir das richtige Essen«, versprach Aurora. »Aber es könnte besser sein, wenn du gleichzeitig das richtige Essen und ein bißchen Chemotherapie versuchst.«

»Darüber denke ich noch nach«, sagte Rosie. »Ich glaube, im Moment ist das sowieso das einzige, über das ich nachdenke.«

»Manchmal wünschte ich, du hättest Theo geheiratet«, sagte Aurora. »Dann hätten wir einen Griechen bei uns im Haus. Ein Grieche könnte in einer Zeit wie dieser sehr praktisch sein.«

»Theo war in dich verliebt, nicht in mich«, erinnerte sie Rosie. »Er hat lediglich deshalb angefangen, mich so anzuschauen, weil du ihm das Herz gebrochen hast.«

»Aber vielleicht wäre es gutgegangen«, sagte Aurora. »Man weiß nie, wie etwas ausgeht, bevor man es ausprobiert hat.«

»Daran brauchst du mich nicht zu erinnern«, bemerkte Rosie. »Ich habe gerade Arthur ausprobiert, und das klappt auch nicht. Jetzt sitze ich mit ihm da und habe obendrein auch noch Krebs.«

Etwas später fuhren sie zur Akropolis-Bar, um die Petrakis-Brüder zu besuchen. Auf dem Weg dorthin spekulierten sie über Vassilys frustriertes Werben um Patsy Carpenter. Es hatte ein Durcheinander von Verabredungen gegeben. Dann war Patsy für mehrere Monate nach L. A. gegangen. Soviel man wußte, hatte sie Vassily nicht aufgefordert, sie dort zu besuchen. Inzwischen war Patsy wieder in Houston, und es folgten weitere Verabredungen.

»Vas mag Frauen mit mageren Beinen«, erklärte Theo, aber diese Aussage trug nichts zur Klärung der Frage bei, ob Vassily und Patsy nun im gewöhnlichen Sinne des Wortes ein Paar waren.

In der Bar erklärte Rosie den Petrakis-Brüdern als erstes, daß sie im Sterben liege.

»Ich dachte, ich sollte die schlechten Nachrichten so schnell wie möglich hinter mich bringen«, erläuterte sie, »damit wir ein bißchen Spaß haben können. Ich hätte nichts dagegen, für den Rest meines Lebens jeden Tag hierherzukommen und mich zu betrinken.«

»Das ist die richtige Einstellung«, sagte Aurora. »Ich komme mit und betrinke mich ebenfalls. Wenn wir betrunken sind, kann Theo uns ja nach Hause fahren.«

»Wieso er? Habt ihr was gegen meinen Fahrstil?« fragte Vassily. Aurora ärgerte ihn. Theo ärgerte ihn ebenfalls. Tatsache war, daß er und Theo sich in der letzten Zeit so sehr gestritten hatten, daß beide darüber nachdachten, ob sie die Bar verkaufen und getrennte Wege gehen sollten. Er selber dachte daran, nach Nizza zu gehen – es gab dort jede Menge französische Frauen mit mageren Beinen. Er hielt den augenblicklichen Zeitpunkt allerdings nicht für günstig, den beiden Damen mitzuteilen, daß es möglicherweise nicht für immer eine Akropolis-Bar geben würde, in der sie sich betrinken konnten, während Rosie starb.

»Theo hat ein goldenes Herz«, sagte Aurora und schaute Vassily direkt in die Augen. »Ich weiß nicht, ob man das von dir auch sagen kann.«

Theo hatte Mühe, seine Gefühle unter Kontrolle zu halten. Inzwischen lag ihm sehr viel an Rosie. In der Tiefe seines Herzens war es vielleicht immer noch Aurora, die er begehrte, aber Aurora war ihm einfach zu anstrengend, und Rosie war eine so nette Frau. Er hätte sie jederzeit geheiratet, nahm es ihr allerdings nicht übel, daß ihre Wahl auf einen reichen Mann gefallen war. Er kämpfte seine Tränen nieder und überredete sie, ein bißchen mit ihm zu tanzen.

»Ich denke, wir sind alle nur auf der Durchreise«, sagte er.

»Sehr richtig«, bestätigte Rosie. »Ich hatte nur nicht damit gerechnet, so früh schon vor der Haustür zu stehen.«

3.

Weil Arthur sie so drängte, versuchte Rosie es mit Chemotherapie und Bestrahlung. Das verlangsamte die Krebswucherung zwar ein wenig, aber nicht sehr viel – Rosie dagegen verlangsamte es wesentlich mehr. Aurora ging jeden Tag auf die andere Straßenseite hinüber – eigentlich sogar mehrmals am Tag – und brachte ihr die richtigen Dinge zum Essen mit. Häufig blieb sie fast den ganzen Tag und einen Großteil der Nacht drüben. Patsy kam zu Besuch, die Petrakis-Brüder kamen zu Besuch, Pascal kam sowie Rosies Kinder und Enkelkinder, aber Rosie fand ihren Frieden nur, wenn Aurora bei ihr war. Arthur und Aurora verzehrten den größten Teil der »richtigen Ernährung«.

Nach zwei Wochen überquerte Arthur Cotton eines Morgens die Straße, als Aurora im Garten war und ihre Blumen goß. Er wirkte sehr müde und hatte solche Mühe, die Füße zu heben, daß er über den Bordstein stolperte. Selbst als er in Auroras Küche saß – sie machte Tee für ihn –, wirkte Arthur wie ein Mann, der torkelte; seine Augen waren rot und traurig.

»Sie will nicht in meinem Haus sterben«, sagte Arthur

und schaute Aurora traurig an. »Sie will hierher nach Hause kommen.«

»Ich habe mich selber schon gefragt, ob das nicht das beste wäre«, sagte Aurora.

»Ich bin verrückt nach ihr, aber ich hätte sie nicht heiraten sollen«, sagte Arthur. »Wir hätten besser als Nachbarn weiterleben sollen und hätten weiterhin unser kleines Schwätzchen auf dem Rasen gehalten. Im Grunde war das unsere beste Zeit.«

»Ja, die Vorspeise ist häufig besser als der Hauptgang«, bestätigte Aurora. »Aber du hast ihr den Krebs nicht verpaßt und mußt dich jetzt nicht in nutzlosem Bedauern vergraben. Laß uns gehen und Rosie nach Hause bringen.«

»Kann ich sie oft besuchen kommen?« fragte Arthur. Er sah, wenn das noch möglich war, noch trauriger aus als vorhin, als er zu Aurora gekommen war.

»Du bist ihr Ehemann, Arthur – du kannst sie so oft besuchen kommen, wie du willst«, sagte Aurora.

4.

Auroras Schlafzimmer war das schönste, luftigste, hellste und überhaupt beste Zimmer im ganzen Haus. An diesem Nachmittag richtete sie es für Rosie her und richtete ihr eigenes Schlafzimmer in dem Raum am Ende des Flurs ein, der früher einmal Emmas Zimmer gewesen war.

Wenn Rosie sich tagsüber überhaupt bewegte, dann meist nur von Auroras Bett hin zu Auroras Erkerfenster, wo sie inmitten der bauschigen, weichen Kissen saß, die Aurora so liebte und die sie selber über viele Jahre sauber aufbewahrt hatte. Sie konnte durch das Fenster auf den sonnenbeschienenen Rasen und die Blumenbeete schauen; sie sah die Straße zu Arthurs Haus oder beobachtete ihn, wenn er fünf- oder sechsmal am Tag über die Straße und den Gehsteig entlang schlurfte, um ihr seine kurzen Besuche abzustatten.

»Arthur ist gealtert«, bemerkte Rosie, die ihm nachschaute, wie er nach einem seiner Besuche wieder nach Hause schlurfte.

»Na ja, immerhin ist seine geliebte Frau krank«, antwortete Aurora. »Deswegen.«

»Ich fühle mich schuldig, wenn ich daran denke, daß er da drüben in seinem leeren Haus so einsam ist«, sagte Rosie. »Es ist einfach nicht so gemütlich wie unser Haus hier. Eureka hat es irgendwie zu feierlich eingerichtet, weißt du.«

»Eureka selber kam mir auch nie besonders ungezwungen vor«, bestätigte Aurora. »Sie war immer ziemlich förmlich.«

»Armer Arthur«, sagte Rosie. »Sein ganzes Leben war so – irgendwie so förmlich. Ich glaube, deshalb kann er auch nicht.«

»Könnte sein«, meinte Aurora.

5.

Während der nächsten Monate arbeitete Aurora unermüdlich – sie hielt das Haus in Ordnung, bereitete die Mahlzeiten, wechselte Rosie das Bett und hielt die Laken absolut sauber und frisch. Rosie saß in ihren Kissen im Bett oder am Erkerfenster und schaute zu. Wenn sie sich gut genug fühlte, daß man ihr imponieren konnte, dann konnte man ihr imponieren. Ab und zu stakste sie herum und inspizierte alles – und war überrascht, nicht mehr den geringsten Fleck und kein Staubkörnchen hinter den Vorhängen oder sonstwo entdecken zu können.

»Es ist sauber«, sagte sie erstaunt. »Es ist wirklich sauber.«

»Ich hatte mehr als vierzig Jahre Zeit, um die Arbeit einer Könnerin zu beobachten«, sagte Aurora. »Ich will hoffen, doch das eine oder andere inzwischen gelernt zu haben.«

Wieder im Bett, dachte Rosie über all die Dinge nach, die sie nie gelernt hatte, und wurde traurig. Aurora bemerkte, daß Rosie traurig war, und versuchte, ihr etwas vorzusingen, aber Rosie blieb auch nach mehreren Liedern weiterhin traurig.

»Ich habe nie etwas Richtiges gelernt«, sagte sie. »Ich hab' nie gelernt, richtig zu leben, und jetzt weiß ich nicht, wie man richtig stirbt. Es ist furchtbar, wenn man sein ganzes Leben lang gelebt hat und trotzdem so unwissend geblieben ist wie ich.«

Aurora setzte sich zu ihr aufs Bett und nahm ihre Hand.

»Es kann sein, daß du eher ein Mensch von tiefer Empfindung als ein Mensch großer Klugheit bist«, sagte sie. »Ich habe unglücklicherweise das umgekehrte Verhältnis gehabt. Ich bin immer eher klug gewesen als von tiefer Empfindung.«

»Ich sehe nicht, wo die tiefe Empfindung bei mir steckt, wenn ich Menschen wie Royce und Arthur heirate«, sagte Rosie. »Jetzt, wo ich hier sitze und zurückblicke, kommt mir das Ganze ausgesprochen dumm vor.«

»Ich bin nicht sicher, ob man die ›Klugheit-Tiefe-Gleichung‹ auch auf das Heiraten anwenden kann«, meinte Aurora. »Heiraten ist etwas ganz anderes. Meine Erfahrung ist, daß diese Gleichung so gut wie nie aufgeht, aber wahrscheinlich sollte man auch gar nicht erst versuchen, sie aufgehen zu lassen. Es ist einfach etwas anderes.«

»Wie dem auch immer sei, ich war jedenfalls nicht gut im Rechnen«, sagte Rosie.

6.

Im Frühherbst kam Melanies Pilotfilm ins Fernsehen. Rosie schaute zehn Minuten zu und brach in Tränen aus. Da war's für jeden klar, der es sehen konnte: Sie war ein Clown gewesen, eins von diesen verrückten Hausmädchen, die sich komisch benahmen und jedem nur im Weg herumstanden.

Diesmal wußte Aurora nicht, was sie sagen sollte, und

sagte daher auch nichts. Es hatte keinen Zweck, einer sterbenden Frau zu sagen, diese Show sei ein reines Phantasieprodukt. Da kam es im Fernsehen, und Rosie war der Meinung, alles drehe sich nur um sie, und sie glaubte fest, alles wäre Realität und sie sei nichts anderes als ein Clown gewesen.

Obwohl der Pilotfilm selber ein Erfolg war, kam die Comedy-Serie nicht so richtig an. Nach fünf Episoden wurde sie abgesetzt. Melanie kam nach Houston, um mit ihrer Großmutter zusammen Rosie zu pflegen, aber das klappte nicht. Rosie liebte Melanie, aber ihre verletzten Gefühle wegen der Komödie konnte sie nicht einfach beiseite schieben. Sie konnte nichts daran ändern – sie machte den beiden klar, daß sie nur von Aurora betreut werden wollte. Nach einer Woche ging Melanie, völlig niedergeschlagen und in Tränen aufgelöst, wieder nach L. A. zurück, um sich einen neuen Job beim Fernsehen zu suchen. Aurora sagte nichts dazu – und zwar so lange nicht, bis Rosie es nicht mehr aushalten konnte.

»Ich weiß, daß ich ihr weh getan habe«, sagte Rosie. »Ich weiß selber nicht, was mit mir los ist. Ja, es war nur eine dumme Fernsehserie, die ich längst vergessen haben sollte, aber irgendwie kann ich das nicht.«

»Wenn du's nicht kannst, kannst du's halt nicht«, antwortete Aurora.

7.

Rosie wurde schlaflos – sie bekam Angst vor dem Schlafengehen, weil sie fürchtete, in der Nacht zu sterben. Aurora lag neben ihr auf dem Bett und hielt ihre Hand. Einen großen Teil der Nacht verbrachten sie mit fernsehen. Wenn es draußen langsam heller wurde, entspannte Rosie sich und konnte endlich einschlafen. Aurora zog sich dann auf Hectors altes Sofa zurück und schlief auch ein bißchen.

Manchmal, wenn Rosie an Auroras Erkerfenster saß, mitten in einem Berg aus frischbezogenen Kissen, und zusah, wie Aurora mit dem Staubsauger hantierte, die Fenster putzte oder das Badezimmer wischte, verspürte sie einen tiefen, traurigen Drang, alles noch mal zurückzudrehen und es so zu machen, wie es früher einmal war. Sie wollte aufstehen und Aurora den Staubsauger oder den Mop aus der Hand nehmen und die Arbeit selber machen. Alles lief doch völlig verkehrt – Aurora hätte es sein müssen, die am Fenster saß, in ihren Zeitschriften blätterte oder ihre Freunde am Telefon malträtierte, während sie, Rosie Dunlup, eine der besten Haushälterinnen von Houston, die Hausarbeit machte.

»Manchmal wünsche ich mir bloß, ich könnte aufstehen und meinen alten Job wieder machen«, sagte Rosie eines Morgens schwächlich.

»Nun, Liebes, das geht eben nicht mehr«, sagte Aurora und inspizierte, nicht ohne Stolz, eine blitzsaubere Fensterscheibe.

»Es kommt mir einfach nicht richtig vor, daß du alles machst und ich überhaupt nichts mehr«, sagte Rosie.

»Über vierzig Jahre lang war es umgekehrt gewesen, was ist also falsch daran, daß du dich jetzt von alledem ausruhst?« fragte Aurora unbedachterweise.

»Nur daß ich sterbe, das ist das Falsche daran.«

»Okay, tut mir leid, du hast ja recht«, sagte Aurora traurig.

8.

Nach und nach kamen Rosies Kinder mit ihren Familien ins Haus. Bud, der älteste Sohn, ein Mann in mittleren Jahren, hatte eine Karosseriewerkstatt in Abilene; Estelle, die älteste Tochter, betrieb einen Schönheitssalon in Navasota. Die nächste Tochter, Jolene, war Krankenschwester in Texarkana und mit einem Mann verheiratet, der Statuen für Rasenflächen verkaufte. Doak, der Auroras Meinung nach die größte Ähnlichkeit mit Rosie hatte, war im Ölquellen-Service-Geschäft in Wink, Texas, tätig. Annabelle, die von allen Kindern die beste Ausbildung hatte, arbeitete in einer Apotheke in Wichita Falls. Die flatterhafte Dotsie (wie ihre Mutter sie beschrieb) lebte mit ihrem vierten Mann und war zur Zeit als Sekretärin in einer High-School in Beaumont angestellt. Little Buster, das jüngste und leichtsinnigste, aber auch erfolgreichste von all ihren Kindern, besaß einen kleinen Rennplatz für Stock-Cars etwas außerhalb von Waxahachie.

Die Ehefrauen der Söhne und die Ehemänner der Töchter waren sich nur in einem gleich: Sie rauchten wie die Schlote, hatten Angst vor Aurora und wußten nicht, worüber sie mit Rosie reden sollten. Die Kinder aller Ehepaare rannten kreischend auf Auroras Hinterhof herum. Egal, wie alt sie waren, sie schienen sich nur mittels Geschrei verständlich machen zu können.

Aurora zog die Jalousien herunter, aber das Gekreische war trotzdem noch zu hören. Alle waren erleichtert, als diese Besuche vorbei waren, vor allem Rosie. Aurora hatte viel gekocht, und Rosies Kinder, sämtlich mit kräftigem Appetit gesegnet, hatten viel gegessen.

»Danke, daß du für die Kinder gekocht hast«, sagte Rosie, als die strapaziöse Abfolge von Besuchen endlich zu Ende war.

»Nun, eine ganz nette Brut, die du da großgezogen hast«, meinte Aurora.

»Meine Jungen haben's besser erwischt als die Mädchen, meinst du nicht auch?« fragte Rosie.

»Ja, aber es ist auch leichter für Jungen, es besser zu treffen«, antwortete Aurora. »Diese Welt ist immerhin für Jungen gemacht.«

»Jetzt, wo sie gekommen und wieder weg sind, fühle ich mich noch schlechter als vorher«, bemerkte Rosie. »Ich habe sie großgezogen, aber sie kommen her, sitzen bloß da und sind wie Fremde für mich. Sie wirken, als seien sie gar nicht meine Kinder, verstehst du, wie ich das meine?«

»Nicht genau«, gestand Aurora.

»Sie sind wie Menschen, die ich vor langer Zeit mal kannte, als ich noch jung und gesund war«, sagte Rosie. »Inzwischen bin ich alt und krank, sie sind erwachsen, und es ist, als würden wir einander nicht kennen, als würden wir nur so tun.«

»Du siehst das zu schwarz«, meinte Aurora. »Deine Kinder sind anständige Leute. Sie scheinen dich zu lieben, auch wenn sie es nicht besonders gut ausdrücken können. Alle sieben sind tränenüberströmt weggefahren, was für mich der Beweis ist, daß sie dich ganz sicher noch kennen und sich Sorgen um dich machen. Was willst du denn mehr?«

»Ich glaube, ich will nur irgendwas zurückhaben, was ich früher mal hatte, oder von dem ich geglaubt habe, daß ich es hätte«, sagte Rosie. Auroras Worte beschämten sie ein wenig. Immerhin hatten ihre Kinder weite Reisen über große Strecken in Texas auf sich genommen, nur um sie ein paar Stunden lang sehen zu können. Vielleicht hatte Aurora ja recht. Vielleicht erwartete sie einfach zuviel von ihnen.

»Sie hätten einfach nur abwarten und zur Beerdigung kommen sollen«, sagte sie. »Es ist eine große Belastung für sie, den ganzen Weg zweimal fahren zu müssen.«

Die Besuche hatten sie sehr erschöpft. In den nächsten beiden Tagen dämmerte Rosie meist nur vor sich hin. Sie fürchtete sich vor der Nacht. Um sie so weit wie möglich aufzumuntern, drehte Aurora Hundertfünfzig-Watt-Birnen in sämtliche Lampen des Schlafzimmers; sie tat ihr Bestes, um die Nächte taghell werden zu lassen.

9.

Der einzige Besucher, der Rosie wirklich erfreute, war Bump, obwohl er genauso wild war wie Little Buster, als der in Bumps Alter war. Trotz aller Bewachung von Aurora, Jane oder Teddy, oder von allen dreien gleichzeitig, gelang es Bump immer wieder, seinen Aufpassern zu entwischen. Er sprang aufs Bett oder rannte gegen den Nachttisch und warf dabei Rosies sämtliche Medizinflaschen zu Boden. Einmal kroch er unter ihr Bett und weigerte sich, wieder hervorzukommen.

»Ich bin ein Ungeheuer, ich lebe unter diesem Bett«, erklärte er seiner Big Granny, als sie verlangte, er solle sofort darunter hervorkommen.

Rosie mußte darüber lachen, daß ein kleiner Junge ein solches Wort wie »Ungeheuer« sagen konnte.

»Er erinnert mich stark an Emma«, sagte sie zu Aurora. »Emma steckte auch voller Unfug, als sie in seinem Alter war.«

»Ja, mit Emma konnte ich nie richtig fertig werden«, stimmte Aurora zu. »Wenn du mir nicht geholfen hättest, wäre ich noch viel weniger gut mit ihr zurechtgekommen.«

»Ich glaube, Kinder sind ganz wichtig«, sagte Rosie eines Tages und beobachtete Bump, der sich einen Löffel gegrapscht hatte und dabei war, eines der Fliegenfenster aufzubrechen.

»Ich möchte die Vögel reinlassen«, sagte er, als man von ihm verlangte, damit aufzuhören. »Die Vögel wollen reinkommen und Rosie besuchen.«

»Nun, Kinder gehören zu den wichtigen Dingen, um die sich alles dreht«, sagte Aurora als Antwort auf Rosies Bemerkung.

Als Rosie schwächer wurde – sie konnte mittlerweile nicht mehr ohne Hilfe aufstehen –, machten Jane und Teddy sich Sorgen, Bump könnte sich irgendwie ihrer Kontrolle entziehen und Rosie vielleicht verletzen. Eine Woche lang brachten sie ihn nicht mit, aber Rosie vermißte ihn und protestierte.

»Ich sterbe, was kann er schon machen?« fragte sie. »Ich muß das jetzt hinter mich bringen – Aurora verliert zuviel Gewicht. Bump zu sehen ist so ungefähr die einzige Freude, die mir noch geblieben ist. Einem alten, sterbenden Menschen tut es gut, einen jungen Menschen zu sehen, der nichts anderes im Sinn hat, als sein Leben zu genießen.«

»Bump hat durchaus andere Dinge im Sinn«, sagte Teddy.

»Zum Beispiel hat er im Sinn, alles kaputtzumachen, was ihm in die Finger kommt.«

»Ja, aber das sind andere Dinge, als was ich im Sinn habe«, sagte Rosie.

Aurora stellte sich auf Rosies Standpunkt, und Bump kam weiterhin zu Besuch ins Haus.

10.

Doch schon bald hörten alle Besuche auf. Eines Tages sagte Rosie zu Arthur, sie wolle nicht mehr, daß er über die Straße herüberkomme.

»Es tut mir leid, mein Lieber, wie sich alles entwickelt hat«, flüsterte sie. »Ich meine unsere Ehe und das alles.«

Arthur war zu erstarrt, um antworten zu können. Er schüttelte den Kopf und weinte. Dann ging er mit langsamen Schritten nach Hause zurück.

»Ich will einfach keine Gefühlsausbrüche, verstehst du, was ich meine?« sagte Rosie zu Aurora. »Ich kann Gefühle einfach nicht mehr verkraften. Das macht mich völlig fertig.«

»Das ist schon in Ordnung, Liebes«, sagte Aurora. »Wenn du's nicht mehr schaffst, dann brauchst du's auch nicht.«

In dieser Nacht hatte Rosie sehr viel Angst vor dem Einschlafen. Sie fing an, über ihre erste Zeit in Bossier City zu sprechen. Sie erzählte Aurora, wie sie einmal von einer Klapperschlange gebissen worden war; von dem Tag, an dem ihre kleine Schwester von einem Auto überfahren und getötet wurde; davon, wie sie ihren Vater beim Abendessen über den Tisch hinweg anschaute und fand, er sehe ein bißchen seltsam aus, unmittelbar bevor er vornüberkippte und an einem Herzschlag starb. Sie erzählte von Jody White, ihrem ersten Liebhaber – er starb auf Iwo Jima –, und davon, daß der erste Ehemann ihrer großen Schwester Louise bei ihr, Rosie, zudringlich wurde, genau an dem Tag, an dem ihre Schwester ihn geheiratet hatte.

»Nicht nur bei diesem Mal, sondern jedesmal, wenn das Schwein mich irgendwo allein erwischen konnte«, sagte Rosie.

»Meine Güte«, antwortete Aurora. »Ich glaube, ich sollte mein Erinnerungsprojekt auf dein Leben konzentrieren anstatt auf meines. Deins ist ja viel aufregender gewesen.«

»Ja, aufregend war es, aber auch hart«, sagte Rosie. »Doch alles, woran ich jetzt noch denken kann, ist, daß ich gerne noch mehr davon gehabt hätte.«

»Ich glaube«, flüsterte sie ein wenig später, »ich hätte häufiger in die Kirche gehen sollen in all den Jahren. Was meinst du?«

»Rosie, wenn es die Ewigkeit ist, von der du jetzt redest, dann muß ich gestehen, daß ich vermutlich nicht so oft darüber nachgedacht habe, wie ich es vielleicht hätte tun sollen«, sagte Aurora. »Ich hatte einfach hier auf Erden zuviel zu tun. Ich fürchte, ich habe die Ewigkeit sich selbst überlassen.«

»Ich genauso«, meinte Rosie. »Tatsache ist, daß der Sonntagmorgen ideal ist zum Wäschewaschen. Während der ganzen Zeit, in der ich zur Kirche hätte gehen sollen, hatte ich es mit Laken und Bettbezügen zu tun.«

Sie lächelte ein wenig – ihre Augen schienen einen Moment lang aufzuleuchten.

»Ich hoffe nur, wenn ich den General da oben irgendwo zu sehen kriege, daß er dann wenigstens seine Kniehosen anhat«, flüsterte sie.

»Darauf ein kräftiges Amen«, sagte Aurora.

11.

Als es dem Ende entgegenging, wurden eine Pflegerin sowie einige medizinische Geräte benötigt. Rosie unterzog sich der künstlichen Ernährung, schickte die Pflegerin aber aus dem Zimmer und beäugte mißtrauisch die Apparate.

»Dein Schlafzimmer sieht überhaupt nicht mehr wie dein

Schlafzimmer aus, jetzt nicht mehr«, sagte sie. »Am besten steckst du mich ins Krankenhaus. Ich bin sowieso nur noch Haut und Knochen.«

»Ja, aber Haut und Knochen, die mir lieb sind, und du gehörst genau dahin, wo du jetzt gerade bist«, antwortete Aurora.

Theo war gerade im Haus. Er durfte einen Blick durch die angelehnte Tür werfen. Die Blumen, die er mitgebracht hatte, hob er hoch, damit Rosie sie sehen konnte.

Spät nachts, als Theo und Vassily gerade abrechneten und kurz davor waren, die Akropolis-Bar zu schließen, ging das Telefon.

»Sie ist von uns gegangen, mein armes Mädchen«, sagte Aurora.

Obwohl ihre Stimme ganz gefaßt klang, rasten Theo und Vassily quer durch die ganze Stadt. Aurora gab ihnen Whiskey und jede Menge Tee, und dann saßen die drei am Küchentisch und sprachen über Rosie und über dies und jenes, bis die Sonne aufging.

12.

Rosies Kinder legten keinen besonderen Wert darauf, sie in Bossier City zu beerdigen. Schließlich wohnte keines von ihnen mehr dort – nicht mal in der Nähe. Als Aurora sie fragte, ob sie Rosie im Familiengrab der Greenways beerdigen dürfe, waren sie sofort damit einverstanden.

»Vielleicht ist es egoistisch von mir, aber ihren Kindern scheint es egal zu sein und mir eben nicht«, sagte Aurora zu Patsy. »Wenn mir jemals irgendwer zur Seite gestanden hat, dann war es Rosie Dunlup.«

»Du hast ihr in gewisser Weise selber auch immer beigestanden«, sagte Patsy.

Als sie am offenen Grab standen – es war windig, die großen Bäume rauschten und wogten hin und her –, bemerkte Aurora einen großen Mann, der hinter der kleinen Trauergemeinde herschlurfte. Es war Willie Cotts in einem sehr schlecht sitzenden Anzug.

»Willie, wo bist du all die Monate gewesen?« fragte Aurora, die sofort nach dem Ende der Totenfeier auf ihn zuging. »Wir haben uns wie verrückt Sorgen um dich gemacht.«

Er hatte sich als Angestellter in einem Supermarkt auf der Little York Road durchgeschlagen, kaum fünf Meilen von Auroras Haus entfernt, allerdings in einem völlig anderen Teil der Stadt.

»Ich weiß, ich hätte anrufen müssen, Miß Greenway«, sagte Willie. In seinem billigen Anzug sah er nicht nur absolut heruntergekommen aus; er wirkte auch aller Hoffnung beraubt und bemitleidenswert.

»Ich hab' tausendmal daran gedacht, aber ich hab' nicht den Mut dazu gehabt«, sagte er. »Ich fühlte mich zu elend und schlecht, weil ich doch weggelaufen bin und so. Was ich meine, ist, ich hätt' doch nie gedacht, daß sie uns wegsterben würde«, redete Willie in einem so hoffnungslosen Tonfall, daß Aurora froh war, daß Rosie nicht mehr da war und das anhören mußte. »Ich dachte immer, sie wär' da drüben in River Oaks und würde für Sie arbeiten, und daß ich mich irgendwann besser fühlen würde und dann anrufen würde.«

»Es macht nichts, Willie«, sagte Aurora rasch und legte den Arm um ihn. »Ich glaube, ich war da genau wie du. Ich hab' auch nie gedacht, daß sie jemals sterben könnte.«

V

LETZTE LIEBE, ERSTER VERLUST

1.

In der Nacht, in der Aurora ihren Schlaganfall bekam, träumte sie, daß ein wildgewordener Hund sie beiße. Es war ein kleiner, wilder, schwarzer Hund, der nach ihr schnappte, während sie in ihrem Hinterhof auf den Knien lag und ein Blumenbeet von Unkraut säuberte. Vor lauter Angst konnte sie sich nicht bewegen – der wütende, kleine, schwarze Hund warf sich auf sie und biß sie in Arme und Brüste. Selbst als das Bild des Hundes sich auflöste und sie merkte, daß sie einen Alptraum gehabt hatte, wurde sie nur sehr langsam wach. Eine Zeitlang war der Traum überzeugender als ihre Überzeugung, alles sei nur ein Traum. Wenn sie wach wurde, würde sie sofort ins Krankenhaus gehen und sich schmerzhafte Spritzen gegen Tollwut geben lassen müssen.

Dann verspürte sie rasende Kopfschmerzen, die schlimmsten ihres Lebens. Sie überlegte, ob sie wohl im Sterben liege. Langsam zerrann der Alptraum, nicht aber ließ der Kopfschmerz nach. Sie versuchte, sich aufrecht zu setzen, merkte aber, daß sie das nicht konnte – jedenfalls, der größte Teil von ihr konnte es nicht. Eine Hand ließ sich noch bewegen – sie versuchte, nach dem Telefonhörer zu greifen, ließ ihn jedoch fallen. Der Kopfschmerz wütete wie die Wogen einer Brandung. Bald machte das Telefon das Geräusch, das es immer dann macht, wenn der Hörer nicht richtig aufliegt. Aurora konnte nichts daran machen. Sie konnte nicht mehr sprechen. Sie konnte sich nicht mehr bewegen.

2.

Tommys und Ellens Baby wurde in der Woche nach Auroras Schlaganfall geboren. Sie nannten den Jungen Henry – ein ziemlich komischer Name; aber Ellen dachte, das Baby habe auch ein komisches, kleines Gesicht. Niemand in Ellens Familie hatte Henry geheißen, und in Tommys Familie gab es auch niemanden.

3.

Als Henry fünf Monate alt war, wurde es deutlich, daß Aurora sich nie mehr vollständig von ihrem Schlaganfall erholen würde. Immerhin ging sie auf die neunzig zu. Aber sie erholte sich gut genug, um nach Hause entlassen zu werden, wo sie viele Besucher empfing. Sie konnte lesen, ein wenig Karten spielen, einen CD-Player bedienen und gelegentlich – mit Hilfe Marias, der handfesten Frau aus Guatemala, die seit Rosies Tod für sie arbeitete – nachmittags auf den Innenhof hinaus, um etwas anderes zu sehen zu bekommen.

Doch zu Ellens besonderem Leidwesen hatte sie ihr Sprachvermögen nicht wiedererlangt. Aurora war schließlich die einzige Person in Tommys Familie, mit der Ellen sich wirklich gerne unterhalten hätte. Ellen gab die Hoffnung nicht auf, eines Tages werde ein Wunder geschehen, und Aurora könne wieder sprechen.

4.

Vor allem wollte Ellen Dinge über Tommy wissen, die niemand außer Aurora ihr erzählen konnte. Jane, die in Bryn Mawr Ellens Mitbewohnerin gewesen war, sagte, daß sie Tommy eigentlich gar nicht besonders gut kennen würde. Teddy kannte ihn offensichtlich besser – die beiden arbeiteten sehr erfolgreich gemeinsam in ihrer eigenen Firma, welche defekte Computerprogramme für einige der größten Banken und Ölgesellschaften des Südwestens in Ordnung brachte. Doch Teddy war gegenüber Ellen sehr verschlossen. Er schien ihr nicht vollständig zu vertrauen, obwohl Jane, seine eigene Partnerin, ihm immer wieder versicherte, Ellen sei einer der vertrauenswürdigsten Menschen auf der ganzen Welt. Dennoch hielt sich Teddy ihr gegenüber sehr zurück, vor allem wenn die Sprache auf Tommy kam.

5.

Auf eine Weise dachte Ellen, es mache nicht allzuviel aus, daß Teddy so verschlossen war. Sie hatte den Eindruck, daß, wenn irgend jemand in der Familie – außer ihr – etwas über Tommy wußte, es vermutlich Aurora war. Schließlich hatte Aurora ihn ja großgezogen. Und Ellen wußte, wenn sie in Auroras Augen schaute, daß dort immer noch eine große Menge Wissen gespeichert war. Vor allem wollte Ellen wissen, ob Aurora der Meinung war, daß Tommy seine frühere Freundin vorsätzlich umgebracht habe. Niemand aus der ganzen Familie wagte sich auch nur in die Nähe dieser Frage, aber Ellen hatte den Eindruck, Aurora wisse es ganz genau, wenn sie nur reden könnte.

6.

Natürlich konnte Aurora *schreiben* – oder zumindest kritzeln. Jeden Tag kritzelte sie ihre Anweisungen auf einen Notizblock und gab die Zettel jedem, der sie besuchte. Meistens handelte es sich um Bücher oder Musikstücke oder ein spezielles Lebensmittel, das sie sich wünschte – und meistens war es Theo, der traurig dreinblickende Grieche –, der diese Aufträge übernahm und alles besorgte, obwohl manchmal auch Ellen und Jane, wenn sie Lust hatten, den

Nachmittag miteinander zu verbringen, sieben oder acht Aufträge von Aurora bei einem einzigen Einkaufsbummel erledigten.

Ellen hätte wirklich *zu gerne* gewußt, was Aurora über Tommys Mord an seiner Freundin wußte. Sie hätte Aurora am liebsten rundheraus gefragt, ob sie sich vorstellen könnte, daß Tommy dies eines Tages vielleicht nochmals machen könnte, in welchem Falle – vorausgesetzt, sie blieben verheiratet – ja wohl sie das Opfer sein würde. Aber man konnte von einer alten Frau von fast neunzig Jahren nicht erwarten, daß sie die Antwort auf eine solche Frage einfach auf ihren Notizblock kritzelte.

So dringend Ellen diese Frage auch stellen wollte, sie wußte, daß es besser war, auf das Wunder zu warten – sie würde einfach warten müssen, bis Aurora wieder sprechen konnte.

7.

Ellen hatte angenommen, daß sie ihr ganzes Leben in Minneapolis verbringen würde, wo sie Kunstkritikerin bei einer Zeitung war. Sie flog für ein Wochenende nach Houston zu ihrer früheren Mitbewohnerin Jane und lernte dort Tommy kennen, dessen Bewährungsfrist gerade abgelaufen war. Tommy und Teddy hatten zu diesem Zeitpunkt bereits ihre Firma gegründet, die damals noch klein war. Jane gab an der Universität von Houston einen Kursus in Griechisch und einen in Latein. Ellen hatte zuvor noch niemals eine wirklich aufregende Liebesaffäre gehabt – keine *wirklich* aufregende Affäre. Im Handumdrehen war sie vom Norden des Landes in den Süden gezogen. Arbeit war kein Problem. Ellen beherrschte ihren Job – schon bald schrieb sie als freiberufliche Kunstkritikerin für eine Reihe von Zeitschriften in Texas. Die Tatsache jedoch, daß Tommy seine frühere Freundin umgebracht hatte, war ein Riesenproblem für Ellens nüchterne Eltern aus dem Mittleren Westen.

Doch Ellen war – wie Jane es ausdrückte – total Feuer und Flamme für Tommy. Sie heiratete ihn trotzdem.

8.

Aurora kam zu dem Schluß, daß ihr Glück sich langsam dem Ende zuneige. Ihr schien es, als würde ihre Zukunft – das wenige, was sie noch zu erwarten hatte – vor allem aus Enttäuschungen bestehen. Sie konnte nicht mehr sprechen, und ihre Bewegungsmöglichkeiten waren erheblich eingeschränkt. Zumindest aber war sie zu Hause – sie konnte in ihrem eigenen Schlafzimmer fernsehen und durch ihre großen Fenster den herrlichen Himmel betrachten. Sie hatte Glück mit Maria, die sich sehr aufmerksam um sie kümmerte. In der Hoffnung, ihr Interesse am Leben wieder etwas mehr zu beleben, brachte Maria ihr sogar ein paar der alten Notizbücher aus dem kleinen Büro über der Garage. An langweiligen Tagen, wenn Theo so große Probleme mit seinem Rücken hatte, daß er es nicht durch die ganze Stadt schaffte, beschäftigte sich Aurora ein bißchen mit ihrem Erinnerungsprojekt; sie blätterte ein paar Notizbücher oder Tageskalender durch und klammerte sich gelegentlich an das, was sie für eine tatsächliche Erinnerung an irgendein Picknick am Cape hielt, vor fünfundsiebzig oder achtzig Jahren – ihre Mutter, Amelia Starrett, war dort dabei und eine Anzahl nur undeutlich zu erkennender Männer mit Schnauzbärten und weißen Hosen.

9.

Doch Aurora war von ihren eigenen Ausflügen in die Vergangenheit nicht besonders überzeugt – sie wußte, daß sie lediglich im seichten Gewässer einer Erinnerung herumwatete, die nie besonders tief gewesen war. Trotz aller Theaterzettel und Konzertprogramme, aller Tageskalender und

Notizbücher mußte sie zugeben, daß sie sich praktisch an nichts aus der langen Erfahrung ihres Lebens wirklich erinnern konnte. Die Analyse großartiger Momente, seien sie nun ekstatisch oder schrecklich gewesen, die Monsieur Proust so meisterhaft beherrschte, lag weit außerhalb ihrer Reichweite. Sie konnte weder das Leben ihrer Gefühle noch das ihrer Sinne, ja nicht einmal ihr gesellschaftliches Umfeld, in nennenswertem Umfang in ihrer Erinnerung zurückrufen. In Wirklichkeit wußte sie eigentlich gar nichts von ihrer Mutter, außer daß sie einen Gärtner geliebt hatte, ihren Sammy. Und sie hatte niemals ihre Tochter verstehen können – sie fragte sich noch immer, warum Emma eigentlich beschlossen hatte, einen so unbedeutenden Mann zu heiraten.

10.

Doch sie erinnerte sich schmerzhaft daran, wie kalt und grau der Himmel über Nebraska ausgesehen hatte an dem Tag, als Emma starb. Es war ein Tag, an dem jegliche Farbe – und ebenso jegliche Hoffnung – aus dem Leben verschwunden zu sein schien.

11.

An ihre Zeit mit Männern konnte sich Aurora nur schwach erinnern, obwohl sie sich durchaus an die widerstreitenden Gefühle erinnerte, die alle Verführungen, oder was sonst sie immer mit einem Mann vorhatte, zu fördern oder zu behindern schienen. Sie hatte sich die Liebe immer zugleich schneller und langsamer gewünscht – aber die Männer machten es ihr niemals recht. Sie machten sie ungeduldig, wenn sie sich beeilten, und sie machten sie ungeduldig, wenn sie zögerlich waren.

Theo war von seinem Pick-up heruntergefallen und hatte

sich heftig den Rücken verletzt. Er war selber mehr als halbwegs behindert, doch wenn er Aurora besuchen kam, dann schaute er sie derartig traurig an, daß sie ihm am liebsten eine geknallt hätte. Sie wollte sich selbst nicht als eine Kranke sehen – aber wenn sie's mußte, dann wollte sie wenigstens nicht vergessen, wie es gewesen war, als sie noch gesund war.

Dabei hätte ihr ein offener, aufrechter Mann helfen können, aber Theo Petrakis hatte vergessen, wie man offen und aufrecht war. »Verschwinde, wenn du mich auf diese Weise anschaust!« kritzelte Aurora eines Tages auf ihren Schreibblock.

»Auf welche Weise denn?« fragte Theo.

12.

Vassily war bereits einige Jahre vorher gestorben. Theo hatte die Bar verkauft und nun nichts mehr zu tun; er liebte Aurora, deshalb kam er weiterhin zu ihr. Immerhin hatte sich ihr Zustand erheblich gebessert – vielleicht ging es ja weiterhin bergauf mit ihr. Vielleicht würden sie eines Tages sogar heiraten. Wenn sie ihn ärgerlich anschaute und ihn in ihren Notizen schrecklich beschimpfte, dann tröstete Theo sich mit dem Gedanken, daß er jetzt wenigstens – endlich! – keinen Rivalen mehr hatte.

Pascal, der letzte Rivale, hatte zufällig eine reiche Witwe getroffen, eine Anhängerin von C. G. Jung. Sie heirateten und zogen in die Schweiz, wo sie beide mit einem Paddelboot kenterten und ertranken.

13.

Obwohl Aurora sich an Theo gewöhnt hatte und ihm für seine Loyalität dankbar war, ärgerte sie sich doch häufig über ihn. Sie war immerhin alt und ziemlich krank, und doch mußte sie feststellen, daß, wenn Initiative gefragt war – oder wenn Initiative auch nur angenehm gewesen wäre –, sie es war, die sie ergreifen mußte. Wenn sie etwas Besonderes zu essen haben wollten, mußte sie es bestellen. Wenn ihnen nach etwas Tapetenwechsel zumute war – vielleicht mal ein kleines Kartenspiel im Innenhof –, traf sie die Entscheidung und nahm große Anstrengungen auf sich, um dorthin zu kommen. Wenn sie beschlossen, Opern zu hören, wählte sie immer die Opern aus.

Theo war immer mit allem einverstanden; er ergriff selber nie die Initiative – und genau dies war der Punkt, so schien es ihr, wo die Geschichte ihres Lebens mit den Männern lag. Daran brauchte sie sich nicht erst zu erinnern, weil es nämlich immer noch so war.

14.

Einmal schrieb sie die folgenden Worte auf ihren Notizblock: »Du kümmerst dich um nichts, ich will dich nie mehr sehen.« Aber Theo kam an diesem Tag erst später, und so riß sie das Blatt von ihrem Block ab und knüllte es zusammen, bevor er kam.

15.

Aurora beschloß, daß es wohl das vernünftigste war, damit Schluß zu machen, sich noch auf irgend etwas zu freuen, das über die einfachsten Annehmlichkeiten hinausging: ein besonders schöner Tag oder eine besonders leckere Tomate. Sie konnte es drehen und wenden, wie sie wollte, sie fand einfach kein Ziel mehr für irgendwelche größeren Erwartungen.

16.

Zu diesem Zeitpunkt, an dem sie sich tief unten fühlte, Theo kaum mehr eines Blickes würdigte und auch auf Besucher kaum mehr reagierte, geschah es, daß neues Leben auftauchte, und zwar in Gestalt von Henry.

Sie hatte gedacht, daß sie mit Babys nichts mehr im Sinn hätte – und tatsächlich hatte sie an Midge, Janes und Teddys zweitem Kind, kein Interesse –, lange bevor sie ihren Schlaganfall bekam. Midge besaß eine Sanftheit, die in größtem Kontrast zu dem reichlich beunruhigenden Verhalten ihres Bruders Bump stand. Bevor Midge drei Monate alt war, hatte Bump – fast schon ein Teenager und damit einer, der es eigentlich besser wissen sollte – seine kleine Schwester zweimal in die Toilette gestopft und die Spülung betätigt. Jane und Teddy kauften hastig ein eingeschossiges Haus im Stil einer Ranch, eine Vorsichtsmaßnahme für den Fall, daß es Bump vielleicht in den Sinn kommen würde, Midge aus dem Fenster zu werfen.

Aurora hoffte, Midge würde es überleben, und auch darauf, daß Bump nicht in die Fußstapfen seines Onkels Tommy treten und irgend jemanden umbringen werde. Aber sehr viel Interesse konnte sie für keines der Kinder aufbringen.

Als Ellen anfing, Henry zu ihr mitzubringen, war Aurora zunächst auch nicht besonders interessiert. Henry war mehr als sechs Monate alt, bevor er ihre Aufmerksamkeit gewann, und das erste, was sie zu ihm hinzog, war die Tatsache, daß *sie* es war, die Henrys Aufmerksamkeit erregte.

Natürlich starren Babys alles an – Babys können selbst Panther in Grund und Boden starren. Aber Henry starrte nicht einfach. Für ein Kind seines Alters wirkte er ungewöhnlich neugierig. Aurora war gezwungen gewesen, ein Krankenhausbett für sich anzuschaffen, eines, das sich heben und senken ließ. Das Bett faszinierte Henry, aber nicht so sehr das bloße Heben und Senken, sondern mehr noch die Geräusche, die das Bett machte, sobald Aurora die

Knöpfe betätigte. Henry fand bald heraus, daß die kleinen Knöpfe die Geräusche verursachten – er konnte die Knöpfe anfassen, aber noch nicht drücken; dafür waren seine Finger noch zu klein. Er schaute Aurora erwartungsvoll mit seinen großen grauen Augen an – sie erinnerten Aurora an Emmas Augen –, und wenn sie dann die Knöpfe drückte und das Bett die Geräusche machte, dann zeigte Henry ein strahlendes Lächeln.

Als Aurora ihm einen Löffel zum Spielen gab, klofte Henry damit auf ein Tablett, aber das machte kein interessantes Geräusch. As er ihn zufällig gegen die Metallstangen des Bettes schlug, weckten die dadurch entstehenden Geräusche sein Interesse schon sehr viel mehr. Er klopfte viele Male mit seinem Löffel gegen die Stangen. Aurora schrieb »Pfanne« auf ihren Schreibblock, Ellen schnappte sich Henry für einen Moment und holte eine Pfanne. Henry klopfte sofort mit seinem Löffel darauf. Dann schlug er mit der Hand auf die Pfanne, was ein ganz anderes Geräusch machte. Wenn er ein ganz besonders lautes Geräusch zustande brachte, schaute er Aurora fragend an und schien zu überlegen, ob ihr das Geräusch wohl auch gefallen würde.

Manchmal drehte Aurora Henry mit ihrer guten Hand auf den Rücken und kitzelte ihn. Henry lachte und quietschte. Manchmal versuchte er, ihr die Ringe von den Fingern zu ziehen. Bei anderen Gelegenheiten krabbelte er auf ihre Brust, um an ihre Ohrringe heranzukommen. Er versuchte nicht, sie ihr herunterzureißen – sie neigte immer noch zu besonders exquisiten Ohrringen. Henry fand es nur schön, sie hin und her pendeln zu lassen.

Aurora gewann den kleinen Jungen rasch lieb und freute sich schon auf seine Besuche. Sie fand, für ein Kind seines Alters zeige Henry ein ungewöhnlich ausdauerndes Interesse. Oft saß er zehn Minuten oder länger auf ihrem Bett und spielte mit einem Stück Einwickelpapier oder einem Bindfaden von den Päckchen, die sie erhielt. Gelegentlich blätterte er die Seiten von irgendeinem Buch um, in dem sie gerade las. Und häufig versuchte er, mit ihr in seiner eigenen Sprache zu sprechen. Manchmal saß er auch nur ganz einfach da und dachte nach, aber wenn er sich entschlossen hatte zu krabbeln, krabbelte er mit großer Sicherheit. Er krabbelte stets, um irgendwohin zu gelangen, und er haßte es, wenn seine Mutter oder Maria ihn aufhoben, bevor er sein Ziel erreicht hatte. Wenn sie das trotzdem taten, stieß er eine Art Kriegsgeschrei aus. Wenn sie dann nachgaben und ihn wieder runterließen, machte er sich sofort erneut auf den Weg.

Ellen brachte ihr Baby gerne zu Aurora. Das war wenigstens ein Ort, wo sie ihn hinbringen konnte. Es gefiel ihr auch, daß Aurora soviel Interesse an *ihrem* Baby zeigte. Jane beschwerte sich die ganze Zeit über Auroras Gleichgültigkeit Midge gegenüber – ein wirklich nettes kleines Mädchen, aber – in Ellens Augen – bei weitem nicht so interessant wie ihr Henry.

Obwohl Aurora nicht sprechen konnte, vermochte sie doch ein schwach melodisch klingendes Murmeln hervorzubringen. Als sie und Henry richtige Freunde geworden waren, sang sie ihm ihre kleinen gemurmelten Lieder vor. Aber Henry fand ihr Gemurmel nicht so interessant wie die Geräusche, die er mit dem Löffel machen konnte. Doch Aurora machte mit ihren murmelnden wortlosen Liedern weiter, und Henry zeigte ihnen mehr Interesse. Er krabbelte auf ihre Brust, legte seinen Finger auf ihre Lippen und versuchte, herauszufinden, wie sie diese Töne machte. Er selber konnte schon ein wenig brabbeln; nur wenn Aurora murmelte, fing er an zu brabbeln, in der Hoffnung, dies sei genau das, was die alte Frau von ihm erwarte.

Aurora fand es schön, daß Henry ihre Gesellschaft mochte. Ihr gefiel seine Art, auf dem Bett zu sitzen, vollkommen ruhig, und mit einem Stück Papier zu spielen. Ihr gefiel auch seine Art, wie er sich über die Kante abrollte, wenn er von ihrem Bett weg wollte. Henry war zuversichtlich, daß immerzu irgendein Erwachsener gerade zur Stelle sein würde, um ihn aufzufangen, und bis heute war sein Vertrauen auch nicht enttäuscht worden, obwohl es einmal Aurora gewesen war, die diese Aufgabe erfüllte. Sie schaffte es gerade noch, ihn mit ihrer guten Hand an der Ferse zu packen.

Sie lächelte, wenn sie zusah, wie Henry wegkrabbelte, wenn er der Erwachsenen, die sich zufällig im Schlafzimmer aufhielten, überdrüssig geworden war – oder wenn er einfach mal schauen wollte, was es im Innenhof zu sehen gab. Ihr kam der Gedanke, das Leben habe ihr schließlich doch noch einen offenen, ehrlichen Mann geschenkt. Zufällig war der zu diesem Zeitpunkt erst knapp zehn Monate alt.

Aber Henry war glücklich, männlich und ehrlich, das stand fest. Er liebte es, auf ihrem Papierkorb herumzutrommeln oder auf dem Toilettensitz im Badezimmer, oder auf einer Hutschachtel, die er in einem Schrank fand. Ungewöhnliche Geräusche faszinierten ihn. Einmal ließ er aus Versehen seinen Löffel auf einen Türstopper aus Messing fallen. Der Löffel schlug auf das Messing und brachte einen für Henry unbekannten Ton hervor. Er hatte nach draußen krabbeln wollen, um den Innenhof zu erforschen, aber jetzt hielt er sofort inne und ließ seinen Löffel immer wieder auf den Messingtürstopper fallen. Das machte er so fünfzehnbis zwanzigmal, bis er das neue Geräusch oft genug gehört hatte. Dann ließ er den Löffel liegen und krabbelte davon.

17.

Aurora hatte Henry inzwischen liebgewonnen – er war der einzige Mensch, auf den sie sich wirklich freute, der einzige, dem sie ihr Interesse oder den Rest ihrer Energie widmete.

Doch Henry kam bisher immer nur in Begleitung seiner Mutter. Aurora hatte eigentlich nichts gegen Ellen, Ellen tat ihr im Grunde eher leid, obwohl sie nicht wußte, was Ellens Probleme waren. Gerüchteweise hatte sie gehört, es gebe Differenzen zwischen Ellen und Jane – und Jane, ihre Schwägerin, war einmal in Houston Ellens beste Freundin gewesen. Aurora konnte sich vorstellen, daß Ellens Familienleben nicht besonders ausgefüllt war – Tommy hatte sich von einem Mörder in einen Computer-Workaholic verwandelt, der sehr gefragt und nur selten zu Hause war.

Obwohl sie einen so aufgeweckten, lebhaften kleinen Jungen in die Welt gesetzt hatte, einen richtigen kleinen Charmeur, dem selbst Tommy, der doch nun weiß Gott Widerstand leisten konnte, nicht gewachsen war, machte Ellen einen einsamen, bedürftigen und unentschlossenen Eindruck. Vielleicht um ihr Gefühl von Unsicherheit zu kompensieren, war sie übermäßig pflichtbewußt, und zwar bis zu einem solchen Grad, der Aurora langsam nervös machte. Ellen gab sich sehr viel Mühe, keinen Anlaß zur Klage zu geben, was für sich allein schon eine Eigenschaft war, die Aurora, wenn sie sich besser gefühlt hätte, genügend Anlaß zur Klage gegeben hätte.

Vor allem aber wollte Aurora Henry ganz für sich allein haben. Sie wollte, daß nur sie beide zusammen waren, und wenn auch nur für zehn Minuten am Tag. Sie wollte auch nicht, daß Maria sich einmischte, die über alles Spaßige lachte, was Henry tat. Auch Ellen wollte sie dann nicht in ihrer Nähe haben. Sie wollte einfach mehr Zeit mit ihrem neuen kleinen Mann verbringen. Allein mit ihm.

18.

Eines Tages kritzelte Aurora auf ihren Schreibblock: »Bitte laßt mich mit Henry allein – nur dreißig Minuten. Ich will ihm Musik beibringen.«

Sie beauftragte Maria, ihr in einem Winkel des Innenhofes auf dem Fußboden, wo es schön sonnig war, eine Art Lager einzurichten. Es war die Stelle, an der früher Hector Scotts Sofa gestanden hatte. Maria, die Aurora so leicht wie ein Federkissen hochheben konnte, trug sie hin zu dem Lager und stützte sie. Wenn sie auf dem Fußboden saß, konnte Henry sich nicht verletzen, wenn er vom Bett fiel.

Ellen fand es toll, daß Aurora Henry Musik beibringen

wollte – Midge hatte sie dieses Angebot nicht gemacht. Sie brachte Henry nach oben, plazierte ihn auf das Fußbodenlager und ging wieder nach unten, wo sie sich mit Maria eine spanische Soap-Opera im Fernsehen anschaute.

19.

Für die erste »Unterrichtsstunde« hatte Aurora *Petruschka* ausgesucht. Sie drehte die Lautstärke ziemlich auf. Henry richtete sich sofort auf, als die ersten Töne erklangen; er lauschte ein paar Sekunden lang, doch dann entschied er, der CD-Player auf dem Fußboden neben Aurora sei doch wohl viel interessanter als die Töne. Er versuchte, an den CD-Player heranzukommen, aber Aurora hielt ihn mit ihrer guten Hand davon ab.

Henry krabbelte durch den Innenhof und zog sich an einem großen Pflanzkübel hoch, in dem eine grüne Pflanze wuchs. Er zupfte ein Blatt davon ab und steckte es sich in den Mund. Er beobachtete die alte Frau, ob sie ihn vielleicht daran hindern wollte, das grüne Blatt zu essen. Sie machte irgend etwas, wodurch die Musik lauter wurde, versuchte aber nicht, ihn abzuhalten.

Doch das Blatt schmeckte bitter. Henry spuckte es wieder aus und kroch zum Lager zurück. Er schaffte es, eine der kleinen schwarzen Boxen umzuwerfen, aus denen die Geräusche kamen. Dann rollte die alte Frau ihn auf den Rücken und hielt ihm die schwarze Box dicht ans Ohr. Henry lag eine Minute ruhig da und ließ die Musik auf sich wirken. Die Töne hatten wohl irgend etwas mit einem Spiel zu tun. Er lächelte – Spiele liebte er, auch wenn sie bedeuteten, daß er gekitzelt wurde, was häufig geschah, wenn einer von den Großen ihn auf den Rücken rollte.

20.

Auroras und Henrys halbe Stunde Musik entwickelte sich zu einem täglichen Ritual, das zeitlich so gelegt wurde, daß es mit Marias bevorzugter spanischer Soap-Opera zusammenfiel. Eine der beiden Frauen brachte den kleinen Jungen zu ihr nach oben, setzte ihn auf den Boden, befestigte das kleine Türgitter, das ihn daran hindern sollte, die Treppe herunterzufallen, und ging wieder nach unten.

Aurora stellte die Musik an – jeden Tag eine andere. Mal war es Mozart, mal Blues oder Jazz oder Debussy –, und Henry krabbelte auf dem Innenhof umher und schaute, was es zu entdecken gab. Aurora achtete darauf, seine Flasche immer griffbereit zu haben – manchmal, wenn Henry in ihre Nähe krabbelte, rollte sie ihn auf den Rücken, schob ihm die Flasche in den Mund, drehte die Musik lauter und hielt eine der Lautsprecherboxen etwas näher an sein Ohr.

Henry lauschte und nuckelte gierig an seiner Flasche. Manchmal legte die alte Frau auch ihre Hand auf seinen Bauch. Wenn sie das tat, spielte er mit dem großen grünen Ring an ihrem Finger. Aber auch die Geräusche waren interessant für ihn. Sie klangen jeden Tag anders, und es war schön, ihnen zu lauschen, während er an seinem Fläschchen nuckelte. Manchmal konnte sie sich nicht zurückhalten, ihn zu kitzeln. Dann rollte er sich herum und kroch auf sie herauf. Es machte ihm Spaß, die großen gelben Dinger zu berühren, die an ihren Ohren hingen.

21.

Manchmal, wenn Henry auf die alte Frau heraufgekrabbelt war und mit den Spielsachen spielte, die an ihren Ohren hingen, legte er sein Gesicht ganz nah an ihres. Er wußte, daß die meisten Großen es mochten, wenn er das tat. Sie mochten es, wenn er seine Nase gegen ihre Gesichter drückte – sie mußten dann immer lächeln. Er tat es ein paarmal bei der alten Frau – auch in ihrem Haar steckte interessantes Spielzeug, und manchmal kam er dicht genug heran, um die interessanten Spielsachen aus ihren Haaren zu ziehen, um sie sich genauer anzusehen.

Wenn er auf sie heraufkrabbelte, machte die alte Frau die Musik, die sie hörten, ein bißchen lauter. Oft machte sie sie so laut, daß Henry das Spielzeug in ihren Haaren oder das, was an ihren Ohren baumelte, vergaß. Die Töne wurden so laut, daß er einfach innehalten und zuhören mußte. Es waren interessante Töne – immer andere, aber immer interessant. Die alte Frau war wirklich eine ungewöhnliche Erwachsene – keiner von den anderen Großen, die ihm gehörten, machte so laute oder komplizierte Töne. Die alte Frau machte sie auch nicht mit dem Mund. Sie machte, daß die Töne aus den beiden schwarzen Kästchen kamen, und wenn die Töne da rauskamen, erfüllten sie den ganzen Raum und seine Ohren. Henry mußte sorgfältig zuhören, so kompliziert waren sie, aber auch sehr angenehm. Es lohnte sich, ihnen zuzuhören.

Manchmal, wenn Henry sein Gesicht dicht an das der alten Frau brachte, um eines der Spielzeuge in ihrem Haar zu packen, murmelte sie ihm in ihrer merkwürdigen Sprache etwas zu. Ihre Laute waren nicht wie das *Eia* oder *Atta* und *Oo* seiner anderen Großen. Wenn sie so murmelte, hörte Henry einen Moment auf herumzukrabbeln und schaute sie an. Manchmal legte er seine Hände an ihr Gesicht und sah ihr tief in die Augen, weil er sehen wollte, wo die Murmellaute eigentlich herkamen.

Die tiefliegenden Augen der alten Frau erschreckten Henry immer, wenn er versuchte, in sie hineinzuschauen. Die waren nicht wie die Augen der anderen Großen. Seine Großen sahen immer nur *ihn* – sie lächelten ihm zu oder lachten mit ihm. Sie machten *Eia* und *Atta* und machten komische Gesichter, alles, um ihn zu belustigen. Sie bewunderten alles, was er machte, selbst wenn er nur etwas ganz Einfaches getan hatte – zum Beispiel sein Spielzeug vom Stuhl zu werfen oder so was.

Natürlich sah auch die alte Frau ihn. Alle sahen *ihn*. Aber die alte Frau sah mehr als die anderen Großen. Wenn er ihr in die Augen schaute, seine Nase ganz dicht vor ihrem Gesicht, dann war es ihm manchmal, als sehe er den anderen Ort – jenen Ort, an dem es gar keine Großen gab. Der Anblick erschreckte Henry, er verwirrte und beunruhigte ihn ein bißchen. Er war ein sehr beschäftigtes Kind. Er mußte an viele Orte krabbeln, in vieles hineinbeißen und vieles untersuchen. Die Umgebung, in der seine Großen lebten, hielt ihn richtig auf Trab, und doch, wenn er der alten Frau tief in die Augen sah und merkte, daß er diesen anderen Ort sehen konnte, dann fühlte er sich verwirrt und nicht sehr glücklich. Verblüfft schlug er sich auf die Ohren und rieb sich unglücklich das Gesicht, wie er es machte, wenn er schlafen wollte. Manchmal machte er ein unentschlossenes Geräusch – ein Geräusch, das halb Lachen und halb Weinen war. Er wünschte sich etwas, aber er wußte nicht was. Er versuchte, sich an den anderen Ort zu erinnern, aber es gelang ihm nicht. Er konnte die alte Frau nicht verstehen, aber er wollte dennoch bei ihr bleiben. In seiner Verwirrung ließ er sich in ihren Schoß sinken und hielt den Ärmel ihres Nachthemdes fest in der Hand. Er ließ sich von ihr die Flasche geben, während die gewaltigen Töne, die sie kontrollierte, um sie herumbrausten. Wenn er bei der alten Frau auf dem Lager lag und an seiner Flasche sog, schlief er des öfteren ein. Wenn er wieder wach wurde, hatte er vergessen, was er in den Augen der alten Frau gesehen hatte. Meistens krabbelte er dann rasch quer durch den Raum hin und zu der großen grünen Pflanze, der Pflanze mit den bitteren Blättern.

22.

Aurora wurde sehr müde, und diese Müdigkeit bekämpfte sie nur noch für Henry. Wenn Theo kam, konnte sie nicht mal den Versuch machen zu reagieren – sie konnte ihn nur noch anschauen. Melanie kam aus Los Angeles, drückte sie und weinte auf ihr Nachthemd, aber auch bei Melanie konnte Aurora nicht mehr reagieren. Eine Frau kam, die Patsy Carpenter zu sein schien, aber kaum war sie weg, war Aurora nicht mehr sicher, ob es wirklich Patsy Carpenter gewesen war, und sie war auch nicht mehr sicher, ob sie überhaupt noch wußte, wer Patsy Carpenter war.

Henry war außer Maria die einzige Person, die Aurora noch erkannte. Ellen überlegte, ob sie aufhören sollte, ihn zu ihr zu bringen. Schließlich war Henry ein ungebärdiger kleiner Junge, der bald schon ein Jahr alt war. Er hatte wenig Respekt vor den Menschen, und Aurora war schon sehr schwach. Was war, wenn er sie versehentlich irgendwie verletzte?

Als Aurora merkte, daß sie sich überlegten, Henry nicht mehr zu ihr kommen zu lassen, schrieb sie mit der letzten Kraft, die sie noch aufbringen konnte: »Bringt Henry her!«

Ellen war immer noch unentschlossen: Aurora war schon so schwach. Aber Tommy setzte sich darüber hinweg.

»Wenn sie ihn sehen will, bringst du ihn zu ihr«, sagte er. »Vielleicht machen sie noch etwas Schönes zusammen.«

Dann flog er nach Boston, um das Computersystem einer großen Bank in Ordnung zu bringen. Ellen fragte sich, warum sie sich ein so einsames Leben ausgesucht hatte. Sie versuchte, sich mit Jane auszusöhnen, aber Jane war weiterhin gemein zu ihr. Jane konnte es nicht vertragen, daß Tommy der Boß des Unternehmens war – sie war der Auffassung, Teddy müsse der Boß sein, obwohl der das gar nicht sein wollte. Teddy war ganz zufrieden, der Verwaltungschef zu sein – für ihn war es in Ordnung, daß Tommy das anerkannte Computergenie war. Jane ärgerte das, aber Teddy hatte sich schon längst mit dem Gedanken vertraut gemacht, daß seine ganze Art Jane ärgerte. Zum Glück ärgerte sie seine Art aber nicht so stark, daß sie auf die Idee kam, ihn zu verlassen.

23.

Eines Nachts träumte Aurora die ganze Nacht von Henry. Sie wollte ihn unbedingt sehen. Am nächsten Morgen nahm sie ihren Schreibblock und schrieb zittrig »Brahms Requiem« darauf. Das wurde für Ellen zum Problem, denn niemand in der ganzen Familie besaß eine CD mit dem Requiem von Brahms. Außerdem war es in den meisten CD-Läden in Houston ausverkauft. Sie mußte zu vier verschiedenen Läden fahren, bis sie es schließlich bekam. Als sie wieder bei Aurora war, war Marias Soap-Opera schon fast vorbei. Es war ein wilder Tag. Ellen hatte versucht, Henry dazu zu bringen, die hübsche französische Mütze aufzusetzen, die sie ihm gekauft hatte. Es war eine rote Mütze, Henry sah toll damit aus, aber entweder wußte er das nicht, oder es war ihm gleichgültig. Immer wieder nahm er die Mütze ab, um in den Schirm zu beißen. Bald war der größere Teil der Mütze von Babysabber bedeckt, und jetzt sah sie natürlich nicht mehr so toll aus.

24.

Henry war in guter Stimmung. Manchmal ließ die alte Frau ihn eine Weile herumkrabbeln, bevor sie die Töne kommen ließ. Er war jetzt fast elf Monate alt und konnte schon einigermaßen gut laufen, aber wenn es schnell gehen sollte, zog er das Krabbeln immer noch vor. Er krabbelte den ganzen Weg entlang ins Badezimmer der alten Frau, wo es einen Abfallbehälter aus Schildpatt gab, den er so gerne umkippte. Er konnte den Abfallbehälter für einen oder zwei Augenblicke hochheben – und wenn er ihn dann auf den Fliesenboden fallen ließ, gab es ein lautes, wunderbares Geräusch.

Während er den Behälter fallen und auf dem Fliesenfußboden Geräusche machen ließ, kamen die ersten Töne aus dem anderen Zimmer. Sie waren ungewöhnlich laut und tief – lauter und tiefer als alles, was er bisher gehört hatte.

Henry stakste in den Innenhof zurück, um zu sehen, was die alte Frau vorhatte.

»Mensch, heute spielt sie es aber wirklich laut«, sagte Ellen zu Maria, als die Töne des *Requiem* durchs ganze Haus zu dröhnen begannen.

Maria war traurig. Sie wußte, daß ihr Job dem Ende entgegenging. Bald würde sie keine so helle und schöne Küche mehr haben, in der sie ihre Soap-Opera sehen konnte.

Die alte Frau erlaubte Henry, die Kämme aus ihrem Haar zu ziehen. Dann nahm sie ihm einen aus der Hand und kämmte damit sein Haar. Er hatte krauses Haar – der Kamm verursachte ein kratzendes Gefühl. Henry lächelte. Er nahm den Kamm wieder in seine Hand und versuchte selber, sein Haar damit zu kämmen. Aber die Töne waren so laut, daß man nichts anderes mehr tun konnte, als zuzuhören. Er ließ sich in den Schoß der alten Frau fallen. Er glaubte, das sei es, was die alte Frau von ihm wollte – daß er dort lag und mit ihr diesen Tönen lauschte. Sie gab ihm seine Flasche, aber die Töne waren so laut und so interessant, daß er das Fläschchen nach ein oder zwei Schlucken fallen ließ. Solch laute Töne hatte er noch nie zuvor gehört. Sie schienen in ihn einzudringen – jedenfalls waren sie genausosehr in ihm wie außerhalb seines Körpers. Er sah die alte Frau an, um herauszufinden, ob die Töne auch in ihr waren. Er wollte sich von ihrem Schoß herunterschlängeln, aber sie fing an, ihm übers Haar zu streichen, deshalb blieb er, wo er war. Sie legte die eine Hand auf seinen Bauch – die lauten Töne schienen sich in ihrer Hand zu befinden, als sie ihn berührte. Vorsichtig drehte er den großen Ring an ihrem Finger. Da nahm die alte Frau den Ring ab und gab ihn ihm. Er war grün und golden. Henry wollte ihn gerade in den Mund stecken, aber da hielt ihn die alte Frau zurück. Er mußte zwei Finger in die Höhe halten. Dann schob sie den Ring über seine beiden Finger und faltete seine Hand um ihn. An der Art, wie sie zu ihm herunterschaute, erkannte Henry, daß der Ring ein ganz besonderes Geschenk war und daß sie beide jetzt einen ganz besonderen Augenblick miteinander teilten. Er lag ganz still in ihrem Schoß. Er wollte nichts falsch machen. Sich ganz still und ruhig zu verhalten, war bei solchen Gelegenheiten sicherlich das beste. Während er in ihrem Schoß lag, machte die alte Frau die Töne noch lauter. Die Töne wurden die ganze Welt, sie wurden sein Leben in diesen ganz besonderen Minuten, und er und die alte Frau teilten diese Minuten miteinander. Sie reichte ihm einen Finger, Henry nahm ihn und hielt ihn ganz fest. Er wollte bei der alten Frau bleiben, und er wollte, daß sie bei ihm blieb. Er wollte nicht verlorengehen. Sie streichelte sein Haar mit ihrer alten Hand; Henry vergaß seine Angst und fühlte sich wohl und war glücklich. Er und die alte Frau schwebten zusammen in dieser Welt der Töne. Trotzdem hielt er sie ganz fest. Etwas Ungewöhnliches war geschehen – Henry wollte ganz sicher sein, daß er und die alte Frau zusammenblieben. Er wollte nicht verlorengehen.

25.

Aurora spielte Brahms *Requiem* noch achtmal, während Henry da war. Sie hatte die Musik fast auf höchste Lautstärke gestellt.

Und unten in der Küche wurde Maria noch trauriger.

26.

Zu seinem Ärger vergaßen Henrys Große eines Tages, ihn zu der alten Frau zu bringen. Er war verwirrt; er ärgerte sich, aber seine Großen, die in allem sehr widersprüchlich waren, verstanden ihn einfach nicht. Henry hatte gehofft, er könnte den Abfallbehälter aus Schildpatt wieder fallen lassen und dann eine Weile bei der alten Frau sitzen, mit ihren Haarkämmen spielen und die Töne hören. Es war ärgerlich, daß seine Großen das vergessen hatten, aber er konnte nichts daran ändern, außer sich zu ärgern. Manchmal waren seine Großen richtige Dummköpfe. Außerdem waren sie sehr besitzergreifend, vor allem seine Mutter. Sie wollte Henry ganz für sich haben, deshalb brachte sie ihn den ganzen Tag nicht zu der alten Frau.

Am nächsten Tag vergaßen die Großen es schon wieder, doch diesmal gingen sie mit ihm in eine Art Park. Nachdem er eine Zeitlang herumgezappelt und sich gewunden hatte, ließen sie ihn schließlich runter und über das Gras laufen. Im Gras gab es viele Käfer, aber das waren sehr schnelle Käfer. Er brauchte eine ganze Weile, bis er endlich einen erwischt hatte, er hatte es geschafft, aber Jane, die sich häufig in seine Angelegenheiten mischte, kam sofort herbei und nahm ihm den Käfer weg, bevor er ihn aufessen konnte.

27.

In den nächsten Wochen ärgerte Henry sich des öfteren – ein- oder zweimal stieß er sogar sein Kriegsgeschrei aus – über das dumme Vergessen seiner Großen, ihn zu der alten Frau zu bringen. Es war doch eine ganz einfache Sache, und es ärgerte ihn fürchterlich, daß sie es immer wieder vergaßen. Er vermißte die alte Frau, und die Töne vermißte er auch.

Wenn Schreien und Kreischen nichts bewirkte, schlug Henry voller Verzweiflung mit dem Kopf auf den Fußboden. Das war eine Taktik, die seine junge Mutter zur Verzweiflung brachte – wenn dieses Verhalten es nicht schaffte, sie dazu zu zwingen, ihn zu der alten Frau zu bringen, dann half gar nichts mehr.

»Oh, Henry, bitte schlag doch nicht mit dem Kopf auf den Boden«, sagte Ellen.

»Vermutlich bekommt er gerade seine Zähne«, meinte Jane. »Vielleicht findet er es schön, seine Kiefer so aufeinanderschlagen zu lassen.«

Jane hatte es aufgegeben, so grausam zu Ellen zu sein, und zeigte sich wieder von ihrer anziehenden Seite.

28.

Als Henry vierundzwanzig war, zog er nach New York und versuchte, Schauspieler zu werden. Seine Tante Melanie, die eine unbedeutende Karriere als Schauspielerin hinter sich hatte, aber als Regisseurin sehr erfolgreich war, arbeitete zu jener Zeit ständig an Theatern in der Nähe des Broadway. Sie gab Henry einen kleinen Job als Mädchen für alles und sorgte dafür, daß er für jede mögliche Rolle zum Vorsprechen ging: Werbung, Soap-Operas, einfach alles. Schließlich bekam er auch eine Rolle in einer Werbesendung, obwohl sich später herausstellte, daß diese Werbung nur in Japan über die Bildschirme lief. Trotzdem mußte ihn jemand darin gesehen haben, denn er erhielt einen Anruf von einem Agenten. Dieser Agent konnte ihm zwar nicht auf der Stelle irgendwelche guten Rollen verschaffen, aber immerhin hatte er schon mal einen Agenten.

Seine Freundin war damals ein Mädchen namens Sid, die Tänzerin war. Henry verspürte für Sid die wildeste Liebe und verrückteste Sehnsucht, die er jemals für ein Mädchen empfunden hatte, aber Sid widersetzte sich – nicht völlig, aber doch ziemlich stark. Sie konnte es nicht leiden, daß Henry immer so selbstbeherrscht war. Sid interessierte sich ernsthaft für Musik – ihr Vater spielte Flügelhorn bei den Philharmonikern. Henry war nicht ernsthaft an Musik interessiert – er konnte sie nicht sehr gut beurteilen –, aber er mochte sie, und zwar alle Arten von Musik. Er und Sid gingen häufig in die Philharmonie. Sie hatten schlechte Sitzplätze, aber sie gingen trotzdem immer hin.

Eines Abends, als Henry nicht aufmerksam genug bei der Sache gewesen war, um das Programm richtig durchzulesen, spielte das Philharmonieorchester Brahms' *Requiem*. Plötzlich, mitten im *Requiem*, schlug Henry – zu seiner eigenen Überraschung und zu Sids größtem Erstaunen – die Hände vors Gesicht und begann zu weinen. Seine Brust hob und senkte sich – er war überwältigt. Bevor es ihm richtig zum Bewußtsein gekommen war, hatte die Musik ihn an einen anderen Ort entführt – einen altvertrauten Ort in seiner Erinnerung, einen Ort, der so alt war, daß er sich an ihn nicht mehr erinnern konnte, kein Bild und kein Gesicht mehr damit verbinden konnte. Er hatte nur das unglückliche Gefühl, einst jemanden oder etwas, was sehr wichtig für ihn gewesen war, besessen zu haben: etwas oder jemanden, an den er sich nicht mehr erinnern konnte, außer als an einen Verlust – jemanden oder etwas, das er nie wiederbekommen würde.

Als sie an diesem Sommerabend nach Hause gingen, hatte Sid sich noch nicht richtig von ihrer Überraschung erholt, genausowenig wie Henry von seiner Erinnerung, die nicht wirklich eine Erinnerung gewesen war. Er war da, oder besser, er war fast da – er ging mit Sid die Columbus Avenue entlang. Aber etwas in ihm war an einem anderen Ort – etwas in ihm war abwesend. Sid merkte es ebenfalls – sie nahm seinen Arm und schaute ihn mit etwas anderen Augen an.

»Mann«, sagte sie, »du hast wirklich die Fassung verloren.«

Bitte beachten Sie
die folgenden Seiten

Larry McMurtry

Jagd durch Texas

Roman

Ullstein Taschenbuch 23624

Ullstein

Das selbstgenügsame und beschauliche Dasein des alternden texanischen Schriftstellers Danny Deck findet ein jähes Ende, als seine Tochter Tylor Rose mit ihren Kindern bei ihm auftaucht. Die resolute junge Frau macht ihm unmißverständlich klar, was seine Vaterpflichten sind. Sie fühlt sich verfolgt von ihrem Ex-Freund Earl Dee, dem Vater ihres Kindes Bo. Und so flüchtet Tylor Rose mit ihrer Familie in Danny Decks nagelneuem Cadillac quer durch Texas.

James Lee Burke

Mississippi Delta

Blut in den Bayous

Roman

Ullstein Taschenbuch 24103

Die Menschen in dem kleinen Flugzeug wollten dem Gemetzel in El Salvador entgehen. Statt dessen sterben sie, als die Maschine von einer Bombe zerrissen wird, im Golf von Mexiko. Aber wieso, fragt sich der ehemalige Kriminalpolizist Dave Robicheaux, der Augenzeuge des Absturzes wird, mogeln die Behörden bei der Anzahl der Opfer? Als Robicheaux auf eigene Faust Nachforschungen anstellt, sticht er in ein Wespennest.

Ullstein